国家出版基金项目
NATIONAL PUBLICATION FOUNDATION

中國文學通論 上卷

[日]兒島獻吉郎 ◎ 著
孫俍工 ◎ 譯

山西出版傳媒集團
山西人民出版社

圖書在版編目(CIP)數據

中國文學通論 / [日]兒島獻吉郎著；孫俍工
譯.—太原：山西人民出版社，2015.12
(近代海外漢學名著叢刊 / 鄭培凱主編)
ISBN 978-7-203-09337-4

Ⅰ.①中… Ⅱ.①兒…②孫… Ⅲ.①中國文學—
古典文學研究 Ⅳ.①I206.2

中國版本圖書館CIP數據核字(2015)第293215號

中國文學通論

叢刊主編	鄭培凱
著　　者	[日]兒島獻吉郎
譯　　者	孫俍工
責任編輯	崔人杰
出 版 者	山西出版傳媒集團·山西人民出版社
地　　址	太原市建設南路21號
郵　　編	030012
發行營銷	0351-4922220　4955996　4956039
	0351-4922127(傳真)
天貓官網	http://sxrmcbs.tmall.com
E—mail	sxskcb@163.com　發行部
	sxskcb@126.com　總編室
網　　址	www.sxskcb.com
經 銷 者	山西出版傳媒集團·山西人民出版社
承 印 廠	山西出版傳媒集團·山西人民印刷有限責任公司
開　　本	700mm×970mm　1/16
印　　張	57
字　　數	574千字
印　　數	1—2000册
版　　次	2015年12月　第一版
印　　次	2015年12月　第一次印刷
書　　號	ISBN 978-7-203-09337-4
定　　價	171.00圓(上、中、下)

近代海外漢學名著叢刊編委會名單

總　主　編　鄭培凱

編委會　傅　傑　霍　巍　戴　燕（按姓氏筆畫排序）

總策劃　越衆文化傳播‧周　威

總監製　南兆旭

統　籌　徐　勝　顔海琴

出版工作委員會

主　任　李廣潔

副主任　姚　軍　石凌虚

委　員　梁晉華　張文穎　秦繼華　馮靈芝
　　　　張　潔　崔人杰　王新斐　郭向南

設計總監　李尚斌

設計製作　王秀玲　吴圳龍　何萬峰　歐陽樂天

出版說明

近代海外漢學名著叢刊選取一九四九年以後未再刊行之近代海外漢學作品,編例如次:

一、本叢書遴選之作品在相關學術領域具有一定的代表性,在學術研究方嚮、方法上獨具特色。

二、爲避免重新排印時出錯,本叢書原本原貌影印出版。影印之底本皆經專家組審定,原書字體大小、排版格式均未做大的改變。

三、爲使叢書體例一致,本叢書前言、後記均采用繁體字排版。

四、個別頁碼較少的版本,爲方便裝幀和閱讀,進行了合訂。

五、少數作品有個別破損之處,編者以不改變版本內容爲前提,部分進行修補,難以修復之處保留缺損原狀。

六、原版書中個別錯訛之處,皆照原樣影印,未做修改。

由於叢書規模較大,不足之處,在所難免,殷切期待方家指正。

總序／溫故而知新

晚清以來，西力東漸，西方文化思想的著作也大量譯成中文，最著名的如嚴復與林紓的譯著，影響了整個二十世紀中國的知識界與文學界，使得中國文化的思維脈絡爲之不變。除了西方思想經典、文學與實證科學著作的翻譯，以實證方法系統化探討中國文史的域外漢學，也對中國學術思想界產生了莫大衝擊，改變了中國學術的著述方法與取嚮。

中國傳統的知識結構，是按經史子集四庫分類的，以儒家意識形態的經學爲文化知識的砥柱，以史學爲貫串歷史經驗的殷鑒，至於子部與集部，則是作爲保存文獻、擴大知識面的附帶知識，可以耽情冥想，可以悠遊玩賞，却都是邊緣化的知識，無關聖教的弘揚，無關文化精髓的宏旨。西方文藝復興之後的現代學術體系，在知識分類上，與中國傳統大相徑庭，講究系統分科，不同知識領域各有其客觀存在的價值，有其相對獨立的目的與標準。日本知識界在明治維新以來，鑒於東方文明落後於西方的船堅炮利，率先效法西方，追求「文明開化」、「脫亞入歐」的過程中，爲日本學術發展循着現代西方的體例，建立了哲學、文學、歷史學、經濟學、法學、商學、物理學、化學、地質學、醫學、農學、工程學、植物學、動物學等等新型學科，企圖與西方學術齊頭並進，從而影響了中國近代學術體系的發展。

本叢刊選印二十世紀上半葉出版的漢學譯著近百册，分爲三大類：「歷史文化與社會經濟」、「古典文

獻與語言文字」、「中外交通與邊疆史」，反映民國時期學術界重視西方及日本漢學研究的成果，藉助他山之石，重新審視中國傳統歷史文化的意義，特別是開拓了傳統學術忽略的領域。五四新文化運動以來，中國學者如蔡元培、胡適都提倡「整理國故」，以理性實證的方法，對中國文化傳統做出系統化的研究，是與這些漢學譯著相輔相成的。這些譯著除了介紹域外漢學的成果，還引進了嶄新的學術研究方法與視角，有助於梳理中國文化傳統的脈絡，重新整合知識結構與學術體系。雖然這些學術著作不是中國學者的成就，無法納入二十世紀中國文史學術的主脈，但是從中文譯本的影響而言，起碼也應當視爲中國近代學術發展的支脈或潛流，不容忽視。可惜的是，到了二十世紀下半葉，因爲兩岸政治形勢的變化，這些漢學譯著，除了部分因王雲五重新入主臺灣商務印書館，而得以在臺灣做了少量的重印，在大陸的出版界，則完全受到遺忘，甚至在許多新成立的大學圖書館中也不見蹤影。我們搜集了近百冊塵封的漢學譯著，呈現給二十一世紀的中國學術界，一方面是爲了銘記前人爲推展學術而做出的努力，另一方面也是爲了提醒新常態時期的學人，學術發展有其歷史累積的脈絡，可以從中汲取歷史經驗，溫故而知新。

說到「溫故知新」與這批早期漢學譯著的關係，可以從兩個方面來思考，以見翻譯域外漢學如何反映了時代精神，爲融匯東西方學術思維，重新闡釋中國文化傳承，做出不可磨滅的貢獻。一是域外漢學的研究對象，以中國歷史文化典籍爲主，屬於中西文化碰撞期間興起的「國學」範疇，與五四新文化人物提倡的「整理國故」運動若合符節。研究中國歷史文化，並賦予新的學術意義，是清末民初知識精英茲在茲的心結。歷史發展走到一個環節，時代的狂風揚起了批判傳統的大旗，風中的英雄幫着推波助瀾，却又無時或忘自己民族文化主體的未來，糾纏於「傳統」能否「現代」的困境。域外漢學的出現，以西方實證方法研究中國歷史文化傳統，綜合東西方各種語言文字材料，擴大了研究國學的眼界，即使無法打開中國文化傳統是否走到

盡頭的心結,至少是提供了一個解惑的方嚮,在大霧彌漫的夜晚,看到了依稀渺茫的星光。

二是翻譯域外漢學,有一種以子之矛攻子之盾的吊詭作用,逐漸化解了中國文化思維中的自大心理與封閉心態,讓唯我獨尊的國粹基本教義派解除武裝到牙齒的盔甲,轉而吸收並接受西方實證研究的學風。民國期間新式教育制度的推行、學術體系的創建,具體到北京大學國學門的成立、中央研究院規劃歷史、語言、考古的研究領域,都與翻譯域外漢學背後的旨意是息息相關的。因此,重新閱覽這批民國期間的漢學譯著,對二十一世紀的現代學人來說,溫故而知新,不但可以窺知民國學人追求新知的心理狀態,也會刺激吾人反思,認真思考學術研究方法與中國學術發展的前景,更進一步,探索文化傳統的重新闡釋與新知介入的關係。知識體系的變化當然與傳統的重新闡釋有關,是外爍的影響大呢,還是內因變化的成分居多?

論語·爲政記載孔子說:「溫故而知新,可以爲師矣。」歷代解經,對這個「爲師」的道理,有兩種相近似但又取嚮不同的解釋。朱熹四書集注說:「故者,舊所聞。新者,今所得。言學能時習舊聞而每有新得,則所學在我其應不窮,故可以爲人師。若夫記問之學,則無得於心而所知有限,故學記譏其不足以爲人師,正與此意互相發也。」雖然朱熹把知識分爲「舊所聞」與「新所得」,強調的却是「學而時習之」,從中生發新的心得,也就是從詮釋舊典中得到新知。這個說法與朱熹在鵝湖之會以後,作詩唱和,寫給陸九淵的詩句,「舊學商量加邃密,新知涵養轉深沉」,異曲同工,是一個意思,萬變不離其宗,舊學與新知是同一個脈絡的知識學理。

然而,有些朱熹之前的經學家,解釋「溫故知新」,却有不同的取嚮。皇侃論語義疏就說:「故,謂所學已得之事也。所學已得者則溫尋之不使忘失,此是月無忘其所能也。新,謂即時所學新得者也」。知新,謂

日知其所亡也。若學能日知所亡，月無忘所能，此乃可爲人師也。」皇侃明確説到，「故」指的是過去所學的知識，而「新」則指的是新近學到的知識，新舊結合，相互發明，就可以「爲人師」了。邢昺論語注疏循着皇侃的思路，也説：「言舊所學得者，溫尋使不忘，是溫故也。素所未知，學使知之，是知新也。既溫尋故者，又知新者，則可以爲人師也。」這裏講的「素所未知」，就不祇是研讀舊學，有了新的體會，從過去的傳統中發展出的「新知」，而是從來沒聽過、沒想過的新學問了。這種「素所未知」的新學問，結合「舊所聞」，對習以爲常的知識框架，就會產生巨大的衝擊。知識內容或許大體沿襲傳統，知識結構却得以重新整合，出現嶄新的認知系統，重新審視自己文化傳統的意義，打開文化傳承的新局面。二十世紀上半葉的漢學譯作，就發揮了這樣的作用，促使中國學者放棄自我中心的文化態度，從各種不同側面，探知中國歷史文化的光譜，以域外（或是全球）的角度觀測中國傳統，搖動了文化的萬花筒，看到七彩繽紛的中國。

嚴復在甲午戰爭之後，改良變法思想風起雲湧之時，開始大量翻譯西方思想經典著作，是有感於國人（特別是傳統文化孕育的知識精英）思維系統封閉，企圖介紹實證新知，引進邏輯思維的方法，以破除儒學之道「一以貫之」與「放之四海而皆準」的虛妄。他翻譯《天演論》，在序文中提到，有人歸納東西方學術思想，認爲中國文化重精神，是形而上之學，立意高超，而西方文化重物質，是形而下之學，祇追求功利的回報。他認爲，這種自以爲是的蒙昧態度，陷入傳統舊學的框囿而不自知，沒有自我反思的能力，無法吸收「素所未知」的新知識，也就無法開展並弘揚自己的文化傳統。嚴復非常清楚他翻譯西方經典的目的，是爲了介紹新知，打破中國傳統思維的封閉性，但是，作爲披荆斬棘的拓荒人，他深知思想封閉者的頑固心理，必須因勢利導，以免遭到盲目衛道之士的攻訐。嚴復有其防身的策略，不會像許褚戰馬超那樣赤膊上陣，而

是以桐城文章譯述赫胥黎、斯賓塞、穆勒、亞當·斯密、孟德斯鳩，博得晚清知識精英的贊許，文章深閎而傳入了新知義理。從文化變遷的角度而言，通過翻譯，以迂迴戰術來介紹西方思想，得到巨大的成功，產生了改變傳統思維體系的實效，是中國近代思想史上影響深遠的大事。以此類推，民國時期大量翻譯域外漢學的影響，也是不容忽視的思想史課題。

關於清末民初西方學術思維衝擊中國知識精英，顛覆傳統文化的知識結構，錢穆在現代中國學術論衡的序言中，從中國文化本位的立場，發出深刻的感慨，做了籠統的批評：「文化異，斯學術亦異。中國重和合，西方重分別。民國以來，中國學術界分門別類，務為專家，與中國傳統通人通儒之學大相違異。循至返讀古籍，格不相入。此其影響將來學術之發展實大，不可不加以討論。」錢穆所指出的問題，是傳統知識體系強調「通」，文史哲不分家，最崇尚通儒，而現代學術講究專業分科，各司其職，以至於讀不通古籍呈現有類似的感慨。姚名達在撰寫中國目錄學史的時候，對西力東漸，西潮帶來的翻譯著作及新知新學，也以派生留學外國，於是東西洋洋籍逐年增多。學問翻新，迴出舊學之外。自道光、咸豐允許西人入國通商傳教以來，繼這種對學術體系發生重大變化的觀察，反映了中國學人從晚清一直到民國，夾在東西方兩種不同思維體系的衝突中，身歷其境的切身感受，因此感觸良多。

二十世紀上半葉最能代表中國學術的通儒是王國維與陳寅恪，他們浸潤了經史子集的四部知識傳統，承繼乾嘉篤實的考據學風，却都經過西洋邏輯思維與實證科學的洗禮，參與中國知識結構的轉型。對西方現代知識結構如何在中國生根發芽，不但再三致意，并且以自己的學術實踐來努力促成。王國維早在一九○二年就寫信給張之洞，反對把經學列為大學分科之首，而主張效法西方與日本的大學，設立哲學科，明確指出知

〇〇五

識結構的分類不可因循傳統，而必須另起爐竈。陳寅恪在一九二五年就清華大學建制的問題，寫了〈吾國學術之現狀及清華之職責〉，指出大學的職責在於學術之獨立，而中國學術界的情況令人十分不滿，必須認真效法西方學術的體制及實踐。他說：「蓋今世治學以世界爲範圍，重在知彼，絕非閉門造車者比。」這兩位國學大師，對西方與日本的漢學研究十分注意，都是以開放態度對待域外漢學研究，集思廣益，以成其大家。

再回到「溫故知新」的歷代經解，說說文化傳承的闡釋學意義。劉寶楠在〈論語正義〉中指出，「溫故而知新」，就顯示長者不忘時所學，且能吸收新知，繼承并發揚這種學術與政治合一的傳統。到了孔子之時，「上古之時，時代出現了變化，士大夫不見得能够謹守家法，弘揚德行，也不一定能够「爲師」了。孔子之後，世變日亟，「道術爲天下裂」，文化知識不再爲少數統治精英所壟斷，也不必然與治理政事有關，學術在民間百花齊放，百家爭鳴。但是，學術知識發展的脈絡基本未變，仍然是要溫故知新，進德修業。從劉寶楠不經意的闡釋中，可以看到時代變遷影響了學術文化，改變了知識結構的體系，但其內在發展的理路仍舊，是需要舊學與新知的融合，才能有所發展。

劉寶楠還引述了劉逢禄的解釋：「故，古也。〈六經〉皆述古昔，稱先王者也。知新，謂通其大義，以斟酌後世之製作，漢初經師皆是也。」劉寶楠贊成這個說法，並指出，漢唐人解釋「知新」，大多數都沿用此意。也就是說，舊學是傳統的知識結構體系，新知是時代變化出現的新知識，必須相互斟酌，才能發揮得宜。至於如何對舊學「通其大義」，就見仁見智，各有說法了。從這個通達的詮釋來討論近代西學東漸的情況，我們可以看到，「溫故而知新」在民國學人的心底，是產生「傳統」與「現代」糾葛的心理陷阱，不易跨越。若依照朱熹的說法，「學能時習舊聞而每有新得，則所學在我而其應不窮」，雖然在哲理上可以模模糊糊說

通，但在清末民初的具體歷史環節，西學的新知屬於完全不同的知識體系，在原有的舊學脈絡中，根本無從立足，如何「其應不窮」？所以，真要放之四海而皆準，提升「溫故而知新」的普世意義，以理解域外漢學譯著與近代學術知識體系變遷的文化史意義，我們認爲，皇侃、邢昺，一直到劉寶楠的闡釋，是比較合適，並與現代文化闡釋學的說法相近。

伽達默爾（Hans-Georg Gadamer）在他的名著《真理與方法》中，說到認知理性與文化傳統的關係，特別指出，人們通過理性，來判斷歷史文化中事實的真相，但是人的理性與生存環境息息相關，與傳統所衍生的豐富文化底蘊有關，不可能完全超越文化傳統的思維脈絡。他認爲，人生活在文化傳統之中，就不可能「遺世獨立」，以全能超越的抽象思辨來認識傳統，甚至是批判或顛覆傳統。傳統是歷史文化延續與傳承的表徵，不會一成不變，而我們的認知理性也會因時代變遷，而不斷重新詮釋傳統。伽達默爾的闡釋學以西方文化傳統爲例，說明新知如何納入傳統，而使文化傳統生機不斷，生生不息，與中國歷代經學家的說法（朱熹除外），有異曲同工之效。以此觀照民國時期的漢學譯著，我們認爲，這批學術新知傳入中國，對中國文化傳統的繁衍與發展，實有承先啓後之功。

近代海外漢學名著叢刊的出版，最值得感謝的是南兆旭先生二十多年來搜羅的執着與努力。雖然這套叢刊不能窮盡民國時期的漢學譯著，但是，能滙集上百冊自一九四九年以來在國內不曾重印的學術著作，再度公之於世，總是功不唐捐的大功德。忝爲本叢刊的主編，我面對這批民國學術材料，先是感到紛雜無章，有些原作者的學術素養也難副當前的學術標準，甚爲猶豫。後轉念一想，這是上個世紀中國最紛亂時期的學術記錄，也是民生凋敝，國勢隕危，內亂外患交加之際，仍有許多學者孜孜矻矻，戮力翻譯域外漢學，爲中國學術的傳承拓展新知的坦途，不禁肅然起敬，開始用心整理分類。掛一漏萬，在所難免，好在有學殖豐贍的

諍友擔任分卷主編,並撰寫各分卷前言,實在是衷心銘感。有傅杰教授負責「歷史文化與社會經濟」、戴燕教授負責「古典文獻與語言文字」、霍巍教授負責「中外交通與邊疆史」,吾道不孤矣。在整理編輯過程中,周威先生費心最多,也是我要衷心感謝的。

道術之存亡,全在人心之嚮背。這批民國漢學譯著重新問世,對我們生長在承平之世的學人,應當有激勵的作用,為學術研究多盡份力,讓中國學術發展更上一層樓。

鄭培凱

二〇一五年七月

前言

二十世紀三十年代是中國現代學術史上的一個黃金時期。從晚清的白話文運動，到白話文在民國初年被定為現代國語，中國的語言也就是「漢語」本身便發生了一個很大的變化。在漢語的這一現代轉化過程中，「新文學」即白話文學、又或稱國語文學的異軍突起，又起到極為重要的推進作用。因此，現代的漢語和文學，從一開始就如雙生子一樣關係密切，不可切分。

當然，白話文與白話文學的興起，原因不止一個，但不能否認的是，在漫長的從「邊緣」變為「正統」的道路上，它們都受到過外來的語言和文學的刺激。這裏面既包括有現代漢語對「外來語」的吸納、新文學對外國文學的模仿，也包括了引入歐美日的方法，對漢語和文學加以研究。這個研究，還不單單是針對現代的漢語和文學，也針對古代的漢語和文學。

伴隨着漢語和文學自身的演變，而在語言學界及文學研究界發生的這些轉變，其實是中國學術在各個領域實現其現代轉型的一部分，也可以說是中國現代學術之建立的一個基礎。隨着對東洋、西洋從觀念到方法、從文獻到詮釋的全面開放，在一九三〇年前後，中國的語言學和文學研究也迎來了自己的黃金時代。

這個黃金時代出現的很多學術成果，都是當時中國學者在傳統學問的基石上，吸收外國的方法，結論得到的，如王力所說，那時的語言學，「始終是以學習西洋語言學為目的」，文學研究也莫不如此。所以，要

想說明這個學術上的黃金時代究竟是什麼樣的,又如何形成,勢必要對當時的國外漢學知其一二,尤其要對翻譯成中文出版的漢學書籍有一點瞭解。

語言學方面,自馬氏文通引入西方語法之後,在中國影響最大的恐怕就要數高本漢。從一九二七年的左傳真偽考及其他,到一九七二年的中國聲韵學大綱,他關於中國語言學的論著幾乎都在中國(包括香港、臺灣)翻譯出版。據說早年間,在他的音韵學論文尚未譯成中文出版前,錢玄同就已經拿着其中幾頁,作上課的教材用。他的中國語言學研究的譯者賀昌群也曾說,在語言音韵學方面有所成就的學者,都是借高本漢之力。

文學方面,一個突出的現象是,日本漢學家的著作被翻譯出版最多。究其原因,大概是由於日本在歷史上受中國文化影響甚深,日本漢學家普遍有很好的漢學功底,到了明治維新以後,又先於中國接受歐美的思想、文化和學術,這兩方面的結合,促使日本漢學界產生出很多新的研究成果,其中就有像兒島獻吉郎、鈴木虎雄、本田成之、青木正兒、鹽谷溫、梅澤和軒等人的著作。這些涉及中國古典文學、藝術、思想等領域的論述,兼有東西之長,比較容易爲中國學界理解和認同。因此,在現代中國的文學史、文學批評史、藝術史、哲學史等學科領域,日本的研究範式一度相當流行。

說到海外漢學的影響,還不得不提及海外漢學論著的翻譯出版,在二十世紀三十年代前後是又多又快。像成書於一九三二年的石田幹之助的歐人之漢學研究,一九三四年就有了中文譯本,就是典型的一例。這固然是由於當時的中國學界對於及時掌握海外漢學動嚮,有一種普遍的要求,可是不能忘記的是這些漢學論著的譯者,在這中間扮演了很重要的「驛騎」角色。

在這裏,也許不需要再去重復趙元任、羅常培、李方桂這一黃金組合翻譯高本漢中國音韵學研究的故

事，不需要說明高本漢論著的大多翻譯者，如張世祿、賀昌群等，也都是很好的專業學者。就連最早的左傳真偽考及其他，也是經胡適推薦，由當年聲名鵲起的新銳陸侃如、衛聚賢合作翻譯的。而在陸侃如看來，他們的譯介，就是爲了「東海西海互相印證」（譯跋）。

值得一說的，倒是譯過不少日本書籍、不限於漢學著作的孫俍工。孫俍工一九二四年赴日留學，他本來學的是德國文學，可是很快翻譯了鈴木虎雄的中國古代文藝論史、鹽谷溫的中國文學概論講話、本田成之的中國經學史、兒島獻吉郎的中國文學通論，興趣完全轉到對中國古典的研究。他在各書的譯序中，談到過對中國祇有整理國故保存國故的口號，成績却不如日本的看法（中國古代文藝論史），談到過他要借翻譯來使人看到在被我們自己拋荒的文學園地裏，經別人代耕，而有怎樣一番禾黍芃芃的景象（中國經學史）。對中日學界當時情況的判斷，大概是他譯書的動機。據說他在一九二八年回國任教後，短短幾年就編出幾百萬字的書來，其中像中國文藝辭典、世界文學家列傳、中國語法講義等，有人說都涉嫌抄襲日人（彭燕郊那代人、關於孫俍工）。這也大可說明他心目中的日本學術，不光是漢學，何等優越。當然，他翻譯鈴木虎雄、鹽谷溫的著作，按趙景深的說法，還是「對於中國文學的貢獻頗大」（文壇憶舊·文人印象·孫俍工）。

另外一位翻譯日文書極其勤奮的是王古魯。王古魯一九二〇年赴日讀的本來是英文系，一九二六年回國後也教過英文，但是他翻譯過的日本書籍，題材廣泛而雜駁，涉及小說與經史之學、語言文學、民族和對外關係，既有論述，也不乏考據。由於他對日本學界的追踪，與他對中日關係的觀察是聯繫在一起的，因此，他在一九三一年翻譯的田中萃一郎西人研究中國學術之沿革、一九三四年編譯的傅斯年等編著東北史綱在日本所生之反響、一九三六年編寫的最近日人研究中國學術之一斑，都在中國學界引起過強烈的反響。在他翻

譯的文學論著中，最有名的恐怕就是青木正兒的中國近世戲曲史。吳梅早已表揚過他在翻譯中表現出的專業態度，即對青木正兒引書「無不一一檢校」，故「可爲青木之諍友」（序）。一九五六年他寫信給青木正兒，又說此書不僅獲得「我國各方面極爲重視」，還作爲「中文本」，與王國維宋元戲曲考等六種，入選蘇聯大百科全書的「中國戲曲」條目，說明譯作本身成了經典。而這一次的翻譯，大概也爲他後來到日本搜集古本小說、戲曲，最後成爲造詣頗深的中國文學史研究專家做了很好的鋪墊。

中國現代學術史也應該銘記這些譯者的功勞。

戴　燕

二〇一五年六月八日於復旦

作者簡介

著　者

兒島獻吉郎（一八六八年—一九二六年），是研究中國文學的杰出學者之一，在中、日兩國學界產生過重要影響。他一生著述宏富，學問涉獵日外史學、中國古代文學、漢語言文字等領域，而主要成就在中國古代文學研究方面。

譯　者

孫俍工（一八九四年—一九六二年），原名孫光策，又號孫僚光，湖南省隆回縣司門前鎮孫家壠村人，是我國近現代史上一位有影響的教育家、語言學家、文學家和翻譯家。縱觀孫俍工的著作，內容廣泛，包括有詩歌、小說、戲劇、散文、文藝理論及文藝史、國文教科書和文學翻譯等幾大方面。據統計，其抗日戰爭爆發以前出版的主要著作，就已達五百多萬字，算得上是一位多才多藝、著作豐盈的學者了。

序

中國文學通論日本漢學家兒島獻吉郎著書凡三卷原名支那文學考第一篇散文考一卷，第二篇韻文考一卷，及支那諸子百家考一卷今譯為國語以散文考為上卷韻文考為中卷，而以諸子百家考為下卷統名為中國文學通論。因為三卷，雖是各各獨立自成系統然其淵源及其在歷史上的發展彼此固有相聯的關係合而觀之自可融會貫通，打成一片且可見中國文學橫的方面的大體。

日本人對於中國文學潛心研究幾無所不至。故日本底漢學家，歷代以來史不絕書。如王朝時代底大江匡衡、弘法大師、菅原道眞諸家，鎌倉室町時代底義堂周信絕海中津中岩圓月諸家，江戶時代程朱學派底藤原惺窩及其門人林羅山山崎派底山崎闇齋陽明學派底中江藤樹及其門人淵岡山熊澤蕃山堀河學派底伊藤仁齋貝原益軒蘐園學派底荻生徂徠及其門下山縣周南太宰春臺安藤東野服部南郭諸家寬政以後的尾藤二洲古賀精里、柴野栗山賴山陽齋藤拙堂諸家以及明治以後的安井息軒池田草菴森槐南竹添井井諸家，對於漢學各有精到的著述。近代歐學東漸，日本漢學亦受了科學的洗禮一時如古城貞吉宇野哲人鹽谷溫靑木正兒鈴木虎雄本田成之兒島獻吉郎等都以科學底方法研究中國古代的哲學文學史學見於著述覃思精慮條理明晰其對於漢學之功實偉。

序

一

我底翻譯這類的著作，已有鈴木虎雄底中國文藝論史，鹽谷溫底中國文學概論講話，本田成之底中國經學史，今茲所譯爲第四部。鈴木氏的是關於詩的批評，鹽谷氏的是關於純文學的，本田氏是關於經學的，而這書卻包括散文韻文諸子百家，把所以成爲中國文學底命脈的各方面都系統的說明了。我不希望這部書底出版成爲研究中國文學者底權威只希望這種分析綜合的方法應用到中國文學上去使中國文學因此而得到一番大大的整理譯者就心滿意足了。

爲了便利讀者起見其重要處所，特由梅痕加以註釋節省讀者輾轉考查的時間想不無小補吧！

二十四年二月譯者在南京。

目次

第一章 序論一 .... 一
　政治觀　道德觀　文學觀　至誠派　天才派　達意派　修辭派

第二章 序論二 .... 一五
　文心雕龍與文則　劉勰以前的論文的作品　劉勰以後的文法家　中國文典

第三章 體制 .... 二九
　文無定體　唐以前的分類　唐以後的分類　文是什麼　七類與八十七目　敍事與議論

第四章 流別 .... 四一
　論辨類　序記類　詔令類　奏疏類　題跋類　書牘類　碑碣類

第五章 達意與修辭 .... 七四
　達意派與修辭派　眞的達意與眞的修辭　辭達而已矣　立意的工夫

第六章 學古與擬古 .... 七九
　學古　師意與師辭　好古與擬古　預備的手段

第七章 文底品致 .... 八五
時勢與氣運　作者底境遇及性質　理的品致　情的品致　氣的品致　莊重　遒勁　簡潔　輕妙與精緻　優美與明晰　誇張的一利一弊

第八章 文之法度 .... 九九
六經三傳與唐宋八家　文與詩　文果有法嗎　相生相剋　篇章字句

第九章 文之病癖 .... 一○四
誰無病癖呢　十九病與三十六病　左傳與史記　品致上的病癖　形式上的病癖

第十章 篇法上 .... 一一二
起承轉結　布置結構　三段四段五段　起法　承法　轉法　結法

第十一章 篇法下 .... 一二一
六經無篇法　書經　易經　禮記　春秋　諸子有篇法　管子與墨子　孟莊荀韓

第十二章 章法上 .... 一二七
章法與篇法　屑疊法　開闔法　抑揚法　緩急法　賓主法　擒縱法　雙關法　一正一反法　一虛一實法

目次

第十三章　章法下 .... 一二四
　八股底條例　八股底題式　八股底形式　破題　承題　起講　四比八股　小結大結

第十四章　句法（一）.. 一四〇
　造句的巧拙　賓主輕重　詳略繁簡　左傳與檀弓　徂徠與北山

第十五章　句法（二）.. 一四六
　構成法與排列法　對偶法　層疊法　承遞法　回文法　照略法　長句與短句　正說與反說　倒裝句法

第十六章　句法（三）.. 一六二
　主語與賓詞　單主語　雙主語　沒主語　漢文之特色

第十七章　句法（四）.. 一七一
　律語底稱呼　古文底聲律　羣經諸子底押韻　四六駢儷　四六底起源　四六底稱呼　四六底法式　四六底對偶　四六底平仄

第十八章　字法（上）.. 一八一
　一字千金　一篇底貫線　用字上的工夫　用字上的時代的變遷

第十九章 字法（中）……………………………一八五
　襲古與取新　顛倒無據錯義失粘　戒和字　戒和句　戒和習

第二十章 字法（下）……………………………一九二
　文典的字法　修辭的字法　品調底轉化　品詞底濫用　轉化底妙用

第二十一章 虛字與實字…………………………二〇二
　廣義與狹義　形體底有無與意義底有無　虛字底功用　虛字研究的反動　時代的特
　徵與文體的特徵　不必一律　實字與虛字底分類

第二十二章 品詞底分類（上）…………………二〇九
　品詞底分類及其細目　接續代名詞　品詞底轉化

第二十三章 品詞底分類（下）…………………二一四
　所字底品詞的部屬　之字底品詞的部屬　者字底品詞的部屬

第二十四章 我與汝………………………………二二四
　第一人稱與第二人稱　見於經典的第一人稱　第一人稱底差別觀　第一人稱底平等觀
　從訓詁學上觀察的第二人稱　從音韻學觀察的第二人稱

第二十五章 無不未非 …………………………………………………………………………………一二二

半虛半實　無毋无亡底差別觀　無毋亡與莫底通韻　妄忘罔與無底通韻　毛耗與無底
關係　靡微與無底通韻　沒末蔑勿與無底關係　不弗未底異同　非匪與不無同用

第二十六章 於于乎 …………………………………………………………………………………一三八

作爲前置詞　從音韻學看　從訓詁學看　古人底用例　時代底推移　作爲感歎詞
作爲副詞　作爲發聲　作爲歇尾詞

第二十七章 前置詞 …………………………………………………………………………………一四七

前置詞諸之　前置詞與之　自從由繇道用法上的異同與爲以底用法

第二十八章 後置詞 …………………………………………………………………………………一五六

後置詞殺着煞道取卻爾來破　也與乎與等也與者　然如乎兮爲爾底用法

第二十九章 也與矣 …………………………………………………………………………………一六一

也矣底時代的研究　也矣底文字上的解釋　也矣底性質上底異同　常法與變則

第三十章 「乎」「與」「邪」………………………………………………………………………一七一

乎與邪底字義　乎與邪底差別觀　音韻學上的歸一　訓詁學上的歸一　時代的特徵與

目次

五

第三十一章 歇尾詞……………………………………二七七

個人的特徵

歇尾詞底意義　歇尾詞底用法　性質上底分類　巴爾底異同　焉旃然底半虛半實哉夫底特性

第三十二章 結論（上）……………………………………二八五

敍事與議論　三代之詔誥與兩漢之奏疏　六朝之駢儷　唐宋以後的古文　明清之八股

第三十三章 結論（下）……………………………………二九〇

形與音與義　形文聲文情文　形式美　聲律美　感情美與理性美　餘論

中國文學通論 上卷

散文

第一章 序論一

政治觀　道德觀　文學觀　至誠派　天才派　達意派　修辭派

中國是尚文的國家，而中國人是從來重文章的民族，故他們大多數以文章為自己底生命，不但幼而學之且長則由此以登龍門；如不見用則據此以求知己於百世。這是他們數千年間傳承而來的思想。

中國古來的文章觀有三種：第一、政治觀。第二、道德觀。第三、文學觀。第一所謂政治觀是經世本位的觀察，先秦諸子常致志於治國平天下，非進而於廟堂之上講先王之道則退而以經綸策見於文字期圖立言之不朽。孔、孟、荀、韓（一）諸子就是屬於此種的他們眼中唯有天下國家。魏文帝（二）所謂「文章經國之大業，不朽之盛事」不必是稱文人底技巧，也許是說在文章底內容裏有經國的大道的因為風流才子底文辭雖是怎樣地美但是無經

國的價值的。葉適（三）說：『不關世教之文章雖工無益，』真德秀（四）說：『文章以切世用為主，』李塗（五）說：『經傳皆聖賢明道經世之書雖非為作文設而千萬世之文從是出』齋藤拙堂（六）說：『後世之文苟能明道經世則與聖賢之用心同豈復有古今之異乎哉彼徒以辭句工麗者何足與語之乎』這等皆以經世為目的政治觀。試舉經世之文則在漢有賈山底至言賈誼（七）底治安策晁錯（八）底賢良策主父偃（九）底諫伐匈奴書趙充國（一〇）底屯田策等；在宋有范仲淹（一一）底攻守戰備策蘇洵（一二）底審敵審勢蘇軾（一三）底上神宗書李綱（一四）底上徽欽高三宗奏議陳亮（一五）底上孝宗書等，皆是關於社稷蒼生的文章其內容既是經國之大業其價值亦實為不朽之盛事如日本三善清行（一六）底意見封事亦是屬於這一種。

第二所謂道德觀就是經學本位的觀察宋儒常致意於窮理盡性五經之文是從聖人之至蘊而發的，可說是成於自然的東西以道為文之根本以文為道之枝葉開口談性命援筆論理氣周程朱張（一七）諸子皆是如此故在他們底眼中僅有義理如周敦頤說：『文所以載道也不知務道德而第以文辭為能者藝焉而已噫弊也久矣』程頤說：『學以養志笑以文為五經之言非聖人有意於文也』朱熹說：『三代聖賢文章皆從此心寫出文便是道。』又說：『不必著意學文但須明理理精後文字自典實』他們以道為主平生無論如何把文章看做末技可知杜甫（一八）底詩有『文章一小技於道未為尊』朱洪邁（一九）評道：『雖杜子美有激而言然要為失言不可以訓文章豈小事哉』然予獨謂詩聖底本領常存於忠君愛國之上蘇軾嘗說：『吾所謂文必與道俱』雖近於經學本位

之言，然其實未必然。蘇軾原來是文藝本位的文章家。故朱熹評道：「東坡之言曰：『吾所謂文必與道俱』則是文自文，而道自道矣。」明楊慎（二〇）嘲道學者之文說：「韓昌黎云『惟陳言之務去戛戛乎其難哉』李文饒（二一）曰：『文章如日月終古常見，而光景常新』此古人論文之要也。近世以道學自詭，而掩其寡陋曰吾不屑爲文。其文不過抄節宋人語錄又號於人曰吾文布帛菽粟也。余嘗戲之曰：菽粟則菽粟矣但恐陳陳相因紅腐而不可食耳。」一座大笑實把明代道學者底末弊罵倒了。還有北齊顏之推（二二）說：「夫文章者，原出五經詔命策檄，生於書者也；序、述、論、議生於易者也；歌詠、賦、頌生於詩者也；祭祀、哀誄生於禮者也；書、奏、箴、銘生於春秋者也。」梁劉勰（二三）說：「論說辭序則易統其首；詔策章奏則書發其源；賦頌歌讚則詩立其本；銘誄箴祝則禮總其端；紀傳銘檄則春秋爲根。」這樣在以五經爲主之點上雖似一種的道德觀然實際是文學本位的。爲什麼他們以爲文章之體原出五經故未必高於五經之價值，寧說是揚文章之聲價的。只是隋王通（二四）卻說：『學必貫乎道而後能文，』這卻是道德觀，近乎是爲周程而作俑的了。

第三所謂文學觀就是文藝本位的觀察。發源於魏、晉時代，而流行於唐、宋時代。蓋他們文章家常自覺以文章爲己之天職，天之所與父不能以之讓子兄不能以之讓弟雖千金之子不能以貨去買雖王公之貴不能以權勢去獲而已則不勞而得無求而至一篇之文不但能感發百世之人，而一言一句皆爲天籟援筆如有神助其美可奪化工之妙其功用可以動天地泣鬼神其自負自信有如此。韓、柳、歐、蘇（二五）諸家就是屬於這一類的，在他們底眼中

唯有文章而已日月星辰是天之文章山川草木是地之文章鳥歌蝶舞是自然底文章天地自然既成文章，人間焉得無文章呢？這是他們底理想他們以文章爲天職，所以能契合天地與造化爭工的實是從這種理想而出的經術家讀破萬卷之書，竟不能下一字訓詁家潛心於一經底解釋終不能作一詩可知文章家自負自重固有如此。故周敦頤說：『文所以載道也』是以道爲本以文爲末的意思來的。前者雖是經學觀然而後者卻是文藝觀語相似而意相反的。李華（二六）說：『文者貫道之器也』即是從有文而道傳的意思來的。『吾所謂文必與道俱』元非發於前者之意，卻是從後者之意而出的。況在蘇轍有『讀書須學爲文餘事作詩人耳』的話呢山本北山（二七）底作文志殼說：『雖是讀萬卷書的人，如不致力於文章則不能辨文之臧否。況在自己的著述怎能辨其臧否呢？一句似韓柳一句似李王（二八）一句似中郎，一句誰也不似的文章這只名爲骨董文章罷了且在北山底作文率裏說道春齋二先生底博識浩覽非常人所能及但是文章拙陋不堪入目實將經學者罵倒而一吐文章家底氣燄哩

文藝本位之文章家有二種：一曰自然派，一曰苦心派。自然派主張文是成於自然本來沒有什麼法則的苦心派卻主張文是成於人之意匠元來有法的。前者比詩底性靈派後者喻詩底格調派。在自然派裏又有至誠派與天才派二種。在苦心派也有達意派與修辭派二種。

一、至誠派就是韓愈底所謂仁義之人其言藹如。諸葛亮（二九）底出師表，李密（三〇）底陳情表，就屬這一派。

因為他們底文皆從至誠出發的，字字涕淚，成於自然蓋情至而文自生，早就作文成章，並不着意。倘若如那程頤底所謂五經之言非聖人有意於文也至蘊所發自然而成也，或如朱熹所謂但須明理理精後文字自典實皆是一種的自然派然他們所謂文決非是我底所謂文藝本位之文殆沒有文學上的價值的。

二、天才派是持才而藐視法的主張文如行雲流水只是行乎其所不得不行止乎其所不得不止。如蘇軾、袁枚

（三一）即古今天才派底泰斗故蘇軾說「吾文如萬斛之泉取之不竭唯行於其所當行止於所不得不止耳」袁枚說：「六經三傳文之祖也果誰為之法哉？」佐藤一齋（三二）底所謂道誠心達實意，經緯乎不得已，而幹旋於不得不然殆是以文藝觀調和於經學本位的故他又說：「子不觀夫造化乎元氣之所幹旋，升為星躔降為坤輿峙為山嶽盤為川海俯仰上下皆文也。而其所以若是者，非故為也示法象於不得不已而已。聖賢之文亦猶是也」又說：『根柢深而枝葉茂淵源遠而流委長總之經緯於一氣之不得已也惟其不得已者不得不已而已也。故自能為抑揚為起伏為變化而不可測也而作者亦不自知其所以然而然倘何區區形迹之拘？』經學文章兼善的他豈非是一方鼓吹程朱底主義一方發揮蘇、袁底理想嗎然齋藤拙堂卻不滿足一齋之說而說：『所謂得其所可行而行，得其所可止而止者皆非法歟法非自天降非自地出文理而已今概為無法可耶？』這可說是對於自然派的頂門底一針。

三、達意派是對於修辭派稱呼是以孔子所謂辭達而已矣為理想的但達意不必僅是苦心派底理想就是自然派亦有以此為理想的。然這裏所說的達意派是指由法而成文，由文而達意的韓、柳、歐、曾（三三）以下的古文家。

故韓愈雖一面說『仁義之人其言藹如也』然而自己作文苦心慘澹處時若忘行時若遺儼乎若思茫乎若迷夏夏乎惟陳言之務去這是他非自然派的證明。柳宗元為文章常戒輕心怠心昏氣矜氣而本之於書、詩、禮、春秋、易、參之以穀梁、孟、荀、莊、老、國語、離騷、史記、文者以明道不苟為炳炳烺烺務采色夸聲音而以為能就是說明他底非修辭派的。其他歐陽修首唱三多之說，晚年尚恐後世見笑自改舊稿可知他亦是苦心派而求達意於法的。明唐順之

（三四）仰慕歐陽修而私淑之嘗說：『漢以前之文未嘗無法而法寓於無法之中故其為法也密而不可窺。唐與近代之文不能無法而毫釐不失乎法以有法為法故其為法也嚴而不可犯。』即是說唐、宋以後之文必不得不言法，唐、宋之法實出於秦、漢。蓋秦、漢之人，非皆能文其文之善者必傳而不自知其合法，左、莊、司馬（三五）之文是已。唐、宋之人又擇秦、漢之善者務求合其法，韓、柳、歐、蘇因法而達意亦是當然的。

（三五）四修辭派與其說是內容毋寧說是苦心於形式的常以技巧盡於一字一句。在前六朝諸家之文在後明代李、王底古文辭等皆屬於這一派。王世貞（三六）底藝苑卮言（三七）所說首尾開闔繁簡奇正各極其度篇法也抑揚頓挫長短節奏各極其致句法也點綴關鍵金石綺綵各極其造字法也篇有百尺之錦句有千鈞之弩字有百鍊之金把修辭派底理想完全流露出來了然修辭是達意的手段達意之文亦在某程度必要修辭。故韓愈嘗答尉遲生說是『辭不足不可以為成文』李翱（三八）亦答王載言說義雖深理雖當辭不工者不成文且不能傳也。山縣周

兩在作文初問裏說：「文章有修辭達意二端畢竟辭不修則意不達故修辭為文章底第一義，欲作文必先記憶古辭雅語胸中如富贍則把筆即成自由三昧朱元晦（三九）說『韓愈博極羣書奇辭奧旨如取諸室中物』」就是說的這一回事然而修辭派底文往往拘於手段忘卻目的，不但為了文飾左右意志而且甚至知道古人而不知道自己一字一句務必模擬古人陳言以曲就自己底意思這是被古人之假面為古人之假聲忘卻自己底態度失掉自己底面目然而沾沾自喜揚揚有得色修辭至是便化為病累了大宰春臺（四〇）底《文論》說：「抄古人成語而聯綴之而已文理不屬意氣不通吾嘗戲目之曰糞雜衣」把修辭派底病累罵倒了。

（一）孔孟荀韓 卽孔子孟子荀子韓非。

（二）魏文帝 卽曹丕字子桓曹操之子漢靈帝中平四年生於譙卒於黃初七年天資聰慧下筆成章又博聞疆識才藝兼全少年時愛好文學卽以著流爲事著有典論一文可算是評論文學的啓源。

（三）葉適 宋永嘉人字正則意志慷慨雅以經濟自負登淳熙進士官至寶文閣待制兼江淮制置使後坐事奪職杜門著述自成一家學者稱水心先生著有水心文集外集。

（四）眞德秀 宋浦城人字景希慶元進士理宗時官至翰林學士拜參知政事而卒其學以朱熹爲宗自韓侂胄立僞學之名以錮善類其後正學得以復明者皆德秀之力也學者稱之爲西山先生著有大學衍義唐書考疑讀書記文章正宗西山甲乙稿西山文集四書集編等書。

（五）李淦 宋人生卒字里未詳約高宗紹興時在世著有文章精義一卷。

（六）齋藤拙堂 日本津藩人寬政九年（一七九七年）生名政儒字有終學古通今，經義以宋儒爲主但不固執詩文共妙著有拙堂文話，詩文集魯西亞外記等書。

（七）賈誼 漢洛陽人生於漢高祖七年（西歷紀元前二百年）卒於文帝十二年（西歷紀元前一六八年）十八歲時以能誦詩屬書聞於郡中文帝召他爲博士時纔二十餘歲，在諸博士中其年最少他底思想淵源於儒家他政論也以儒家爲立足點漢朝從漢高祖到漢文帝時一切制度都沿秦朝的舊規沒有改革他以爲當改革於是他草具其事一件改更的這些事都記載在他所著的新書中新書共十卷五十八篇那痛哭流涕的治安策亦在其中可爲他底政論他底文筆文采煜煜議論風生是爲可觀賦作風頗似楚辭。

（八）晁錯 漢穎川人學申商刑名以文學爲太常掌故受尙書於伏生累遷太子家令以辯得幸太子號曰智囊敷上書言邊事景帝時爲御史大夫請削諸侯枝郡，吳楚七國反以誅錯爲名袁盎進說衣朝衣斬東市。

（九）主父偃 漢臨淄人初學縱橫術晚乃學易春秋百家之言元光時上書言事拜郎中一歲四遷爲中大夫大臣畏其口賂遺累千金或謂偃太橫偃曰：『丈夫生不五鼎食卽五鼎烹耳吾日暮故倒行而逆施之』後以告齊王與姊通奸事族誅。

（一〇）趙充國 漢上邽人字翁孫善騎射之術後補羽林軍爲人沉勇有大略知四夷之事武帝時以假司馬從貳師將軍擊匈奴有功拜爲中郞又擊定武都氏遷水衡都尉後將軍有言屯田十二便寓兵於農允爲後人所宗卒年八十六歲。

（一一）范仲淹 宋蘇州吳縣人字希文宋太宗端拱二年生於仁宗皇祐四年卒二歲孤母適長山朱氏從其姓名說旣長乃感泣辭母去依戚同文學晝夜不息冬月憊甚以粥灌之擧祥符進士始還姓更名晏殊薦爲祕閣校理每感激論天下事奮不顧身一時士大夫矯厲尙氣節自他倡之守邊數年號令嚴明愛撫士卒羌人呼爲『龍圖老子』夏人亦相戒不敢犯其境曰：『小范老子胸中自有數萬甲兵』官至戶部侍郎著有丹陽集及奏議尺牘傳於世。

（一二）蘇洵 宋眉州眉山人字明允生年未詳，卒於英宗治平三年二十七歲始發憤讀書，通六經、百家之說下筆頃刻數千言。至州嘉祐間與

二子軾轍同至京師歐陽修上其書二十餘篇既出士大夫爭傳之一時學者盡效蘇氏為文章宰相韓琦奏於朝除祕書省校書郎與姚闢同修禮書為太常因革禮一百卷書成而卒著有嘉祐集老泉文鈔二十卷諡法三卷並傳於世他底作風古勁簡峭又精於練句練字。

曾子固曰：『明允為文少或百字多或千言其指事析理引物託諭侈能盡之約遠能見之近大能使之微小能使之煩而不亂肆而不流其雄壯俊偉若決江河而下也其輝光明白若引星辰而上也。』所著權書衡論等文暨切高深之至儼然戰國策士之文〔宋初文雅未盛他獨教其二子成名文章學術自為一家。

（三）蘇軾 洵子字子瞻宋仁宗景祐三年（西曆一〇三六）生於眉山徽宗建中靖國元年（西曆一一〇一）卒於常州比冠博通經史，屬文日數千言好賈誼陸贄書既讀莊子歎曰：『吾昔所見口未能言今見是書得吾心矣』宦至龍圖閣學士他為人瀟落出塵號東坡先生善文工詩又善題詞作畫喜納文士如黃庭堅秦觀張耒晁補之稱蘇門四學士益以陳師道李薦稱蘇門六君子著有東坡全集東坡詞等凡數百卷。易書傳論語說仇池筆記東坡志林等書並傳於世彼嘗自謂作文『如行雲流水初無定質但常行於所當行止於所不可不止』又曰『吾文如萬斛湧泉不擇地而後出在平地滔滔汩汩雖一日千里無難及其與山石曲折則隨物賦形而不可知』詩才橫溢觸處生春。

（四）李綱 宋邵武人字伯紀政和進士靖康初金人來侵力主戰被謫高宗郎位首召為相修內治整邊防講軍政力圖恢復綱負天下重望以一身為社稷人民所繫每宋使至燕山必問李綱趙鼎安否其為遠人畏伏如此詩文雄深雅健著有易傳內外篇論語詳說梁溪集

（五）陳亮 宋婺州永嘉人生卒年不詳字同父生而目光有芒才氣卓越著酌古論隆興初上中興五論光宗策進士問以禮樂刑政之要他以君道師道對光宗大悅御筆擢為第一著有龍川文集龍川詞三國紀年歐陽文粹等書傳於世他作風超邁奔放如流所謂海誦澤聚天霽風止無狂浪暴流而洄漩起洑縈映巧妙極天下之奇險集中所載議論之文為多其才辨縱橫不可控縛誠似天下無足當其意者故嘗言曰：『研窮義理之精微辨析古今之同異原心於杪忽較禮於分寸以積累為工以涵養為正醉面盎背則於諸儒誠有愧焉至於堂堂之陣正正之旗風雨雲雷交發而並至龍蛇虎豹變現而出沒推倒一世之智勇開拓萬古之心胸自謂差有一目之長』

（一六）三善清行　待考。

（一七）周程朱張　即周敦頤、程顥、程頤、朱熹、張載。周敦頤，宋道州人字茂叔胸懷灑落如光風霽月著太極圖說及通書爲宋理學之開祖明道、伊川兩先生受其學甚深程顥、程頤，宋洛陽人，顥字伯淳資性過人而充養有道和粹之氣盆於背面泛濫諸家出入老釋返求之六經而後得之於易尤有心得著有定性書與太極圖說相表裏程頤，宋洛陽人，頤學於誠以大學語、孟中庸爲標指而達於六經動止語默一以聖人爲師著有易傳語錄文集朱熹宋人一一二六年生——一二〇〇年死字元晦一字仲晦徽州婺源人以正心誠意齊治平均之道奏上頗得聖心爲師晚卜築於考亭爲講學之所故人稱考亭學派其學出於李侗、羅從彥盡得程氏之傳大抵窮理以致其知反躬以踐其實而以居敬爲主著有朱子大全等書張載宋郿縣橫渠鎭人字子厚其學以易爲宗以中庸爲的以禮爲體以孔孟爲極著正蒙東銘西銘理窟易說世號橫渠先生傳其學者稱爲關學。

（一八）杜甫　唐人西曆七一二年生七七〇年卒字子美襄陽人著有文集六十卷傳於世他底作風雄奇沈鬱研精老練尤長於五言律七言歌行有稱他五言律七言歌行神矣七言律聖矣的評語故號爲「詩聖」其爲詩以意爲主以獨造爲宗以奇拔沈雄爲貴其妙處詠之使人慷慨激烈欷歔欲絕故有稱爲「情聖」的又因爲他的詩皆以當時社會背景及軍國大事一一詠之於詩故又號爲「詩史」至其渾涵汪洋千彙萬狀實古今而有之。

（一九）洪邁　宋鄱之弟字景廬自幼過目成誦博及羣書以端明殿學士致仕卒著有史記法語南朝史精語經子法語容齋隨筆續筆至五筆、夷堅志等書

（二〇）楊愼　明廷和子字用修庵七歲作擬古戰場文年二十四登正德間廷試第一授詞撰書無所不覽愼詩含吐六朝於明代獨立門戶文雖不及其詩然猶存古法賢於何李諸家明世紀誦之博著述之富推爲第一詩文外雜著多至一百餘種有升菴集八十一卷。

（二一）李文饒　宋人餘待考。

（二二）顏之推　字介梁武帝中大通三年（西曆五三一）生於琅琊之臨沂卒於隋文帝開皇十一年（西曆五九一）精周官左氏學著家

訓二十篇行於世他底文詞清遠縝麗觀我生賦尤爲佳品尺牘的文章亦很工穩家訓是專門討論文章以爲家中子弟敎訓的作品其中有文章篇第一段云：『凡爲文章猶人乘騏驥雖有逸氣當以銜勒制之勿使流亂軌躅放意填坑岸也文章當以理枝爲心腎氣調爲筋骨事義爲皮膚華麗爲冠冕今世相承趨末棄本率多浮艶辭與理競辭勝而理伏事繁而才損放逸者流宕而忘歸穿鑿者補綴而不足時俗如此安能獨違但務去泰去甚耳必有盛才重譽改革體裁者實吾所希古人之文宏才逸氣體度風格去今遠但緝綴疏致耳今世音律諧靡章句偶對諱避精詳賢於往昔多矣宜以古之製裁爲本今之辭調爲末並須兩存不可偏棄也』他在當時說這樣的話對於南朝文學大加貶責爲散體文爭色不少他在北朝,不惟是一大文學家,還是一個論文家。

(二三) 劉勰 字彥和梁莒人早孤家貧不婚娶依沙門僧祐與之居處積十餘年遂博通經論《文心雕龍商榷古今苞羅羣籍別其體製較其短長將欲以濟聖經之用成一家之言唐宋以後不惟以此書爲論文取則卽其綰整之筆亦多取爲法式曾與慧震撰經於定林寺啓求出家改名慧地未幾卒。

(二四) 王通 隋人字仲淹生於陳後主至德元年(西曆五八三),卒於隋煬帝大業十三年(西曆六一七)絳州龍門人著有中說以擬論語作元經以仿春秋讀詩書正禮樂易道九年而六經就其書都不爲中儒稱道惟中說十篇獨傳文詞奧衍思理高深其爲書都諭王弱之道嚴以五百年間而生的名士自居後世稱爲中國古之大儒其思想言論有獨往來之慨。

(二五) 韓柳歐蘇 卽韓愈柳宗元歐陽修蘇洵蘇軾蘇轍韓愈唐人西曆七六八年生西曆八二四年死字退之,昌黎産三歲而孤好讀書官至吏部侍郎著有文集四十卷並傳於世他底作風奧衍宏深六朝以來文風日向綺縟唐初雖厲革之猶有餘風矯浮風一時學作古文者都師法之故後世說他文能起八代之衰唐以後言古文辭者都以他的文章爲模範柳宗元唐代宗大曆八年(西曆七七三)生於河東卒於憲宗十四年(八一九)字子厚官至柳州刺史著有文集四十卷傳於世他底作風雄奇精潔所爲古文與韓愈齊名當世唐代散文當推韓柳柳爲冠爲散文尤長於山水遊觀短記後人評其文曰:『有如嶄嚴之奇峭,激湍之幽咽;又如出

奇兵走間道者』韓愈評其文曰：『雄深雅健似司馬子長崔蔡不足多也』歐陽修，宋眞宗景德四年（西曆一〇〇七）生於廬陵卒於神宗熙寧五年（西曆一〇七二）四歲孤母鄭氏親教育之家貧至以荻畫地學書及冠舉進士試南宮第一以太子少師致仕著有新唐書新五代史毛詩本義歸田錄洛陽牡丹記文忠集試筆居士集六一詩話六一詞等集共數百卷又編集古錄一千卷並傳於世他底作風古文平易沖暢詩詞婉麗疏適蘇東坡評之云『歐陽子論大道似韓愈論事似陸贄記事似司馬遷詩賦似李白』古文之風盛於唐，而又盛於宋寶歐陽修之力也蘇洵蘇軾見前註（十二）（十三）蘇轍宋仁宗寶元元年生（西曆一〇三八年）卒於徽宗政和二年（西曆一一一二年）十九歲登進士以大中大夫致仕築室於許號潁濱遺老著有詩傳春秋傳論語拾遺孟子解古史老子解龍川志略欒城集等並傳於世他作風沖逸放達蘇東坡論其文曰：『汪洋淡泊有一唱三歎之聲而其秀傑之氣終不可沒』云。

（二六）李華　字遐叔趙郡人生年未詳唐肅宗上元元年卒（西曆七六〇年）累中進士宏辭科天寶中除監察御史安祿山反後屏居江南客隱山陽勒子弟力農安窮著有文集十卷傳於世文詞綿麗少宏傑氣。

（二七）山本北山　日本江戶人名信有字天喜頗博學反對舊來的復古修辭之弊爲折衷學底先驅文化九年（一八一二年）卒享年六一著有古文尚書考作文志毅論語說學庸正義等。

（二八）李王　卽李攀龍王世貞李攀龍字于鱗明武宗正德九年（西曆一五一四）生於歷城卒於穆宗隆慶四年（西曆一七〇）少貧自奮於學嘉靖二三年爲進士官至河南按察使，一日心痛而卒著有李滄溟集古今詩刪傳於世他底作風高華偉麗推爲後七子之首他才思勁驚名最高獨心重王世貞天下亦並稱王李又與李夢陽何景明並稱何李王李其爲詩以聲調勝王世貞字元美號鳳洲亦稱弇州山人明世宗嘉靖五年（西曆一五二六）生於太倉卒於神宗萬曆十八年（一五九〇）生有異稟讀書過目不忘十九歲舉進士官刑部尚書著有弇州山人四部稿百七十四卷續稿二百七卷嘉靖以來首輔傳觚不觚錄王氏書苑畫苑等傳於世他底作風華贍高俊其爲詩以聲韻爲主但最易失於藻飾晚年漸造平淡。

（二九）諸葛亮　蜀漢陽都人字孔明少孤隱於襄陽之隆中躬耕畎畝自比管仲樂毅徐庶薦之於蜀漢先主稱爲臥龍先主詣之三往始見爲

書天下形勢。後從先主敗曹操於赤壁，據荊州，定徐州漢中地，先主卽帝位拜丞相，先主崩輔後主，東和孫權南平孟獲，而後出師北伐，六出祁山與魏相攻戰者累年，後以疾卒於軍，年五十四歲，著有諸葛武侯集。

（三〇）李密　晉武陽人字令伯，一名虔父早亡母更適人，鞠於祖母武帝徵爲太子洗馬，密上陳情表固辭，乃停召。

（三一）袁枚　清浙江錢塘人西曆一七一六年生一七九七年死字子才，號簡齋，又號隨園，著有小倉山房集、隨園詩話、隨園隨筆等傳於世，他底作風瞻麗飄忽，其爲詩專以性靈爲主，其論文曰：「文貴曲，天上有文曲星無文直星，木直者無其挐，曲盤紆者文也，水靜者無其撓，激於風者文也。孔子曰：『情欲信，詞欲巧，巧者曲之謂也。』」枚與趙翼、蔣士銓稱爲乾隆三大家，尤以枚得名最盛，又與紀昀稱爲南袁北紀。

（三二）佐藤一齋　日本江戶人安永元年（一七七二）生安政六年（一八五九）卒名坦字大道，學容朱王二派，尤其好陽明學著述有愛日樓詩文言志錄大學摘說等。

（三三）韓柳歐曾　卽韓愈、柳宗元、歐陽修、曾鞏字子固，宋建昌南豐人，生而敏讀書敷百言脫口輒誦十二歲試作六論，官至中書舍人，著有元豐類稿五十卷傳於世，他底作風深厚雅健，因其原本六經斟酌於司馬遷韓愈且爲歐陽修所陶冶，故一時作者莫能過之，學者稱之爲南豐先生。

（三四）唐順之　字應德明武宗正德元年（西曆一五〇六）生於武進，卒於世宗嘉靖三十九年（西曆一五六〇）嘉靖八年會試第一。倭寇蹂躪江南北，以郞中視師浙江，躬自泛海壓破倭寇著有荊川集傳於世，他底作風洗洋紆折有大家風。

（三五）左莊司馬　卽左丘明、莊周、司馬遷，左丘明後人因其失明稱爲『盲左』著有左氏春秋五十卷，又作國語，他底作風淳蓄嫺雅敍事之文已到佳境，後世言文品的莫不取法於他，莊周宋國人曾作蒙漆園吏，著有漢書藝文志，又名南華經，他底思想祖述道家，胸字宏豁識趣鑒峻，極盡變化幽渺之致，完全發揮老子底學說，痛詆儒家到極點，他底文學天才超逸穎悅爲文縱橫跌宕奇氣迫人，爲戰國時第一等文學，司馬遷漢龍門人字子長，宜至太史公，武帝天漢二年因其友李陵降於匈奴，慷慨朝廷處理之不當，朝廷

處之以腐刑下之於蠶室於是發憤著書共百三十篇名曰史記。遷素性慷慨重意氣嘗與燕趙間豪傑交遊文章風格獨樹一幟敘事議論錯綜離合變化無迹以一枝扶搖滂溥的筆寫出他悲憤鬱積的心胸如熱血橫迸一字一句奇氣迫人實在是散文中的傑作後代稱為漢代中的聖品又稱之為作史的聖手。

(三六)王世貞　見前註(二八)。

(三七)藝苑巵言　王世貞著，在弇州山人四部稿中，四部稿分賦部、詩部、文部、說部，藝苑巵言為說部中之一種。

(三八)李翱　唐趙郡人(一作成紀人)官至山南東道節度使著有文集若干論語筆解、五木經並傳於世文詞渾厚其學與文皆受韓愈之影響其文長於言理，故宋人多愛其文唐代為古文的除韓愈柳宗元外當推其為首他底答進士王載言書見唐文粹八十五卷。

(三九)朱元晦　即朱熹見前註(一七)。

(四〇)大宰春臺　日本信州飯田人延寶八年(一六八〇)生延享四年(一七四七)卒名純字德夫號紫芝園。繼物徂徠底學系唱復古之學詩文斥李王為無用專尚經術著述有聖學問答辨道書論語古訓紫芝園文集等。

第二章 序論二

文心雕龍與文則　劉勰以前的論文的作品　劉勰以後的文法家　中國文典

已有數千年的壽命由古今數千的文人學者熱心地師承傳習而來的中國文章豈無一定不變的法則！秦、漢以前之文人雖不必說法，然魏、晉以後論文的雖多，然而已經佚亡的亦不少。試就現存之書舉其錚錚者則前有齊劉勰底文心雕龍十卷，後有宋陳騤（一）底文則二卷。文心雕龍是代表六朝的論文修辭的書分原道以下五十篇前半二十五篇概論文體後半二十五篇主要論修辭底工拙利病不但大可資後人典據就是當時沈約常把這書置之几案。（二）文則是論文之法則的，上卷主要論經傳之文凡三十七條下卷泛論文底句法字法，凡二十五條。熊坂臺洲（三）底文章緒論雖說文則唯麤論字法句法而未及章法篇法但在宋元時代的論文章的書當以此為巨擘。

然劉勰以前論文的文章並非是沒有在漢王充（四）底論衡裏有論經傳的文及評聖賢之言的處所，他底目的畢竟是以自己為中心，不過把他底書底第一不深奧的所以第二違詭俗耳的所以第三不純美的所以第四不合於古且不類於前人的所以第五不簡約的所以都說破罷了卽他決不是從修辭上把聖經賢傳作為文章底典

型而批判的,而是主觀的說明自己底立腳地的,在中國的論文修辭底書,蓋以魏文帝典論十二篇爲嚆矢可惜已亡佚其十一篇僅一篇存於文選而已。還有魏之曹植(五)應瑒(六)晉之陸機(七)摯虞(八)李充(九)等或辯文體,或論修辭之法,然而陸機文賦除外餘皆篇籍散佚不能見其全豹了。然劉勰時魏文帝以下六家底論文的書尚存在文心雕龍底序志裏評魏文帝典論說是密而不周;評曹植底書論說是辯而無當,說應瑒底文論華而疏略,說陸機底文賦巧而碎亂,說摯虞底文章流別論精而少巧,說李充底翰林論淺而寡要很可知道且不僅在劉勰存在而文章流別論及翰林論在唐之世好似還存在在沙門遍照底文鏡秘府論(一〇)裏說「李充之製翰林褒貶古今斟酌病利乃作者之師表,摯虞之文章志區別優劣編輯辭人之苑囿」實可窺知二書底內容了以外晉葛洪抱朴子(一一)外篇有論文的東西尙博辭義,文行諸篇就是雖其文辭辨博然還有未密緻之憾。

劉勰以後的文法家,梁有任昉(一二)嘗著文章緣起,(一三)然隋世已佚亡了。北齊有顏之推嘗著顏氏家訓,

(一四)作文章篇然議論倚有未精到之所。降至唐世韓柳二家,慨然欲啓聖賢心傳的祕鑰常以文章自任把渾身熱血傾注於文字翰墨中以文章之道開發百世。如韓愈底答李翊書,(一五)與柳宗元底答韋中立論師道書(一六)可見二家對於文章的態度但不曾論及句法字法只柳宗元底復杜溫夫書(一七)說明助字底用法而已以外唐李翶(一八)底答王載言書,明方孝儒(一九)底贈鄭顯則序,淸侯方域(二〇)底與王任谷論文書,魏禧(二一)底與李武曾論文書等皆盛論文章。其中魏禧底陸縣圃文序,李艾山縣圃文序及朱子發文集序,朱彝尊(二二)

（二三）評為「論文推韓、柳與李韋二書為第一，勺庭陸隴圃文序，窮微極變，有開拓萬古之意，可謂後來居上。」然是等能道破篇章之妙，不論及字句之妙，是千古之遺憾。這時期陳騤著的論字法句法確可說是出一頭地了。陳騤以外宋有李塗之文章精義一卷丹鉛總錄（二四）說：『李塗所著有古今文章精義與陳騤文則識趣相彷佛。』其他元之陳繹曾（二五）有文章歐冶一卷，明高琦（二六）有文章一貫二卷，朱荃宰（二七）有文通三十卷皆是瞠若於文則之後的東西，後至清朝有唐彪（二八）底讀書作文譜十二卷，方以智（二九）底文章薪火一卷張秉直（三〇）底文談一卷呂璜（三一）底初月樓古文序論一卷劉熙載（三二）底文概一卷等。在日本雖在家田大峯奉臺底文論一卷山縣周南底作文初問一卷服部南郭（四〇）底文荃小言一卷齋藤拙堂底拙堂文話正續十六卷海保漁村（四一）底作文志彀一卷及作文率四卷帆足萬里（四二）底修辭通一卷熊坂臺洲底文話緒論一卷山本北山底作文志彀一卷及作文率四卷帆足萬里（四二）底修辭通一卷伊藤東涯（三九）底作文眞訣一卷大宰柳之侯魏底光燄萬丈。他如藤原惺窩（三八）底文章達德錄綱領六卷、伊藤東涯（三九）底作文眞訣一卷、大宰春臺底文論一卷、安井息軒、（三六）木下犀潭（三七）等底集中皆有文論，然終不如唐之韓賴山陽、（三四）安積艮齋、（三五）

還有論文章而就古人底成書或就選輯古人底文章而論其篇章字句，使作者底心匠一目瞭然的如宋蘇洵底蘇評孟子（四三）清馮李驊（四四）底左繡（四五）吳齊賢底史記論文李晚芳底讀史管見高嶹底歷代古文鈔趙大浣底增補蘇批孟子于光華底四書集鑿及日本竹添井井底孟子論文，有井範平氏底論語論文等，皆就古人

底成書而加以評論的宋謝枋得（四六）之於檀弓，（四七）清魏禧之於孟子牽牛章亦屬於這一種。又如宋呂祖謙底（四八）底古文關鍵（四九）樓昉（五〇）底崇古文訣，（五一）謝枋得底文章規範，明茅坤（五二）底唐宋八大家文鈔，（五三）清儲欣（五四）底唐宋十大家全集錄，（五五）乾隆帝底御選唐宋文醇（五六）沈德潛（五七）底唐宋大家文讀本林雲銘（五八）底古文析義及日本物徂徠（五九）底古文矩賴山陽（六〇）底古文典型謝選拾遺川田甕江（六一）底文海指針等，皆是選輯古人底文章而加以評論的就中呂祖謙底古文關鍵取唐代韓柳二家之文宋代歐蘇曾及張耒（六二）六家之文凡六十餘篇而標舉其意匠布置之妙且於卷首冠以總論看文字法作文之法樓昉底崇古文訣就是模倣古文關鍵而作的。蓋樓昉為呂祖謙底門人是循師說而加以精密的。茅坤底唐宋八大家文鈔雖是為舉業者指示古文底徑路然其評論往往採八股文之法，清紀昀（六三）評道：『是集大抵亦為舉業而設其所評語疏舛尤不可枚舉』儲欣底唐宋十家文於八家以外加入李翱孫樵（六四）二家其目的與茅坤同是在為舉業者其批評眼光亦與茅相去無幾乾隆帝底唐宋文醇以茅儲二家底取舍有未嚴之處評論也有未精之所乃指授儒臣使抉摘精微研窮蘊奧至沈德潛底唐宋八大家文讀本每篇附評點段落總評旁批皆中肯繁其他尾藤二洲（六五）底文章一隅僧大典（六六）底初學文軌等就不足觀了。

倘若那所謂文典，即是分品詞以論字法的則自清光緒二十四年馬建忠（六七）著馬氏文通（六八）十卷開始。然在馬氏文通以前有一部唯一的文典書就是美國底高第丕及清朝底張儒珍共著的文學書官話這書之成

爲同治八年，先馬氏文通二十有九年。然文學書官話非古人底文法書，而是俗文的文典書。明治十年，金谷昭氏刊行加以訓點的大清文典及同年大槪文彥氏版刻而加以訓點施以解釋的支那文典，皆是這文學書官話底改稱。倘若那明盧以緯底助語辭一卷，清王引之（六九）底經傳釋詞十卷，袁仁林（七〇）底虛字說一卷，張文炳（七一）底虛字註釋六卷，單是說明虛字底性質及用法的，原不具文典書的體然，前置詞、後置詞、助動詞、接續詞、感歎詞、歇尾詞、底用法自存其中，亦可稱爲部分的文典書哩。特別是張文炳底虛字註譯立起語、接語、轉語、襯語、束語、歇語的六門來說明，最帶文典的性質。以外還有日本底伊藤東涯（七二）底用字格、助辭考，三宅觀瀾（七三）底助字雅，三好似山（七四）底廣益助語辭集例，皆川淇園（七五）底助字詳解，三宅橘園（七六）底助語審象，東條一堂底助字新譯等。亦都是論文字底用法的一種文典。其中東涯底用字格與一堂底助字新譯考據最爲精詳，遠勝盧氏底助語辭。

馬字文通十卷，是馬建忠參稽泰西文典，勤苦十年，終探千古未宣之祕奧而啓其關鍵，與近時操觚者流，在朞月之間匆匆成書的有異。與馬氏文通同時，在日本出了一部豬狩幸之助氏底漢文典，但恨體制尙有未完成的處所。明治三十五年自著的漢文典那就不必說了。後光緒三十二年來裕恂底漢文典出，槪是因馬氏文通而損益的東西。還有明治三十八年廣池千九郎氏底支那文典出，大率過於臆斷，賊夫人之子的處所不少。他如岡三慶、新樂金橋諸氏底漢文典，各殊所見，漢文典還大有研究的餘地在哩。

中國文學通論　上卷

（一）陳騤　宋臨海人字叔進紹興中舉進士第一。光宗時為吏部侍郎應召疏三十餘條皆切時病著有南宋館閣錄文則文則凡二卷四庫總目云：『此書所列文章體式雖該括諸家而大旨皆準經以立制徒較量於文字之增減未免逐末而遺本……然取格法於聖籍終勝摹機調於後人。其所標舉神而明之存乎其人固不必以定法泥此書亦不必以定法病此書』

（二）沈約　宋人西曆四四一年生五一三年死吳興武康產少孤貧篤志好學晝夜不倦母恐其以勞生疾常遺減油滅火而書之所讀夜輒背之遂博通羣籍著有晉書百一十卷宋書百卷齊記二十卷高祖記十四卷邇言十卷謚例十卷宋文章志三十卷文集一百卷皆行於世他底作風文辭富麗沈滯兼而有之他底筆尚厚重南史劉勰本傳謂文心雕龍既成未為時流所稱勰欲取定於沈約無由自達乃貢書候約於車前狀若貨鬻者約取讀大重之謂深得文理常陳於几案。

（三）熊坂臺洲　待考。

（四）王充　字仲任會稽人少時孤鄉里稱其孝道著有論衡譏俗書政務書及養性論十六篇他底文風與當時作者不同以為文辭卽言語底代表祇求詞能達意已足那種虛浮無用之物而且常常把原有的意思朦朧了因此他底文自成一種實用主義論衡凡三十卷共八十五篇二十餘萬言中有非孔刺孟兩篇其言雖多激然辨論新穎實有獨特的作風

（五）曹植　字子建曹操之子西曆一九二年生於譙二三二年卒於陳國幼穎悟善詩文著有賦頌詩銘雜論共百餘篇詩歌是他特長朗風詩為四言詩之代表七哀詩為五言詩之代表他底作風情感豐富辭采清麗他底詩有特點凡三（一）是詩古詩不假烹鍊他底詩用字很工（二）是詩古詩不費思索他底詩平仄諧調有此數長故占建安文學底中心地位

（六）應瑒　建安七子之一字德連汝南人著有風俗通百餘篇及中漢輯敍漢官儀及禮儀故事凡十一種百三十六篇又有文賦數十篇他底作風常常表現一種飄泊流離底感歎故其文和柔而不壯健。

（七）陸機　字士衡，吳永安四年（西曆二六一年）生於吳郡卒於晉太安二年（西曆三〇三年）吳丞相陸遜之孫少有異才文章冠世

伏膺儒術，非禮不動。他天才秀逸，辭藻宏麗，著有文章共二百餘篇，傳於世。張華嘗謂曰：『人之為文常恨才少，而子更患其多。』後葛洪著書稱他文辭：『猶玄圃之積玉，無非夜光焉；五河之吐流泉源如一。』有連珠五十首尤美。

(八) 摯虞 字仲洽，京兆長安人，在晉武帝朝上奏論難甚多。後歷祕書監衛尉卿，從惠帝幸長安，及東軍來迎，百官驚散，遂流離鄴杜之間，轉入南山中，糧絕飢甚，食橡實以充腹。後還洛陽，及洛京荒亂，人飢相食，遂以餒卒。著有文章志四卷，古文章類聚、文章流別集等，他底筆調辭理並重，所著文章流別集辭理愜當，尤為世所推重。

(九) 李充 晉江夏人，字弘度，善楷書，妙參鍾索，為王導記室參軍，幼好刑名之學，深抑虛浮之士，選大著作郎，於時典籍混亂，充刪除繁重，以類相從，分作四部，祕閣以為永制。累遷中書侍郎卒官。

(一○) 沙門遍照 即釋空海諡號弘法大師日本讚岐人，寶龜五年(七七四)生。文鏡祕府論即他所編撰書凡六卷，內容把六朝及唐時諸家底詩文評及論格調的文章都搜集起來了。即就沈約底四聲譜、劉善經底四聲指歸、王昌齡底詩格、崔融底唐朝新定詩格、元兢底詩髓腦、古今詩人秀句、陸機底文賦、劉勰底文心雕龍、殷璠底河嶽英靈集等，勘其異同，去其重複，取其樞要，且以之分為聲譜調聲八種韻、四聲論十七勢、十四例、六義十體、八階、六志二十九種對、文三十種病累十種疾論文意、論對屬等類而加以評論。

(一一) 葛洪 晉句容人，字稚川，咸和初為散騎常侍領大著作，固辭不就，於羅浮山煉丹丹成尸解。抱朴子即洪所著，分內外兩篇，內篇論神仙吐納符籙赴治之術，純為道家之言，外篇則論時政得失，人事臧否，詞旨辨博，饒有名理，凡八卷。

(一二) 任昉 梁博昌人，字彥昇，八歲能屬文，初仕齊為太學博士，王儉沈約皆稱之，所著文章數十萬言，昉家貧聚書至萬餘卷。武帝使學士賀縱共沈約勘其書目，官無者就昉家取之，著有文章緣起一卷，述異志二卷。

(一三) 文章緣起 書名任昉撰。

(一四) 顏氏家訓 書名顏之推撰，二卷凡二十篇，述立身治家之法，辨正時俗之謬，以訓子孫者，亦兼論字畫音訓，並考正典故品第文藝，故四

書名秦漢以來，詩賦離騷至於勢約凡八十五題，各詳其體之創始，引據頗疏。四庫提要疑為後人偽託凡一卷。

第二章 序論二

二一

庫總目列之子部雜家類。

（一五）韓愈答李翊書 中云『……雖然，學之二十餘年矣始者非三代兩漢之書不敢觀，非聖人之志不敢存處若忘，行若遺儼乎其思茫乎其若迷當其取於心而注於手也惟陳言之務去戞戞乎其難哉！其觀於人不知其非笑之為非笑也。如是者亦有年猶不改後識古書之正偽與雖正而不止為者昭昭然白黑分矣而務去之乃徐有得焉當其取於心而注於手也汩汩然來矣。其觀於人也笑之則以為喜譽之則以為憂以其猶有人之說者存也。如是者亦有年。然後浩乎其沛然矣！吾又懼其雜也迎而距之平心而察之其皆醇也然後肆焉雖然不可以不養也行之乎仁義之途游之乎詩書之源無迷其途無絕其源終吾身而已矣』……又云『……處心有道，行已有方，用則施諸人舍則傳諸其徒垂諸文而為後世法』

（一六）柳宗元答韋中立論師道書 中云『……吾每為文章，未嘗敢以輕心掉之懼其剽而不留也；未嘗敢以怠心易之懼其弛而不嚴也；未嘗敢以昏氣出之懼其昧沒而雜也，未嘗敢以矜氣作之懼其偃蹇而驕也抑之欲其奧揚之欲其明疏之欲其通廉之欲其節激而發之欲其清固而存此吾所以羽翼夫道也。本之書以求其質本之詩以求其恆本之禮以求其宜本之春秋以求其斷本之易以求其動此吾所以取道之原也。參之穀梁氏以厲其氣參之荀孟以暢其支參之莊老以肆其端參之國語以博其趣參之離騷以致其幽之太史以著其絜此吾所以旁推交通而為之文也。』

（一七）柳宗元復杜溫夫書 中云『……但見生用助字不當律令，惟以此奉答所謂乎歟耶哉夫者疑辭也矣爾焉也者決辭也今生則一之……』

（一八）李翱 見前第一章註（四〇）。

（一九）方孝孺 字希直一字希古元順帝至正十七年（西曆一三五七年）生於寧海，卒於明惠帝建文四年（西曆一四〇二年）幼警敏，雙目炯炯讀書輒盈寸鄉人目為小韓子長從宋濂學濂門下知名士皆出其下他嘗未視文藝恆以明王道致太平為己任燕王起兵他屢謀不濟燕兵入帝自焚他被執下獄先是成祖出發時姚廣孝以他為託曰『城下之日彼必不降幸勿殺之殺孝孺天下讀書種子絕

矣」成祖頷之。後成祖令草詔他擲筆於地曰：「死卽死耳詔不可草」他慨然就死磔於市其絕命詩云：「天降亂離兮孰知其由奸臣得計兮謀國用猶忠臣發憤兮血淚交流以此殉君兮抑有何求嗚呼哀哉兮庶不我尤」著有侯城集、希古堂稿傳於世他底作風醇深雄邁每篇一出海内爭相傳誦學者稱爲正學先生

(二〇) 侯方域　明末商邱人字朝宗號雪苑豪邁不羈多大略明亡不仕初放意聲伎不久悔之於是發憤讀其爲詩與古文文法韓歐詩傚杜甫才氣有餘而學力未逮長於敍傳激昂震盪之氣直摩史馬遷之壘王士禎云：「近日論古文率推侯朝宗第一遠近無異詞」朱彝尊亦云：「文章之雖自雪苑之外合於作者盖寡」卒年三十七有壯悔堂文集、四憶堂詩集

(二一) 魏禧　字叔子一字冰叔號勺庭明熹宗天啟三年（西曆一六二三）生於寧都卒於清聖祖康熙十九年（西曆一六八〇）十一歲爲諸生甲申之變痛哭慎咤不欲生謀從曾應遴起兵不果入清隱翠微峯專肆力於古文名振一時爲「易堂九子」之一著有叔子集左傳經史傳於世他底作風凌厲雄邁不屑規摹前人文中時抱遺民之感志存恢復遇節烈奇士則益感慨激昂羣書淋漓所爲新樂侯、劉文炳大鐵椎諸傳皆有奇俠氣令人最喜諷誦其論文曰：「學柳州易失之小學廬陵易失之平學東坡易失之蔓學半山易失之枯學南豐易失之滯惟學昌黎老泉少病然昌黎易失之粗病終愈於他家」其對於各家之評論如此至程伯垂稱魏禧爲「文中飛將軍」云

(二二) 朱彝尊　清秀水人（西曆一六二九年生一七〇八年死）字錫鬯，號竹垞康熙時召試博學宏詞授檢討纂修明史肆力苦學無書不覽他底作風淵懿雅博根柢盤深長篇險韻奇出無窮與王士禎對峙屹然爲南北兩宗趙執信作談龍錄以他與士禎並爲大家而謂：「王之才高而學足以副之朱之才博而學足以運之」又論其失曰：「朱貪多王愛好」時人頗以爲公論又好爲詞詞體豔而體雅與陳齊年齊名藏書八萬卷著有曝書亭全集詩綜詞綜經義考數百卷

(二三) 李艾山　清人餘不詳

(二四) 丹鉛總錄　卽丹鉛錄書名明楊愼撰餘錄、續錄、摘錄其所自編總錄則門人梁佐編共六十九卷該書爲明代考訂之書之冠

(二五) 陳繹曾　元處州人字伯敷舉進士口吃而精敏異常諸經註疏多能成誦文辭汪洋浩博與陳旅齊名有文說、文筌行文小譜諸書傳於世。

(二六) 高琦　待考。

(二七) 朱荃宰　明人字咸一黃岡人著有文詩樂詞曲五編並以通名文通取古今文章流別及詩文格律一一為之條析，蓋仿劉勰雕龍而作。

(二八) 唐彪　清人有讀書作文譜一書甚有名書中論文法及作文法等頗有獨到之處。

(二九) 方以智　清孔炤子字密之，號庶起明季四公子之一崇禎進士官檢討入清為僧名弘智字無可人稱藥地和尚博極羣書考據精核。

(三〇) 張秉直　明桐城人字含之，萬曆進士崇禎時為山東左布政清師破濟南投水死。

(三一) 呂璜　清廣西永福人字禮北號月滄嘉慶進士官浙江西塘海防同知有月滄文集。

(三二) 劉熙載　清江蘇興化人字伯簡一字融齋道光進士治經無漢宋門戶自子史天文算法字韻學靡不通曉曾主講上海龍門書院有四音定切說文雙聲說文疊韻持志塾言藝概昨非集。

著通雅一書論者謂在楊慎陳耀文焦竑三家之上。

(三三) 家田大峯　待考。

(三四) 賴山陽　日本大阪人名襄字子成天保三年（一八三二）卒年五十歲著有山陽詩鈔山陽文集等。

(三五) 安積艮齋　日本岩代安積郡山人天明五年生萬延元年卒（一七八五——一八六〇）著述有艮齋文略、詩略、史論等。

(三六) 安井息軒　日本朱子學派底學者明治九年（一八七六年）卒年七十八歲著述有辨妄管子纂話論語集說等。

(三七) 木下犀潭　待考。

(三八) 藤原惺窩　待考。

(三九) 伊藤東涯　日本京都堀河人寬文十年生元文元年卒（一六七〇——一七三六）名長胤為堀河學卽古學派底始祖伊藤仁齋之

子著有古今學變辨疑錄等書。

（四〇）服部南郭　日本京都人天和三年生寶曆九年卒（一六八三――一七五九）名元喬字子遷荻生徂徠門下的鴻儒，所謂護園學派底中堅著述有南郭文集文筌小言等。

（四一）帆足萬里　日本豐後人安永七年生嘉永五年卒（一七七八――一八五二）字鵬卿著述有四書標註東潛夫論等。

（四二）海保漁村　待考。

（四三）蘇評孟子　書凡二卷舊題宋蘇洵評考但四庫總目考證以其詞意庸淺斷為非洵所作。

（四四）馮評驊　字天閑清錢塘人餘不詳。

（四五）左繡　馮李驊陸詒同編凡三十卷。

（四六）謝枋得　宋弋陽人字君直號疊山寶祐進士。宋亡不食死著有文章軌範疊山集。

（四七）檀弓　禮記中之一篇謝枋得有批點檀弓二卷。

（四八）呂祖謙　宋大器子字伯恭隆興進士官至直祕閣著作郎國史院編修與朱熹、張栻齊名稱為東南三賢於詩書春秋多究古義學者稱東萊先生著有古周易春秋左氏傳說東萊左氏博議大事紀等書。

（四九）古文關鍵　宋呂祖謙編取韓愈柳宗元歐陽修曾鞏蘇洵蘇軾張耒之文凡六十餘篇各標舉其命意布局之處示學者以門徑故謂之關鍵書凡二卷。

（五〇）樓昉　宋鄞人字陽叔號迂齋少從呂祖謙學與弟晰俱以文名紹熙進士為文汪洋浩博從學者凡數百人有中興小傳宋十朝綱目東漢詔令崇古文訣。

（五一）崇古文訣　樓昉撰所選古文凡二百餘首，陳振孫書錄解題稱其大略如呂氏關鍵，而所錄自秦、漢而下至於宋朝，篇目增多，發明尤精，學者便之書凡三十五卷。

(五二）茅坤　明歸安人，字順甫，號鹿門，嘉靖進士，西曆一五一一年生一六〇一年死。好談兵，繆賊據鬼子諸岩，總督應檟以兵事委之，連破十七岩晉秩二等，民立祠祀之。坤論文心折唐順之，其為文文詞流暢，鄉之小生無不知茅鹿門者。著有《白華樓藏稿、續稿、吟稿、玉芝山房稿、耄年稿史記鈔八大家文鈔等。

(五三）唐宋八大家文鈔　茅坤編。內收韓愈文十六卷柳宗元文十二卷歐陽修文三十二卷附五代史鈔二十卷王安石文十六卷曾鞏文十卷蘇洵文十卷蘇軾文二十八卷蘇轍文二十卷每家各為之引書凡一百六十四卷其書原出於唐順之坤但據其稿本刊版以行耳。

(五四）儲欣　清宜興人，字同人，博通經史早歲以制藝貢東南時望試禮部不遇遂閉門著書及門多逹者選唐宋十家文風行海內有在陸草堂集春秋指掌唐宋十大家全集錄。

(五五）唐宋十大家全集錄　儲欣編仿茅坤唐宋八家文鈔增李翱孫樵為十家各為批評書凡五十一卷。

(五六）御選唐宋文醇　書名，清高宗御撰於韓、柳、歐、三蘇、曾、王八家外又益以李翱孫樵為十家所選皆矩蠖六籍及出入周秦兩漢各家之文，凡五十八卷。

(五七）沈德潛　清人，字確士，號歸愚乾隆間舉鴻博未遇及成進士年已將七十。高宗稱為老名士，召對論歷代詩源流升降大賞之擢禮部侍郎以年老許告歸與陳羣並稱東南二老有五朝詩別裁古詩源竹嘯軒詩鈔歸愚詩文鈔、西湖志纂。

(五八）林雲銘　清侯官人，字西仲，順治進士官徽州府通判有莊子因挹奎樓集吳山觀音等書。

(五九）物徂徠　卽荻生徂徠日本江戶人寬文六年生享保十三年卒（一六六—一七二八）名雙松字茂卿，初奉朱子學後屬復古派自唱復古學為所謂護園學派底起源著述有辯道辯名論語徵徂徠集經子史要覽蘐纍等。

(六〇）賴山陽　見前三四註。

(六一）川田甕江　日本漢學家，餘未詳。

(六二）張耒　宋淮陰人，字文潛弱冠第進士有雄材尤長騷詞誨人作文以理為主詩效長慶體晚年務平淡而樂府得盛唐之髓投閒困苦，

不言貧節愈厲有兩漢決疑詩說宛丘集。

(六三)紀昀　清人字曉嵐，一字春帆，晚號石雲乾隆進士官至協辦大學士。昀實激儒籍旁通百家，其學在辨漢宋儒術之是非析詩文流派之正偽主持風會爲世所宗有遺集及閱微草堂筆記七種傳於世。

(六四)孫樵　唐關東人字可之又字隱之從韓愈學舉大中進士授中書舍人僖宗幸岐隴時詔赴行在遷職方郎中上柱國有孫可之集。

(六五)尾藤二洲　待考。

(六六)僧大典　待考。

(六七)馬建忠　清丹徒人字眉叔遊學法國精法律學心經世之務官至道員有馬氏文通適可齋記言記行等書。

(六八)馬氏文通　馬建忠編取學庸論孟左公穀史漢韓文兼及諸子語策爲之字櫛句比繁稱博引比例而同之觸類而長之窮古今之簡篇，字裏行間求其會通輯爲一書名曰文通其本旨專論句讀書中正文只敘義例，不參引書句雖限於古文文法然中國之有文典自馬氏始。

(六九)王引之　清高郵人字伯申嘉慶進士累官工部尙書，幼承家學通聲音文字訓詁成經義述聞、經傳釋詞等書精博過惠、戴二家嘗謂周以降書體凡六七變寫官主之寫官誤則爲改；孟蜀以降槧工主之槧工誤則爲改，唐宋之士或不知聲音文字而改經以不誤爲誤，妄改也則爲改其所改。

(七〇)袁仁林　清三原人字振千有古文周易參同契注。

(七一)張文炳　清絳州人字明德康熙中官泗州知州有易象敷鉤深圖、公餘筆記。

(七二)伊藤東涯　見前三九註。

(七三)三宅觀瀾　日本大阪人延寶三年生正德二年卒(一六七五——一七一二)。名緝明字用晦著有觀瀾文集等。

(七四)三好似山　日本漢學家餘未詳。

（七五）皆川淇園　日本京都人，名愿字伯恭享保十九年生，文化四年卒（一七三四——一八〇七）。善詩精文學及易之研究。著有易原、淇園詩文集等。

（七六）三宅橋園　待考。

第三章 體制

文無定體 唐以前的分類 唐以後的分類 文是什麼 七類與八十七目 敘事與議論

王安石（一）嘗稱王禹偁（二）底竹樓記勝於歐陽修底醉翁亭記黃庭堅（三）稱贊說：「荆公論文常先體制，而後辭之工拙，」王若虛（四）非之說道醉翁記雖涉玩易然條達迅快從肺腑中流出自是好文章竹樓記雖復得體豈足盡歐文之上乎」他日安石又讀蘇軾底醉白堂記說：「文辭雖極工然不是醉白堂記乃是韓白優劣論耳。」蘇軾開之說安石之虔州學記乃是學校策這皆是議論記文失其體制的然文之體制果然這樣嚴格地墨守着也不能犯嗎？拙堂文話論斷云：「醉翁游戲於文醉白以議論行之皆變體也。霍嫖姚（五）云『方略何如耳』岳忠武（六）云『運用之妙在一心，』歐蘇此文似之荆公（七）以程李（八）之節制議之故見其不合耳。」可謂公平之見。瀇南遺老集（九）論文體有云：『或問文章有體乎曰無又問無體乎曰有然則果何如曰定體則無，大體須有。』真可謂至言哩故文雖無定體然有大體既不可犯不可破不可混淆則初學之徒不可不先辨體制倘若拘拘一字一句之末枝，則非文章底第一義。柳宗元所謂『大圭之瑕曷足黜其寶哉』即是說一字一句的小瑕未必減大圭底價值的。故太宰春臺也說：『文辭當先辨體其次明法其次擇言。』明唐順之說：『文章之無體譬之無耳目口鼻不

陳洪謨（一一）說：『文莫先於辨體，體正而以意為經以氣貫之以辭飾之體文之幹也意文之帥也氣文之翼也辭文之華也。』

古來論文底體制的不少以魏文帝典論為首，晉陸機底文賦，晉摯虞底文章流別論，齊劉總底文心雕龍任昉底文章緣起等皆是其中文章流別論雖在太平御覽有所引載然原本早已散佚了今所傳的不過頌詩七賦、箴銘誄文哀辭圖讖碑銘十一類文章緣起亦已亡失不見於隋書經籍志只在宋王得臣（一二）底塵史裏說：『梁任昉集秦漢以來文章名之始目曰文章緣起，自詩賦離騷，至於勢約凡八十五題可謂博矣。』不知王得臣果見任昉底真本與否？唐書藝文志載任昉底文章始一卷注張讀（一三）補則傳於唐以後的文章緣起蓋為張讀所補撰的文章始或有疑為明陳懋仁（一四）所作的要之今所傳的文章緣起非任昉底原本。獨文心雕龍最為完璧大可資後人典據前章已說過了。故魏文帝底典論論文體而分奏議書論銘誄詩賦四科說是奏議宜雅書論宜理銘誄尚實詩賦欲麗陸機文賦論文體舉詩賦碑誄銘箴頌論奏說十類論詩曰緣情而綺靡論賦曰體物而瀏亮論碑曰披文而相質論誄曰纏綿而悽愴論銘曰博約而溫潤論箴曰頓挫而清壯論頌曰優游而彬蔚曰論宜精微而朗暢曰奏宜平徹而閑雅曰說宜煒曄而譎誑皆有辯而不精語而不詳之憾在文心雕龍論文體分辨騷明詩樂府詮賦頌讚祝盟銘箴誄碑哀弔雜文諧讔史傳論說詔策檄移封禪章表奏啟議對書記二十門比陸機底十類要精細特

別是辨文章底名義、性質、體式等周到詳悉很能究其源流。

然及梁蕭統（一五）底文選三十卷出把文體分類爲賦詩騷七詔冊令教策問表、上書啟彈事牋奏記、書移書、檄難對問設論辭序頌贊符命史述贊論連珠箴誄哀文碑文墓誌行狀弔文祭文三十九類每類綜輯古人底名作傳誦藝林爲百世底金科玉律。宋李昉底文苑英華，（一六）姚鉉（一七）底唐文粹呂祖謙底宋文鑑元蘇天爵（一八）底元文類明程敏政（一九）底明衡文等，皆襲昭明（二〇）底故智，祖述文選底分類。就中姚鉉底元文粹欲矯五代底文弊詩與文都取古體而不探駢體，清梁章鉅（二一）評道：『所錄詩文祇收古體，蓋於歐、梅（二二）未出以前能毅然矯五代之弊而不與穆修、柳開（二三）相應者實自鉉此書始。讀唐文者舍此無善本矣。』呂祖謙底宋文鑑元稱聖宋文海曾一度改爲皇朝文鑑後人復改爲宋文鑑雖受當時多少的訾議然朱熹稱『此書編次篇篇有意其所載奏議亦係當時政治大節祖宗二百年規模與後來中變之意盡在其間』蘇天爵底元文類取精審大得體要其所論者或評爲與唐文粹宋文鑑成鼎立之形稱三大書雖程敏政底明文衡等極力追之終不能及。

因襲既久已成風氣大勢所定沒有能起而改革的這時際，吳訥底文章辨體，徐師曾（二五）底文體明辨出名目愈分體例愈繁遂成了一百一十五類。至清而魏禧底文集就立部門，於各部撰小序以論文之體式大可資學者參考。而姚鼐（二六）底古文辭類纂大別爲論辯序跋奏議書牘贈序詔令傳狀碑誌襍記箴銘頌贊辭賦哀祭十三類，能從繁而及於簡爲清儒所推獎說是國朝姚惜抱先生出於是數千年未發之蘊燦然大明然尚有於我意不慊焉

者。近世曾國藩（二七）纂經史百家襍鈔把姚氏底分類，多少更易而成論著、詞賦、序跋、詔令、奏議、書牘、哀祭、傳誌、敍記、典志、襍記十一類蓋論著詞賦序跋詔令奏議書牘哀祭傳誌襍記，姚曾二氏雖相一致然贈序姚氏有而曾氏無、敍記與典志曾氏有而姚氏無。且姚氏底頌贊與箴銘，曾氏以之屬於詞賦，姚氏底碑誌曾氏以之屬於傳誌倘若使予傚顰而分類的話，余必先辨文底體式而分爲韻文散文二體更察散文底品質而分爲論辯序記詔令奏疏題跋書牘碑碣七類使天下一切散文各從性之所近以相從屬叉從着筆的手段上可大別爲敍事議論二門。

予以爲辨明文體七類先有論定文底字義的必要。文底字義是會集色之青與赤以燦然成章的。呂氏春秋季夏篇高注左氏昭公念五年傳杜注荀子非相篇楊注皆解爲『靑與赤謂之文。』然而黼黻文章之文非予之所謂文，予之所謂文，乃文學上的文。王世貞底藝苑巵言論文底意義說：『物相雜故曰文文須五色錯綜乃成華采須緯就緒乃成條理』這是胚胎於劉熙底釋名底『文者會集衆彩以成錦繡會集衆字以成辭義，如文繡然也。』並黼黻文章之文與文學上之文都說明了。然文學上的文有數義第一是文學，第二是韻文第三是韻文散文的合稱，第四就是這散文第一解作文即字的說法，發端於許愼底依類象形謂之文形聲相益謂之字國語晉語韋注左氏昭公元年傳杜注皆然宋鄭樵所說：『獨體爲文合體爲字，』元戴侗（二八）所說：『獨文爲文合文爲字』皆是從許愼之說出的。清顧炎武（二九）說『三代以上言文不言字』李斯（三〇）程邈（三一）出文降而爲字矣。』把文典字的時代的慣用道破了。第二把文解作韻文在唐以前常把筆字解作散文的稱呼從以「文筆」代詩筆二字可

知如南史顏延之傳（三二）「竣得臣筆；測得臣文。」北齊書李廣傳「集其文筆十卷魏收為之序」陳書陸炎傳「其所製文筆多不存」宋書傅亮傳「高祖登庸之始文筆皆是記室參軍滕演」魏書溫子昇傳「臺中文筆皆子昇為之」皆是把文解作韻文說劉勰底文心雕龍總術篇說「今之常言有文有筆以為無韻者筆也有韻者文也」梁元帝金樓子立言篇說「揚摧前言抵掌多識者謂之筆咏歎風謠流連哀思者謂之文。」沙門遍照文鏡祕府論說「製作之道唯筆與文文者詩賦銘頌讚弔誄等是也筆者詔策移檄章奏書啟等也即而言之韻者為文非韻者為筆」即北史邢卲所傳有「雜筆三十餘篇」可知是散文三十餘篇而邢臧傳有「文筆九百餘篇」可知是韻文散文合為九百餘篇的。顧在六朝時代指散文曰筆，如南史沈約傳傳「昉以文才見知時人謂任筆沈詩昉聞甚以為病」皆以詩是對筆為散文的筆為散文甚明已知道筆為散文則所謂文筆之文餘作韻文的適當亦明甚。韓愈嘗稱李、杜詩說「李杜文章在光焰萬丈長」亦是指韻文散文併收的可知不僅陸機文賦舉文之十類而兩收韻文散文即文選唐文粹宋文鑑金文雅元文類明文衡明文在皆無不然其他文章流別、合韻文散文稱為文。由題於書名曰文是把韻文散文併收的可知我所謂文學上的文的場合不少學而篇「行有餘力則以學文。」鄭注：「文道藝也。」馬注「文者古之遺文也。」朱注「文謂詩、書、六藝之文。」雍也篇底「君子博學於文」皇疏「文
（三三）文章緣起 （三四）文章辨體
（三五）等亦合載韻文與散文顧論語中所稱我

六籍之文也」子罕篇「博我以文」皇疏：「文，文章也。」蓋他們雖所說各殊，然畢竟不能把詩書度外置之可知。論語中所稱的文亦是韻文散文底合稱，劉熙釋名「文者會集衆彩以成錦繡會集衆字以成辭義如文繡然也，」亦不限於散文而是合稱韻文的第四單稱散文爲文，蓋自唐以後詩文對稱爲始而今人多把文解爲散文之義故予所分類的文體七類是把韻文除外，而僅限於散文的。蓋韻文底體式已在第二篇韻文裏論述過了。

論辨類——論——辨——難——議——說——解——釋——原——對問——喻

奏疏類——奏——疏——上書——章——表——對策——射策——進策——帖括——劄子——牋

詔令類——詔——誥——誓——命——詔——制——敕——諭——璽書——口宣——策——策問——御札

序記類——序——後序——送序——贈序——壽序——記——紀事——志——述——傳——行狀

批答——赦文——九錫文——鐵券文

題跋類——題——書後——跋——引——例言——讀

啓——封事——彈文——狀——露布

書牘類——書——簡札——帖——牘——啓——移書——檄

碑碣類——碑——墓碑——碑頌——神道碑——碣——墓碣——碣頌——墓表——阡表——殯表

靈表——神道表——墓誌——壙誌——權厝誌——歸祔誌——遷祔誌——蓋石文——墳版文

墓版文

以上七類凡八十七目，類旣多其目甚複雜況同稱爲傳而史記列傳七十篇決不一其體製同稱爲策而賈誼、晁錯、董仲舒、公孫弘底諸策未必同其筆致同稱爲序而韓愈送石處士序與送高閑上人序完全異其結構同稱爲記而歐陽修底吉州學記與醉翁亭記全不一揆其複雜有如此。於此論者如要定天下有幾種的文體，這比欲定天下有幾種人面一樣，還要難。蓋人面千差萬別或紅顏或白面或龍顏或鳥喙或蝎鼻十八十種百八百種數千萬人面畢竟有數千萬種然世俗大別而爲或圓或長或肥或瘠數種，在文體也是這樣亦只能從文之品質上類別爲論辨序記詔令奏議等七門從著筆底手段大別爲議論敍事二體罷了。而七類中論辨詔令奏議是屬於議論體序記碑碣屬於敍事體題跋書牘是敍事議論兩屬而或用議論體或用的敍事體。故齋藤拙堂底文話說「論辨書序爲議論文記傳碑誌爲敍事文不可相亂。」要之，七類是依文章底品質而分類的爲文之緯猶如詩底風雅頌敍事議論是依筆的手段而分類的爲文之緯猶如詩底賦比與質言之即敍事由於客觀的方法以事實爲主而描寫的諸史就是敍事的正流議論是用主觀的方法以事理爲主而裁決的，羣經諸子就是議論底正統故伊藤東涯底操觚字訣說是議論文曲折主意倘明叕敍事文事實倚穩當而無疎漏議論文助字多敍事文形容詞多大宰春臺底文論論到文體說，「體者裁也制也經傳子史體之大分也；誓誥訓命序記銘誅體之細分也然斯數體者文之經也猶詩有國風雅頌也又有二體曰敍事也曰議論也斯二體者文之緯也猶詩有賦比興也。」帆足萬里底修辭通說：「文章

諸體，後世孳乳倍多不啻十數要不出敘事議論二端。」海保漁村底文話說：「文之大要不過意與事二端明意的文或直斷或婉述或詳於引證或廣設譬喻或假藉藻繢大要在於明意夫子底十翼（三六）是也敘事之文是就其事以運筆的千載下讀其文事之毫末盡著何書儀禮左氏春秋傳是也」至於敘事議論底難易拙堂文話說得好「凡作文議論易而敘事難：議論敘事欲其詳明議論欲曲折以盡其情」「敘事欲其詳明堂辟雍門階戶席皆有程式雖一楹一扆不可妄易議論如空中樓閣不厭出新意故難易迥異」譬之敘事如造明堂辟雍門階戶席皆有程式雖一楹一扆不可妄易議論如空中樓閣不厭出新意故難易迥異」想像古之左史紀事是敘事之祖而右史紀言是議論之祖而敘事議論底稱呼在文章上的分類是從唐宋起始行的罷宋眞德秀底文章正宗（三七）分敘事議論辭命詩賦四類比唐文粹宋文鑑等底依樣畫葫蘆可謂獨具隻眼。

（一）王安石　宋臨川人字介甫，號半山，博聞強記，過目不忘曾鼓導之於歐陽修，修爲延譽登進士第。後入相謀改革政治與農田水利均輸保甲免役市易保馬方田諸法號爲新法物議沸騰時名臣皆被斥新法卒難實現著有臨川集周官新議傳於世他底作風簡練雄潔拗折峭深當時於南豐眉山之間自占一又善畫。

（二）王禹偁　字元之宋鉅野人生於周顯德元年（西曆九五四年），卒於宋咸平四年（西曆一〇〇一年），九歲卽能文太平興國進士，爲右拾遺敢言以直躬行己任累遷翰林學士著有小畜集集議五代史闕文詩集傳於世文詞贍敏。

（三）黃庭堅　字魯直宋人，一〇四五年生於洪州之分寧，一〇五年卒官至國史編修官著有山谷內外集別集山谷詞山谷書牘及年譜。他底作風奇奧遒鍊放縱橫麗因他底詩詞超乎尋常故後人守以爲宗名曰「江西詩派」他就成了「江西詩派」底祖宗了又善行

草書楷法亦自成一家。在宋代與蘇軾稱爲兩大文藝家云。

（四）王若虛 字從之，金臺城人。金章宗承安二年擢經義進士官至直學士。金亡，微服出游泰山至黃峴峯憩萃美亭顧謂同遊曰『汩沒塵土中一生不意晚年乃造仙府誠得終老此山志願畢矣』乃令子思先歸同行視夷險因垂足坐大石上良久瞑目而逝年七十著有慵夫集若干卷。

（五）元好問 濟南遺老集若干卷文詞殿正不苟且下筆與元好問等皆以文詞名於金之末葉。

霍嫖姚 卽霍去病漢人武帝朝爲嫖姚校尉凡六出擊匈奴封狼居胥山爲人少言不洩有氣敢往帝嘗欲爲治第對曰匈奴未滅，何以家爲？由是時人盆重之卒諡景桓。

（六）岳忠武 卽岳飛字鵬舉宋淮陰人事母至孝家貧立學好左氏春秋、孫吳兵法爲宋將曾大破成軍高宗手書精忠岳飛四字製旗以賜之又大破金兀朮於郾城。遂進兵朱仙鎭欲指日渡河時秦檜主和議一日上十二道金牌召飛還後秦檜進讒於高宗下獄死著有岳武穆集。

（七）荊公 卽王安石。

（八）程李 卽程不識李廣。兩人治軍方法各異程擊刁斗正部曲行伍營陳吏治軍簿至明軍不得自便士卒畏之。廣不擊刁斗無部曲行陣，人人自便士卒亦畏之兩人均爲漢之名將。

（九）濟南遺老集 王若虛著共四十五卷。

（一〇）吳訥 明，常熟人字敏德號思菴永樂中以知醫薦至京官至左副都御史有小學集解文章辨體諸書。

（一一）陳洪謨 明武陵人字宗禹弘治進士正德時知漳州有惠政神采嚴重不畏疆禦嘉靖初巡撫江西江節財愛民遷兵部侍郎致仕歸居高吾山下自號高吾子有治世餘聞靜芳亭摘稿。

（一二）王得臣 宋安樂人字彥輔，自號鳳亭子受學於鄭獬胡瑗嘉祐進士官至司農少卿乞病歸所著麈史於當時制度及考究古蹟極爲精核。

第三章　體制

三七

(一三)張讀　唐人字聖朋，亦作聖用，有俊才年十九登進士第累官吏部侍郎典貢舉時稱得士。有宣室志皆記鬼神靈異之事。

(一四)陳戀仁　明嘉興人字無功官泉州府經歷有泉南雜志，年號韻編析醒漫錄庶物異名疏。

(一五)蕭統　卽昭明太子梁武帝之長子治政有仁萬民悅服三十一歲卒時男女奔走宮門，號泣滿路。有文集及文章英華等書所撰文選三十卷集秦漢以來詩文甚富爲總集之祖自唐以來詩文甚實爲重之。

(一六)李昉　宋饒陽人字明遠仕周歸宋三入翰林端拱初邊警急詔群臣各進策。昉引漢唐故事以屈已修好弭兵息民爲言時論稱之。昉性和厚，在位無赫赫稱著有太平御覽文苑英華太平廣記等書文苑英華爲李昉扈蒙徐鉉宋日等奉敕合編爲宋時四大書之一文選迄於梁初此書起於梁末蓋卽以上續文選其分類編輯體例亦略同凡一千卷。

(一七)姚鉉　宋合肥人字寶之太平興國進士文辭敏麗善書札藏書至多累遷兩浙漕司與薛映不協據其罪狀數條以聞奪官斥連州營采唐人文章纂文粹百卷。

(一八)蘇天爵　元眞定人字伯修官至江浙行省參政總兵於饒信卒於軍中爲學博而知要長於記載晚歲復以釋經爲任學者因其所居稱之爲滋溪先生有元文類元朝名臣事略，劉文靖公遺事治世龜鑑滋溪文稿。

(一九)程敏政　明人字克勤，十歲以神童薦讀書翰林院舉成化進士學問該博爲一時冠官終禮部右侍郞有新安文獻志明文衡宋遺民錄眞西山心經附註宋紀受終考篁墩集詠史集唐氏三先生集等書。

(二〇)昭明　卽蕭統梁武帝長子見前十五註。

(二一)梁章鉅　清福建長樂人字閎中又字茝林嘉慶進士有經塵夏小正通釋論語孟子三國志旁證清書錄稱謂錄金石書畫題跋滙跡叢談等共七十餘種。

(二二)歐梅　卽歐陽修梅聖俞詳前第一章註(二五)。梅聖俞，宋人名堯臣，聖俞其號工詩以深遠古淡爲意歐陽修爲與詩友，自以爲不及。有唐載記，毛詩小傳，宛陵集等書。

(二三)穆修　宋鄆州人字伯長性剛介與衆多齟齬累官潁州文學參軍時學者從事聲律獨以古文稱蘇舜欽兄弟多從之游故一時士大夫言能文者必曰穆參軍歐陽修尤稱之。明道中卒有文集傳於世。

(二四)柳開　宋大名人字仲塗少好討論經義慕韓愈柳宗元文性偏儻重義善射喜弈棋有河東集論者謂宋朝變偶儷為古文實其開始惟體近艱澀是其所短云。

(二五)徐師曾　明吳江人字伯魯年十二能為詩古文長博學嘉靖間登進士有禮記集注周易演義正蒙章句世統紀年文體明辨大明文鈔、宦學見聞、小學史斷等書。

(二六)姚鼐　清人字姬傳一字夢穀乾隆進士性恬淡不慕榮利其論學主集義理考證詞章之長不拘漢宋門戶桐城自方苞劉大櫆倡為古文而鼐繼之選古文辭類纂以明義法世因目為桐城派有惜抱軒全集九經說三傳補注等書學者稱惜抱先生。

(二七)曾國藩　清湘鄉人字滌生號伯涵道光進士後封毅勇侯為同治中興功臣第一其論學謂義理考據詞章三者闕一不可所為古文亦卓絕一代為世所宗著書目數十卷曰曾文正全集。

(二八)戴侗　宋人字仲達淳祐進士有易書四書家說六書故。

(二九)顧炎武　清人初名絳字寧人明諸生性耿介絕俗入清不仕為學主博學有恥斂華就實晚年篤志六經精研考證遂開清代樸學之風。著有《日知錄》亭林詩文集數十種。

(三〇)李斯　秦丞相楚上蔡人從荀卿學帝王術始皇既定天下斯為丞相定郡縣之制下禁書令變籀文為小篆二世時趙高誣斯子由與盜通腰斬咸陽市。

(三一)程邈　秦下邽人一作下杜人字元岑得罪始皇幽繫雲陽獄道覃思十年益大小篆方圓而為隸書三千字奏之始皇善之用為御史。其字以為隸人佐書故曰隸書邈隸李嗣眞列上品邈正行草續列上中。

(三二)顏延之　南朝宋臨沂人字延年少孤貧好讀書文章之美冠絕當時與謝靈運齊名江左稱顏謝延之居身儉約澹志財利嗜酒不護細

行，文帝嘗召之不見，但於酒店狂歌，了不應對。他日醉醒，乃見帝問諸子才能對曰：『竣得臣筆，恛得臣文，奐得臣義，曠得臣酒。』何尚之曰：『誰得卿狂？』曰：『其狂不可及。』性激直所言無忌諱論者謂之顏彪。

(三三) 文章流別　　晉摯虞撰凡三十卷。

(三四) 文章緣起　　凡一卷，梁任昉撰集秦、漢以來詩、賦、離騷至於勢約凡八十五題，各詳其體之創始，引據頗疏，四庫提要疑爲後人僞託。

(三五) 文章辨體　　凡五十卷外集五卷，明吳訥編採輯前代至明初詩文分體編錄各爲之說，內集凡四十九體大旨以眞德秀文章正宗爲藍本外集凡五，皆駢偶之詞所論大抵剽掇舊文罕能考核源委卽文體亦未能甚辨云。

(三六) 十翼　　孔子贊易文也舊以上篆下篆上象下象上繫下繫文言說卦序卦雜卦爲十翼，漢田何謂易與經各自爲篇，東萊費直始合乾卦之象彖文言於經，鄭玄復以坤文言及各卦之象彖諸傳附之經後。朱子作本義仍還其舊。

(三七) 文章正宗　　宋眞德秀編分辭令議論敘事詩歌四類其持論極嚴正大意主於論理而不論文惟所選詩歌亦以理爲宗不得詩人之趣，清顧炎武頗譏之凡二十卷又續集二十卷。

第四章 流別

論辨類 序記類 詔令類 奏疏類 題跋類 書牘類 碑碣類

把散文分爲議論序記詔令奏疏題跋書牘碑碣七類已在前章敍述過，於茲就各類更辨明其性質及源流罷。

第一論辨類是議論體之英華，或雄健，或精緻，或簡潔，或豪放，或謹嚴，雖縱橫自在變化無窮，然其源卻遠發自先秦，迨至六朝，徒靡麗之風不復見勁拔奇峭之態了。降而至唐、宋，忽復先秦之古，韓愈取孟子柳宗元取韓非，蘇洵雜以蘇秦、(一)張儀(二)之風，蘇軾旁取莊子。其體式在陸機文賦說：「論精微而朗暢，說煒曄而譎誑。」尙有未盡之所亦很能看破論辨之一斑而文心雕龍(三)說：「論者倫也彌綸羣言研精一理者也。其爲體所以辨正然否窮於有數追於無形鑽堅求通鉤深取極乃百慮之筌蹄萬事之權衡也故其義貴圓通辭忌枝碎必使心與理合，縫莫見其隙辭共心密敵人不知所乘斯其要也」很能把論辨的正體說明了。但是以簡明爲主的說解喩的小品，卻未必然。故陳繹曾底文說辨文體而說論宜圓折遠深辨宜曲折明白議宜平易明白說宜平易明白王構修詞鑑衡(四)：說言其倫而析之者論也別嫌疑而明之者辨也度其宜而揆之者議也正是非而著之者說也茲就論辨類中的細目論辨難議說解釋原對問喩等而略述之。

論底名目昉於何世何人事物紀原（五）說：「昔仲尼微言門人追記目為論語，蓋羣論立名始於茲。」故論者或舉論語以為論之濫觴論語之論是從孔子歿後諸弟子論撰先師之語的意義而命名的本來是一部書名而非一篇的名目且論語之文其文體在論底體裁及資格上是不完備的。至漢而桓寬底鹽鐵論、（六）王充底論衡王符底潛夫論、（七）徐幹底中論（八）等出是等之論亦是一部的書名而非一篇文章的命題與論語之論同樣不能作為文體底論底起源只有鹽鐵論六十篇中有論儒論誹論勇論功論鄒論薄等在論衡八十五篇中有論死論三十五篇中有論榮中論二十篇中有論天壽皆為文體底論一篇的命題但在鹽鐵論以前曾作過秦論東方朔（九）曾作非有先生論案非有先生傳為文章緣起以非有先生傳為傳之祖而論祖實要歸於王襃四子講德論。（十）至過秦論後人或說過秦論元以「過秦」二字為篇名，而論字是後人所加的。蓋一篇底主意是在過秦之失計「過秦」二字已足旣曰「過秦」論字就屬於蛇足然如陸機底辨亡論劉峻辨命論（二）辨與論不是有重複的意義嗎？故予謂過秦論之論未必是蛇足然論之起源所以不歸於過秦論的是賈誼以前在荀子裏還有天論正論禮論樂論卽文體以論字為篇題的蓋昉自荀卿然論之體制至漢伺未定至唐以後始完備齋藤拙堂嘗論論底體裁說：「如賈誼過秦論文雖奇頗有類敍事處；如班彪王命論，（二二）亦未備焉蓋當時文體未定皆不可為法也論體直至於韓柳而定矣至於蘇家父子兄弟而備矣學者勿挾秦漢而卑視唐宋可也。」賈誼班彪且然況乎荀卿？

且同為論，有說道德的，有辨經的，有釋經史的，有就己之遭遇而抒感想的，故文選分為設論、史論及論之三品所謂設論，是用說假設的問答以抒議論的，如東方朔底答客難揚雄底解嘲之類，是所謂設論史論是說就歷史上的人物事蹟而論其得失的，所謂論是說在設論史論以外而吐露自己底意見的。然史論是論中的一分類，不可特立於論以外的。故文體明辨把論分為八品，而以設論為八品中的二品，是很得當的。所謂八品：一理論，二政論，三經論，四史論，五文論，六諷論，七寓論，八設論。然論理的論政的論史的皆不異其體制，而以諷刺為主的與以寓意為目的亦無殊於形式予敢不認有八品分類底必要。又有曰辨曰難曰議曰說曰解曰原曰對問曰喻的也非構成上的區別只曰說曰解曰原曰喻概屬短篇而曰論曰辨曰難曰議是比較的長篇多而說則長篇的未必為失體論為短篇的也未必為失體。

辨是判別之義是由斷是非決真偽的目的而作的其字或從刀或從言其義則一難是詰責之義，與孟子之「於禽獸又何難焉」底難字同議是劉勰所說的「議者宜也」或據經以析理或論政以明義或原古以燭今或溯流以窮源不以繁縟為巧不以深僻為奇適勁明覈務在審明事宜而議雖有奏議與私議二種而奏議宜入於奏疏類論辨類之議單指私議而已。說之字義說文所釋釋名所述廣雅所論增韻所解凡文之命題都稱說其理由是在述自己底意思以解釋義理之故說之體製與論無大差以詳贍為理想，在文心雕龍裏不但把論說合併而不立篇目而在陸機文賦裏則說：「說煒曄而譎誑論精微而朗暢。」陸機底所謂精微是意即就內容而言所謂朗暢是

第四章　流別

四三

辭卽就形式而言的。而說是有志之士，或憫時，或疾俗，或傷己之不遇，不敢直情正言，乃寓言的地託物以寄意，故他評爲煒曄而譎誑。蓋他所謂煒曄是形式而所謂譎誑是內容解之字義，說文判也從刀判牛角。玉篇釋也博雅說也，揚雄底解嘲爲文選所取而入於文之命題所以名爲解的，是由於釋疑辨紛錯之故其體製與論說議辨無大差，設論其他釋有解說之義爲解之別名。原爲回溯推論本原之謂對答他人所問，槪是舒鬱憤以表現不平的文人假設之辭，故東方朔底答客難及班固底答賓戲（一三），蕭統取入設論實在是對問所謂喩是譬喩義猶如詩之比，是假物以諷喩的。

試尋辨以下九種底起源，辨流行於唐以後，在韓、柳集中屢見的。韓愈底諱辨，柳宗元底桐葉封弟辨等，皆是得其體的。蓋楚辭雖有九辨，然九辨是韻文與韓、柳之辨不一樣。如陸機底辨亡論，劉峻底辨命論固應爲辨之始祖，然文選取之，屬於論部。大概齊、梁之際辨還未誠爲文體上的名目罷，故不僅文選分類無辨之名目，那文心雕龍亦不曾就辨而說明其體裁。然至唐韓、柳始作辨，宋以後遂爲文體上一名目。難東方朔雖有答客難，然文選取之入設論，但予以爲難與其入設論寧可入對問爲至當。司馬相如之難蜀父老爲難祖而取入了文選論者，以此屬於詔令是不可以的。議之來歷遠起漢世。蓋國有大事集羣臣而使廷議時百官交口反復辨難務使盡情理，如罷鹽鐵擊匈奴之議卽是然。是等皆口舌論戰，非由文字成辭章的。至其後公卿等始操文筆成辭章進簡牘，學士亦有自披瀝所見而私議於家的。於此就產生奏議與私議二種。韓愈底禘祫議，柳宗元底駁復讎議是奏議，而柳宗元底晉文公問守原

議卻是私議奏議是上皇帝的屬於奏疏類，不待說，然私議卻與論辯一其體說底起源在漢、魏之際曹植文集中有說二篇。蓋說之名雖是從易說卦起的，然說之體卻濫觴於諸子百家底小品因爲說卦之與說與許愼底（一四）說文解字之說同爲解釋之義在論辯方面尚未成體哩降至於唐韓愈底師說，柳宗元底捕蛇者說與蘇軾底剛說等皆比較稍爲平淺如宋以後所行的字說名說，如蘇洵仲兄字文甫說等皆以簡單爲主的即是解，文解字之說同爲解釋之義在論辯方面尚未成體哩。這是漢代底命題後人注釋經傳多稱爲解蓋原於此然解不僅是解經傳的稱爲解，如揚雄底解嘲亦可稱爲解。進學解全是模倣解嘲的釋，則自漢蔡邕始作釋誨，束晳作玄居釋韓愈底釋言，蓋是私淑蔡邕釋誨的原。進學解則自漢蔡邕始作釋誨，皇甫謐作釋勸束晳作玄居釋韓愈底釋言，蓋是私淑蔡邕釋誨的正宗。韓愈底獲麟解進學解是解經傳的，如揚雄底解嘲亦可稱爲人、原鬼、原毀但淮南子有原道篇，蓋是韓愈所由本其體曲折抑揚以遡源闡幽爲目的亦與論說無大差對問在禮記雖有曾子問哀公問等，然宋玉底對楚王問實開東方朔底答客難揚雄底解嘲班固底答賓戲的典型實爲對問的始祖。韓愈底對禹問，亦是酌其流的作品。

第二序記類是與論辯類對峙而爲文章家最傾注心力研磨手腕的體裁故如論辯爲議論體之英華，則序記即敍事體底精粹然序記底體制或在簡潔、或在疏通、或在婉曲、或在濃豔未必如論辯一樣地以雄健豪放爲尚。蓋序記非主觀的地裁斷事理而是客觀的地描寫人物事實使其人底精神其物底真相及其事實底端末活躍於紙表的。在前左國史漢開其源，在後韓、柳、歐、蘇承其流，故陳繹曾底文說辯文體而曰：『序宜疏通冒美而隨

第四章　流別

四五

所序之人變化曰紀宜簡實方正而隨所紀之人變化曰傳宜賓實而隨所傳之人變化曰行狀宜賓實詳備」。王羲之底蘭亭序，（一五）王勃底滕王閣序，（一六）李白底春夜宴桃李園序及柳宗元底序薬序飲皆題曰序實則是記實言之卽唐以前序不見有嚴格的區別但序與記稍殊甚趣序罕用主觀的議論而記則不必然於是序生出正與變二體序用議論的爲非正體猶在記裏雜議論的破格一樣試案序之字義「序」一作敍敍又作叙或敍序、敍叙敍皆同義爾雅：「緒也。」說文：「次第也。」釋名：「抒也抒洩其實宜見之也。」廣雅：「次也，」序之正體是在就事物而秩序的地敍述其端緒決不著抽象的架空的議論記說文：「疏也。」釋名：「紀也，」廣雅：「識也。」玉篇：「錄也；」廣韻：「志也，」固不許主觀的地着議論之筆的。

序記類有序、後序、送序、贈序、壽序、記、紀事、志、述、傳、行狀等的細目。序是敍事文之總稱以敍事物之末端爲目的，包括後序、送序、贈序、壽序、記紀事志述傳行狀等的細目。序是敍事文之總稱以敍事物之末端爲目的，辭學指南有「序者序典籍之所以作也」的話卽是指把後序、送序、贈序、壽序除外的卽主要是說詩文集底序、辭學指南有「序者序典籍之所以作也」的話卽是詩文集底序在毛詩及尙書底序爲孔子所作予不信毛詩及尙書底序爲孔子所作乃是作於漢代詁訓家之手且毛詩有大序、小序、尙書也有序大概卽其鼻祖故文選類次毛詩序爲第一尙書序爲第二然予不信毛詩及尙書底序爲孔子所作乃是作於漢代詁訓家之手且毛詩有大序、小序、尙書也有序大概卽其鼻祖故文選類次毛詩序爲第一尙書序爲第二。然予不信毛詩及尙書底序爲孔子所作乃是作於漢代詁訓家之手且毛詩有大序、小序、尙書也有序大概卽其鼻祖故文選類次序單是敍各篇編成的緣起但後世詩文集底槪稱述作者底性行不過鼓吹書底價值不會說篇章之所以成故予謂後世詩文集底序濫觴於劉向父子所校讎的經子底序，但其序多半佚亡故史記太史公自序尙不失先秦遺風，而葛洪底抱朴子自序以開唐、宋之風其杜預底左氏傳序，（一七）皇甫謐底三都賦序，（一八）陸機底豪士賦序顏

作中果有能與歐陽修底蘇氏文集序、梅聖俞詩集序、釋祕演詩集序、釋惟儼文集序相頡頏的作品與否還是疑問呢！

後序是施於卷末的文章所以稱爲後序的是對於卷首的序而從文的體製言則與在卷首的序同未必如跋或書後一樣爲小品如莊子底天下篇荀子底堯問篇末段蓋可爲後序之祖。送序是當親故別離之際致惓惓勉之意寓諷勉之旨的一種文章魏禧嘗評說：「送敍莫工於昌黎」決非溢美載於唐宋八家文的韓愈底送鄭尙書序以下十九篇可知他底着筆底變化與着想底非凡了贈序是從老子所謂君子贈人以言之義出的但贈序底稱呼唐以前卻沒有至唐作者雖衆然韓愈最爲傑出姚鼐評說：「唐初贈人始以序名作者亦衆。至於昌黎乃得古人之意其文冠絕前後作者」亦決非溢美然贈序多議論體韓愈底贈崔復州序就是。壽序是祝人底壽命的發生於宋末元初至明中葉以後而盛行有光底集中殆達八十首之多惟明之壽序五十以上每十年祝壽一次至清而四十三十皆有壽序他們底壽序概多諛詞終不能免浮泛之謗。

記是紀事之文或曰紀事或曰述是皆把事物客觀的地觀察同時記錄之不過欲使其爲永久不忘記念其名雖殊而目的則一試察記底源流夏書底禹貢周書底顧命俱爲記底名目通篇以敍事爲主可稱爲千古記文之祖蓋記之名目雖始於周禮底考工記禮記底學記樂記坊記表記等然禮記中諸記概爲議論體而非記文

第四章 流別

四七

延之底曲水詩序不待說了而後世集序獨歐陽修爲巨擘以其能盡情致哩魏禧嘗說集敍南豐而外無工者曾鞏

正體。只考工記全用寫實之筆，可稱為記文宗。考工記以後，漢揚雄作蜀記，故梁任昉底文章緣起以揚雄底蜀記為記之權輿。在齊、梁之際，記之文體尚未流行文壇，故不但文選不揭記之一體，而文心雕龍也無記底說明。然在唐以後盛為流行，韓愈作畫記、燕喜亭記等數篇之記。柳宗元作永州八記凡十數篇，陳師道嘗稱韓愈底記文說：『韓退之作記其事耳今之作記乃論也。』顧韓底畫記為醇乎的記文為千古底典型燕喜亭記已雜議論非記的正體。至柳底永州八記為古今遊記底巨擘敍景而有色敍情而有味實足稱千古絕技及宋之歐陽修蘇軾往往以議論為記。當時王安石評蘇軾底醉白堂記說此非記直韓白優劣論故眞德秀說：『後人作記未免雜以議論』而至元、明，在記文裏着議論的益多清唐彪底讀書作文譜（一九）說：『或言作記一著議論卽失體裁此言非也凡記名勝山水點綴景物便成妙觀可以不著議論若廳堂亭臺之記不著議論將以何說撰成文字豈棟若干梁柱若干瓦磚若干便足以成文字乎噫不思之甚矣。』則唐以前的記與唐以後的記可以知古今之變了志之字義為記與誌字同是說史的記事周禮春官『小史掌邦國之志』卽此義而在文體方面志始於漢書底十志顏師古底漢書注：『志記也積記其事也』可謂很能說明文體上的志的了紀事在文體明辨說：『紀事者記志之別名而野史之流也古者史官掌記時事而耳目所不逮者往往遺焉於是文人學士遇有見聞隨手紀錄或以備史官之探擇，或以裨史籍之遺亡名雖不同其為紀事一也』卽是質言之卽與史記漢書等正史底本紀名同而性質各殊的述之字義與論語底『述而不作』之述同為序述之謂其在文體亦與序相似而文體上的述發生於唐以後或述著

之緣起，或撰修人之言行，猶如行狀一樣。但如陶淵明底讀史述皆作韻語，茲不具論。

傳是敘事文中的主要體裁，姚鼐於序記以外立傳狀之目，曾國藩於敘記以外立傳誌之目，可知古人是何如地鄭重傳了。魏禧說：「文章之體萬變而不可窮，莫如傳」。亦把傳在文體上應大大地發揮技工道破了。顧傳所以紀載人之事迹而傳示後世的，本是史家底事，故司馬遷創史記每一人為立一傳而作伯夷列傳以下七十篇，歷代正史皆祖襲之沒有不撰列傳的。其他文人學士效之於正史以外為彰處士逸民德行為明庶人百工底事跡特馳騁文筆而把其人之面目垂示百世的尤見其夥。於是產生了史傳、記傳、小傳、別傳、外傳等目，所謂史傳是指正史底列傳，家傳是從藏於私家的目的而作的，與史館底傳有區別；記傳是一種的自敘傳是用假託的筆法以傳自己底性行的；東方朔非有先生傳，阮籍底大人先生傳，陶淵明底五柳先生傳即是其例，小傳從敘次甚簡略而得名與詳傳有區別，別傳及外傳單從逑軼事的目的而與本傳有區別。故如傳之細目雖有種種，其體僅有正變二種，正體以敘事為主而變體是雜議論的，明陳懋仁底文章緣起注：『傳者轉也，紀載事迹以轉示後來其式貴實書毋泛論』可謂把傳之正體道破了。而如史記底伯夷傳以議論行敘事，孟荀不專敘二子而旁及諸子皆是變體。其他如東方朔底非有先生傳，韓愈底圬者王承福傳，柳宗元底種樹郭橐駝傳亦非正體。

行狀是門生故舊據死者世系名字鄉里官爵及生卒年月，述平生言行或供他日史官修史之資，或為名士撰銘誄碑傳的材料狀貌也。故行狀要事實詳悉以使讀者髣髴想見死者底面目為目的。這樣，行狀忌雜議論比傳還

要甚。文章緣起以漢胡幹（二）底楊元伯行狀為行狀底祖，但已佚亡，不能見其遺采質言之行狀雖遠起於漢世然在漢代單稱狀的多而稱行狀的少蓋行狀底稱呼至六朝以後纔最盛行。

第三詔令類為王者之言貴莊重典雅簡明峻厲而不相犯故眞德秀文章正宗說：「制誥皆王言貴乎典雅溫潤用字不可深僻造語不可尖新」陳繹曾底文說云：「詔宜典重溫雅謙冲惻怛之意藹然制誥宜峻厲典重」其辭有散體有四六體兩漢以前元是散體但六朝以後用四六體的多及至宋元猶不能絕四六之迹。

詔令類底分目有誥誓命詔制敕諭璽書口宣策策問御札批答赦文九錫文鐵券文等凡十有餘種全依時代而稱呼各殊故有古有而今無的有今有而古無的。尚書有誥有誓有命皆應屬於詔令，文心雕龍云：「誓以訓戒誥以敷政」命固為王者之言為大祝所作故周禮春官大祝作六辭誥居六辭中第三而修詞鑑衡云：「屬其人而告之者謂之誥」誥是由上發於下的王者之言無疑然尚書召誥不如大誥洛誥一樣的由下告於上的則在周世誥是作為上下共通之辭了。然秦廢誥而稱制詔，至漢元狩六年復稱誥，而唐稱制不稱誥至宋復稱誥至明初稱敕而不稱誥但洪武二十六年制定任命五品以上稱誥任命六品以下稱敕卽洪武二十六年以後的比敕較為尊貴的名稱。

誓說文：「約束也」釋名：「制也」要約之辭，拘制之義也。故王者或要約軍旅，或誓告羣臣曰誓。尚書底甘誓、湯誓、牧誓屬於前者而秦誓則屬於後者而後世不僅秦誓之類不曾見卽甘誓、湯誓、牧誓之類也不多見文章緣起

漢蔡邕作艱誓予尚未之見，恐怕艱誓是屬於詔令的一類也未可知。

命猶如令，即後世所謂制誥論語「為命裨諶草創之」即是。增韻「大曰命，小曰令，上出為命，下稟曰令」周禮春官注「項氏曰『上出之為命下稟之為令』」王昭禹（三二）云「一定而不可易者命也因事而告者令也」皆能明命與令底區別。尚書底說命誥命是命官的，微子之命蔡仲之命是封爵的，其他如畢命文侯之命顧命沒有不是王者之言的。然秦始皇改命曰制命之名漢以後遂亡了。

詔，爾雅：「導也」說文「告也」秦以前是上下通用的，猶如誥之上下共通一樣。周禮「大宰以八柄詔王」左傳成公二年：「欒伯曰『欒之詔也書何力之有焉」；莊子盜跖篇『為人父者必能詔其子」即是。然自秦始皇二十六年改令曰詔，漢以後即為天子所特用，而為一種的文體。而漢之詔辭深純而典雅實冠絕古今。故清劉熙載嘗評云『西京文之最不可及者文帝之詔書也。周書呂刑論者以為哀矜惻怛，猶可以想見三代忠厚之遺意；然彼文至而實不至歟若文帝之情至而文生耶？』姚鼐亦評道：『詔令者，原於尚書之誓誥，秦最無道，而辭則偉。漢至文、景，意與辭俱美矣，而唐宋猶且不免呂祖謙云：『近代詔書，或用散文或用四六。散文以深純溫厚為本四六須下語渾全，不積弊所及，雖唐宋猶且不免呂祖謙云：『近代詔書，或用散文或用四六。散文以深純溫厚為本四六須下語渾全，不可尚新奇華巧而失大體』真德秀云：『王言之體，當以書之誥誓命為祖而參以兩漢詔冊。』這很能說明詔底源流與正變了。初唐時曾一度諱武后名，墨改詔而為制但至中唐時代既已稱詔對墨而諱嫌名蓋只限於武后之世

制，正也，為制度之命也。蔡邕獨斷：『制帝者制度之命也』，顏師古漢書高帝紀注：『天子之言，一曰制書，制度之命也』，而文心雕龍：『制者裁也』解作王者制裁之義，秦世改命為制，制於是作為天子之言常與詔誥同一看待了。禮記曲禮有『士死制』的話，鄭玄注云：『制謂君教令』，是把制看作王者之言，故漢世並稱制詔的，在宋代也是制誥並稱的，多所以漢武帝策賢良詔當時或稱為制，其風至唐而習慣，至於不復區別制詔了。又宋之官名有知制誥，是把制誥同一看待的明證而歐、蘇、曾、王底文集裏誥與制同一體製了。其中不復識別即可知制與詔誥不惟同性質而且同體製了。故修詞鑑衡說：『帝王之言出法度以制人者謂之制，絲綸之語若日月之無照者謂之詔制也』然仔細觀察則三者之間似有多少的區別在漢制分別詔令之類一策二制三詔四敕可知制與詔自有區別文心雕龍說：『敕戒州部詔誥百官制施敕命策封王侯』可知制詔底目的各殊。所以呂祖謙底宋文鑑分類甚為明哳制與誥不相混同辨二體底差異很可資參考。

敕是儆戒，有使人不敢怠慢曠廢的意義作敕或作勑，『勑』即是。然漢制把王言分為四品敕居其第四。唐制把王言分為七品敕實居其第四、五、六、七即第四為發敕五為敕旨六為論事敕書七為勑牒唐之世用敕的範圍頗廣。宋亦用敕底稱呼但宋之敕時用為獎諭的目的與儆戒的初志相反是失了敕之字義的至明而在差遣大臣贈封功臣的場合賜敕亦是因襲宋之舊慣且明五品以上賜誥

之時用散文六品以下賜敕之時，則用四六文又戒勵百官曉諭軍民特稱爲敕榜文可知皆是時代的變遷。

諭，說文：「告也。」高誘戰國策注：「曉也」與詔誥同義。左傳載周天子諭告諸侯之詞，諭之事實已行於春秋之世。然不必用簡策僅使傳言而已。故漢高祖一入關即召諸縣父老豪傑而諭告之，僅是口頭的告語，而後世臣下告其屬僚稱爲諭，而把從天子出的區別而稱上諭。上諭固爲詔令之類，然比較其他詔制在莊重典雅之點似有所缺。

璽書是捺天子底印璽的書，爲詔敕底別名。璽是印，天子之印稱璽，則璽書固爲詔敕。然詔敕未必皆璽書爲什麼？因爲璽書是詔敕中最具莊嚴形式的，而詔敕則不必皆具這種形式。然秦以前，不以璽爲天子底特用，上下尊卑均可共通。老子云：「爲之符璽」，莊子云：「焚符破璽」即是其例。故獨斷云：「璽者印也。天子璽以玉螭虎紐古者尊卑共之」。左傳襄公二十九年有「季武子使公冶問璽書」的話，疏云：「諸侯大夫印稱璽也」。豈非天子以外諸侯大夫底印也稱璽吧。然秦以後特別把天子印稱璽，而羣臣底印就沒有敢稱璽的了。且秦有藍田底玉璽刻有「受天之命旣壽永昌」之文。漢有六璽一刻「皇帝行璽」二「皇帝之璽」三「皇帝信璽」四「天子行璽」五「天子之璽」六「天子信璽」等文字。北齊底璽文有「受天之命皇帝壽昌」。唐底璽文有「皇帝景命有德者昌」皆是天子專用之印。故璽書始起於秦世屢行於漢時，至唐之時間有行者，五代以後就絕不復得而見了。

第四章 流別

口宣是論之一種由帝王論告臣下的文辭。古者由天子命臣下的時候，遣使者用口傳王命，如載於左傳及國語的諭告之詞即是。而後世待臣下的禮愈隆詞臣底撰著愈繁至於宋始撰儷語使宣布上意這就是所謂口宣其文極簡單僅止於數句，蓋可說是諭之略體。

策是簡策之策而非策略之策，也不是驅策之策。左傳載策命晉侯為侯伯，漢書載漢哀帝策免彭宣策免師丹，可知秦、漢之世，已有以任免的事實了。而至於唐改策作冊即策字徵於尚書金縢底冊祝及顧命冊命冊度等可知。然後人或以策作為策略或驅策之策以冊作為符命之義而加說明，這是錯了的。蔡邕獨斷云：「策者簡也其制長二尺短者半之」即是倘若論簡與策底異同，則簡為一札之義策為數簡連編的東西故一行可寫盡的即寫在簡上鄭玄底尚書注云：『三十字一簡之文』即是。倘若要數行來寫的，則寫在策上。漢策因用木簡故作策字。而唐改策字至唐用玉金銀銅故改策字而作冊字故漢制分詔令為四策書居策第一，唐制分詔令為六而冊居第三。即漢代底策是唐代底冊無論立后妃立太子封諸王贈官賜諡罷免大臣等均用的。故冊名目有十。祝冊用於郊祀祭享玉冊用於上尊號立帝后立太子封諸王諸王大臣之逝去贈冊用於贈官贈號諡冊用於上諡賜諡，祭冊用於祭贈賜冊用於報賜但免冊用於罷免大臣其他有所謂策問，由天子把政事上的問題書於簡策以徵求人士底意見。這固然應屬於詔令但射策對策皆是對於策問的答案應屬於奏議的一類。徐師曾（三三）說：『對策存于士子，而策問發於上人尤必通達古今善為疑難

者而後能之不然其不反為士子所笑者幾希矣」這是說策問之不容易做的。

御札一作御劄，是天子底筆稱古者無是稱至宋始有之而明以後復至於亡蓋是敕底變體其體概用儷語。

批答是制詔底一體採取臣下奏疏之意而批答之。這始行於唐、宋之世，至唐代單稱批，至宋而稱批答。而至明時代單稱批在臣下之間雖得自用但批答二字是專屬於王者的其體製王應麟（二四）底玉海有「唐學士初入院試制詔批答共三篇」的話則批答與制詔原不是一體已可知道故呂祖謙底宋文鑑把批答與詔敕區別而為異類。

赦文是說酌量情實以宥赦罪過的文。在書經舜典有「眚災肆赦」之語，虞、夏、商、周底赦文不見於經傳，以魏文帝底赦遼東吏民公文為赦文底最古的作品。唐、宋以後每有赦則必有赦文其文比較其他制詔欠雄渾的多。

九錫文是頌揚貴戚權臣底大功偉勳的即是禪帝位的準備這是從王莽曹操之徒覬覦非望的心而出的，爾來始成為通例當宋、齊、梁、陳等革命之際必出九錫文九錫文誇張之弊過於浮泛失於虛誕的多獨任昉底筆精練壯麗無溢美之跡這是他底文章所以能為六朝三百年底冠冕的緣故吧！

鐵券文是唐朝中世藩鎮跋扈之時朝廷深以為患特造鐵券以為契約，表示雖有重罪亦赦而不治之意。蓋為誓底一體，唐以前不曾有鐵券文底名目史記雖有丹書鐵券之語然不僅在漢世無鐵券文卽至魏、晉之後南北朝

第四章　流別

五五

時代，猶未見有。劉熙（二五）解釋鐵劵底字義說：『劵，綣也；約束繾綣以為限也。』是不應首肯的。

第四奏疏類是臣下底上書與詔令底由上發下相對奏疏由下告於上的。故如詔令底要壯嚴典雅簡明、峻厲，而奏疏是要重厚簡要明鬯懇切。故陳繹曾說：『奏宜情辭懇切意思忠厚疏宜簡要明切。』曾國藩說：『奏疏總以明顯為要』這就是魏禧底所以不滿足於蘇洵底上田樞密書而說：『明允上田樞密書豪邁足賞然自占地步峻嶒逼人使人忌而生厭。蓋既為進干求知之事而又為傲岸不屑之言也八家中自昌黎作俑而近世學步者愈可厭憎』的緣由敷奏諫說之辭多見於尚書曰謨曰訓固是敷奏之言，而曰誥曰命亦是告於上的。然誥訓命皆是以口舌為應對的而不是以文筆去奏聞的。故上書之起源在於先秦徵之於左傳、國語、國策可知而至漢最盛為流行至於唐宋而體製大備文章緣起以秦李斯底上皇書為上書祖但樂毅底報燕王書實在李斯底上書以前且韓非子底文中有稱非臣的大概都是上韓王底書吧！而至漢之賈誼晁錯董仲舒皆能作寓言的長篇氣勢最張情理最盡所以曾國藩稱賈誼說：『漢策莫過於晁大夫，晁策就事為文文簡徑明暢事理鑿鑿可行，賈太傅不及也。』宋之朱祁稱賈誼晁錯說：『賈誼善言治晁錯善言兵，董仲舒善言推天人，而仲舒優軟不迫切純儒也。』蓋後世底奏疏長篇多寶賈晁董三子說：『賈誼善言治晁錯善言兵，董仲舒善言推天人，而仲舒優軟不迫切純儒也。』蓋後世底奏疏長篇多實賈晁董三子為之俑蘇軾底上神宗皇帝書王安石底上仁宗皇帝書朱熹底戊申封事是奏疏中的長篇，皆以萬言稱但在蘇王以前，賈誼底治安策很能把萬丈的光焰發揮千古之上，這是不能不記憶的。齋藤
篇為絕唱。』明之陳懋仁稱晁錯說：『奏疏以漢人為極軌而氣勢最顯者，尤莫善於治安策，故千古奏議推此

拙堂說：「文章之體，至唐、宋而大備矣。清人劉開云：「文莫盛於西漢」而漢人所謂文但有奏對封事皆告君之體耳。」是證明在前漢奏疏之盛的，而曾國藩云：「奏疏惟西漢之文冠絕古今，西漢前推賈晁後推匡劉，（二六）賈晁以才勝匡劉以學勝。」是稱說前漢奏疏底價值的。降至後漢，左雄、胡廣（二七）二人接踵前漢底賈晁匡劉由文心雕龍：「及後漢察舉必試章奏左雄奏議臺閣為式；胡廣章奏天下第一並當時之傑筆也」的話可知還有：顏氏家訓云：「上書陳事起自戰國逮於兩漢風流彌廣原其體度攻人主之長短諍之徒也訐羣臣之得失訟訴之類也說破奏疏底源流同時且能把兩漢多數的對策底心事說盡了。降至於魏陳琳阮瑀（二八）底表章最為卓絕陳國家之利害對策之伍也帶私情與奪遊說之儔也總此四塗賈誠以求位罷言以干祿或無絲毫之益而有不省之困幸而感悟人主為時所納初獲不貲之賞終陷不測之誅則嚴助朱買臣吾丘壽王主父偃之類甚衆」很能說破奏疏底源流。故齋藤拙堂嘗稱之云：韓柳歐蘇曾王八家皆得其體但至唐陸贄底奏議明於義理在宋而李綱底上書切於事情故「古今奏議以唐陸宣公宋李忠定公為第一」其他如范仲淹與李綱在伯仲之間。

奏疏臣下敷奏諫說之總名。秦以前皆稱曰上書，至秦世更把上書分為四品一章、二奏三表、四議，奏書底名目歷代續出，而魏晉以後，表啓二者盛行，至唐而盛用表狀二者，至宋、元而劉子最為盛用故奏疏底名目頗多目的在於審利害明得失達人情維持世道眞體製以流暢而明達為尙，樂毅李斯以後，賈誼晁錯等無不同然清姚鼐之所謂「漢以來有表奏疏議上書封事之異名其實一類」即是今舉其名目有一奏二疏三上書四章，

五表，六對策射策進策及帖括七劄子八牋九啓十封事十一彈文，十二狀，十三露布等蓋其綱要，而在奏中有奏議、奏啓、奏記，在表中有賀表、謝表皆是其細目哩。

奏說文：『進也。』秦漢時代以奏為上書之稱，取進御之義文心雕龍云：『奏者，進也，言敷於下，情進於上也。』事物原始云：『七國時臣子言於君皆曰上書，秦初改書曰奏』即是而李斯底上始皇及二世的書不稱奏也許在秦之世奏底稱呼尚未厲行，故文章緣起以奏之祖歸於漢枚乘底諫吳王奏且依漢制奏是達按勑之用是達謝恩之用表是達陳請之用的，但奏不單以按勑為目的猶之章表之論災異即是後世底奏實為上書底總名故曰奏議曰奏對曰奏啓曰奏牋是依時代而生出這樣的稱呼的，實不過是奏底異名奏記亦有上書之稱。然未必僅是進御於天子的進達於將相的也有這稱呼。漢董仲舒之於公孫弘，晉阮籍之於蔣濟就是其例。

疏說文：『通也』是謂布陳己之所言也。揚雄解嘲云：『獨可抗疏時通是非』即是。然疏不必僅是稱上奏於天子而由父與子的書亦可稱疏，如陶淵明底與子儼等疏即是。蓋疏底稱呼在漢以後始用是代替書底稱呼的，故書可上下貴賤通用而上帝王的書稱為上書其他有疏議的稱呼亦與上疏同。

上書是在秦以前的奏疏底通稱秦之世始以奏代上書漢以後生出多少的名目遂成了與章、奏、表、啓相對的特名。在文選裏把上書置於表、啓、牋、彈事以外而至唐宋上書於天子以外致於執政大臣也包含在內，如韓愈底上宰相書，歐陽修底上范司諫書，蘇洵底上田樞密書，蘇軾底上梅直講書即是。然蘇軾底上神宗皇帝書，王安石底上

仁宗皇帝書皆不失古式，至元、明以後諸家集中殆絕迹了。

章是取劉勰所謂章者明也底意義至目的在於表明事理。漢之奏疏有四品，章居其第一，蔡邕底獨斷：「凡羣臣書通於天子者四曰章曰奏曰表曰駁議」即是而漢制以章致謝恩底意，但後世不必然在論諫陳請慶賀的場合亦稱爲章文章緣起以孔融大中大夫章爲章之祖，是遵漢制的。

表文心雕龍云：「標也。」其議與章同，是在標明事理而告於上的意思。劉熙底釋名云：「下言上曰表，思之於內，表施於外。」王應麟底辭學指南云：「表明也、標也標著事緒使之明白」即是。淮南王安底諫代閩表諸葛亮底出師表李密底陳情表等皆很能陳述事情標明端末其體尚公明正大而不事華藻故造句忌深僻用字忌織巧鋪敍忌繁冗在獨斷裏說章與表形式上的差異云：「章者需頭稱稽首」即「表者不需頭上言臣某言，下言臣某誠惶誠恐稽首頓首死罪死罪」後世彼此混同不復區別了且依漢制奏疏四品中表居第三，爲陳請之用；如諸葛亮底四年下令說：「上書者並爲表于皇太子以下稱啟」由是而後表之用甚廣在論諫貢獻推薦慶賀慰安辭謝彈劾底場合亦稱爲表。故後世有賀表謝表之目這不過表底細目罷了其形式有散文與儷語底分別唐宋以後用儷語的多其他以天子告祭之詞稱表本防於宋世然這是別途不屬於奏疏還有釋道二家也有稱表的這也是別途。

對策射策都是對於策問而言的對策是應制以陳經綸之志射策是把難問疑問書之於策署以甲乙列置案上使應試者投射擇取而回答的故文心雕龍說：「對策者應詔而陳政也；射策者探事而獻說也。」蓋策簡也天子

自書問題於簡策以考試舉子，有以此稱爲制策的，而有司以策問試士謂之試策。制策始於漢文帝底時候，賈誼底治安策晁錯底賢良策實爲對策底權與。王通嘗稱說：『洋洋乎晁、董、公孫之對』即是頌揚晁錯、董仲舒、公孫弘底對策的。顧對策並不由前漢而盛，而前漢底對策也沒有比賈誼晁錯更善的，就中晁錯底精鍊而勁拔買誼亦所不及，況乎董仲舒、公孫弘！故劉勰稱云：『晁錯對策蔚爲舉首』伺有試策是有司發策問以試士的，但不入於奏疏之中。降至唐試帖是書之於帖以試士的，這就是策問之變，而舉人總括經文以應帖試稱爲帖括，這就是對策之變。還有進策是學士大夫私自議政而上進的，三蘇集中屬於這一類的多，或有備應試之用，平日作爲練習而不曾上進的，白居易底集中已有這一類的作品，然皆不是對策底正系。

劄子一名奏劄又名劄文或單叫做劄，別稱牓子或錄子，這始於唐、宋以後，蓋是取條奏之意吧！歸田錄（二九）說：『唐人奏事，非表非狀者謂之牓子亦謂之錄子，今謂之劄子』牓子錄子是唐底稱呼，而劄子則是宋底稱呼。

劄說文：『表識書也。』文心雕龍『表也識表其情也。』玉篇也說：『表也』其體殆與表無異，然漢、魏時代上奏於天子太子諸王大臣的總稱爲牋。班固底說東平王牋揚修底答臨淄侯牋繁欽底與魏文帝牋吳質底答魏太子牋之類即是。而至後世對於天子稱表對諸王稱啓對皇太子稱牋修詞鑑衡云：『牋者修儲君之問伸宮闈之儀也』即是其義。於是表、啓、牋分而爲三，而元人底文集中把牋與賀表看做同一的體裁奏於天子的也稱牋究不是古義。其體有散體，有駢體，與表同，牋字或作䇳亦同。

啓底字義，開也，謂開陳其意也。故說文云：「啓，傳信也」向書「啓乃心沃朕心」大槪是奏御之文名爲啓的起源吧。古代的啓雖是對君上的名目，自然唐以後遂爲泛施於尊貴的稱呼而至於化爲一般書牘文底稱呼，魏晉時代，啓底起首曰某啓而末尾曰臣某謹啓，或啓聞是具備了奏的格式的了只是漢代無啓是因避景帝底諱啓的緣故。其文體槪用騈體亦期其壯麗而已。

封事因爲以機密爲主故把上章封入於皂囊中僅供天子一人御覽漢官儀「密奏以皂囊封之不使人知故曰封事」可知封事底封緘是用皂囊的。後漢書光武紀云：「建武六年詔曰百僚並上封事無有隱諱」後漢時代，其封事底流行可知。且漢書底劉向傳云：「向上封事，」則從前漢時代以來已有封事也很明白了。故文章緣起以封事之祖歸於漢魏相底奏霍氏專權封事，但文選盛上封事一篇也沒有。而杜甫底春宿左省一詩中有「明朝有封事，數問夜如何？」的話則唐代拾遺補闕等大槪皆上封事吧。舊唐書職官志云：「補闕拾遺之職掌供奉諷諫凡發令舉事有不便於時不合於道，大則廷議，小則上封。」則上奏封事不必是大事哩。至宋胡銓底上高宗封事光焰萬丈很能扶持世道激厲人心，朱熹評道：「可與日月爭光中興奏議此爲第一。」如日本底三善淸行底意見封事與胡銓（三〇）底封事異其撰然亦是千載不可磨滅的作品。而元、明以後殆絕不復見有封事了。

彈文，一名彈奏或彈事，這是彈劾的上奏文，或繩權臣底罪過，或糺貴戚的邪侈，或促天子底處決。文選稱爲彈事，載任昉底彈曹景宗奏、彈劉整奏及沈約底彈王源奏然在漢世已有王尊底劾丞相衡等奏翟方進底劾陳咸等

第四章　流別

六一

奏彈文底起源可說是在於漢了。然漢代不稱爲彈文而單稱爲奏即漢之奏疏四品中說「二曰奏以按劾」可知是以奏而達彈文之用了。

狀，韻會云：「陳也。」增韻云：「札也。」正韻云：「牒也。」狀與疏啓同爲布陳意思，敍述事實的簡札。日札曰牒，皆爲木簡義旣同物異名，則狀是漢、魏已來往復於親故之間的尺牘的稱呼，如疏有上疏啓有奏啓一樣，狀亦有屬於奏疏的只疏散體多狀則駢體多而啓則散體駢體並用，這是三者底自異的處所。

露布是奏章之無封緘的任人視聽，概是用於征戰之際的。文心雕龍云：「露板不封布諸視聽。」這是說露布底稱呼底所由出的。文章緣起云：「漢賈洪爲馬超伐曹操作露布。」世說云：「桓溫北征令袁宏倚馬撰露布。」這是說露布底起源與露布底用途在征戰之際的故封氏聞見記（三二）云：「露布捷書之別名也自漢以來有其名」然詞學指南（三二）云：「露布之名始於漢。」文體明辨辨之云：「露布之作始於魏晉杜佑以爲自元魏始誤矣。」然露布底目的依時代的關係不必爲奏疏故文心雕龍云：「檄或稱露布。」唐宋以降至於明皆用於軍中也未必爲上奏。

第五題跋類是姚鼐、曾國藩等分類而叫做序跋的一部。蓋序是冠書之首跋是屬於書之尾，既是首尾相照應，似應合爲一類然序中有送序、壽序在性質上決不與題跋爲伍故割序而與記併合以與論辨相對立而僅存題引使與跋爲一類且詩文集底序雖與題跋同性質但體制決不如題跋之爲小品而小品就是題跋的特徵故宋文鑑

元文類等皆把題跋之目立於序以外大概分離序與題跋是着眼於形式的異同試把題跋分類為題、書後、跋、引、言、讀六種。

題，說文：「額也。」小爾雅（三三）云：「頭也。」在文學上的題底名義應在書卷之首其體制猶如經籍底序文。故漢趙岐始作孟子題辭而自云：「孟子題辭者所以題號孟子之書本末指義文辭之表也。」唐之張鎰云：「題辭，即序也」趙注尙異故不謂之序而謂之題辭。題底意義而揭於卷首的然釋名云「書稱題諦也審諦其名號也」卻不免為附會之說而韓、柳以降稱為題後，題豈不是把題底本義顛倒了嗎？

書後與題後同是寫在書卷之尾的，韓集中所見甚多倘若尋其源流的話，莊子底天下篇荀子底末篇蓋是其濫觴而如司馬遷底太史公自序班固底記秦始皇後亦為其體制猶如跋。

跋是題之反因足後曰跋故書於書卷之後的亦稱跋。然這稱呼始於宋之中葉，在歐陽修底文集中有跋數十篇。蘇軾黃庭堅之徒亦相繼有作但歐、蘇以前卻不曾見。

引，廣雅云：「演也。」是取了敷演自己底意思之義而命名的。在唐以前不名為引，如柳宗元底霹靂琴贊引、劉禹錫底送元暠南遊詩引蓋是引之嚆矢。班固底文有典引，這是符命之文尙不曾以引為文之一體況在樂府有稱為引的體裁引底正體蓋如小序一樣是稍簡短的後人雖改為序底別名但引與序自有長短大小之差然如蘇

洵底送石昌言爲北使引無論從其體制而言從其長短言，是與送序無異。蘇洵蓋把序與引是同一看待的哩。如蘇氏族譜引亦決不能以引體目之。

例言，是作者自明其所以著書的義例，始於晉之杜預。杜預有左傳釋例一書，這就是對於左傳的例言。而其序中又云凡例，這就是例言之祖。

讀，古人讀書之際偶然自己把感悟處所書於簡後以備遺忘的。在韓、柳文集中，雖有讀某書之名，然在唐以前卻不曾見。

第六書牘類，是朋友故舊，贈答往復以致慇懃盡委曲的簡牘。古者從上詰下的也叫做書。漢書董仲舒傳：『對無應書』註『書謂詔書』即是還有從下奏上的也叫做書。但是與下的書已屬詔令奏上的書已屬於奏疏，這裏單指在朋友故舊之間往復贈答的書而已。故其體以達意爲主，以簡明爲尚，不必要如詔令底莊重典雅與奏疏底重厚簡要。在此稱書牘或曰尺牘，或曰小簡，或曰手簡，皆表示短札之義今列舉其名目則有書簡札帖牘啓等其移書檄附見於後。

書底字義爲舒，謂舒布其意而陳于簡牘的意思。揚雄底『所謂書心畫也』一語，不必是說篆隸行草的書體，大概與顏之推底所謂尺牘書疏千里面目同義吧！故書原是貴賤上下通的但這裏只單是指在對等之間的贈答的手簡已如前所述倘若以李陵底答蘇武書爲非西漢之文的話，則司馬遷底報任少卿書蓋是朋友故舊間往復

的書牘底始祖論者或以越之大夫遺吳王書為書之嚆矢然這應屬於上書後至唐、宋之世，韓、柳二家之文與故舊門人往復的書雖多然不如歐、蘇手簡最盡委曲。

簡一作柬與書同故書有二義：以書籍為書同時書信亦叫做簡。是書有開合有起伏斐然成章的多而簡概是任意應手以抒寫自家底胸中的故在書長短大小均為得體而簡只多零編寸楮魏禧嘗論簡云：『簡與書一也吾聞古者史官大事書之策小事載之簡牘，是亦有繁簡大小之別焉』可知簡比書更是短篇了。文體明辨云『簡者略也言陳其大略也。或曰手簡或曰小簡或曰尺牘皆簡略之稱也。』這是不知簡策之別而漫為之說的且書始於漢初簡則始於魏、晉以後這是二者相異的處所。

札是簡之小者是以木作成的漢書司馬相如傳『上令尚書給筆札』札是在紙發明以前所用的一種小簡。古詩十九首：『客從遠方遺我一書札』是說書於札的音信。

帖是簡札之義書從竹的曰簡書於帛的曰帖。蓋其名底所以異，由於其材之殊，其文體則一而已、魏、晉之間已把帖作為書牘別名然學書的人把取前人底筆跡以供臨摹的稱為帖已亡了帛書底意義且不是以文章為目的的這裏無論之必要。

牘說文：『書版也』顏師古漢書昌邑王傳注：『木簡也』與簡札同義只是材料不同僅有簡用竹而牘用木之差別罷了。戰國策有『取筆牘受之』的話史記倉公傳贊有『緹縈通尺牘』的話以牘用作簡牘書牘之義大

第四章 流別

六五

啓已如在奏疏類所說爲開陳之義但在這裏所舉的啓，卻不是奏疏之類，而是說於等輩之間開陳自己底意思的。

移書，一名叫移文，爲一種的迴狀或公開狀，修詞鑑衡云：「移者自近移遠，使之周知也」卽是。故劉歆之於太常博士曰移書，孔稚珪之於北山則曰移文，文選皆看作同樣，而成爲一類顧移底字義既收諸司公移之意，移書底特徵決不限於給與某一人。這是移書底性質與檄相似，與普通書牘相異的處所故劉勰說明移文底名義云：「移者易也移風易俗令往而民隨者也」這是錯了的。而且他把難蜀父老文（三四）看作移文因其文有公開的性質，這應屬於論辨中的難而不應入於移書底。

檄是移書之類，說文：「檄二尺書也從木敫聲」釋名：「檄激也」檄之字義爲激當軍事之際，所以激厲人心的意思文心雕龍：「檄者皦也宣露於外皦然明白也。」是不甚當的修詞鑑衡：「檄者激發人心而喻之禍福也」頗爲中肯故其辭尙激切而凌厲若不激切則士氣不振不凌厲則軍容不揚其體有散體有駢體其材是木簡長二尺。其目的在達徵發召集之用倘若要急的時候特插雞羽以表速急之意這就名爲羽檄然先秦之檄不必爲軍事底目的由戰國策及史記張儀傳「張儀爲檄告楚相」可知但張儀之檄還未成爲檄文之體況在徐炬底事物原始說：「周穆王令祭公謀父作威讓之辭以責狄人此名檄之始。」文選：舉司馬相如底喻巴蜀檄文章緣起則舉陳

琳底檄曹操文為檄之祖然姚鼐及曾國藩以檄屬於詔令皆是不察其類的。魏志云：「陳琳避難冀州袁本初使典文章作此檄以告劉備言曹公失德不堪依附宣歸本初也後紹敗琳歸曹公曹公曰卿昔為本初移書。」這樣則檄與移書名異而同實也可知了。

第七碑碣類是記死者記功德以敍事為主的為正體以議論為體的為變體然漢之蔡邕始開誅墓之端至南北朝而梁有任昉沈約周有庾信皆以碑文名然他們底作品概非諛頌僅是應酬即漢、魏、六朝底碑文終不如唐、宋之際韓愈歐陽修王安石底墓誌最為得體清底方苞嘗論「退之、永叔介甫俱以誌銘擅長但序事之文義法備於左史退之變左氏之格調而陰用其義法；永叔摹史記之格調而曲傳其風神介甫變退之之壁壘而陰用其步伐。」而其名目有墓碑、墓表、墓碣是立於墓上的有神道碑是植於墓道之旁的有墓誌壙誌是埋於壙中的以外還有墳版文、墓版文等皆屬於這一種其體制陳繹曾說：「碑宜雄渾典雅碣宜質實後來文家主之遂援為金石定例。」而曾國藩亦評論云：「墓銘或先敍世系而後銘功德；或先表其能而後及世系或有誌無詩或有詩無誌皆韓公創法。」然則碑碣是共尚典雅的且以雄渾為主的以質實為主的以文飾試察碑碣之別因形式而區別則方的為碑圓的為碣。唐制：『碑龜趺螭首五品以上官用之。』『碣方趺圓首五品以下官用之。』」不雷形式有異同且因官階底高下而立使用的制限但至後世碑碣二者不惟不嚴格地區別且在上古元不立方圓之別且不因官階底高下而加以何等底制限而二者相通用曰碑修辭鑑衡云：「碑者披列事功而載之金石也碣者揭示操行而

立之墓隧也」碑是披的字義漫立二者底區別爲什麼因爲『載之金石』未必單是碑爲然而碣亦然。『立之墓隧』未必單是碣爲然而碑亦然。說文：「碑豎石也」未必是以刻石的文章爲意味。禮記祭義君牽牲旣入廟門麗於碑」即是說中庭底豎石以供繫牲之用的，顧碑之用不唯繫牲且識日影其用二下棺槨，其用三。這都是不曾鐫的。然以後以碑面記功德且以之應用於死者，初學記：「碑悲也，所以悲往事也今宮室廟屋墓隧之碣鐫文於石，皆曰碑。」碑爲悲也底說明，而以碑爲刻石文底總稱。秦始皇底嶧山泰山之罘碣石會稽琅邪臺的刻石文爲碑版金石之祖。這是頌贊生者底功德的，且旣是韻文茲不具論蓋建碑以記死者之功德，是東漢以後的事故文選舉蔡邕底郭林宗碑及陳仲弓碑爲碑文之祖。文章緣起：以碑祖歸於漢惠帝底四皓碑是不容易首肯的。

碑起於東漢流行於南北朝而唐宋之世最盛蓋漢以前豐碑是以木作的，這是埋葬之際供下棺之用的，決不是記死者底功業的及後來以石代木途生碑文。碑文不唯用於死人，而且山川有碑城池有碑宮室有碑壇井橋道亦有碑神廟寺觀亦有碑。而其體制以前有序而後有銘爲常式單說作碑文，則無銘亦可。因爲碑而有銘，特稱爲碑銘。

碑稱墓碑或稱碑頌或稱神道碑及碑頌之稱見於蔡邕底集中神道碑之稱亦始於漢，故大尉楊公神道碑文體明辨說：『晉宋間始稱神道碑』是錯了的。且就神道底字義說文體明辨有『堪輿家以東南爲神道碑立其地因名焉』的話尤謬。在中國神道二字始見於漢書底霍光傳。是表明爲神靈之道的意思。

碣本應屬於碑文的特名至唐而與碑相對爲獨立的稱呼然唐以前的碣其形未必爲方其用未必僅是五品

以下的官晉潘尼底潘黃門碣，蓋為碣之最古的作品碣，有墓碣碣頌，猶如碑有墓碑碑頌。而其文體有敍事議論二體，亦與碑無異。

其他題於表字的，有墓表、阡表殯表、靈表、神道表墓表。墓表是東漢元初元年立謁者景君墓表為始，其文體與碑碣同，決不為碑碣依官位階級而受施設上的制限，不僅官位高的用身分低的也得用阡是墓道殯是未葬之稱靈是始死之稱三者各殊其義然在明世通稱墓表然在蔡邕集中已有靈表則阡表殯表蓋起於漢魏之際吧！而阡表以歐陽修底瀧岡阡表最著名。神道表是說樹於神道的表猶如碑有神道碑一樣。

還有題為誌字的，有墓誌壙誌權厝誌歸祔誌遷祔誌等，其文體皆一也墓誌一作墓志。墓誌與志同誌記也識也。修詞鑑衡：「誌者識其行藏而謹其終始也」是取誌者識也之說的。陔餘叢考：（三五）「孔子之喪公西赤志之子張之喪公明儀志之為墓志之始也」然公西赤公明儀之志果為何事又其所志用文章與否皆不容易知道了就說是文章吧，然其文體未必可看作與現今墓誌同一的東西故墓誌底起源在東漢之世有杜子夏其人始勒文而埋於墓側即其濫觴後人因之在葬時述死者底世系名字爵里生卒及其子孫底大略勒石埋於墓側以備異日陵谷之變這就叫做墓誌壙即墓穴埋於壙的就叫做壙誌厝也又與措同置也未葬而權措的叫做權厝誌歿於他所不歸葬於鄉里的叫做歸祔誌葬於他所而後日改遷的叫做遷祔誌。

還有題文字的，有碑文誌文蓋石文壙版文墓版文等就中碑文，誌文與碑及誌同義。蓋石文是刻於蓋石的，而

墳版文及墓版文皆是書於木版又有題銘字的有碑銘、碣銘、墓銘、墓誌銘、墓磚銘、壙銘、壙誌銘、權厝銘等，皆以銘為主而命名的，這應歸之於韻文而論在散文中就不具論了。

（一）蘇秦　戰國洛陽人說秦惠王不用於是往說燕趙韓魏齊楚合從抗秦以秦為從約長并相六國秦既歸趙肅侯封為武安君乃投縱約於秦秦兵不敢窺函谷關者十五年後縱約為張儀所敗秦客於齊齊大夫使人刺殺之。

（二）張儀　戰國魏人與蘇秦同師鬼谷子以遊說顯名相秦惠王以連橫之策說六國使背從約而事秦號曰武信君惠王卒不說於武王六國皆畔橫復合從儀乃之梁相魏卒。

（三）文心雕龍　書名，梁劉勰撰論文章之體製及其工拙隋唐以來為詞章家所宗，凡五十篇共十卷清黃叔琳為之注。

（四）王構　元東平人字肯堂弱冠以詞賦中選武宗時累拜翰林學士承旨著有《修辭鑑衡》是書上卷論詩下卷論文皆採宋人詩話及文集說部為之去取頗為精審。

（五）事物紀原　書名，宋高承撰十卷大而天地山川小而鳥獸草木徵而陰陽五行顯而禮樂制度共分五十五部莫不考其所自來排比詳贍足資考證。

（六）桓寬　漢汝南人字次公治公羊春秋宣帝時舉為郎官至廬江太守丞博通善屬文推衍鹽鐵之議敷萬言後通稱鹽鐵論，

（七）王符　後漢臨涇人字節信少好學有志操與馬融張衡崔瑗等友善和安二帝後世務游宦符獨耿介隱居著書號曰潛夫論以譏當時得失不欲彰顯其名終於家。

（八）徐幹　三國魏北海人字偉長仕為司空軍謀祭酒掾屬五官將文學與孔融陳琳阮瑀應瑒劉楨王粲號建安七子輕官忽祿有箕山之志著《中論》《辭義典雅為時所稱》。

（九）東方朔　漢厭次人字曼倩善詼諧滑稽武帝初，朔上書高自稱譽帝偉之令爲常侍郎帝置酒宣室使謁者引內董偃朔不可詔止之。朔雖詼笑但切言直諫後上書陳農戰強國之計，不見用因著論設客難揚雄班固以下多倣之有設非有先生論朔之文詞以此二篇尤佳。

（一〇）王褒　漢蜀人字子淵有俊才善音樂武帝時頗得寵幸擢爲諫議大夫他底作品共十六篇其中甘泉洞簫兩賦皇太子令後宮貴人左右皆須誦讀的他底作風自成一種綺麗的聲色其詞句如錦繡般底可愛。四子講德論亦爲其精心之作詳文選五十一卷。

（一一）劉峻　梁懷珍從父弟字孝標好學安貧躭讀東陽紫巖山築室焉吳會人士多從之學爲山栖志文甚美武帝引見峻占對失旨不見用乃著辨命論以寄懷有類苑所注世說新語尤典贍爲考證家所引據。

（一二）班彪　後漢安陵人字叔皮性沈重好古年二十餘避難從隗囂著王命論欲以感之囂終不悟遂避地河西爲竇融畫策事漢彪才高而述作遂專心史籍探前世遺事旁貫異聞作後傳數十篇以繼史記太初以後之闕。

（一三）班固　彪子字孟堅九歲能屬文後爲郎續父所作漢書積思二十餘年至建初中乃成當世甚重其書後遷玄武司馬帝會諸儒講論五經，作白虎通德論令固撰集其事後坐事繫獄死

（一四）許愼　後漢召陵人字叔重官至太尉南閣祭酒性惇篤少博學經籍馬融嘗推敬之時人語曰五經無雙許叔重著說文解字十四篇後世書小學者多宗之。

（一五）王羲之　晉人字逸少年十三謁周顗顗異之時重牛心炙坐客未唁顗先奉羲之，於是知名仕爲右軍將軍會稽內史世稱王右軍臨池學書池水盡黑草隸爲古今冠其最爲蘭亭序樂毅論黃庭經也。

（一六）王勃　唐人字子安六歲善文辭後爲虢州參軍恃才傲物坐事除名。初勃以省父道出南昌，會九月九日都督閻伯嶼宴客滕王閣勃卽席作序閻歎爲奇才勃作文先磨墨數升酣飲引被臥及寤援筆成篇，不易一字時謂腹稿初唐四傑勃其一也有王子安集

（一七）杜預　晉人字元凱博學多通以平吳功封當陽縣侯耽思經籍爲春秋左氏經傳集解又參考衆家譜第謂之釋例又作盟會圖魯春秋長歷備成一家之學嘗對武帝言曰臣有左傳癖。

第四章　流別

七一

（一八）皇甫謐　晉人字士安家貧有大志所著詩賦誄頌論難甚多武帝時累徵不起又撰帝王世紀年曆高士逸士列女等傳甲乙經玄晏春秋。

（一九）唐彪　見前第二章註。

（二〇）顏師古　唐萬年人考定五經文字多所釐正又譔定五禮為太子承乾注漢書與所注急就章俱大顯於時又匡謬正俗八篇考據極為精密。

（二一）胡幹　未詳。

（二二）王昭禹　宋人字光遠著周禮詳解主王安石之說而加詳後人於是書備見王安石以字說經之略。

（二三）徐師曾　見前第三章二五註。

（二四）王應麟　宋慶元人字伯厚淳祐進士有深寧集、玉堂類稿詩考詩地理考漢藝文志考證玉海等二十餘種。

（二五）劉熙　漢北海人字成國所著釋名二十篇可因以考見古音並推求古人制度之遺。

（二六）匡劉　即匡衡劉向匡衡漢人字稚圭善說詩諸儒為之語曰無說詩匡鼎來匡說詩解人頤累官至太子少傅朝廷有政議傅經以對元帝時為相劉向漢人字子政以通達能屬文與為人簡易無威儀專積思於經術晝誦書傳夜觀星宿數上封事以陰陽休咎論時政得失語甚切直著有洪範五行傳新序說苑等書。

（二七）左雄胡廣　左雄後漢人生於涅陽字伯豪安帝時舉孝廉後順帝新立大臣懈怠朝多闕政雄數言事其辭深切遷尚書令雄又上言郡國孝廉年不滿四十不得察舉莫敢輕舉迄於永嘉察選清平多得其人胡廣後漢人字伯始以定策立桓帝封育陽安樂鄉侯廣練達事體明解朝章雖無謇直之風屢有補闕之益故京師諺曰萬事不理問伯始天下中庸有胡公。

（二八）陳琳阮瑀　三國魏廣陵人字孔璋歸元紹嘗為紹遺書曹操數其罪狀先苦頭風是日疾發臥讀琳所作翕然起曰此愈我病紹敗歸曹操為建安七子之一阮瑀三國魏尉氏人字元瑜建安中都護曹洪欲使掌書記瑀不為屈曹操以為司空軍謀祭酒管記室瑀與山陽

王粲、北海徐幹、廣陵陳琳、汝南應瑒、東平劉楨皆友善。

(二九)歸田錄　書名宋歐陽修撰凡二卷記朝廷軼事及士大夫談諧之言。

(三〇)胡銓　宋廬陵人字邦衡舉建炎進士任樞密院編修官上疏乞斬王倫秦檜孫近三人頭懸之藁街好事者鋟木傳之。金人募其書千金檜怒其迕已除名編管新州有澹菴集一百卷。

(三一)封氏聞見記　唐封演撰凡十卷。

(三二)詞學指南　王應麟撰凡四卷。

(三三)小爾雅　書名漢藝文志有小爾雅一篇無撰者名氏今所傳本則孔叢子第十一篇內鈔出別行者疑非漢志所稱舊本其書分廣詁、廣言、廣訓、廣義、廣服、廣器、廣物、廣鳥、廣獸十章益以度量衡爲十三章頗可以資考據。

(三四)難蜀父老文　司馬相如撰。

(三五)陔餘叢考　書名清趙翼撰凡四十三卷考訂經史而多及瑣事俗語之屬自序謂循陔時所輯故名蓋作於乞養罷官以後者也。

第四章　流別

七三

第五章　達意與修辭

達意派與修辭派　真的達意與真的修辭　辭達而已矣　立意的工夫

三代之文爲文之祖，兩漢之文爲文之宗。故唐有韓愈、柳宗元，明有李攀龍、王世貞俱唱道古文，皆是祖述三代憲章兩漢的。韓愈底「非三代兩漢之書不敢觀」以下，知他們底意嚮了。而後世論文章的，以韓柳爲達意派，以李王爲修辭派達意派之弊徒期前者陷於鄙俚而傷文格後者流於宂漫而失辭理這豈非兩末之弊辭派之弊徒期修辭不務達意。其極前者陷於鄙俚而傷文格後者流於宂漫而失辭理這豈非兩末之弊論修辭之弊徒說：「明人倡古文辭務綴緝古辭以爲文其弊至用套語古文辭至是降爲六朝不能爲東漢又安望西京哉」這很可以窺其一斑了。

余謂把修辭置之度外的達意非真的達意以達意置之度外的修辭非真的修辭真的達意與真修辭未必矛盾。達意底至善的利用修辭的手段到必要底程度。而修辭底至善的是把達意底目的無遺憾地發揮了的。畢竟達意是目的而修辭是手段。然極端的達意派徒偏於目的而不顧手段極端的修辭派徒拘於手段而忘了目的。反觀三代兩漢之文又怎樣呢？三代之文是達意之文然而並非不修辭，兩漢之文是修辭之文然而亦非不達意。只是六

朝駢儷之文，徒期於形式底壯麗，而不省內容底枯渴，爲了文而壞實，爲了字句而枉意思，這是偏於修辭的弊病哩。

宜乎物徂徠底譯文筌蹄題言其論達意與修辭說：「文章之道，達意修辭二派發自聖言，其實二者相須非修辭則意不得達。故三代時二派未嘗分裂然亦各有所主。孟、荀、老、列、韓、賈、遷、固主達意者也；左、國、莊、騷、相如、揚雄主修辭者也；東京偏修辭而達意寥寥；六朝浮靡，至唐而極矣。」故韓愈起而唱道古文誓把六朝積弊打破此蘇軾底潮州韓文公廟碑所以稱韓愈之功爲文起八代之衰哩然挽狂瀾於旣倒的韓愈半生的努力終不能挽回唐一代思潮，迨籍宋底歐陽修、蘇軾之力始至於使復古見於事實。降至李攀龍、王世貞出標榜古文辭名復古實擬古他們一生偏於修辭潛心於雕琢豈非陷於六朝駢儷之弊實嗎？故韓、柳、歐、蘇底復古是以達意爲主而師古人之意的，李、王底古文辭是以修辭爲主而假裝古代衣冠的。柳宗元嘗論文說：「吾幼且少爲文章以辭爲工，及乃知文者以明道不苟爲炳炳烺烺務采色誇聲音而以爲能也。」魏際瑞云：「大家文如故家子弟雖破巾敝服體氣安貴；小家文如暴富儈奴渾身盛服反增醜態。」皆是以達意爲主而以修辭爲末的。冢田大峰論李、王之文云：「李、王之作文其猶古董肆乎於其一篇中一句則經也傳也一句則子也史也好採摘古文斷截成語錯綜之彌縫之雖以牽強乎其意然似彼肆中破器壞物新舊種種陳列之也。」安積艮齋論李、王餘弊云：「沾沾焉剽剝秦、漢規撫韓、柳陳古人已棄之蒭狗俎豆之尸祝之不知自出機軸成一家言；雖其文能類秦、漢似韓、柳亦優孟衣冠不足尙也。」皆是罵倒修辭之弊的。李、王以後袁宏道兄弟（二）起而欲矯李、王底古文辭主張性靈崇尙妙悟所謂公安體就是

此。然公安底末弊往往流於淺率陷於鄙俚這不外是誤解達意而把修辭度外置之的結果。

性靈派之所好而作爲金科玉律的『子曰辭達而已矣』一語決不是獎勵淺率平易鄙俗之言因爲如極端的修辭派之文無達意之能一樣極端地達意派底辭亦不是十分達意的故淺率而無達意之能則用莊重之筆乎易而無達意之能則用周密之筆鄙俗而無達意之能則用典雅之筆蓋達意的方法有消極與積極兩端倘若僅以淺率平易鄙俗爲達那是還不能算是知達的試察孔子之意『辭達而已矣』一語是欲矯當時徒趨末而忘本文多而勝質的弊的卽是孔子底眞意是在驚醒極端的修辭之弊的猶之生於駢體全盛時代的沈約反而呼號達意說:『文有三易句易讀字易解使事易知』一樣然後世不察其眞意之所在乃矯枉而過直如性靈派卽是其例。

聖人豈能倚極端的達意嗎？尙書底畢命說：『政貴有恆辭尙體要。』儀禮聘禮說：『辭多則史少則不達辭苟足以達義之至也。』左傳云：『辭之不可以已也如是非文辭不爲功愼辭哉』皆尙眞的達意同時可見眞的修辭底不可廢哩然他們底所謂辭未必是說形於文字的文章尙書底所謂辭是敷奏的辭而儀禮底所謂辭是禮聘的辭左傳的所謂辭是使命的辭三者共是指言語的不知論語底所謂辭是指言語抑是指文章呢？孔注『不煩文豔之辭也』朱注云『辭取達意而止不以富麗爲工』古注新註是指言語文章底那一種不能明瞭了只是皇侃底義疏云：『言語之成文謂之辭此辭謂辭命也。』物徂徠云：『言之成文謂之辭言奇其事以過事實也。』春秋時爲辭命者率虛誇成俗競以文飾相高兩國之情因以不達故孔子云爾』則孔子之意不在文章而在言語。

然言語與文章元是一揆後之立言者皆以文章爲不朽的盛事以一語作文章的理想亦非無故的。

真的達意的裏面必伏在真的修辭裏面。蘇軾嘗辨「辭達而已矣」底一句云：「夫辭止於達意宜若不文，是大不然言理是理了然於心者蓋千萬人而不一遇也而況能使了然於口與手者乎是之謂辭達辭則文不可勝用矣」周易乾卦云：「修辭立其誠」蓋亦是此意故欲作達意之文必先在修辭之前要立意而至於達意立而辭順，猶如君主立而羣臣率服爲辭而枉意猶如豪奴悍婢脅迫主人一樣劉熙載底文槪云：「古人意在筆先，故得舉止間暇後人意在筆後故至手腳忙亂。」這是辨意立與不立的而立意的工夫一是才二是學三是識四是情議論之文以學識爲主敍事之文以才情爲主然後清新之句，勁快之調，壯麗之筆鏗鏘之韻無一不應變而得宜。

顏氏家訓云：「文章當以理致爲心腎氣調爲筋骨事義爲皮膚華麗爲冠冕今世相承趨末棄本率多浮豔辭與理競辭勝而理伏事與才爭事繁而才損放逸者流宕而忘歸穿鑿者補綴而不足。時俗如此安能獨違但務去泰去甚耳。」這是在修辭全盛的時代能看破積年的陋習慨然排斥時俗底浮豔於修辭以外鼓吹理致氣調最重要的緣由蘇軾曾在儋州時說作文之要云：『儋州雖數百家之聚，而州人所須取之市而足，然不可徒使必得一物以攝之然後爲己用所謂一物者意是也不得錢不可以取物，不得意不可以用事此作文之要也。』這是說立意要的。安積艮齋底文論說：

『凡作文之法不必六經也不必秦漢也不必唐與宋與元明也辭達而已矣彼剿剝經典襲蹈子史湊合補緝如裂

錦穀而紐之可謂之辭達乎規撫韓、柳之文模倣歐、蘇之法掇精咀華守其繩尺可謂之辭達乎吾所謂辭達云者能自攄胸臆出機軸而成一家言者也」是說辭達之要在能立意的其他柳宗元底「為文以神志為主」張耒底「文以意為車氣為文如駕」皆是如此。

（一）魏際瑞　清兆鳳子字伯善明諸生性敏強記於兵刑禮制律法皆躬析原委有伯子文集及雜俎。

（二）袁宏道兄弟　即袁宗道、袁宏道、袁中道宗道字伯修明公安人授編修時，王、李之學盛行，宗道在翰苑與同館黃輝弟宏道、中道，力排其說，於唐好白樂天於宋好蘇軾，因命其齋曰白蘇世目為公安體宏道字中郎有觴政、瓶花齋雜錄袁中郎集及瀟碧堂破硯齋諸籍袁中道字小修有珂雪齋集

第六章 學古與擬古

學古 師意與師辭 好古與擬古 預備的手段

清魏禧嘗答門人之問說文章之本在學古然學古未必是本中之本，畢竟是本中之末罷了。因是所謂本中之本，是在立意把自己底主義本領發揮天下百世但學古是師古人底意以為己之立意之資師古人之辭以為己之立言之資故立意是文章底第一義是以自己為本位的，學古是當初的預備的手段而以古人為本位的，由本末之見而論立意是本而學古是末；但由先後之序而言學古是先而立意是後故學古是本中之末，而非作者終極的目的，只在文章家底修養上蓋為必要的手段罷了。

生而知之的聖人，假定如孟子所說五百歲而一出的話，則世間多數之士是學而知的，質而知的，閒而知的。故入德之門，而學古為修養之手段這是論語開卷第一章所以提唱『學而時習之』的緣故吧！古來文章家開口則說誦先王底法言或說非三代兩漢之書不觀，畢竟是僅欲扶植自家根柢罷了。蓋他們博學六經三傳豈不是為的親知古聖賢底洪德大業所以赫赫百世嗎旁及諸子百家之書豈不是為的咀嚼百家底文章所以燦然能發萬丈的光焰嗎！魏禧底答孔正叔書云：『善為文者以六經為寢廟，左史為堂奧，唐、宋大家為門戶然讀左史則欲去

其誣濫不經唐宋大家則欲去其偏見卮言與文人之蹊徑才人之氣習」他雖以學古為文章之本然他底終極的目的未必是一生低首於朽骨而是在於去塵垢簸粃糠淘汰陶鑄在我作古的。

學古而不脫卻古人底臭氣的，非善學古人的，學古有二種，一是學得內容的，二是學得形式的。故學古的意，古人之意不宜師古人之辭寧傳古人之神不宜傳古人之容寧襲古人之血脈不宜襲古人底衣冠襟裾曰意，曰血脈皆內容之謂曰辭曰容曰衣冠襟裾皆形式之謂要之在應為古人底子孫而不應為古人底奴婢能稟祖先底血脈傳祖先底風神而為奴婢則是依他人而作活終身不免他人之指嗾。稟古人底血脈傳古人底風神的，一舉一動雖有師承，而無痕跡依他人而作活的則一舉手一投足必謹奉他人之命結局遂一歸於邯鄲學步。前者底文是眞、是誠、是生動的，後者底文是假、是偽、是死枯的眞的底文如君子之斐然成章假的底文如優孟衣冠。前者底技能，則很能錦上添花，而後者底技巧，則徒為屋下架屋而已沐猴而冠馬牛而襟裾的話是嘲內無德行而金玉其外的。在文章亦有沐猴而冠的，馬牛而襟裾的，這就是看破了文有眞假的了。蓋文不應無肉有肉然後美具文不應無骨有骨而無血則與髑髏同文不應無血有血然後氣焰揚然有血而無淚則是野豬的文學故有肉有骨有血有淚則為女性的文學文不應無涙有淚然後情緒生然有淚而無才學識三長則與土偶同。文不應無骨有骨然後格立然有骨而無才學識，然後一家底風骨立一家底風骨立然後不朽的盛事成不朽的盛事成然後可謂善學古人善學古人而加以才學識，然後一家底風骨立。

後魏底祖瑩(一)論文說文章是應各立一家底風骨，而不應與死人共生活的這是看

人的，雖師古而作文，然能使讀者不知其所師。韓愈是學孟子的，然使人不覺得學孟子的痕跡。歐陽修是學韓愈的，然使人不覺得學韓愈的痕跡。蘇洵亦是學孟子的，然其文中卻不是模擬孟子的痕跡這就是他們之所以為百世底師宗能成不朽的盛名的緣故不然則韓愈蘇洵底文只是模擬孟子、歐陽修底文只是韓愈底臣僕能了蘇洵嘗評歐陽修底文說是執事之文非孟子之文而是歐陽子之文卽是說學古不為古所拘而能立一家風骨的韓愈底答劉正夫書云：「或問為文宜何師曰宜師古聖賢人曰古聖賢人辭皆不同宜何師曰師其意不師其辭」這就是他們對於文章的祕訣底告白。

學古之風是從好古之擬古之風而發的。倘若以擬古為弊的話，則好古亦是弊。而好古之心，卻是發端於孔子孟子底論語云：「述而不作，信而好古」又云：「我非生而知之者，好古敏以求之者也」中庸云：「仲尼祖述堯舜憲章文武」孟子云：「言必稱堯舜」又云：「欲為君盡君道，欲為臣盡臣道二者皆法堯舜而已矣」皆是說他們好古之篤的，然無一人起而問孔孟之罪，卻萬人齊發矢於揚雄、王通而問其擬經之罪的果是為的什麼呢？揚雄擬論語而著法言擬易而作太玄；王通擬論語而著中說，豈不是都是從好古之心而出的嗎？且擬古之門非獨開於揚雄，韓非底楊權篇是擬老子之文守道篇是用押韻之體蓋是擬古之祖哩昔人或稱淮南子為諸子底優孟，以他底書中模擬蹈襲老、莊諸子之文的處所甚多的緣故。卽史記底五帝本紀是採倘書底虞書，夏本紀是取夏書孔子世家及仲尼弟子傳是剪裁論語之文，亦豈不是一種的優孟嗎？想像漢承秦火坑之後一代底人

心汲汲於復古而三百年底思潮，全化爲消極的方針。故學必以孔子爲宗，文必以六經爲祖。學者不宗孔子，則輒爲邪說；文若不祖六經，則輒爲異端。遂以古之一字爲善惡是非一切的準的，而說：周書不及商書，商書不及夏書又斷言諸子不及六經，孟子不若論語。古果是而今果非嗎？六經以外無復天下之至文哩。於此司馬遷底史記雖改編年爲紀傳而後人或評爲合於春秋諸葛亮底出師表，是從他底至誠流露的，而後又稱爲與伊訓說命相表裏這也許是好古崇古的餘弊哩崇古誦古是黃金時代已過去的末世之俗習而從漢代以來其勢馴致波及於唐宋，風靡於元、明，數千年間無論何代都有擬古的故明、清底作家，規模秦漢、唐宋的作家規模唐虞三代只是有以意爲師而擬的與以辭爲師而擬的二種罷了世有盜貨的人也有盜名的人倘若由荀子底論法以律其罪則盜意的罪要比盜辭重了然世人知道以辭爲師的擬古而不知道以意爲師的擬古是不察其類的。

學古旣是作者當初的方便擬古也是修業中的手段爲一時的方便故當初務模擬古人底筆意的，僅欲其後日大成而成爲自我作古的預備而已。然一生從事模擬而無發揮自家底特色的才能，即是終身不能卒業的愚夫卽擬古雖爲作者底罪惡寧憐其愚而不忍鳴其罪爲作者底恥辱而不算是作者底罪賓戲崔駰⟨二⟩底達旨蔡邕底釋誨是成於同一的模型東方朔底非有先生論阮籍底大人先生傳陶潛底五柳先生傳是由於同一的軌轍，皆是陷入了模擬蹈襲的弊病當中的哩然而予諒其意而恕其罪以爲非他們修業中的生，答客難揚雄底解嘲班固底答

擬作的東西，而是他們老後的戲作。況韓愈底平淮西碑是從舜典出的，畫記是從顧命考工記出的，毛穎傳是從史記出的，送幽州李端公序及送石處士序是從左氏出的，送高閑上人序及應科目與人書是從莊子出的，爭臣論及與張僕射書是從孟子出的，進學解是從揚雄底解嘲出的，諫擊毬書是從司馬相如底諫獵書出的，燕喜亭記中段是從爾雅出的，皆是擬古然所謂以意為師而不以辭為師，務去陳言，使人不覺模擬的痕跡宜乎可見他底文起八代之衰的大手腕了。其他柳宗元底說車贈楊誨之是從考工記出的，柳州山水近治可遊者記是從山海經及水經注出的；蘇洵底審勢審敵是從賈誼底治安策出的，蘇軾底凌虛臺記是從莊子出的亦是學古。惟其皆是善學古而脫卻了古人底臭氣，故能使人不覺模擬的痕跡。特別是柳宗元底梓人傳是從郭象底莊子注：「工人無為於刻木而有為於運矩主上無為於親事而有為於用臣」即指此。明之李夢陽何景明等七子主唱漢以後無文，李攀龍，王世貞等七子（四）主張文必期西漢以前模擬蹈襲徒陷於優孟衣冠底弊寳又詩傳「漣風行水成文也」而出，楊愼底丹鉛總錄稱為「得奪胎換骨之三昧也」況後五子廣五子續五子末五子（五）底末流擬古之弊最極雖袁宏道一派文士以清新輕俊為理想欲起而矯正李王底古文辭的弊竇然宏道一派底文輕佻浮薄反不及李王底擬古文哩

要之，擬古既是修業中的手段不過與學古相須而為後日大成凌駕古人的傑作的預備罷了。故學古非終身的事業，而擬古亦是一時的方便。顧炎武嘗論文說：「倣楚辭者必不如楚辭倣七發者必不如七發。」這可算是把

擬古的病說破了然終身潛心於擬古終不能發揮自己底特色，則擬古亦化而為病入於膏肓了。然古來大家之作，往往有擬古之文蓋他們在不是修業中所作的，就是一種的遊戲文字且他們所以能成不朽的名的決非擬古的作品以外還有揮發自己底特色的傑作質言之，他們底終極的目的，不在擬古而別有所在從而可知哩。朱熹嘗說模擬底效用道『前輩作文者古人有名文字皆模擬作一篇故後有所作時左右逢原』這話很能表明擬古底預備的手段而宋祁嘗論不朽的盛事云『夫文章必自名一家，然後可以傳不朽若體規畫圓準方作矩終為人之臣僕。古人譏屋下作尾信然』是說結局的目的是在擬古以外的。

（一）祖瑩　後魏季眞子字元珍兒時好學耽書時號聖小兒及長以文學見重嘗與人曰文章宜自出機杼自成一家風骨何能同人共生活也。

（二）崔駰　後漢人字亭伯，博學有偉才善屬文少遊太學與班固、傅毅齊名擬揚雄解嘲作達旨者詩賦銘頌二十一篇。

（三）毛萇　漢人初嘗有毛亨稱大毛公為詩詁訓傳於家至萇治詩尤精是為小毛公是時言詩者有齊魯韓三家毛詩未得立於學官後三家皆廢而毛詩乃大行

（四）七子　李夢陽何景明、徐禎卿邊貢康海王九思王廷相七人稱為前七子李攀龍王世貞謝榛宗臣梁有譽徐中行吳國倫七人為後七子。

（五）後五子　李攀龍王世貞謝榛宗臣梁有譽五人共組詩社號五子王世貞集中有前五子篇則指攀龍中行有譽國倫臣。後五子篇則指余曰德蒲坼魏裳歐汪道崑鯛梁張佳胤新蔡強九一。廣五子篇則崑山俞允文濟盧栁李先芳吳維岳順德歐大任續五子篇則陽曲王道行東明石星從化黎民表南昌朱多煃常熱趙用賢末五子篇則京山李維楨鄞屠龍南樂魏允中蘭溪胡應麟及趙用賢等。

第七章 文底品致

時勢與氣運　作者底境遇及性質　理的品致　情的品致　氣的品致　莊重　遒勁　簡潔　輕妙與精緻　優美與明晰　誇張的一利一弊

文之品致是關係於時世底變遷氣運底盛衰作者底性質年齡及境遇的古代之文素樸而簡疏因古人皆是尚質的後世之文過於藻飾流於技巧因後人皆是尚文的於是文之品致生出質文二種所謂質的品致是說古代達意底文所謂文的品致是說後世修辭派底文這是由時世之變遷而異其品致的與國之文積極的而有英氣有霸氣亡國之文消極的而有哀音有悲調猶如少年之作樂觀多而晚年之作悲觀多一樣於此文之品致生出硬軟二種這是由氣運之盛衰而異其品致的。

至若作者底年齡性質及境遇關於文底品致的最大故少年之作，英華煥發之風多，而晚年之作，枯槁憔悴之態多；少壯之作崢嶸氣象絢爛的色彩多老後之作，簡易平淡之致多蘇軾底與姪簡書云：「凡文字少小時須令氣象崢嶸采色絢爛漸熟乃造平淡其實不是平淡乃絢爛之極也。」又答李豸書云：「示古賦近詩詞氣卓越意趣不凡甚可喜也但微傷宂後當稍收斂之今則未可也」把詩文二者關於年齒的都誌明了。不單是因年齡而異其

撰，且因貴賤都鄙而全不一樣山林隱逸之文，則迂疏矯厲而不切事情；市井貪利之文，則鄙俚猥近而不離塵垢，臺閣公卿之文是豐容安像而有以天下蒼生自任之概邪諛之人言夸而浮功名之人言激而揚排圖縱橫之人言辨而私，刻核忮忍之人言犀利而劌宋之盛文肅(一)公嘗覽夏英公(二)之文云『子文章有館閣氣異日必顯』王安國(三)亦嘗說『文章格調須是官樣』這豈不是把文之品致有貴族的平民的底分別說明白了嗎？謝枋得底文章軌範以放膽與小心類別文章是文之品致人格為準了。皇朝類苑云：『余嘗究之文章雖各出於心術，而實有兩等，有山林草野之文有朝廷臺閣之文山林草野之文其氣枯槁憔悴，乃道不得行，著書立言之所尚也。朝廷臺閣之文其氣溫潤豐縟乃得行其道代言華國者之所尚也。』這把文之品致，關於作者底境遇的說明了。又清之魏禧云：『文有得水分者有得山分者，子瞻水分多故波瀾動盪；退之山分多故峯巒峭起。』曾國藩云：『姚惜抱先生論古文之途，有得於陽與剛之美者有得於陰與柔之美者二端判分，割然不謀余嘗數陽剛者約得四家：曰莊子曰揚雄曰韓愈曰柳宗元陰柔者約得四家：曰司馬遷曰劉向曰歐陽修曰曾鞏。』又云：『西漢文章如相如、子雲之雄偉此天地遒勁之氣得於陽與剛之美者也。劉向匡衡之淵懿此天地溫厚之氣得於陰與柔之美者也。此天地之仁氣也。東漢以還淹雅無慚於古而風骨少隤矣。韓柳有作盡取揚馬之雄奇萬變而納之於薄物細故之中豈不詭哉』歐陽氏曾氏皆法韓公而體質於匡、劉為近文章之變莫可窮詰要之不出於二途雖百世可知也。」這是把作者底性質見於文字形於簡策而文之品致遂生出陰陽剛柔等的事說明了。其他如劉熙載

「文有仰視有俛視有平視仰視者其言恭俛視者其言慈平視者其言直」亦是一種的擬人的觀察。

論到文之品致有二種，一是內容二是形式予嘗論文之品質而為智情意三種又有把文之品致分為理情氣三種的，皆是就內容而言的曰智情意曰理情氣畢竟不過是知仁勇底發現名雖殊而實則一。

文之理的品致是說從智的本能出發而依據理性及學識以判斷是非的，小心細思能立縝密之論揮精微之筆的。朱熹底「不必着意學文但須明理理精然後文字自典實」之說皆是理學者之言是當然的，韓愈底「學所以為道文所以為理」之說歸有光底「文章以理為主理得而辭順」之說魏禧底「文章之能事在於積理」之說皆是文章家亦以理為文章底主眼的。陸九淵底「文以理為主」荀子於理有蔽所以文不馴雅」之說陸九淵底「文以理為尚」之說皆是文章家亦以理為詞藻底樞要嗎？又孔叢子云「理扶質以立」劉勰底文心雕龍云：「精理為文」文中子云：「言文而不及理是天下無文也」皆是辨析理與辭底本末輕重的。周、程、朱、陸之文不待論宋濂底六經論王守仁底尊經閣記等皆是發揮理的品致的作品曾國藩底與劉霞仙書「自孔孟以後惟濂溪通書橫渠正蒙道與文可謂兼至交盡其次如昌黎原道子固學記朱子大學序寥寥數篇而已」這都是就理的品致而言的。

文之情的品致是說從仁的本能出發由於至誠而反復曲折能絞其纏綿之情的故情的品致多從淚出，一倡三歎，能使人泣樂毅底報惠王書諸葛亮底出師表李密底陳情表韓愈底祭十二郎文等皆是顧情無古今無內外，

無貴賤無老幼一人之情能盡千萬人之情昔人曾評論云：「讀出師表而不泣的非忠臣讀陳情表而不泣的非孝子讀祭十二郎文而不泣的非友情。」漢之鼂錯主父偃讀樂毅報惠王書時至廢書而泣只是爲的忠厚至誠能感泣百世志士罷了故『文非人泣豈可謂至焉者哉』一語是中村敬宇先生初與三島中洲翁締交之日所提倡的。蓋以學與識爲主的理的文章因後世學問底進步與人智底發達千古底至言有忽化爲後世底愚論了的。至誠爲主情的文章雖天下萬世不會損其價值故以學識爲主的文是因時世而異其價值的以才爲主的文是因人而殊其好惡的然而以情爲主的文卻不問古今不論內外沒有不能使讀者感泣的這很可知在文章裏的情底價值底最偉大了。

文底氣的品致，是說由於勇的本能出的，是說由於血氣膽刀駿駿奔放便如騏驥一躍有絕塵之槪，卽謝枋得底所謂放膽文而曾國藩底所謂文之邁往莫禦，如雲驅飇馳如馬之行空一往如前者氣也故如情的品致從淚而出的一樣，而氣的品致是從血而出卽千載之下能使讀者切齒挍腕的作品。韓愈底『氣盛則言之短長與聲之高下者皆宜』的話，杜牧底『文以氣爲主』的話，宋濂底『爲文必在養氣與天地同』的話歸有光底『文者氣之所形』的話，蘇轍底『文以氣爲主』的話，皆是以氣爲文章底生命而大大地鼓吹氣的品致的。在張耒詩中論文說：「文以意爲車意以文爲馬理強意乃勝氣盛文如駕理當文卽止妄說卽虛假氣如決江河，勢順乃傾寫。」卽是說明文之內容應以理爲主而文之形勢應以氣爲主的。顧古來文章家，氣的作家多如蘇轍底

上樞密韓太尉書胡銓底上高宗封事皆是熱血的好文字能起百世底懦夫的。還有如韓愈底答李翺書，蘇洵底上歐陽公書最見爲文養氣之妙。西漢自王襃以下文字專事詞藻不復簡古，而谷永等雜引經傳無復己見，而古學遠矣。此學者所宜戒。」然王襃以下之文是偏於詞藻的鼓吹氣的品致的，非必在韓柳以後魏文帝底典論云：「文以氣爲主氣之清濁有體不可力強而致」惟文帝之文並無氣的品致，故陳師道（四）底後山詩話辨之云：「子桓不足以及此其能有所傳乎？」又文心雕龍云：「翬翟備色翾翥百步肌豐而力沈也鷹隼乏采翰飛戾天骨勁而氣猛也文章才力有似於此。」豈不是修辭全盛時代之文士能於雕琢以外看破氣力之可貴嗎？顧氣有英氣有和氣宋之邵博（五）評歐蘇之文云：「歐陽公之文和氣多英氣少；蘇公之文英氣多和氣少」即此意又有昏氣有矜氣柳宗元云：「吾每爲文章未嘗敢以昏氣出之懼其昧沒而雜也，未嘗敢以矜氣作之懼其偃蹇而驕也」即此意又有清氣有濁氣有元氣如魏文帝云：「文以氣爲主氣之清濁有體不可力強而致」。李商隱稱韓愈之文云：「昌黎文若元氣」王安石稱杜甫之詩云：「少陵詩與元氣侔」即是又有剛氣有柔氣有正氣有奇氣有眞氣有霸氣有惰氣有逸氣有炫氣有浩然之氣如淸劉大櫆云：「行文之道神爲主氣輔之。曹子桓蘇子由論文以氣爲主是矣然氣隨神轉神深則氣灝神遠則氣逸神偉則氣高神變則氣奇故神者氣之主氣者神之用至專以理爲主則未盡其妙」。是亦一種的氣的論者故彼又嘗云：「昔人云文以氣爲主氣不可以不貫鼓氣以勢壯爲美而氣不可不息此語甚好」。陳繹曾嘗論養氣八法，而舉肅壯清和奇麗古遠八類。然予底所謂氣的品致決不是謂和氣爲什麼因爲

八九

第七章　文底品致

和氣是銷磨剛健果銳之氣的，故歐陽修之文以氣的品致比較寧說是富於情的品致的。和氣已然，眞氣亦然。曾國藩底所謂眞氣從誠意來卽是況乎昏氣濁氣柔氣惰氣炫氣又況陳繹曾底所謂麗古遠吾之所謂氣的品致是氣焰萬丈之作，是說英氣剛氣元氣奇氣霸氣逸氣浩然之氣底橫溢的作品，宋之王洙（六）誨諸子文章云：「壯年爲文當以氣焰爲上悲哀憔悴之詞決不得用」是說青年之文以情比較寧倘氣的意思。

在文章裏的理的情的氣的三品致是因作者其人底德性智仁勇出發的，但亦因文體而異其文致。如詔令奏疏，應以理爲主序記應以情爲主，論辨應以氣爲主卽是然理的情的氣的三品致在文章不容易定優劣。試就漢之文章家而言，則賈誼之文以情勝，晁錯之文以氣勝，而董仲舒之文卻偏於理，我們一讀賈誼底過秦論治安策晁錯底賢良對策言兵事疏及董仲舒底賢良對策誰也不能逃出這種傾向。而在文章裏的賈誼晁錯底優劣卽情的氣的勝敗決定了之後的問題。惟董仲舒之文比賈晁二子所以大有遜色的，畢竟是存在於理的文章不能勝情的及氣的理由罷了。且試就宋之文章家而言，歐陽修之文以情勝，蘇洵之文以氣勝，而朱熹之文是以理勝的。歐陽修底蘇氏文集序釋祕演詩集序及瀧岡阡表等情致多，而蘇洵審勢審敵及上田樞密書等則氣焰高各自發揮特色，雖能爲百世儀表但朱熹之能文不入唐宋八家之選的，就是因其言常落於理的緣故。況靑年初學一陷於理則筆路不能緊勁此予所以特別以氣的品致推獎初學哩。謝枋得以放膽爲初學底要訣說：

「大凡學文初要膽大終要心小由粗入細由俗入雅由繁入簡由豪蕩入純粹」就是爲此。梁簡文帝嘗誡其子云：

「立身之道與文章異立身先須謹重文章且須放蕩」亦不外此意。

然辨別文之品致爲智仁勇即理情氣三者畢竟不從內容觀察的，而不是從字句篇章底形式而論的。唐底司空圖論詩品爲雄渾沖淡纖濃沈着高古典雅洗鍊勁健綺麗自然含蓄豪放精神縝密疏野清奇委曲實境悲慨形容超詣飄逸曠達流動二十四品詩尙有二十四品文之品致豈止理情氣三者於此，劉大櫆就有文之八貴說：一高、二大三遠四簡五疎六變七瘦八華予亦從字句篇章底形式說文有七品即莊重優美輕妙遒勁明晰簡潔精緻顧古來論文品的有莊重雄渾典雅崇大渾厚閎肆謹嚴高遠蒼古沈鬱優美絢爛豐潤濃豔婉曲綺麗蘊藉輕妙平淡飄逸淸新瀟洒奇巧圓轉超脫滑稽遒勁雄健豪放跌岩奇峭俊逸悲壯老健銳利奔放明晰精明坦夷流暢簡潔簡古精約精鍊精緻精詳密緻縝密詳悉曲折周到等語凡五十餘種然可槪歸於莊重優美輕妙遒勁明晰簡潔精緻七品爲什麼因爲雄渾以下九目皆歸於莊重絢爛以下六目皆歸於優美平淡以下八目皆歸於輕妙遒勁雄健以下九目皆歸於遒勁精明以下三目皆歸於明晰簡古以下三目皆歸於簡潔精詳以下六目皆歸於精緻就中莊重遒勁簡潔是古文底最長所輕妙精緻是古文底短所然至於優美與明晰長短巧拙一存於其人之手腕不必關於文章其物底特質。

所謂莊重是用謹嚴的筆以發揮渾厚深遠意趣的作品上如尙書底深奧春秋底謹嚴，下如韓愈平淮西碑底雄渾原道底崇大及蘇洵張益州畫像記底典雅都是顧古文所以多莊重之趣的元是由中國文學由來是貴族文

學，而文章底發程實是由詔令奏疏而起的，我們看了尚書為帝王文學而典謨訓誥誓命六體畢竟不過是詔令奏疏的總集，就可知道了。況西漢三百年為奏議對策全盛時代，其為純粹的貴族文學無疑，故他們底文不單是能渾厚而得敬虔之體而且氣魄閎大豐神瑩徹能葆其淵然之光發其蒼然之色；

遒勁是用雄健之筆以發舒豪放果銳的氣象的，所謂句如百鍊之鐵句如千鈞之弩即是這。徵之於三代之文，則尚書底甘誓湯誓牧誓之類即是。而徵之於唐宋之文則柳宗元底桐葉封弟辯晉文公底問守原議胡銓底高宗封事之類即是。顧古文所以多遒勁之趣的，是以治國平天下為畢生的目的的中國文學者，常以言語文章制勝；欲得知遇於當代人主且得知己於後世君子故於辨難之際露其鋒色於攻擊之時露其鋒芒，以鉗人之口以寒人之膽。且辨難攻擊之文在春秋戰國時代最為發達當時七雄相對峙列國競爭之時外有能羆之將於干戈中賭勝敗內有智辨之士於樽俎之間折衝禦侮同時文章家則立於學術競爭場裏決雌雄於文辭之上。而唐宋以後文章家底視線皆齊集中於秦漢以前古文底特色遂至於舉遒勁以與莊重相對立孟子莊子荀子、韓子等無不皆然這就是他們底文章奇警而能奪人之心膽豪邁而能聳動人之耳目的所以。而唐宋以後的文章家底理想。故句中刪字篇中刪句是古文家之常結果段玉裁（七）遂言斷言「善做不如善改善改不如善刪」而魏禧且所謂簡潔是說言簡而含蓄多這是對於流行六朝數百年間的駢儷體的反動，而為唐宋以後的文章家底

極論「善作者能於將作時刪意未作時刪題」如歐陽修蓋是簡潔派之巨擘能他其初是學四六文的故他底國

學在南省推天下第一，又應進士之試，以擢甲科，皆是由於四六駢儷之文。然他嘗與尹洙（八）俱爲錢惟演（九）作雙桂樓記，他底文千餘言，洙底文五百餘言，他大服洙之簡古，始志於古文。後又爲錢惟演與尹洙謝絳（一〇）俱作河南驛記之時，絳底文七百字，他底文五百字，洙底文三百八十字，而他又另撰一文比洙更減十二字，文尤完粹而有法。尹洙歎曰：「歐九眞一日千里也」這固是從少年氣銳恃才爭勝的心而出的，然亦可知他底怎樣地以簡古爲貴了。故他異日爲尹洙撰墓誌銘稱洙之文章簡而有法，或人評爲未盡他聞之大怒詒書云：「簡而有法，唯春秋可當之，修于師魯之文不薄矣。」總之簡而有法爲他底畢生的理想及他日作新唐書簡古二字猶在他底念頭須臾不能忘他底進唐書表云：「其事則增於前其文則省於舊」很可知道了。顧他底所以如此地尙簡古是爲了厭蓋是受了他底感化蒙了他底影響陳師道嘗作文呈示曾鞏曾鞏看畢說道大概雖好但冗字多援筆抹之者數處中有連一兩行而抹殺之處，前後凡刪去二百字。師道師曾鞏，曾鞏師歐陽修，他們以簡潔爲理想實是由於歐陽修所感化這不是這個原故可見朱子語類百三十九，師道論簡要云：「國史之美者以敍事爲工敍事之工者以簡爲主歷觀自古作者，尙書、春秋莫不皆然然則文約而事豐此述作之尤美者也。兩漢三國日傷煩逮晉以降流宕逾遠尋其冗句摘獨歐陽修爲然唐劉知幾（一一）底史通論簡要云：其煩詞一行之間，必謬增數字尺紙之內恆虛費數行夫聚蚊成雷羣輕折軸況於章句不節言詞莫限乎」在秦以

漢以後繁簡殊致，前後異跡可以明曉了，且古來文章家所以貴簡潔的，不獨是對四六文的反動，固是從刻於金石的必要上而起的。因為於有限的面積上，不能刻無限的文字故作者苦心常在簡之一字所期是於僅少的文字中含蓄多大的意思。

以莊重遒勁簡潔為長所的中國底古文以輕妙精緻的短所的原因雖有多種，然文字底形式言語底構成，蓋亦居其一。中國底文字是方形是直線底聚合。積字而為句疊句而為章累章而為篇在形式上恰如煉瓦底積累自備莊重謹嚴遒勁豪放的資格是當然的。況在內容有一種雄渾崇大奇峭俊逸之氣象中國底言語及文字皆是單音，一音即一言，故合二音而為駢語疊字雙聲疊韻以之用於言語文章亦時用單語單字要明鬯流麗的場合，用前者的方法簡勁峭刻的場合用後者的方法即簡潔的特色亦是從他們底言語底構成法然而然的。至於輕妙的變化，勢必不得不陷於生硬之弊。只天才非凡之士時有發揮飄逸瀟洒圓轉超脫的意趣的這是由作者本身的手腕，而不能說是文章本身特徵了。倘若如這樣的精緻世人或說：漢文缺點在不能記精細的事實不能敍周密的意志，然而那非文章本身之罪而為文章家本身之罪蓋先秦諸子之文皆是規模先秦，他們之文雖無精緻們底目的，皆是用雄健俊逸的筆鋒去破他人底心膽的哩。而唐、宋八家之文皆是規模先秦，他們之文雖無精緻縝密之筆致，亦不足怪，然及明底茅坤始標榜唐、宋八家為得古人血脈的正統，在文章家底眼中不復見精緻之特

色了。即使後人謂：古文底長所在莊重、遒勁、簡潔，而不在輕妙精緻的，雖是三代、先秦底遺型，然亦可謂是唐、宋八家模倣鼓吹的影響。而謂標榜唐、宋八家特色以外無復文底品致的，是茅坤以後明末清初的作家之罪這樣，其於古文中發揮精緻縝密的特色的雖少亦決不是不能為，而是不屑為的。古來論史記之文之妙，皆稱其疏爽。然而亦非無曲折詳悉之處。況在元以後勃興的小說戲曲能鑒人情底精微能描世態底真象然而作者不但不屑為評者亦以之為傷文品。故信以輕妙為古文不可能的缺點的我，對於古文精緻之作少主張是由於作者底誤解，而非古文不可能的缺點且無哲學智識和科學頭腦的古代文章家無精微而周密的議論固是當然之數亦不能歸於文章之罪。

至若其優美，則是用絢爛之筆以成濃豔的文章。但絢爛未必非古文家底理想絢爛之極歸於平淡一語，元是蘇軾誨婞簡中的話且絢爛濃豔與其說是古文毋寧說四六文為勝故六朝時代為優美底全盛時代降至元明時代小說戲曲勃興尋及八股文出姚冶豔麗之風復起可稱為優美再與時代故古文家或尚簡古而惡流麗尚俊逸而惡豐潤尚清新而惡婉美那是偏見吳處厚底青箱雜記云（二）『文章純古不害其為邪文章豔麗亦不害其為正』即是說文底正邪不必由形式而是關於內容的。如明晰、無論是貴莊重的尚遒勁的要簡潔的期平淡清新、坦夷流暢的，無不皆其理想。只有四六駢儷及八股文體就時為修辭而枉屈自己底意思反而有缺乏明皙之嫌了。

且有尚簡古之極卻缺明晰的，雖是歐陽修底 新唐書 猶不免其弊。顧炎武底 日知錄 云：『新唐書敘事好簡略其辭，

故其事多鬱而不明此作史之病也進新唐書表云：其事則增於前其文則省於舊新唐書所以不及古人者其病正在此兩句也」這是很能得肯綮的話。

於七品以外文之品致有誇張爲古今之通患，而在兩漢、三代底文中已發其端。這是在期圖文之濃豔、莊麗、雄健、豪放等的場合至某程度止是有誇張底必要的。然而倘若超過程度則或爲妄誕，或爲滑稽，然而適度地利用的話則大大鼓舞文氣掀勸筆勢足使讀者能想像當時的事情試閱兩漢、三代底書用事實以外的誇張之筆的多例如尙書武成『血流漂杵』孟子評道：『以至仁伐至不仁而何其血之流杵也』尙書堯典『協和萬邦』王充底論衡評道：『是美堯德化諸夏幷及夷狄也言協和方外可也言萬國增之也夫唐之與周俱治五千里內周時諸侯千七百九十三國荒服戎服要服及四海之外不粒食之民若穿胷儋耳焦僥趹踵之輩幷合其數不能三千。天之所覆地之所載盡於三千之中矣而尙書云萬國褒增過實以美堯也』其他如：

今我民罔弗欲喪《尙書西北戡黎》

大哉堯之爲君也蕩蕩乎民無能名焉。《論語泰伯》

晉人與姜戎要之殺而擊之匹馬隻輪無反者。《公羊傳僖三十三年》

北冥有魚其名爲鯤鯤之大不知其幾千里也。《莊子逍遙遊》

原仁義分是非圖回天下於掌上如辨黑白。《荀子儒效》

堯之王天下也，茅茨不剪采椽不劉。〈韓非子五蠹〉

臨菑之塗車轂擊人肩摩連衽成帷舉袂成幕揮汗成雨，〈史記蘇秦傳〉

皆多少帶誇張之調。散文已然至於韻文特別是這樣。人皆以驚異之眼觀李白底白髮三千丈然如毛詩底子孫千億和「周餘黎民靡有孑遺」蓋是李白以上的誇張哩。故孟子云：「說詩者不以文害辭不以辭害志」又云「盡信書則不如無書吾於武成取二三策而已矣」豈不是把詩文底寫實以上的誇張道破了嗎？然而以「辭達而已矣」為理想的孔子删詩述書之際所以不矯誇張之弊的蓋物有一利則有一害毒草有時可以治病誇張的裏面亦能在感激人們底心聲動人們底耳目上收到多少的效果吧試看論衡底語增儒增藝增等吧可知經史中是何如多誇張之筆了。

（一）盛文肅公 即盛度宋人字公量舉進士官尚書屯田員外郎度好學家居圖書未嘗釋手敏於為文而汎濫不精嘗奉詔同編續通典〈文苑英華〉有愚谷銀蟾中書樞中諸集。

（二）夏英公 即夏竦宋德安人字子喬官至鄭國公。竦文章典雅藻麗多識古文有文集百卷。

（三）王安國 宋人字平甫熙寧初以材行召試及第除西京國子教授後改祕閣校理屢以新法力諫後為呂惠卿所陷罷官歸卒。

（四）陳師道 宋彭城人字履常少苦問學熙寧中王氏經學盛行師道心非其說遂絕意進取為文師曾鞏論詩推服黃庭堅精深雅奧自成一家後因寒疾死有後山集後山談叢後山詩話。

（五）邵博 宋伯溫次子字公濟有聞見後錄。

（六）王洙 宋宋城人字原叔。汎覽博記，至圖讖算數音律訓詁篆隸之學無所不通著易傳及雜文十餘篇

（七）段玉裁 清金壇人字若膺師休寧戴震講求古義尤精小學有說文解字注六書音均表周禮漢讀考古文尙書撰異毛詩詁訓傳經韻樓集等書。

（八）尹洙 宋源弟字師魯博學有識度尤深於春秋自唐末歷五代文格卑弱洙倡爲古文，簡而有法，世稱河南先生。有河南集、五代春秋。

（九）錢惟演 宋俶次子字希聖從俶歸宋博學能文辭嘗採鏐及元瓘、佐、倧俶之詩合爲一編名傳芳集。

（一〇）謝絳 宋濤子字希深以文學知名爲人修潔蘊藉善議論，喜談時事知鄧州卒之日家無餘資有文集。

（一一）劉知幾 唐知柔弟字子玄與兄知柔皆以善文辭知名。知幾領國史垂三十年自負史才著史通內外二十九篇譏評今古嘗言史有三長才學識世罕兼之時以爲篤論有文集傳於世

（一二）吳處厚 宋邵武人字伯固 皇祐進士著有青箱雜記記當代雜事亦多詩話記事多失實論詩頗可取，凡十卷。

第八章 文之法度

六經三傳與唐宋八家　文與詩　文果有法嗎　相生相剋　篇章字句

六經三傳為文之祖果誰為法呢？這是天才派的文章家好唱道的處所然所謂法不是從天降的，也不是從地出的，乃是人自為之的。六經三傳底作者固不先講法然後屬文的。他們當初的目的，在能道我志達我意，使天下後世人貫澈我底主張及天下之人讀之而諒其意，後人之人誦之而解其事理，一唱三歎逐至摹其文講其法。傳不待論，即老子、孫子、孟子、莊子、荀子、韓子等無不皆然。故秦、漢以前的作家雖不曾說法，然他們底文不可謂之無法。唐、宋以後的文章家，恆說法以求合於法。然而他們底法實是從秦、漢以前的文出的。而秦、漢以前的文，未必勝於唐、宋以後的文皋夔稷契什麼書也不曾讀卻不能說為了後人無讀書的必要。六經三傳底作者不曾說文法卻不能主張三代無文人六經無文法。無學的皋夔稷生於唐、虞之世幸為元首底股肱倘若使他們生於唐、宋之世不會讀書則他們底功名決不出房、杜、姚、宋之右。六經三傳實為文之祖然而其所以作為聖經賢傳成千載不朽之名的，是立於自我作古的地位能自開其法。但是佶屈聲牙時有破格畢竟可謂古代文藝底缺陷倘若使六經三傳底作者出於唐、漢之世則頡頑韓、柳、歐、蘇而作出那樣缺陷多的文章則他們底名聲必與骨同朽。六經三傳底真價，在

於為古代底經典而不在於為文章底典型但倘若以文章眼看起來，則六經、三傳之文到底不若唐宋八家底精妙，也許未必是矯激之言吧！

文之難巧比詩更甚而詩之難學卻比文更甚。文喻如圍棋易於初學終難精巧，詩喻如象棋，初學難，其終精巧亦易。故不但無學殖而善詩的三家村裏也有以詩聞名的，然文則不但無學殖不能成名，就是通都大邑以文聞名的亦希。有文是假文字以寫出言語思想的初學雖未學文法倘能屬成一篇至於詩則押韻法不待說而每句每聯必有一定的平仄不能容易言自己底志必先講聲律遵奉繩尺否則到一句也不能成猶之學圍棋的縱間四着殺之一法就能關黑白至於象棋則王將偏裨車馬步卒各有一定的行動一進一退或飛斜出敵之不意或一直線突擊以摩敵壘要之由法以攻由法以守然圍棋底局面廣大攻守之間有不可測之變化與無限的法度到底非象棋所能及的此世人所以一般確信圍棋之難比象棋更難也即是古來文章家少而詩人多的所以蓋亦是此理。

欲辨文之法必解剖分析古人底文章，把一篇分為數段以尋作者苦心之跡。先概觀一篇，求作者主意之所在識一篇的綱領辨首尾照應之法這就是所謂篇法。把一篇分為數段一段分為數節以辨虛實、開合抑揚正反賓主詳略之法這就是所謂章法。在章法中還要辨句法在句法中還要辨字法這樣古人底心匠豈難得知嗎？海保漁村嘗論段落之尤緊要的說行文之間段落尤為緊要文有段落猶如人有骨格又說無段落的文

如人之手足頭顱混同一處，這是支離的人。這是就作文上而把段落的緊要說明了段落底緊要不唯作文上為然，即在講古文上亦為緊要。三島中村翁底講文章必把一篇分為幾大段，一大段分為幾小段，一小段分為幾小節，務期文理明晰。文章軌範唐宋八家文不必說，孟子、莊子、韓非子等亦無不然，其詳晰周密固是翁底獨得，蓋是從其師拙堂傳承而來的哩。拙堂文話云：「晰文之法先分章段次看照應而求旨意所在，則莫不通。如此而猶有艱澀不通者非誤謬則錯脫闕疑可也。」又云：「凡晰文理不止為作文之資又為讀書良法。世人讀書多不知此法，逐字逐句而解之。故其於古書往往不通。若得此法雖字句或不通。大意莫不了然。故讀書者以晰文理為要。」皆可卜知拙堂底意嚮了。這不獨是拙堂底發明，讀物徂徠底古文矩的誰不驚異徂徠底評論精詳而周密呢？古文矩取李攀龍底比玉集序以下六篇分章段而逐一辨析其正反轉接起伏照應之法旁及句法字法徂徠底慧眼完全能把作者底苦心刻意之跡標著出來了。山陽底古文典型謝選拾遺尾藤二洲底文章一隅僧大典底初學文規等，皆瞠若其後。宜乎宇佐美灊水底古文矩序說：「若作于鱗於九原則必將曰四海而一人焉萬里而比肩焉今而在焉何不在此而在異域邪學者如此看破而後可謂能讀書而足以懍作者之意焉。」

文之法有篇法有章法有句法有字法學文的必得先明其法。明法其次擇言若徒擇言而不明古人行文之法未有能成古文者也」亦是為此。故陳騤底文則有二十五則，唐順之底文編立七十格是論篇法及章法的試察篇章字就字法及句法而論的歸有光底文章指南說六十六則，

第八章　文之法度

一〇一

句底關繫積字以成句積句而成章積章而成篇，一字若不當，則一句為之晦澀，一句若不當，則一章為之梗塞。故篇有靈光章即無瑕章有精彩句即無玷句有菁華字即無疵。王充底論衡說：『文字有意以立句，句有數以連章章有體以成篇篇則章句之大者也謂篇有所法，是謂章句復有所法也』亦不外此意然字法上雖盡美句法上有時應割愛即是欲句中無剩字。章法上雖盡善然篇法上有時應割愛即是欲篇中無宂章字句有相生相剋之理。篇章字句有時應割愛即是欲章中無贅句章法上有時應割愛即是欲篇中無贅句無剩字，然後文氣健而文勢急。

朱濂（一）嘗問作文之法於元之吳萊，吳萊（二）答云『有篇聯，欲其脈絡貫通有段聯，欲其奇偶迭生有句聯欲其長短合節有字聯欲其賓主對待』這把篇法章法句法字法底目的及效用說明了。

篇法即是一篇的起承轉結之法以首尾照應得其宜為目的。吳萊底所謂脈絡貫通即是一段一節之法以虛實開合抑揚正反賓主詳略得其宜為目的。吳萊底所謂奇偶迭生即是句法即一句底構成法，以句句飛動而極其妙為目的。吳萊底所謂長短合節即是字法是一字底使用法以字字活躍極其妙為目的。吳萊底所謂賓主對待即是。喻之人體把頭顱胸腹及四肢總合的地觀察是篇法，部份的地觀察是章法部頭顱有耳有目有鼻有口有眉有睫有齠有鬚四肢有股有肱有脛有肘有掌跗有指爪一一部分的地觀察即句法把耳底構造目的機關解剖的地觀察即字法。蓋篇法是章法底總合的觀察，而章法是字法底總合的觀察。故拙堂文話云：『文譬之人身其中以意為主氣為之輔其外以篇為體章為之肢字句謂之毛髮數者不具焉，則不得為人矣亦不得為文也。』操觚

字訣云凡文分為字法、句法、章法、篇法，以建築家宅為喻，篇法如全屋底基地底設計，章法如門堂庖廚，各定其位，句法如室內相當的設備，字法如室之用材木竹土石等，各選其宜。曾國藩云：「欲著字之古宜研究爾雅、說文小學訓詁之書，欲造句之古宜倣效漢書文選而後可砭俗而裁僞，欲分段之古宜熟讀班、馬、韓、歐之作審其行氣之短長自然之節奏，欲謀篇之古則羣經諸子以及近世名家莫不各有匠心各具章法，如人之有肢體室之有結構衣之有要領。」文既有法度則亦有病癖於是有論文之病癖的必要了。

(一) 宋濂 明浦江人字景濂。博極羣書孜孜聖學為文醇深演迤與古作者並一代禮樂制作多所裁定有宋學士全集龍門子、浦陽人物記、篇海類編。

(二) 吳萊 元直方子字立夫延祐中以春秋舉上禮部不利退居深裹山中益窮諸書奧旨著尚書標說、古職方錄、楚漢正聲等書傳於世。

第八章 文之法度

一〇三

第九章 文之病癖

誰無病癖呢 十九病與三十六病 左傳與史記 品致上的病癖 形式上的病癖

古人之文有法度之觀同時亦未必無病癖。三代之文固然，兩漢之文亦莫不然。況乎六朝之文降而至於唐、宋、元、明、清之文亦莫不有其病癖故學古人之文的，必先看出古人底病癖，而極力剪除之，不然吾已生而有病癖了倘若增以古人底病癖則天下之病癖皆萃於吾一人哩。

荀子底勸學篇云：『詩書故而不切春秋約而不速禮樂法而不說，』是說五經底文一長一短的。晉范寧(一)底穀梁傳序云：『左氏豔而富其失也誣穀梁清而婉其失也短公羊辯而裁其失也俗』是說三傳之文一得一失的。魏禧嘗論韓柳歐蘇王曾之文云：『學子厚易失之小學永叔易失之平學東坡易失之衍學子固易失之滯學介甫易失之枯學子由易失之蔓惟學昌黎老泉少病然昌黎易失之生撰老泉易失之粗豪。』這是說明雖唐宋八家之文亦有病癖的。故後世文章家雖說皆循古人底典型，然亦攻其病癖可知其苦心焦慮哩。唐底皮日休(二)云：

『百煉成字千煉成句』鍛鍊之極是欲使化俗而為雅化粗而為精使冗繁為簡勁使輕浮為雄健至於宋元以降

論文之病癖的不少呂祖謙底古文關鍵論用字之病而舉：

深、晦怪宂弱澀虛直疎碎緩暗塵俗熟爛輕易排事說不透意不盡泛而不切，十九病；陳繹曾底文章歐冶論文之病格舉

晦浮澀淺輕率泛俗頓訐短穢胖俚虛排疎嫩散枯緩寬粗尖巍瑣碎猥宂儴陳庸低雜陋、三十六病。明之歸有光取呂祖謙之說於文章指南裏述十九病；日本底海保漁村取了陳繹曾之說於漁村文話裏解說三十六病。又明之宋濂作文原三篇論文病有所謂四瑕八冥九蠹其言曰：「何謂四瑕鄭不分之謂荒本末不比之謂斷筋骸不束之謂緩旨趣不超之謂凡。是四者賊文之形也何謂八冥評者將以貽夫誠擷者將以蝕夫庸者將以涸夫奇瘠者將以勝夫腴恌者將以亂夫精碎者將以害夫完陋者將以革夫博昧者將以損夫明是八者傷文之膏髓也何謂九蠹滑其眞散其神糅其氛狥其私滅其智麗其藪達其天昧其幾爽其貞是九者死文之心也。」高琦著文章一貫論病字應避：

麁、淺、陳生不穩、君父之諱，

六病，魏禧論文章五病云：「前人所已言衆人所易知，摘拾小事無關係處，此三不必作也作論須先去此五病，然後議文章耳。」又論七弊云：『爲儒者之文當先去其七弊。可深厚不可晦重；可詳復不可煩碎可寬博不可泛衍可正大不可方板可和柔不可靡弱；可無驚人之論不可重襲古聖賢唾餘其旨可原本先聖先儒，不可每一開口輒以聖人大儒爲開場話頭。七弊去而七美全，斯可語儒者之文也。」閻若璩（三）底潛邱劄記（四）論明以後的文章所以

不及漢、唐、宋、元的，是有三失第一洪武十七年以後以八股文取士；第二是李夢陽唱復古之說，而不原本六藝第三是王守仁講良知之說而以讀書爲禁第一之失是陋第二之失是俗第三之失是虛。袁枚底隨園尺牘論古文十弊云：「談心論性頗似宋人語錄，一弊也俳詞偶語學六朝之靡曼二弊也記序而不知體裁傳志而如寫帳簿三弊也如優孟之衣冠模倣秦、漢，四弊也守八家之空套於一途，不能自出心裁，五弊也餖飣成語死氣滿紙六弊也措詞率易頗類應酬之尺牘七弊也窘於篇幅如枯木寒鴉淡泊而無味八弊也平弱敷衍襲時文之調九弊也艱澀章句以飾淺陋十弊也」山本北山底作文志彀說四謬用，這稱爲四謬用。他對於疑字引言謂二字以類疑字是說同訓異義之文字然而謬用的事之謬用有助字之謬用有疑字之謬用有句之謬用有事之謬用卻不能首肯又藤森弘庵論六弊云：「主理學者硬據五子泛摭語錄其弊也腐。主策論者好皇尚馳騁其弊也躁主考據者泥訓詁炫廣博其弊也迂。主才穎者標新異樂瑰譎其弊也狂。俚若鄙夫佻若俳優厖若簿書躒若駔儈迂若巫媼狂若邪魅」這是論潛心於經史子集的古文派底流弊很能得其肯綮足以凌駕魏禧、閻若璩而頡頏袁枚。

這等諸家之言，或論字句之病，或論篇章之弊，或論內容底缺陷，然仍不免有察而不精，語而不詳之憾。左傳把人底氏姓名字諡爵等濫用於敍事中，決不可爲典型然人或以之爲左氏之文底絕妙處，如漁村文話卽其例。顧左

氏底絕妙處，決不存於氏姓名字濫用裏面，寧可說是在以外故予斷言氏姓名字底濫用為左氏底疵病文心雕龍云：「左氏綴事氏族難明」陔餘叢考云：「此究是古人拙處」實獲我意。史記敍事中在第三人稱稱人名號之時，亦不能作模範的多在張耳陳餘列傳裏貫高之言及張敖之言稱漢王為高祖卽是濫用之一例因為漢王尚未死當然無高祖底諡號此亦太史公底疵病哩。

若使予論文底品致上的病癖則必舉：

宂漫　宂長散漫寬緩膽蔓平衍。

粗笨　粗略麄率蕪雜庸俗杜撰支離煩碎。

爛熟　陳腐空套靡爛庸熟平板。

晦澁　佶屈聱牙隱僻險怪窘束窒塞。

浮泛　輕佻浮華淺膚輕易淺率。

枯寂　枯槁蕭索乾燥憔悴。

纖弱　委靡柔媚纖巧頹墮。

等七病這恰是文之七品致壯重優美輕妙遒勁明晰簡潔精緻底失敗。

所謂宂漫是簡底反對為文好流暢豐潤的往往陷於此病蓋氣的作家雖無流弊但如董仲舒匡衡劉向及曾鞏等

第九章　文之病癖

一○七

文氣寬緩而氣燄不揚的，概是陷於這種弊竇的。呂祖謙所謂宂緩、排事三病，陳繹曾所謂胖、排、散緩、寬宂六病，皆屬於這中。所謂粗笨是精緻底反對品性不高思想不密的，及推敲不足皆陷於此病。呂祖謙所謂疎、碎、塵、俗三病，陳繹曾所謂俗、略、俚、疎、粗、碎、庸、雜、陋九病，高琦所謂鹿之一病皆屬於這中所謂爛熟是清新底反對擬古的修辭家概是陷於這種弊竇的，呂祖謙底十九病中的熟爛，陳繹曾三十六病中的陳與魏高琦六病中的陳皆屬於這病故韓愈云：『陳言之務去』柳宗元云：『多用古語反累正氣。』所謂晦澀是明晰的反對，是說其文佶屈其意窒塞的，呂祖謙底十九病中曰深曰晦曰怪曰澀曰暗曰說不透陳繹曾三十六病中曰晦曰澀皆屬於這病，所謂浮泛是莊重底反對，是說其辭輕浮而其句不沈着的，呂祖謙所謂輕易泛而不切二病，陳繹曾所謂淺浮輕率泛五病，高琦所謂淺的一病，皆屬於這中所謂枯寂是優美底反對，是說其文無光燄精彩的呂祖謙陳繹曾底所謂虛近是，所謂纎弱是適勁底反對是說其文無氣骨力量的呂祖謙評爲弱，陳繹曾評爲軟爲憊皆屬其中。

以上所述的宂漫以下七病是從文之品致上而觀察的病癖倘若更從篇章字句底形式上觀察的話，則雖說是成於古來名家之筆的雄篇傑作猶不能無病癖朱熹嘗說：『司馬遷史記用字也有下得不是處，賈誼治安策亦然』又說：『司馬遷賈生文字雄豪可愛只是還快下字時有不穩處段落不分明』雖是求備於一人亦可說是獨具隻眼哩文章軌範六十九篇皆是成於一代大家底心匠的好文字然韓愈底送孟東野序及蘇軾底潮州韓文公廟碑不免龍頭蛇尾之謗卽是篇法及章法有病癖況在字法句法其爲智者千慮必有一失哩！史記底樗里子傳：

一〇八

「母，韓女也，樗里子滑稽多智，蘇轍底古史卻刪樗里子三字而為『母韓女也滑稽多智』。宋黃震底黃氏日鈔評云：『似以母為滑稽矣樗里子三字其可省乎』史記甘茂傳云『甘茂者下蔡人也事下蔡史舉先生學百家之說』古史省一事字為『下蔡史舉百家之說』黃氏日鈔評道：『似史舉自學百家矣事之一字其可省乎』又史記張蒼傳『年老口中無齒』劉知幾底史通看做煩句刪『跛者逆以下十五字』改為季孫行父禿孫良夫跛齊使跛者逆禿者瞇者逆瞇者」史通看做煩字而去「年口中」三字為「老無齒」三字公羊傳『郤克瞇，

『各以類逆』清底魏際瑞評道：『簡則簡，而非公羊史遷之文又於神情特不生動，知此說者可悟存瑕之故矣』

又柳宗元底段大尉逸事狀有『解佩刀選老躄者一人持馬至睥門下甲者出大尉笑且入曰殺一老卒何甲也吾戴吾頭來矣』的話，宋祁底新唐書作『吾戴頭來矣』宋邵博底聞見後錄評道：『去一吾字便不成語吾戴頭來者果何人之頭耶』其他金王若虛底滹南遺老集評韓愈送溫處士序『解之者曰吾所謂空非無馬也無良馬也。句云此一吾字害事夫言鑿空及解之者自是兩人，而云吾所謂卻是言之者自解也若作彼字其字或云『所謂空者』『吾謂空者』皆可矣。』又歐陽修論用其字之病癖其例舉

六經之道簡嚴易直而天人備故其愈久而益明。新唐書藝文志
恥見屈於正論而忘受欺於姦諛故其疑蕭復之輕己，新唐書德宗紀
又喜行草書皆可愛故其雖短章醉墨落筆爭為人所傳。蘇子美墓誌銘

所以見稱於世者，亦所以取嫉於人，故其卒窮以死。〈尹師魯墓誌銘〉

說是此等其字皆當去之。又論蘇軾用矣字的病癖其例舉：

求禍而辭福，豈人之情也哉！物有以蔽之矣。〈超然臺記〉

手足皆吾身而不能具身之智則物有以亂之矣。〈大悲閣記〉

必有不依形而立不恃力而行不待生而存不隨死而亡者矣。〈潮州韓文公廟碑〉

說是此三矣字皆不安，明者自見蓋難以言說也皆字法及句法上的病癖。倘若如王羲之底蘭亭序，拙堂文話云：

「六朝之文唯彭澤歸去來為真文章，次之者為王右軍蘭亭序。」然天朗氣清一句，非上巳之景象，自為秋景。又絲竹管絃一句不免重複之嫌人或以絲竹管絃四字出於漢書底張禹傳而加以辯護然宋周輝底清波雜志〈五〉云：

「蘭亭序絲竹管絃或病其鼓而歐陽公記真州東園泛以畫舫之舟南豐曾子固亦以為疑。」病則為病，究竟不能掩其疵呢海保漁村論文之改潤法云：一翻二變三融四化五點六割七瑩八慰九補十掇皆是欲救濟文之病癖的。

特別日本底通弊在語句顛倒與和習這雖是亭保以降的經學文章家已稱為大家，然猶不免時陷於這種的弊竇，亦足以為戒哩！

〔一〕范甯 明人字仲甯，以恩入監與修永樂大典。為人才氣豪邁，發奸摘伏，人以為神，後擢布政司提控未赴任卒。

第九章 文之病弊

(二) 皮日休 唐襄陽人，字襲美，能文章，隱鹿門山，自號閒氣布衣，與陸龜蒙為友，有松林唱和詩集，時稱皮、陸。黃巢陷長安，使為識文疑其譏己，途及禍。有皮子文藪及詩集。

(三) 閻若璩 清太原人，字百詩，號潛丘，研究經史深造自得，年二十讀尚書古文至二十五篇，即疑其偽，沈潛三十餘年，乃盡得其癥結所在。作古文尚書疏證，復為朱子尚書古文疑以申其說。有潛丘劄記、毛朱詩說、日知錄補正等。

(四) 潛丘劄記 書名，閻若璩撰六卷，此書蓋其少年隨筆劄記，本未成書，後人掇拾散逸裒合成帙，世所傳為二本，一為其孫學林所刊編次糅雜無復端緒，一為山陽吳玉搢所編，較有條理。若璩記誦既博，考核復精，清初殆少倫匹。此書亦可見一斑。

(五) 清波雜志 書名，宋周煇撰十二卷，別志二卷，所記皆宋人雜事，足資考證。

第十章 篇法上

起承轉結　布置結構　三段四段五段　起法　承法　轉法　結法

起承轉合爲詩底四法，元之范梈(一)始對近體之詩而命名的篇法，而以之應用於文章之篇法，則是在陳繹曾底文章歐冶裏論古文底體段用起承轉結底稱呼爲始。但文章底起承轉結不如詩一樣字數句數有一定，其分界未必一目瞭然。且文章除八股文外段落章節都無一至少二段多的六七段的也有。明代底詔誥三段多表箋四段多檄露布六段多即其例然即起承轉結底性質依然存在其裏面且篇法以記事文比較寧說是應用於議論文底處所爲多。故諸子百家雖有篇法，然二十四史不可概以篇法律之。

古來文章家底苦心一篇底布置結構如何着筆呢？則在起處極崢嶸之妙；如何幹旋呢？則在轉處發揮變化之妙；如何收束呢？則在結處發揚淵永之妙。畢竟在起承轉結底運用何如不惟文之長篇爲然雖短篇亦然。韓愈底送董邵南序，王安石底讀孟嘗君傳雖爲短的小品，然亦善得起承轉結之妙即是。

試看作花園吧！何處築山何處穿池何處植樹木何處置巖石，苦心經營逐至高下相形，疏密相應嶮夷濃淡紫

明紅綠等彼此相掩映。這就是所謂布置得宜又試看築宮室吧彼處爲堂此處爲室那種材料爲棟樑，這種材料爲梁桷，工夫慘澹不但盡樓閣輪奐之美且堂窻門庭能盡陰陽明暗之理這就是所謂結構得宜哩園藝家既有布置的苦心則文章家亦應有布置之法。工匠家既有結構的工夫則文章家亦應有結構之法。文中有首尾照應格一意反復格立柱分應格借客形主格，設問格比喻格等卽是篇法上的稱呼。宋黃庭堅論篇法云：『文章必謹布置如官府甲第廳堂房室各有定處，不可亂也。』這把起承轉結自有一定的典型而不可亂的說明了。顧古來文法上的稱呼有空中樓閣的名目這就是無中生有的技巧，作者底心匠所經營終能構成了一篇大文字在紙面上現出一大樓閣來。

凡文章底布置結構，成於作者底心匠，而段落底多少與章節底長短，固是作者自由的權度然秦、漢、唐、宋之文，多三段四段乃至五段之作。謝枋得底文章軌範所收的文章凡六十九篇中分爲五段以上的殆沒有四段的文章與起承轉結相對然三段之文第一段爲起第二段爲中第三段爲結操觚字訣分爲篇首、篇中篇尾的就是。起如人之有頭要清秀而有姿態中如人之有胸腹要遒勁而有氣力。結如人之有足，要緊切而有餘韻拙堂文話云：『文有頭，有腹有足是篇法也。頭欲小腹欲滿足欲健而不欲大是章法也。』這是論三段文底篇法的。賴山陽甞與森田節齋論文說：『文之體制有三曰綱領一段格曰鶴膝法曰曲折法是也。』節齋稱贊他賞誨門人而謂綱領一段格應以一篇底主意置第一段第二段是援引古今底實跡以爲證明至第三段而爲全篇底收束，如大學、中庸卽是其他

諸葛亮底出師表亦是這一類所謂鶴膝法，是以一篇底主意置中段，而上下之兩段或爲引起，或不過收束，如孟子底浩然章卽是其類。其他如韓愈底後十九日復上宰相書，賴山陽底上少將樂翁公書亦屬於這一類所謂曲折法，是以一篇底主意置於下段，如孟子底牽牛章卽是其例。這亦是文底常體在於三段的。土井聲牙嘗語三島中洲翁云：「古今大文章大抵三段落也孟子牽牛章、浩然章是也。」亦卽此意。故古來論文之篇法，喻爲常山之蛇勢，亦是就三段文而言的。山縣周南底作文初問，以爲欲作文則先必對題立主意，這是一篇文字底種子。主意旣立則首是什麼？卽起中是什麼？展開尾是什麼？卽中尾底分段，卽叫做布置這是論三段文底體要的。五段的文以第一段爲起，如人之有眉目以清秀的爲貴；第二段爲承，如人之有咽喉以疏通爲貴；第三段爲中，如人之有胸腹，以雄健的爲貴；第四段爲轉，如人之有腰膝以曲折的爲貴；第五段爲結，如人之有踵趾以緊切的爲貴。其他六段之文，七段之文不過以中段分爲胸、腹、背三段而已。要之篇底長短段底多少因中腹底伸縮而成的，然起承轉結底地位是一定而不動的。

起法與詩底起聯同，如開門見山一樣又如卷簾而看香爐峯之雪一樣要突兀，要嶔崟，要高遠而起法之不容易的，如蘇軾作潮州韓文公廟碑時爲了不能起頭屢易其稿，幾乎投筆忽得『匹夫而爲百世師，一言而爲天下法』兩句而後勢如破竹，一揮而成故朱熹稱之云：『東坡作韓文公廟碑，不能得一起頭起行百十遭忽得匹夫兩句下面只如此掃去。』賴山陽亦云：『蘇公下篇首一筆時掀髯而書可想見。』又歐陽修底作醉翁亭記，初起稿寫一『滁

州四面有山」已草數十字然不自安改爲「環滁皆山也」遂抹去通篇二十一個「也」字發一種的精采成千古之奇文。這可知起首的重要同時也是不容易的。故蘇軾、王安石等常以全力注意於起首而蘇軾之文以起首之工見稱王安石之文時有不免龍頭蛇尾之嫌也。如呂祖謙之文發端一二語提起全篇底主意的多東萊博議即是其例。

以起首曰冒頭曰虛引曰破題曰總提是因篇法上着筆的異同而說的，故文章歐冶及文章一貫起頭有八法，而分爲敍事設事原本抒情冒頭破題問答頌聖然而他主要是論漢賦之體製的不可從來裕恂底漢文典爲順起逆起渾起翻起問起原起冒起喻起排次起十類尙未爲之首肯予則分爲五類卽一正起二反起三咏歎起四設問起，五比喻起。一正起卽按題意排次事實提舉事理不敢用逆筆的一名順起。來裕恂之所謂順起、直起、渾起、原起冒起等皆屬於這一種。而韓愈底原道蘇洵底審勢、審敵等皆是用此法。二反起、一名逆起欲作突兀之勢故更用逆筆使翻騰題意者莊子胠篋篇底起首「將爲胠篋探囊發匱之盜而爲守備則必攝緘縢固扃鐍此世俗之所謂知也然而巨盜至則負匱揭篋擔囊而趨唯恐緘縢扃鐍之不固也」柳宗元底永州新堂記底冒頭「將爲穹谷嵁巖淵池於郊邑之中則必輦山石溝澗壟凌絕險阻疲極人力乃可以有爲也然而求天作地生之狀咸無得焉」皆是其例。三、咏歎起是於起首用咏歎之筆的是歐陽修底慣用手段五代史論贊以「嗚呼」二字起的多卽是其例。四設問題是於發端用問答體的爲公羊傳所慣用柳宗元底封建論「天地果無初乎吾不得而知之也生人果有初乎

吾不得而知之也。」及蘇軾底三槐堂銘：「天可必乎賢者不必貴仁者不必壽天不可必乎仁者必有後。」之類，即是其例。五、比喻起，是用比喻而起的，韓愈的送溫處士序底首段用「伯樂一過冀北之野而馬羣遂空」之比喻，即是其例。

承法是承起首之意，一氣說下的，猶如順水行舟雖時有曲折，然緩急疾徐，一在舟師方寸之中來裕恂分承法爲正承反承順承逆承急承緩承斷承闌承分承總承引承原承十二類予則不認爲有立斷承闌承引承原承底名目的必要且正承與順承底區別，及反承與逆承底差異也不見有辨的必要。故予把承法大別爲一順承二逆承三急承四緩承五分承六總承。順承一名正承是承上文之意，而順調地說下去的。韓愈底送董邵南序底第二段「夫以子之不遇時苟慕義彊仁者皆愛惜焉矧燕趙之士出乎其性者哉！」是順承起首的意思，逆承一名反承於處用逆筆，王安石底讀孟嘗君傳底第二段「嗟呼孟嘗君特雞鳴狗盜之雄耳豈足以言得士」即其例所謂急承是盡急脈緩受的祕訣的，如蘇洵辨姦論底第二段「夫唯大奸知而後可以常」即其例所謂緩承是盡緩脈急受的妙技的，如蘇洵明論底第二段「噫呼」即其例所謂分承是首段提主意而第二段分承之，如孟子即多用此法。柳宗元底桐葉封弟辨第二段從「王之弟當封耶？」及「不當封耶？」兩端夾擊即是其例所謂總承即首段用雙關法，而兩意雙進第二段總承之，如韓愈與于襄陽書及與陳給事書即是其例。

轉法是於山盡之所復見水而情景忽一變，其變化曲折，或作勢而展開或鼓氣而幹旋，故文之轉法不必與詩之轉句一揆。詩之轉句概為過渡之用然文之轉法不唯以過渡為目的且實是一篇主意發揮之所通篇文字依此而活又可依此而死的。古來文法上的稱呼有死中求活法百尺竿頭進一步法及畫龍點睛法等概是於轉結之處發揚主意的。明之董其昌嘗說：「文章之妙全在轉處轉則不窮轉則不板。如游名山至山窮水盡處以為觀止矣俄而懸崖穿徑忽又別出境界則眼目大快。武夷九曲遇絕則生若千里江陵直下奔迅便無轉勢矣」三島中洲翁嘗語予文不可無一篇的關鎖予作文常從第三段始所謂關鎖就是轉結之謂從第三段始先構成轉結然後作為起承。顧古來文章家從起首滔滔說下去的多蘇軾王安石等即是然亦有從轉結構成的文之關鎖嚴不過欲避龍頭蛇尾之弊而已。

轉法有順轉逆轉二類順轉用故是以於、是當、是故是、由是觀之等文字而文意一轉逆轉則用然、雖然、不然、不則等文字而文勢一變。故順轉如順風揚帆從流直進，然逆轉則如逆風操楫破浪振起。

結法是一篇底收束與詩之落句同貴緊切而淵永則餘韻嫋嫋言雖盡而意無窮這是結法之祕訣。梁章鉅

（二）論文云：「後人文字之不及秦、漢者所爭在結處。」亦可知結法之怎樣重要了。故結法應收束起承之意旨不待說然避語意之重複並忌畫蛇添足，故不容易見主意的。賈誼底過秦論以「仁義不施，而攻守之勢異也」作結韓愈底守戒以「然則如之何而備之曰在得人」作結即是其例。文章一貫云：「結尾正關鎖之

地，尤愛造語精密，遣文順快，蓋精密則有文外之意，順快則讀之而有餘味」實先獲我心而曰有文外之意又曰有餘味，卽我之所謂餘韻嫋嫋哩。柳宗元底桐葉封弟辨用「或曰封唐叔史佚成之」底結法，謝枋得評道：『此一轉尤高。』枋得之所謂非我之所謂轉結之轉，而是轉故賴山陽評之云：『一結極高三蘇史論稿中所無』這就是所謂言雖盡而意無窮倘若以詩而言，則杜甫底短歌行底結末用「眼中之人吾老矣」一句殆與此同揆後世侯方域底陳將軍二鶴記用『堂下之士有泣者』一結蓋是私淑桐葉封弟辨底結法吧又歐陽修底醉翁亭記用『太守謂誰，盧陵歐陽修也』之結法。這文章精義及文章一貫稱之說是學詩經采蘋底「誰其尸之有齊季女」的而吳氏底林下偶談云：『歐公作滁州醉翁亭記，自首至尾，多用也字。人謂此體剏自歐公，前此未聞余謂前輩爲文必有所祖又觀錢公輔作越州迸儀堂記亦是此體。如其末云「問其辨之歲月，則嘉祐五年二月十七日也問其作之主人則太守刁公景純也；問其常所往來而共樂者，通判沈君與宗也誰其文之晉陵錢公輔也」』其機杼甚與歐記同。』門醉翁亭記底結法，是遠學詩經采蘋篇，近取錢公輔底越州迸儀堂記的，侯方域底重修白雲寺碑記用『舍人名議姓沈氏，故明相國鯉之裔孫』之一結，蓋是從醉翁亭記脫化了的，又蘇軾底范增論底結法是巧之又巧為古來所稱贊賴山陽評道：『死中求活，文氣如疊浪。坡翁海外文字，故有得於風濤之勢也』而謝枋得評云：『學韓愈之爭臣論而一變。』然莊子天下篇排擊墨子其末云：『雖然，墨子眞天下之好也，將來之不得也雖枯稿不舍也才士也夫」豈不是爲韓、蘇二家之作俑者吧！其他柳宗元底郭槖駝傳底結法，『問者嘻曰不亦善夫吾問養樹

得養人術，傳其事以為官戒也。」是脫胎於莊子底養生主：「文惠君曰善哉吾聞庖丁之言得養生焉」的故拙堂文話稱養生主底結尾說是『借他人口，發出正旨妙』又稱郭橐駝傳底結尾為正學莊叟。

結法有總收。照應翻振詠歎疑問比喻諷刺嘲笑超脫九類所謂總收，一層層地把說去說來的事理總括起來造語要精密。如歐陽修明黨論底夫前世之主，能使人異心不為朋，莫如紂以下卽是其例所謂照應是結法底順快。特是提綱分應，為孟子底第一義。

應語造語要順快。特是提綱分應，為文之結構底第一義。如開卷第一章底何必曰利亦有仁義而已矣，卽是其例。司馬遷底文為文雄如高山底巍巍如長江底湯湯，發揮造化自然的妙趣。亦時用首尾照應之法，如荆軻傳卽是其例。陳善（三）底捫蝨新語說

首尾照應之要云：『桓温見八陣圖曰：此常山蛇勢也，擊其首則尾應，擊其尾則首應，擊其中則首尾俱應予謂此非特兵法亦文章法也。文章亦要宛轉回復，首尾相應，乃為盡善。山谷論文亦云：每作一篇先立大意長篇須曲折三致

意，乃成章耳。此亦常山蛇勢也。』蓋常山蛇勢，不單是首尾照應而已。劉熙載文概云：『揭全文之指或在篇首或在篇中或在篇末在篇首則後之必顧之在篇中則前注之後顧之。顧注抑所謂文眼者也。』這亦是說明常山蛇勢底文法的。蘇軾底石鐘山記：是首尾照應最縝密的，賴山陽評曰：『篇法匝密。』所謂翻振是把前段之意翻覆新生一意而掉尾一振的，如蘇軾底范增論卽是其例所謂詠歎結凴以贊歎之意收結全篇的，如韓愈底送楊少尹序蘇軾底留侯論卽是其例所謂疑問結是以疑問的形式收結的，如蘇洵底春秋論卽是其例所謂比喻結是不以正意去說

第十章　篇法上

二一九

明卻以譬喻作結，如韓愈底進學解卽是其例所謂諷刺作結，是不把正意見於字面，而暗以諷刺作結的，韓愈底送董邵南序卽是其例所謂嘲笑結，是以如褒如毀的態度成結的，如韓愈底送高閑上人序及諱辨卽是其例所謂超脫結，是梁章鉅之所謂以不結爲結洒脫前段之意若離若卽餘韻縹緲，柳宗元底桐葉封弟辨卽是其例。

（一）范椁　元清江人字亨甫一字德機擢海南海北道廉訪使照磨所至興學教民耽思工文用力精深吳澄以道學自任少許可獨稱椁爲特立獨行之士有范德機詩。

（二）梁章鉅　清福建長樂人字閎中又字茝林嘉慶進士有經塵夏小正通釋論語孟子三國誌旁證清書錄浪跡叢談等共七十餘種

（三）陳善　明欽州人洪武中貢入太學授山西平陽衞經歷擢宰蒲縣歷任三十餘年妻子不入官舍勞心撫字吏民懷之。

第十一章 篇法下

六經無篇法 書經 易經 禮記 春秋 諸子有篇法 管子與墨子 孟莊荀韓

文章至唐宋而大成實現出黃金時代然而卻是發源於三代兩漢承其流而已惟六經無篇法詩經是韻文，不具論樂經已湮滅亦不論於此試就書經而言則堯典舜典皆作夏史之筆敍事敍言俱爲典雅而齊整是五十八篇中所希見的故在章法上爲千古底典型在篇法上不具起承轉結之妙訣例如堯典起首敍帝堯之德明文思光被四表其末尾敍二女釐降嬀汭嬪於虞舜完全無首尾底照應的倘若如閻若璩、惠棟王鳴盛之說使舜典與堯典合爲一篇舜典末尾「舜生三十徵庸三十在位五十載陟方乃死」不但與堯典首段無何等關聯而且旣題爲堯典則旁及帝舜底一生是不當的且旣敍舜一生的政策然獨別有舜典中所宜敍的果何事於此予截舜典中「二十有八載帝乃殂落百姓如喪考妣三載四海遏密八音」以上屬於堯典而把月正元日舜格于文祖以下看做舜典因爲遏密八音以上稱帝的是指堯而月正元日以下稱帝的卻是指舜且帝之殂落百姓如喪考妣三年遏密八音是敍堯典底起首把堯之德光被四表格於上下事實的地說明卻不是首尾照應然這說底當否他日在羣經通論裏去辯明況在皋陶謨益稷謨實是無首無尾的東西郝敬（一）獨稱益稷謨道：「此編脈絡貫注義理縝

密，尋繹首尾語皆照應世儒疑文辭不屬，以孔書割裂爲是失其解矣。」而予則疑其支離滅裂只禹貢、洪範二篇，在篇法上有可觀的就中禹貢字法句法之精絕爲五十八篇中的冠冕，章法篇法亦井然有條理。故古來稱禹貢之文的多。齋藤拙堂底文話云：「禹貢首云『禹敷土，隨山刊木，奠高山大川』此二句通篇之綱。冀州以下九段是敷土之目也導山一段，是奠高山之目也。九州攸同一段是總敍五服一段是補敍，章法秩然一絲不亂。」又吳氏林下談云：「今人但知六經載義理萬古文字皆從經出也其高者遠者未敢遽論卽如禹貢敍山水脈絡原委，如在目前後世經無文法。不知萬古義理，不知其文章皆有法度。如書之禹貢最當熟看。」王鏊（一）底震澤長語云：「世謂六經無文法乎？」即是又洪範首提綱領說明九疇次敍九疇底名目以下逐次說明九疇的少句法底簡勁，到底非有此文字乎」即是又洪範首提綱領說明九疇次敍九疇底名目以下逐次說明九疇的少句法底簡勁，到底非觀只憾無收結而已其他有甘誓湯誓牧誓費誓秦誓五誓皆是短篇篇法上可觀的少句法底簡勁，到底非訓詁所及若盤庚大誥康誥酒誥梓材召誥洛誥多士君奭多方立政諸篇語意重複篇章之間不但無法度而且字句之間脫誤的多；韓愈亦嘗稱殷盤周誥佶屈聱牙哩蓋商書比虞書佶屈周書比夏書聱牙未必是殷、周二代史官之罪實後世脫誤罪呀！

試就周易而言則六十四卦底卦辭三百八十四爻底爻辭雖能成句法但未能成章法。況在篇法呢？如象傳、象傳、繫辭傳說卦等稍成章法終不能成篇法。

禮記是先秦之文與漢代之文混同的，有古色的與新調的二種。檀弓是先秦作中，最蒼雅而句法上爲百世底

儀型的。然而章法底價值少。況在篇法，其更少可知了。月令是先秦之作，而禮運、樂記、祭統、哀公問、仲尼燕居、孔子閒居卻是漢代之作這等皆只章法可觀罷了只是中庸、大學二篇是先秦之作篇法稍有可觀禮記已然，況乎儀禮記、周禮皆是有章法而無篇法的。

春秋是一字一句之間寓褒貶的，既無章法，又無篇法。這是王安石底所以譏為斷爛朝報賓言之，即六經不但無篇法的多就是有章法的也少。如論語句法字法雖大可爲則，然亦殆無章法只是子路、曾晳、冉有、公西華侍坐及季氏將伐顓臾兩章不但章法井然，而且篇法也有反復回顧之妙。

然至諸子篇法章法並極其妙爲百世底矩矱的。孟、莊、荀、韓是諸子底精華，唐、宋諸家之文多胚胎於此，不僅在章法上爲典型而在篇法上亦應奉爲模範非唯管子爲然，如孟、莊、荀、韓四子爲然，例如管子亦然，例如立政篇底首段敍治國有三本而安國有四周而富國有五事；而第二段論三本第三段論四周第四段論五事又如乘馬篇底首段敍地者政之本也朝者義之理也市者貨之準也黃金者用之量也諸侯之地千乘之國者器之制也。而第二段卽論政之本也；第三段論義之理也第四段論貨之準也第五段論用之量也第六段論器之制也，皆與尚書、洪範爲一揆開後世立柱分應格之祖。非唯管子底所染尙賢、尙同上、兼愛上皆能盡一意反復之妙。其中所染卽以染爲字眼一篇中用三十二個兼愛上以愛字爲第一字眼用三十一個，以亂字爲第二字眼用十八個這是韓愈送孟東野序底胚胎之所。

倘若如那孟子在篇法上是最能盡其巧妙的了程頤嘗稱孟子善議論先提其綱而後詳說之。是見識高胸中流出辨論盤根錯節處只以譬喻輕輕解破。試論孟子底文法在開卷第一章起首就揭『王何必曰利，亦有仁義而已矣』二句結尾亦有『王亦曰仁義而已矣何必曰利』二句是首尾相應的。第二章王立於沼上之章第一節揭『賢者而後樂此不賢者雖有此不樂』末尾說：『非我也歲也』又說：『非我也兵也』承正喻兩層最後說『王無罪歲，斯天下之民至焉』得畫龍點睛之妙。『天下之民』是與首節『鄰國之民』相呼應的。第七章牽牛而過堂下章是極反復之妙而賴山陽底所謂踴躍震盪不可段落的。然以王之一字爲一篇的主腦初以『無以則王乎』一呼次以『是心足以王矣』一應再次以『此心之所以合於王者何也』一呼最後以『然而不王者未之有也』作收結。其間如曰：『德何如則可以王矣？』曰『保民而王莫之能禦也』曰『王之不王不爲也非不能也』曰『王之不王是折枝之類也』之類通篇底針線乍現乍隱真所謂極草蛇灰線之妙以外天時不如地利孟子之平陸有爲神農之言者許行外人皆稱夫子好辯陳仲子豈不誠廉士哉舜往於田堯以天下與舜伊尹以割烹要湯魚我所欲也諸章在篇法上及章法上實爲百代儀型故齋藤拙堂稱孟子之文說：『孟子之文疏而暢後世之人可學者也昌黎、老泉得之雄視百代學者宜枕藉焉』

莊子之文，如他底天下篇稱爲瓌瑋而參差，着筆瀇瀁，結構雄大，有長風萬里起洪濤排太空之觀，故續狂夫之言以莊子與離騷並稱，說是古今之文章無首尾者，獨莊騷兩家，蓋他底字法句法務逸去繩墨之外，他底章法篇法，常存在於不明不辨之中，然仔細逐字逐句以論詮逐段逐節以辨析的話，則覺着篇中有綱領章中有主眼，而且可以推知於隱約之中有首尾開闔之妙例如：逍遙遊是取一氣貫通的形式以大字爲字眼於篇首敍鯤鵬之大於篇末敍大瓠大樗中腹敍人中之最大的至人神人聖人；又齊物論底跌宕奇變若斷而不斷似續而不續極盡所謂草蛇灰線之祕訣楊慎(三)底丹鉛總錄稱莊子之文說「莊子內篇之文繁而美者齊物論簡而美者養生主是很恰當的。」

荀子之文以辭藻豐潤爲特色，在字法句法章法上雖大有可觀，然篇法未必盡然爲什麼？因爲無首尾底呼應的緣故。荀子底篇名三十二未必可說是三十二篇的文章。一個篇名中類集同主意之文數篇的多。果然則每篇非無一定的篇法例如非十二子篇決不能全篇都看作非十二子，從起首到聖王之跡著矣止作爲一篇非十二子正文，畢止於此以下則每一段可看作一篇文。故如不苟篇第一段起首用「君子行不貴苟難」四句做提綱以下分應於正文，如臣道篇第一段起首用「人臣之論有態臣者」五句做爲提綱以下分應於結尾復出起首四句，如臣道篇第一段起首用「人臣之論有態臣者」五句做爲提綱，最後以「是近刑緣督以爲經」三句二段證明緣督以爲經之義三段證明爲惡無近刑之義四段證明爲善無近名之義彙照應起首「生也有涯知也無涯」之意即是這類其他

人臣之論也』結束，皆是首尾照應的形式，可謂與孟子之開卷第一章及第二章底篇法一揆。

韓非子之文不似莊子底魁奇又不如荀子底絢爛卻似孟子底簡勁而有精彩的處所在篇法上亦有似孟子的地方只是不如孟子那樣色彩鮮明難言有度弧憤說難五蠹顯學等爲韓非底得意之作能盡一意反復之妙。

其他如孫子及呂氏春秋篇法上亦有可觀的其章法不待說了。

（一）郝敬，明承健子字仲輿，號楚望，萬曆進士以劾官降江陰縣，考下下掛官歸杜門著有五經儀禮周禮論孟各著爲解。

（二）王鏊，明吳縣人字濟之官文淵閣大學士博學有才識文章淵博議論明暢有姑蘇志震澤集震仲長語春秋詞命史餘。

（三）楊愼，明廷和子字用修號升庵年二十四登正德間廷試第一授修撰後以力諫武宗徽行出居庸關削職謫戍雲南永昌衞卒年七十二。愼投荒多暇書無所不覽明世紀誦之博著述之富推爲第一詩文外雜著至一百餘種有升庵集八十一卷。

第十二章　章法上

章法與篇法　層疊法　開闔法　抑揚法　緩急法　賓主法　擒縱法　雙關法　一正一反法

一虛一實法

論一篇的布置結構，為了方便而用起承轉結分析的名稱。然而論起與承的關係，承與轉的關係，轉與結的關係，或者起首一段的構造及結尾一段的構造等卻屬於章法底範圍。蓋篇法是把一篇的起承轉結總合的地觀察的，然而章法卻是以一段一節底部分的觀察從每段每節底構造推論前段與後段底關係，這是章法權限內的事。故把章法底權限擴張的話，逐侵蝕了篇法底範圍，猶如擴張句法底權限時，卽把章法底範圍侵蝕了一樣。批堂文話論章法云：「一篇之中有數行齊整處，數行不齊整中齊整，不齊整中不齊整不齊整中齊整或緩或急或顯或晦間用之，此李性學之說所謂章法也。猶四支百體，或圓或方，或長或短，或大或小，其形各異而各得其所也然頭領自為頭領，手足自為手足，不相接續則亦不能成體矣。」左培底文式云：「章法非篇法也。篇法乃一篇之提反虛實挑縱結也所謂章者片段之謂。就一篇中股股貫串句句接續乃成章片實也。」這雖是論八股底章法然亦可取而應用於古文。

章法是論段落節次底法則的，一波未平一波又起，出沒隱見變化無限，是能盡章法之妙的。蓋章法之妙不存於一瀉千里之中而存在於一波三折之中，不存於一氣呵成之筆而存在於一意反復之文，蓋直木無文而曲木有文，平水無文而曲水有文，非僅自然底原則為然。故麗澤文說云：「文章貴曲折幹旋。」又曾國藩云：「讀古人文，須尋一篇義緒脈絡反正、賓主、輕重、淺深、前後、疏密、詳略、縱擒、分合、明暗、斷續、承卸、轉接處，又求其所以不得不然。此處看得透方免晦澀蕪雜之病。」皆是說章法之要的。在孟子滕文公篇「外人皆稱夫子好辯」章首節以：「天下之生久矣一治一亂」二句為提起。第二節敘堯之時一亂，第三節敘禹之時一治，第四節敘紂之時一亂，第五節敘周公之時一治，第六節敘周室東遷以後一亂，第七節敘孔子之時一治，然後進入孟子當時之治亂，實有波瀾有曲折，把章法之妙無遺憾地發揮出來了。

章法有層疊法、開闔法、抑揚法、緩急法、賓主法、擒縱法、雙關法、一正一反法、一虛一實法等名目。第一層疊法一名累基法，或名層一層法，是同一形式二個以上的疊用，左傳、國語、國策、孟子、莊子、荀子等所慣用的，唐、宋以後的作家，私淑之的多。而其形式有齊整的與不齊整的二種。例如莊子底刻意篇：

層第一　語仁義忠信恭儉刻意尚行，離世異俗，高論怨誹為元而已矣。此山谷之士非世之人枯槁赴淵者之所好。

層第二　語大功立大名，禮君臣正上下為治而已矣。此平世之士教誨之人遊居學者之所好也。

層第三　就藪澤處間曠，釣魚間處，無為而已矣。此江海之士避此朝廷之士，尊主彊國之人致功并兼者之所好也。

是層疊法底整齊的然逍遊：

世之人間眼者之所好也。

第一層 故夫知效一官行比一鄉德合一君而徵一國者其自視也亦若此矣。

第二層 而宋榮子猶然笑之，且舉世而譽之而不加勸舉世而非之而不加沮定乎內外之分辨乎榮辱之竟斯已矣彼其於世未數數然也。雖然猶有未樹也。

第三層 夫列子御風而行泠然善也旬有五日而後返彼於致福者未數數然也此雖免乎行猶有所待者也。

第四層 若夫乘天地之正而御六氣之辨以遊無窮者彼且惡乎待哉。

是層疊法底不齊整的因為前者第一層是山谷底士第二層是平世底士第三層是朝廷之士第四層是江海底士，此法前者第一層說百乘家孟獻子第二層說小國之君費之惠公第三層說大國之君晉之平公從第一層轉到第二層的場合用「非惟百乘之家為然也雖小國之君亦有之」句於不整齊之中有整齊的處所在而後者第一層是用君為然也雖大國之君亦有之」句，於不整齊之中有整齊的處所，而後者第一層是蜻蛉第二層是黃雀第三層

層疊的痕跡不但莊子用此法的處所多，而且孟子萬章篇底「敢問友」章，及國策、楚策莊辛諫楚襄王章，皆是用第二層底宋榮子更進而至第三層底列子再進而至第四層底至人神人不如前者一樣形勢整齊而使讀者不覺第五層是道引之士終歸著於聖之德以終始同一的形式層一層地進後者是從以小知致一官的最下層進而至

是黃鵠，第四層是蔡靈侯之事，終乃論及楚襄王之事。第一層底轉法為『夫蜻蛉其小者也黃雀因是，』第二層底轉法為『夫黃鵠其小者也，蔡靈侯之事因是，』第三層底轉法為『夫黃鵠其小者也君王之事因是，』每層由同一的形式以成齊整之觀，實是凌孟子駕莊子底作品不為『夫蔡靈侯之事其小者也黃鵠因是』第四層底轉法為然，即如管子底七法墨子底非攻篇上天志篇上亦如此，先秦之文既如是，而漢之賈誼晁錯司馬遷等也皆用這法。況唐宋作家哩！韓愈底伯夷頌及答李翊書柳宗元底與韓愈論史書歐陽修底讀李翱文及春秋論皆無不然。

第二開闔法，一名斷續法，在段節之間，一開一合，乍斷乍續，不承接前段之意別開一路而進的，再復歸着於前意。清魏禧嘗論文法為四種曰伏曰應曰斷曰續。曰伏曰應即照應法是屬於篇法的；曰斷曰續即開闔法屬於章法。劉熙載文概云：『章法不難於續而難於斷，先秦文善斷所以高不易攀也』是說章法上斷續的要訣的。顧古今文章家中最得斷續之妙而靈動的，要算司馬遷。我們一讀史記廉頗藺相如傳魏其武安傳及大宛傳有誰不驚他底筆端有靈在呢？故歸有光底評史記務辨文之血脈審筋節，使太史公底精神氣魄躍如於紙表這實是司馬遷底忠臣。在史記以前莊子之文最極斷續之妙而至下文『及讀公家傳至於德勝之捷』像記今國家罷兵四十年一節論及時事即緊接前節論德勝之戰的文意。而至下文『及讀公家傳至於德勝之捷一節』是續法且評道：忽復接續前節故今國家罷兵四十年一節題為斷法的，沈德潛題及讀公家傳至於德勝之捷一節是續法且評道：

「忽斷忽續，筆如游龍。」賴山陽稱沈評之妙云：「沈評妙妙，先獲我心。」齋藤拙堂論文章斷續之法亦云：「歐陽公王彥章畫像記，論德勝之戰曰莊宗之善料公之善出奇何其神哉其下忽曰今國家罷兵四十年云云說入時事，俯仰感慨其言未畢又忽曰及讀公家傳云以接前段猶黃河之水伏而復見妙不可言是蓋得於太史公者也」

且評史記屈原傳底「屈平既嫉之」云云之下插『人君無智愚賢不肖」以下數十句是斷法也而其下復下「令尹子蘭聞之大怒」一句遙接上文「屈原既嫉之」一段是續法也乍斷乍續有雲擁中峯之態。可謂獨具隻眼。

劉熙載稱莊子之文云：「莊子之文法續斷之妙如逍遙遊忽說鵬忽說蜩與鸒鳩斥鴳是爲斷。下乃接之曰：『此小大之辨也」」則上文之斷處皆續矣。而下文宋榮子許由接輿惠子諸斷處亦無不續矣。亦先獲我心。還有魏禧論文之斷續云：「語不屬而意屬者譬如複岡斷嶺望之各成一山察之皆有脊脈相連意不屬而節屬者，譬如一林亂石原無脈絡而高下疏密天然位置可入畫圖」可謂能把斷續法適用於語意節三者了。

第三抑揚法文章爲了貴曲折幹旋，或前段抑後段揚；或前節揚後節抑。蓋作者欲就某一人或某一事大大推獎故意先抑壓到了後段卻氣勢奕奕光燄逼人故古來文人皆好用抑揚法。柳宗元底答韋中立論師道書云：「抑之欲其奧揚之欲其明。」亦是說此種祕訣的。如韓愈底爭臣論，蘇軾底范增論荀卿論均先抑後揚但如司馬遷底論項羽，卻是先揚而後抑的。海保漁村說是文有抑揚發源於伺書金縢，金縢之始有「乃元孫不若旦多材多藝不能事鬼神」是抑，其下「乃命于帝庭敷佑四方用能定爾子孫于下地四方之民罔不祗畏」是揚。顧抑揚有

內容上的抑揚與音調上的抑揚二種內容上的抑揚是屬於章法的，而音調上的抑揚概是屬於句法的前所述的金縢以下，司馬遷韓愈蘇軾等底抑揚皆是內容底抑揚，然漢、魏、六朝底詩人多是就音調底低昂而稱抑揚二字的。如蔡邕底琴賦云『繁絃旣抑雅韻乃揚』繁欽與魏文帝牋『遺聲抑揚不可勝窮』成公綏嘯賦云『響抑揚而潛轉。』晉書李充傳『雕琢生文抑揚成音』庾信底趙國公集序『含吐性靈抑揚詞氣』皆是說音調底低昂蓋漢、魏、六朝底詩人皆精通聲律然唐宋以後的古文家未必尙聲律節奏故彼等不求抑揚於音調而求於內容而古文不以聲律節奏爲唯一條件。

第四緩急法是開闔法之一變在前章篇法底承法已把緩承急承之法辨過了，於此僅說在每段每節之間所用的急脈緩受及緩脈急受的要諦這以水爲喩則一瀉千里之水勢急而沒有靜的趣味黛蓄膏停之水則勢緩而沒有動的態致忽而爲奔湍忽而爲深潭緩急無常順逆不定始能靜中有動動中有靜故在文勢緩之後應以急筆接勢急之後應以緩筆承然後能盡其曲折變化。

第五賓主法。一曰賓主相形法，欲言甲事先援引乙事使主客相對照輕重相映射的昔人曾論道文有賓有主，有主中之主有賓中之主有主中之賓有賓中之賓例如孟子百里奚章百里奚是主而宮之奇是賓。韓愈於送楊少尹序中借疏廣疏受以與楊少尹對比疏廣疏受是賓而楊少尹是主又韓愈在送高閑上人序中高閑是主而堯舜禹湯養叔庖丁師曠扁鵲僚秋伯倫張旭皆是賓就中張旭善草書是直接反映高閑的爲賓中之主堯舜以下十一

人為賓中之賓。其他韓愈底贈崔復州序、送許郢州序、歐陽修底上范司諫書及蘇軾底始皇論等，則在借賓以形主之妙這點過思半矣。

第六擒縱法猶貓捕鼠時不一氣嚙殺，少時撫弄或縱而任之使不能動，在把人物非難攻擊體無完膚地加以損傷忽又發見其長所而開一面的生路。孟子底牽牛章最善擒縱之妙可比之諸葛亮於孟獲底七擒七縱。歐陽修底縱囚論亦是這一類。

第七雙關法一名雙扇格是韓愈得意的筆法猶如門之兩扉，左扇右扇，交互耦進。韓愈底獲麟解及上張僕射書底後半即是其例。

第八正一反法是說或從正面說，或從反面論而使表裡相映寫的。韓愈底與于襄陽書，及與陳給事書皆盡雙關之妙然韓愈作俑的是韓非韓非底孤憤蓋是雙關底濫觴。

第九一虛一實法是說在前節把抽象的地敍述了的在後節再就事實來說明以外有輕重疏密詳略明晻等稱呼不過彼此對待前後照映罷了。齋藤拙堂稱李斯底諫逐客書底章法云「事理切當而文字偉麗秦人之文執出其右中說色樂珠玉使後人為之一直排去莫可觀矣今以二字二必字一夫字斡旋文勢一順一逆翻轉出來，三段一意不覺重複真絕奇之作也後柳子厚論鏃乳王錫爵論南人不可為相蓋模仿之似則似矣終不能得其奇也」是把章法上之妙說破的了。

第十二章 章法下

八股底條例　八股底題式　八股底形式　破題　承題　起講　四比八股　小結大結

在諸子雖有篇法有章法然六經卻只有篇法而無章法已辦於第十一章而篇法及章法最森嚴而周密的無若八股文只是憾其為機械的千篇一律過於技巧罷了。

論到八股文不可不就內容與形式八股文底內容是從四書五經出數題而每題以二百字為最少限有長及七百字的沒有不祖述聖經的。洪武三年五經二題各限五百字以上四書一題限三百字以上同十七年四書三題各定二百字以上五經四題各定三百字以上並說明四書準據朱注五經於易以程朱底傳義為主在書以蔡傳古註疏為主在詩以朱為主在禮記及春秋以古註疏為主後舍古註疏四書五經皆以大全為主。至清主要取四書底題順治二年第一題從論語出第二題從中庸出第三題從孟子出並定每題不得過五百五十字但康熙二十年以五百五十字恐不盡詞意而定六百五十字為最大限乾隆四十三年更增為七百字

自漢初以對策取士唐用詩賦宋用經義。唐之應試詩從唐應試詩三卷可卜知一班，宋代經義之文殆已亡而不傳。僅有宋文鑑所載的張庭堅底答經義二篇能了。至明而以八股登庸人材名為制義又叫做制藝願以經義試

進士雖是王安石所首唱而始於神宗底熙寧四年然經義之弊天下皆不努實學而父子兄弟相授受陳相因寧宗慶元四年從經典中摘出文意相類字句相殊的二句合爲一題以杜襲剽竊之弊故明太祖與劉基相謀定科舉之法洪武三年底考試取了大學「古之欲明明德於天下者」二節及孟子「道在邇而求諸遠」一節爲一題這是明之制義之開始。然是時條例未定文之格式亦未有制限後洪武十七年定條例二十四年定文之格式顧明之制義胚胎於宋之經義尤其因襲慶元以後之遺法不但制限內容且規倣唐之詩賦形式也被拘束了故制義之未是空疎淺陋昧於古今忘著實學遂使三百年之英才不遑研精經國的大業徒把畢生智能耗盡於四比八股之末技當中魏禧嘗論八股之弊云：「天才奇才異能非八股不得進自童年至老死惟此之務於是有身登甲第年期耄不識古今傳國之世亦不知當世州郡之名兵馬財賦之數者而其才俊者則於入官之始而後學故居今以救制科不敗愚則以爲莫若廢八股而勤之以論策」可謂議論痛快而的當的了。

八股題式有單題、兩扇題、三扇題、四扇題。題例如：「惟天下至誠爲能化」「自誠明謂之性」即是單題如「天地位焉萬物育焉」如「君子信而後勞」一節即是兩扇題如「老者安之」三句如「興於詩」三句即是三扇題如「文行忠信」即是四扇題。

八股底形式由破題承題起講提比虛比中比後比小結大結底順次而成爲一篇這蓋是襲用元代科舉考試之文有破題接題小講官題原題大講後講原經結尾底制限的吧故洪武二十四年所定格式爲「破承之下便入

大講，不許重寫官題。』然在明初不但其格式尚未完備，而且在明末其制式既已頗廢極八股底最隆盛最完備最大成的是成化以後凡百年間，故天順以前的制義不用對偶。萬曆以後的八股或不用起講或刪虛比。顧炎武底日知錄云：『天順以前經義之文不過敷衍傳注或對或散初無定式。』又云：『嘉靖以後文體日變問之儒生皆不知八股之何謂矣。』八股底源流是怎樣推移的可以知道了。至清康熙三年停止八股文體但康熙七年又復以八股取士文體雖已壞然士習尚未壞哩！

破題是發端二句概括的說明文之大旨的。顧炎武底日知錄云：『制義發端二句謂之破題大抵對句爲多』趙翼陔餘叢考云：『今八股起二句曰破題然破題不始於八股也。』左培文式云：『破者含矢如破之義。聖賢大旨一破了然宜融會命題主意而一言破盡』即是。其法有明破渾破順破倒破總句破分句破等然第一貴雅第二貴奇第三貴巧，王濟師底讀時文法云：『破題以兩句總揭通篇之綱領其語簡其義括如水之始出源泉其後雖有萬里之川然發源處不過涓滴小窪無風濤洶湧波瀾起伏之勢』誠爲中肯之談。

承題是授破題的意義明快地斷制短則三四句長至五六句文式云：『承者承接之義蓋承上起下也』即是。其法有正承反承正承以順暢爲主反承以颺開爲主然作者多數好用反承之筆。故承題語以有力量爲向這實是一篇的眉目起承轉合之妙自存在其中一篇大局蓋定於此。其起句用夫甚矣蓋等字但須避用與破題起句同一的文字倘若與破題起句同則謂之平頭。又其末句底語尾用乎哉耳耶等字但忌用與破題末句末尾同一的文字。

倘若與破題末句同則謂之合腳平頭病易避而合腳病難防。

起講是一篇開講之處實是一篇的襟喉。一名大講又曰原起或發九。王濟師云：「所謂起講下提筆，是通篇之起筆也讀之當如旭日昇於海嶠當如神龍跳于天門當如匡廬峯插于九霄當于黃河源騰如西極想出古之聖賢何爲而發此言，其起頭用意嘗謂以爲今夫嘗思聞之等文字固然論旨尚透徹然筆致要含蓄然至萬曆八股底體制已壞不復用起講了。故顧炎武云：「萬曆中破止二句承止三句不用原起」

提比、虛比、中比、後比四比每比有兩股比是排偶之義每比嚴格地用對偶。這是八股名稱以所產生之原因。蓋四比八股底體制是模倣唐朝應試詩領比、頸比、腹比、後比底名目以散文而代韻文的。毛奇齡云：「世亦知試文八比之何所防乎漢文以經義對策而江都、平津、太子家令並起而應之此試文所自始也然而省散文也唐制試士改漢魏散詩而限以比語有破題有承題有領比、有頸比、有腹比、有後比而後結以收之六韻之首尾卽起結也其中四韻卽八比也然則四文之八比視之矣。」洵爲卓見只比與股同一視以八股稱八比的不當實是憾事倘若如何焯云：「自元以八比取士明踵其事以至於今。」蓋從元仁宗延祐中定科擧考試之法破題承題之目已行於元世直以此誤認爲八股這是不察八股底源流的而顧炎武云：「經義文流俗謂之八股蓋始於成化以後」實先獲我心。

（二）云：

袁了凡以四比喻四時而說明八股底文法：「八股文字，與天地造化相侔。首二比春也，次二比夏也，次二比秋也，末二比冬也。首二比是春則生而未成，虛而未實，常沖沖融融輕描淡抹不可帶一分粗糙，次二比是夏當承前二比漸漸說開來。邵子謂天地之大寐在夏文之大寐實在茲也。至秋則生者成虛者實矣文可反覆馳騁矣末二比是冬一年好景全在收捨處回陽氣於陰極之時發生機於凍剝之後篇章將竭而令人讀之有無窮之趣此文之大括也」可謂是善於形容的。

提比卽第一二股(文式所謂提綱挈領之謂，承上文而說出兩意這是排偶底開始，而一篇底關鍵故王濟師論提比云：「起比如鳥之有兩翼當作飛揚奮起之勢使通篇之文體得此為之一振乃足壯觀。與起講並作層層湧疊之勢但是提比長不過八句短止於二句尚氣奮揚辭取純雅意尚精刻調取高朗且提比貴虛說而不貴實說貴簡筆而不貴繁筆但所謂虛非浮泛之謂所謂簡非局促之謂於奮揚之中有含蓄於精刻之中有蘊藉下節有入於虛比的餘地」倘若在提比方面一度實說繁稱的話則至虛比不免屋下架屋之病這是後人或不用虛比的所以。

虛比卽第三四股是承提比以說明層次的，概架虛意表現多少的氣燄光芒為後面中比作地步。

為文之腹猶唐之應試詩第五六名為腹比同王濟師云：「中比長大厚重如身之有腹如屋之有廳如一生有壯盛之年題之正面實義真神在此發揮」卽是其著筆有反轉離貼拖五種立意概與第三四股大同小異僅忌疊牀架屋而已後比卽第七八股為一篇英華盡情發露之所。徐常吉論七八股云：「一篇文字英華多在七八比上露之

若前面文如綿繡，而至此單弱，終是虎頭蛇尾，非全才也。善作者寧可韜光斂銳於前，至此卻以奇思粹語，層見迭出，方爲作手。大抵文至終篇氣宜長而不宜粗，理宜完而不宜雜，詞宜富麗而不宜腐冗，味宜委婉而不宜直率，可謂能盡之矣。

小結大結是一篇收束，或結全局，或作餘波，或稽往古，或戒後來，或進一層，或翻通篇，要之如神龍掉尾尙靈變，取飛動這唐之應試及元之科舉稱爲結尾只是小結與起講相應而成收結，大結則與破題承題相應而成歸結然至明末不用起講小結亦隨之而廢了。

要之八股內容是因宋之經義而形式是襲唐之應試詩的，其文體以排偶爲主不待說，然弘治七年之令，『作文務要純雅通暢不許用浮華險怪艱澁之辭』嘉靖六年之令『科場文字務要平實典雅，不許浮華險怪以壞文體』全盛時代底八股是期典雅而流暢的，而後人或用排偶忌合掌故更有用流水對的，且如四六文以平仄平底聲律應用於句尾則全非八股本來的面目了。

〰〰〰〰〰〰〰〰〰〰〰〰〰〰〰〰〰

（一）何焯　清長洲人字屺瞻，晚號茶仙，爲諸生即負盛名，所選制義行遠集爲學者所宗，康熙中以拔貢生値南書房，賜舉人官編修後坐事逮問，尋免罪，其學長於考訂，所居曰賚硯齋，多蓄宋元舊槧，參稽互證，丹黃稠疊，評校之書名重一時，有義門讀書記。

第十四章 句法（一）

造句的巧拙　賓主輕重　詳略繁簡　左傳與檀弓　徂徠與北山

造句的巧拙說：「文字意同而立語有巧拙沈存中記穆修（註）張景（註）二人同造朝，方論文次，適有兵馬踐死一犬遂相與各記其事以較工拙穆修曰『馬逸，有黃犬遇蹄而斃』張景曰『有犬死奔馬之下』二人同造朝，方論文次，適有奔馬踐死一犬」張當爲優然存中但云「適有奔馬踐死一犬」則又渾成矣。張之筆果勝嗎？沈之筆果渾成嗎？張之今較此二語張當爲優然存中但云「適有奔馬踐死一犬」則又渾成矣。張之筆果勝嗎？沈之筆果渾成嗎？張之著眼在犬而沈之着眼在馬，故說作兩句這是三者句法各殊的所以而唐宋八家叢話載與此同一的事實云：「歐陽公在翰林日與同院出游有奔馬斃犬於道公曰『試書其事』同院曰『有犬臥通衢逸馬蹄而死之。」公曰「使子修史萬卷未已也」曰「內翰以爲何如」曰「逸馬殺犬於道。」」即同一事實有六種書法。

（一）有奔馬踐死一犬

（二）馬逸有黃犬遇蹄而斃

（三）有犬死奔馬之下

（四）有奔馬斃犬於道

（五）有犬臥通衢逸馬蹄而死之

（六）逸馬殺犬於道

這造句底方法是由賓主先後輕重本末的形式而來的。

作文率論句法以為凡作文有本末有輕重不可不察譬如寺門石牌，「葷酒不許入山門」以葷酒二字為主眼，犯葷酒之戒的不許入山門的意思又有寫「不許葷酒入山門」的，以不許二字為主眼，犯葷酒之戒的不許入山門的意思又有寫「山門不許入葷酒」的，把山門二字提起，使先知道非俗界即淨域不許入的意思。不過「葷酒」「山門」與「不許」三者依這三者排次的前後，而文意生去輕重成為本末。不許山門入葷酒」及「下許入葷酒於山門」則同一內容同一資料亦有六種書法作「不許山門入葷酒」「不許入葷酒於山門」則同一內容同一資料亦有六種書法哩！

文不但有賓主輕重的形式且有詳略繁簡之別。詳的雖有可貴，而繁的宜忌簡的雖可貴，而略的宜忌。而且與其貴詳而密寧可貴簡而古這是古來文章家底常習然簡是古之特色詳是後世之特色隨而略是古之通弊繁是後世之通弊說苑記泄治之言用「夫上之化下，猶風靡草東風則草靡而西，西風則草靡而東，在風所由而草為之靡。」三十二字雖是過繁，然論語用「君子之德風小人之德草草上之風必偃。」十六字是能盡其簡了。而尙書用

『爾惟風下民惟草』七字卻失於略。若班固底孝文帝紋贊『我德如風民應如草』潘岳底晉世祖武皇帝誄『我德如風民應如蘭』蓋是準據論語的。又左傳宣公十二年『中軍下軍爭舟舟中之指可掬也』把邲之戰，晉軍大敗的情形如實地寫出人沒有不稱其簡勁的。而公羊傳云：『晉師大敗，晉衆之走者，舟中之指可掬矣。』不免支離敗的誹。而史記晉世家『晉軍敗走河，爭度，船中人指甚衆。』陋拙殆不堪讀。而後漢書底獻帝本紀云：『帝渡河，不得渡者皆爭攀船，船上人以刃擊斷其指舟中之指可掬也』全是取左傳而發露其意義的，即爲左傳底注腳。淮南遺老集評後漢書之文云：『劉子玄（三）稱丘明之禮文雖缺略理甚昭著。不言攀舟以刃斷指而讀者自見其事予謂此亦太簡意終不完未若獻帝紀之爲是也。』若日本外史源氏正記『衆攀舟爭乘，斷臂滿舟』是學左傳而過於誇張的又左傳記楚人對齊管仲之言云：『貢之不入寡君之罪也；敢不共給。昭王之不復，君其問諸水濱！』後人稱之爲『辭令典麗意思悠遠使百載下想其爲何人』然穀梁傳云：『菁茅之貢不至則諸，昭王南征不反，我將問諸江』到底不及左氏底簡妙且改君字爲我字覺索然無味故記載同一的事實有繁簡有精粗有巧拙古今不一揆，人人各異其特色可知於古人軌轍以外開一生面出新機軸的餘地。左傳不爲檀弓減其價。孟子不爲莊子失其光昔人云：『酒肆帳簿，一經子長手便是好文』即不關資料怎樣卻是由作者底手腕而能化俗爲雅化鐵爲金的。

當記同一事實時字句之間，自有詳略，不必剽襲他人陳言，便能發揮自家底特色，徵之左傳、穀梁傳、國語、檀弓、

、呂氏春秋國策史記說苑漢書通鑑等底記事可明白了試以載於左傳的晉驪姬讒太子申生的記事，比較穀梁傳、國語呂氏春秋檀弓史記說苑六書則句法底變化無窮可以自得了：

驪姬謂太子曰君夢齊姜必速祭之太子祭於曲沃歸胙於公公田姬寘諸宮六日公至毒而獻之。（左）

驪姬曰『吾夜者夢夫人趨而求曰「吾苦飢」』世子之宮已成則何為不使祠也？』故獻公謂世子曰其祠。世子祠，已祠致福於君君田而不在驪姬以酖為酒藥脯以毒。

驪姬以君命命申生曰『今夕君夢見齊姜必速祠而歸福。』申生許諾，乃祭於曲沃，歸福於絳。公獻公時出獵置胙於宮中驪姬使人置毒藥胙中（史）

受福，乃寘鴆於酒置堇於肉（國）

驪姬謂太子曰：『往昔君夢見姜氏』太子祠而膳於公。驪姬易之。（呂）

驪姬謂太子曰：『君夢見齊姜太子速祭曲沃歸釐於君』太子於是祭其母齊姜於曲沃上其薦胙於獻公。獻公時出獵置胙於宮中驪姬使人置毒藥胙中（史）

或謂世子曰：『君非姬氏居不安食不飽我辭姬必有罪君老矣』（左）

世子之傅里克謂世子曰：『入自明則可以生；不入自明則不可以生』世子曰『吾君已老矣已昏矣吾若此而入自明則驪姬必死驪姬死則吾君不安。』（穀）

太子不肯自釋曰『君非驪姬居不安食不甘。』（呂）

第十四章　句法（一）

一四三

晉獻公將殺其世子申生,公子重耳謂之曰:『子盍言子之志於公乎』世子曰:『不可,君安驪姬,是我傷公之心也』(檀)

或謂太子曰:『爲此藥者乃驪姬也。太子何不自辭明之』太子曰:『吾君老矣,非驪姬寢不安食不甘。卽辭之,君且怒之不可』(史)

公子重耳謂申生曰:『爲此者非子之罪也。子胡不進辭辭之必免於罪。』申生曰:『不可。我辭之,驪姬必有罪矣。吾君老矣,微驪姬寢不安席食不甘味,如何使吾君以恨終哉!』(說)

這樣,或詳或簡,實不容易軒輊陳騤文則云:『穀梁傳不及左傳,左傳不及檀弓。』齋藤拙堂文話云:『檀弓之文最高,後人配左傳稱為檀左。』李塗文章精義云:『國語不如左傳,左傳不如檀弓。』錢晉獻公驪姬申生一事繁簡可見。然其與左氏紀太子申生事詳略不同呂居仁(四)云:讀左氏然後知檀弓之高遠也」又以左傳僖公三十二年所載蹇叔諫秦繆公的記事與公羊穀梁及呂氏春秋之語句穴漫不及公羊、穀梁底簡勁。而公羊、穀梁底簡勁亦不如左傳底紀事有精彩況又以杜黃裳底紀事徵之於檀弓及左傳昭公九年以蘇秦底窮達的紀事,徵之於國策及史記古人底句法不必一轍亦可知檀弓復羅珂雪書云:『國策載王蠋史記載趙良底司馬光采入通鑑簡要蘊藉格味之妙十倍原本於此悟剪裁之法。』是很對的。韓愈嘗作太原王公神道碑又為其人作墓誌銘元是同一人但二文中卻不曾用同一的字句卽可見敍事之文千變萬化無適而不可了。

物徂徠嘗欲爲諸生示文家運用之妙而取了楊士奇底贈醫士陳名道序，規模其意，而變其法，或引伸或蹙短，或改篇法，或革章法，或變句法，剪裁陶鑄自成八篇並原文而稱九變，所謂文變一卷卽此後僧大典亦把韓愈雜說中馬說改作而成九篇名爲續文變，山本北山以續文變拙劣尤而倣之，作馬說五篇載於作文率徂徠又嘗作記昌俊襲義經第之文，皆川淇園始加改竄，山本北山復行改竄，淇園底文章學問，一樣也不能匹敵徂徠予嘗謂淇園之名是虛名，而不副其實的故北山亦稱原文拙劣尤不免拙劣余亦作一篇，也不免效尤之謗學文章的併三篇合看以比較造語行文底巧拙短長對於作文亦不無小益也然北山卽一薰一蕕如鳥之雌雄不辨亦可知政年間有所謂旭千里其人著文章薰蕕辨二卷務擁護徂徠痛擊淇園北山底文辭粗笨到底不如徂徠的修辭故文句法底變化殆不可端倪哩

（一）穆修　宋鄆州人字伯長性剛介與衆多齟齬，大中祥符中賜進士出身果官潁州文學參軍徙蔡州時學者從事聲律修獨以古文稱蘇舜欽兄弟多從之遊，故一時士大夫言能文者必曰穆參軍歐陽修尤稱之明道中卒有文集。

（二）張景　宋公安人字晦之少從河東柳開遊悉出家書畀之嗜學益力眞宗詔有司徵天下士景居首列有洪範王霸論數十篇。

（三）劉子玄　名知幾知柔弟唐人與兄知柔均以善文辭知擢進士第後領國史垂三十年自負史才著史通內外四十九篇譏評今古有別撰劉氏家史及譜老議者高其博嘗言史有三長才學識世罕兼之，時以爲篤論有集傳於世

（四）呂居仁　名本中，好問子宋人。學者稱爲東萊先生有春秋解，童蒙訓師友淵源綠東萊詩集紫微詩話等書，其詩得黃庭堅陳師道句法。

第十五章　句法（二）

構成法與排列法　對偶法　層疊法　承遞法　回文法　照略法　長句與短句　正說與反說　倒裝句法

在韻文裏，詩有一定的句法，賦亦有特殊的句法而在散文雖亦有一定的句法但散文中決不用詩家的句法，又不參賦家的句法蓋詩家之語過於麗賦家之語過於靡以之施於散文徒過於粉飾。

論到句法有二種。一是句底構成法是論構造一句的形式的，二是句底排列法是論句與句底排列形式的。長句法、短句法、正說句法反說句法倒裝句法等屬於前者對偶法層疊法承遞法回文法照略法等屬於後者前者多侵入字法底範圍予於茲先後屬於後者的句法來說明。宋唐庚（一）嘗論句法云：「凡為文上句重下句輕則或為上句壓倒。畫錦堂記曰：「仕宦而至將相富貴而歸故鄉」此雖一句而體勢則甚重下乃曰「達者信之衆人疑焉」非用兩句。六一居士集序曰：「言有大而非誇」此雖一句而能承上句。」這把句底排列上能權輕重保權衡的方法說明了。皆川淇園有文有斤兩的話，說是上為四字句，亦載上句不起；則下應四字相承上五字下亦應為五字；上十字，則下亦應為十字纔能表出語意底配合配合旣妥自然語勢完備

意味明顯,是亦論句之安排法的。

（一）對偶法 一名對句又曰對語或叫做偶句排句,這是保持文之齊整的所以,如在章法的雙關法要莊重、壯麗富贍豐潤的時候是必不可缺的,故唐宋八大家中特以長短錯落為得意的韓愈底文也有對句在主張「辭達而已矣」的論語中亦有對句在主張自然的老莊底文中亦有對句在易之文言裏乾卦一篇中用對偶的形式的凡四十六句是很顯著的,故不但春秋戰國之文有對句,卽唐虞三代之文亦有對句,蓋對偶在修辭上自然的天則在詩歌文章上為必不可缺的要件,只以事實為主的以簡明為目的的史傳底文未必要對句。這是新唐書務避對偶的所以宋祁(？)嘗云:「對偶之文入史策,如粉黛飾壯士笙匏佐鼙鼓非所施」亦是為此。而文章底對偶法,有一意貫通與兩意雙進二種例如:

水流濕火就燥 易文言

滿招損謙受益 書大禹謨

邦有道則知邦無道則愚 論公冶長

鳧脛雖短續之則憂鶴脛雖長斷之則悲。莊駢拇

居廟堂之高則憂其民處江湖之遠則憂其君 范仲淹岳陽樓記

這中如水火燥濕滿謙損益知愚有無長短斷續朝野君民等都是以在性質上相反對的東西相照映而成對句,故

名為反照的兩意雙進這是對偶的正式又如：

庖有肥肉，廄有肥馬〈孟梁惠〉

魚相忘乎江湖，人相忘乎道術〈莊大宗師〉

天下無二道聖人無兩心〈荀解蔽〉

日有光月有明三年不目日視必盲三年不目月精必矇〈揚雄法言〉

之有與有相忘與相忘無與無二與兩三與三等以性質上同一的相排比而成對句，名為排比的兩意雙進。陳騤底

文則稱為『婉配』的就是這一類然如

決九川距四海〈書益稷〉

不在其位不謀其政〈論泰伯〉

聖人不死大盜不止〈莊胠篋〉

之類，從形式上看二句雖成對偶，實是一意把兩句貫通起來，而兩句之間，如插入接續詞則字或而字意義就很明顯了。即上句如為原因則下句為結果，上句如為方法手段則下句為功用這就叫做接續的一意貫通又如：

智可以欺王公，不可以欺豚魚。〈蘇軾、潮州韓文公廟碑〉

能開衡山之雲，而不能回憲宗之惑。〈同上〉

說一正一反，上句是可能的，而下句為不可能的；兩句之間，插入而字而意義就可領悟了。這就叫做正反的一意貫通。然而對偶最正式而可見作者底技巧的，與其說是一意貫通寧可說在兩意雙進在兩意雙進之中最可見作者底技巧的，與其說是排比的，寧說是在於反照的。

顧在先秦諸子中荀子最好對偶時有用三句一對的事實。故他之文富贍而最壯麗孟子韓非子底文以俊逸為宗亦往往用對偶莊子之文務逸出繩墨之外故在用對偶的場合特別應避合掌之病齊物論底「樂出虛蒸成菌」之類即是元之陳繹曾以此稱為拗語三浦梅園稱之為蹉對這僅莊子不是這樣戰國策「猿獼錯木據水則不如魚鼈歷險乘危則驥騏不如狐狸」驥騏二字應在歷險之上故意移動即為拗語故韓愈底柳州羅池廟碑「春與猨吟兮秋鶴與飛」是欲使語句矯健而學蹉對的陳善底捫蝨新語稱之為拗語沈括（三）夢溪筆談（四）稱之云：「是古人欲錯綜其語以為矯健故耳」其他書經底「月正元日」論語底「迅雷風烈」楚詞底「吉日兮良辰」等，皆是當句對是特別避為拗語的要之不僅先秦諸子皆用對句即唐虞、三代之文亦有偶句，唐宋八家之文亦有對語况在漢魏六朝諸家其通篇用對偶是不待說的了。漢魏六朝底文體就叫做駢儷體，或名駢體這是對偶底濫用亦可說是極弊。劉知幾底史通論對偶之弊云「其為文也大抵編字不隻捶句皆雙修短取切奇配相配故應以一言蔽者輒足為二言應以三句成文者必分為四句」實把六朝底宿弊說破了。如唐宋底四六文，明清底八股文亦是其例。

（二）層疊法 一名累語又曰類句這是所以張文之氣勢的，如章法之有層疊法一樣，在須雄健、豪放跌宕、奇峭的場合是不可缺的。陳騤底文則有『文有數句用一類字所以壯文勢廣文義也』的話即指此，故其形式雖近對偶法，然而層疊法必爲三個以上同種類同性質的句子底疊用。故好對偶的荀子底文往往傾於層疊。世人或稱此法爲貫線法。作文在邇云：『貫線者貫通線索之謂也使行文不散辭』即是。又一稱爲貫珠法蓋取禮記「纍纍乎端如貫珠』的意思。其形式有整一的與長短錯落的二種。整一法是以同一的句法爲層疊的，如：

天得一以清，地得一以寧，神得一以靈谷得一以盈萬物得一以生 老子

聰明睿知足以有臨也寬裕溫柔足以有容也發強剛毅足以有執也齊莊中正足以有敬也文理密察足以有別也。 中庸

可以保身，可以全生，可以養親，可以盡年。 莊‧養生主

兵不可以擅興，權不可以擅施貨不可以擅蓄王澤不可以擅奪君恩不可以擅間，私讎不可以擅報公爵不可以擅私。 李華、中書政事堂記

之類即是。長短錯落的，爲韓愈底慣用手段。後念九日復上宰相書，是長短錯落的好標本，斯翁獨得的絕技然亦非無濫觴之所。如禮記檀弓

吾見封之若堂者矣見若坊者矣見若覆夏屋者矣見若斧者矣。

也許就是韓愈之所祖述的吧。

層疊法不問整一與長短錯落，於層疊之際，每句必要有一樣的文字。如韓愈底後念九日復上宰相書第一段，每句疊用『皆已』二字第二段每句疊用『豈盡』二字實是千古典型又韓愈底畫記裏疊用『者』字是胚胎於考工記及莊子底齊物論的，賀册尊號表疊用『之謂』二字是從易繫辭脫化而來的。

外骨內骨卻行紆行連行紆行以脰鳴者以注鳴者以旁鳴者以翼鳴者以股鳴者以胸鳴者謂之小蟲之屬。〈周禮、考工記〉

激者、謞者、叱者、吸者、叫者、譹者、宎者、咬者、〈莊子齊物論〉

行者奔者涉者陸者翹者顧者鳴者寢者訛者立者齕者飲者溲者陟者降者〈韓愈畫記〉

富有之謂大業日新之謂盛德生生之謂易成象之謂乾效法之謂坤極數知來之謂占通變之謂事陰陽不測之謂神。〈易繫辭〉

體仁以長人謂之元發而中節謂之和，無所不通之謂聖，妙而無方之謂神經緯天地之謂文戡定禍亂之謂武，先天不違之謂法天道濟天下之謂應道〈韓愈賀册尊號表〉

其他疊句例陳騤文則裏所見雖多但此地姑從略。

（三）承遞法 一稱聯語或名遞句又叫做首尾聯結法這在修辭上用於文之圓轉滑脫流暢委婉的場合取

上句之尾為下句之首順次蟬脫而遞下，一稱項針法。韻文上稱為蟬聯法，或叫做蛛絲接法。例如：

克明俊德以親九族，九族既睦平章百姓，百姓昭明，協和萬邦。(書堯典)

可與共學未可與適道，可與適道未可與立，可與立未可與權。(論子罕)

知止而后有定，定而后能靜，靜而后能安，安而后能慮，慮而后能得。(禮大學)

天下至誠為能盡其性，能盡其性則能盡人之性，能盡人之性則能盡物之性，能盡物之性則可以贊天地之化育。(禮中庸)

人喜則斯陶，陶斯詠，詠斯猶，猶斯舞，舞斯慍，慍斯戚，戚斯歎，歎斯辟，辟斯踊矣。(禮檀弓)

古之明大道者先明天而道德次之，道德已明而仁義次之，仁義已明而分守次之，分守已明而形名次之，形名已明而因任次之。(莊天道)

之類，陳騤底文則裏所謂文有上下相接若繼踵焉就是指此。

（四）回文法 如詩中有回文體一樣在上下二句之間交互相旋回下句之首承上句之尾，而下句之尾應上句之首一名環句例如：

臣哉鄰哉鄰哉臣哉，(書益稷)
信言不美美言不信。(老八十一章)

知者不博，博者不知。〔老八十一章〕

有德者必有言，有言者不必有德。〔論憲問〕

仁者必有勇，勇者不必有仁。〔論憲問〕

之類即是，故回文法與承遞法相同之點，是在上句之尾與下句之首，疊用同一的文字。但其異點，是在下句之尾與上句之首，以同一的文字相照應，倘若以承遞法為層疊法底轉化，則回文法可說是對偶法底轉化。因為回文法雖概是在兩句之間成為旋環的，然承遞法則主要應用於三句以上。

（五）照略法是說由上句底映射以省略下句底文字。山本北山底作文率云：「照略是照上而略下也。」譬如列女傳「夏之與也以塗山，亡也以妹喜」這亡也之上略其字以照「夏之」二字。又韓非子「冬日畢弋，夏浮淫為長夜數日不廢御觴」「夏」字之下應有「日」字「長夜」之下應有「飲」字，然所以略「日」字及「飲」字的，是照上之「冬日」以應「夏日」又照下面「長夜飲」以應「長夜數日不廢御觴」但略日與飲二字句緊辭勁照略之用在使句緊勁也。

北山云：「照略之用在使字句緊勁」是很中肯的。然所謂下句被省略的文字照上句底某文字實是謬見。況乎上句省略的文字照下句底某文字其為謬見可知。試就他所引用的例證而言列女傳「亡也以妹喜」的話，「亡」之上略「其」字豈不是上句「夏之」二字照映下句嗎？又韓非子有「夏浮淫」的話，「夏」字之下略「日」

字，豈不是上句「冬日」之「日」字照映下句嗎？至若「長夜」字下無「飲」字，恐怕是脫文也未可知。就是下句有「御觴」二字而照略上也決不可省「飲」字北山以「日」「飲」二字底省略爲句緊而辭勁，然太田全齋底韓非子翼毳則云：「夏下脫日字」藤澤南岳底韓非子全書則云「長夜之下恐脫「之飲」二字」予亦可斷言略飲字則不成文意。

照略法，論孟左國史漢用例最多。例如：

夷狄之有君，不如諸夏之亡（君）也。論八佾、

回也視予猶父也予不得視（回）猶子也。論先進、

多聞擇其善者而從之多見（擇其善者）而識之。論述而、

臣聞不德和民不聞以亂（和民）。左隱四、

殺人以挺與（以）刃有以異乎？孟梁惠、

吾聞其以堯舜之道要湯未聞以割烹（要湯）也。孟萬章、

盡王故王於醜地而王其羣臣諸將（於）善地。史項羽記、

能斬捕大將者賜金五十斤封萬戶（斬捕）列將（者賜金）三千斤，封五千戶。史吳王濞傳、

都是依上句底繩尺以省略下句底文字的又如

蔓草猶不可除,況君之寵弟乎?｛左、隱元｝

萬家之侯百室之君尚猶患貧而況匹夫編戶之民乎?｛史、貨殖傳｝

之類,也是一種的照略法又如:

五月南巡守至于南岳,如岱禮。｛書、舜典｝

八月西巡守至于西岳,如初。同上

十有一月朔巡守至于北岳,如西禮。同上

之類,陳騤會稱為省語,魏際瑞稱為『委婉屈軼,斐然成章也』這亦是一種的照略。

其他陳騤會底《文說》論句法立正語拗語反語累語聯語歇後語答問語變語省語對語隱語婉語底名目自然拗語、累語、聯語、省語、對語屬於排列法反語、答問語、變語卻屬於字法其他概應屬於修辭法又皆川淇園底《文訣》用行三段法坐三段法四段法分股法斜插法補添法等稱呼是論語底排列的,予尚未承認其必要。

句與句底排列法已如前述更就一句底構成法而說明吧凡文底句法貴長短錯行長達數十字,短止一二字。

蓋語句底齊整為文章底要訣古文底四字句最多三字句五字句六字句七字句次之齊整之極或流於平板而無委態且五字句連用則有似五言古詩六字句連用則近於四六文七字句連用則似七言古詩會國藩論句法云:『古

文中五字句極少如「父戰死於前子鬬傷於後女子乘亭鄣孤兒啼於道」連用四句聲調悲壯可歌可泣』可是

說近於詩的，故古來名家於長句之下用短句，於短句之後意用長句，這是古文與四六文相異的所以。韓愈底原道『火于秦黃老于漢佛于晉宋魏隋齊梁之間』又在獲麟解云：『詠於詩書於春秋雜出於傳記百家之書』皆可見長短錯行的祕訣特別是韓愈底後念九日復上宰相書最能發揮長短句之妙是他獨得的大手腕。然善用長短句的非獨韓愈李塗底文章精義稱司馬遷韓愈蘇軾都能用長句。山縣周南底作文初問亦稱司馬遷善用長句，而是穴句然而文意始明的短句，而是刪去一二字而文意尚明的長句，非成功的短句。畢竟長的要如鶴脛雖長斷之則悲短的要如鳧脛雖短續之則憂故帆足萬里嘗論句法云『後世文有以儷偶為體者所謂四六文是也儷語句法齊整近詩在吾邦稍為易作所難於古文者字句長短中自有權衡均停處初學不易曉耳』試舉長句之例如：

苟無禮義忠信誠愨之心以蒞之，雖固結之民其不解乎？〈禮檀弓〉

夫固謂君訓衆而好鎮撫之召諸司而勸之以令德，見莫敖而告諸天之不假易也。〈左桓十三〉

凡邪說辟言之離正道而擅作者無不類於三惑者矣。〈荀正名〉

項羽乃悉引兵渡河，皆沈船破釜甑燒廬舍持三日糧以示士卒必死無一還心。〈史項羽紀〉

天或者欲逞其心以厚其毒而降之罰未可知也〈左昭四〉

雖然其賢於世之患不得之而患失之者以濟其身之欲貪邪而亡道以喪其身者其亦遠矣。〈韓愈圬者王承福傳〉

之類卽是又短句之例舉：

與之粟九百辭。句一字〈論語〉

孔子曰：毋。句一字〈論語述而〉、

孔子先反門人後。句三字、雨甚。句二字 至。句一字 孔子問焉。〈禮檀弓〉

子都自下射之顚。句一字〈左傳〉

使浚井出句三字從而揜之。〈孟、萬章〉

張儀之來也自以爲故人求益句二字反見辱句三字怒。句一字 念諸侯莫可事，〈史、張儀傳〉

鄭安平爲趙所困急句一字以兵二萬人降趙〈史、范雎傳〉

之類卽是要之短句以勁拔爲主然聲調欲工格律欲高長句以奇峭爲主然欲以雄渾之氣剛健之質運用其中。

句有長短又有正說反說猶如物有表裏然無裏面則復無外面正說僅是常套之說法。然所以有正說的稱呼的是因爲另外有從裏面而說的反說例如：〈論語〉孔子論管仲的場合若從正面說則可說「管氏不知禮也」然如說「管氏而知禮孰不知禮也」是從反面而說的又〈論〉子賤的場合若從正面說則可說：「魯多君子者故彼能爲君子」然而如說「魯無君子者斯焉取斯」就是反說了其他

富而可求也雖執鞭之士吾亦爲之。〈論述而〉、

天之將喪斯文也後死者不得與於斯文也。〈論子罕〉

第十五章 句法（二）

一五七

如使予欲富辭十萬而受萬是為欲富乎？《孟公孫丑下》不仁而可與言則何亡國敗家之有？《孟離婁上》允治天下不待禮文與五教則吾以皇帝堯舜為疣贅。《揚雄法言》

之類，皆是反說。董其昌論文云：『古文聳動人精神者莫如國策策士如論語中說管氏樹塞門若正言之則曰管氏不知禮何等所以敲骨打髓令人陡然變色者專用此法也寧獨策士如論語中說管氏樹塞門若正言之則曰管氏不知禮何等明盡卻又曰：『管氏而知禮孰不知禮』此反也九合諸侯一匡天下者正言之只宜曰『管仲有仁者之功卻云「微管仲吾其被髮左衽矣」此反也』即是。又有把一個意思說作一正一反的。例如：

人能弘道，一正非道弘人。一反《論衛靈》

道不遠人。一正人之為道而遠人，不可以為道。一反《禮中庸》

人之居乎此也，其必有樂乎此也。居斯樂，一正不樂不居也。一反《蘇洵、圓覺禪院記》

之類，是從正反的雙面而說的。

倒裝句法是修辭上為避平弱起見，故意把一定的法式變化，以使語氣雄健的。猶如對偶法中有蹉對，不是經，乃是權。即所謂法外之法也。其種類有三種第一種是：

子邪言伐莒者。《管子》

鮮矣仁，〈論、學而〉
甚矣吾衰也久矣吾不復夢見周公。〈論、述而〉
何哉，爾所謂達者？〈論顏淵〉
甚矣魯侯之淑魯侯之美也。〈公羊莊十二〉
夫子聞之曰誰與哭者。〈禮檀弓〉
何哉君所爲輕身以先於匹夫者。〈孟梁惠王下〉
固哉高叟之爲詩也。〈孟告子下〉
若是乎從者之廋也。〈孟盡心下〉
必我行也爲漢患者。〈史記匈奴傳〉
必湯也令天下重足而立側目而視矣。〈史記、汲黯傳〉

之類，爲表現語氣底緩急句讀上把應在下的提上順序把應在上的放下。書經牧誓「逖矣西土之人」大概是第一種倒裝底濫觴吧第二種是：

諺所謂室於怒市於色者楚之謂矣。〈左、昭十九〉
其一二父兄私族於謀而立長親〈左昭十九〉

第十五章 句法（二）

一五九

衣食於奔走。──韓愈與陳給事書

室於議，塗於歗。──曾鞏失題

之類，是使應在上的動詞移置於下的。詩經底邶風，「日居月諸東方自出」是第二種倒裝底權與第三種殆同第二種形式但第二種用於字而第三種用之或是字這是二者相異的處所例如：

古者言之不出，恥躬之不逮也。──論語里仁

非子之求而蒲之愛──左宣十二

王何卿之問也？──孟萬章下

惟怪之欲聞──韓愈原道

之類是用「之」字而為倒裝的。又如：

愎諫違卜固敗是求──左僖十五

率師以來唯敵是求──左宣十二

君人者將禍是務去──左隱二

愈今者惟朝夕芻米僕賃之資是急。──韓愈與于襄陽書

惟兄嫂是依。──韓愈祭十二郎文

等是用「是」字以爲倒裝的。史記卻有省略「之」或「是」以爲倒裝的例如：

天之亡我，我何渡爲？、〈史項羽紀〉

如今方爲刀俎我爲魚肉何辭爲？、〈史項羽紀〉

之類就是。

（一）唐庚　宋伯虎弟字子西第進士爲宗子博士終承議郞爲文精密諧達世務有眉山文集。

（二）宋祁　宋庠弟字子京與兄庠同舉進士史館修撰與歐陽修同修唐書有宋景文集益部方物略筆記。

（三）沈括　宋遷從弟字存中嘉祐進士博學善文於天文方志律曆音樂醫藥卜算無所不通有長興集夢溪筆談蘇沈良方。

（四）夢溪筆談　書名宋沈括撰夢溪其潤州別業也二十六卷又補筆談二卷續筆談一卷陽修年歿稱其目見耳聞皆有補於世非他雜志之比非溢美也。

第十六章 句法(三)

主語與賓詞　單主語　雙主語　沒主語　漢文之特色

凡作為句而完成的不可不具備主語、說明語目的語補足語四種。主語一說作主詞，又名主次或主格。一名賓詞又叫做賓次或目的的格蓋從主語目的語所在的位次說是主次賓次從主詞賓詞所在的格式說，則是主格目的格。例如蘇軾范增論之「項羽疑范增與漢有私。」項羽是主格與漢有私是補足語。故主語與目的語雖限於名詞或代名詞，然而說明語概為動詞，希有用名詞形容詞的補足語是二個以上的品詞底集合。

然從場合上說，有主語而無目的語，有說明語而無補足語一句也有完成的例如：

鄉原，德之賊也。論陽貨

誠者，天之道也。中庸第二十章

天地之道博也厚也高也明也悠也久也。中庸第二十六章

說明語不用動詞，而用名詞或形容詞的場合卽是又說明語爲自動詞的場合，有不要目的語的。例如論語，先進篇

「顏淵死」卽是。

說明語在用自動詞的場合，有以一種目的語，為補足以完成一句底意味的例。

舜生於諸馮，遷於負夏卒於鳴條。孟離婁下

文王生於岐周，卒於畢郢。孟離婁下

生遷卒三字皆自動詞，其下有一種的目的語。這就名為補足的賓詞，或副詞的賓詞，所以叫做副詞的賓詞的是因為副詞底地位不但在動詞之上而且有在動詞之下的。例如：

有朋自遠方來。論學而

弟子彌衆，至自遠方。史記孔子世家

論語底「自遠方」看做副詞同時史記底「自遠方」亦可看做副詞則孟子「生於諸馮，遷於負夏卒於鳴條」等皆在形式上與「至自遠方」同一亦可看做副詞哩。

副詞的賓詞不僅在自動詞的場合而在他動詞或形容詞的場合，亦是例如：

齊景公問政於孔子。論顏淵

舜流共工于幽州放驩兜于崇山殺三苗于三危。孟萬章

在一個他動詞有二個目的語的場合論語底「於孔子」孟子底「于幽州于崇山于三危」猶如在自動詞的副

第十六章 句法（三）

一六三

詞的賓詞又如：

苛政猛於虎。《禮・檀弓》

金重於羽。《孟告子》

負棟之柱多於南畝之農夫。李牧、《阿房宮賦》

之類是形容詞而含副詞的賓詞的。

其他自動詞也有含二個目的語的例如：

鄭伯克段于鄢《春秋隱公元年》

公會戎于潛《春秋隱公二年》

即是筆法與在他動詞的場合『景公問政於孔子』及『舜流共工于幽州』同形式，但倘若把『于鄢』及『于潛』副詞的賓詞省略的時候於第一目的語之上加『于』字可改作『鄭伯克于段』或『公會于戎』而決不能與『景公問政』或『舜流共工』同一看待的。

以一句構成一個主語與一個說明語名為單主語。『鳶飛』是單主語，『魚躍』也是單主語，『鳶飛戾天』也是單主語而有二字補足語的，『魚躍于淵』亦是單主語而有二字副詞的賓詞的又於一個主語之下有含二個說明語的，亦是單主語文例如：

一六四

君子周而不比。 論為政、

君子學道則愛人。 論陽貨

就是。在這場合概是於二個說明語中間插入『而』『則』『以』等轉接詞的就中『君子周而不比』之類可謂一正一反的說明而『君子學道則愛人』之類可謂為原因結果的說明『周』是正說而『不比』是反說；『學道』一句中含二個主語與二個說明語的名叫雙主語。

本立而道生。 論學而

君子篤於親則民興於仁。 論泰伯

之類即是而生雙主語文中有連鎖、反照二種。中庸底『其人存則其政舉』是以『則』字為連鎖的，上半是原因下半是結果。論語泰伯『財聚則民散』及韓愈原毀底『德高而毀來』是以『則』或『而』字為反照的前者是『聚』與『散』兩字相反射後者是『德』與『毀』二字相反射故雙主語文是屬上下兩層的以轉接詞『而』『則』等為常但間有省略轉接詞的例如：

山高月小水落石出。 蘇軾、後赤壁賦

增不去項羽不亡。 蘇軾、范增論

前者省去兩個『而』字後者省略一『則』字卽前者是『山高而月小水落而石出』後者是『增不去則項羽

第十六章 句法（三）

一六五

不亡。」故歐陽修底醉翁亭記敍山間四時云：「水落而石出。」

不問單主語與雙主語，有故意省略主語的，這叫做沒主語，或藏頭法。這是漢文底特色，皆川淇園底文訣引史記刺客傳底「軻旣取圖奏之，秦王發圖圖窮而匕首見因左手把秦王之袖」「因」字上省去「軻」字爲了表現極急的時際而用的這就名爲藏頭法然淇園所引的刺客傳底藏頭畢竟是單主語底省略他還沒有說到雙主語底藏頭試舉史記、范雎蔡澤傳如：

（1）魏齊大怒使舍人擊笞雎，折脅摺齒，雎（ ）死卽卷以簀。

（2）魏人鄭安平聞之，乃遂操范雎亡伏匿更名姓曰張祿。

（3）蔡澤入則揖應侯應侯固不快及見之又倨應侯因讓之。

（4）臣之見人甚衆莫及臣不如也。

之類皆單主語底藏頭（1）『卽卷』上省去『魏齊』二字（2）『伏匿』上省去『范雎』二字（3）『又倨』上省去『蔡澤』二字（4）『莫及』上省去『人皆』二字又如：

（1）人不知而不慍〈論學而〉。

（2）一怒而諸侯懼安居而天下熄〈孟滕文〉。

（3）犯而不校〈論泰伯〉

雙主語底藏頭，（1）藏着第二層不慍底主語，（2）沒有第一層一怒及安居底主語，（3）略去犯之主語與不校之主語，又如：

> 不憤不啓，不悱不發。 論語述而

也是雙主語底藏頭，而兩層之間，並略去轉接詞『則』字倘若依文典改作，則是：

> 彼不憤則我不啓，彼不悱則我不發。

佛老之道不塞則聖人之道不流，佛老之道不止則聖人之道不行。 韓愈原道

法的。
且韓愈原道底句法可知正是脫胎於論語底『不憤不啓不悱不發』其他如：

（1）晉平公之於亥唐入云則入坐云則坐食云則食。 孟萬章

（2）禮然而然則是情安禮也師云而云則是知若師也。 荀修身

（3）見父之執不謂之進不敢進不謂之退不敢退不問不敢對此孝子之行也。 禮曲禮

（4）天與弗取反受其咎時至不行反受其殃。 史記淮陰侯傳

皆是雙主語，倘若依文典改作時則應爲：

（1）亥唐入云則平公入亥唐坐云則平公坐，亥唐食云則平公食。

第十六章 句法（三）

一六七

（2）禮然而我然則是我情安禮也師云而我云，則我知若師也。

（3）見父之執父之執不謂之進則我不敢進父之執不謂之退則我不敢退父之執不問則我不敢對此孝子之行也。

（4）天與我我弗取我反受其咎時至而我不行我反受其殃。

果然則其繁縟應忌其穴漫應厭然藏頭之弊有時文意有欠明確之嫌例如：

至誠而不動者，未之有也。不誠未有能動者也。（孟離婁）

是單主語之文呢，抑是雙主語之文呢這在古來解釋上有二說倘若是前者則訓讀爲不動可看作自動詞略去主語『人』字的卽作爲單主語則是『已至誠而人不動者，未之有也』之省筆這與論語『人不知而不慍不亦君子乎』對照則全可看作爲同一句法稱爲雙主語文亦可。

顧古人所以用藏頭法的無從欲避繁穴而就簡勁的理想而出的這理想不獨是中國人僅有的懷抱不過此特色特別在漢文中最多見而已試援英國神學博士詹姆士・勒格氏以二十年間苦心翻譯的英譯論語而以原文與英譯對照則原文略主語的處所，在英譯必加入我彼等主語蓋在英文我彼等主語不加則形式上不成文惟漢文時有省略主語或目的語的，亦是權道而爲古來所承認的例如論語底：

子貢曰：貧而無諂富而無驕，何如？

子曰：不患人之不已知

子曰：為政以德。

子曰：溫故而知新，可以為師矣。

季康子問使民敬忠以勸如之何子曰臨之以莊則敬，孝慈則忠舉善而教不能則勸。

子曰：不憤不啟不悱不發

子曰：飯疏食飲水

子曰：不在其位不謀其政。

子曰：可與言而不與之言失人。

子曰：衆惡之必察焉衆好之必察焉。

子曰：由誨汝知之乎知之為知之。

子路有聞未之能行唯恐有聞。

子曰：知之者不如好之者好之者不如樂之者。

等，省是沒主語的又有沒目的語的如：

第十六章 句法（三）

一六九

子曰：民可使由之不可使知之。

顏淵喟然歎曰仰之彌高鑽之彌堅。

子張問政子曰居之無倦行之以忠。

子路問政子曰先之勞之。

子曰：知及之，仁不能守之，雖得之必失之。

子貢問友子曰忠告而善道之。

子曰愛之能勿勞乎忠焉能勿誨乎。

子路問事君子曰勿欺也而犯之。

子夏曰：博學而篤志切問而近思仁在其中矣。

子夏曰君子信而後勞其民未信則以爲厲己也。

等皆是。

第十七章 句法（四）

律語底稱呼　古文底聲律　羣經諸子底押韻　四六駢儷　四六底起源　四六底稱呼　四六底法式　四六底對偶　四六底平仄

予嘗謂韻文散文底名目以外有用律語底稱呼的必要。蓋律語底意義，是有聲律的散文之謂，爲總括形式有對偶的法則及聲調有平仄的制限的稱呼。故律語雖是詩而貴節奏諧和但元非韻文律語卽爲散文而無押韻之必要但在章句之間，須有一定的制限。卽是律語立於韻文與散文之間，而有一種不離不卽的資格以此比散文則詩的底性質多以此比韻文則具散文的形式故古文而有押韻的是爲的尚聲律便記誦可稱作律語。四六對偶之文句法有四六對偶及平仄制限元屬律語正宗。作文初問以散文是對於四六對偶之文非散文然四六對偶之文未必可說是韻文。清阮元嘗論四六之韻云：「八代不押韻之文其中奇偶相生頓挫抑揚詠歎聲情皆有合乎音韻宮羽者。詩騷而後，莫不皆然。而沈約矜爲創獲故於謝靈運傳論曰：「自靈均以來此祕未覩。至於高言妙句，音韻天成皆暗與理合非由思至」又約答陸厥書云：「韻與不韻有精粗輪扁不能言之老夫亦不盡辨」休文此說，乃指各文章句之內有音韻宮羽而言，非謂句末之押腳韻也是以聲韻流變而成四六亦

一七一

衹論章句中之平仄不復有押韻也四六乃有韻文之極致，不得謂之爲無韻之文也。」這是主張四六之韻在句中的。卽雖不能謂之爲無韻之文然果可入韻文底範圍與否也不能論定故予主張於韻文散文以外有用律語底稱呼的必要。

不但春秋、戰國以前的古文有押韻的，卽唐以後古文家，對於語句底長短與聲律底高下都是煞費苦心的，從韓愈底答李翊書「言之短長與聲之高下皆宜」；與蘇軾底議學校貢舉劉子「近世士人纂類經史綴緝時務之策括且其爲文也無規矩準繩，故學之易成無聲病對偶，故考之難精」可以知道故朱熹嘗稱韓愈及蘇洵之文云韓退之、蘇明允作文只是學古人聲響盡一生死力爲之，必成而後止」不但二家爲然卽歐陽、王曾諸家亦無不然。郝敬底藝圃傖談云「言語無輕重緩急尚不可聽況文章乎？」把文章中有聲調格律底必要說破了。況姚鼐曾說「神理氣味者文之精也。格律聲色者文之粗也然苟舍其粗則精者亦胡以寓爲學者之於古人必始而遇其粗，中而遇其精終則御其精者，而遺其粗者」劉大櫆云「神氣者文之最精處也字句者音節之矩也神氣不可見於字句者音節者文之稍粗處也音節者文之跡也字句者音節之矩也神氣不可見於字句，音節則神氣之跡見之音節無可準以字句準之音節高則神氣必高音節下則神氣必下，故音節爲神氣之跡，一句之中或多一字或少一字；一字之中或用平聲，或用仄聲同一平字仄字或用陰平陽平上聲去聲入聲則音節迥異，故字句爲音節之矩」由此可知桐城派（一）底文章家由來尙神氣且亦怎樣地貴聲律了。古來文法家底評語有輕重疾急抑揚頓

挫等名目未必是就內容而言，也許是就格律節奏而言的。劉大櫆云：「文章最要節奏響之管絃繁奏中必有希聲窈渺處」把文章形式中必要有緩急抑揚頓挫底節奏道破了歷代古文皆尚聲律然而春秋戰國底古文僅以押韻為限而入律語猶之歷代古詩沒有無聲律的，然獨稱沈宋以後的近體詩為律詩一樣。

若從句法底對偶言則易經有「同歸殊途一致百慮」書經有「罪疑惟輕功疑惟重」「傲不可長，志不可滿」皆為六朝駢儷底發端若從聲律而言則易經有「乾剛坤柔比樂師憂臨觀之義或與或求」書經有「任賢勿二，去邪勿疑謀勿成百志惟熙」與「無偏無頗遵王之義無有作好遵王之道無有作惡遵王之路無偏無黨王道蕩蕩無黨無偏王道平平無反無側王道正直會其有極歸其有極」禮有「玄酒在室醴醆在戶粢醍在堂澄酒在下陳其犧牲備其鼎俎列其琴瑟管磬鐘鼓脩其祝嘏以降上神與其先祖以正君臣以篤父子以睦兄弟；以齊上下夫婦有所是謂承天之祜」是謂禮行於五祀而正法則焉」論語有「質勝文則野文勝質則史文質彬彬然後君子」與「禮行於郊而百神受職焉；禮行於社而百貨可極焉；禮行於祖廟而孝慈服焉；禮行於五祀而正法則焉」論語有「質勝文則野文勝質則史文質彬彬然後君子」與「富與貴是人之所欲也不以其道得之不處也；貧與賤是人之所惡也不以其道得之不去也」是聖經中有押韻的了。管子牧民篇：「國多財則遠者來，地辟舉則民留處，倉廩實則知禮節衣食足，則知榮辱上服度則六親固四維張則君令行故省刑之要在禁文巧守國之度在飾四維」．老子第二章：「有無相生難易相成長短相形高下相傾音聲相和前後相隨」第六章：「谷神不死是謂玄牝玄牝之門是謂天地根綿綿若存用之不勤。」莊子養生主：「為善無近名為惡

無近刑；緣督以為經可以全生可以養親可以盡年」又『而目將熒之而色將平之口將營之容將形之心且成之。』荀子天論：『大天而思之孰與畜物而裁之從天而頌之孰與制天命而用之望時而待之孰與應時而使之因物而多之孰與騁能而化之思物而物之孰與理物而勿失之也願於物之所以生孰與有物之所以成故錯人而思天則失萬物之情。』禮論：『天地以合日月以明四時以序星辰以行江河以流萬物以昌好惡以節喜怒以當；以為下則順以為上則明萬變而不亂貳之則喪也』樂論：『窮本極變樂之情也著誠去偽禮之經也墨子非之；幾遇刑也明王以殁莫之正也愚者學之危其身也君子明樂乃其人也亂世惡善不此聽也於乎哀乎不得成也弟子勉學無所營也。』又韓非子守道篇『道者萬物之始是非之紀也是以明君守始以知萬物之源治紀以知善敗之端故虛靜以待令名自命也令事自定也虛則知實之情靜則知動者正有言者自為名有事者自為形形名參同君乃無事焉歸之其情又『不謹其閉不固其門虎乃將存，不慎其事不掩其情賊乃將生。其人莫不與，故謂之虎。處其主之側為姦臣聞其主之忒故謂之賊。散其黨收其餘；閉其門奪其輔國乃無虎。大不可量深不可測同合刑名審驗法式擅為者誅國乃無賊。』這是諸子諸聲律的多。故揚雄底解嘲韓愈底進學解等皆散體而押韻就是襲經子押韻之法的。只是諸子押韻的其他輩經諸子諧聲律的多。故揚雄底解嘲韓愈底進知當時作者底目的在於押韻了。例如：書經以『顏』字與『義』字諸韻，唐玄宗已疑之，儀禮以『服』字與『德』字叶韻賈公彥(三)亦疑之。特不知『義』之古音為『俄』與『顏』字同韻，『服』古音為『匐』與『德』字

同韻。唐世已然,則宋以後不待論哩。

且言語文章在形容事物底性質動作的場合,務避單語好連用聲韻相同的字,這就叫做雙聲疊韻雙聲疊韻在韻文中《詩經》《楚辭》已多用,唐宋詩人亦盛用之。在散文中先秦以前古文雖間有用的,然漢魏以後的駢體文卻盛用之實言之,在言語文章裏的聲韻諧和蓋是自然的原則,為韻文與散文所同然。

四六文一名駢體又叫做駢儷體是以對偶法應用於全篇的。故駢體雖以六朝為盛然梁、陳以前的駢體,未必有四六蓋四六之端,發自梁、陳之交徐陵(三)庾信(四)底綺靡,而唐三百年實是四六底全盛時代。初唐有王、楊、盧、駱(五)四傑盛唐有燕許(六)大手筆中唐韓、柳二家於古文底復興竭一生的心力雖疾聲大呼竟不能奈天下大勢何晚唐有溫李(七)二傑然至宋及歐陽修出毅然欲一變天下之風潮與三蘇及曾王相提攜相呼應終得復興古文挽狂瀾於既倒但四六文體猶為進士考試所用,雖天下底學士大夫以斯文自任,其當初也皆研精於四六。如歐陽修司馬光是皆嘗以四六應進士取高第的。故歐陽修嘗自稱云:『今世所謂四六者,非修所好少為進士時不免作自及第遂棄不顧』司馬光學文深醇有兩漢之風名聞一世當神宗卽位之初擢為翰林學士光固辭帝不許面諭:『古之君子或學而不文,或文而不學唯董仲舒揚雄兼之卿有文學何為辭』光對以不能作四六帝曰如兩漢制詔可。帝曰:卿能舉進士取高第,不能四六何如?逐強受之云其他程門楊時游酢並工四六亦可知天下底大勢了。而至南宋四六菁華已盡凋落至元而作者寥寥僅存餘範而已故尋四六之源委則起

第十七章 句法(四)

一七五

源梁、陳以唐為全盛宋元以後不過末流餘滴罷了。

人或謂四六底起源歸之於西漢底鄒陽谷永，(八)他們底文用對偶的處所甚多或論四六底濫觴舉終軍

(九)底奇木白麟對兒寬(一〇)底奉觴上壽辭他們底文駢儷之形已具備了但是等之文皆未算是完成四六體。

況乎舉書經底「滿招損謙受益」詩經底「覯閔旣多受侮不少」為四六之發端哩這只知四六底必為駢體而

不知駢體底未必為四六也。

駢體雖發源於漢魏然四六卻造端於梁、陳。特別四六底稱呼肇於中唐以後徐陵之筆庾信之舌還不曾稱為

四六。文心雕龍云：「筆句無常而字有常數四字密而不促六字格而非緩或變之以三五蓋應機之權節也。」可知

梁代所行的駢體已具四六底形式惟四六底稱呼在劉勰之時還未確立清錢大昕(一一)底十駕齋養新錄云：

「駢儷之文，宋人或謂之四六謝伋(一二)四六談麈王銍(一三)四六話是也。」宋邵博(一四)底聞見後錄云：

「本朝四六以劉筠楊大年(一五)為體必謹四字六字律令故曰四六其弊類俳語可鄙」皆以四六底稱呼始於

宋代的。然晚唐底李商隱底文集有題為樊南四六集的，甲乙集各二十卷甲集序云：「作二十卷，喚曰樊南四六

六之名六博格五四數六甲之取也未足矜也。」乙集序云：「余為桂林從事日嘗使南郡舟中序所為四六作二十

編」可知晚唐之世已有四六底稱呼四六之稱還未普及於一般由他自己說明：「四六之名，六博格五四數六甲

之取也」然亦決非他所創而命名是從去彼不遠前流行於某一部人世間底稱呼柳宗元乞巧文云：「駢四儷六，

「錦心繡口」，則中唐之頃已有四六之稱呼了。

四六是用於怎樣的文體的呢？其範圍頗浩博，上從制詔，下至表啟、檄露布序記頌贊銘箴祝祭誄碑省可用四六的範型。故宋四六話分四六為六種第一制詔第二表第三啟第四賦檄露布判設論第五祝文青詞道場開道疏樂語上梁文第六雜文。至四六叢話更細別為十九種在日本弘仁以後至於寬弘二百餘年間實是四六流行時代。故本朝文粹把在期間的四六粹集攏來類別為賦勅對册論奏表奏狀序讚銘記祭文願文等。

四六底法式有字法對偶法平仄法之條件第一字法造句的方法在用四字句六字句上句用四字句上下共用四字句的稱為緊句，上句用五字句下句六字句的及上句用六字句以喚起下句四字句下句為四六底正格，上下共用六字句又間有上下兩句用三字句的這稱為壯句。其他有發句、傍句、送句謂之發句之稱但這三者省不成對偶之形非四六底發句謂之起首句傍句謂之轉接句送句謂之末尾句。故發句亦名首句用夫夫以竊以伏以倩以夫惟伏惟蓋聞臣聞粵予閒臣聞之類施於一篇的開頭傍句用抑抑又且爰旣以已以已而于時於是加之就中何況是則是以然而然後由是便知之類施於文意一轉的場合。送句用者也乎者歟云爾為矣耳而已也哉之類施於一第二對偶的對偶是四六底生命如發句、傍句、送句一樣，把不成對偶的總稱為漫句。故緊句長句壯句等皆對偶上的稱呼而對偶底形式是隔句對即第一句與第三句對第二句與第四句對的。蓋如以四字句與六字句，上下互用的為正格則第一句不可與第二句對第三句不可

與第四句對。這是陸機底連珠所慣用的手段,在四六中的隔句對,實是四六底精華隔句對以上四字下六字的形式名為輕隔句;以上六字下四字的名為重隔句;而上句三字下句四字,乃至六七字的名為疏隔句;上句五字下句三四字乃至六七字的名為密隔句;長句、壯句為隔句對的名為平隔句。

四六對偶上的稱呼隔句對以外有單對之稱的就是韻文上的所謂當句對,在一句中有對語的,例王勃底滕王閣序『落霞與孤鶩齊飛秋水共長天一色』即落霞孤鶩相對秋水長天相對,這是通常的對偶法所謂言對是以經、子、史中的成語成對的,如張紫巖(一六)底筇杖銘『用則行舍則藏惟我與爾老不持顚不扶將焉用彼』是用經語以作重隔句的言對的所謂事對是依史傳中的事實以成對的,李商隱嘗得『遠比趙公三十六年宰輔』一聯徵對偶於溫庭筠庭筠應之云:『近同郭令二十四考中書。』是由史中的事實而作輕隔句對底事對的其他有蹉對、假對、流水對之稱留在第二篇韻文裏去說明,茲從略。

第三平仄法,在壯句緊句長句之場合上句與下句平仄互用,隔句對的場合在於循仄平平仄或者平仄仄平的形式。例如:

疏隔句上句三字下句四字乃至六七字

酒之光必資於麴蘖室之用終在於戶牖。

密隔句上句五字下句三四字乃至六七字。

徵老聃之說，柔弱勝於剛強騐夫子之文積善由乎馴致。

平隔句上下共三字、四字、五字或六字。

小山桂樹權奇可同上林桃花顏色相似。

即是。

（一）桐城派　清方苞做文章上規史漢下仿韓歐，不少軼於規矩之外，劉大櫆繼親問法於大櫆，然自以所得不盡用大櫆法也。方之文寶恆以理勝，劉以才學及不及惟姚經與文兼至於是言古文者稱方、劉、姚，三人皆籍桐城故世號桐城派爲清代古文正宗桐城之文長於敍事簡嚴古直具有繩尺不善學之則流於淡薄索然寡味學桐城古文者有劉開陳用光吳德旋方東樹姚瑩梅曾亮管同等。

（二）賈公彥　唐永年人永徽中官至太學博士有『周禮義疏儀禮義疏周禮疏』尤極博核足以發揮鄭學。

（三）徐陵　陳摛子字孝穆八歲能文釋寶誌摩其頂曰此天上石麒麟也爲文顏變舊體辭藻綺麗與庾信齊名世號徐庾體有『徐孝穆集』玉臺新詠。

（四）庾信　北周肩吾子字子山仕梁爲右衞將軍元帝武帝皆好文學頗優禮之爲文辭藻典麗無比與徐陵齊名有『庾開府集』傳於世。

（五）王楊盧駱　卽王勃楊炯盧照鄰駱賓王四人以文章齊名時稱四傑。

（六）燕許　卽唐燕國公張說許國公蘇頲於玄宗時並以文章顯時號燕許大手筆。

（七）溫李　『北夢瑣言』溫庭筠字飛卿與李商隱齊名時號溫李。

（八）鄒陽谷永　鄒陽漢臨淄人景帝時與枚乘嚴忌仕吳以文辯知名谷永漢長安人字子雲，建始初對賢良策舉上第，與樓護俱爲五侯上

客。長安語曰：谷子雲筆札，樓君卿脣舌，永精於京氏易，故善言災異，仕終大司農。

（九）終軍 漢濟南人，字子雲，博辯能文，武帝時爲博士，累擢諫議大夫，自詣闕願受長纓繫南越王，死時年二十餘，世謂之終童。

（一〇）兒寬 漢千乘人，溫良有廉知善屬文，武帝時射策補廷尉文學卒史，代搾史爲奏可，帝意因從問尙書：選一篇左內史吏民信愛，以負租課殿當免，民爭輸租課，更以最後拜御史大夫。

（一一）錢大昕 清嘉定人，字曉徵，號辛楣，乾隆進士，精研羣籍於經史文義音韻訓詁典章制度氏族地理金石畫像篆隷，無不洞晰疑似旁通中西曆算用以讀史，自太初三統諸曆盡能得其測算之法，卒年七十有七，著作頗豐。

（一二）宋良佐 從孫字景思，官至太常少卿，有四六談塵。

（一三）王銍 宋汝陰人，字性之，自稱汝陰老民，記問賅洽長於宋代故事，嘗撰七朝國史紹興初詔給札奏御爲樞密院編修官，會秦檜柄國中止，書竟不傳，有雲溪集補侍兒小名錄默記四六話。

（一四）邵博 宋伯溫次子，字公濟，有聞見後錄。

（一五）劉筠楊大年 劉筠宋大名人，字子儀，舉進士詔試選入校太淸樓書，擢筠第一，筠文辭善對偶尤工詩，初爲楊億所識拔，後遂與齊名。時號楊劉，有刑法敍略，楊大年名億，年十一，太宗聞其名，詔送闕下試詩賦，授祕書省正字，後賜進士第，官至史館修撰，文格雄健尤長典章制度，喜誘誨後進，著作頗豐。

（一六）張紫巖 卽宋浚見前。

第十八章 字法（上）

一字千金　一篇底貫線　用字上的工夫　用字上的時代的變遷

歐陽修曾爲韓琦作畫錦堂記，贈於琦，琦得之誦讀不置後修復遣使者另寫一本來，說：『前有未是可換此本』，琦展讀之殆與前者無異只起首『仕宦至卿相富貴歸故鄉』二句以『而』字插入仕宦富貴之下這很可察見古人修辭上一字不苟的苦心虛字已然實字固不得不然蘇軾嘗作富鄭公神道碑以示張來未讀之至篇末『及英宗神宗之世公已老矣勳在史官德在生民天子虛己聽公西戎北狄視公進退以爲輕重然一趙濟能搖之』說是有一字未甚安請試言之能搖之能不若敢也』軾大以爲然卽改爲敢字蘇軾又嘗作勝相院經藏記曰：『如人善博月勝日負』王安石得其文一日與客展讀風簷之下大喜云『子瞻人中之龍也然有一字未穩』客請問其說安石曰『月勝日負不如月勝日貧』軾聞之拊掌大笑曰『介甫知言卽改貧爲負字』是等修辭上的技巧原文雖照樣然決不可說是文法上的誤謬文心雕龍云：『善爲文者富於萬篇貧於一字』卽是說作萬篇文之不窮而用一字卻窮的又說：『易字難於代句』卽是說改易一字之難比改造一句還要更甚的。范仲淹嘗作嚴先生祠堂記給李覯（二）一讀云『公此文一出名世只一字未安先生之德不如以風字代德字。』仲淹欣然改爲風字。

亦是其好例。則修辭上一字不苟可知不獨歐陽修為然。

又有一篇中疊用同一的文字以為通篇底貫線的。如韓愈底送孟東野序以鳴字為字眼，通篇用三十九個鳴字；蔡沈(二)底書經集傳序以心字為字眼，全篇用十九個心字；墨子底所染篇以染字為字眼用三十二個兼愛篇以愛字為字眼用三十一個，皆其好例。是等一字底用法，不但關於一句底構造，且繫於一篇底構成又有以之應用於一章一節之間的例如史記張儀傳：

張儀既相秦為文檄告楚相曰：『始吾從若飲，我不盜而璧若笞我，若善守汝國，我顧且盜而城。』

我、吾、若、而汝字反復疊用激昂的意氣目現於紙表蓋是摹倣孟子公孫丑篇

夫尹士惡知予哉千里而見王是予所欲也，不遇故去豈予所欲哉予不得已也予三宿而出晝於予心猶以為速王庶幾改之王如改諸則必反予夫出晝而王不予追也予然後浩然有歸志予雖然豈舍王哉王由足用為善王如用予則豈徒齊民安王庶幾改之予日望之予豈是小丈夫然哉

疊用十三個予字與八個王字以描出滿腔的不平的！老子第七十一章云：

知不知上不知知病夫唯病病是以不病聖人不病以其病病是以不病。

一章二十八字中疊用八個病字蓋是史記孟子底濫觴哩！

又有用一的句法現出同一的意義的場合故意避用同一的文字的，荀子之文常有此傾向如：

血氣剛強，則柔之以調和；知慮漸深，則一之以易良；勇膽猛戾，則輔之以道順；齊給便利，則節之以動止；狹隘褊小，則廓之以廣大；卑濕重遲貪利，則抗之以高志；庸衆駑散，則劫之以師友；怠慢僄弃，則炤之以禍災；愚款端慤，則合之以禮樂通之以思索。修身

老老而壯者歸焉，窮窮而通者積焉，行乎冥冥，而施乎無報，而賢不肖一焉。修身

這不唯荀子爲然，左傳昭公十三年，「計丈數，揣高卑，度厚薄，仞溝洫，物土方，議遠邇，量事期，計徒庸，慮財用」皆同樣用三字句，同樣有「計量」底意義，如用計揣度仞物議量慮八字亦爲用字上的一種工夫，蓋荀子作之俑哩！

又文之句法，雖因時代無大差，但字法，則因時代而大有特徵。例如：左傳之文，爲六經三傳中的金璧，史記之文爲二十四史中的冠冕。而記軍旅之事在左傳曰「某師」，在史記曰「某軍」；在左傳曰「某師師」，在史記曰「將兵」；在左傳曰「伐」，在史記曰「擊」；在左傳曰「圍」，在史記曰「攻」；在左傳曰「致師」，在史記曰「挑戰」；在左傳曰「使某云云」的場合在史記則槪用「遣」字不但左傳史記字法相異就是書經裏以「采」、「載」用作「事」義「台」用作「我」義「疇」用作「誰」義「底」用作「致」義「格」「距」用作「至」義「亶」用作「誠」義「哉」作「肆」用作「故」、「遂」、「今」或「大」或「長」之義「誕」用作「大」之義「越」用作「及」或「爰」

之義，皆是春秋以後之文中所不曾見的。且書經語助少，論語則多用之；書經無「也」、「邪」、「歟」語助詞，孟子則多用之；六經無「真」字，而在莊子則有之不遑一二枚舉。故宋洪邁底容齋三筆云：六經之道同歸，旨意未嘗不一，而用字則有不同者。如佑、祐右三字一也。而在書爲佑，在易爲祐，在詩爲右惟維一也，而在易爲維服。部南郭底文筌小言云：詩之維書之惟春秋之于其體一而已。左氏廣博，疑辭未借邪也。家田大峯底文論云：『書多用惟茲字而不用唯此字，詩多用維伊字而不用惟諸字，書無也夫之語辭，詩無耳與之語辭，禮記及孟子則多用之，而於左傳國語不一用之。如莊子之文，語辭亦未用耳矣爾也之語。如耳矣爾也爲爾之語辭。論語之多助語辭，亦與諸子不類。』

則又其一體而其用字語辭亦與諸子不類。

（一）李覯 宋南城人字泰伯，俊辨能文舉茂才異等，親老以教授自資學者常數十百人，學者稱盱江先生，有周禮致太平論、士書、平禮論、退居類稿、皇祐續稿等書。

（二）蔡沈 宋沈弟字仲默少師事朱熹，熹晚欲著書傳途以屬沈洪範之數學者久失其傳父元定獨心得之，然未及論著曰成吾書者沈也。沈受父師之託沈潛反復者數十年遂成書經集傳洪範皇極發明先儒之所未及後隱居九峯學者稱九峯先生。

第十九章 字法(中)

襲古與取新　顛倒無據錯義失粘　戒和字　戒和句　戒和習

元陳繹曾底文說論字法分爲諧音審意襲古取新所謂諧音是下字以音律諧和爲目的,於音調高揚的時候用響字聲律底抑的時候則用嘔字所謂審意,是於音律以外以內容爲主的,意若欲其明,則下顯字,意若欲其藏,則下隱字;意在莊重的時候則下重字,意在圓轉的時候則下輕字。所謂襲古,是襲用古人曾用的好字面。所謂取新,是創出古人未曾用過的好字面。然諧音之響字嘔字,及審意之顯字隱字輕字重字是我邦人從來所忽諸的,就是專門文章家也不知響字嘔字之謂何的多。只有襲古與取新就成了古來邦人的理想,物徂徠底文戒第一戒和字第二戒和句,第三戒和習,伊藤東涯作文眞訣曰:「置字有顛倒之失」,曰「造語有無據之陋」,曰「用字有錯義之失」曰「助字有失粘之過」皆是偏於襲古而躊躇於取新的。蓋邦人底文章有一種和臭是古今之通弊故東涯所謂顛倒無據錯義失粘,皆是字法上的失錯畢竟與徂徠之所謂和字、和句和習之戒為一揆的。

東涯論置字顛倒之失云:「四方之民言語各異。唯中原爲得其正國人語言,本是多倒如曰飲酒,先呼酒而稱飲,如曰喫茶先叫茶而後云喫不如中國之飲酒喫茶故其臨文命字之間動率俗言,不免錯置,則難得華人通

曉。」其論造語無據之陋云：「今人多不記古人成語臨文自造，杜撰之甚雖或置成語用不得其所，作者須多蓄古人成語，臨文擇其穩者貼之便字字有來歷焉又語有表啓之語，今時晚出之輩混而用之，墓碑下柬帖之語，古文置語錄之字疏漏殊甚。」其論用字錯義之失云：「中原讀書者訓同而字異，蓋肇倣載創皆初也，而義則各異咨詢謀略皆計也，而意皆不同吾國讀書者，徒認訓之或同，而不察義之各殊，此用字之所以為難也。」其論助字失粘之過云：「文章之有助辭也言語榦運之具，而如車之有軸春之有臍東西左右皆由乎此決之在茲疑之在茲可不慎乎！」這很能看破邦人底通弊。然而這弊雖東涯仁齋倘不能免。在徂徠文戒裏曾就仁齋底語孟字義而指摘其用字的過誤於第一戒和字之章，如：

若妄意遷就以己之私見解聖賢之語則所謂方枘圓鑿北轅適越者固不虛矣。 語孟字義自序

童子問曰固如尊喻 同第二章

予也固有與漢宋舊說異者。 同第六十章

「固」字說是皆可改為「誠」字：

王者之行政也非惟外由仁義而行，實根柢於中心，而無往而不在仁義禮智。 同仁義禮智第三條

「不在」二字說是應作「非」字；

顏子至聰明其始見道甚高徒見其恍惚變幻不可為象，而未見其實處，故曰彌高彌堅，在前在後，是可觀。觀其無

所模擬而欛柄未入手。同第二十六章

觀應作「見」,「擬」應作「捉」;

專持敬者特事矜持外面齊整故見之則僵然儒者矣。同第三十六章

「見」應作「視」或「觀」;

皆議論可聞而非實知王道者也。同中第八章

「聞」應作「聽」;

儉而好施者爲誠大德之人。同第三十三章

「誠」應作「眞」,不然則應移在「爲」字之上

孔門諸子以仁爲家常茶飯而無敢疑其義者。

「敢」字是和語應刪。蓋徂徠所謂和字不必指扠迚倩抔辻塲之類,卻是戒在以和訓而誤其字義。

第二戒和句是戒文字位置顚倒之弊評仁齋底──

予嘗教學者以熟讀精思語孟二書使聖人之意思語脈能瞭然于心目間焉 語孟字義自序

說「能字當在使字上以其熟讀精思能使皆屬學者意思語脈瞭然不可斷絕」

其以兩一字著陰陽字上者蓋夫所以形容一陰而又一陽一陽而又一陰往來消長運而不已之意。同天道第一

鋒

評道：「『夫』字當在『形容』下蓋夫連用者迺更端辭不與此同。」天道有對待有流行云云。然天道之所以為天道本以流行而言，對待者自在流行之中本非有流行對待之二端也。同〈天道第二條〉

評道：「本非有之有字當在『二端』上。」此等儘精微此方人多不會蓋此條本謂天道有對待有流行，而其實對待流行非為二端若以有著流字上則前謂有對待有流行者語氣不相應。」或以為自天地既闢之後觀之固一元氣而已若自天地未闢之前觀之，只是理而已故無極而太極適聖人未說到一陰一陽往來不已上面為耳 同〈天道第五條〉

評道：「適字當移在『人』字下而仍改作『偶』字迺可此緣『會』『適』『偶』三字同和訓而『會』字多在句頭故誤。」

評道：「當作『必不無其本』必字屬顛倒可字亦誤認轉聲為正字。」夫有斯本則必有斯末有斯末則不可必無其本。同〈理第四條〉

評道：「『下固字當在『自』字上不則刪去『自』字乃可」顧徂徠和句之戒卽東涯所謂置字顛倒之失其病根殊不知其所謂固有云者固與謂之性自不同 同〈仁義禮智第三條〉

第一因日本國語底組織與中國全異，第二因漢文讀法在日本式爲訓讀。明宋濂底日東曲云：「中土圖書盡購刊，一時文物故斑斑祇因讀者多顚倒，莫使遺文在不刪」且自注云「其國但購得諸書悉官刊之字與此間同但讀之者語言絕異又必侏離順文讀下，復逆讀而上始爲句所以文義雖通而其爲文終不能精暢也」把爲了言語及訓讀到底不能精暢這點看破了。不僅邦人所作的漢文顚倒，就是中國人在把夾有假名的日文漢譯的場合亦往往生顚倒之失予嘗著漢文典著清人丁某漢譯之其例言

而譯作：

然るに稿を起すに至りて前日誦讀せし一切の文法書を斥ゆし復た手に觸れ目を屬せざちむこを誓へり。蓋し摸擬飣餖の弊竇に陷らむこしを恐るゝのみ

然至起稿前日所讀一切之文法書全行斥去復誓不觸手屬目蓋恐陷於模擬飣餖之弊也。這「復」字就顚倒了應在「不」字之下卻誤置「誓」字之上。邦人顚倒之失常起於這場合，而仁齋之失錯，亦坐於此。徂徠嘗作文理三昧一篇論離合移易之法從朱熹底大學章句序舉「不能皆有以知其性之所有而全之也」一句先論離合之法次把其句中的文字上下移易而作爲十句以指示文意底何如轉變這就叫做移易之法。

卽：

不能皆有以知其性之所有而全之也。原文

皆不能有以知其性之所有而全之也。
皆以不能有知其性之所有而全之也。
皆以不能有知其性之所有而全之也。
不能有皆以知其性之所有而全之也。
不能有以皆知其性之所有而全之也。
不能有以知皆其性之所有而全之也。
不能有以知其皆性之所有而全之也。
不能有以知其性之皆所有而全之也。
不能有以知其性之所皆有而全之也。
不能有以知其性之所有皆而全之也。
不能有以其性之知所有而全之也。
不能有以其知性之所有而全之也。
不能皆以其有性之知所有而全之也。
不能皆有以其性之知所有而全之也。
不能皆以知其性之所有而全之也。
皆以知其性之所有而不能全之也。

即由於「皆」字、「以」字、「其」字、「知」字、「有」字、「不能」字底位置移易而文意大大轉變，在假名交夾的文章到底不能辨其異同哩！

第三戒和習雖非文法上的誤謬，然是指斥氣味聲勢自非中國式的。例如許仁齋底

夫字義之於學問固小矣然而一失其義則爲害不細。<u>語孟字義自序</u>

云：「削去而字則字卻與華人酷肖。大氏和語比華語多用轉聲；故和語習氣未悉脫者，必多用而則者也等字，不如此不明白也。殊不知文章各有體格，故有多用助字者少用者全不用者皆視其聲勢語氣如何耳。其必一一配諸和諸而謂而「し」也則「れは」也可笑之甚。」

則非惟能識孔孟之意味血脈又能理會其字義，而不至於大謬焉。

云：「又能改作「又可以」，削去而字迺華人酷肖。」評——同上

然使恕字有推己之義則及乎子貢問曰：有一言而可以終身行之者，而夫子唯曰其恕乎，而不可復曰己所不欲勿施於人也。同忠恕第一條

云：「有字上加「果」字及乎二字改作「方夫」，唯字下加「當」字刪去可字只作「不復」二字迺華語。」其他指摘仁齋底和習凡二十五條，雖似吹毛求疵，然亦可謂痛切矣。

第十九章 字法（中）

一九一

第二十章 字法(下)

文典的字法　修辭的字法　品調底轉化　品詞底濫用　轉化底妙用

論字法有文典的與修辭的二種。第一文典的字法是寫欲發表人底意思把十一品詞，排置於各自相當的地位的，或見出決定或顯出疑問，或表出詠歎之意的一種方法。決辭是在語尾用「也」、「矣」、「爾」、「已」等虛字，疑辭在語尾用「乎」、「歟」、「邪」等虛字，或在句首用「誰」、「孰」、「何」、「奚」等代名詞詠歎之辭在語尾用「夫」、「哉」虛字在句首用「嗚呼」「噫嘻」等感歎詞例如：

由也升堂矣未入於室也。〔論先進〕

道之不行已知之矣。〔論微子〕

俎豆之事則嘗聞之矣軍旅之事未之學也。〔論衛靈〕

夫子既聖矣。〔孟公孫丑〕

其次以為有物矣而未始有封也。〔莊齊物論〕

之類皆是欲見出決定的意思而在語尾用「也」或「矣」字的這時際特可注意的，是用「矣」字的場合概屬

於時之過去，用「也」字的場合，多屬於現在及未來。故句中有「旣」、「已」、「嘗」等字時，沒有用「也」字的，而冠以「未」字的場合用「矣」字的，卻是破格。徵之論孟就明白了。故文海知新云：「旣、嘗字爲過去可用矣字。方今字爲現在未非字爲未來並可用也字。」助辭新譯云『已之句末必用矣未之句尾必用也此周文之定法也』

又如：

爲人謀而不忠乎？〈論學而〉

執御乎執射乎？〈論子罕〉

無憂者其惟文王乎？〈禮中庸〉

子非三閭大夫歟？〈屈原漁夫辭〉

彼佛者果何人哉其行事類君子邪？小人邪？〈韓愈與孟簡尙書書〉

之類皆是表現疑問的意思的，而在語尾用「乎」、「與」、「邪」字。論到乎、與、邪三字用法底異同，特詳於後章茲不具。又如：

吾之於人也誰毀誰譽〈論衞靈〉

子將奚先〈論子路〉

仲尼焉學〈論子張〉

晨門曰奚自？〈論憲問〉

敢問夫子惡乎長？〈孟公孫丑〉

居惡在仁是也；路惡在義是也。〈孟盡心〉

先生將何之？〈孟告子〉

學惡乎始惡乎終？〈荀勸學〉

之類，是用疑問代名詞以完成疑問的形式的。這時際特可注意的，是疑問代名詞在動詞前置詞之上。為什麼因為『誰毀誰譽』之誰是疑問代名詞的緣故倘若誰改成甲或乙，而非疑問代名詞則必是說作『毀甲譽乙』其形式便不同了。這就是疑問代名詞底特別用法。其他史記漢書於表疑意的場合有用『蓋』、『若』、『云』等文字的，見於容齋隨筆又如：

管仲之器小哉！〈論八佾〉

逝者如斯夫！〈論子罕〉

沽之哉沽之哉我待賈者也。〈論子罕〉

之類皆是表出詠歎之意的，而其語尾用『夫』『哉』字又如：

帝曰吁臣哉鄰哉！〈書益稷〉

猷告爾四國多方〈書多方〉

噫天喪予天喪予〈論先進〉

嗟乎師道之不傳也久矣〈韓愈師說〉

嗚呼噫嘻我知之〈蘇軾後赤壁賦〉

之類，是用感歎詞以完成詠歎的形式的。凡感歎詞易動人之感情，故歐陽修底五代史多用感歎詞即緣於此。

第二修辭的字法是文典的以外極巧妙極善美的字法。

淹底嚴先生祠堂記以「風」字代「德」字，蘇軾底富韓公飫神道碑以「敢」字代「能」字皆是屬於修辭上的工夫然好修辭之極，有時不顧文典上的破格或有品詞濫用的事蓋品詞各各有一定的資格有把一定的資格的品詞轉化而代用他種品詞的。例如荀子修身篇底『老老而壯者歸焉窮窮而通者積焉』及論語學而篇底『賢賢易色』皆疊用同樣的文字，而字爲動詞下字爲名詞其另一方必爲轉化的作用。這是循

明明揚側陋〈書堯典〉

庸庸祗祗威威顯民〈書康誥〉

底筆法的又論語顏淵篇底孔子對曰：『君君臣臣父父子子』也是疊用同一的文字，然與前者相反，上字是名詞，是主語下字是動詞，是說明語這是因襲易經家人底夫夫婦婦底筆法的轉化的作用如果極巧妙善美，則爲修辭

上的成功者可謂品詞底利用；但如果不盡巧妙善美的話，則是修辭上的失敗者，不能不說是品詞底濫用。故名詞有本然的名詞，有轉化的名詞，動詞亦有本然的有轉化的；形容詞副詞亦有本然與轉化的。第一就名詞說從他種品詞轉化的例舉起來如：

子曰與其進也不與其退也〈論語述而〉

學廣而聞多不求聞於人也〈韓愈諍臣論〉

之類，是從動詞轉化的。為什麼因為進退學聞四字元來是動詞，然在這文章裏，皆作名詞用的。又如：

聖人去甚去奢〈老二十九章〉

原田每每，舍其舊而新是謀〈左僖二十八年〉

仲尼不爲太甚。〈孟離婁〉

夫被堅執銳義不如公〈史項羽紀〉

之類，是從形容詞副詞轉化的。以外如熟語名詞：聞達蓄積學問舉動之類皆是從動詞轉化的，高明正大昏昧精微之類皆是從形容詞副詞轉化的。第二就動詞說從他種品詞轉化的例舉起來如：

是欲劉豫我也〈胡銓上高宗封事〉

子焉不父其父臣焉不君其君〈韓愈原道〉

是把名詞轉化的動詞。而前者是模倣左傳之『爾欲吳王我乎』？後者是模倣論語之『君君臣臣父父子子』，前者是把固有名詞轉化後者是把普通名詞轉化的又如：

叟不遠千里而來──孟梁惠王

上功用大儉約──荀非十二子

言天下之所未嘗任大臣之所不敢。──王安石賀韓魏公致仕啓

是把形容詞副詞轉化的動詞。就中王安石底所未嘗原來嘗字下有『言』字所不敢，其初敢字下有『任』字，於推敲之際把言任二字刪去，揚萬里稱之曰：『初語平平而去其一字精神百倍妙語超絕』。其他如書經底『明明揚側陋』及論語底『賢賢易色』亦是從形容詞轉化的又如：

君親無將將而誅焉──公羊傳莊三十二年

春秋之義君親母將──漢書王莽傳

是把助動詞轉化的動詞第三就形容詞而言，則

金隄金城鐵壁岑樓蟬鬢花唇絲雨獸心。

是從名詞轉化的形容詞。

驚風驚浪驚沙愁雲怒髮怒濤飛樓飛岑飛甍飛觀花笑水聲咽月色苦。

是從動詞轉化的形容詞。第四就副詞而言則：

雀躍席卷蟬脫鼎沸鼎立鼎峙瓦解磬折。

是從名詞轉化的而

其為人也小有才。〈孟盡心〉

可以小試勒兵乎。〈史記孫子〉

之類，是從形容詞轉化的。

功業可立就〈韓愈柳子厚墓誌銘〉

生得周苛。〈史記項羽紀〉

之類，是從動詞轉化的。蓋韓愈底功業可立就胎胎於史記項羽本紀底『立誅殺曹無傷』及荀子榮辱篇底『室家立殘』等，史記底生得周苛是胚胎於左傳哀公十六年底『生拘石乞』。這樣品詞雖各有一定的資格本然而作者故意馴致轉化之風在漢文典上嚴格地把品詞分類殆不可能。又修辭家於苦心推敲之餘所作成的成語從來濫用非文典的品詞底甚多例如：

居諸（日月） 日諸月諸胡迭而微〈詩邶風〉

友于（兄弟） 友于兄弟。〈書君陳〉

貽厥（子孫） 貽厥子孫。〈書皋陶謨〉

則哲（知人） 知人則哲。〈書皋陶謨〉

倚伏（禍福） 禍兮福之所倚，福兮禍之所伏。〈老子五十八章〉

王孫（春草） 王孫遊兮不歸，春草生兮萋萋。〈楚辭招隱〉

清暉（山水） 山水含清暉。〈謝靈運石壁精舍還湖中作〉

之類就是故陸游底老學庵筆記（一）云：「國初尚文選，當時文人專意此書。故草必稱王孫，梅必稱驛使，月必稱望舒，山水必稱清暉。至慶曆（二）後，惡其陳腐，諸作者始一洗之。」宋吳玕（三）底優古堂詩話云：「洪駒父（四）詩話：謂世以兄弟為友于子姓為貽厥歇後語也。杜子美詩云：『野鳥山花皆友于』子美未能免俗何邪？吾以為不然按南史『劉湛（五）友于素篤』北史『李謐（六）事兄盡友于之誠』故陶淵明詩云：『一欣侍溫顏再喜見友于』。子美蓋有所本耳」以外楊慎底丹鉛總錄稱為歇後語其語云：「文章有似歇後語處。如淵明詩杜詩『友于皆挺拔』『野草山花皆友于』。南史到蓋（七）從武帝登樓賦詩受詔即成帝謂其祖溉曰蓋實才子卻恐卿文章得無假手於貽厥乎又稱兄弟為在原天屬稱故鄉為維桑之里稱師曰在三之義稱子曰則百之祥皆是類也」其他王若虛底滹南遺老集也曾辯東漢以降成語濫造的積弊。

然則品詞底假借法未必盡可說是濫用例如：

寬東歸何謂門人曰『易以東矣』。〈漢書儒林傳〉是田何（八）評丁寬之語不但把『東』字動詞化，而且借書名以代人名。其妙味是丁寬（九）一身渾然成易把易即丁寬，丁寬即易的意思表見出來了，同時易恰成了活動的有機體。這是假借法最成功的不唯著筆奇拔而且著想亦奇警。故陳仁錫（一〇）底續通鑑綱目模倣之云：『其歸也顯目送之曰「吾道南也」』。這是程顥評楊時的代龜山名字以吾道二字而楊時已自得道既把他底渾身皆道表出，同時道亦爲一種的擬人法。想像〈孟子滕文公〉篇『長幼卑尊皆非薛居州也王誰與爲善？』是借薛居州三字代善人二字的，亦可說是同工異曲哩！

（一）老學庵筆記　書名，宋陸游撰十卷又續筆記二卷所載多軼聞舊典足備考證論詩諸條，亦足見其詩之宗旨，蓋其晚年所著之書也。

（二）慶曆　宗仁宗年號（民國前八七一）

（三）吳弁　宋滁州人字正仲使金被留金人欲立張邦昌弁與莫儔傳道意旨往返數四京師人謂之捷疾鬼，建炎後安置永州，移韶州，有優古堂詩話。

（四）洪駒父　宋朋弟名芻紹聖進士放蕩江湖，不求聞達靖康中爲諫議大夫坐事貶海上與兄朋弟炎羽俱負才名，號四洪芻詩尤工。有香譜老圃集。

（五）劉湛　南朝宋渥陽人字弘仁小字班虎負才氣涉史傳後坐事伏誅。

（六）李諡　後魏安世子字永和少好學博通經史周覽百氏初師事小學博士孔璠數年後璠還就諡請業徵辟皆不就有明堂制度論。

（七）到薳　梁鏡子嘗從武帝幸京口登北顧樓賦詩薳受詔便就帝以示其祖洫曰薳定是才子恐卿從來文章假手於薳因賜絹二十四後

除丹陽尹丞。

(八) 田何 漢淄川人字子莊受易學於東武孫虞後徙杜陵因受號杜田生漢興言易者宗之。何傳東武王同雒陽周王孫丁寬齊伏生四人，惠帝時應徵不仕。

(九) 丁寬 漢梁人字子襄從田何受業學成東歸至雒陽復從周王孫受古義，景帝時為梁孝王將軍拒吳楚號丁將軍作易說三萬言。

(一〇) 陳仁錫 明長洲人字明卿天啟進士授編修以不肯撰魏忠賢鐵券文落職。仁錫講求經濟性好學喜著書有繫辭、易經頌、重訂古周禮、四書考、史品赤函古文奇賞、蘇文奇賞等書。

第二十一章 虛字與實字

廣義與狹義　形體底有無與意義底有無　虛字底功用　虛字研究的反動　時代的特徵與文體的特徵　不必一律　實字與虛字底分類

虛字實字底稱呼原起於中國,在日本學者間往往被襲用。然至虛字實字底見解,古來未必一定,或作廣義地解釋,或狹義地解釋。卽實字爲天地山川草木鳥獸等有形體的稱呼,這是狹義地解釋實字,因而解釋虛字爲無形體的稱呼,如覆載峙流生茂飛走等文字一切歸於虛字,這是廣義地解釋虛字的。然實字爲有意義的文字底總稱,虛字如焉哉乎也無一定的意義的文字的稱呼,這是實字廣義地解釋,把虛字狹義地解釋的。

把虛字實字從形體底有無來區別則實字爲名詞代名詞底稱呼,虛字爲動詞,形容詞,副詞底稱呼,皆川淇園底實字解虛字解等皆是這種見解。這不獨淇園爲然,伊藤東涯底助字考序云:「文字有虛實而實爲主虛爲賓,天地日月山川草木字之實者也,覆載照臨流峙生榮字之虛者也。所以道賓主之際通虛實之用者其助辭乎?」清曾國藩與人書云:「何以謂之實字虛用,如春風風人夏雨雨人,解衣衣我推食食我,春朝朝日秋夕夕月入其門無人門焉者入其閨無人閨焉者以上兩字同者上一字皆實字也,下一字則虛用矣。何以謂之虛字實用,如步行也虛

字也。然韓文之「步有新船」詩經之「國步」「天步」則實字矣。薄迫也虛字也然因其叢密而林曰林薄因其不厚而簾曰薄帷以及爾雅之屋上薄莊子之高門照薄則實用矣。覆敗也虛字也然左傳設伏以敗人之兵如鄭突爲三覆以待之韓穿設七覆於敖前是虛字而實用矣。覆不然虛字與實字從意義底有無區別是以實字爲名詞代名詞動詞形容詞副詞等凡有意義的文字底稱呼以虛字爲前置詞後置詞助動詞轉接詞感歎詞等無一定的意義的文字底稱呼清王濟師底虛字啓蒙一卷袁仁林(一)底虛字說一卷張文炳(二)底虛字注釋六卷皆是以虛字爲無意義的文字底稱呼其他如蘇軾嘗以作文之道教諸子云:「或辭多而意寡或虛字多而實字少,皆批論之法。」趙孟頫(三)論詩云「詩用虛字便不佳」范梈云『作詩實字多則健虛字多則弱』胡應麟云:「詩與文判不相入樂府乃時近之安世歌多用實字如慈孝蕭雍之類語文近文者也鼓吹曲多用虛字如者哉而以之類句之近文者也」佐藤一齋云:「人好用實字彫其文吾則用虛字飾其言」馬建忠(四)云:「凡字有義理可解者皆曰實字凡字無義理可解而惟用以助辭氣之不足者曰虛字」皆無不然故明末清初的文法家底評語有虛字幹旋之妙亦是以無意義的文字看做虛字的予亦是欲從意義底有無以判別虛實的蓋虛字爲於于者則哉乎也之類在日文爲テニヲハ及ナリケリカナ之類物徂徠底釋文筌蹄云:「正訓之外字必加轉聲然後可讀焉則知此方用助聲多於彼也」徂徠底所謂轉聲卽日本所謂送假名所謂助聲卽日本所謂虛字倘若知道日文要虛字比漢文且知道在日文典中的虛字底價値怎樣則可知在漢文裏的虛字底硏究亦決不可忽諸了。

虛字一名語助，梁周興嗣（五）底千字文云：「語助者焉哉乎也」即是。或稱爲助語，明盧以緯底助語辭，三好似山底廣益助語辭集例，三宅橘園底助語審象即是，或叫做助辭又名助字，唐之柳宗元宋之陳騤及日本底伊藤東涯三宅觀瀾皆川淇園東條一堂等都是。

實字底功用是在因文字固有的意義把自己底意思發表於天下後世，同時又能把古人底意志，能從千載之後想察諒解，而虛字底功用是在幫助實字以表現語氣底強弱緩急節奏底抑揚疾徐的。故實字底功用人皆知道，爾雅說文以後的字書皆從事於訓詁，近世荻生徂徠底譯文筌蹄，伊藤東涯底操觚字訣等亦是闡明實字底意義，而爲作文的津梁。然至於虛字底功用，縱是經師通儒所蔑視，即文章家在宋以前亦似不甚重視，但實字底情態待虛字始宣虛字底神彩因實字始揚，這是柳宗元復杜溫夫書所以有「但見生用助字不當律令，唯以此奉答所謂乎歟耶哉夫者疑辭也矣耳焉也者決辭也今生則一之」的絕叫哩！宋以後論文之風大流行，有承柳州之遺風鼓吹虛字底必要的。明代諺語有「之乎者也已焉哉用得來的好秀才」的話。日本村田春海底詩云：「文苑家家抱大志萬言下筆亦容易提韓挈歐辯論雄時失焉哉乎也字」皆此意其他陳騤文則云：「文有助詞猶禮之有儐樂之有相也禮無儐則不行樂無相則不諧文無助則不順」左培文式云「之乎者也全於處處傳神」馬建忠底文通云：「構文之道不外虛實兩字實字其體骨虛字其神情也」三好似山底廣益助語辭集例云：「虛字爲無用之用文章之筋

骨，詞藻之樞要也」皆是鼓吹虛字底必要的。

陰陽消長是天地自然之數故虛字底研究忽興於一方實字底研究忽衰於一方。於是有疾聲大呼，而浩歎虛字研究底不必爲急務的。熊坂台洲底文章緒論云：「傳曰賢者識其大者，不賢者識其小者富哉言也豈唯於聖人之道而已哉於文章之道亦然初學之士動輒好用心於助語其志非不美然亦非識其大者之術學者如欲識其大者則當用心於字法句法章法篇法苟用心於此四法則不唯用助語不勉而中不思而得遂將至於具體乎問焉哉乎也爲」？即是其例。

用虛字的多少第一由時代第二由文體而各有特徵例如：三代之書用虛字的極少。尚書實把這傾嚮證明了。而至春秋戰國之際始多用虛字。論語左傳國語孫子孟子莊子等皆可證明這種傾嚮至漢魏稍削減至唐、宋復增加至明、清再削減這就是時代的特徵而在同一的時代在議辯序說之文裏虛字多在碑版金石之文裏虛字少這就是文體的特徵故陳繹曾底文說云：「尚書及易象辭爻辭用助語極少，春秋儀禮皆然凡碑碣傳記等文不可多用助語字序論辨說等文須用助詞字」。伊藤東涯底作文眞訣云：「二典周誥助字甚罕至左氏載記國策莊周之書多用助字是體有緩急之異也。宋文邁美多使助字明文鉤棘少用助字是人有好尚之別也」。山縣周南底作文初問云：「助字少的文整齊簡潔也助字多的文婉曲優美也。書經漢書助字少，左國遷史助字多；論語、孟子助字多，荀子少老列少而莊子多一書之內因篇體而有多少一人之作因文體而有多少。」齋藤拙堂底文語云：「凡實語

少助語辭，如尙書、易象、春秋、儀禮是也；後世傳記碑碣等文亦然敍事之文法不得不如此議論之文，係當面說話，須多少推開轉折故不得不多用助語也」。

然虛字底用法，未必絕對一定不變更，故雖用同一的句法，然甲有省略，乙有存置的。例如：論語公冶長篇評甯武子云：『邦有道則知邦無道則愚』評南容云：『邦有道不廢，邦無道免於刑戮』。雖用同一句法但前者用『則』字後者則不用。又泰伯篇『天下有道則見無道則隱』是因前者的形式，憲問篇『邦有道危言危行邦無道危言孫』；則是用後者的形式的。其他以

禮人而不答則反其敬愛人而不親則反其仁；治人而不治則反其知」穀梁傳僖二十一年

愛人不親反其仁治人不治反其智；禮人不答反其敬」孟離婁

仲尼之門人五尺之豎子言羞稱乎五伯荀仲尼

仲尼之門五尺童子言羞稱五伯漢書董仲舒傳

等句對照則思過半矣。

又有雖屬同一的文體，然甲務削除，乙務增加。韓愈底河南少尹李公墓誌銘爲七百餘言的長篇篇中曾無用焉哉乎也等虛字的處所，王安石底度支郎中葛公墓誌銘篇中卻用三十一個『也』字。蘇軾在滁州時曾揮毫書歐陽修底醉翁亭記把原文『泉香而酒洌』改爲『酒洌泉香』原文『水落而石出』改爲『水涸石出』；又

自作後赤壁賦則作「水落石出」即虛字底有無與多少可知屬於作者修辭上的工夫而文典上未必有一定不變的常式。

文典上分實字為三類卽體字、用字、狀字又分虛字為二類卽媒字助字更分為十一品詞爲表如左。

實字 ─ 體字（名詞／代名詞）
       用字動詞
       狀字（形容詞／副詞）

虛字 ─ 媒字（轉接詞／前置詞／後置詞）
       助字（感歎詞／歇尾詞／助動詞）

故馬建忠分實字爲名字、代字、動字、靜字、狀字五類，我分類雖同但分虛字爲介字、連字、助字、歎字四類，以助動詞入動詞中以後置詞入介字中，張文炳分虛字爲起語、接語、轉語、襯語、束語、歇語六類在數上雖似予之說但在內容上卻與我底意見有異況乎三好似山分虛字爲發語辭以下五十六類哩於此予更認爲辨析品詞底分類的必要。

（一）袁仁林　清三原人字振千有古文周易參同契注。
（二）張文炳　清絳州人字明德康熙中官泗州知州有易象敷鉤深圖公餘筆記。

第二十一章　虛字與實字

二〇七

（三）趙孟頫　元孟堅從弟，宋太祖子秦王德芳之後。因賜第湖州，故爲湖州人。字子昂，號松雪道人。著有《尙書注》《琴原》得律呂不傳之妙。又著《松雪齋集》詩文淸逸奇逸讀之使人有飄飄出塵之想。

（四）馬建忠　淸丹徒人字眉叔遊學法國精法律學留心經世之務官至道員有馬氏文通適可齋記言記行等書。

（五）周興嗣　梁項人字思纂善屬文武帝時拜安成王國侍郞所撰文集及《皇帝實錄》《皇德記》《起居注》《職儀》等共百餘卷。

第二十二章 品詞底分類（上）

品詞底分類 接續代名詞 品詞底轉化

在漢文典裏的品詞底分類為八品詞呢，九品詞呢抑是十品詞呢，今尚為未決的問題。美人高第丕清人張儒珍所著的大清文典分名頭以下十五類，然馬建忠底文通分名字代字動字靜字狀字介字連字助字歎字九類來裕恂底漢文典從馬氏。而我邦人之手所成的漢文典中如猪狩氏分為名詞、代名詞、形容詞、副詞、前置詞、後置詞、接續詞、終詞、感動詞十類。廣池氏分為名詞、代名詞、動詞、形容詞、副詞、前置詞、接續詞、感詞八類，新樂氏則從猪狩氏底分類僅更終詞底名目為助詞予所著的漢文典為名詞、代名詞、動詞、形容詞、副詞、前置詞、助動詞、轉接詞、感應詞、歇尾詞十類今還信有設立後置詞的必要哩！

把以上諸家分類比較以窺他們底主張，廣池氏底廢終詞即助字底名目而入於副詞中是他底非常得意的處所。其言曰：『予之全廢中國底助辭及日本底「テニヲハ」而入於八品詞之中的是積年的苦心所成的決非一朝一夕底結果可見他底不可當的氣焰鋒芒了。予雖左袒他底以日本底「テニヲハ」屬於八品詞中之說然中國底助辭決不主張入於副詞因為副詞是實字而助辭是虛字如果欲廢助辭底名目則必與後置詞合併而稱

為屬尾詞。屬尾詞可分爲二類；一屬於語尾，二屬於句尾又予所以使助動詞從動詞中分離而獨立的，是文字底性質上雖然動詞每字有固有的意義雖助動詞卻沒有獨立的一定的意味的動詞雖是實字然助動詞卻是虛字。

在文典研究爲最必要的今日，就是品詞底分類尚未一定到這地步況乎各品詞中的類別細目又況乎多數的疑似文字底品詞的部屬，試舉代名詞底類別細目則有左列各家底不同。

馬氏	指名	接續	詢問			四類
來氏	指名	聯接	切指	泛指	指示	五類
猪狩氏	人	再歸	疑問	關係		四類
廣池氏	人	接續	疑問	定限	助辭的	五類
新樂氏	人稱	有勢	形容	疑問	關係	五類
自著	人	指示	假設	疑問	轉接	五類

來氏底泛指，猪狩氏底再歸，廣池氏底定限，新樂氏底有勢形容及予之假設等到底不能依文字以想察命名之意。又如接續代名詞或稱接續或稱關係，或稱聯接或稱轉接雖名殊其稱呼然皆都能認識爲代名詞而帶有接續的性質的。惟應屬於接續代名詞的文字諸家都未必同一，

馬氏底文通稱爲接續代字帶「其」、「所」、「者」三字以「其」字爲接續代名詞是予所贊成，然「所」、「者」兩字應爲代名詞與否卻是疑問。豬狩氏底漢文典稱作關係代名詞而舉「者」、「所」二字卻不取「其」字且爲之說云：「關係代名詞爲「者」、「所」二字有承受文句並代表的意思；「者」、「所」在動詞之上「所」與「以」結卽爲熟語「所以」」。來氏底漢文典從之然「者」字果有關係的作用與否又「所」字果有代名詞的性質與否皆非予所能領解的。但如孫子底「兵者國之大事」及老子底「禮者忠信之薄」卽引例論語底「吾未見好德如好色者也」，句法上非無代名詞底性質但所謂關係的作用安在呢又「所」字所引例孟子底「千里而見王是予所欲也」，是氏之所謂在動詞之上的果對何字有接續關係呢其他引用的例不可概看作助動詞的孟子底「此非臣之所敢任也」之類都是。

又廣池氏底支那文典接續代名詞不取「其」、「者」二字僅取一個「所」字而新樂氏底關係代名詞則舉「其」、「所」、「攸」、「之」、「者」五字就「所」、「者」二字而論予欲在後章特別說明，於茲單就「之」字說一說吧以「之」字爲關係代名詞雖是新樂氏底創見但氏所引用的左傳「惠公之薨也」；孟子「北宮黝之養勇也」之類奈何終非代名詞予以爲與其屬於後置詞爲適當故拙著漢文典於馬氏所舉的三字中僅取一「其」字而加入與其字同性質同用法的「斯」字加以其斯二字爲轉接代名詞。因爲「其」、

「斯」二字本來是代名詞但有時代「則」字為轉接之用因而在論孟所見的「其諸」、「夫如是」、「其若是」及尚書所見的「惟」、「厥」、「越」、「惟時」、「越其」、「惟其」、「其伊」、「厥惟」、「斯其惟」等皆應屬於這類。

論到品詞底分類及細目文典家底意見無統一之所有如此然倘若使予無忌憚地放言高論則予不必把品詞底分類根本破壞而主張漢文底特色在存於不能嚴格地區別品詞的當中為什麼？因為漢文底特色在修辭上把一種品詞轉化而代以他種品詞的多且中國底文字無論怎樣的場合因語尾無變化就已成的文章雖可一一判別其品詞然而離開其文章便不容易把品詞斷定的多例如賢愚底「賢」字本該為形容詞但論語有『賢賢』其下『賢』字為名詞而上『賢』字則為動詞而在詩經裏的『賢勞』之『賢』，卻是副詞又如『遠近』之『遠』字本該為形容詞，書經底『柔遠』底『遠』是名詞，而孟子底『遠庖廚』之遠是動詞而『遠望』之『遠』卻是副詞。如這樣同一的文字卻通用幾種的品詞假令舉『賢』或『遠』字屬於何種的品詞以問人則恐無論誰也不能回答吧於茲把品詞轉化的用例舉如下：

名　詞　　　　動　詞　　　　形　容　詞　　　　副　詞

臣　　臣臣{論顏淵}　　　使臣妾之{左宣二}　　　　　　　　　臣事之

子　　子子{論顏淵}　　　　　　　　　　　子庶民{禮中庸}　　庶民子來{孟梁惠}

老　老老論顏淵　　　老吾老孟梁惠　　　　授老幣儀聘禮

窮　窮窮荀修身　　　窮窮荀修身　　　　　窮人窮民

畏　罔畏畏書微子　　罔畏畏書微子　　　　畏友畏日

左　左不攻于左書甘誓　欲左左于史毁本紀　執左道以亂政禮王制　左右望孟公孫丑

明　明明書堯典　　　明明書堯典　　　　　明明德禮大學　　　　我明語子孟公孫丑

寡　至于敬寡書梓材　小而不寡莊秋水　　　寡八寡妻　　　　　　寡責于人論衛靈公

大　以小事大孟梁惠　大儉約荀非十二子　　君有大過孟萬章　　　襄子大義之史刺客傳

西　　　　　　　　　顧王母西兵史張且傳　西風　　　　　　　　西喪地於秦孟梁惠

舊　舍其舊左僖二八　周雖舊邦詩大雅　　　　　　　　　　　　　舊勞于外書無逸

先　不辱先司馬遷報任安書　仁者先難論雍也　先鞭先鋒　　　　　敵先居之孫地形

暮　日有明暮管子　　吾日暮途遠史伍子胥傳　暮氣歸孫軍爭　　　昏暮叩人之門戶孟盡心

既舉「臣」字則「君」字底用法也可推知既舉「子」字則「父」字底用法也可推知。其他舉一「老」字而不舉「幼」字舉「窮」而不舉「達」舉「畏」而不舉「喜」，舉「左」而略「右」舉「寡」而略「眾」，取「大」而省「小」取「西」而省「東南北」，都是已知其一則可推知其二的意思。

第二十三章 品詞底分類(下)

所字底品詞的部屬 之字底品詞的部屬 者字底品詞的部屬

『所』字屬於接續代名詞的是馬氏、猪狩氏、來氏、廣池氏、新樂氏。『之』字屬於接續代名詞的是馬氏、猪狩氏、來氏、新樂氏以『之』字作為接續代名詞的是新樂氏一人試稽這三字底用法而討其性質使明品詞的部屬。

第一『所』字底用法頗廣，或用為實字或用為虛字。

（一）名詞 論語為政篇『北辰居其所』及史記晁錯傳『學申商刑名於軹張恢先所』之類是。

（二）動詞 尚書無逸『嗚呼君子所其無逸』是。

（三）形容詞 毛詩小雅『伐木所所』是說文解釋『所』字有『從斤戶聲伐木聲也』的話則『所』字本來是為形容詞的目的而製作的。

（四）助動詞 『所』字用作助動詞的場合有二類一是用『可』之意二是用於『被動』『可能』之義。第一用於『可』之意的如：

賜也非爾所知也。〈論語公冶長〉

其所厚者薄而其所薄者厚未之有也。〈禮大學〉

親喪固所自盡也也。〈孟滕文公〉

良人者所仰望而終身也。〈孟離婁〉

是謀非吾所能及也。〈孟梁惠王〉

行仁義者非所譽譽之則害功工文學者非所用用之則亂法。〈韓五蠹〉

非信無所與計事者。〈史記淮陰侯傳〉

之類，王引之云：「所猶可也。」張文炳著作虛字說是語助詞的即是。故王引之解釋淮陰侯傳底『無所與計事者』謂為「無可與計事者」以漢書韓信傳「所」字作「可」字為證據且在一說云：「所與可同義故或謂可為所，或謂所為可」並引中庸「體物而不可遺」底鄭注「體猶生也可猶所也不有所遺言萬物無不以鬼神之氣生也」以證明他底所謂「或謂可為所」之說張文炳卻引孟子底「是謀非吾所能及也」為語助詞蓋音學上可所為雙聲古相通用。詩經小雅原「伐木所所」後世所之音變為許今詩經卽作「伐木許許」然許之音亦變而為「ㄎㄜ」，朱傳注音「虎」。故「所」、「許」二字共屬語韻不但今相通即「幾許」、「幾所」、「幾何」、「何許」、「一里許」、「一里所」古來皆同用為同一的意義其他「胡」、「何」兩字同表疑問之意亦即

其例。

第二用於「被動」、「可能」底意義的，如：

居戲下無所知名〈史記淮陰侯傳〉

公族公室之枝葉也若去之則本根無所庇蔭矣。〈左文七年〉

之類，是被動的其他史記項羽本紀底「後卽爲人所制爲楚所擠不者若屬皆且爲所虜」皆然而之類，是可能的一變而爲一種的敬稱。

王必欲長王漢中無所事信〈史記淮陰侯傳〉

子所雅言詩書執禮〈論述而〉

子曰：不患無位患所以立〈論里仁〉

之類，是可能的一變而爲一種的敬稱。

又從「所」字「猶可也」的意義與他語連屬而成的一個熟語，「所以」、「所謂」等卽是。「所以」之解爲可以與日本人底「所謂」殊意義，如：

季梁請下之弗許而後戰所以怒我而怠寇也〈左桓八年〉

君子居必擇鄉遊必就士所以防邪僻而近中正也〈荀勸學〉

不察先王之所以畜幸臣之理而不白於臣之所以事先王之心。〈國策燕策〉

因變人景監以爲主,非所以爲名也。〈史商君傳〉

皆解爲可以。但日本人卻概讀爲「所謂」。然如國策所謂「所以畜幸臣之理」,若讀作「所謂」豈不是與下「理」字有重複之嫌。又「所謂」俗讀爲「いはゆる」蓋有「可謂」之義爲可能的助動詞。例如:

彼所謂豪傑之士也。〈史平原君傳〉

公等碌碌所謂因人成事者也。〈史平原君傳〉

此臣所謂傳檄而千里定者也。〈史酈通傳〉

茲所謂一勞而久逸暫費而永寧者也。〈後漢書竇憲傳燕然山銘〉

皆「可能」之義而爲「可謂」之意,文選載燕然山銘把「所」字改爲「可」字可證。又況「所」字底用法如:

高祖卽自疑隱于芒碭山澤之間呂后以其所居處常有雲氣求輒得之。〈史高祖本紀〉

其人所經之處,或受牧宰小物饋遺鸚鵡麞皮馬鞭之屬〈隋書高祖紀下〉

帝性多詭譎所幸之處不欲人知〈隋書煬帝紀〉

景時知賴朝所匿處,〈日本外史源氏正記〉

之類皆與日本文典的助動詞殆相同所居處卽居的處,所經之處卽經的處,所匿處卽匿的處,所幸之處卽幸的處。其他如或曰意所到處,或曰所讀書處,或曰所遊處皆此類。

論到所處二字處字是名詞而為實字，但所卻是助動詞而為虛字從「居處」、「所居」、「在處」、「所在」底用法可知。但如王維送別詩：「問君何所之」，韓愈送溫處士序「奚所諮而處焉」，蘇軾後赤壁賦「顧安所得酒乎」是「所」「處」通用呢？將如「幾許」、「幾所」、「里許」、「里所」等一樣應看作為一種的屬尾語呢？抑應解作「可」字底意義呢？卻費研究哩。如史記淮陰侯傳「封功臣何所不服」卻非「何處」之意義，漢書韓信傳刪「所」字作「何不服」。要之，「所」字非代名詞性質又決非有接續的性質的。

第二「之」字底用法亦頗廣，或用作實字，特別在與之命之語之等場合的之字皆作代名詞用，究竟為指示代名詞呢抑是人稱代名詞呢？孟子萬章篇「天與之者諄諄然命之乎」論語子罕篇「語之而不隋者其回也與」古來訓點家或作指示代詞，或作人稱代詞，在吾人底實驗上是屢屢向諸生質問的況易之文言傳「君子學以聚之問以辨之寬以居之仁以行之」；又如韓愈底雜說：「策之不以其道食之不能盡其材鳴之不能通其意」終不能一樣地解釋予竊疑代名詞以外有作為一種的接尾語而用之字的。論語學而篇底「學而時習之」及「其諸異乎人之求之與」皆有此的意思。而文章政論助語與實語云：「論語「學而時習之不亦說乎」但學時習說四字是實而之不亦乎五字是助語，「其諸異乎人之求之與」但異人求三字是實其諸乎之之與六字是助語」可知陳繹曾是以吾人讀為此字的與而不乎與虛字同樣看待，而不看做代名詞了。

「之」字在四書中最多用，論語有六百十三，孟子有一千八百八十五，中庸有一百七十五，大學有六十四。就

中用作代名詞「此」字的，論語有三百五十，孟子有八百十四，中庸有七十五，大學有三十。用作後置詞「的」字的論語有二百五十六，孟子有一千十六，中庸有九十九，大學有二十八。用作動詞「往」字的，僅論語有六，孟子有四十而已。學庸則無用作前置詞「於」字的，僅大學有五字，而論孟中庸俱無用作代名詞「這個」的，僅有大學引詩經周南所一個處所，不見於論孟中庸其他用作名詞的如夷之戴盈之子之等又有用作一種後置詞孟之反尹公之他庾公之斯宮之奇等試把「之」字底品詞的部屬說明如左：

（一）動詞　「往」論語憲問「之三子告」即是。

（二）代名詞　「此」、「這個」經傳釋詞云：「指事之詞也」，虛字註釋備考云：「有所指之詞」，論語公冶長「子路有聞未之能行唯恐有聞」，就是「此」字詩經底「之子」，莊子底「之九萬里」及「之二蟲」就是「這個」的意思然在書易論孟等諸經中無這用例只論語「顏路請子之車以為之椁」從在名詞之上這點近於「之子」、「之二蟲」、「之九萬里」底用例。

（三）前置詞　與「於」字同一用法禮記大學「人之其所親愛而辟焉」及荀子王制篇「之所以接下之人百姓者好取侵奪」之類就是其他大戴禮事父母篇「養之內不養於外則是越之也養之外不養於內則是疏之也」荀子性惡篇「苟無之中者必求於外」又「苟有之中者必不及於外」「之」與「於」相對皆是把「之」字與「於」字同一看待哩又荀子勸學篇「目好之五色耳好之五聲口好之五味心利之有天下」韓非

說林篇「韓魏反之外趙氏應之內」，皆是解作「於」字的故戰國策更改說林兩個「之」字為「於」字。

（四）後置詞　用作「底」字的場合如檀弓「南宮縚之妻之姑之喪」就是。故經傳釋詞云『言之間也』，康熙字典云『語助辭』，查爾斯氏底淸英辭典以爲是所有格卽屬格的符號(mark of genitive of belonging)

5）助語辭初學文式及虛字註釋備考解作「底」或「的」字助語辭。林傳甲底中國文學史云：『漢文教授法謂之後詞，本日本漢文典之後置詞言置於名詞代名詞之後也中國童蒙塾必誦王伯厚先生三字經首句「人之初」三字人字名詞也之字後置詞副詞也庶幾先獲我意如果把這時候的『之』字作爲接續詞的話，則老子第二十章「唯之與阿善之與惡」荀子修身篇「彼人之才性之相懸也豈若跛鼈之與六驥足哉」史記淮陰侯傳「夫以交友言之則不如張耳之與成安君者也」韓愈底原道：「帝之與王其號各殊」，皆在一句中把兩個接續詞重複起來的，況如揚雄法言「申韓之術，不仁之至矣若何牛羊之用人也若牛羊用人則云云」明明是看作「的」字的。近來音韻學硏究流行的結果有「之」字古音與「的」或「底」字古相通之說文學士後藤朝太郞君底文字硏究就是這豈不是與初學文式

云：『大學之書天命之性率性之道』則之字作助語詞，如言大學的書，天命的性率性的道也」卽是虛字註釋備考之說亦殆相似。山本北山底作文率譯朱子大學章句序底「古之大學，所以敎人之法也」爲「古大學校中敎了人須得的法」亦是釋之字爲「的」字的。如詩經底「在河之洲」，中庸底「喜怒哀樂之未發」，大學底「大學之道」皆看作後置詞。

及盧字注釋備考之說暗合嗎？後藤君專從音韻上發則，初學文式及盧字註釋備考全從用字法上主張。而兩者所說頗相一致予始信其說之確乎不可動哩！『的』、『底』兩字如果是後置詞，可知『之』字亦在許多的場合為後置詞於此予亦聊有發明之所，就是『之謂』與『謂之』底區別，伊藤東涯底用字格『之謂』與『謂之』畢竟有『自然』與『作為』之別，朱子語類：『謂之名之也之謂直謂也』。其說明甚為曖昧倘有未透澈之所寧肯假『的』字是後置說明中庸底『天命之謂性率性之謂道修道之謂教』皆得作為『的』字解釋在這場合的『之』字皆是後置詞且『之』字有屬尾底性質徵之論語憲問云：『子曰愛之能勿勞乎忠焉能勿誨乎』可知這雖不必稱為後置詞，然而『之』字與『焉』字對『焉』字既是屬尾底性質甚明，特別是依據竹添井井翁底左氏會箋的話，則僖公二十五年經底杜注：『婦人越境迎婦，非禮故書也之』又僖公二十七年傳『國老皆賀子文』底杜注：『賀子玉堪其事之也』可知至杜預時代止以『之』字與『也』、『矣』是同一用法的。而今之通行本刪『也之』二字及『之也』二字即可知古人所用的語尾『之』字後人或刪或改之多記檀弓『未之卜也』鄭注：『未之猶微哉』，正義『末微也之哉也』是得古義的。左傳襄公十九年記范宣子之言有『吾淺之為丈夫也』的話可知底把『之』字解為『哉』字之義最安當的，春秋底『日有食之』論語記『當暑袗絺綌必表而出之』及孟子底『足之蹈之，手之舞之』亦可看作屬尾的語助又論語有『孟之反』左傳有『介之推』孟子有『庚公之斯尹公之他』莊子把驪姬說作『驪之姬』呂氏春秋把丹姬說作『丹之

「姬」是由來之字就屬於語尾而插入於固有名詞中也。故注家皆把之字解作語助。不但是之字而爲古來「シ」的音屬尾的語助的也多。如詩經「母也天只」，「旣曰歸止」，「神之格思」，「無射於人斯」皆是。孟子「孟施舍」亦與論語底「孟之反」同一用法。然朱注云：「施發語辭」是唯知其是虛字而不解作屬尾的語助的謬見。楊愼底丹鉛總錄舉「之」字底用例云：「莊子厲之人夜半生其子又以驪姬作「驪之姬」地名南沛作「南之沛」呂覽楚丹姬作「丹之姬」家語江津作「江之津」樂府桂樹作「桂之樹」文法皆異」。很能把「之」字底屬尾的語助證明了。

第三「者」字旣非名詞又非代名詞，乃是後置詞轉接詞。例如：

孝弟也者其爲仁之本與 《論學而》

兵者國之大事。《孫計篇》

仁者人也，親親爲大義者宜也，尊賢爲大。《禮中庸》

厚者爲戮薄者見疑。《韓說難》

爲匹夫謀者莫如修行義而習文學。《韓五蠹》

亞父者范增也。《史記項羽記》

秋霜降者草木落 同《李斯傳》

伍胥有二子，不殺者，爲楚國患。同楚世家

之類，固是轉接詞，惟在別的場合，作爲後置詞用的多予嘗試諸生以「者」字應屬於何種品詞？以名詞對的十之六以代名詞對的十之三蓋他們多數把「者」字與「物」字同一看待然「者」字是本來獨立孤用非有意義的即虛字故玉篇云：「語助也」，增韻云：「即物之辭」，初學文式云：「作的字看」，虛字註釋備考云：「即物而視墊之詞」。要之，「者」字是虛字是屬於名詞、動詞、形容詞副詞之尾的後置詞例如：論語八佾篇底「三家者以雍徹」，公冶長篇底「魯無君子者斯焉取斯」；先進篇底「對曰異乎三子者之撰」，憲問篇底「君曰告夫三子者之三子告」之類，是屬於名詞的後置詞。故荻生徂徠底論語徵，把三家者解作「三家者者字語助，無意義如三子者之者」，又韓愈底原毀「強者必怒於言」蘇軾底荀卿論「彼李斯者又特甚者也耳」，論語子路篇底『近者說遠者來』孟子離婁篇底「館舍定然後見長者乎」左傳底「君子務知其大者遠者，小人務知其小者近者」，孟子底仕者耕者居者行者弔者論語底逝者作者告者死而無悔者。皆屬於動詞的後置詞。蓋在這場合的「者」字是英語底 or，屬於動詞而爲名詞的教者打者走者之類試就周禮考工記梓人底一節莊子齊物篇天籟底一段及韓愈底畫記而一研究其「者」字底用法則思過半矣。

第二十四章 我與汝

第一人稱與第二人稱　見於經典的第一人稱　第一人稱底差別觀　第一人稱底平等觀　從訓詁學上觀察的第二人稱　從音韻學觀察的第二人稱

曰我，曰吾，曰予的文字，是代名詞。是在古文中所多見的。特別孟子底公孫丑篇疊用十三個『予』字，是最甚的。然曰汝曰女曰爾的文字卻在書經、詩經論語以外所希見蓋文體上不認爲必要。『彼』字更不待說了。顧上古第二人稱『汝』、『女』、『爾』、『乃』等字是上下貴賤共通的，書經洪範箕子對武王曰『汝』，又西北戡黎祖伊對紂王曰『乃』。即『汝』『爾』可知未必僅用於對等以下的輕蔑的稱呼。孟子盡心篇云:『人能充無受爾汝之實，無所往而不爲義也。』即是。故表敬意的第二人稱『汝』、『爾』以外不能不求之其他。於是對天子曰陛下對皇太子曰殿下對將相曰閤下其他孟子梁惠王篇稱孟軻曰叟告子篇稱宋牼曰先生對朋友曰君曰足下，亦是敬稱。然至第三人稱錯傳晁錯之父稱晁錯曰公，皆是敬稱又對師曰夫子曰先生。

『彼』、『夫』在古文中用例最少只在詩經中用『彼』字的比『我』、『吾』、『爾』、『汝』雖多，然詩經底

「彼」字概多指示代名詞，而是指山川草類的，例如：陟彼南山，瞻彼淇奧彼岨離離鬱彼北林不暇枚舉故其用法概在偏次在主次賓次的殆希有試徵之於十五國風「彼」字凡一百二十有餘中用作人代名詞的僅王風底彼采葛兮彼采蕭兮彼采艾兮三字詩經已然況在古文家哩古文在體製上是不必用第三人稱的。而間有用「彼」字的時候，概帶輕蔑之意不然則有敵愾的氣習如論語底憲問篇「問子西曰彼哉彼哉」韓愈底原道「彼以煦煦為仁」蘇洵底管仲論「彼固亂人國者」都是且在左國史漢底文中用「彼」或「夫」字的時候概用作固有名詞這豈不是在古文中第三人稱用得最少嗎？王若虛底史記辨惑指擿固有名詞濫用的弊就可以反證在史記裏用彼夫第三人稱的處所少。

爾雅釋詁云「卬」、「吾」、「台」、「予」、「朕」、「身」、「甫」、「余」、「言」我也。則代名詞第一人稱「我」字以外還有九個這十個的自稱代名詞，未必各有各底意義，或依據時代的關係有古今的變易，或依據地方的關係有南北的差別。例如：「朕」字在上古是貴賤共通的自稱，但在秦始皇以後特為天子底自稱，就是時代的變易故蔡邕底獨斷云：「朕我也古者尊卑共之貴賤不嫌屈原曰『朕皇考』此其義也。至秦天子獨以為稱，漢因而不改」。郭璞爾雅註云：「古者貴賤皆自稱朕至秦始皇二十六年定為至尊之稱漢因不改以迄於今。大禹謨云：『帝曰朕宅帝位禹曰朕德罔克』屈原亦云：『皇考曰伯庸』是貴賤皆自稱朕。

「卬」字代用我字在書經詩經雖間有所見然以詩經以外卻不見用例。「台」字

做爲自稱代名詞，書經以外不見用例但「甫」字卻禮記以外無用例。書經大誥云『不卬自恤』詩經邶風云「人涉卬否卬須我友」周南云『言告師氏言告言歸』書經湯誓云「非台小子敢行稱亂」禮記曲禮云：「畛於鬼神曰有天王某甫」都是。「卬」詩書古註新註都解作我也」爾雅註「卬猶姎也語之轉耳」爾雅疏「說文云：「我女人稱我曰姎由其語轉故曰卬」蓋非天下一般共通的稱呼而是一地方的方言『台』音怡，孔註蔡傳都云「我也」。而在書經中僅見於禹貢及湯誓或夏商時代特有的用語又如「甫」字用例最少「身」字更不待說。然爾雅注「今人亦自呼爲身」其他「吾」、「予」、「余」三字爲古來慣用的常語但不如「我」字普遍的用語。故詩經用「我」字的處所最多「予」次之，「吾」又次之。例如在國風但一邶國用「吾」字在十五國中沒有不用的，但用「予」字的處所是邶衞王鄭齊魏唐陳八國而用「余」字的處所僅一邶國，故說文解釋「予」字云無以其一斑亦可窺知全豹了。這是爾雅解釋九個自稱代名詞以「我也」二字的所以。故說文解釋「我」字云：「施身自謂也」而對「吾」字云：「我自稱也從口五聲」又毛詩底鄭箋禮記底鄭注論語底何注孟子底趙注等皆以「我也」二字解釋予字離騷底王注左傳底杜注等解「余」字亦云「我也」。故爾雅疏解「我」字云：「施身自謂也」，而解卬吾台予朕身甫余言九字云「此皆我之別稱也」即可知訓詁學者以我字爲代名詞第一人稱底常語同時可知「吾」、「予」、「余」三字皆其同義。

然觀瀾底助字雅東涯底操觚字訣及北山底作詩志彀皆就「我」、「吾」二字爲差別觀。第一觀瀾之說云：

我、吾之對物也吾我之自謂也予自喚之絡其言曖昧而不甚透徹。

第二、東涯之說云我是與彼我物我等相對的字向着對手對於自我而言的言語，『吾』是今人底自己等一類的詞是就自身而說的故我國我君是有對手的言語正字通品字箋之說『吾我一也』卻是謬說。然而孟子云：『文王我師也』又云：『吾何畏彼哉』皆其反證卽『我』字未必與彼相對反而『吾』字卻與彼相對哩。

第三、北山是畢生極力反抗物徂徠的故在作詩志彀裏指摘徂徠門下的大宰春台入江南溟底詩題杜撰謬用，非難南溟集中『長而遊於我社中』說是我社中的我字應作吾字徂徠家諸先生多不知『我』『吾』之別，徂徠底學則應書作『我本邦』的卻誤書作『吾本邦』看華邦之書有『吾國』、『吾鄉』、『吾黨』等是妄意地使用的不知古人應書作『我』的卻書作『吾』細視起來嚴密底有用法底差別要之，徂徠翁是初為品字箋所誤，不僅徂徠翁卽以品字箋通雅等的妄書為儀則而把字法弄錯了的往往不少大概就『我』『吾』二字而說其意義底差別的觀瀾東涯北山以外尚有多士然予則斷然主張是同義而用法上一點也沒有差別的。

正字通是明張自烈（一）所撰品字箋是淸虞咸熙所撰通雅是明方以智所撰。此三書是東涯、北山所排斥而無所取予則信張自烈虞咸熙方以智底文字上的知識在東涯、北山之右，而正字通品字箋通雅底訓詁的價值固然；通雅云：『台余吾我一聲』與東涯北山底差別觀是不相容的試從音韻學上而論『我』、『吾』二字不許在操觚字訣以上哩正字通解釋吾字云：『卽我也微有雅俗之分初無彼此之別者也且此二字隨口互用，略無間

通韻。然『我』爲五可切,『吾』爲五湖切,二字是雙聲文字。在古代疑問代名詞底幾何幾許打消助動詞底何胡疑問歇尾詞底邪乎其音義是相通的,很可證明。在代名詞『吾』、『我』、『予』有音韻學上的轉化亦無容正字通說明『我』字音又支韻音怡又語韻音五。『怡』音即書經『台小子』之台亦與我同一系統又『五』音全與『吾』字同一系統況說明『吾』字音在正字通云:『又麻韻音牙』品字箋云:『又音牙』正可以證明音韻學上『吾』『牙』轉化的理法倘更轉化則爲『予』而吾我予三字應相通用猶如歇尾詞乎邪與一樣然朱熹底楚辭九章註云:『此篇多以余吾並稱詳其文意余平而吾倨也』這可謂把文字底訓詁與音韻度外視的理學者底妄斷。

又試察『吾』、『我』、『予』之用法,『我』字最多見於古書,『予』字特多見於論孟二書。至於文典上的用法四者毫無相異之所。馬氏文通云:『我』『予』兩字雖用於主次、偏次、賓次、然『予』與『余』全是同音同義其用法當無差故禮記曲禮云:『君天下曰天子,朝諸侯分職授政任功曰予一人』,儀禮覲禮云:『伯父實來,余一人嘉之』鄭玄底曲禮注云:『余予古今字耳』,『吾』字箋解釋予字云:『余』。李翺荅皇甫湜書引之『吾』字作『予』可知不但予余同義,漢書注引之,『吾』字作『余』。又孟子梁惠王篇『吾之不遇魯侯天也』後義。故以『余』字用於偏次在理論上決無可疑之所又以『吾』字用於賓次的例證雖沒有然既有『我』字用

於賓次的例證，則『吾』字亦可用於賓次，理論上決無妨害了。蓋在漢文中的代名詞吾、我、予、余決非英語 I、me、my 之比呀！

其他還有一種特別的自稱代名詞。自稱曰己曰躬都是自稱。曰小生曰僕曰不佞曰不才亦都是自稱。又國君之自稱有孤有寡人，有不穀皆是謙辭。又臣下對於君曰臣，弟子對於師曰弟子，曰小子。子對於父曰兒，曰不肖。妻對於夫曰妾亦都是謙辭。

代名詞第二人稱有若、汝、女、爾而乃洒把。『若』解作『汝』也的，見於小爾雅底廣詁，國語底晉語注，史記張儀傳底索隱，漢書張良傳底注。解作若女也的，見於管子白心底注，考工記梓人底注，儀禮士昏禮記底注，又與字併稱而解作若而皆汝也的，見於莊子齊物篇底注。又與乃字併稱解為若猶女也的，見於禮記祭統注。又有解作若乃也的，見於小爾雅底廣言，國語底周語注。其他在詩經國風中以『子』字與『爾』、『女』同一用的多。後世『吾子』二字作為第二人稱用蓋其遺風吧！

『汝』、『女』二字俱屬上聲語韻，從古是共通互用的。而古來這二字中，就最慣用吧！『汝』之本義為水名，說文所謂从水女聲之諧聲字，以此用於第二人稱是假借的。又女字是婦人之象形文用於爾汝之義亦是假借，故第二人稱若與婦女之意義疑似的話，則用汝字若與水名疑似則用女字，皆是作者底自由。然虞、夏、商、周之書，第二人稱有汝字而無女字，論語第二人稱有女字而無汝字，而書經舜典『汝陟帝位』史記五帝本紀作『女登帝位』

第二十四章 我與汝

二二九

舜典「汝作秩宗」周禮春官序官鄭司農注作「女作秩宗」；益稷謨「汝翼」及「汝無面從」，史記夏本紀作「女輔之」及「女無面諛」由此觀之汝字從虞夏時代以來，已爲所用然女字則春秋以後纔被慣用的。

「爾」字解作爾汝也見於詩經雄雉戴馳氓羔裘底鄭箋儀禮士冠禮士虞禮記底注禮記檀弓坊記表記底注論語公冶長述而先進季氏底皇疏及小爾雅底廣詁以外還有尒伱字皆與爾同。廣韻云：「尒義與爾同」正字通云：「我稱人曰爾俗曰伱」。

論到「而」字禮記中庸底「抑而强與」，鄭注云：「而之言女也」。左傳宣公十五年底「余而所嫁婦人之父也」，杜注：「而女也」書經洪範底「而康而色」孔傳云：「而汝也」。又「乃」「洒」二字「乃」之古文就是「洒」二字本是同音同義故爾雅釋詁云：「洒乃也」列子天瑞篇釋文「洒古乃字」又詩經公劉篇「酒倉酒裹餱糧」孟子梁惠王篇引之三「洒」字皆作「乃」字書經堯典「乃命羲和」漢書律歷志作「酒禹貢」「十有三載乃同」漢書地理志作「酒」字這雖不作代名詞用然可知「乃」「酒」二字是同一的但以「乃」「酒」爲第二人稱去解釋的不但正字通有「乃汝爾之稱」，小爾雅及廣雅等也有「乃猶女也」儀禮觀禮禮記祭統注「乃汝也」周禮小宰注儀禮覲禮注禮記祭統注「乃猶女也」儀禮燕禮及大射儀注「乃項藉傳陳餘傳注有「酒汝也」

「乃」「酒」皆是故「乃公」爲「汝公」底意義，「酒翁」爲「汝翁」底意義。

試從音韻上而論，「若」屬於入聲十藥「汝」「女」屬於上聲六語「爾」屬於上聲四紙「而」屬於平

聲四支,「乃」屬於上聲十賄,然通雅云:「爾你而若乃一聲之轉」,正字通云:「而」、「爾」、「汝」、「若」四字相通。「而」之爲「爾」、「爾」之爲「汝」、「汝」之爲「若」皆高諧聲也。古人讀若字爲汝故傳記之文多有以若爲汝者。第二人稱底文字亦如第一人稱在音韻上是相通用的故若古音與如字同從古來若是與何與如何奚若與奚如自若與自如傍若無人與傍如無人同用可知且「若」如也見於易之乾卦詩之鼓鐘周禮之州長儀禮之士喪禮記之曲禮禮運樂記左傳昭六年公羊傳隱二年之疏。「而」字也在廣雅之釋親大戴記之本中白虎通之嫁娶等云:「女如也」,又「而如也」,是「若」、「而」、「女」、「而」三字與「如」字有同一的音義故徵之於古人之用例如書經底湯誓有「爾無不信」又有「爾不從誓言」在史記底殷本紀改作「女」字金縢有「用能定爾子孫於下地」,史記周公世家作「汝子孫」;呂刑「告爾祥刑」,史記底周本紀作「告汝祥刑」,在墨子尚賢作「告汝訟刑」;又呂刑有「在今爾百姓」,在墨子尚賢作「在今而百姓」;益稷謨有「安汝止」,史記夏本紀作「安爾止」甘誓有「汝不恭命」,在墨子明鬼作「若不共命」;史記項羽本紀有「吾翁卽若翁」,在漢書項藉傳作「吾翁卽汝翁」等可知「爾」、「女」、「汝」、「而」、「若」底古來相通互用了。故好爲差別觀的東涯也說:「爾汝之類皆對我之稱無各別之差」。然觀瀾卻說「爾輕汝重乃切」是猶在迷夢中不曾醒的。

(一) 張自烈 明宜春人字爾公,博學洽聞果徵不就。晚卜居廬山有《四書大全辨》、《諸家辨古今文辨》、《正字通》等十餘種。

第二十五章 無不未非

半虛半實　無毋无亡底差別觀　無毋亡與莫底通韻　妄忘罔與無底通韻　毛耗與無底關係

靡微與無底通韻　沒未蔑勿與無底關係　不弗未底異同　非匪與不無同用

日語「なし」一詞，在漢字裏有無、毋、无、莫、亡、忘、罔、毛、耗、靡、微、沒、未、蔑、勿等諸字又「ず」的一詞，在漢字有不、弗、未三字。「あらず」一詞，在漢字有非匪二字。這總稱為打消助詞。所謂打消助詞是幫助動詞以否定動詞底意義其文字自身是沒有一定不變的意義的附動詞始成意義但離開動詞時意義索然不明。例如曰不學曰不誨的場合就是否定「不」字是學及「誨」底動詞，故不學不誨的行為雖看做小人的，而不厭不倦的行為卻看作君子的。即可知「不」字是附屬於善的惡的兩方面而非有一定的特性這予把助動詞看作虛字而不入於實字的所以。

然助動詞不是如虛字前置詞、後置詞、轉接詞的無意義的。為什麼因為如無、不、未、非有否定的權能一樣可宜、當須四字有可定底資格使令教遣四字有命令底資格故助動詞虛字半含有實字資格故與前置詞後置詞轉接詞單是文典上的任務而文字自身不帶何等的意義的不一揆卽助動詞有半虛半實的性質。故馬氏文通以打消詞助動詞不是如虛字、前置詞、後置詞、轉接詞的無意義的。為什麼因為如無、

諸文字為狀字，卽入於副詞，廣池氏底支那文典稱打消副詞，新樂氏底漢文典稱非副詞，兩氏俱入於副詞之中。顧打消文字與日語「ず」及英語 no 或 not 相當然英文法以 no 及 not 為副詞，打消文字雖亦似應為副詞然在日文典卻以「ず」為助動詞。故猪狩氏底漢文典以打消文字屬於助動詞先獲我意。因為予在前章已把文字分類為虛字與實字，實字是一個言語含有固定的意義的，但虛字若使一字孤立則無何等的意義，副詞文字在言語上雖可獨立但助動詞底文字在言語上是不能獨立的。且盧以緯底助語辭三宅觀瀾說無是對有之稱其音平莫是漠然絕無故其意緊亡是曠然無迹罔是昏然不見微是其意為殆靡是其義似鮮蔑滅也比莫較緊三宅橘園說對有示其不可形曰無對存示其絕跡曰亡絕不容復見曰罔莫是對適探其無之固然之辭靡是狀其幾將無之辭蔑是推有以歸之無毋是測其必當無之辭勿是規而無之辭末是卻之以處諸無之辭微是假設以處無之辭蓋欲說明其差別遂至陷於牽強附會之弊。朱熹底論語公冶長篇註：「無者、自然而然勿者禁止之謂。」亦是拘泥之說。況操觚字訣云「勿強毋弱」助字鴻云：「毋比無重比勿輕」其為臆說不待說了。顧這等文字本來是虛字唯僅假借字音決不是取文字本義而轉化虛字通雅卷一「無通為无、亡、勿、毋、莫、末、沒、耗、蔑、微、靡蓋一聲之轉也」博引經史及諸子以為證大獲我意。

「無」與「毋」音底相通是俱屬於平聲七虞，從鄭玄儀禮士昏禮注云：「古文毋作無，則毋無通也」孟康

（一）漢書貨殖傳註云：「無字或作毋」朱熹論語學而篇無友不如己者註云：「無毋通」其他廣益助語辭及經

傳釋詞俱云：『毋與無通』可以知道。故學而篇云：『無友不如己者』而至子罕篇則云：『毋友不如己者』是以毋二字同一看待哩。又書經有『無逸』，書經洪範篇有『無偏無黨』而史記宋世家作『毋偏毋黨』其他書經用無字的處所多，而史記概作毋字。惟論語『毋意毋必毋固毋我』史記孔子世家『無意無必無固無我』就是『無』、『毋』相通之故。朱熹註『毋意毋必』云：『史記作無是也』爲無毋之差別觀與學而篇所謂無毋通前後矛盾。

『無』與『无』爲同一文字由通雅云：『無通爲无』廣益助語辭云：『无古無字』可知故易經多用『无』字代『無』字又『無』與『亡』相通據顏師古底漢書司馬相如傳註有『亡讀曰無』朱熹底論語八佾篇註有『亡古無字通用』集韻（三）云『無或作亾』正韻（三）云『亡同無』藝苑雌黃云『無亦作亡古唯用此二字秦時始用橆字後又變林爲四點』助語辭云：『亾與無通』廣易助語辭云：『亡，音无卽无字』經傳釋詞云：『亡與无同』助字辨略云：『無與无通，操瓠字訣云：『亡是無的古字』可知故史記司馬相如傳有『無是公者』而漢書司馬相如傳云：『亡是公者，亡是人也』顏師古註云：『亡讀曰無。』蓋亡字有二音，一屬七陽一屬七虞。

莫音雖屬於十藥韵，但暮慕募墓模謨幕嫫八字皆莫聲，而暮、慕、募、墓屬於七遇，模、謨、幕、嫫屬於平聲七虞，則莫在字音應與無、毋亡相通通雅云：『莫毋無聲近相通』即是。作詩志穀譏彈物徂徠不知無莫二字底差別然

予則寧可左祖徂徠底無莫用法無區別的。

忘、妄、罔所以與亡相通的是因為三字都以亡為音符的緣故故忘正韻云：「無方切音亡」妄集韻云：「武方切音亡」罔集韻云：「武方切音亡」亡唐韻集韻韻會俱云：「武方切音忘」又正韻云：「或作亡」可知忘、妄、罔三字皆屬七陽而通亡轉無的。

毛耗二字俱為「毛」音，毛屬於下平四豪耗屬於下平三肴三肴四豪是古相通的而毛耗二字所以通用為無的蓋不是準據音韻學上的通則而是依於地方的言語底關係哩佩觿集（四）云：「河朔謂無曰毛」又通雅云：「江楚廣東呼無曰毛」河南江北叫做無的河北江南稱為毛即對于毛耗二字的無字是依據地方底言語底關係決不可謂為音韻學上三肴四豪通七虞後漢書馮衍傳注云：「飢者毛食之毛與無同」這是說意義底相同而不是說音韻底相通。

靡微二字今韻學上靡屬於上聲四紙微屬於平聲五微二字是相通的然靡有披靡隨離等之意屬於四紙有散損碎等之意屬於平聲四支而四支與五微旣相通則靡之字音應與微字通用操觚字訣云：「靡古字與無同」可知古韻五微與七虞相通了。

沒末蔑勿四字均是入聲字沒屬於六月末屬於七曷蔑屬於九屑勿屬於五物、五物、六月、七曷、九屑古旣相通，則沒末蔑勿四字本來是相通的但不能認為有通七虞之無的理由然通雅云：「無通作末論語「末由也已」禮

記文王世子末有原與無通又通作沒論語「文王旣沒」「沒階」俗謂無爲沒，南齊豫章王嶷臨終召諸子曰：「吾無後當共相勉勵」即沒後也；顧末沒二字通無的理由雖不容易承認然俗以無謂之沒之說是應首肯的。助語辭云：「亡與無通只是俗語沒字」則沒字之爲俗語亦明矣。即是沒末蔑勿用作打消助動詞在某時代某地方是因襲以無爲沒的俗習決不可主張物月曷屑底入聲字與虞之平聲相通猶之毛耗二字不依音韻學上通韻的原則而是依地方的言語底關繫以代用無字一樣。

又試就不、弗末三字而辨其異同則三字都是打消助動詞，宋邢昺底論語公冶長篇疏云：「弗者不之深也」助字雅云：「不無意而弗有力」操觚字訣云：「弗比不強故不能與弗能有意義輕重之別，虛字解釋云：「未比不字轉婉曲」是主張三字底性質自有緩急輕重之別的。按不弗同屬入聲五物二字音相通是無容疑的如廣韻云：「不與弗同」廣益助語辭云：「不音弗與弗同」即是。故禮記曲禮云：「父之讐弗與共戴天」胡銓上高宗封事云：「義不與檜等共戴天」至若末字是屬於去聲五末的「不」「弗」二字難於通用但古或者與上聲五尾之匪相通哩。

非匪二字之用法，古來沒有甚差異詩經木瓜毛傳云「匪非也」即是然助字雅云：「非不是也匪不然也」是陷於病的差別觀今之音韻學上非屬於平聲五微匪屬於上聲五尾是古今音韻底變遷古代蓋是同一發音的猶如舜之股肱歌把平聲四支與上聲四紙混同着且漢以前以非字爲不或與無同一使用的多大戴禮保傳篇「人

性非甚相遠也」漢書賈誼傳以「非」作「不」即是其例。故服虔底漢書蕭望之傳注云:「非不也。」又孟子滕文公篇「無君子莫治野人無野人莫養君子」坿鐵論底相刺篇引作「非君子,莫治小人非小人莫養君子」是把非無看做同一的試援尙書一讀能該覺着「非」字解作「不」或「無」字的最適切了。

（一）孟康　三國魏廣宗人字公休明帝時爲散騎侍郎弘農守領郡吏二百餘人涉春遣休常四分遣一分無宿納後至中書監封廣陵亭侯,嘗注漢書。

（二）集韻　書名舊題宋丁度撰凡十卷書成於治平四年,司馬光始奏上計自度之受詔已三十一年蓋經多人之手而成者其書務從賅廣,所收或作之字最備而注釋頗畧。四庫提要譏其蕪雜古今韻畧,亦謂其繁簡失當尙出廣韻之下。

（三）正韻　書名明洪武中敕撰大旨斥沈約爲吳音以中原之韻更正其失併平上去三聲各爲二十二部,入聲爲十部,於是古來相傳之二百六部併爲七十有六蓋歷代韻書自此而一大變字義音切亦不甚當終明之世未能通行天下其後再校更名洪武通韻,其書亦不傳。

（四）佩觿集　小學書名宋郭忠恕撰凡三卷。

第二十六章 於于乎

作爲前置詞　從音韻學看　從訓詁學看　古人底用例　時代底推移　作爲感歎詞　作爲副詞　作爲發聲　作爲歇尾詞

於、于、乎三字做爲前置詞用的時候，有作爲感歎詞用的時候又間有用作發聲或歇尾詞的。然其用法及性質三字皆同一古來沒有不共通的。惟盧以緯底助語辭，張文炳底虛字註釋三宅觀瀾底助字雅，伊藤東涯底操觚字訣，皆川淇園底助字詳解等著作裏說明前置詞的於于乎三字各殊其用法及性質即助語辭云：「于字與於字相類惟微有輕重之別，于意略重。」但較於字意略重乎字與於字同意而略帶虛活。窒礙匪指其處也」是說於、于、乎之差別的。而操觚字訣云：「於輕於比于活動乎是上字之餘聲，」是與觀瀾之說相投合的。助字解釋云：「後世於于別完全混同但古則於于之別顯然，」亦是主張於于之別的。

然予於茲是主張於、于、乎三字皆同音同義且同性質的。試從音韻學上而論，則于乎兩字並屬於七虞，於之一

字是屬於六魚六魚七虞古既相通，於、于乎三字音韻學上，應相通用。且於、于乎三字今音雖爲『ュ』、『ウ』、『コ』，但古音皆爲『コ』乎字今音爲『ウ』茲不具論于之字音『ウ』二音因爲于與亏同，故汙一作迂本作适誇袴等字底音符爲亏而含有『コ』音即可知于字古來有『ウ』、『ウ』、『コ』三音於之字音也於『ウ』以外尙有『ウ』、『コ』二音陸德明（一）底音義說『於音烏』顏師古底匡謬正俗說『於卽古烏字』王鳴盛（二）底尙書後案說於字爲烏之省文於本是烏烏字象形隸變作於』而烏旣有『コ』、『ウ』、『う』三音則於字亦有『コ』、『ウ』、『う』三音故左傳及淮南子曰『於越』荀子曰『于越』是指同一的地方以於于同用的後世雖音讀爲『うェッ』『ウェッ』然古發音或爲『ュェッ』也未可知哩因爲如漢書底賈誼傳以『于越』作『胡越』楊倞底荀子註『于越猶言吳越也』，皆是以于字發音爲『コ』的由來虛字皆假借其字音而不取其文字底本義。故和訓上說作『に』的場合也許昔時謂之『コ』而用于或乎字虞、夏、商周之書卽是然時代底推移，于字發音爲『ウ』復發音爲『コ』則代于字以於字發音爲『コ』及一般遂用乎字了。東條一堂底助辭新釋乎今音雖爲『コ』然一定說是與乎字同，亦未必有信據看破三字皆同音同義無疑是卓見了。

試從訓詁學上而論，爾雅解于云：『于於也，』說文亦云：『于於也，』詩經采蘩底毛傳及擊鼓鄭箋云：『于於

也」『孟子萬章下趙注云『于於也』』離騷王注亦云：『于於也。』又廣雅解於字有『於于也』的話，呂氏春秋貴信篇高注解乎字有『乎於也』的話可知於、于、乎三字是有共通性的。

又徵之于古人之用例於于二字同用的，如論語學而篇底有子曰『信近於義言可復也恭近於禮遠恥辱也』之句史記仲尼弟子傳引之兩於字改爲于字書經堯典底觀厥刑于二女釐降二女于媯汭之句史記五帝本紀引之，兩于字作於字其他舜典中底賓于四門舜讓于德受終于文祖類于上帝禋于六宗望于山川徧于羣臣至于岱宗望秩于山川流共工于幽州放驩兜于崇山竄三苗于三危殛鯀于羽山之類在史記五帝本紀中的堯舜本紀卻取書經底堯典舜典而用於于字司馬遷皆改作於字。史記夏本紀禹貢之文的處所多禹貢于字多。而司馬遷或改爲于字或照原文用于字又史記孔子世家及仲尼弟子列傳是剪裁論語之文的。而論語中用於字的多即司馬遷是把於于兩字同一看待的這不獨司馬遷是然詩經大雅思齊篇『刑于寡妻至于兄弟以御于家邦』國語晉語作『刑於寡妻至于兄弟以御於家邦』即此類又於乎兩字同用的，一讀大學中庸及孟子則思過半矣例如

所惡於上毋以使下所惡於下毋以先後所惡於前毋以從前。《大學》

所求乎子以事父未能也所求乎臣以事君未能也所求乎弟以事兄未能也所求乎朋友先施之未能也。《中庸》

在下位不獲乎上民不可得而治矣獲乎上有道不信乎朋友不獲乎上矣信乎朋友有道不順乎親不信乎朋

友矣；順乎親有道，反諸身不誠，不順乎親矣。

居下位而不獲於上民不可得而治也獲於上有道，不信於友弗獲於上矣信於友有道事親弗悅弗信於友矣；

悅親有道反身不誠不悅於親矣。《孟子離婁》

大學、中庸是同一句法,大學用四個於字在中庸則用四個乎字豈非子思把於乎二字同一看待嗎又《中庸》與《孟子》內容形式都是同一而孟子卻改《中庸》底九個乎字作七個於字豈不是孟子亦把於乎兩字同一看待嗎這不獨子思、孟子爲然即如莊子逍遙遊底肩吾問於連叔與齊物論底齧缺問乎王倪雖均是同一的句法然一用於字一用乎字又如易繫詞底「法象莫大乎天地」老子底「禍莫大於不知足」韓非子喻老篇底「罪莫大於可欲」雖乎字都作於字論衡引孟子盡心篇底「同乎流俗合乎汙世」兩乎字均作於字無不皆然這樣可知前置詞於、乎三字古來同音同義而共通互用的。故如書經金縢篇『于後公乃爲詩以貽王」公羊傳昭公二十五年『昭公於是嗽然而哭」前者于後者於是性質上毫無差異既有於是于是之用例理論上又用乎是二字也無不可。只是乎字在許多的場合用作疑辭的語尾故以於是則乎字或者有屬於上句底語尾的疑辭之嫌而不慣用。如漢書揚雄傳曰『離虖皇波」曰「將折衷虖重華」蓋亦是避這種嫌疑的。

更以於于乎三字互用之例徵之於古人之對句，如《論語》《爲政》篇云：「友于兄弟施於有政」《孟子》《公孫丑》篇云：

「出於其類拔乎其萃」莊子大宗師篇云：「夢爲鳥屬乎天夢爲魚而沒於淵」應帝王篇云：「立乎不測而遊於無有」；荀子禮論云：「欲必窮乎物物必不屈於欲」國語晉語云：「度於閔天而謀于南官」史記屈原傳云：「內惑於鄭袖外欺于張儀」張蘊古（三）底大寶箴云：「縱心乎湛然之域遊神於至道之精」蘇軾底韓文公廟碑云「是氣也寓於尋常之中而塞乎天地之間」等不遑一一枚舉試律之以東涯、淇園等之說畢竟不免牽強附會。於于乎底用法，古來是共通而爲古人所共用的，已經論逅過了。然通覽古今底經藉做歷史的研究可知於、于乎底用法有時代的特色。三代底經典以用于字爲主少有用乎字的。故書經中「於」字雖有用爲感歎詞的然作爲前置詞「於」字用的處所除金縢篇「爲壇於南方」及「公將不利於孺子」酒誥篇「人無於水監當於民監」顧命篇底「逆子釗於南門之外」以外殆不曾見。而金縢、酒誥、顧命三篇，酒誥篇中多數用『于』『于』字，論語、孫子、左傳等無字恐怕是後人傳寫之訛然至春秋以後多用「乎」「于」的了。論語孟中非引詩經書不皆然只春秋、易繫辭說卦及中庸大半用「乎」字蓋是擬古文學的爲三代文學之遺物。故論孟中非引詩經經底古語而用「于」字的處所論語底「吾十有五而志于學」「乘桴浮于海」「民到于今受其賜」「餓于首陽之下」孟子底「定于一」「邑于岐山之下居焉」「民到于今稱之」「汝其于予治」「復歸于毫」「帝館甥于貳室」「周于利者周于德者」這猶于天地之間」「病于夏畦」「帝館甥于貳室」「周于利者周于德者」這猶如書經中有五個「於」字一樣。故毛詩鄭注云：「凡經用于，凡傳多用於」清錢大昕底十駕齋養新錄云：「于於

兩字，義同而音稍異。尚書、毛詩例用于字，論語例用於字，唯引詩、書作于。可知「於」、「于」二字有時代的慣用哩！

今考察于乎底用法，第一是自動詞底補語以用「二」底送假名的場合為常這徵之於論語是最善於用這種原則的，除入居處侍事仕由因仍非及告謂語當中乘升從違徙至之適臨在克勝等二十餘字外要「二」底送假名的場合必用「於」字又徵之於書經也除命詔告咨隨若從服遷宅居事往適格距稽在非陟乘錫貽依由、克等二十餘字外要「二」底送假名的場合必用「于」字第二用作他動詞底補語的場合即如「孟孫問孝於我」、「葉公問孔子於子路」、「天生德於予」等以插入於兩個名詞之間的為常故論語中這種用法雖多然不曾有犯這原則的處所然至於史記漢書遂有削去「於」字的傾向。而漢書為特甚例如論語中有「齊景公問政於孔子」之句，而史記孔子世家引此語為「景公問政孔子」又論語有「夫子至於是邦也必聞其政」之句，而史記仲尼弟子傳作「孔子於子路」又孟子有「移其民於河東」之句，而史記張耳陳餘傳用與此同一的句法為「徙其民河內」即是。國必聞其政」又更以史記漢書比較，則漢書為最甚。蓋經史子中虛字最少的沒有若漢書的。例如史記淮陰侯列傳底「楚方急圍漢王於榮陽」及項羽本紀「遊仇於吳中」漢書底韓信傳及項羽傳皆削去「於」字即是。第三為要文勢底緩急或為了整齊造句的形式或有削的或有加的。試看論語底子罕篇「拜下禮也今拜乎上泰也」孟子底公孫丑篇「不幸而有疾不能造朝，」「有採薪之憂不能造朝，」「今病小愈趨

第二十六章　於于乎

二四三

造於朝」「請必無歸而造於朝」離婁篇「曾子居武城有越寇」與「子思居於衞有齊寇」告子篇「天子適諸侯曰巡狩諸侯朝於天子曰述職」吧拜下拜上皆同一語法而拜下省前置詞拜上削前置詞後二個加「於」字的是為什麼呢？又「居武城」與「居衞」是同一的語法獨「居衞」加「於」字「適諸侯」與「朝天子」為同一的形式獨「朝天子」加「於」字如這等的例皆是修辭上的工夫從文典上說起來則都應加入前置詞，作為感歎詞表現「う」音的文字有於、烏、惡等表現「ウ」音的文字有乎、呼嚛虖戲等古來感歎詞是「う」呢，是「ウ」呢抑或是「コ」呢？雖不得而知然於、于、乎三字旣皆是同音的文字決非有異義的，故於乎、嗚虖、於虖、烏嚛、惡嚛、嗚呼、嗚呼、烏乎、於于、於乎等底感歎詞皆不過為「う」「ウ」「コ」底複音則性質上未必有差別，然後人妄為穿鑿以「吁」為疑怪聲「戲」為歎歔之聲或以「嗚呼」為傷嗟感慨之辭，「於戲」為歎美頌揚之辭，或以「嗚呼」用於哀誄祭文而「於戲」用於封拜册命。三宅觀瀾底助字雅伊藤東涯底操觚字訣三好似山底廣益助語辭三宅橘園底助語審象岡白駒底助辭譯通等皆以於吁呼底助字意義為差別的地說明然而不憚斷言為表對於「於」「吁」「呼」文字非有異義的故「於」「吁」「呼」三字中無論用那一個依場合而或為傷悲、或為贊美或為怪訝、或為怨慕、或為嗔恚、或為驚駭，這皆是依下文的語聲而領會的。中國人為無用的穿鑿的旣已多。況乎日本人哩！如觀瀾底助字雅云：「嗟夫嗚呼吁咨噫嘻疑詞也嗟夫其音雅，嗚呼其意傷吁大息發也咨有

寧譚懇之意，噫胸中有慍嘻意中有定」即是。獨顏師古底匡謬正俗云：「今文尚書悉爲「於戲」字古今尚書悉爲「嗚呼」字而詩皆云「於乎」中古以來文藉皆爲「嗚呼」字」很能把感歎詞底時代的變遷說明先獲我心。

又作爲副詞「於」、「于」有用爲「在此」的意義的。詩經曰：「燕燕于飛」曰「之子于歸」曰「于以采蘋」呂氏春秋曰「有龍於飛」漢書禮樂志曰「於以風示海內」都是。「於」、「于」已然則「乎」字亦可用作副詞惟用於語尾的多如以「乎」字用於句首卻有屬於上句之尾之嫌故發聲之詞用「於」、「于」而不用「乎」的僅避嫌而已。

發聲用「於」、「于」之例，舉起來則如左傳定公五年云：「於越入吳」荀子勸學篇云：「于越夷貊之子生而同聲」淮南子原道訓云：「於越生葛絺」即是。故杜預底左傳註及高誘底淮南子註「於」字解作發聲特別左傳宣公八年及定公十四年之疏說是夷言之發聲，蓋是南越地方之發聲，而非中國一般共通的發聲故「於」「于」之發聲多冠越而不用於他國而楊倞底荀子註「于越猶言吳越也」是不知發聲的「ㄛ」而誤以「于」「吳」同音而作爲名詞的。

其他作爲歇尾詞有以「乎」、「于」同一用法的呂氏春秋底審應篇有「然則先生聖于」高誘註云：「于平也」管子底山國軌篇云：「爲之有道于」王引之解釋云：「于猶乎也」即是又如列子底黃帝篇有「今女之

鄙至此乎」的話，古本皆把「乎」字作「于」字，據陸德明底經典釋文可知尚有歇尾詞「乎」字底用法及性質留在後章與「歟邪」合併去說明。

（一）陸德明　唐吳縣人，名元朗，以字行善名理，歷仕陳隋高祖時爲國子博士者有經典釋文、諸經音讀多恃以爲依據。

（二）王鳴盛　清江蘇嘉定人，字鳳喈號禮堂，乾隆進士治經以漢人爲師，撰尚書後案專宗鄭注亡逸者采馬融王肅注補之，又撰十七史商榷、蛾術編、詩學盛唐古文亦負重名，有耕養齋集、西沚居士集。

（三）張蘊古　唐洹水人，敏書傳曉世務文擅當世，太宗卽位上大寶箴，諷帝以民畏而未懷其辭挺切擢大理丞，後坐事被誅。

第二十七章 前置詞

前置詞諸之 前置詞與之 自從由繇道用法上的異同與為以底用法

前置詞冠於名詞、代名詞及成句的名詞之上，而連接於自動詞他動詞及形容詞，為文典上的副詞形。連接於自動詞的為副詞形底賓詞，連接於他動詞的為受動格底賓詞又有連接於含有二個賓詞的他動詞的，為副詞形底間接賓詞連接於形容詞的為比較法底賓詞。例如：

副詞形底賓詞	受動格底賓詞	比較法底賓詞
（a）於于乎	（a）於于乎	（a）於于乎八與於
（b）諸之	（b）與為與以與	（b）與
（c）自從由繇道		
（d）與為與以與		

凡前置詞中的主要的，為「於」「于」「乎」三字但「於」、「于」、「乎」三字已在前章論述過茲從省略。在漢書「於」、「于」、「乎」之外雖用「虖」然「虖」與「乎」同一字由感歎詞「嗚呼」、「烏虖」同一用法可知故予於茲僅就副詞形底賓詞的諸之二字聊加辯明。如：

近取諸身遠取諸物〈易繫詞下〉

舉直錯諸枉則民服舉枉錯諸直則民不服。〈論為政〉

君子之道本諸身徵諸庶民考諸三王而不繆建諸天地而不悖〈中庸〉

一般解釋『諸』字為『之於』二字底代用，則『諸』字是兼備指示代名詞與前置詞底二性質的。如物徂徠解釋論語為政底『錯諸枉』底『諸』字云：『諸之乎也』是然朱熹解之云：『諸衆也』是錯了的。廣雅云：『諸於也』〈禮記射義底『射求正諸己』鄭注云：『諸猶於也』；莊子逍遙遊底『宋人資章甫而適諸越』註：司馬彪曰：『諸於也』論語憲問『與文子同升諸公』註：皇侃（一）曰『諸於也』邢昺（二）曰『諸於也。這樣『諸』字是指示代名詞的前置詞，即非『之於』二字底代用，而不單看作前置詞即與『於』字為同一的。如之字古來既解釋為『於也，則皇侃云：『諸之也』不是作為代名詞解釋『諸』字的，也許是作為前置詞『於』字之義去解釋的吧！例如：

人之其所親愛而辟焉，之其所賤惡而辟焉。〈禮大學〉

之所以接下之人百姓者，則好用其死力矣。〈荀王制〉

是皆解作『之』字而看作『於』字。鄭玄解釋大學『之其所親愛』曰『之適也』朱熹曰：『之猶於也』久保筑水解釋荀子底『之所以接下之人百姓者』曰『之於也』皆是其例。故物徂徠亦解釋

苟無之中者必求於外。〈荀性〉

苟有之中者必不及於外。〈性惡〉同

曰：「兩『之』字猶如於也。」

比較法用與字與於、于乎用於比較法的時候其形式不一比較法的於、于乎是介在於名詞之上形容詞之下，而與字是冠於上半句之首例如：

與其有聚斂之臣甯有盜臣〈禮大學〉，

與其媚於奧甯媚於竈〈論八佾〉

與其辟人之士也豈若從辟世之士哉。〈論微子〉

與其譽堯而非傑也不如兩忘而化其道〈莊大宗師〉

與其有譽於前孰若無毀於後〈韓愈送李愿序〉。

於上半冠與字則下半冠以甯豈若不如孰若等字又如：

救趙孰與勿救〈國策齊策〉

君侯自料能孰與蒙恬功高孰與蒙恬，謀遠孰與蒙恬，無怨於天下孰與蒙恬。〈史李斯傳〉

之類即「與云云」「孰若」的句法底一變又有一種用法例如

豈若跛鼈之與六驥足哉〈荀修身〉

若曹沫之與齊桓公則大善矣。《國策燕策》

不如張耳之與成安君者也。《史記淮陰侯傳》

皆是比較法另一種的形式。

至於在副詞句的場合的自從、由、繇道五字，皆是同一的用法，是表動作底起點或方向的。其用法有二種：一是副詞句在動詞之上，一是副詞形底賓詞在動詞之下。例如：

副詞句在動詞之上：

湯一征自葛始。《書仲虺》

施施從外來，驕其妻妾。《孟離婁》

他日由鄒之任見季子，由平陸之齊不見儲子。《孟告子》

繇膝以下為揭，繇膝以上為厲。《爾雅》

除道道九原抵雲陽。《史記始皇紀》

風道北來。《山海經》

之類，皆是副詞句在動詞之上又如：

昔朕來自奄。《書多士》

有隕自天。《易姤卦》

日居月諸出自東方。〈詩邶風〉

晉侯濟自泮。〈左傳襄二十五年〉

秦實子歸自趙。〈史記秦本紀〉

弟子彌衆，至自遠方。〈史記孔子世家〉

五等之制始於黃唐，郡縣之治創自秦漢。〈陸機五等論〉

之類，是副詞形底賓詞，在動詞之下的。尤其是看了陸機以用法始於黃唐與創自秦漢相對，則可知『自』字與『於』字爲同一的資格了。況乎詩經大雅底『無易由言』鄭箋有『由於也』的話，可知由亦與『於』字爲同樣的前置詞，只是如目的格一樣，在動詞之下的前置詞僅用『自』字而不見有從由繇道底用例。然未必『自』字與『從』、『由』、『繇』、『道』底用法有逕庭。

試就自從由三字而論其用法及性質底異同，三宅觀瀾底助字雅，伊藤東涯底操觚字訣，皆川淇園底助字詳解，三宅橘園底助語審象等皆是主張這三字有差異的。觀瀾曰：『自指其源，由緣其源而來從隨源而至』；東涯曰：『自由也從也而無經歷之意；從有漸漸經歷，由從也自也經從也』橘園曰：『對他舉其所出曰自趁其所就之曰從循此而屆彼曰由』即是。至淇園之說宂慢而不透徹的處所多茲略從。總之觀瀾以下之說以『自』爲指其起點『由』與『從』爲示其經歷或方向。這雖是從其文字底本義而推論然前置詞底『自』、『從』、『由』

元是虛字未必拘泥於文字底本義故予論三字底用法，而主張都是同一的。爾雅釋詁釋從與由云：「自也，詩經大雅底「自西自東自南自北無思不服」鄭箋云：「自由也」禮記內則底「由衣服飲食由執事」鄭注：「自由也」則可知「自」與「從」「由」之間沒有逕庭。如尙書多士云：「昔朕來自奄」孔安國註：「昔我來從奄」即是其例。其緣字之音爲由「緣」「由」二字底爲同一用法是很顯明的了只其書法有「自東方出」與「出自東方」二種表現語氣底緩急只示其起點或方向爲主則用第一的書法以表示發生的動作爲主的則用第二的書法。

其他就在副詞句的場合的與爲以等而言則與字王引之釋云：「猶以也」王念孫云：「猶與也」以字廣雅云：「以與也」儀禮燕禮注云：「以猶與也」即可知與爲以三字作爲前置詞有共通性的試就與字而辯明則，

（a）殷人殯於兩楹之間則與爲賓主夾之也。〈禮檀弓〉

（b）大夫有所往必與公士爲賓也。〈儀禮玉藻〉

以與字作爲前置詞王引之釋爲「猶以也」故他說明（a）「言以賓主夾之也」說明（b）「言必以公士爲擯也」又

（a）所欲與之聚之。〈孟離婁〉

（b）或與中期說秦王。《國策秦策》

（c）吾與子出兵矣。《國策楚策》

（d）與君歌一曲請君為我聽。《李白將進酒》

之類，以與字作為前置詞，王念孫云：「與猶為也」即是。故王引之解釋（a）為「言民之所欲則為民聚之也」解釋（b）為「言為中期說秦王也」解釋（c）為「言吾為子出兵也」。如（a）亦與李白底「與君歌一曲」同樣「與」字應解作「為」字然「與」字看做「以」字或「為」字的時候卻非前置詞「與」字底正式以「與」解作「和」而完全成為副詞句的也有例如：

與朋友交而不信乎？《論學而》

諸君子皆與驩言孟子獨不與驩言；《孟離婁》

與己同則應不與己同則反是之異於己為非之。《莊寓言》

足下與項王有故何不反漢與楚連和。《史淮陰侯傳》

之類，是副詞句底正體這等與史記李斯傳「夫臣人與見臣於人，制人與見制於人豈可同日道哉」及淮陰侯傳「非愚於虞而智於秦也，用與不用聽與不聽也。」底四個「與」字，作為接續詞用的完全不同又作為副詞句「為」

字底用法，猶如「於」字例如：

不爲利諂不爲威惕｛左哀十六｝

爲淵敺魚者獺也爲叢敺爵者鸇也爲湯、武敺民者桀與紂也。｛孟離婁｝

嚴仲子辟人因爲聶政語。｛國策韓策｝

之類即是。王念孫云：「爲聶政語言與聶政語也」王引之云：「爲聶政語與其說是「與」字，寧可解作「於」字爲適當因爲「不爲利諂」與「不於利諂」同義，是「不諂於利」底句法底一變又副詞句「以」字底用法有二種：一如——

是「語於聶政」底句法底一變；「爲淵敺魚」與「敺魚於淵」底句法底一變；「爲聶政語」與「於聶政語」同義，

許子以釜甑爨以鐵耕乎？｛孟滕文公｝

說詩者不以文害辭不以辭害志。｛孟萬章｝

孔子則欲以微罪行。｛孟告子｝

善用兵者不以短擊長而以長擊短。｛史記淮陰侯傳｝

二即是王引之所解爲「與」即「和」的如——

主人以賓揖。｛儀禮鄉射禮｝

各以其耦進。同鄉射禮

君曰以我安。同燕禮

以耦左還。同大射禮

之類就是。

副詞句爲了省略目的語或目的語底位置變更前置詞有化爲副詞底形式的例如：

（a）君子不以紺緅飾紅紫不以爲褻服。論鄉黨

（b）君以此始亦以終。左傳昭二十三年

（a）之上句「以紺緅」三字雖爲副詞句，然下句移紅紫二字置於主語的位置則「以」字失了前置詞的資格，而爲副詞底形式了。又（b）之上句雖爲副詞句，然下句省略一此字，則「以」字即消滅了前置詞的資格而變性爲副詞了。

（一）皇侃　梁吳郡人少好學師事會稽賀瑒盡通其業爲國子助教聽講者常數百人，撰禮記講疏奏上有論語義、禮記義等書。

（二）邢昺　宋濟陰人字叔明太宗時擢九經及第累遷金部郞中眞宗初置翰林侍講學士以昺爲之命坐講春秋於殿上因敷陳時事尋詔禹興杜鎬孫奭等校定三禮三傳孝經論語爾雅等書義疏官終禮部侍郞。

二五五

第二十八章　後置詞

後置詞殺着煞道取卻爾來破　也與乎與等也與者　然如乎兮焉爾底用法

虛字中應屬於後置詞的文字有五種：第一種是屬於名詞代名詞的『也』、『乎』、『之』、『等』四字。第二種是屬於副詞的『也』、『者』二字第三者是屬於名詞、動詞、形容詞、副詞的『也』、『乎』、『兮』、『焉』、『爾』。第四者是屬於形容詞、副詞、動詞而成為形容詞副詞的『然』、『如』、『乎』、『兮』、『焉』、『爾』。第五種是屬於動詞的特殊的後置詞，『殺』、『着』、『煞』、『道』、『說』、『取』、『卻』、『爾』、『來』、『破』等例如愁殺逢着忙煞解道開說看取謝卻羨爾怪來讀破之類是。

第一就屬於名詞代名詞的『也』、『乎』二字而言二字卻是屬於固有名詞的如：

賜也非爾所知也。論公冶長

參乎吾道一以貫之。論里仁

即是。從來屬於固有名詞的『也』、『乎』用於直接地呼叫其人名的時候故東條一堂謂在這時候的『也』『乎』

為『呼聲』物徂徠也解論語雍也篇底『回也其心三月不違仁』道：『回也如賜也呼顏子告之也。』安井息軒

底論語集說卽取其說。然屬於固有名詞的『也』、『乎』未必僅用在呼人名之時。如：

子曰回也視予猶父也。〈論先進〉

季康子問仲由可使從政也與子曰由也果。〈論雍也〉

前者稱於顏回之死後後者亦稱爲仲由也不在之時特別如：

對曰賜也何敢望回回也聞一以知十賜也聞一以知二。〈論公冶長〉

丘也幸苟有過人必知之。〈論述而〉

論語集說即取其說。然屬於固有名詞的『也』『乎』爲一種的『テニヲハ』助詞，但徵之於左的用例則可知其未必然我們看了

爲伋也妻者是爲白也母不爲伋也妻者是不爲白也母。〈禮檀弓〉

公子曰事未可知反與壬也處。〈左哀六〉

使狗曰得桓魋者有賞魋也逃歸〈左哀十三〉

若之何其以虎也棄社稷。〈左襄二十一〉

吾將使獲也助吾子。〈左隱十一〉

可知『也』字屬於固有名詞的後置詞，顏氏家訓書證篇說：『也』字云：『也是語已及助句之辭』『語已』是

第二十八章　後置詞

二五七

指歇尾詞底場合，『助句』是指後置詞底場合。

『之』字作為後置詞而屬於名詞代名詞在前章品詞底分類下已經說明從略。『等』字是後置詞應屬於名詞、代名詞而表示複數的例如：

趙相貫高趙午等年六十餘。史記張耳陳餘傳

侍中侍郎郭攸之費褘董允等，此皆良實云云。諸葛亮前出師表

堯之時共工驩兜等四人為一朋。歐陽修朋黨論

之類即是。

予嘗就等字以試諸生或對云是一種的代名詞，或解為變體的名詞。然等字如果不是一字特立為意義時這是虛字而非實字然大清文典以等字為數形容詞是錯了的。故查爾斯氏底清英辭典解釋等字為複數底符號。(a sign of plural)顧『等』字所以為一種代名詞『等』字似是代替不見於字面的別的名詞的，例如共工驩兜等四人可看做舉四凶中二人以指示別的二人的一種代名詞。所以為變體的名詞的，『等』字與『輩』、『曹』、『徒』、『儕』、『倫』等稍同其性質例如予輩汝曹彼徒予等汝等彼等然『輩』『曹』『徒』『儕』『倫』一字特立皆自有多數之意義然『等』字決不可一字特用。前者是實字可看做名詞但後者為虛字而不能不看作後置詞試就前面用例而言則改趙午等董允等驩兜等為趙午之輩董允之曹驩兜之徒。

文典上雖與妨害，但決不能改作趙午之等董允之等驪兜之等這「輩」、「曹」、「徒」等字皆是實字而為名詞，故在名詞與名詞之間應加後置詞「之」字而等字則是虛字而為後置詞，故在名詞與後置詞之間不可加入一個後置詞了．猶「者」字可書作「無事者不許入」不能寫作「無事之者不可入」一樣即等字為虛字而附屬於名詞代名表為熟語的複數的後置詞的，這是無疑的．又《大清文典以「等」字為數形容詞與多少幾都各全獨總通同一看待然等字底用法決不與多少幾都一樣其說固不足取只查爾斯氏做為複數的符號以「等」字看做虛字在此點我意甚表贊同。

第二屬於副詞的「也」「者」底用例，有必也今也或是之亡也鄉也向也昔也古也初也古者今者昔者鄉者向者日者、乃者、曩者迺者近者之類如：

古者民有三疾今也或是之亡也。《論陽貨》

鄉也吾見於夫子而問知。《論顏淵》

仲尼曰古也有志《左昭十二》

予鄉者入而哭之。《禮檀弓》

孔子不得中道而與之，必也狂獧乎。《孟盡心》

「子來幾日矣」曰：「昔者則我出此言也不亦宜乎」《孟離婁》

第二十八章 後置詞

向也不怒而今也怒；向也虛而今也實。〈莊山木〉

嚮者與我載而入者。〈史記范睢傳〉

臣近者不度愚賤。〈蘇軾上神宗皇帝書〉

乃者臣亦知天下之事有大於買燈者矣。〈同上神宗皇帝書〉

迺者上疏論之詳矣。〈蘇軾再上皇帝書〉

顏師古底漢書曹參傳註云：「乃者猶言曩昔」則可知曩者亦與乃者、迺者同樣哩。

即是。

第三論到屬於名詞、動詞、形容詞、副詞而成為名詞的「者」字已在前章品詞底分類下辨述過了，茲從略。

第四屬於形容詞、副詞、動詞而成為形容詞、副詞「然」、「如」、「乎」、「兮」、「焉」、「爾」底用例，如哷然、勃然、欣然、由然、循循然、翼如躍如闕如鞠躬如驪虞如煥乎溫乎凜乎堂堂乎岌岌乎澹兮儼兮湛兮井井兮炤炤兮、忽焉悖焉瞭焉洋洋焉惴惴焉莞爾率爾卓爾僕僕爾愷愷爾等之類不遑一一枚舉

第二十九章 也與矣

也矣底時代的研究　也矣底文字上的解釋　也矣底性質上底異同　常法與變則

「也」「矣」二字是歇尾詞底主要的而為古今文章家最慣用的文字今論其性質，先就二字的發生其使用而為時代的研究吧。山本北山底作文志彀云：夏商時代底言語無「也」「矣」底餘聲故夏商以上的文辭無「也」「矣」底助字。周初言語纔有「矣」底餘聲而文辭纔有「矣」底助字後從隋、唐時代起「也」、「矣」底餘聲而在文辭裏也有「也」底助字。在歇尾詞方面一個「也」字都沒有。「矣」字始於周書底牧誓篇曾一見但虞書夏書商書都不曾見然茲有一疑問。在左傳底隱公六年引商書盤庚篇曰：「惡之易也今盤庚無衣篇引商書太甲篇曰：「毋越厥命以自覆也」又曰「天作孽可違也自作孽不可以逭」則是古尚書有「也」字而今尚書刪去的呢抑是左傳禮記底作者依彼等平生底習慣漫以其意思而加入語助的呢今之尚書盤庚無「惡之易也」這一句。故竹添井井底左氏會箋云：「惡之易也今盤庚無此句。蓋左氏縮取其意以成辭，故用也字。

也字非商書文法，定四年蔡仲之命亦有也字，說見於彼。而定公四年箋云：「也字非命書之文，祝佗引命書而決之之辭」先獲我心。左傳已然則禮記亦然。且禮記所引有「天作孽，可違也」的話，孟子引之云：「太甲曰天作孽猶可違自作孽不可活。」則初周以前的言語無「也」之助字了。

然至春秋以後就發生了一種慣用「也」字的風氣，徵之於孫子、老子、論語等就明白了。特別是孫子最多用「也」字計第一用十一個「也」字作戰第二用七個「也」字謀攻第三用十個「也」字其他諸篇亦準此。其他如荀卿底榮辱篇用一百二十一個「也」字，韓非底八徵篇用五十一個「也」字亦是襲此風的。卽爾雅及易之十翼僅用「也」字而不用其他歇尾詞的，可以證明二書是春秋以後所作，而非周初的書。

中如行軍第九中段每句連用「也」字一篇中至有四十四個這可知未必是孫武個人的特徵亦是時代的特徵。

至漢「也」、「矣」兩字同用。史記留侯世家，張良爲漢王建策而陳封六國之後不可的理由八條之中，第一至第三所謂曰未能也其不可一也、二也、三也第四以下，曰未能也其不可四矣、五矣、六矣、七矣、八矣而在漢書中從其不可一至八止都用「矣」字故春覺齋論文云：「孟堅喜用「矣」字矣字之下恆蓄無窮之思。」這是漢書比史記稱爲整齊的所以然其語氣底緩急疾徐以整齊的漢書比較寧可說不整齊的史記要好得多。蓋司馬遷底筆法往往存這種的特色，如在范睢責備須買第一作「也」而第二作「也」、第三作「矣」就是其例。

隋唐以後的言語「也」、「矣」底餘聲雖絕然唐宋底古文家，皆以祖述先秦憲章兩漢好用「也」、「矣」

歇尾詞。如歐陽修底醉翁亭記通篇用二十一個「也」字而其他的歇尾詞則一切不用,實影千古絕調,彼嘗自稱云:「吾不能爲退之畫記,退之不能爲吾醉翁記」明之孫鑛亦稱其奇云:「不可無一不可有二」王若虛底滹南遺老集云:「桑榆雜錄云或言醉翁亭記用也字太多荆公曰以某觀之尙缺一也字坐有范司戶者曰:『禽鳥知山林之樂而不知人之樂』此處缺之,荆公大喜予謂不然若如所說不惟意斷文亦不健矣恐荆公無此言誠使有之亦戲云爾」可知卽一個「也」字不可漫爲增刪,荆公果說醉翁亭記尙應增一個「也」字與否容易置信然由他底度支郎中葛公墓誌銘用三十一「也」字而不用他種歇尾詞可知他底欽仰醉翁亭記了蘇軾又嘗評醉翁亭記云:「歐陽作此記其詞玩易,蓋戲云耳不自以爲奇特也」然自作酒經通篇用十六個「也」字不敢用他種歇尾詞,尤其是傚之作。

顧歐陽修以前,全篇用「也」字的體製韓愈已應用於祭潮州太湖神文,而醉翁亭記更覺有青出於藍之感。

蓋歐陽修所祖述的雖在孫子、荀子、韓非子,然如論語孟子亦是他所私淑的因爲如:

吾見其居於位也見其與先生並行也非求益者也欲速成者也。論憲問

回也視予猶父也予不得視猶子也非我也夫二三子也。論先進

我非愛其財而易之以羊也宜乎百姓之謂我愛也是乃仁術也,見牛未見羊也。孟梁惠王

皆是每句用「也」字以成章的。伊藤東涯底助字考云:「凡助辭中也字最多而最難使多用則失於緩寡用則失

於迫。禮記大傳中多連也字，明人文字甚省也字緩急之幾亦時使然也。把古文家用「也」字的苦心說明白了。

論到「也」、「矣」二字底解釋集韻把「也」字解作『語已辭』，玉篇云：「所以窮上成文也」廣韻云：「語助也辭之終也」顏氏家訓底書證篇云：『語已之辭也』這皆見以「也」字爲歇尾詞的。又說文解「矣」字爲語已詞亦是說歇尾詞的。徐鉉底說文注云：「凡言也則氣出口下而盡言矣則出氣直而疾會意。」顧徐鉉云：『「也」字氣下而盡「矣」字氣直而疾」是從二字底發音上而說的，二字底用法上的區別自見其中矣。

盧以緯底助語辭辨「也」、「矣」底異同云：也字用於意直之時平矣用於意平而語勢急的場合矣字用於文意直而語勢急的場合，徐鉉底從發音上以區別二字內外相須可謂盡之矣。伊藤東涯論云：

的場合。「多用則失於緩寡用則失於迫」亦可知其緩平了。馬建忠底馬氏文通論「也」、「矣」二字底異同云：

字云：

也　助論斷之辭氣　凡句意之為當然者也字結之。

矣　助敍說之辭氣　凡句意之已然者矣字結之。

三宅橘園底助語審象云：

也　析其條理而示之之辭　將來。

矣　心知其然而直處之之辭　既往。

東條一堂底助辭新譯云

第二十九章 也與矣

也 解釋之辭 屬於一切事的將來 詞縵 人爲。

矣 固然之辭 屬於一切事的已往 詞緊 天使。

其他如張文炳底虛字註釋說「也」字義比也字更緊如今人了字一般」張溥底初學文式云：「凡文勢平平落下，高不太揚，低不太煞者用之」；又說「矣」字義比也字尤緊，看來如今人了字一般，以緯底所謂也是意平矣是意直意見一樣。然王引之底經傳釋詞云「也矣一聲之轉，故也可訓爲矣」蓋唐宋以後的古文家，稀有把也矣二字混同使用的。然在論孟左國老莊荀韓等底先秦之書裏「也」、「矣」二字底用法千古自有常法。

所謂常法是承接句首的「嘗」、「旣」、「已」字，「也」屬於未來，「矣」屬於旣往，「也」與「矣」之別，「矣」屬於旣往，以「矣」字結故助語審象云：「也」屬於事之旣往以「矣」字結屬於事之未來且『矣』字緊直而急「也」字緩平也縵亦是千古的定則拙著漢文典已辯之茲舉漢文典以外之例如：

俎豆之事則嘗聞之矣〈論衞靈公〉

道之不行已知之矣。

孔子嘗爲委吏矣〈孟萬章〉

吾旣得聞命矣〈孟萬章〉

夫堯既已黥汝以仁義，而劓汝以是非矣。〔莊大宗師〕

已外天下矣吾又守之七日而後能外物已外物矣吾又守之九日而後能外生已外生矣而後能朝徹。〔莊大宗師〕

之類皆於其首冠『嘗』、『既』、『已』字只孟子底萬章篇有『軻也嘗聞其略也』莊子底

逍遙遊有『天下既已治也』為例外然呂氏春秋載莊子之文『既已治也』作『既已治矣』也許是原作『矣』

字後世誤作『也』字吧即孟子底『嘗聞其略也』亦許是傳寫之誤原作『嘗聞其略矣』亦未可知又如：

夏后、殷周之盛地未有過千里者也。而齊有其地矣。〔孟公孫丑〕

子謂武盡美矣未盡善也。〔論八佾〕

未欲平治天下也。〔孟公孫丑〕

予未得為孔子徒也。〔孟公孫丑〕

表東海者其太公乎國未可量也。〔左襄二十九〕

今有一策未得高枕而臥也。〔國齊策〕

未有學養子而後嫁者也。〔禮大學〕

其次以為有物矣，而未始有封也；其次以為有封焉，而未始有是非也。〔莊齊物論〕

之類，皆是於其首冠『未』字於語尾用『也』字的。然據後漢底鄭玄『未猶不也』的話，後人或與以未不混同

使用。如蘇洵底養才『未有不以揖讓賢於騎射矣』即是。

又「未」字以外承「非」字的歇尾詞也是「也」字用「矣」字的殆沒有。例如：

雖存繹紖之中非其罪也。〈論公冶長〉

賜也非爾所及也。〈論公冶長〉

回也非助我者也。〈論先進〉

今京不度非制也。〈左隱元年〉

無惻隱之心非人也，無羞惡之心非人也，無辭讓之心非人也，無是非之心非人也。〈孟公孫丑〉

城非不高也池非不深也兵革非不堅利也米粟非不多也。〈孟公孫丑〉

之類即是。《史記商君傳》『非其質矣』非古文之法而服虔底漢書肯望之傳注：「非不也」說明「非」字為打消助動詞，決不是欲把文法上的定則破壞的。

其他用「矣」字而沒有「嘗」、「旣」、「已」等字冠於句首的，其論斷或敍說也屬於事之旣往。例如：

祿之去公室五世矣，政逮於大夫四世矣。〈論季氏〉

險阻艱難備嘗之矣民之情偽盡知之矣。〈左僖二十八〉

穆公使視客館則束載厲兵秣馬矣。〈左僖三十三〉

公使陽處父追之,及諸河則在舟中矣。(左僖三十三)

壯者散而之四方者幾千人矣。(孟梁惠王)

若是則夫子過孟賁遠矣。(孟公孫丑)

今臣之刀十九年矣所解數千牛矣。(莊養生主)

日月出矣,而爝火不息;時雨降矣,而猶浸灌。(莊逍遙遊)

君子者信矣,而亦欲人之信己也忠矣,而亦欲人之親己也修正治辨矣,而亦欲人之善己也。(荀榮辱)

今先生處勝之門下三年於此矣。(史平原君傳)

仰弓曰:雍雖不敏,請事斯語矣。(論顏淵)

孔子曰諾吾將仕矣。(論陽貨)

鄭不來矣。(左隱六)

今日必無晉矣。(左僖二十八)

自今鄭國不四五年弗得甯矣。(左襄八)

齊其為陳氏矣。(左僖二十五)

皆於其句中加『已』字或『了』字意味益明晰。這在事實上皆屬於既往沒有不含張溥底所謂『了』底意味的。只有

死矣盆成括。〈孟盡心〉

如有不嗜殺人者,則天下之民皆引領而望之矣。〈孟梁惠王〉

爾將可與語大理矣。〈莊秋水〉

王師若在其救之亦必然矣,王心怒矣,虢公從矣凡周存亡不三稔矣。〈史汲鄭傳〉

公列九卿,不早言之,公與之俱受大僇矣。〈國鄭語〉

之類,與其說是屬於既往寧說是屬於將來的為近蓋非是以事實為敍述論斷的,而是應用於想像假設的場合的一種的權法。

又「也」字有用於不冠「未」字或「非」字的場合的例如:

政者,正也。〈論顏淵〉

仁者人也義者宜也。〈禮中庸〉

徹者徹也助者藉也。〈孟滕文公〉

庠者養也校者教也序者射也。〈孟滕文公〉

洚水者洪水也。〈孟滕文公〉

天地之道博也厚也高也明也悠也、久也。〈禮中庸〉

第二十九章 也與矣

二六九

為淵毆魚者獺也，為叢毆爵者鸇也。〔孟離婁〕

陳良，楚產也。〔孟滕文公〕

項籍者，下相人也。〔史項羽本紀〕

或為注釋的或為說明的地敍述即是東條一堂稱「也」字為解釋之詞，亦是為此。又在疑問的時候，有用「也」字的。例如「何謂也」、「何也」、「誰也」之類。

何嚮者相慕用之誠，後相倍之戾也。〔史張耳陳餘傳贊〕

何其相須之殷，而相遇之疎也。〔韓愈上于襄陽書〕

皆是是這「也」字非有疑問之意而在「也」上冠以「誰」、「何」等疑問代名詞的。

第三十章 「乎」與「邪」

乎與邪底字義　乎與邪底差別觀　音韻學上的歸一　訓詁學上的歸一　時代的特徵與個人的特徵

解釋「乎」底字義的有說文云：「語之餘也」孔穎達（一）底禮記檀弓疏云：「疑辭也，」朱熹論語雍也篇註云：「疑而未定之辭」清劉淇（二）底助字辨略云：「語已之辭也。」

解釋「與」底字義的有鄭玄底禮記祭義云：「不執定之辭，」梁皇侃底論語學而篇疏云：「語不定之辭，」顧野王（三）底玉篇云：「語末辭」

解釋「邪」底字義的有顏氏家訓音辭篇云：「未定之詞，莊子云：『天邪地邪？』漢書云：『是邪非邪』之類是也。而北人即呼為也字，誤矣。難者曰：繫辭云乾坤易之門戶邪？此又未為定辭乎答曰何為不爾上先標問下方刻德以折之耳。」顏師古底漢書外戚傳注云：「語辭」

概括以上諸家底意見則結局歸着於二種說明。一是語尾辭，一是疑辭。說文玉篇助字辨略之說屬於前者，禮記注疏顏氏家訓論語集注之說屬於後者。一言以蔽之，則歸着於疑問的歇尾詞，而馬氏文通底所謂傳疑助字然

字性質上的異同。盧以緯底助語辭云：

乎　多疑而未定之辭，只是俗語麼字之意。

邪　間有帶疑性之意。

是「乎」、「邪」二字底疑意有輕重多少底區別，而對「與」字不曾論及疑意底輕重何如。王濟師底盧字啓蒙云：

乎　反喝之詞，口氣輕盈婉約須用恬吟密咏乃得。

耶　較乎字多蹣躓之致。

歟　較乎字多宕漾之神。

張文炳底盧字註釋云：

乎　疑而未定之詞。

邪　有疑怪之意，較乎字意味覺長。

與　疑詞也與乎字相近但乎字輕與字穩乎字疑而未定與字則有疑而不疑者在。

以「乎」爲輕，以「邪」爲重，以「與」爲穩。馬氏文通云：

乎　喉音圓滿氣足凡事理可直言而不必婉陳者則用之。

邪　牙音係楚音,此戰國時南學漸北之證用法與乎同。

與　唇音與乎字相終始乎音之始與音之終其用法亦大同。

則認爲在用法上的大同小異操觚字訣云:

乎　疑問辭也比「與」字則平直。

與　意緩而安不執定之辭。

則語而不詳特別是對於邪字無甚說明爲憾他如助字雅云:「邪」、「歟」與「與」定於意而疑於詞但「歟」多歎嗟之音「與」多許付之義。助語審象云:「邪半信半疑之辭乎呼道之以達情於彼之辭與教彼聞而裁其然之辭」皆是失其正鵠的只文海知新說:「乎是決于心而疑于口辭與是有疑于心而聞諸人辭耶同與。」又助辭新譯云:

乎　心已決之而口不敢定辭。

與　不執定辭。

邪　疑而未定之辭。

而一堂之子東條方庵補足父意云:

乎　知其大略當然而不敢質言之辭。

第三十章 「乎」「與」「邪」

二七三

與　謙其不執定而設問之辭。

邪　帶疑而未定之辭。

則予嘗撰漢文典卻篤信而以爲依準且一堂例取孟子滕文公篇底「許子冠乎」曰「冠。」曰「奚冠？」曰「冠素」曰「自爲之與」「許子以釜甑爨以鐵耕乎」曰「然」「自爲之與」曰「否以粟易之。」世既沒有不冠的則許子亦冠心已決而口不如是故用「乎」至其手織不織是不可量知的故用「與」字把「乎」與「與」底輕重弄明白了。然近來一堂之說可知亦不容易首肯因爲老子第五章底「天地之間其猶橐籥乎」與第七十七章底「天之道其猶張弓與」對照用法完全同一在意味上決無輕緩急況一堂底「與」字底說明說是「與」字上冠「豈」「豈非」二字並不爲反語之意。戰國策秦策「豈非士之所願與」如一堂之說雖可看作不是反語但孟子公孫丑篇「豈謂是歟」則是反語其他莊子秋水篇云「吾樂與」漢書武帝本紀云「猗與偉與」卽「與」字又與咏歎詞「哉」「夫」同一用法故予於茲主張「乎」、「與」、「邪」三字皆同音同義，而同一用法。王濟師、張文炳、伊藤東涯、三宅觀瀾、三宅橘園等皆就其用法爲差別觀畢竟不過是曖昧之說罷了。

「乎」音屬於七虞「與」屬六魚「邪」屬六麻六魚七虞古旣相通則「乎」、「與」二字應相通，六麻不通虞魚則「邪」與「乎」、「與」不相通然「邪」古音未必如今音一樣讀作「耶」而爲「余」音據集韻「邪」音余與餘同「可知。「余」、「餘」二字皆屬六魚則「邪」之古音爲「ョ」必與「與」字相通。經傳釋詞云「與

第三十章 「乎」「與」「邪」

邪二字古竝讀若餘,」先獲我心。史記曆書有「歸邪於終」註云:「邪餘分也終閏月也」可知至司馬遷時代止,「邪」字發音爲「ㄡ」了。「邪」、「與」既相通則「邪」、「乎」亦應相通試溯古代研究古音則「乎」「與」「邪」三字皆同音而爲「ㄡ」音。「乎」字今音「ㄏ」茲不煩辯明只論「與」、「邪」兩字爲「ㄡ」音的所以。「與」之音符是牙,「邪」之音符亦爲牙而「牙」之古音是「ㄡ」濁音爲「ㄐ」,顧炎武底唐韻正云:「牙古音吾,」以詩經小雅祈父篇「牙」與「居」(六魚)押韻爲引證又引詩經山海經墨子漢書「牙」、「虞」、「吾」三字相通用據騧騟驪騧牙爲證明又王鳴盛底尙書後案解牧誓「迓」字云:「訝迓皆从牙牙古音吾。可知「牙」字有「ㄡ」音或濁音「ㄐ」哩已知「牙」字有「ㄡ」爲音符的「與」、「邪」二字古亦有「ㄡ」音則以「牙」爲音符的「與」、「邪」三字爲然在代名詞裏的「吾」、「我」、「予」亦爲「シャ」是音韻學上的常軌唯不僅「ㄡ」、「ㄐ」音變爲「ㄎ」、「ㄍ」之音轉爲「ㄡ」、「ㄐ」音再轉而爲「シャ」是其例卽「乎」、「與」、「邪」三字皆同音,在音韻學上已無容疑了。

又徵之於訓詁學派及考證學派之說,高誘(四)在淮南子精神訓注裏云:「與」、「邪」詞也又在呂氏春秋自知篇注裏云:「歟邪也」王引之在經傳釋詞裏云:「邪猶與乎也」岡松甕谷在莊子騈拇篇注裏云:「乎猶邪也」則可知三字皆相通用哩故論語公冶長篇「於予與改是,」大戴德五帝德篇作「於予邪改之」論語公冶長篇「歸與歸與吾黨之小子狂簡斐然成章」史記孔子世家作「歸乎歸乎,」史記項羽本紀「豈敢反乎,」漢

二七五

書高帝紀作『豈敢反邪』皆可證明『乎』、『與』、『邪』爲同一資格，意味上決無輕重緩急之分其他戰國策齊策『松耶柏耶住建共者客耶』李華底弔古戰場文『秦歟漢歟將近代歟』蘇洵底春秋論『亂耶僭耶散耶』亦是同一用法可知。『耶』、『歟』二字底意義是無差別的。

然『乎』、『與』、『邪』底用法自有時代的特徵和個人的特徵，書經僅用『乎』字而不用『與』、『邪』二字，卽是時代的特徵。老子莊子左傳國語史記用『乎』、『與』、『邪』三字惟孫子獨用『乎』字而不用『與』、『邪』二字，論語孟子用『與』、『邪』兩字而不用『乎』字又漢書間有以『虖』字代『乎』字的，皆比較書經可見時代的變遷同時亦可見個人的特徵馬氏文通云：『邪字在四書、左傳不多見自語、策諸子始用之邪係楚音，此戰國漸北之證。』則時代的特徵以外又發見地方的特徵亦可謂能獨具隻眼。

（一）孔穎達　唐衡水人字仲達煬帝召天下儒官集東都詔國子祕書學士與論議穎達爲冠又年最少老師宿儒恥出其下，陰遣客刺之匿楊玄感家得免嘗受太宗命撰五經正義卽今注疏本之五經疏也。

（二）劉淇　清確山人寓居濟寧隸漢軍鑲白旗字武仲一字龍田工詩古文有周易通說、禹貢說、助字辨略、堂邑志、衞圉集。

（三）顧野王　陳吳人字希馮七歲讀五經略知大旨九歲能屬文長而徧觀經史精記默識無所不通又善丹青有文集傳世。

（四）高誘　後漢人著有戰國策注。

第三十一章　歇尾詞

歇尾詞底意義　歇尾詞底用法　性質上底分類　已爾耳底異同　焉旃然底半虛半實　哉夫
底特性

所謂歇尾詞是附屬於句底末尾以表示語氣底緩急或意思底決疑的。蓋中國底文字常有一定底形式，無論怎樣的場合毫無語尾變化的這雖是漢文底特徵然漢文底短所亦在此爲了補足這短所卽有一種獨得的語助以表示語氣底緩急和意思底決疑這就是歇尾詞。陸西星（一）底莊子齊物論註稱『乎』字及『焉』字爲間詞。所謂間詞非在中間的詞的意義而是間散之詞之謂因爲陸西星稱爲間詞的『乎』『焉』字決不是指在品詞與品詞的中間的場合而是指附屬於語尾的歇尾詞。歇尾詞底功用是在表語氣底強弱緩急惟其文字元是虛字倘若離開了實字時就沒有何等的意義故名爲間詞。

柳宗元嘗給書於杜溫夫說杜生底歇尾詞底用法不當律令大大給與警告促其反省。杜生贈書於宗元過三回，不但書皆千言以上而且另外以文集十卷致宗元。他底文章的造詣決不是初學之比。然他用歇尾詞不當律令，可知當時文章家一般都對歇尾詞不注意同時宗元特就這點給與警告歇尾詞底用法又可知文章上何如地必

要，且何如地困難了。

就歇尾詞底性質馬建忠分爲傳信、傳疑二種，云：『傳信助字爲也、矣、耳、已等字決辭也；傳疑助字爲乎、哉、耶、歟等字詰辭也。』這是胚胎於柳宗元底所謂乎、歟、耶、哉、夫者疑辭也，矣、耳、焉、也者決辭也之說的。然宗元底分類本是從大體上觀察的概論。倘若仔細觀察起來，則宗元所舉的九個虛字中哉夫二字未必爲疑詞，決不可與乎邪歟三字同一看待故予固不甚滿足柳宗元底分類。倘若使予把歇尾詞從性質上分類的話則爲決定、疑問、指示、咏歎四類，這四類應分屬的文字如左：

決	也矣已		
疑	乎哉	與歟	邪耶
指示	焉然	諸云爾	爾尔耳
咏歎	哉		夫

其他詩經楚辭特別把其忌止思斯，只而居諸，那、且、兮、來、些等字或用於疑問，或用於決定，論語及左傳以而字用於句末曰：『今之從政者殆而』曰：『若敖氏之鬼不其餒而』與史記陳涉世家把頤字與矣字同樣用於句尾如『夥頤涉之爲王』皆是特殊的用法，這蓋是音韻學上的相通大概屬於『シ』音底系統。

在決定歇尾詞的『也』、『矣』二字及在疑問歇尾詞裏的『乎』『與』『邪』三字前章已論過其性質。

而其用法徂徠底徂徠集卷六有「余五十也,五城左右翁惠詩,侑以三物,仙臺地靈,故當有此風流人矣」的話,山本北山底作詩志彀辯之云:「余五十也之『也』字謬用,不可不用矣字,此風流人矣之『矣』字亦謬用,應換『焉』字。」助字之用法是一定不動的,世以助語辭一書為始,如訓譯示蒙文筌小言等論助字的書,汗牛充棟,皆是捕風捉影的空論,而無實用,可見不通文章的人用助字如畫模樣,當推量下筆,雖偶有中亦殆無矣,對於助字底用法的北山之說,果有如他底自負的權威與否,雖不容易置信,但徂徠底余五十也及風流人矣底用法,亦不應首肯。柳宗元底答韋中立書云:「凡若此者,果是耶非耶,有取乎抑其無取乎?吾子幸觀焉,有餘以告焉。苟亟來以廣是道,子不有得焉則我得矣,又何以師云爾哉。」無怪乎他對杜溫夫說『生之助字不當律令』可知他底手腕底縱橫自在哩!

「也」「矣」二字已辯述過,於茲就決定歇尾詞中之「已」、「爾」、「耳」而討論一下吧!「已」顏師古漢書張良傳注云「語終之辭」集韻云「卒事之辭」增韻云「語終辭」經傳釋詞云「語終之詞與矣同義」;助辭新譯云:「定止之辭」又馬氏文通以為與「矣」字同義說是「決已然之口氣,而皆有已了之意也」按『已』與「矣」同義,如文通之說,但「已」與「爾」、「耳」、「而已」皆有制限的意義「而已」則未必然例如

然則王之所大欲可知也。孟梁惠王

苟無恆心放辟邪侈無不爲已。〈孟梁惠王〉

駢於明者亂五色淫文章靑黃黼黻之煌煌非乎，而離朱是已。〈莊駢拇〉

皆作「矣」字解釋而不作「爾」、「耳」、「而已」之義解釋。故三宅橘園云：「巳者示無復有其他之辭」，這話雖有覷然岡松甕谷底莊子駢拇注：「巳與矣通」卻是對的。蓋「巳」與「矣」同屬上聲紙韻旣相通而應同義地使用的助語辭。漢書張良傳云：「巳字有俗語了字之意」亦是「巳」、「矣」同一看待的故史記留侯世家「山下黃石即我矣」漢書張良傳作「山下黃石即我已」而助語辭作「山下之石即是我了。」

「爾」、「耳」亦屬上聲紙韻爲「而已」之合聲「巳」之字音是「以」其字義玉篇云：「止也畢也訖也」「而已」與「而止」同義，「爾」、「耳」二字含有制限他的意思。故王筠底毛詩雙聲疊韻說解孟子之「曰弗思耳云：「耳者而已之合聲也」；「而已」馬氏文通云：「盡而無餘之辭」文海知新云：「盡而無餘辭博物志曰而已反音耳而已，「而已與耳同義。」助詞新譯云：「無他之辭」說文解釋「尒」字云：「詞之必然也」亦是此意「尒」一作「尒」與爾相通。「尒」、「爾」之用法及性質毫無相異之所何況「爾」「耳」二字論語雍也篇「子曰女得人焉爾乎」唐石經及宋石經竝作「焉耳乎」唐章懷太子後漢章帝紀注亦引此語「爾」作「耳」然助詞新譯區別爾耳云「爾是然之之辭耳是巳然之辭固不可贊同何況顧炎武底日知錄云：「耳與矣同義」經傳釋詞舉王念孫之說云：「耳猶矣也，」這未免太無差別了。想像而巳之巳未必爲虛字有玉篇之所謂止也底意義與單

以「已」字代矣字用的性質自不同然顧炎武、王念孫等把「耳矣」看作同義，「爾」及「而已」亦併可看作與「矣」同義。未識經史及諸子中多數「矣」字以「耳」、「爾」、「而已」解釋的果有幾何？如戰國策、趙策有「連有赴東海而死耳」的話雖有以「耳」字解釋「矣」字的，也許是寫而傳寫之誤。史記魯仲連傳作「連有蹈東海而死矣」則趙策為誤字是無疑的。又如燕策有「齊者固寡人之所欲伐也直患國幣力不足矣」的話亦決非以「矣」字用於與「耳」同義的卻是「矣」字底正式用法。

指示歇尾詞有決定與疑問二種「焉」、「旃」、「然」、「云爾」是決定性，經傳釋詞釋「焉」字如「乎」字雖引證詩經底「胡不比焉」，論語底「何加焉」，左傳底「何患焉」然他底解釋「矣」字如「乎」字卻是普通的即疑問底性質從「胡」「何」字出的而「焉」字卻沒有疑意故柳宗元以「焉」字為決辭馬建忠以焉字為傳信助字只盧以緯以「焉」字與「也」「矣」比較說是「也」意平「矣」意直，「焉」意揚卻不為首肯。

二、「旃」「然」

「焉」、「旃」、「然」三字皆屬於平聲先韻既經同韻則作為虛字而使用於歇尾詞的時候，元是同意義的。經傳釋詞說明焉字曰「與然同義」禮記檀弓底「穆公召縣子而問然」底鄭注云：「然之言焉也」論語憲問經傳釋詞說明焉字曰「奔善射旊舟俱不得其死然」底邢疏云「然猶焉也」可知古來訓詁家把「然」、「焉」二字同一看待了而詩經唐風采苓鄭箋云：「旃焉也」小爾雅亦云「旃焉也」則可知「旃」、「焉」二字亦是同樣看待的助了。

辭新譯解釋「焉」字云：「指上文之辭。」「焉」字已然，「旃」、「然」兩字亦然。是三字卻是虛字而含有指示代名詞的性質詩經魏風陟岵底毛傳及左傳桓公十年底杜註解釋旃曰「之也」亦可證明旃字為半虛半實的文字，「焉」、「旃」底用例予曾列舉於拙著漢文典於茲僅舉然字底用例。

予丕克羞爾用懷爾然〈書盤庚〉

若由也不得其死然〈論先進〉

如見其肺肝然〈禮大學〉

不見諸侯宜若小然〈孟滕文公〉

宜與夫禮若不相似然〈孟公孫丑〉

夫道若大路然〈孟告子〉

道則高矣美矣宜若登天然〈孟盡心〉

今言王若易然〈孟公孫丑〉

夫子若有不豫色然〈孟公孫丑〉

民之初生固若禽獸夷狄然〈韓愈送文暢序〉

見之戚然若有感然〈韓愈畫記〉

第三十一章 歇尾詞

考其文章其所尚若不相遠然。（同進士策問）

「云爾」底「爾」字有「如此」底意義，猶如然字故「云爾」二字如此云云底意義附於語尾為指示歇尾詞恰如後置詞「然」、「焉」、「爾」同用一樣。安井息軒底論語集說說明「云爾」云：「狀貌前言之辭」，王筠底毛詩雙聲疊韻說「論語兩言言當云如此」東條一堂底助辭新釋解釋「云爾」云：「爾然也然如是也猶言當云如此，」東條一堂底助辭新釋解釋「云爾」云：「爾然也然如是也猶「云爾」爾者如此之合聲也」皆獲我意但漢、魏以後的文章以「云爾」二字附於篇末失古義的多竟至不可以論孟之用例律之。

「諸」字是「之歟」底合聲為指示代名詞的歇尾詞猶如「焉」、「旃」、「然」含有「歟」字之義，且帶疑問性其用例已於拙著漢文典揭載茲從略。

論到詠歎歇尾詞「哉」字說文云：「言之間也」唯僅說是虛字尚未作為歇尾詞其為詠歎抑是疑問，判斷增韻云：「嘆詞也」禮記曲禮「安民哉」疏云：「哉者美之辭」盧以緯云：「句絕而有嗟嘆之意」張文炳云：「贊歎詞亦與乎字略同但不可竟作疑詞若「乎」「哉」二字連下亦疑詞也細玩之雖是句絕而有嗟嘆之意然柳宗元以「哉」為疑辭馬建忠以「哉」、「夫」與「乎」、「邪」、「與」同為傳疑助字是不當的。顧「哉」字為疑辭的場合以冠以「奚」、「何」、「何以」等疑問詞為限又看作反語的場合以冠以「豈」「惡」、

「焉」等反語的助動詞爲限猶如「也」、「矣」底決定歇尾詞冠以「何」、「奚」、「誰」、「孰」等便化爲疑問一樣。

「夫」字孟子告子篇趙注：「歎詞也」，盧以緯云：「爲句絕之餘聲亦意婉而聲婉。」東條一堂云：「歎中帶疑詞也」皆當故「也夫」、「矣夫」連用亦無不帶詠歎之意。然柳宗元、馬建忠謂爲疑辭卻不可。故三宅橘園曾辯以夫字注爲疑辭之誤蓋「夫」字爲疑辭，以冠以「奚」「何」等疑問詞的場合爲限猶如哉字一樣。

（一）陸西星 明人，字長庚，號方壺外史。所著南華經副墨八卷魚虓作莊子翼多引其說。

第三十二章 結論（上）

敍事與議論　三代之詔誥與兩漢之奏疏　六朝之駢儷　唐宋以後的古文　明清之八股

凡文之種類大別爲敍事議論二種，雖始於唐、宋以後然十三經中，詩經、爾雅除外尚書周易論語孝經禮記孟子屬議論體，儀禮周禮及春秋三傳屬敍事體。而尚書底典謨訓誥誓命概爲議論文，禹貢及顧命二篇實是敍事之祖。蓋古有左史右史主紀君主底行事，是敍事底專門家。右史記君主底命令，是議論的專門家。與議論從周以前已有專門家了嗎？而敍事比議論爲了實際需用的機會少，其技工底進步也比較遲緩況周末諸子百家勃興各自樹旗幟或以舌或以筆關辯論競智術其議論體底發達最顯著然敍事的專門家不得不推左丘明公羊高穀梁赤三人三人底名聲不過藉聖經之餘光以傳於後世而已國語國策二書作於當時列國史官之手其所記載主要在諫說之辭蓋非成於左史之手而是右史之筆豈非周末文學議論體最盛敍事體甚不振之明證況至漢代以對策取士賈誼晁錯董仲舒公孫弘等前後輩出發揮一世底經綸策於筆端哩一代人心尙文辭上下君臣皆以對策爲唯一的登龍之術，則漢代議論文底發達實在先秦之右。且唐以後的上書尙多言重長篇遂至於有萬言的對策亦實濫觴於漢代，實是賈晁二子爲作之俑。申公嘗對漢武之問云：爲治不

在多言，顧力行為何如耳。這不但是對於好文辭的武帝的當頭棒，而且是欲挽回尚多言的當年底時代思潮併矯正賈晁二子之餘弊哩。然申公一言究竟不能奈何天下大勢僅在議論文之流行劇甚時在敘事文方面反有良史司馬遷班固二人能代表兩漢五百年之敘事作家而已。如劉向，荀悅筆無逸氣辭乏神彩到底不能與遷固匹敵。蓋議論文在仕官之念切功名之心篤的人皆認為必要幼而學長而不厭至於老死猶汲汲以從事而敘事文則因史官以外需用的少，故天下文章家不傾全力於敘事的技工，而歸重於議論文了。

且中國文學底特色所以莊重典雅謹嚴雄健之品致多，而輕妙飄逸品致少的，中國文學底行程以三代底詔誥為出發點承之以兩漢底奏疏顧詔誥文體特別尚莊重典雅徵之載於左國史漢裏的帝王底言底高古而森嚴與其他士庶之言不同就明白了。例如春秋時代襄王命管仲，靈王命齊景王底追命衞襄公的辭又在漢代如武帝賜齊王閎燕王旦廣陵王胥的策皆具一種高古森嚴之趣於左傳史記漢書中發揮異彩又秦誓雖是先秦之作不似左傳國語之文，反而列於尙書與牧誓費誓同辭氣亦可知民庶之言雖因時代而有多少變遷然帝王之言卻古今一揆夫王者命臣下的辭旣要莊重則臣下對王者的奏疏亦應具備一言一句不苟的謹嚴與動王者之心，奪當路之膽的雄健。這是三代兩漢文學所以槪多莊重雅謹嚴雄健趣而少輕妙飄逸致的原由。

然魏晉以後的文學養成綺麗濃豔之風在韻文方面尚對偶重聲律同時在散文方面亦尚駢儷用四六遂至於創立平仄之制所謂四六文四六底積弊與其說是重內容寧說是重形式勢力範圍敘事議論是共通的，上從制

詔奏疏,下及序記論辯無不遵其典型至以正史底紀傳,不必用駢體然其論贊,概取四六底形式。沈約底宋書,姚思廉(一)底梁書陳書等無不皆然故他們底句法一句說足可延而為二句說完全可附益為四句。這是四六優美絢爛豐潤之趣多而簡古俊逸沈鬱之致少的所以。故及宋歐陽修出四六底命脈殆絕歐陽修以前的文壇實是四六底擅場而梁陳以後的積勢風靡唐三百年遂波及於宋不但歐陽修司馬光嘗以四六應進士及高第,即程門底楊時(二) 游酢(三) 亦是善四六的。

　　宋代古文底復興雖是在歐陽修麾下蘇洵、蘇軾曾鞏王安石等文豪一時來聚,在旗鼓之間相呼應,然歐陽修以前之士如柳開穆修尹洙都是着古文復興的先鞭的柳開愛韓愈柳宗元之文自名肖愈字紹元穆修嗜韓柳二家之文研鑽二紀始有自得之所皆與歐陽修底嘗獲韓愈文集六卷,耽讀再三殆忘寢食一揆即宋代古文復興家無不以韓愈為理想而愛其文,慕其為人古文復興的歐陽修底功績反在韓愈以上哩因為唐之古文,韓、柳以外有李翱孫樵二家能超越時流李、孫二家手腕畢竟是立於韓、柳底下風而瞠乎其後況獨孤及(四) 梁肅(五) 之徒不過發古文復興之端的陳勝吳廣罷了然歐陽修以外王安石曾鞏蘇洵蘇軾蘇轍等皆摩廬陵之壘況其他文章家多與三蘇、王曾並轡而馳騁哩可知宋之天下極古文底隆盛非唐之比故唐宋詩醇於唐取李杜韓白四家於宋取蘇陸二家反之唐宋八大家文於唐取韓柳二家於宋卻取歐王曾及三蘇六家很可以看出所謂唐詩宋文底時代的特色了但個人的地比較起來,韓柳技倆決不在歐蘇之下特別是柳記事文,可以說是空前的妙技絕後的傑

作。

歐陽修有志於古文的動機,雖是發動於獲韓愈底文集六卷,然他實際着手古文卻是在進士及第後與尹洙俱爲錢惟演作雙桂樓記及河南驛記之際。蓋他當初研精四六之餘習,遂至使他讓尹洙再勝,且使他一生低首於簡古二字。故簡古二字不惟是尹洙獨得之妙,而且是歐陽修畢生底理想,故他晚年撰新唐書及新五代史簡古二字深刻於他底腦裏。他底眼中常以劉昫舊唐書及薛居正底舊五代史爲標的而改删的,不過是把嘗爲錢惟演與尹洙立於競技場裏的當年活劇再演而已。曾公亮底進新唐書表云:「其事則增於前,其文則省於舊」。可知他們底主義方針只在文章底簡古了。然而魏、晉以後,六朝底文人雖尚濃豔的品致,然宋以後的文章家熱心地鼓吹簡古的,也許是對於四六底綺麗濃豔的反動,而繼承歐陽修底遺風哩!

宋代最極隆盛的古文,經元至明爲八股文底勢力所壓迫,復見委靡衰頹之色。八股旣是舉業之文,文章底價值規模編小而乏氣力,無光燄少韻致,只機械的地由一種的形式以束縛文士底意思牽制其手腕而已。故不僅爲一代底學者所反對即天下文人亦皆不甚歡迎只有仕官之志的,則謂八股以外無功名的餘地,從幼而學長而不懈,把半生歲月空費於四比末技之中。但他們登第之後,便專用力於古文,八股不復顧了。畢竟八股不過是仕進之資禽憤之用,嘉靖以後其形式乍壞,遂使顧炎武叫道,嘉靖以後的儒生不知八股爲何物了。

在明末形式壞了的八股至清初曾一度被停止後再度採用,直至光緒二十六年止,其間清朝三百年底人材

為了八股銷磨其青年底英氣可惜把修業時代徒耗於無用的曲藝中文學上的損失蓋不少哩論者或以清底文章所以不逮於明明底文章所以不逮於宋元的就是八股之弊深入人心人材傷損不得逞其高遠宏大之理想亦非過言故卽有朱濂方孝孺王守仁歸有光唐順之王愼中六家清雖有侯方域魏禧方苞劉大櫆姚鼐諸名家竟不能凌駕唐宋八家且明清底文章家槪是以全力傾倒於議論文不復竭精于記事文的這是史記漢書爲二十四史底冠冕司馬遷班固底名聲喧傳於千載之後而歐陽修五代史以後不復有良史的所以

（一）姚思廉　唐深子本名簡以字行太宗時累官弘文館學士與魏徵同撰梁陳書。

（二）楊時　宋將樂人字中立熙寧進士以著書講學爲事東南學者推爲程氏正宗。朱熹張栻之學其源皆出於時學者稱龜山先生有二程粹言龜山集。

（三）游酢　宋醇弟字定夫，師程頤兄弟。元豐間登進士再爲太學博士學者稱鷹山先生有易說、詩二南義、中庸義、論語孟子解、鷹山文集。

（四）獨孤及　唐洛陽人字至之天寶末舉高第爲文長於議論彰明善惡有毗陵集。

（五）梁肅　唐人字敬之一字寬中建中初中文辭清麗科擢太子校書郞授左拾遺修史以母老不赴。

第三十三章　結論（下）

形與音與義　形文聲文情文　形式美　聲律美　感情美與理性美　餘論

凡文字必有形有音有義。故古來論文字的有以形為主的，有以音為主的，與以義為主的三種。第一以形為主有兩種是文字底構造論者由象形指事會意形聲等名目而把文字底形式解剖的地說明，二是為了課學童把篆、隸楷行等形式宣傳的地指導。周太史籀底史籀篇秦李斯底倉頡篇趙高底爰歷篇胡母敬底博學篇漢司馬相如底凡將篇史游底急就篇揚雄底訓纂篇皆是課學童的東西。其中急就篇是現存小學書底最舊的。從魏晉以來流行於南北朝而推衍於唐宋以外史籀篇以下六篇佚亡僅於玉函山房輯佚書中留其殘影而已。第二以音為主的，是在音韻最極紛雜的魏晉以後如魏李登底聲類晉呂靜底韻集齊周顒底四聲切韻隋陸法言底切韻等就是。第三以義為主的，爾雅為首，至東漢以後的訓詁學者，專門研究，或注經傳或注字書益大其流。馬融鄭玄賈逵服虔等諸注不待說，即劉熙底釋名，張揖底廣雅等皆是。要之文字有形音義三者不可偏廢與繪畫有形而無音樂有音而無形是異類而同歸的。況在綴文字以成章句的詩歌文章形式聲律內容三者相俟而不可偏廢恰如文字底形、音、義呵！

第三十三章 結論(下)

予嘗論詩歌有形文、聲文、情文三者。形文期形式之美所謂形的論者聲文以聲律之美爲主所謂音的論者情文以內容之美爲主所謂義的論者。故形文與繪畫同是訴之於人之視官的文藝聲文與音樂同是訴之於人之聽官的文藝爲耳藝底一種。情文是描出自己底感情是訴之於他人之感情的文藝爲心藝底主要的。故繪畫以形爲主而無聲音樂以聲爲主而無形反之詩歌是以情爲主而形聲兼備的詩歌已然文章亦無不然作文章從修辭上以篇章字句底完成爲主的是要求視覺的形式之美的爲形文論者從音韻上以平仄底排次應用於章句中而期以節奏底抑揚頓挫的是要求聽覺的聲律之美的爲聲文論者期內容底充實同時期發揮自己底主意精神使是非善惡之理宣傳於天下後世的是要求理性感情底滿足是情文論者三代之作，聲文多六朝之作，形文多而唐、宋之作情文多。

爲期形式之美如劉熙所言會集衆字以成文章，猶如會集衆彩以成文繡。於是在文章裏有字法、有句法、有章法、有篇法。有單語可意通而複爲熟語的有散句可意明，而延爲駢句的有一段一節爲意盡曲折而爲數段數節的。有表見同一意義而用特殊的文字務避陳套而就清新舍爛熟而取奇峭的。蓋在不枉意思的範圍內盡修辭之能事期形式之善美古文四六文及八股文皆有同然之所。雖四六八股底末弊往往爲了形式左右內容然古文家是常以修辭爲達意的方便的。

爲了期聲律之美造句用字利用音韻或句中諸音或句尾押韻，這不但爲三代文章家底慣用手段，而在六朝

時代以抑揚為文法上之詞不屬於內容而屬於音節的亦此類故雖從形式上看盡善美的,但從聲律上看必得改易。因為平聲寬緩而長引,上聲去聲入聲皆短仄而不可永吟,故平字連用則語氣流暢,仄字連用則語調佶屈於是不可不作一番『前有浮聲後用切響宮羽相應,商角相和』的工夫這與其說是視官寧說是以重聽官為歸的,不但依據語氣底疾徐緩急抑揚昂低以感動聽者底心且更欲使讀者容易記誦其文。然日人底漢文從來用訓讀法,對於散文不復認聲律底必要。陳繹曾底文說說諧音之要揚音調用響字抑聲律用嗯字云云:日人知道從音韻學上指出響字嗯字是何如的文字的果有幾人就是中國後世散文家有諧音的觀念的甚尠,但六朝以前的作家,卻概感聲律為必要三代底作家更不必說故書經易經論語禮記管子老子莊子荀子韓非子底文中有押韻之處所前章已條舉了這就是欲從語句底整齊上給與讀者以快感的其他爾雅雖不過是詩書底傳註然亦有押韻的。

急就篇不過是課學童的小學書然亦是通篇押韻的。弟子職是指示古代家塾事師的弟子底儀則的。

押韻的例如爾雅底釋訓:

子子孫孫,引無極也顒顒卬卬,君之德也丁丁嚶嚶,相切直也藹藹萋萋,臣盡力也噰噰喈喈,民協服也佻佻契契,愈遐急也宴宴粲粲,尼居息也哀哀悽悽,懷報德也儵儵嘒嘒,罹禍毒也晏晏旦旦,悔爽忒也皋皋琄琄,剌素食也懁懁慅慅,憂無告也憲憲泄泄,制法則也謔謔謞謞,崇讒慝也翕翕訿訿,莫供職也速速蹙蹙,惟逑鞫也

又如急就篇:

急就奇觚與衆異，羅列諸物名姓字，分別部居不雜廁，用日約少誠快意勉力務之必有喜宋延年鄭子方衞益壽史步昌周千秋趙孺卿爰展世高辟兵鄭萬歲秦妙房（下略）

又如弟子職：

先生施教，弟子是則。溫恭自虛，所受是極善從之，聞義則服。溫柔孝弟，毋驕恃力。志毋虛邪行必正直遊居有常必就有德顔色整齊中心必式夙興夜寐衣帶必飭朝益暮習小心翼翼一此不解是謂學」。

或每句押韻或隔句押韻這都是欲使讀者易於記誦的。

論文章底內容如詩歌不僅標榜感情罷了。因爲詩歌是以感情爲主的作者述自己底感情而訴之於他人底感情時則於形文聲文以外舉情文已足然文章不以感情爲唯一的要素，卽淚與血之外必以理性底判斷發表自己底意見。故從聲律上主張諧音底必要的陳繹曾，就內容鼓吹審意底必要。而陳之所謂審意不過是用顯字以明意用隱字以藏意畢竟僅屬於字法底範圍。所在的故文章底內容有從感情作成的與從理性作成的二種。從感情作成的，訴之於人底理解力的上從書洪範，易象繫辭，李密底陳情表，韓愈底祭十二郞文不待說，卽歐陽修底龍岡阡表，方孝孺底吳氏二賢母詞，王守仁底瘞旅文千載之下，能使讀者掩卷潸然可謂盡感情底美的了。從理性作成的，是訴之於人底理解力的。從感情作成的，刺激人底感情強諸葛亮底出師表，韓愈底原道及至宋，周程朱陸之文，止皆能使百世之人士首肯他們可謂發至於老莊孟韓下從董仲舒底天人策，

揮理性之美了。這在前章論文之品致所以分爲理的品致、情的品致、氣的品致三種，理的品致即從理性而出，情的品致、氣的品致即從感情而出的。

要之形式聲律內容三者內容最重，形式次之，聲律又是其次。故從內容方面卓越的作品形式雖不備尚可博不朽的名譽，在形式方面完備的作品聲律雖不協尚不失爲散文傑作然「質勝文則野文勝質則史文質彬彬然後君子」形聲及內容三者兼備然後可謂爲君子的雅文呵

試察古文底句法句底形式，有長句有短句。短句從一字句至三四字句長句從五六字句至七八字句乃至十數字句然古今最多用的，也許是四字句吧！四字句不但三代、兩漢之作多所見，即六朝底駢體、唐、宋底四六文也多慣用。唐宋以後的古文家用五字句的場合，避似詩之五言句，用六字句的場合、忌類賦騷之六字句，用七字句的場合，恐肖詩之七言句，於是四字句底流行最盛，而根柢愈鞏勢力愈張，不但議論敍事諸體兼用即箴銘頌贊祝祭哀誄各體亦是共通的句法。蓋一字句概爲主語底省略，句法不完成的，徵之檀弓、孟子、史記等就明白了。二字句三字句雖有單純的主語與說明語，然尙沒有目的語。惟至四字句始具備種種的形式吾人底意思一切都可用四字句發展。試列舉在論語中的四字句看吧！

（一）主語──説明語

天子穆穆〈八佾〉　　狂者進取〈子路〉　　宰予晝寢〈公冶長〉　　子路不說〈雍也〉

君子不黨〈述而〉　　知者不惑〈子罕〉　　子見南子〈雍也〉　　君子務本〈學而〉

（二）主語――說明語

汝愛其羊〈八佾〉

仁者樂山〈雍也〉　　子張問政〈顏淵〉

（三）目的語――目的語

危邦不入〈泰伯〉　　亂邦不居〈泰伯〉　　成事不說〈八佾〉　　非禮勿視〈顏淵〉

（四）說明語――目的語――副詞語

使民以時〈學而〉　　博我以文〈子罕〉　　爲政以德爲政〈顏淵〉　　居上不寬〈八佾〉

居之無倦〈顏淵〉　　居之不疑〈顏淵〉　　誨人不倦〈述而〉　　執德不弘〈子張〉

信道不厚〈子張〉

（五）說明語――接續詞――說明語

貧而無諂〈學而〉　　威而不猛〈述而〉　　述而不作〈述而〉　　亡而爲有〈述而〉

虛而爲盈〈述而〉　　約而爲泰〈述而〉　　樂以忘憂〈述而〉　　敏而好學〈公冶長〉

信而好古〈述而〉　　恭則不侮〈陽貨〉　　寬則得衆〈陽貨〉　　敏則有功〈陽貨〉

（六）主語——說明語——目的語——補足語

吾與回言〈爲政〉　　予與爾言〈陽貨〉

（七）說明語——目的語——補足語

視其所以〈爲政〉　　觀其所由〈爲政〉　　舉爾所知〈子路〉

日月逝矣〈陽貨〉　　四時行焉〈陽貨〉　　河不出圖〈子罕〉

立不中門〈鄉黨〉　　譬如爲山〈子罕〉　　譬如平地〈子罕〉

（八）說明語——目的語——副詞

有民人焉〈先進〉　　有社稷焉〈先進〉　　麻冕禮也〈子罕〉

（九）副詞——說明語——助詞

不吾知也〈先進〉　　莫己知也〈憲問〉　　未之思也〈子罕〉　　馴不及舌〈顏淵〉

（十）主語——副詞——目的語——說明語

子將奚先〈子路〉　　歲不我與〈陽貨〉

（十一）說明語——目的語——目的語

歸孔子豚〈陽貨〉　　加我數年〈述而〉　　友于兄弟〈爲政〉　　使於四方〈子路〉

（十二）主語──說明語──副詞語

子畏於匡《子罕》　　士志於道《里仁》

（十三）主語──歎詞

彼哉彼哉《憲問》　　使乎使乎《憲問》

（十四）主語──說明語　　主語──說明語

君君臣臣《顏淵》　　父父子子《顏淵》

實不能一一枚舉。《論語》、六經諸子中其句法樣式之多無疑這是四字句爲句法底基礎，古今最多用的所以。但是如果僅以四字句疊用起來則整齊之極反無變化簡勁之極反無姿態了。故古文家底理想在長句短句相錯綜以盡變化曲折之妙，《司馬遷、韓愈》等好用四字句以外五字句、六字句乃至七八字句就是因此此修辭家所以說古文之難在字句長短之中，自有權衡均停之處哩。然五字句、六字句乃至七八字句畢竟不過是於四字句形式之中加以前置詞、轉接詞等而已。句之形式已如此況章之形式有開闔正反緩急虛實諸法篇之形式有起承轉結諸法可知形式之美亦非容易的事實啊！

国家出版基金项目

中國文學通論 中卷

［日］兒島獻吉郎 ◎ 著
孫俍工 ◎ 譯

山西出版傳媒集團
山西人民出版社

目次

第一章 概說上 …… 一
韻文底名目　韻文底分類　一謠諺　二箴銘　三頌贊　四哀弔　五祝祭　六詩歌　七賦騷　八連珠　九詩餘

第二章 概說中 …… 一四
自然與人為　形文與聲文　詩歌底功用　天人一體　神人一氣　移風易俗

第三章 概說下 …… 一九
優劣批判底權度　作者底性格　讀者底感情　詩人底理想　神韻派　格調派　性靈派

第四章 謠諺一 …… 二九
謠諺底價值　政治的價值　歷史的價值　教育的價值

第五章 謠諺二 …… 三二
謠諺底字義　謠底形式　諺底字義　諺底形式

第六章 箴銘 …… 三九

目次　　　　三

中國文學通論 中卷

第七章 箴銘 ·· 四三
箴銘底特質　箴底由來　官箴與私箴　銘底由來　箴銘底韻法句法

第八章 頌贊 ·· 四七
頌底特質　贊底特質　頌底源流　頌底體式　贊底體式　贊底源流

第九章 祝祭 ·· 五二
祝祭底目的　祝祭底源流　祝祭底形式　盟辭與誓辭　嘏辭　玉牒文　上梁文

第十章 哀弔 ·· 五七
哀弔底特徵　哀辭底源流　弔文底源流　誄底源流

第十一章 詩歌 ·· 六八
體式與品致　四要素　立意　修辭　天才　學力　妙悟與精力

第十二章 詩底體製 ·· 七四
時代本位　個人本位　句法本位　篇法本位　書名與地名

第十三章 詩底法度 ·· 八二
詩法底由來　字法　句法　章法及篇法

第十三章 古體

目次

第十四章 樂府上 …………………………………………… 九六
古體近體底區別　古體底句法　古詩底平仄　篇法　押韻法　一韻到底與轉韻　轉韻底形式　轉韻底正格　轉韻底要訣　蛛絲底接法　通韻底範圍　同字韻

第十五章 樂府下 …………………………………………… 一〇九
詩與音樂　樂府底由來　樂府底種類　樂器　金石絲竹匏土革木　橫吹曲　命題意義　樂府底四品　樂府底作者　名實不相合　短簫鐃歌與鞞舞歌　內容底類別　琴曲瑟曲相和曲

第十六章 四聲五音 ………………………………………… 一二一
四聲之別　四聲底發明　四聲與梁武帝　韻書與韻學者　五音與四聲　音韻底變遷

第十七章 八病 ……………………………………………… 一三〇
詩病　平頭　上尾　蜂腰　鶴膝　大韻　小韻　旁紐　正紐　詩人底誤用

第十八章 雙聲疊韻 ………………………………………… 一三六
果是詩病嗎　雙聲疊韻底定義　熟語與雙聲疊韻　雙聲對與疊韻對　雙聲詩與疊韻詩

詩病的雙聲疊韻

第十九章 近體上 …………………………………………………………… 一四一
　律詩底稱呼　律詩底流行　律詩底起源　律詩底篇法　起聯頷聯頸聯　尾聯　偸春
　體蜂腰體　對偶底難易　律詩底句法　平仄排次　五言七言底難易　押韻法　排律

第二十章 近體下 …………………………………………………………… 一六一
　絕句底難易　絕句底稱呼　絕句底發生　起承轉合　轉句底功用　平起與仄起　五言
　與七言　神韻與法式　唐底樂府　陽關三疊

第二十一章 對偶法 ………………………………………………………… 一七六
　自然生成之象　對偶底種類　隔句對　當句對　回文對　聯綿對　雙擬對　流水對
　重字對　雙聲對　疊韻對　虛字對　色對　數對　正名對　合掌之病　奇對

第二十二章 聯句集句 ……………………………………………………… 二〇〇
　聯句　其形式　其韻法　集句　集經詩　和韻　分韻

第二十三章 賦騷 …………………………………………………………… 二〇九
　賦騷底性質　賦騷底功用　賦家底理想　賦家底精力

六

第二十四章 騷底體式 .... 一一三
　騷底名義　騷底特徵　騷底文體　辭賦之祖

第二十五章 賦底體式 .... 一一八
　賦底形式與內容　楚賦　兩漢底賦　三國六朝底賦　唐賦　宋賦

第二十六章 連珠 .... 一二三
　陸機以前的連珠　連珠底篇法句法及押韻法　連珠底目的及性質

第二十七章 詩餘一 .... 一二七
　詩餘底名義　詩餘底性質　詞話　詞集　圖譜

第二十八章 詩餘二 .... 一三一
　宋詞底起源　宋詞底全盛　北宋底詞傑　南宋底詞傑　二十傑以外的詞人

第二十九章 詩餘三 .... 一三九
　詞底體製　同名異體　異名同體　詞名底緣起

第三十章 詩餘四 .... 一四九
　詞底韻致　詞人底理想　詞底章法　詞底句法　詞底字法　平仄及押韻法　通韻底範圍

亡國之音與朱詞底特色

第三十一章 結論一 ……………………………………………………………………二五六
　文字文章底方圓曲直　詩歌賦騷底甘苦生熟　文學上的貴族與平民　文學上的男性與
　女性

第三十二章 結論二 ……………………………………………………………………二五九
　文學與政治　詩人與天地自然　月露風霜　山水草木花鳥

第三十三章 餘論 ………………………………………………………………………二六三
　現今詩人底積弊　詩人無血無淚無俠骨

中國文學通論 中卷

韻文

第一章 概說上

韻文底名目　韻文底分類　一、謠諺　二、箴銘　三、頌贊　四、哀弔　五、祝祭　六、詩歌　七、賦騷　八、連珠　九、詩餘

中國底韻文種類甚多範圍極廣其體製因時代而不一，命題亦由人而各殊或古有而今無或古無而今有，或名同而實異，或名異而實同。遂生出數十種的名目。

古來辨韻文之體的很多如晉陸機底文賦立詩賦碑誄銘箴頌底名目，梁劉勰底文心雕龍立騷詩樂賦頌贊、祝盟銘箴誄碑哀弔封禪底名目蕭統底文選用賦詩騷七辭頌贊符命連珠箴銘誄哀文碑文弔文祭文底分類至唐而元稹賦頌銘贊文誄箴詩行咏吟題怨歎章篇操引謠謳歌曲詞調二十四種名目明方以智底通雅取之。然二

十四名之中行吟怨歎篇引歌曲調之類，皆是樂府底命題，畢竟不可作為詩中細目而獨立於詩以外因為樂府元是屬於詩的。五代時蜀有牛希濟（1）其人作文章論立文章底區別，為詩賦策論箴判贊頌碑銘書序文檄表記十六目。然宋以後論詩文之體的，多取文選底分類法。如宋李昉底文苑英華一千卷呂祖謙底宋文鑑一百五十卷元蘇天爵底元文類七十卷明程敏政底明文衡九十八卷皆是以外明之吳訥有文章辨體五十卷主要是為辨別文詩底體製而編輯的。又徐師曾有文體明辨八十四卷這是取了吳訥底辨體更加細別，而分為古歌謠古詩楚辭賦樂府律詩絕句和韻聯句集句盟誓七連珠箴規戒銘頌贊哀辭誄祭文弔文祝文蝦辭玉牒文上梁文等三十餘種。然予於茲定韻文底分類為謠諺箴銘頌贊哀弔祝祭詩歌賦騷連珠詩餘九類而辨明之。

（一）謠諺——謠——謳——誦——諺

（二）箴銘——箴——銘——戒——規

（三）頌贊——頌——贊——符命文

（四）哀弔——哀辭——弔文——誄

（五）祝祭——祝辭——祭文——盟辭——誓辭——嘏辭——玉牒文——上梁文——醮辭——醴辭

　　——字辭

（六）詩歌　詩——歌——樂府——歌行

（七）賦　騷——賦——辭

（八）連珠

（九）詩餘

以上的分類，是察韻文底形式與性質而區別的。例如：謠諺、箴銘、頌贊、哀弔、祝祭概為四言，在形式方面雖相同，而性質是各殊的。謠諺發自民庶之口諷刺之言多箴銘成於貴族之筆聖賢儆戒之義多頌贊是揄揚人之功德的，從人之快感而起；哀弔是悲死傷夭從人之哀情而生祝祭是祭天地神明的從祈禱報謝之心而出則五者底性質各殊不但異其源泉而且異其目的詩歌與賦騷不但各異其形式而且連珠雖是賦之支流然與賦比而句法不同；詩餘雖是詩之餘流然與詩比而韻法有別，四者固不可歸入於同一的範圍今於此，就謠諺以下九類而一一溯其源流探其津梁吧！於陸機以後的分類豈敢置喙不過是表示愚者之一得而已。

（一）謠諺概是短歌，是俗歌，是平民文學這實是流露天眞把人情盡量寫出决不假讀書學問之力的故謠諺底發生遠在唐、虞、三代之前，明之馮惟訥（二）底古詩紀收載從上古至隋的歷代底謠諺，清杜文瀾（三）底古謠諺輯錄從太古至明止的謠諺而爲一百卷。這可尋討所謂平民文學底源流哩其類目有（一）謠（二）諷（三）誦（四）諺然其實四者皆一而已。爾雅云：『徒歌謂之謠』毛詩魏風傳云：『曲合樂曰歌徒歌曰謠』薛漢（四）底韓詩章句云：『有章曲謂之歌，無章曲謂之謠』則謠是與金石絲竹不相和的，只是謠者自身搖曳音聲而歌詠的故雖兒童

亦能在經史子中童謠底表見爲數不尠所謂謳說文云：「齊歌也」顏師古底漢書高帝紀注云：「謳謂齊聲而歌，或曰齊地之歌」則說文所謂齊歌底意義不甚明而正字通（五）云：「謳爲歌之別調，歌爲謳之總名」則亦是一種底俗文學。宋有城者之謳築者之謳見於左傳所謂誦就是國語所謂「師箴瞍賦矇誦」之誦爲以聲節曲調的意義，然亦非士君子底雅調鄭有輿人之誦魯有國人之誦見於左傳國語所謂諺卽俚語卽鄙言。蘇秦說韓魏六國之王，引「寧爲雞口無爲牛後」之諺事見史記及戰國策要之謠諺是行於民俗之間的短歌，故文章辨體文體明辨等皆把古歌謠獨立於詩賦以外古詩紀亦把謠辭諺語作爲詩歌底別調看待。

（二）箴銘是貴族文學出自做戒之心所謂箴說文云：「箴者誡也」卽取規誡之義所謂銘，釋名（六）云：「銘，名也述其功美使可稱名也」是取發揚有功德者底名聲之義然亦是以警誡爲主的多故文心雕龍云：「箴誦於官銘題於器名目雖異警戒實同」箴之起源發於虞夏商周流行的有周虞人箴一篇載在左傳這就是揚雄底十二州牧箴及二十五官箴底典型銘亦流行於商周之世鼎彝尊卣盤匜之屬無不有銘然其辭不傳的多湯王底盤盟獨見於大學武王底器物銘十七章見於大戴禮然銘之最發達的漢魏六朝之際，如唐宋尤其瞠若其後戒一作誡，文心雕龍云：「戒者慎也」文中子（七）云：「誠其至矣乎古之明王敬慎所未見悚懼所未聞刻於盤盂勤於几杖居有常念動無禍事其誠之功乎」戒之性質與箴銘同取警誡之義看了淮南子所載堯之戒云：「戰戰栗栗，日謹一日人莫躓於山而躓於垤」可知戒之體式亦與箴銘無大差故文體明辨云：「戒者箴之別名也」然後

人或有用五言體的,這非戒之正體。況乎用散文體的更不必說了。規亦為箴之別名,與戒同類只箴本來是以誡君王之闕為主規是臣下互相規諫的。然隋以前規之文體還未發生至唐而元結(八)始作五規。但後人作之者殆希有。

(三) 頌贊是頌揚贊美人之功德的,或由臣頌君之盛德,或由賓贊主人之成功,或以之施於等儕,而表親厚之情,或以之用於古人而寓伺友之意甚至對於器物禽獸都有致頌贊之意的。其體以四言成一句以隔句押韻為常式。劉勰論頌云:『敷寫似賦而不入華侈之區敬慎如銘,而異乎規戒之域』可謂能辨頌底形式了。又論贊云:『結言於四字之句盤桓乎數韻之辭』可謂能辨贊底形體了。故宋王應麟底玉海引真德秀之說云:『贊頌皆韻語體式類相似然頌比於贊尤貴贍麗宏肆。』

頌體製有古今之變毛詩底商頌、周頌,皆是稱成功以告於神明的為頌之古體,至魯頌單是頌魯公之功德而已,以之為近體之祖後世揚雄底趙充國頌陸機底漢高祖功臣頌皆是從魯頌出的然王褒底聖主得賢臣頌及韓愈底伯夷頌皆是變體。又贊以魏王粲底正考父贊,晉夏侯湛底東方朔畫贊為正體又贊符命文是受命天子鋪張盛德洪業,旁及瑞應,而文心雕龍立封禪之名題在文選始設符命之名曰司馬相如底封禪文揚雄底劇秦美新班固底典引等皆符命底正始。其體式殆與頌同。這是予特別把符命屬於頌贊的所以。然性質上以之屬於祝祭,也許可以吧。

（四）哀弔是對死者而致其愛惜痛傷之情的，或曰哀辭，或曰哀文，或曰哀策文，或曰弔文，或曰弔辭，或曰弔。皆以辭遣哀名雖殊而實則一其所哀，或傷有才而不見用或痛有德而無壽所弔或對古人致追慕之意或對今人寓愛惜之情且其體有四言體與騷體哀弔及誄皆同哀辭底源流崔瑗班固發其源徐幹大其流及潘岳出而情文兼至盡善盡美降至唐朱之世韓愈底歐陽生哀辭爲四言以兮爲讀曾鞏底蘇明允哀辭爲三言亦以兮爲讀弔辭則濫觴於賈誼底弔屈原文，後世之弔辭用騷體的多。柳宗元底弔屈原文及弔樂毅文等無不皆然。

誄者累也累敍死者底德行以表旌其不朽也周之時大祝作誄辭，見於周禮春官然古之誄，由貴者對賤者而施的，多賤者不敢誄貴者，幼者不敢誄長者也唯天子稱天以誄之諸侯相誄，非禮也」卽是故魯莊公誄卜國，哀公誄孔子，是邇古禮的。然列女傳及文心雕龍敍柳下惠之妻誄惠子，可知春秋時代未必限於貴者與幼者而已。故揚雄之誄元后是誄貴者的。潘岳之誄楊荊州，顏延之之誄陶徵士，皆是誄長者的其體式文心雕龍云：「傳體而頌文榮始而哀終論其人也曖乎若可觀道其哀也悽焉如可傷。」可謂中肯之語文選所載自曹植潘岳顏延之謝莊之誄，皆用四言巧寫其人善道其哀誠不負誄之典型哩。柳宗元底虞鳴鶴誄及衡州刺史東平呂君誄很能承風襲其體。

（五）祝祭是對天地山川宗廟社稷等一切神明而致祈禱報謝盟詛誓願之意的，在三代以前已發祝祭之端。禮記郊特牲舉伊耆氏蜡祭之辭，（九）實爲祝祭底權輿。然上古底祝辭、祭文皆是爲天子諸侯而作的貴族文學，

而不是平民本位的文學。周官制使大祝掌六祝之辭，主要是為天子祝福的，欲使天下受多福保正命，亦不外帝王本位。所謂六祝是順祝年祝吉祝化祝瑞祝筴祝，見於周禮春官就六祝底解釋諸家所見各異，如順祝或以為祈豐年或以為祈三才協順年祝或以為求年壽之永貞或以為祈身體底康強子孫底繁榮的化祝或以為是祈弭干戈變禍亂移哭泣為歡笑或以為祈休徵嘉瑞化被六極瑞祝是祈無風雨水旱之災見甘露醴泉之瑞的筴祝是祈遠罪疾的。六祝底區別，雖不甚分明，猶勝於文體明辨所分告脩祈報辟謁六類。

上古底祝祭，雖是帝王本位，後世以之用於士庶人，以祝辭為賀吉祥善事的文表慶賀之意；以祭文為祭死者的文，表哀傷之意。這是性質上的變化同時祝祭底目的也起了變化。其他有盟辭誓辭嘏辭玉牒文、上梁文等皆祝告神明的東西文之性質上固屬於祝然形式卻取了散文體的多。

（六）詩歌是韻文底源泉本幹多少的支流是從這裏分出多少的枝葉是從這裏發生。而詩歌底起源卻遠在三皇五帝之時據史傳伏羲氏之世有網罟歌（一〇）黃帝之時有彈歌（一一）然其辭皆不傳現今詩歌底濫觴最可信據的莫若舜底股肱歌（一二）與皋陶底元首歌。（一三）形式甚單調，而章法、句法及押韻法等與其說是有古色，寧可說是釋氣還覺適切。至周而四言體完備，至漢而五言體完成，至唐而七言體大成詩歌底體式始定其名目有曰詩曰歌曰樂府曰歌行之別，其實則一而已。舜嘗告夔曰：『詩言志，歌永言』實千古詩歌底斷案魯之師亥云：『詩所以合意歌所以詠詩也。』亦是從舜之斷案以明詩歌底定義的。又樂府底稱呼是始於漢世稱為可和金

石合管絃的詩。即樂府爲樂章之謂與舜之所謂永言的歌師亥之所謂所以詠詩的歌相同故文選把樂府列爲詩中之一目雖得當然如文心雕龍以樂府與詩賦以外的類目文苑英華分爲歌行與樂府二類皆是錯的。故唐宋以後的詩集，不但把樂府獨立於古詩以外，而後人又把歌行獨立於樂府以外。然樂府固是古詩歌行亦是古詩。故曰樂府曰歌行，是從形式上以區別律詩絕句決不是應超脫於古詩外三代無樂府底名目自然詩經三百篇皆是能和金石合管絃的。則三百篇爲周代之詩，同時亦可說是周代底樂府、歌行。要之詩與歌元是同一物的，詩是歌的原文而歌是音樂的把詩朗詠的。而樂府及歌行實不過歌底異名。

（七）騷賦是詩歌底分岐支流。然其岐路甚大流域極廣顧賦始於荀卿，而一變爲宋玉、賈誼，再變爲司馬相如。揚雄班固張衡左思等皆襲相如之風漢魏六朝實爲賦底全盛時代。降至於唐爲排律的賦，至宋爲散文的賦至於明清殆絕迹影。顧荀卿底賦如今之謎語，專用隱語局面不如司馬相如一樣的宏大辭藻不如宋玉、賈誼一樣的富贍。然宋玉賈誼底賦實胚胎於他底賦可稱爲賦底濫觴。降而至於漢、魏六朝之際司馬相如揚雄班固張衡左思等皆於一篇賦中傾注滿身熱血以享百世不朽的盛名，唐宋底賦概氣餒力不足，有勁弩末勢可爲賦底末流。故唐杜牧底阿房宮賦取排律的形式。宋歐陽修底秋聲賦及蒼蠅賦取了論文之體，蘇軾底前後赤壁賦取了記文之體。這等皆是膾炙人口的作品但已非賦之正宗，可說是一種的混血。

騷始於屈原宋玉景差是親炙的賈誼是私淑的。其他司馬相如底長門賦，揚雄底甘泉賦，張衡底思玄賦皆不

用他們得意的筆法而取了騷底句調。也許荀卿底賦是由古詩變化而來的，屈原底騷，是由
司馬相如底賦，是由屈原底騷脫化而來的吧！故他們以賦手而時用騷體可謂不忘其本。故宋宋祁以離騷為辭賦
之祖然騷與賦依時代而盛衰各殊。明之胡應麟嘗論賦騷云：「騷盛於楚衰於漢而亡於魏賦盛於漢衰於魏而亡
於唐。」

辭是指楚辭底一體，以離騷為中心而總稱九歌、九章之類的。故辭與騷異名而實同辭是騷底總名，騷是辭底
特稱顧楚辭底稱呼始於漢之劉向，主要是集屈原、宋玉以下楚人之作傍採非楚人而能承楚風為楚聲的命名為
楚辭。蓋詩經有國風西有秦風東有齊風北有唐風南有陳風而沒有楚風這是劉向輯錄屈、宋以下的楚調與周詩
相對命名為楚辭的所以。即辭以離騷體為正體，陶淵明底歸去來辭，已屬異數漢武帝底秋風辭固為變則宋陳知
柔說明詩與騷底關係云：「詩變而為騷」猶可。然其說明騷與辭的關係云：「騷變而為辭」則不可。其說「辭則
兼詩騷之聲而尤簡遂」尤為不妥。

試察賦騷辭底字義賦者布也敷也鋪也。釋名云：「敷布其義謂之賦」賦就是敷陳其事，鋪敍其情敷衍其辭，
不厭冗長而以莊麗為要的。班固稱：「賦者古詩之流而雅頌之亞也」摯虞云：「賦者敷陳之稱古詩之流也」是
就內容而言其外形完全與詩殊其在詩六義中的賦固屬於別系因為賦比興是就作詩的手段而言的，在韻文分
類上尚未成一個獨立體騷者愁也憂也。史記底屈原傳云：「離騷者猶離憂也」即是一篇離騷是從屈原底憂愁

之心而出的，其文中楚音多且以兮字為句讀，為騷體底特徵後世稱詩人為騷人，亦是從這意義而出的辭本作詞，在訓詁上辭與詞同義但與在文學上的辭與詞完全是別物因為辭是指賦騷而詞是指詞曲之詞即詩餘，李善

（一四）昭文選報任少卿書注云：『辭為言辭』楊倞底荀子正名篇注云：『成文曰辭』可以想見辭底字義了。

七是賦騷之流，徐師曾云：『七者問對之別名，而楚辭七諫之流也，』孫鑛云（一五）『七亦是楚騷流派分條侈說，全祖望』其辭貴駢儷其意以諷諭為旨其體用問答雖時有似散文的處所然概為韻語後世賦家往往有用此韻法的蘇軾底前後赤壁賦即是七底起源雖在楚辭中有七諫然尚未成體漢枚乘底七發可為其正始邵長蘅嘗稱枚乘七發可與司馬相如底子虛賦立駕齊驅云：『相如之賦枚乘之發一時兩雄不可偏廢』予可斷言相如底子虛賦是從乘之七發蛻化而來的，在枚乘以後，傅毅底七激崔駰底七依張衡底七辨崔瑗底七厲馬融底七廣曹植底七啟王粲底七釋，張協底七命陸機底七徵，桓麟底七說，左思底七諷相踵而成故傅玄集之而撰七林數卷，謝靈運亦輯之而成七集十卷。概屬模擬無有新意枝附影從徒然屋上架屋不過鋪敍宮館畋獵車馬衣服肴饌聲色等一時的快樂而已。至柳宗元底晉問，以七之體式應用於散文，固屬於別派的顧七之特徵通篇是八段第一段為序。第二段以下說七事在戒膏梁之子這是七之命題的所以然。劉勰解七發云『七竅所發』李善云『七者少陽之數欲發陽明於君也』皆不可從。

（八）連珠未必是陸機底創作，但從機之演連珠五十首入了昭明之選以來，百世底詩人無不仰宗他然陸

機以後不但連珠家多，而且陸機以前亦已有連珠。晉傅玄底連珠序云：「連珠者，興於漢章帝之世，班固、賈逵、傅毅三子受詔作之，而蔡邕張華之徒又廣焉」連珠底起源是在後漢之世而劉勰底文心雕龍有「揚雄肇爲連珠」的話任昉底文章緣起說連珠揚雄作。沈約底上注制旨連珠表云：「連珠之作始自子雲」是齊梁學者以連珠濫觴歸於揚雄的多然北史李先傳有「魏帝召先讀韓子連珠二十二篇」的話丹鉛總錄云：「連珠之體兆於韓非」通雅云：「連珠始於韓子」，則是把連珠底發生遠歸於先秦時代。而今之韓非子不見有所謂連珠論二十二篇只在韓非底文中有聯語先列綱目後敍述事實的體製多。內儲說外儲說即是所謂韓子不傳有陸機底連珠也許是指這類的作品且揚雄班固底連珠雖載於文體明辨但賈逵傅毅蔡邕張華底連珠皆不傳只陸機底連珠獨博擅場之名，永爲後人矜式。

陸機以後的文士作連珠的亦不少。宋有謝靈運、謝惠連、顏延之、齊有王儉、劉祥、梁有武帝、簡文帝、沈約、吳均、丘遲，周庾信皆是遵奉陸機底典型的雖其辭麗而喩美，然亦不免屋上架屋之誚。

論到連珠底名義，傅玄云：「歷歷如貫珠易覩而可悅故謂之連珠。」沈約云：「連珠者，謂辭句連續互相發明，若珠之結排也」吳訥云：「連之爲言貫也穿貫情理，如珠之在貫也。」徐師曾云：「連珠之文貫穿事理，如珠在貫。」

故論連珠底體製傅玄云：「其文體辭麗而言約，不指說事情，必假喩以達其旨而賢者微悟，合於古詩勸與之義」；吳訥云：「其辭麗其言約其體則四六對偶而有韻」；徐師曾云：「其體展轉，或二或三，皆駢偶而有韻」連珠底作

家似是以喻美辭麗四字爲理想的。

（九）詩餘一叫做詞，或謂爲塡詞，是古樂府遺流後世戲曲底源泉以之稱爲詩餘的是看作古詩底餘波。稱爲塡詞的是篇有一定的法則句有一定的平仄而每題異其法式詞人皆依題按平仄把文字塡入其中的故從性質上言，固是樂府底遺流然從聲律上言可說是律詩底變體。

探詩餘底源流濫觴於唐流行於五代，至宋而滔滔汎濫停蓄，及於元與，遂爲戲曲所壓倒了。故宋爲詩餘全盛時代，元、明以後已趨於頹勢這是後人所以以宋詞與唐詩元曲並稱的原由。

以上九類底句法雖有三言四言五言六言七言八言九言等但以四言五言七言爲常式。而唐、虞、三代之作四言多，漢、魏、六朝之作五言多，唐、宋、元、明清所作七言多。可知句法底長短關係於時代底古今哩。然四言爲詩歌以外的箴銘頌贊祝祭共通的句法通用的範圍最廣又騷體底句法六言七言多之六言七言與詩歌底六言七言不同至若其押韻法隔句或每句押韻各類都有相同的處所。而每句押韻槪在二句轉韻的場合也相同只詩餘柏梁體的聯句及秦泰山之罘碣石會稽底銘，自非一揆而已

（一）牛希濟　後唐嶠兄子仕蜀爲御史中丞降於後唐。明宗時拜雍州節度副使。以詩詞擅名

（二）馮惟訥　明惟健弟字汝言號少洲嘉靖進士與兄惟健弟惟敏皆以詩文名齊魯間有風雅廣逸楚辭旁註馮光祿詩集古詩紀等。

第一章 概說上

（三）杜文瀾 清秀水人字小舫官至江蘇道員曾國藩甚重其才有曼陀羅華閣瑣記宋香詞詞律校勘記古謠諺平定粵冦記略、

（四）薛漢 後漢淮陽人字公世習韓詩尤善說災異讖緯建武初為博士當時言詩者推漢為長後坐事下獄死。

（五）正字通 書名明張自烈撰清廖文英以金購之掩為已有而加清文之十二母徵引繁蕪尤多穿鑿附會頗為小學家所譏。

（六）釋名 書名漢劉熙撰八卷以同聲相諧推論稱名辨物之意可資以考見古所釋器物亦可推求古人制度。

（七）文中子 隋王通之私諡通字仲淹世傳所著有文中子中說十篇俗亦簡稱其書為文中子

（八）文結 唐德秀族弟字次山天寶進士晚拜道州刺史文章戛戛自異變排偶綺靡之習有次山集，又編沈千運、王季友等七人之詩為篋中集。

（九）伊耆氏蠟祭之辭 辭云土反其宅水歸其壑昆蟲毋作草木歸其澤。

（一〇）網罟歌 昔伏羲氏因時與利教民田魚天下歸之時則有網罟之歌。——夏侯泰初辨樂論——但此歌現已失傳。

（一一）彈歌 斷竹續竹飛土逐宍（見古詩源）。

（一二）股肱歌 股肱喜哉元首起哉百工熙哉（見虞書益稷）。

（一三）元首歌 元首叢脞哉股肱惰哉萬事墮哉（見虞書益稷）。

（一四）李善 唐江都人有雅行淹貫古今不能屬辭故人號書麓後為溧城令坐事流姚州遇赦還居汴鄭間講授傳其業者號文選學。

（一五）孫鑛 明陞幼子字文融號月峯萬曆會試第一有孫月峯評經今文選書畫跋跋。

一三

第二章　概說中

自然與人為　形文與聲文　詩歌底功用　天人一體　神人一氣　移風易俗

韻文底發生，由於人之心情之動，韓愈底物不得其平則鳴一語，很能說明這中間的消息。韻是什麼？玉篇云：「聲音和曰韻」，文心彫龍云：「異音相從謂之和，同聲相應謂之韻。」所謂韻文，是說同聲的文字或每句或隔句相照應的，且聲音底發生必由於內心底不平，不是天籟、地籟、人籟有同然之所即在韓愈以前千有餘年，莊周已把物不得其平則鳴的議論在齊物論中發揮過了。

試着眼於天地萬籟，殷殷虺虺，是雷霆之聲洶洶澎澎，是河海之聲虩虩喈喈，是鳳鸞之聲喃喃啁啁，是燕雀之聲喞喞切切，是蟋蟀之聲咆咆哮哮，是虎狼之聲鏗鏗戛戛，是金玉之聲護護琤琤，是松篁之聲聲有強弱，是由物有大小。音有清濁，是由器有精粗。寸管無洪音，巨鐘無細響，粗器無清聲，秀形無濁韻，此天地之常，自然之理。故天雖無口，然假鳥以鳴春，假雷以鳴夏，假蟲以鳴秋，假風以鳴冬，這就是天底韻文。地雖無心，然流水為石所激而鳴，草木為風所撓而鳴，金石為人所叩而鳴，這就是地底韻文。人間底韻文，人如是而已。

人底性情一接觸於外物，則喜怒憂懼之情必內動情既動於內則聲必形於外而為言、為文、為詩。文為言之精，

詩為文之精。蓋喜則為驊騮之聲，怒則為叱咤之聲，憂則為于嗟之聲，懼則為戰慄之聲因其辭以諧韻這就是韻文所由成的原因顧人生百年之中苦樂相半一日之中好惡相生故在游覽燕饗之境則為歡聲在羇旅邊塞之境則為愁聲在喪亂貶謫之境則為怨聲在死亡弔祭之境則為哀聲歡怨哀皆是不得其平而鳴的。猶如大塊噫氣作而萬竅怒號止水無聲由於得平流水有聲就是為的不得其平。

繪畫是以色彩而訴之於視官的這叫做形文音樂是以聲音而訴之於聽官的這就叫做聲文。柳綠而花紅的，是天地底真詩但是繪畫的是形文派鳥歌蟲鳴亦是自然底真詩但為音樂的是聲文派。如繪畫以色彩娛人之目，柳暗花明亦能樂人之心如音樂以聲音悅人之耳鳥語蟲聲亦能樂人之心不識人間底詩歌果有何種功用？杜甫寄李十二白詩云『筆落驚風雨詩成泣鬼神』果有這樣的能力嗎？

宋真宗時契丹大舉入寇寇準已定親征之議欲勸帝渡河時殿前帥高瓊力贊準說自麾衞士進輦梁適呵之：『君輩此時尚責人失禮何不賦一詩退虜耶』詩豈退虜的利器嗎？高瓊之意蓋謂文武殊途故儒者可與守成詩人固不可容喙於危急存亡之秋一首的詩歌縱令無退虜之能然不足以扞敵之矛戟。一曲的音樂如鐵騎突出刀鎗亂鳴然不足以一掃兵塵廓清天地。一幅的繪畫如大的干戈然不足以遂嘲詩人之無用。顧詩歌之能，是音樂的這不僅兼形文與聲文而且是兼具情文的。特別修辭派底詩是柳暗花明底色彩派格調派底歌是鳥語蟲聲底聲音派。故詩歌底功用與繪畫音樂相同不僅動人之情感人之心且足以動天地感鬼神的。如周之盛時置

采詩之官以採集列國之詩大師以之掌王朝樂正以之教國子,如漢世立大晟府以登用詞人及音律家皆欲於音樂中利用詩歌以和人心以暢人情由此以維持風教由此以扶植世道的。故先王不但以詩歌奏於郊社宗廟用於燕會房中宣佈幽玄之思達神妙之化且聖人又以之作爲有教育的效果以之爲有道德的價值。孔子嘗稱三百篇之具說明了之事君。」實把三百篇之詩資修身之用供處世以是經夫婦成孝敬厚人倫美教化移風易俗。對諸侯用如此其重也」這是基因於尚書舜典所謂詩言志歌永言,聲依永律和聲八音克諧無相奪倫神人以和的詩歌底功用亦可謂至大矣。

然天地是大荒鬼神是幽幻郊社之祭,果能動天地嗎?宗廟之祭,果能感鬼神嗎?天無口地無舌,鬼神亦不能言,人固不得而知從感應而言則湯之桑林底禱辭能感天,能於大旱時降雨韓愈底謁衡嶽廟詩能感神靈使開衡山之雲於是有說天人一體的,如漢之董仲舒云:「人之所爲美惡之極與天地流通往來,」宋李綱云:「夫天人之道,其實一致,人之所爲即天之所爲也人事盡於前則天理應於後此自然之符也。」的話呂氏春秋有「精而熟之,鬼將告之,非鬼告之重思之而不通鬼神將通之非鬼神之力也精氣之極也」亦是認識至誠可以通神的然主張人間以外無神的神是化於道之謂又是盡善之謂的荀卿斷也精而熟之也。

言雲而降雨猶如不雯而降雨亦偶然耳。決不是禱辭之功爲韓愈而衡山之雲開，亦偶然耳，決不可說是詩之力，故予論詩歌的功用可斷言其能神益於世道人心，而不能感動天地鬼神。然天地與我一我一氣也，萬物與我一體也，故上古底頌贊祝祭不待論，即禱辭盟誓辭瑕辭玉牒文等，皆以神明爲主，漢魏六朝底樂府郊廟祭祀之歌，皆是期其動天地感鬼神的。不唯漢、魏、六朝底詩人爲然，即賀知章見李白底烏棲曲而歎賞不置，遂稱之曰：『此詩可以泣鬼神矣。』許顗稱毛詩底『燕燕于飛差池其羽』之子于歸遠送于野瞻望弗及泣涕如雨」，云：『此詞可泣鬼神矣』。且評蘇軾底辛丑十一月旣與子由別馬上賦詩寄之云：『遠紹燕燕之意。』可知可以感動天地鬼神之詩古來不少況乎動人情感人心的詩宋之游酢嘗云：『學詩者，可以感發人之善心如觀天保之詩，則君臣之義修矣；觀棠棣之詩，則兄弟之愛篤矣，觀伐木之詩，則朋友之交親矣；觀關雎鵲巢之風，則夫婦之經正矣。』上由孔子底所謂興觀羣怨事父事君之旨下遵程頤底所謂學者不可不看詩看詩使人長一格之意，實把詩之功用道破了。

然詩固是言志的，是道性情的，是自爲的而非人爲的，故宜舒己之志，舒己之情的；然感人之心動人之情的未必是作者底目的，只是人情無古今真情之所發，能使人感奮興起，或泣或怒。故詩歌底功用，縱令無退虜之能，亦多能獲百年底知遇而博不朽的名聲。司馬相如爲武帝所知任爲郎，就是因子虛一賦。揚雄爲成帝所知，任爲待詔，就是因成都城四隅銘。唐韓翃爲德宗所用，而爲駕部郎中知制誥，就是由於箕山琴臺之詩，這等豈不是

由韻文以開仕進之途嗎？而唐之劉禹錫從朗州被召而至京師時作戲贈看花君子之詩又復左遷；明高啓作題宮女圖之詩以怨太祖作上梁文而爲太祖所腰斬皆是因韻文以招禍害的。

秦之竇滔久在遠戍而忘家之詩妻蘇氏作迴文詩以敍離隔之悲致纏綿之情竇滔立即招致蘇氏琴瑟復好合。又唐時寧王貴盛有寵妓數十人，一日見賣餅者之妻，纖白而明媚大爲屬意厚遺其夫求獲之寵愛甚渥歲餘王問云：『汝復憶餅師否？』見舊夫妻注視良久，雙淚垂兩頰殆不勝其情時王維在坐悽然爲賦一詩，『莫以今時寵，難忘舊日恩；看花滿眼淚，不共楚王言。』王一讀而歸妻於餅師。這等豈非是毛詩、詩大序所謂經夫婦厚人倫的作品嗎？其他在孟子有所謂衛人王豹，處於淇川而善謳，河西之民化之；齊人緜駒，處於高唐善歌，齊之右地化之，亦是毛詩、大序底所謂移風易俗的事實哩！故詩歌底功用所謂動天地感鬼神，雖未必首肯然經夫婦厚人倫美教化易風俗，卻有誰不首肯呢？

第三章 概說下

優劣批判底權度　作者底individuality格　讀者底感情　詩人底理想　神韻派　格調派　性靈派

凡詩歌賦騷是以發洩自己底感情為目的的呢，是以感動他人底心為目的呢，抑是以兼備自己底發洩與他人底感動為目的的呢？這是千古來詩人騷人所欲解決而未能解決的宿題。又況其作品底優劣依據何種標準而決定其人品底高下依據何種繩尺而決定大有問題在。蓋人情無古今無內外無貴賤無老幼，一人之情不但能盡千人萬人之情且能盡天下後世之情。故天下無二道聖人無兩心。徹上徹下以之通古今而不悖之道至情表見之所真理存至誠發動之所真詮具。情苟誠而沒有不動人的，同時不誠而沒有能動人的。這是古來立言為三不朽之一詩人騷人能求知己於百世使名聲馳騁於天下的所以。故左思底三都賦能使陸機投筆，崔顥底登黃鶴樓詩能使李白卷舌，陶潛飲酒二十首中的結廬在人境一篇能使王安石心醉：……『由詩人以來罕有此作』王融（二）稱劉孝綽（三）所作云：『詩人以來無此作。』王灣（一）底江南意『海日生殘夜』一聯為唐才子傳所推獎云：『二百年來無此作！』皆是自己發洩底能事既畢輒能使他人感動的其他沈約稱謝朓之詩云：『天下文章若無我則歸卿，』王昌齡於七言絕句得其妙稱詩天子，劉長卿巧於五言律評為五言底長城亦不外

此理。

然人之德有剛柔，才有高下學有深淺地位境遇有順逆窮通萬人底思想必千差萬別，剛者能發揮高明之德，則柔者能流露變友之德；才高的縱橫絕塵爲誇詡之資才下的依樣沿襲爲應酬之具學殖深的立高遠之言學力淺的作鄙俗之說在順境的紱車馬酒食富貴之樂，在逆境的訴坎軻拓落饑寒之狀皆快之士爲瀟灑之作敦厚之士爲莊重之作偏儻之士爲飄逸之作疏爽之士爲流麗之作拂鬱之人爲悽怨之作磊落之人爲悲壯之作謹勅之人爲嚴整之作偓促之人爲猥褻之作。特別至於構思底疾徐與著筆底遲速，天分相差更有甚是構思敏的然司馬相如含筆而腐毫揚雄輟翰而驚夢，桓譚之疾發於宿構，王粲援筆似宿構阮瑀據案以制書禰衡當食而草奏皆是構思敏的。然作騷人枚皐應詔而成賦，曹植七步以成詩王戎之氣竭於焦慮，張衡底二京賦工費十年，左思底三都賦時過一紀皆是着筆遲的。故黃庭堅嘗紱陳師道與秦觀二人底才思遲速之異云：「閉門覓句陳無已，對客揮毫秦少游。」作者底性格態度已如此，讀者底感情亦自各殊是當然的。故杜甫不尙陶淵明之作歐陽修不取杜甫之詩批評詩賦底優劣可否權度畢竟非絕對的，而詩賦底妙技到底不能古今內外都共通一格而爲貴賤老幼所一概歡迎的。李攀龍嘗稱李白底絕句云：「實唐三百年一人，蓋以不用意得之。」王世貞反之云：「王江陵與李太白爭勝毫釐俱是神品而于鱗不及之」攀龍又嘗稱王昌齡底從軍行云：「唐人絕句，當以秦時明月漢時關

壓卷。」王世貞云：「若以有意無意可解不可解間求之，不免此詩第一耳，」王世懋反攀龍之說云：「若必欲壓卷當於王翰葡萄美酒王之渙黃河遠上二詩求之。」清王士禎云：「昔李滄溟推秦時明月漢時關一首壓卷，余以為未允必求壓卷王維之渭城李白之白帝王昌齡之奉帚平明王之渙之黃河遠上，其庶幾乎。而終唐之世亦無出四章之右者矣。」沈德潛亦云：「滄溟鳳州主氣，阮亭主神各自有見愚謂李益之回樂峯前柳宗元之破額山前劉禹錫之山圍故國杜牧之煙籠寒月鄭谷之揚子江頭氣象稍殊亦堪接武。」攀龍及世貞兄弟一時同襟期詡掖提攜共以古文辭鼓吹於嘉靖時代。如神韻派王士禎與格調派沈德潛各異其撰固不足怪的。

李白杜甫是盛唐底詩聖韓愈、元稹是中唐底詩伯李白以飄逸勝杜甫以沈鬱勝韓愈以奇險勝，元稹以清淺勝。卽作者四家底態度各自異其特色故就李杜底優劣而論元稹嘗抑李揚杜說是李不能窺杜底藩籬況堂奧耶？然韓愈斥之云：「不知羣兒愚那用故謗傷」至宋楊億不喜杜甫為詩，王安石不取李白底詩，歐陽修不悅杜甫底詩而蘇軾卻推尊杜甫說是古今詩人多矣而惟杜子美為首。宋之孫覺嘗云：「老杜論工巧則北征不及南山若書一代之事以與國風雅頌相為表裏則北征不可無而南山雖不作未害也。」孫、王二子之論遂定。

退之南山詩王安國云：「南山勝北征」兩辯難終不能相服。時黃庭堅年少在坐末自進云：「若論工巧上北征果不及南山與否這未必是萬人所承認的。又宋沈括呂惠卿王存李常四人嘗同在館下談詩沈括評

韓愈之詩爲押韻之文雖健美富贍然格不近詩人呂惠卿稱道詩正宜如此自有詩人以來未有如退之者。王存是沈之說，李常是呂之說，四人互相辯難終不決。李常忽正色對王存說：『君子羣而不黨公何黨存中也？』王存勃然說：『我所見如是，豈敢黨邪以我偶同存中途謂之黨，然則君非吉父之黨乎？』又況李白底登鳳凰臺與崔顥底登黃鶴樓底優劣論之詩人亦安能斷定呢？秋圃擷餘云：『日暮鄉關與而賦也浮雲蔽日比而賦也；以此思之使人愁三字雖同孰爲當乎」從賦比興以論定優劣究竟不能得後人底首肯的。

其他就初唐四傑而論崔融嘗揚王勃說是：『勃文章宏放非常人所及，炯照鄰可以企之』然張說卻推楊炯說是：『盈川文如懸河酌之不竭旣優於盧亦不減王』又論到唐人底七言律詩嚴羽以崔顥底登黃鶴樓爲第一，『此詩自當爲古今七言律第一不必爲唐人七言律第一也。』沈德潛則舉沈佺期底龍池篇說是：『擅古今之奇的作品』而王世貞評黃鶴樓云：『崔起法是盛唐歌行語』評古意云：『沈末是齊梁樂府語』評登高云：『結亦微弱』而自己卻推獎杜甫秋興八首中底玉露凋傷及昆明池水二首評前者爲首尾勻稱而斥兩不足評後者爲穠麗沈切惜多平調金石之聲微乖耳結局把七言律底第一決定了。凡如此的矛盾衝突依據作者底天禀不同，同時亦由於讀者底性格各殊。蔡寬夫詩話云：『文章大概亦如女色好惡只繫於人。』一瓢齋詩話云：『詩文無定價』至今日猶無定價。一則眼力不齊嗜好各別；一則阿私所好愛而忘醜。』亦其宜也。

詩人底理想自古以來有以達意爲主的與以修辭爲尙的二種依時代的觀察，則三代、兩漢底詩人以達意爲

理想，而魏、晉以後南北朝底詩人是專以修辭爲理想的。唐是詩全盛的天下三百年底詩人無不兼善達意修辭。而朱之詩人以達意爲主，而粗於修辭明之詩人以修辭爲主，而不置重達意。此所以明季袁弘道崛而高唱性靈說務掊擊李王底古文辭哩。故至清初詩人底理想分神韻格調性靈三派。

神韻派是以於文字以外含有風神餘韻爲要訣王士禎所首唱格調派是於一篇底構成上以其體製與聲調爲宗旨而沈德潛爲領袖性靈派是任其天才眼中無古人自抒性靈直遣胸臆以袁枚爲巨擘。故神韻派底理想見於王士禎底漁洋詩話二卷、帶經堂詩話三十卷唐賢三昧集三卷實把適合於他們底理想的唐詩裏輯攏來了。格調派底理想見於沈德潛底說詩晬語二卷而唐詩別裁集明詩別裁集國朝詩別裁集等是把適合於他們底理想的詩歌裏輯攏來了。性靈派底理想見於袁枚底隨園詩話十六卷同補遺十卷，而小倉山房詩集三十七卷實是他底理想底實現。

神韻派期筆致底平靜沖澹雋永清遠，而忌奇激凌厲粗放密塞其色是無色之色，其味是無味之味，於文字蹊徑之外寄無限的微情妙旨的。故他們常以古詩比較喜律詩以律詩比較在律詩絕句以古詩比較在律詩絕句方面最是求神韻的緣故。因爲古詩雖把自己底情思無遺憾地發表在文字上，然律詩絕句是在字句聲律底制限內含蓄自己底情思的即受字法句法底制限的短章雖要意有餘而言不足，餘韻嫋嫋不斷，然馳騁於縱橫自在的長篇卻不必引發且無須躍如之妙。故唐賢三昧集所以主要取律詩絕句古詩中僅收短章而不及長篇的，就是因爲神韻

之妙,是從含蓄的裏面發出的。故宋之姜夔說含蓄之要云:『句中無餘字,篇中無長句,非善之善者也;句中有餘味,篇中有餘意,善之善者也』是王士禛底漁洋詩話所取唐之司空圖云:『不着一字盡得風流』是爲王士禛底香祖筆記所歡迎的。

神韻派是王士禛所首唱若從流以溯源,則嚴羽底滄浪詩話云:『大抵禪道唯在妙悟,詩道亦在妙悟。』又云:『透徹玲瓏不可湊泊如空中之音相中之色水中之月鏡中之象言有盡而意無窮。』這是神韻派隨喜渴仰之所論者或以司空圖底不着一字盡得風流二句爲神韻派底濫觴,他本非神韻派,且『不着一字盡得風流』二句他在二十四品中說明含蓄底意義未必可卜知在詩中的他底主義本領。顧王士禛取詩禪一致之說懷抱詩畫一指之主義以唱道於天下五十餘年自爲詩壇司盟與會標舉能發揮神化之妙他嘗自云:『嚴羽底詩禪一致之說,的是寫妙悟拙選唐賢三昧集則思過半矣。』可知他底視線是向那一邊集中的。蓋他所以執詩畫一指的是因爲貴與會神到的緣故呵王維嘗詩雪中的芭蕉雖不是寫生派底夢想然王士禛卻以爲王維底詩亦是雪中的芭蕉,於『九江楓樹幾回靑一片揚州五湖白』之下連用道途遼遠不相屬的蘭陵鎭富者郭石頭城諸地名以爲例證。且在他底唐賢三昧集裏收錄王維以下四十八底詩人皆後李、杜而先白、杜甫特別對王維所作致最仰宗之意豈不是以王維爲得悟道徹底的三昧嗎?故神韻派底詩所王維李頎劉長卿韓翃等這就是恪守王士禛所嘗說的七律宜讀王維李頎尤應熟玩劉長卿諸作的。然所謂神韻,

空漠而不可捕捉猶如水中搪月，鏡裏探花，故神韻派底積弊徒是捕風捉影終落邪徑，此性靈派之所由與而性靈派任天才直抒胸臆不顧文字底來歷有把學問修辭置之度外把格律法度置之度外雖是性靈派不宜把神韻與格調蔑視了一樣只是救濟末流底餘弊於三者之間立主客定輕重遂至產生了三派。

格調派元是以格式聲調為宗旨的然亦未嘗不倚神韻且未嘗不重性靈猶如雖是神韻派不宜把性靈與格調置之度外雖是性靈派不宜把神韻與格調蔑視了一樣只是救濟末流底餘弊於三者之間立主客定輕重遂至產生了三派。

所謂格是法式之義與體格骨格之格同為形式上的稱呼所謂調是聲曲之義與音調曲調之調同為音律上的稱呼即格調固是韻文底要件然韻文底格調不但依時代而異而且因人而各殊初唐有格調盛唐晚唐亦有格調三代有格調兩漢六朝亦有格調李杜各有不同的格調韓白亦然潘陸各有特殊的格調顏謝亦然。即是沈德潛一派所唱道的格調果是以何時代底格調為標的呢想像他們底標的是在盛唐底格調，而不是初唐、晚唐；是李杜底格調而不是沈宋韓白蓋格調派以體製底整修與音節底諧和為理想於抑揚低昂之間備無限的情味於起伏曲折之中操一定的法度說詩晬語云：「詩以聲為用者也其微妙在抑揚抗墜之間讀者靜氣按節密詠恬吟覺前人聲中難寫響外別傳之妙一齊俱出」又云：「詩貴性情亦須論法亂雜而無章非詩也然所謂法者行所不得不行，止所不得不止而起伏照應承接轉換自神明變化於其中若泥定此處應如何彼處應如何不以意運法轉以意從法則死法矣試看天地間水流雲在月到風來何處著得死法」庶幾發揮格調派底理想哩。然格調派底末弊徒

守繩墨泥於形式逐不免生沐猴而冠馬牛而襟裾之誚這就是爲的神韻索如性靈枯渴而已。

尋格調派底源流一簡之內音韻各殊兩句之中輕重各異齊梁底作家實是格調派底濫觴。至唐前有沈、宋，開律詩底法門後有元、白、溫、李無不以體裁之明整與聲律底諧和爲自家底理想蓋唐之詩人概爲格調派底正宗降而至明大呼詩必期盛唐的李攀龍之徒絕叫唐以後無詩的李夢陽之輩皆是當作格調派樹一旗幟的胡應麟云：『作詩大法，唯在格律精嚴，詞調穩愜，』又云：『作詩大要不過二端體格聲調與象風神而已體格聲調有則可循興象風神無方可執故作者但求體正格高聲雄調圓積習之久矜持盡化形迹俱融興象風神自爾超邁』就是鼓吹格調的而格調派之弊徒陷於優孟衣冠故袁宏道兄弟慨然以性靈主義簧鼓天下這豈非是爲清初性靈派作之俑嗎？

性靈是對神韻派標榜的名稱對神韻派底尙沖澹雋永性靈派則尙清新輕俊如神韻派底推服嚴羽底滄浪詩話一樣性靈派則推獎楊萬里底誠齋詩話。蓋宋之詩人概任天才而不重格以達意爲主而不顧修辭特別如楊萬里所說從來天分低拙之人好談格調而不解風趣何也？格調是空架子有腔口易描風趣專寫性靈非天才不辨，最爲袁枚所推獎實先獲我心故袁枚嘗云：『詩有音節清脆如雪竹冰絲非人間凡響皆由天性使然非關學問。』可知他是怎樣地天才崇拜者同時又是在唐則靑蓮一人而溫飛卿繼之宋有楊誠齋元有薩天錫明有高靑邱』怎樣地一個楊萬里底崇拜者他又嘗云：『抱韓杜以凌人而粗腳笨手者謂之權門托足做王孟以矜高而牛吞牛

吐者，謂之貧賤驕人開口言盛唐及好用古人韻者謂之木偶演戲故意走宋人冷徑者謂之乞兒搬家好疊韻次韻刺刺不休者謂之村婆絮談一字一句自註來歷者謂之骨董開店」可知他是怎樣地尚性靈而眼中無古人了。孫星衍嘗以詩贈袁枚『等身書卷著初成絕地通天寫性靈我覺千秋難第一避公才筆去研經』是說使袁枚爲性靈派成天下第一之名己則避袁之才鋒遂入於考證學派亦很能看出袁之主義本領。隨園詩話云：『詩有人無我，是傀儡也』又云：『人間居時不可一刻無古人落筆時不可一刻有古人平居有古人而學力方深落筆無古人而精神始出』不但表現了他底意義抱負且很能發揮了性靈派底理想。

尋性靈派底源流楊萬里底性靈說實開袁枚之先河明之袁弘道序其弟中道底詩集云：『獨抒性靈，不拘格套，非從自己胸臆流出不肯下筆」可知他們兄弟底詩明明是屬於性靈派底系統且性靈二字雖是宋、齊以後的詩人所倡然虞書裏的舜底詩言志一言是說詩必本於性情的，即是性靈派底詩人所奉爲千古詩道底定則。隨園詩話云：『千古善言詩者莫如虞舜舜教夔典樂曰詩言志言歌永言，言歌之不離乎本旨也；曰律和聲言音之貴均調也。知是四者于詩之道盡之矣。』即是又如論語裏的『辭達而已』一語也是性靈派詩人所奉以爲立非神韻非格調之說的。然性靈派之弊往往失之輕薄流於淺率陷於諧謔趨於鄙俚故他們底詩能爲不學者所歡迎反爲識者所譏笑；能爲輕薄才子所愛讀卻爲君子所擯斥這就是袁弘道底勢力所以終竟不能壓倒李王底古文辭底原由呵！袁枚嘗作詩以嘲王士禎云：『一代正宗才力薄，

然隨園底勢力終竟不及阮亭,就是因爲性靈派之詩在風神方面有闕如之所。

（一）王灣　唐洛陽人,先天進士,開元初爲滎陽主簿,馬懷素欲校正羣籍,灣在選中,後爲洛陽尉。

（二）王融　南齊僧達孫,字元長,舉秀才累官中書郎,武帝幸芳林園禊宴朝臣使融爲曲水詩序,文藻富麗,稱於當世,後坐事死於獄。融文辭辨捷,倉卒屬綴皆工,世以爲賈誼終軍之流,有文集。

（三）劉孝綽　梁繪子字孝綽本名冉小字阿士七歲能文,母舅王融稱爲神童,歷官尚書水部郎,嘗侍武帝宴,賦詩七篇,帝歎賞,累遷祕書丞,時昭明太子好士愛文,孝綽與殷芸陸倕王筠到洽等同見賓禮,孝綽恃氣負才,有不治意,於是與世乖忤,歷起歷蹶,終祕書監,有文集數十萬言。

第四章 謠諺一

謠諺底價值　政治的價值　歷史的價值　教育的價值

謠諺是平民文學而非貴族文學其辭是觸物感事而發露的卽興的東西，固不待思索不須研討，不假學力的。故曰謠曰謳曰誦曰諺雖皆同是韻語然不曾合於鐘鼓奏於管絃的。畢竟不過閭巷底徒歌道途俗調發自童孺嫗翁之口的東西而已。然他們底辭有可爲施政的龜鑑處世的鍼石的。孔子嘗云、「雖小道必有可觀者」故儒子之歌漁夫之辭芻蕘之言與八之誦固爲聖人所取卽鰥寡孤獨底言辭亦爲古聖先王所傾聽蓋他們底辭雖無潤色，他們底言辭雖是鄙俚但子細咀嚼於率易之中寓眞理於淺近之中有眞情這實是天籟是天章是自然的詩故抱扑子云：「狂夫童謠聖人所擇芻蕘之言或不可遺」又云「古人詢于芻蕘博採童謠狂夫之言猶在擇焉」

謠諺底價值是把人情底神祕照樣吐露把世態底眞相赤裸裸地道破王者以此觀民風以此察民俗以供施政之資故古代有采詩官採州縣底風謠後世有采訪使採天下底謠諺昔時如堯微服而遊康衢聞童謠如漢世南陽太守羊續自羸服間行觀歷縣邑採問風謠，如明太祖置采訪使二十四人以採集天下底風謠皆以謠諺爲發露人情底神祕描出世態底眞相同時可以卜知政事底得失風俗底薄厚郡國底利病士民底向背的這是謠諺

謠諺底價值第一

謠諺底價值,不唯在王者施政之資,而且第二有歷史的價值,第三有教育的價值。謠諺底勢力不僅傳誦於當代,而且為百世君子所愛讀;不但傳播於國內,而且為海外學者所歡迎,故世當革命之風甚熾時雖前朝文物皆化灰燼四庫典籍空歸烏有,然千古傳來的謠諺猶存口碑,後世學者欲察先民底思潮窺古代社會底情態的無如謠諺實是正史以外的歷史,可以卜知千古來世態人情的斷片的春秋,這是謠諺底價值第二,且孟子引夏諺,又載孺子之歌,前者為晏子所誦,後者為孔子所取。其他大學引「人莫知其子之惡」之諺,韓非子引「奔車之上無仲尼」之諺以及左傳載諺二十二誦四諺二謳二國語載諺十誦二列子載諺三謠一戰國策載諺十三謠一皆是以謠諺為自然的天籟能通世態人情的。詩經中雅頌固是士君子之筆然國風卻是從四夫四婦之口出的多故朱熹底詩經集傳序云:「凡詩之所謂風者多出於里巷歌謠之作,所謂男女相與詠歌各言其情者也」。即國風內容形式與謠諺無大差然一經孔子刪正匹夫匹婦之作忽化為千古的經典,即平民文學的謠諺可謂有教育的價值,未必是過言吧。故杜預左傳莊公五年注云:「童齔之子未有念慮之感,而會成嬉戲之言似若有憑者其言或中或否,博覽之士能懼思之又兼而志之以為鑒戒,以為將來之驗有益於世教。」這是謠諺底價值第三。

且從韻文史上看來,謠諺底發生在風雅以前,則謠諺是源而風雅是流然,謠諺為兄而風雅為弟然從韻文上的價值而論,則風雅典雅而謠諺素樸風雅精製,而謠諺率作。欲窮風雅之奧而討其源的不能不先由謠諺之塗以

問津。此學者所以對於謠諺底研究不宜忽諸哩。

且物有一利必有一病。故以謹嚴莊重典雅勁遒悲壯濃豔為特色的中國文學，往往過於奇險，陷於苦澁，多失輕妙灑脫之趣。只謠諺比較地奇警斬新輕妙灑脫之趣多，蓋補充詩賦底短所而有餘。然謠諺發自無學力的民庶的口，在日進月新的盛世學術技藝皆面目一新，獨謠諺依然不但不改舊觀，而且後世底輕佻，不如古代底拙朴近世底率露，不及上代底渾涵。故古之謠雖入於樂府，然今之謠沒有入於詞曲的。

第五章 謠諺二

謠底字義　謠底形式　諺底字義　諺底形式

所謂謠爾雅云:「徒歌謂之謠。」已在第一章辨述過了。而說文無謠字只說䚻字及䛦字並云:「肉聲。」蓋謠字即以䚻䛦二字合爲一字的所謂合體的文字試察徒歌的字義徒字爲空之義猶云徒涉則是無舟筏而空涉云徒搏則是不操兵刃而空搏云徒行則是不乘車馬而空行故徒歌爲空歌之義，就是不合奏鐘鼓管絃的一人獨吟，或解作獨歌，或解作道路底行歌又察肉聲的意義，在說文裏的肉聲二字雖用作音符然古代是以不假金石絲竹、匏、土、革、木八音而出自人底咽喉，而發自人底胸臆的聲爲肉聲。晉孟嘉云:「絲不如竹，竹不如肉」是稱人聲爲肉聲的。丹鉛總錄云:「唐人謂徒歌曰肉聲」說文底所謂肉聲也是於音符以外以䚻䛦解作人聲，與爾雅所謂徒歌相同的。左傳僖公五年疏解釋謠字云:「其聲逍遙然也」爾雅釋樂疏引孫炎之說云:「聲逍遙也」皆不知謠字是徒歌是肉聲而強自成說的。

謠底字義已知道是肉聲是徒歌諺底範圍是頗廣的，曰謳曰誦亦固包含其中只謳、誦未必是一人底獨吟，而是不與金石絲竹相和的平民文學之一。堯時有擊壤歌舜時有卿雲歌齊桓公時有寧戚底飯牛歌皆題曰歌元是

民間底徒歌而屬於謠底範圍的，詩經中的國風性質上屬於謠的多，然太師已被於金化為貴族文學了。漢代底樂府在協律都尉之手合奏於管絃的固是詩歌底正宗然唐宋以後的詩歌概不能上金石絲竹其所以不名為謠的是因為遵奉漢魏時代的貴族文學底形式的緣故。

謠見於子史的多列子載堯時底童謠國語載周宣王時底童謠漢書石顯傳載長安之謠後漢書黃琬傳載京師之謠黨錮傳序載汝南南陽二郡之謠魏書李孝伯傳載趙鄰郡之謠南史徐緄傳載湘東王府中之謠其他左傳僖公五年及昭公二十五年載童謠戰國策齊策載嬰兒謠史記晉世家引兒謠晉書五行志引民謠，魏書高車國傳有女謠，南史蕭正德傳有百姓謠舊唐書竇建德傳有軍中謠這等皆是稱從專門詩人以外的口而出的謂之謠。

謠底形式以四言為常希有用五言三言的猶詩經以四言為常體時有用三言五言的一樣故古代之謠四言最多三言五言次之七言最少而至後漢七言謠甚流行如袁山松底後漢書所載的三君、八俊八顧八及八廚底謠皆是七言且單僅一句例如竇武陳蕃劉淑三君：

天下忠誠竇游平。 竇武字游平　天下義府陳仲舉。 陳蕃字仲舉　天下德弘劉仲承。 劉淑字仲承

是當時太學生所作未必可謂為俗文學然也許是一種底謠而流行於當時民俗之間的歌調哩！周福嘗為桓帝之師擢為尚書鄉人謠云：「因師獲印周仲進」又頌與周福齊名的同郡房植云：「天下規矩房伯武。」則是可知三君、八俊等謠以前，七言俗謠底流行了其他稱楊震為「關西孔子楊伯起，」稱賈逵為「問事不休賈長頭，」

稱許慎為「五經無雙許叔仲」、稱任安為「居今行古任定祖」、稱魯丕為「五經復興魯叔陵」等皆是其風因襲而至魏晉遂馴致於南北朝三國時稱好貨的鄧颺云：「以官易富鄧元茂」晉世稱王坦之云：「江東獨步王文度」、稱裴秀云：「後進領袖有裴秀」北魏時祖瑩袁翻二人俱齊名稱之云：「京師楚楚袁與祖洛中翩翩祖與袁」北齊之時蘇珍之宋世軌二人共斷獄平允稱之云：「決定嫌疑蘇珍之視表見裏宋世軌」後周之時稱裴漢云：「日下燦爛有裴漢」故至唐而賀德仁賀德基兄弟具以文學有名稱之云：「學行可師賀德基文質彬彬賀德仁」亦是遵用此體。

謠底韻法有隔句或每句押韻的，如流行於後漢的七言一句謠，是句中第四字與第七字押韻的。例如「天下忠誠寶游平」以「誠」與「平」為韻，「因師獲印周仲進」以「印」與「進」為韻，「關西孔子楊伯起」是以「子」與「起」為韻的。這與諺中五言或四言一句中押韻的相同。

「諺」與「謠」同門而一類，然諺底形式比謠要更簡短。故宋郭茂倩底樂府詩集，元左克明底古樂府，明梅鼎祚底古樂苑載謠而不載諺。宋周守忠底古詩紀臧懋循底古詩所諺與諺並收，亦各殊其部門。明之郭子章編六語三十卷，明之楊慎編古今諺二卷古今風謠二卷分載謠諺，明之楊慎編古今諺二卷古今諧語七卷、這等諸家皆於謠諺諺底形式看出有精粗底不同，使兩者區別各立一七卷隱語二卷讖語六卷譏語一卷諧語七卷，這等諸家皆於謠諺諺底形式看出有精粗底不同，使兩者區別各立一門戶。然里諺民謠皆是言志的詩有自然的韻既同其種類且一其性質，安有逕庭故清杜文瀾底古謠諺一百卷從

尚書禮記左傳論語孟子國語國策史記漢書以下歷代底正史、雜史、別史及諸子百家之書中採輯謠與諺。這是風雅之羽翼，足以闡揚詩教哩。

解釋諺底字義，漢孔安國底尚書無逸注云：『俚語曰諺』，梁劉勰文心雕龍書記篇云：『諺者直語也，』唐陸德明底左傳隱公十一年釋文把諺訓作俗言又禮記大學底釋文把諺訓作俗語，則諺是行於里俗之間的率直鄙俚的雜歌爾雅釋訓引美士為彥以解諺字以為是彥士所言那不免曲解。韓非子底六反『先聖有諺』不可為證據。『先聖有諺』之諺字恐是言字之訛故諺之體未必莊重然諺之用甚博而流行於上下貴賤之間諺之修辭雖未必精巧然諺着想最奇警而能沁人心脾故厲憐王之諺荀卿引而使春申君寒心，『寧為雞口無為牛後』之鄙語，蘇秦引而使韓王感激蓋諺實是質勝於文卽劉勰所謂有實無華的。故有機智有頓才似露骨而有諷刺之意似天真而有辛辣之氣卽諺之特徵，言雖簡短而有寸鐵殺人的妙味；辭雖淺近而有磨而不磷其形式有長短有精粗雖不一樣然句法用對偶的十居七八而且每句或隔句押韻。如孟子梁惠王篇晏子所引的夏諺：

吾王不遊吾何以休吾王不豫吾何以助。

是四言四句、每句有韻而形式最為精整若以之入於風雅之中，亦無遜色論者或有加入『一遊一豫為諸侯度，』二句為六句之諺的朱注已然古詩紀古謠諺等亦然就王者底遊豫論，希求賑恤仰望恩惠作為俚言可說是對的。然爲諸侯之度與否決不是民庶所意想的故『一遊一豫為諸侯度』二句也許是晏子承諺之意，更加一

語以規戒景公的。且如此的用法古書例甚多。如韓非子初見秦臣聞之曰「戰戰栗栗日慎一日」其次云：「苟慎其道天下可有何以知其然也」即是註家或以道有韻為四句古語然果爾則「何以知其然也」一句做何解呢？諺底形式概為四言二句，而四句的少，而六句的殆不見其例試舉四言四句的則孟子書中夏諺以外有雖有智慧不如乘勢雖有鎡基不如待時；《孟子公孫丑篇》
生男如狼猶恐其尫生女如鼠猶恐其虎；《後漢書曹昭傳》
類皆四言四句而每二句轉韻的至於四言二句、、《左國史漢及諸子百家之書所見甚多例如：
從善如登從惡如崩。《國語周語三》
寧為雞口無為牛後。《國策韓策》
長袖善舞多錢善賈；《韓非子五蠹篇》
千金之子不死於市。《史記貨殖傳》
千人所指無病而死。《漢書王嘉傳》
相門有相將門有將。《三國志陳思王植傳》
生相憐死相捐；《列子楊朱篇》
之類就是四言以外雖有三言、有七言，然其例甚少，而長短句卻甚多。例如：

奔車之上無仲尼，覆舟之下無伯夷。〈韓非子安危〉

老將知而耄及之。〈左傳昭元年〉

人莫知其子之惡莫知其苗之碩。〈禮記大學〉

聞道百以為莫己若。〈莊子秋水篇〉

寧見乳虎無直寧成之怒。〈史記酷吏傳〉

遺子黃金滿籯不如一經。〈漢書韋賢傳〉

死諸葛走生仲達。〈三國志諸葛亮傳〉

即是。而其押韻法皆同一轍，有押同一的文字的例如：

匹夫無罪懷璧其罪。〈左傳桓十年〉

非宅是卜唯鄰是卜。〈左傳昭三年〉

是以同一字為韻的這雖是古詩、古銘亦所希見。又一句之諺在一句中押韻的，猶如謠。例如左傳昭公二十七年所引的「不索何獲」之諺，「索」與「獲」為韻。後漢書何進傳引「掩目捕雀」之諺，「目」與「雀」為韻。然有一句而不押韻的，也許是引用二句中底一句吧！例如：舊唐書張果傳引諺「娶婦得公主」一句，「婦」與「公」不協韻嘗竊疑之。而新唐書張果傳引諺冠以「平地生公府」一句，這就是「主」與「府」為韻的。又韓非子引

先聖之諺,「人莫躓於山而躓於垤」「山」與「垤」不叶韻,而淮南子引堯之戒及太公兵法引黃帝之言,皆冠以「兢兢業業日慎一日」一句於其句上則「日」與「垤」爲叶韻了。

謠之外有謳有誦也是性質相同而形式一樣的東西又諺之外有諧語有隱語有讖語,形式頗近於諺。

故郭子章於謠諺以外加諧隱讖除外而不取蓋諧隱讖四語未必是韻語呵

第六章 箴銘

箴銘底特質　箴底由來　官箴與私箴　銘底由來　箴銘底韻法句法

謠諺是平民文學反之箴銘卻是貴族文學故謠諺即興之作多，而箴銘則鍛鍊推敲之作多，前者發自閭巷童孺嫗翁之口後者卻成於王公卿大夫底心匠然兩者都是短篇且不以合於鐘鼓管絃為目的之點是同一的。

謠諺底短篇是由於無學力的庶民不用苦心經營不施潤色彫琢的東西然箴銘底短章不是為的無學力卻是為的使人諷誦以便日夕反省蓋長篇不便日夕諷誦而短篇卻不但便於八之反省而且有寸鐵殺人之妙。

就箴銘底體式而論陸機底文賦云：「箴頓挫而清壯銘博約而溫潤」劉勰底文心雕龍云：「箴全禦過故文資确切銘兼褒讚故體貴弘潤」陳繹曾底文說云：「箴宜謹嚴切直銘宜深藏切實」可知箴之特色在峻厲而銘則比較的稍弘潤箴與銘同是醫者攻疾治病的工具故補缺以諫誨之辭防患以規戒之言謂之箴以醫者底鍼石為喻而已文心雕龍云：「箴者所以攻疾防患喻鍼石也」宋之王應麟底辭學指南云：「箴者諫誨之辭若鍼之療疾故名箴」即此意其他文章辯體、文體明辯等取此說試尋箴之由來逸周書文傳篇引夏箴「夏箴曰中不容利民乃外次」呂氏春秋應同篇引商箴「商箴云天降災布祥並有其職」可知夏商二代已有箴了然逸周書及載

三九

於呂氏春秋的固非箴底全文。故文心雕龍云：『夏商二箴，餘句頗存。』又周武王時，大史辛甲嘗命百官作箴以誡王之闕，卽所謂百官箴是今雖不能窺其全豹，然虞人之箴一篇載在左傳。

芒芒禹迹畫為九州經啓九道民有寢廟獸有茂草各有攸處德用不擾在帝夷羿冒於原獸忘其國恤，而思其庵牡武不恢於夏家。獸臣司原敢告僕夫。〔虞人箴〕

這是周初之箴在現存的箴中為最古而且是完璧的作品至漢揚雄模倣之作十二州牧箴，及二十五官箴，崔駰續作大尉箴司徒箴崔瑗作關都尉箴河隄謁者箴司隸校尉箴侍中箴崔寔作諫大夫箴降至於晉張華作女史箴這都是襲周初的流風循虞人之箴底遺風的。

箴以警誡為主警誡底目的有二種一是警人二是自誡。警人的曰官箴，自誡的曰私箴。官箴是由大史辛甲命百官每官作一箴以箴王之闕的故事而命名的，如揚雄崔駰崔瑗崔寔劉騊駼胡廣張華等底箴就是。後世張蘊古底大寶箴，李德裕底丹扆六箴柳公綽底尚書二十四司箴，白居易底續虞人箴等皆屬之所謂私箴，是對官箴的稱呼，是作者自己攻疾防患的。姚崇底口箴，韓愈底游箴言箴行箴好惡箴知名箴元結底自箴，柳宗元底憂箴，李翺底行已箴，歐陽詹底暗室箴等屬之。故私箴底起源遠不如官箴底起源。

就銘底字義而論，鄭玄底周禮夏官注『銘，名也。書以識其人與其功也』又冬官注：『銘，刻之也』則銘之目的是在稱述功德發揚名聲，而銘之方式是刻於金石器物，而在供反省之資禮記祭統云：『銘者自名也。自名以揚

稱其先祖之美而明著之後世者也。」釋名云：「銘，名也述其功美使可稱名」事物原始云：「銘，志也記銘其功也，」雖是取稱述之義然禮記祭統云：「銘者論譔其先祖之有德善功烈勳勞慶賞聲名列於天下而酌之祭器自成其名焉」及文章辯體云：「銘者名也名其器物以自警也」就是取警誡之義的即以警誡爲主的雖是箴銘之所同然，一面兼頌贊底性質實爲銘之特徵。文心雕龍云：「呂望銘功於昆吾仲山鏤績於庸器魏顆記勳於景鐘孔悝表勤於衞鼎。」皆是稱述功伐以昭示後世子孫的，而曰「帝軒刻輿几以弼違大禹勒筍簴而招諫」皆是自爲警戒以爲日夕反省之資的。然而這等的銘多不傳。如載於路史的黃帝底巾几銘固不足信載於禮記祭統的衞孔悝底鼎銘又不是韻文倘就今日尚存在的銘辭而言，如載在史記的秦底泰山銘之累石銘會稽銘琅邪臺銘等皆是過於頌贊而近於夸誕的又流行於漢、魏以後唐、宋之間的碑銘墓銘碣銘等用四言論贊地稱述死者的性行，概不免諛墓之誹。其他漢班固底燕然山銘晉張載底劍閣銘唐孫樵底文貞公笏銘宋蘇軾底三槐堂銘之類皆是頌贊功德的而一方以警誡爲主的載於大學的湯王底盤銘載於大戴禮的武王底席銘以下十七章載於左傳的宋正考父底鼎銘等皆是銘辭底正宗，而爲後人底模楷。

荀日新日日新又日新 湯王盤銘

與其溺於人也寧溺於淵溺於淵猶可游也溺於人不可救也。 武王鹽盤銘

一命而僂再命而傴三命而俯循牆而走亦莫余敢侮饘於是鬻於是以餬余口。 正考父鼎銘

蓋夏、商以來、刻金石器物的風大流行，至周而從鼎彝、樽卣盤匜觴豆等以至宮室門井几席之類，無不有銘。故漢以後倣傚的多，李尤作井銘、漏刻銘、胡廣作筒銘、印衣銘、蔡邕作樽銘、司馬光作槃水銘，皆是自為警誡的。其他自漢崔瑗始作座右銘，至唐之白居易、宋之李至等亦作續座右銘可不必論了。

銘底目的在警誡，是從上古以來的積習而兼頌贊的卻是後世底事。且以警誡為主的有二種：一是自誡的，二是警人的。猶如箴一樣，箴是以警人為主的，然銘卻是以自誡為主的。故在箴是先有警人之作後有自誠之作，在銘卻是先有自誡之作，然後有警人之作的。又兼頌贊的有二種。一是稱揚生者底功德，二是稱述死者底性行的。稱揚生者底功德的已流行於秦世，稱述死者底性行的卻是東漢以後的了。

箴銘底韻法概是隔句押韻，句法概為四言與謠諺同。然秦始皇底泰山、碣石、會稽四銘，是每三句押韻的。這不僅前代即後世亦少比類。至句法後世雖以四言為常法，然湯之盤銘用三言，武王之銘十七章楹牖觴弓四銘除外都是三言、五言、七言混用。又周之虞人箴概為四言篇中一次插入五言句及六言句，宋正考父底鼎銘亦間有五言三言的句子混入。可知周以前的句法未必一定哩。然揚雄、崔駰、崔瑗、崔寔、及張華底箴，不但嚴格地遵守四言句法而且張載、孫樵、蘇軾底銘亦無不然。如韓愈底五箴中游言二箴不必四言，又如崔瑗底座右銘及白居易底續座右銘俱用五言皆為例外。

第七章 頌贊

頌底特質　贊底特質　頌底源流　頌底體式　贊底體式　贊底源流

所謂頌是褒述盛德稱揚成功的,毛詩大序云:「頌者美盛德之形容以其成功告於神明者也。」晉杜預底左傳襄公二十九年注:「頌者以其成功告於神明也。」然頌底特質是在褒述盛德稱揚成功之外尚有一條件是附帶告於神明的一事試徵之詩經魯頌四篇是美魯僖公底功業的,商頌五篇是祀殷底湯王中宗、高宗等的,周頌三十一篇是祀文王、武王以下的祖宗的,皆以告神明為目的,故文章流別論云:「頌詩之美者也古者聖帝明王,功成治定而頌聲興於是史錄其篇工歌其章以奏於宗廟告於鬼神故頌之所美者聖王之德也。」文心雕龍云:「化偃一國謂之風風正四方謂之雅容告神明謂之頌。」這樣頌底正體寧是近於祝祭的,然揚雄以後的頌主客本末相轉倒不復以告於神明為條件了。故漢劉熙釋名云:「頌容也敘說其成功之形容」又云:「稱頌成功謂之頌。」唐楊倞荀子天論注云:「頌者,美盛德也。」宋張表臣珊瑚鉤詩話云:「形容盛德揚厲休功謂之頌。」頌底變體流行遂把正體壓倒故後世作頌的皆規倣魯頌論頌的皆以駉有駜兩篇為頌底起源若那散文體的東西茲無論之必要。

贊一名讚，或作賛。釋名云：『稱人之美曰讚，讚纂也，纂集其美而敍之也。』文章辯體亦下贊之定義云：『贊美之辭』即贊與頌已同性質證以唐顏師古底漢書王莽傳注：『贊謂祭祀之辭也』的話尤其爲然，不唯同性質且其目的都是在告神明也相同，然後世之贊以告神明置之度外猶如頌底變體流行遂把正體壓倒一樣。

文心雕龍云：『帝嚳之世，咸墨爲頌以歌九韶』果是事實則頌之起源已在帝嚳之世，然其辭已亡其形式如何不得而知了。莊子天運篇云：『黃帝張咸池之樂燊氏爲頌』亦不容易信其事實之有無，是頌底起源不得不歸於商頌、周頌、魯頌了。然頌有正變二體稱爲頌底正體。商頌、周頌實是其祖，不以告神明爲目的，單以頌揚人之功業的爲頌底變體魯頌是其祖其屈原底橘頌，是頌而爲目的可謂頌之旁系。因爲橘頌在優遊而彬蔚之點，雖有頌底資格然而目的不在告神明而且句法亦純乎的騷體。泰山嵯山諸銘，在誇示盛德成功之點有頌底資格然而不但目的不在告神明而且刻於金石不是頌底條件。

其他漢揚雄底趙充國頌，傅毅底顯宗頌，崔駰底四巡頌，史岑底出師頌，蔡邕底胡廣頌、黃瓊頌，晉陸機底漢高祖功臣頌，宋鮑照底河淸頌等，雖皆非告於神明的，然形式卻是模倣詩經三頌通篇用四言隔句押韻，這就是所謂頌之變體流行，遂把正體壓倒了。然晉劉伶底酒德頌四言五言以外混入六言八言十二言唐之元結底大唐中興頌每句押韻每三句換韻皆可謂爲別體，其他漢王褒底聖主得賢臣頌及唐韓愈底伯夷頌用散文體玆不具論蓋頌底體式用四言句以隔句押韻爲通則，其辭要鋪張而典雅，揚厲而和粹。故頌底特徵有似賦之敷寫的處所，然避流於體

華侈有似銘之敬慎的處所，然避偏於規戒。陸機底文賦論頌體云：「頌優遊以彬蔚」；陳繹曾底文說云：「頌宜典雅和粹」是很能道出作家底理想了。

贊底體式陳繹曾云：「贊宜溫潤典實」殆與頌之「典雅和粹」無所區別。而文心雕龍論贊云：「結言於四字之句，盤桓乎數韻之辭，約舉以盡情昭灼以送義」則比頌之優遊彬蔚而簡易哩。故贊與頌同性質，而贊底形式概簡短僅止於數韻文章緣起云：「四字為句，數韻成章蓋約文而寓褒貶也」即是故贊以議論為主的固非正體，專主序述的亦非正體。

尋贊之源流文章緣起有「漢司馬相如作荊軻贊」的話，辭既不傳體式何如不能辯了。其他益贊禹伊陟贊巫咸的話，皆不過揚言以見歎美之意。司馬遷底史記班固底漢書，為欲見是非然否之意，雖於篇末加贊然是散文而非韻語。至宋而范曄底後漢書底論贊始以韻語易散文，晉書及舊唐書底論贊皆做倣之。這就是文體明辨底所謂史贊以每句四言為常式。劉勰文心雕龍亦於每篇之尾必附四言數韻之贊蓋是晉宋以後因襲而成風哩。晉之袁宏三國名臣序贊一篇，載在文選。陶淵明底孝子傳贊五篇載在陶彭澤集。淵明以後有唐褚亮底陸德明畫贊，白居易底畫鵰贊等。其句法皆是四言而隔句押韻這從贊底性質上而言雖是文體明辨底所謂雜贊然

然如人物圖畫之贊，淵明以前有魏王粲底正考父畫贊，晉夏侯湛底東方朔畫贊等。淵明以後有唐褚亮底陸德明畫贊，白居易底畫鵰贊等。其句法皆是四言而隔句押韻這從贊底性質上而言雖是文體明辨底所謂雜贊然從形式上而言，固不失為正體。而梁江淹底王太子贊、陰長生贊並用五言贊用五言是江淹為嚆矢。又柳宗元底龍

馬圖贊，是七言而每句之尾附兮字。贊用七言蓋是從柳宗元開始的。

第八章 哀弔

哀弔底特徵　哀辭底源流　弔文底源流　誄底源流

哀辭、哀文、哀策文是悲死者的文文體明辯云：「哀辭者哀死之文也以辭道哀故謂之哀辭」即是弔文、弔辭是傷死者的文文體明辯云「弔文者弔死之辭也古者弔生曰唁弔死曰弔。」即是不必如文心雕龍解作「哀者依也弔者至也。」誄是累敍死者底德行的文。鄭衆底周禮春官大祝注「誄謂積累生時德行以錫之命」鄭玄禮記會子問注：「誄累也累列生時行迹讀之以作諡」劉熙釋名『誄累也累列其事而稱之也」顏師古底漢書景帝紀注「誄者述累德行之文也」即是故曰哀辭曰誄其體式有四言體與騷體二種內容是以哀痛爲主對於死者致哀傷之情表痛惜之意三者是同一的摯虞底文章流別論云「哀辭者誄之流也其體以哀痛爲主緣以歎息之辭」古今圖書集成立哀誄部之目是把哀辭與誄看做同類的而文心雕龍立哀弔篇之目是把哀辭與弔文看作同類的。

倘若求三者底異同則哀辭本是施於夭殤短折者的，而弔文則未必然。故文章流別論云：「哀辭者，率以施於童殤夭折不以壽終者」文心雕龍云：「短折曰哀故哀辭者不在黃髮必施夭昏」又弔文槪是施於古人的，然哀

辭則未必然。賈誼之弔屈原，司馬相如之弔二世，揚雄之於屈原，陸機之於魏武，皆是對古人致追慕追悼之意的。又況誄是爲定死者之諡累敍生時之行迹，而本是從天子諸侯施於卿大夫士的哀辭施於幼者弔辭多施於古人異撰而不一揆且誄之流行，遠在周初哀辭弔文底流行在漢以後又哀辭底體式是四言體與騷體兩用然弔文概屬騷體，而誄則率爲四言體故哀辭宜獨立於賦騷以外弔文則多半是賦騷體附庸這是三者相異的處所。

哀辭是施於殀殤短折者其體以傷痛愛惜爲主或稱有才而傷薄命或稱有德而惜其不壽論語底苗而不秀而不實二語可看作對顏淵致不幸短命今也則亡之意的聖人底哀辭只憾其體爲散文而已詩經底黃鳥三章是對秦之三良寄『如可贖兮人百其身』之情的詩人底哀辭文心雕龍所謂三良殉秦百夫莫贖事均夭橫黃鳥之類；可詩人之哀辭乎先獲我心。

賦哀抑亦詩人之哀辭乎至漢武帝封禪霍子侯暴薨之時，傷之而作詩這固然是哀辭之類亦不能出詩歌底範圍。漢魏以後天子及大臣之喪紼的相唱和以致哀的輓辭其形式不但是純乎的五言詩而其目的亦不是痛惜童孺底不幸短命的。至若獨立於詩歌以外的哀辭始於後漢底崔瑗爲汝陽王所作，及班固爲梁氏所作的作品然文心雕龍評崔瑗底哀辭云：『崔瑗哀辭始變前式然而不辭仙而不哀又卒章五言頗似歌謠亦彷彿乎漢武也。』後來蘇順張升馬融等並作哀辭能發精華建安中文帝失稚子命徐幹劉楨作哀辭時徐幹之作最得哀痛惻怛之旨後及潘岳出辭藻絕麗尤善作哀誄之文岳之哀辭不必是施於幼孩童孺的。特別哀策文是對王侯后妃的貴族的哀辭蓋哀策文從漢初以來是施於諸侯王及列侯的。漢書景帝本紀云

「諸侯王薨，大鴻臚奏謚諫策，列侯薨，大行奏謚諫策」應劭註云：「謂賜諡及誄文哀策也」即是。降及魏、晉猶承其風，魏志郭后傳裴松之註：「后崩有哀策文」晉書文明王皇后傳云：「武帝時后爲皇太后，旣崩帝手疏后德行命史官爲哀策文。」而潘岳底景獻皇后哀策文以文辭宏麗傳誦一世，宋以後施於天子、皇后、太子、諸王、大臣的哀策文雖多，然施於童幼短折者的哀辭卻少。韓愈底歐陽生哀辭猶有對於短折者的態度。但如曾鞏底蘇明允哀辭卻是悼惜享年五十八歲名聲已煌煌於天下的一世的奇傑的。

弔文槪對於古人而致追慕追悼或追慰之意的，或悲有志而不見用，或憐狂狷而遭累，或惜忠誠而殉身其體仗義而繩理其辭原情以昭德以惻愴剴切使讀者能明是非辨邪正爲目的。顧自賈誼始用騷體作弔屈原文司馬相如又用賦體作弔二世皇帝文以後揚雄以賦體弔屈原、陸機以騷體弔魏之武帝其他不但班彪、蔡邕禰衡胡阮王粲等底弔文皆奉賈生底遺響即柳宗元底弔萇弘文弔屈原文及弔樂毅文等亦盡用騷體這是所以使劉勰總說是弔雖合古義而華過韻緩化而爲賦的原因終不能逃奪倫之譏。

尋誄之源流周初大祝底誄辭已不傳（禮記檀弓所敍魯莊公底誄卜國的辭亦不傳，則宜以左傳及檀弓所載的魯哀公孔子誄爲古誄底遺型又見於列女傳的柳下惠妻所作的惠子誄亦可窺知古誄之一斑而檀弓所載的孔子誄與左傳雖不同，而載於史記孔子世家的孔子誄卻全同左傳而漢書五行志所載的又與左傳及檀弓有

異。

> 旻天不弔，不憖遺一老，俾屏余一人以在位熒熒余在疚嗚呼哀哉尼父無自律〔左傳哀十六年孔子誄〕

> 旻天不遺耆老，莫相予位焉嗚呼哀哉尼父〔禮記檀弓孔子誄〕

> 夫子不伐兮夫子之不竭兮夫子之信誠，而與人無害兮柔屈從俗不強察兮蒙恥救民德彌大兮雖遇三黜終不弊兮豈弟君子，永能厲兮嗟乎惜哉乃下世兮庶幾遐年今遂逝兮嗚呼哀哉魂神泄兮夫子之謚宜爲惠兮。

列女傅惠子誄

這樣惠子誄底句法，是長短錯綜而不畫一，然每句押韻很得像陸機文賦，「誄纏綿而悽愴」之旨劉勰評道：「柳妻誄惠子，辭哀而韻長」至孔子誄檀弓最爲簡明，左傳卻複雜因爲如檀弓老位父三字爲韻腳則左傳底末句「無自律」三字不僅屬於蛇足，而且第二句不憖之「不」字管到第三句止亦是不妥當的況漢書則是「旻天不弔,不憖遺一老俾屏余一人」完全不成爲韻語其不妥當不待論了。至漢而武帝作公孫弘誄見於文章緣起但辭已不傳降至魏晉宋齊文選所載的曹植底王仲宣誄潘岳底楊荆州誄楊仲武誄夏侯常侍誄馬汧督誄顏延之底陽給事誄陶徵士誄謝莊底宋孝武宣貴妃誄等，皆用四言體很能述世系敍行義而寓哀傷之意，庶幾得劉勰所謂傳體而頌文榮始而哀終論其人也曖乎若可覿愴焉如可傷之妙故柳宗元底虞鳴鶴誄及唐故衡州刺史東平呂君誄等皆祖述魏晉之體而嚴格地用四言體。

要之，哀弔是以死者爲目的，而致哀傷痛惜之意的，縱令贊其行迹，頌其功德，但與以神明爲目的的頌贊或祝祭是完全異類的。

第八章 哀弔

第九章 祝祭

祝祭底目的　祝祭底源流　祝祭底形式　盟辭與誓辭　嘏辭　玉牒文　上梁文

祝祭文皆是對神明的祈禱祭奠的文辭，周禮春官底大祝六辭中「五曰禱」鄭衆註：「禱謂禱於天地社稷宗廟」卽是。祈禱之式要誠而敬，祭奠之文固以誠敬與恭哀爲要件的，然後世祝辭徒致慶賀之意，由其體式曰誠敬這一點寧是近於頌贊的，祭文徒致愛惜之意，由其體式曰恭哀這一點寧是近於銘誄的。皆是失其體的東西曰祝曰祭皆是以天地社稷宗廟底神明爲目的，求多福保正命決不以斂死者底言行爲主。又決不以稱揚人之功德爲主。

試尋祝祭之源流，禮記郊特牲所載的伊耆氏底蜡辭，文心雕龍所載的舜底祠田辭，荀子及說苑所載的湯底桑林禱雨辭，蓋是祝祭底濫觴哩。

土反其宅水歸其壑昆蟲無作草木歸其澤！ 伊耆氏蜡辭

荷此長耜耕彼南畝四海俱有！ 舜祠田辭

政不節耶使民疾耶讒夫昌耶宮室崇耶女謁盛耶！ 湯桑林禱雨辭

他若尚書金縢所載周公底祝册，左傳哀公二年所載衞太子底禱辭，禮記檀弓所載文子底禱辭，固然是祝祭，但省非韻語只儀禮冠禮所載的祝辭三章為士加冠時的祝福的辭，也許是周代祝辭底正宗吧：

令月吉日始加元服棄爾幼志順爾成德壽考維祺介爾景福。〖儀禮冠禮〗

吉月令辰乃申爾服敬爾威儀淑愼爾德眉壽萬年永受胡福。〖儀禮冠禮〗

以歲之正以月之令咸加爾服兄弟具在以成厥德黃耉無疆受天之慶。〖儀禮冠禮〗

且周大祝所掌的六祝之辭果是如何的呢今雖無由見然大戴禮所載周祭天辭、祭地辭蓋是六祝之一哩且吳越春秋所載越大夫種底祝越王辭與史記滑稽傳所載齊之穰田者底祝辭可以窺知春秋戰國時代底祝辭底面目了。

〖辭〗

皇皇上天，照臨下土集地之靈降甘風雨庶物寧生各得其所靡今靡古維予一人某敬拜皇天之祐。〖大戴禮祭天〗

皇天祐助，前沈後揚；禍為德根，憂為福堂威人者滅服從者昌王雖牽致，有後無殃君臣生離感動上皇衆夫悲哀，莫不感傷臣請薄脯酒行二觴。〖吳越春秋祝越王辭〗

甌窶滿篝汙邪滿車五穀蕃熟穰穰滿家。〖史記齊穰田者祝辭〗

祭天辭與祝越王辭是貴族文學穰田者是平民文學，前者有深遠的情旨後者不過道眼前的欲望而已然能致所

願之意，得祝祭的體三者是同一的。若屈原底九歌，宋玉底招魂，漢底房中歌及郊祀歌亦俱是關於祭祀的，然九歌、招魂旣屬於賦騷然房中郊祀亦屬於詩歌，皆非祝祭的正流。降而至於魏晉以後南北朝，文辭愈繁而情意漸衰。故班固底祀濛山文，禰存祈禱的誠敬，然謝惠連底祭古冢文已失體而類吊文；潘岳底祭瘦婦文尚存奠祭的恭哀。然王僧達底祭顏光祿文已失體而類碑銘了。於是唐、宋之世，韓、柳、歐、蘇底諸大家，因水旱以禱神的尚存祝辭底古義，然因喪祭而祭親舊徒贊死者底言文而致哀傷之意，則非祭文底古義了。故上古祝、祭合爲一體，中世以後的祝祭則別爲二派。

祝辭祭文底體式有散文，有韻文。散文中有一種的律語名之爲儷語韻文中有四言體、六言體、雜言體及騷體，以四言爲正體。陶潛底祭程氏妹文、祭從弟敬遠文、自祭文、謝惠連底祭屈原文、王僧達底祭顏光祿文皆爲四言。爲後世祭文家底模型。故韓愈底祭馬僕射文、祭柳子厚文、祭張員外文、柳宗元底祭李中丞文、祭太常崔少卿文、舜廟祈晴文、雷塘禱雨文、歐陽修底祭程相公文皆四言體。而韓愈底祭彬州李使君文、王安石底祭馬龍圖文是用騷體，柳宗元底祭呂衡州溫文，蘇軾底祭歐陽文忠公文、王安石底祭歐陽文忠公文都是用散文體的句法而押韻的。

盟辭及誓辭性質上與祝祭文同，大祝六辭中四曰會，鄭玄註：『會謂會同盟誓之辭』卽是。文心雕龍云：『盟者明也祝告於神明者也』文體明辯云：『盟亦稱曰誓謂約信之辭也』是能明盟誓底性質的了。其形式有散文有

韻語，其目的是在臨於危機，而明大義，指九天以誓神明，立誠敷辭，互勸心力，共同存亡，則一樣。

瑕辭文體明辯云：『祝爲尸致福於主人之辭』見於《儀禮少牢饋食》的祭禮瑕辭是很能存周代底古色的。

皇尸命工祝，承致多福無疆于女孝孫，使女受祿于天，宜稼于田，眉壽萬年，勿替引之。《儀禮少牢饋食瑕辭》

這雖不流行於後世，然漢之蔡邕嘗襲其體，作九祝辭。蔡中郎集及文體明辯所載的即是。

玉牒文文體明辯云：『封禪告天之文』大唐新語云：『開元十三年，元宗旣封禪』問賀知章曰：『前代帝王，何故祕玉牒之文？』知章對曰：『玉牒本通神明之意，前代帝王所求各異，或禱年算或求神僊其事微密故外人莫知之。』元宗曰：『朕今此行皆爲蒼生祈福，更無私情，宜將玉牒示百僚。』歷代帝王每封禪有玉牒皆祕而不明示的，載於古詩紀及古詩賞析的禹底玉牒辭，果爲禹所作與否雖不能知蓋現存中最古的作品哩。而玄宗底玉牒文最有精采。

祝融司方發其英，沐日浴月百寶生。《禹玉牒辭》

有唐嗣天子臣某乙敢昭告於昊天上帝天啓李氏運興土德高祖太宗受命立極高宗昇平六合殷盛中宗紹復繼體丕定上帝眷祐錫臣忠武底綏內難翼戴聖父恭承大寶十善三年敬若天意四海宴然封祀岱岳謝成於天。子孫百祿蒼生受福。《玄宗玉牒文》

上梁文是於宮室建築之際，致祈禱之意的篇底首尾用儷語中腹用韻語這雖不見於唐以前，然宋世已有其

體，徵之王介甫集及楊誠齋集可明白了。而至明高啓嘗爲魏觀爲作上梁文，至受大僇，上梁文一體遂至大惹世人耳目。

兒郎偉拋梁東聖主迎陽坐禁中明似九天昇曉日恩如萬國轉春風。

兒郎偉拋梁西瀚海兵銷太白低王母玉環方自獻大宛金馬不須齎。

兒郎偉拋梁南丙地星高每歲占千障滅烽開嶺嶠萬艘輸盡引江潭。

兒郎偉拋梁北邊城自此無鳴鏑卽看呼韓渭上朝休誇竇憲燕然勒。

兒郎偉拋梁上彷彿神遊今可想風馬雲車世世來金輿玉琴年年享。

兒郎偉拋梁下萬靈隤祉扶宗社天垂嘉種已豐年地產珍符方極化。

這是王安石上梁文中的韻語，對梁東梁西梁南梁北梁上梁下的祝福。其形式近於七言絕句起首一句用六字句，每章疊用同樣的文字，自殊趣味。然比較以外的祝辭祭文以四言成體的，古色有不足的處所可知時代的特色爲不可爭的事實了。

其他見於儀禮冠禮的醴辭、醮辭、字辭等皆屬祝辭，而通篇用四言其體式與詩經底雅頌無異。

第十章 詩歌

體式與品致　四要素　立意　修辭　天才　學力　妙悟與精力

飲冰室詩話云：「希臘人荷馬，古代第一文豪也。其詩篇為今日考據希臘史者獨一無二之祕本每篇率數千言，如莎士比亞、彌兒敦、田尼遜等，其詩亦動輒數萬言偉哉勿論文藻即其氣魄固已奪人矣。中國事事落他人後，唯文學似差可頡頏西域。然長篇之詩最傳誦者唯杜之北征韓之南山宋人至稱為日月爭光然其精深盤鬱雄偉博麗之氣尚未足也。古詩孔雀東南飛一篇千七百餘字號古今第一長詩詩雖奇絕亦只兒女子語於世運無影響也。」然中國詩底特色，不存於雄大閎肆的當中中國詩人底理想常徬徨於高古奇險豪放沈鬱悲壯飄逸勁健清新秀麗莊重之中。故漢之為焦仲卿妻作唐之杜甫底北征韓愈底南山雖是中國詩中的長篇然比之歐洲之詩雄偉遠大之氣尚不足哩。

古來論詩歌體式及品致不少。如劉勰說詩底八體，皎然論詩底七德、四不、二要、六至、齊己論詩底十體十勢二十式、四十門司空圖論詩底二十四品嚴羽論詩底九品范梈論詩底六關王楷蘇論詩底八美均是。劉勰底八體：一典雅二遠奧三精約四顯附五繁縟六壯麗七新奇八輕靡皎然底七德一識理二高古三典麗四風流五精神六質

幹、七體裁齊己底十勢為獅子返擲勢猛虎踞林勢丹鳳銜珠勢毒龍顧尾勢孤雁失羣勢洪河側掌勢龍鳳交吟勢猛虎投澗勢龍潛巨浸勢鯨吞巨海勢司空圖底二十四品是雄渾沖淡纖穠沈着高古典雅洗鍊勁健綺麗自然含蓄豪放精神縝密疎野清奇委曲實境悲慨形容超詣飄逸曠達流動嚴羽底九品是：一高二古三深四遠五長六雄渾七飄逸八悲壯九淒婉范梈底六關是：篇法句法字法氣象家數音節；王楷蘇底八美是雅正清腴秀麗雄偉超妙奇肆淡遠勁悍。就中高古雄渾典麗飄逸悲壯清奇在詩品上諸家均認為必要。如齊己詩底十體中有高古清奇二十式中有高古逸四十門中有鬼怪嗟歎惆悵，如皎然在詩底六至中說：『氣高而不怒力勁而不露情多而不暗才贍而不疎』在詩底二要中說：『要力全而不苦澁要氣足而不怒張』在詩底四不中說：『氣高而不怒力勁而不露情多而不暗才瞻至麗而自然，至苦而無跡，至近而意遠，至放而不迂。』可知詩人底理想都在此等處了。

詩底要素有四：一意二辭三才四學。意為經辭為緯詩底形式始成然為文稿固可供實用然不能稱為美術，至彩綺始可論其技巧之美。故作詩的以意為經以辭為緯詩底形式始成然為文稿但如經緯共用彩絲則成彩綺素稿如織帛，經用素絲緯用素絲則成素稿但如經緯共用彩絲則成彩綺素不以才與學則不能發揚陸離的光彩。意是詩底內容，辭是詩底外形，才是助立意，而盡縱橫自在之妙的，學是助修辭而盡高古深遠之趣的。試就意與辭而論其本末，則詩學上意是本而辭是末。就才與學而論輕重，則詩學上才重而學輕。若須讀書學問然後能作詩，則皐夔、稷契時代無詩人。然如把辭置之度外，則詩遂不成，那蔑視學的詩而學輕。若須讀書學問然後能作詩，則皐夔、稷契時代無詩人。然如把辭置之度外，則詩遂不成，那蔑視學的詩人。然如把辭置之度外，則詩遂不成，那蔑視學的詩不是鄙俚，就是淺膚辭是文意是質質若勝文則為野，後世性靈派底詩即此類文若勝質則為史，後世修辭派底詩

即此類。才是先天的學是後天的任先天而不顧後天是天才派底詩主後天而不顧先天是學者派底詩試就歷史的觀察則漢以前的詩是以意爲主的然魏晉以後南北朝底詩是以辭爲主的而至唐內容外觀並盡善盡美有所謂文質彬彬然後君子之風然宋欲矯唐之詩風專歸重於才明又排斥宋詩而鼓吹唐風只管歸重於辭以模擬餖飣爲事降而至清而神韻派於意與辭之外要求文字於神韻之表格調派則於才與學之外要求格調於章句之裏。然盡善盡美的詩畢竟要完全具備四要素這是唐三百年之詩所以雄飛中國四千年底詩壇而贏得空前絕後的價值哩！

（一）立意　詩以立意爲主以修辭爲次立意是一篇底生命精神修辭猶如人底肉體猶如人底衣裳比方辭如馬意如馭者善疾走馳驟雖是馬底本能然善操縱馬先後疾徐隨意所之無所不可卻是馭者之力比方辭如兵卒意如將帥戰之勝敗雖由兵之勇怯然或攻或守或出奇計以轉危爲安或由正道以克敵制勝百萬之衆多多益善則是將帥之力隨園詩話云：『詩以意爲主人以詞爲奴婢若意少詞多便是主弱奴強呼喚不動矣亦不外此意故詩人之意若達觀天地則能成高遠之作若了悟死生則能成曠達之作若在閒適則能發雅淡之言若在哀傷則能發惆悵之言若在懷古則能發感慨之情若在惜別則能發纏綿之情而立意的方法有假物以寓意的曰比有託物以興辭的曰與有鋪敍實事實情的曰賦然不問方法如何情意與辭藻相融和而圓熟透徹常以意於文字之表使有無限含蓄這是千古詩人底理想故意如高遠則辭雖平易固不失爲傑作若意不足而辭有餘則雖一字一

句，極盡莊麗畢竟不能免爲優孟衣冠劇場底一顰一笑，縱令酷似古人，終只是如沐猴而冠徒得形似，而失掉了心情的罷了。質言之卽詩人底一字一句縱令善擬古人口吻，然不得古人底心情終不免受沐猴之誚就是能得古人心情吧，然不顧自己底地位境遇終不免受優孟之謗。此所以知有古人而同時必知有自己後世學杜甫底詩如無病能呻吟學李白底詩如不飮酒而醉倒，學梁、陳的如男子而作女子口吻學漢、魏的如少年而爲老態皆是不求立意於己而假藉古人的結果。此情景不一致所以他們底作品遂招虛僞之聲盜竊之言底誹謗哩。

夫情境一致情從境發詩從情生猶如風竹相遇而作韻水石相磨而生波這是作詩的神訣。唐底鄭棨善作詩，及爲宰相或人間相國近來作詩與否。鄭棨答曰：『詩思在灞橋風雪中驢背上。』蓋灞橋底風雪爲俗塵所不到的處所，神骨俱淸始生詩思，情境相和方得佳句。高車駟馬之中紅塵萬丈之中又從何而得詩呢詩人玉屑稱詩思之難云：『謝無逸問潘太臨近會作詩否？潘云：秋來日日是詩思，昨日捉筆得滿城風雨近重陽之句，忽催租人至令人意敗輒以此一句奉寄，亦可見詩難而易敗也』故黃庭堅嘗云：『詩不可鑿空彊作待境而生便自工耳。』明朱承爵底存餘堂詩話云：『作詩之妙全在意境融徹出音聲之外乃得眞味。』蓋自無觸發之所搖筆輒成自無感興之所架空彊作的，不是村學究就是幕賓詩人而已然今之詩人不敢以己之意思出口不敢以己之境遇着筆安能情景一致呢身在臺閣寫窮苦之辭，身在家鄉而成羈愁之態皆可謂爲僞詩。詩無疾而曰病，無酒而曰醉，丁壯而自稱衰老山人野衲好言官情吏務亦決不可謂爲眞詩詩言志一言元是在數千年之古昔帝舜所提倡的呀

試察詩字底意義，舜曾一度說過「詩言志」的話，許慎說文云：「詩志也，」高誘呂氏春秋注及王逸楚辭注等，皆云詩志也又漢劉熙釋名云：『詩之也志之所之也』魏張揖底廣雅云『詩意也』其他或云思也或云持也或云止也皆是關於性情意思一邊的。王安石底字說『詩者寺言也寺為九卿所居非禮法之言不入故曰詩無邪』發宋代學究的思想亦安石一流的說明，不過是滑稽可笑的話罷了所謂詩是言志是斂心之所在而各為詩的，如非己之志非己之意，就不得稱為詩晉底陸機底文賦云『詩緣情而綺靡』梁底劉勰底文心雕龍云『在心為志發言為詩』可知縱令修辭時代的詩人猶以情為本以志為主孔子嘗評詩三百曰『詩無邪』荀子底儒效篇云『詩言是其志也，』莊子天下篇云『詩以道志』皆是說三百篇詩皆是言志的。

（二）修辭　作詩不是以意殉詞只是以辭達意而已立意是本是內容修辭是末是外觀立意固難修辭亦不易。倘專於立意則易流於議論泥於修辭則多傷風神然諺云『土偶靠裳』即是說外觀之美能輔成其本質的，孟子云『西子蒙不潔則人皆掩鼻而過之，』是說外部底不潔能毀損其本質底美的在詩中的立意底美即本質底美修辭底美即外觀底美論語云『文猶質也質猶文也虎豹之鞹猶犬羊之鞹』是說文質底不可偏廢的左傳云：『言之無文行而不遠』是說內容外觀相須纔能傳於永遠的此所以有裨諶草創之子羽討論之子產潤色之，這一回事哩可知立意必須修辭更可發揚光彩。

詩所以必要修辭的是因為欲洗鍊俗字俗句，一掃陳言穴語蓋氣象底渾厚與會底標舉格調底高古聲律底

諧暢，皆是修辭底結果自然而然的。而成為詩底疵病的晦澀浮泛支離露骨冗漫委靡枯寂等，亦由於文字底用法不得其宜哩。故詩人常注意修辭雖一字不苟下，下時推敲不已，必嘔出心血而後止。賈島於每歲除夜取一年中所得的詩祭以酒脯云：「勞吾精神以是補之。」張祜方苦吟時妻孥喚之不應云：「吾口吻方生花豈恤汝輩」杜甫耽於佳句云：「語不驚人死不休」皆可以想見古人修辭上用意之苦。而方嘔出心血時甲之所道與乙之所言有暗合的處所唐釋皎然以善詩名嘗有一僧就詩來謁。皎然指其御溝詩「此波涵聖澤」之句，說是波字不佳宜改僧悵然而去然僧亦是能詩的人。皎然慮其去必復來援筆書一中字收於掌中以待僧果還不久僧果然地相一致哩。其他如唐齊己底早梅詩有「前村深雪裏昨夜幾枝開」鄭谷改幾字為一字齊己大喜下拜云「早梅之意始見」亦是修辭之功。

（三）天才 詩有別才非關於書，是嚴羽滄浪詩話所提倡的。這是對於夢想讀書萬能的宋代詩人底痼疾的砭劑亦可說是一面的真理。因為古來詩人不必一定是學者也有兒童走卒不學而能的。故解縉底春雨雜述贊滄浪詩話底詩有別才非關書也詩有別趣非關理也之說，云：「嚴生之論可謂得其三昧。」蓋詩原無定質無定形，

聯云「閉閣唯聞朝暮鼓登樓遙望往來船」」篁曰「聖作實佳只遙字宜改作空字則更佳」帝曰「朕遊河陽館得一詩原作空字今特更一字以試汝耳」這事載在林梅洞底史館茗話可知名家底修詞上的心匠與技巧不期然而然「波字更為

中字如何」皎然啟示僧遂締交好這話見於唐子西文錄又日本弘仁帝一日語小野篁云「朕遊河陽館得一

六二

且無定法。由質以論形,由形以論法,皆後世的事三代詩人,寧論詩法?兩漢底詩人,亦不曾講究詩法。不知法而作詩,而其詩自合於法,是爲才全。才全的則不苦心而能立一切的法,不勞而能運千斤之筆以之徵於漢、魏以後於建安底詩壇執牛耳的曹植有七步之才爲太康詩人底冠冕的陸機,常有才多之患。初唐四傑巨擘的王勃底天才,使閻伯璵驚歎云子之筆似有神助。稱爲千古詩仙的李白底天才,嘗使杜甫詠歎云:李白一斗詩百篇。詩壇盟主的蘇軾底天才嘗使神宗贊歎爲天下之奇才使歐陽修感歎爲天下獨步他嘗自稱文章如行雲流水初無定質行其所當行止其所當止又云吾文如萬斛泉源豈獨他底散文謂然甌北詩話以他與李白併稱云:李詩如高雲之游空蘇詩如流水之行地這皆是因爲他們底才思橫溢能於筆端生春於紙上開花的緣故其他王粲、范雲、李端、李賀楊億底詩才揮翰如飛使人常疑爲宿構可知詩待天才之般到非讀書學問之比。孟子言射云:「其至爾力其中非爾力。」蓋詩喻如射其至雖不至與不至中則待天才的多趙翼底詩云:「到老始知非力取三分人事七分天。」此天才派所以舉雙手而贊同不置哩!

天才詩人作詩不但有初不精思又不用力卽及於旣成又多不推敲甚至放棄其稿,不自貴重顧惜。王勃作詩先磨墨數升後酣飲而臥及窹援筆成章一字不改易時人稱爲腹藁。故王勃底詩與賈島貫休殊趣。李白底詩亦與杜甫、孟郊不一揆。

然才人底弊不但有以詩著議論爲罵詈而乖溫柔敦厚之旨的,而且有以詩供遊戲爲諧謔的詩如著議論,則

大傷風致。況爲罵詈固然狂態哩！又如以詩供遊戲，則大卑品格。況爲諧謔，自伍俳倡哩！顧宋詩底風致品格所以比唐大有遜色的，也許是濫用天才的緣故吧！

（四）學力　楊簡是宋之道學者，撰慈湖易傳二十卷。嘗作詩云：「莫學唐人李、杜癡，作詩須作古人詩世傳李杜文章伯問著關雎恐不知。」李杜果是癡而無學嗎？杜甫底詩云：「讀書破萬卷，下筆如有神」他豈是不知關雎的好學是宋一代底風潮然好議論與人不相容是宋人底通弊故盛如梓底庶齋老學叢談評楊簡底詩云：「好議論而失言。」塵島松南底娛語評慈湖底詩云：「詩賦之體宜吟詠有餘韻，如慈湖詩道學先生幾句議論讀之則覺梗澀此亦非知詩者也」皆是中肯的話。顧宋人好學底風途至以學爲詩，在詩中生出一種誇示學力的傾向。李誠之云：「山如仁者壽水似聖之清」唐庚云：「佳月明作哲好風聖之清」楊萬里云：「立岸風大壯還舟鐙小明」無不皆然。這是嚴羽所以絕叫詩有別才，非關書也詩有別趣非關理也的原因。可知嚴羽所言是爲驚醒讀書萬能論者而發，不是爲不讀書的人而言的。

讀書窮理，不必是詩人第一義。雖目不視六經手不披諸子然而意匠慘淡抽黃對白筆端開花紙上成綺卻是詩人底技工。天下無無學的大詩人。胸中有萬卷書是爲大詩人底資格最必要的條件。因爲詩要意想高遠然非學力，則意想不能高遠。詩要體面廣大，然非學力，則體面不能廣大。詩要力量重厚然非學力，則力量不重厚故杜甫底詩無一字無來歷，韓愈蘇軾底押韻無一字無出處。田夫野老或不學而能，婦人女子或率意矢口而成畢竟是天才而

已於天才上加以學力，如為虎添翼蘇軾嘗云：「孟襄陽詩非不佳，可惜學殖不足於葛立方嘗云：「僧祖可詩清新可喜然讀書不多故變態少」亦是說祖可學底力不足的。故袁枚作詩是尚性靈的。然說：「詩難其雅也有學問而後雅否則俚鄙率意」張篤慶是酌王士禎底流而尚神韻的。然說：「非才無以廣學非學無以運才有才而無學是絕代佳人唱蓮花落有學而無才是長安乞兒著宮錦袍也」孫覺嘗問作詩之法於歐陽修答云：「無他術唯勤讀書而多為之自工」這與歐陽修常說的為文有三多看多做多商量多一揆蘇軾亦教人作詩之法云：「熟讀毛詩國風離騷曲折盡在是」呂本中亦嘗云「學詩須以三百篇楚辭及漢魏間人詩為主」明徐禎卿云：「古詩三百可以博其源遺範十九可以約其趣樂府雄高可以厲其氣離騷深永可以裨其思」李沂云「學詩有八字訣曰多讀多講多作多改而已」清沈德潛云：「有第一等襟抱第一等學識斯有第一等眞詩」試察古今詩人底學力養成第一是熟讀毛詩楚辭是從毛詩及楚辭而出的多六朝詩歌是從毛詩楚辭及漢魏底詩而出的多據李善注文選可知其一斑了唐詩是從文選及漢書出特別文選底勢才偉大由杜甫訓示其子云：「熟精文選理休覓綵衣輕」可知又有「文選爛秀才半」之諺而宋詩是從六經及諸子出元明清底詩是從唐詩出的即詩人底學力第一是熟讀毛詩楚辭及文選以溯其源第二是精讀唐詩以清其流。如宋詩僅取以為他山之石不必熟讀。如元明清底詩集僅取入於已底藥籠中不必要精讀況羣經諸子及左國史漢之類皆只一讀以資詩學底根柢縱令博學而用之不可不約如

果這樣，則惟有化爲經生底陳言套語而已。滄浪詩話說是楚辭及漢、魏底詩宜熟讀，李、杜二集宜精讀，旁取盛唐名家醞釀於胸中自然悟入此謂之向上之一路謂之單刀直入法而得其正鵠。小草齋詩話云先讀五經次讀二十一史次讀朱子百家蓋是對於當代詩人用心於唐詩底模擬的矯激之言然神韻派王士禎亦嘗說詩之根柢道：「夫詩之道有根柢焉有興會焉鏡中之象水中之月相中之色羚羊掛角無跡可求此興會也本之風雅以導其源泝之楚騷漢魏樂府詩以達其流博之九經三史諸子以窮其變此根柢也根柢源於學問興會發於性情於斯二者兼之，衡華佩實大放厥詞自名一家。」又嘗答人問云：「司空表聖云不著一字盡得風流此性情之說也；揚子雲云讀千賦則能賦此學問之說也二者相輔而行不可偏廢」騷壇八略說宜先讀的爲毛詩唐絕宜熟讀爲楚辭及漢、魏六朝以下的詩選宜徐讀的爲左、國史漢之類袁枚嘗語人云：世人所以不如古人者爲其胸中書太少我輩所以不如古人者爲其胸中書太多東坡云孟襄詩非不佳可惜作料少施愚山駁之云東坡詩非不佳可惜作料多鼉食桑而所吐者絲非桑也蜂采花而所釀者蜜非花也讀書如喫飯善喫者長精神不善喫者生痰瘤」可謂把讀書的價值如何說破了。

四要素以外有二要件。一是妙悟，二是精力。古人所謂，「盡日覓不得有時還自來，」是說自然的妙的，而爲妙悟底境遇「吟成一個字撚斷數莖鬚」是說苦心的狀態把精力家底眞相描出來了。王士禎嘗以禪悟說詩袁枚駁之，說是毛詩三百篇是千古絕調不知其時禪在何處。然呂本中云：「作文必要悟入處悟入必自工夫中來非

倘俸可得也；如老蘇之於文，魯直之於詩蓋盡此理矣；嚴羽云：「大抵禪道唯在妙悟，詩道亦在妙悟」胡應麟云：「嚴羽以禪喻詩旨哉禪則一悟之後萬法皆空棒喝怒呵無非至理詩則一悟之後萬象冥會呻吟咳唾，動觸天眞」謝榛云：「詩境由悟而入愈入愈深妙法存乎髣髴其迹不可捉其影不可縛寄聲於寂非扣而鳴寓象於空非寫而見滄海深有包含靑蓮直無枝蔓詩方禪機悟同而道別專者得之」小草齋詩話云：「悟之一字誠詩家三昧」又云「悟之一字從何着手從何置念頓悟不可得矣卽漸悟者窮精殫神發憤苦思不寐不食一旦豁然貫通一徹百徹雖漸而亦頓也。」而菴詩話云：「夫作詩必須師承必須妙悟雖然卽有師承亦須妙悟師承而不可偏舉也。杜陵嚴于師承尙有尺寸可循；摩詰純乎妙悟絕無迹象可卽；騷壇八略云：『悟之機在觸不觸則不悟也悟之妙在疑不疑則不悟也。這皆是說妙悟蓋妙悟師承相如之賦成於苦心刻意濡筆腐毫之餘；張衡左思之賦，成於構思十年之後皆足以證明其精力絕倫的。若那司馬云『語不驚人死不休』李白亦嘗戲杜甫云：『借問如何太瘦生只爲從前作詩苦』可見杜甫底苦心與精力了。況賈島底推敲，歐陽修底多商量其他孟浩然底眉毛盡落，就是爲的苦吟。王維底苦吟就是爲的構思。隋底薛道衡，當登吟榻而構思時聞人聲而怒，宋陳師道方作詩家人爲之把貓犬嬰兒寄託別家，皆是證明古今詩人苦心慘淡的苦心必伴精力，可知天才詩人以外怎樣地需要精力哩！

第十一章 詩底體製

時代本位　個人本位　句法本位　篇法本位　書名與地名

作詩的人必得先辨詩底體製。論到詩的體製第一是以年代的。據滄浪詩話及騷壇八略，則漢有建安體（一）；魏有黃初體（二）；正始體（三）；晉有太康體（四）；宋有元嘉體（五）；齊有永明體（六）；唐有初唐體（七）、盛唐體（八）、中唐體（九）、大曆體（一〇）、元和體（一一）、晚唐體（一二）；宋有元祐體（一三）；明有永樂體（一四）、弘治體（一五）、正嘉體（一六）、隆萬體（一七）等之稱。這是時代本位，着眼於時代底特色的。然卻不可說在同代的人必定體製相同，風骨一致。例如韓愈與白居易同在元和時代，然韓之奇險與白之坦夷不一揆。故建安有鄴下七子，正始有竹林七賢（一八）。太康有三張二陸兩潘一左，永明有竟陵八友（一九）。大曆有十才子，元祐有蘇門底六君子（二〇），弘治有七子，正嘉有七子，皆各自有其特色。即論詩底體製以時代的特色為主的，是蔑視個人的特色的。

第二是以人名的。而舉人名有一人單稱的，如太白體、昌黎體之類。有二人對稱的，如沈宋體、元白體之類。有四人合稱的，如王、楊、盧、駱體、尤、楊、范、陸（二一）體之類。且一人單稱的有或稱姓的，有或稱字的，有或稱號的，有或稱謚

的二人合稱及四人合稱的，概稱姓。滄浪詩話所舉的是蘇、李體以下三十六體及騷壇八略所舉的是尤、楊、范、陸體以下五十體這是個人本位着眼於個人底特色的。然人底好向各自有多少差異故論詩底體製如以個人的特色則所謂十八十色結局百人百體歷代數千萬的詩人遂至生出數千萬的詩體。

第三以造句底形式卽句法而分的。如三言體、四言體、五言體、六言體、七言體、九言體之類，這種分類法，摯虞底文章流別論始云：「古之詩有三言、四言、五言、六言、七言、九言古詩率以四言爲體」宋以後底詩話及文章論多取之。而論三言以下諸體底起源文章緣起及滄浪詩話都云：「三言起於晉之夏侯湛四言起於漢之韋孟，五言起於漢之李陵、蘇武六言起於漢之谷永七言起於漢之武帝九言起於魏之高貴鄉公」文章流別論，文章辯體、文章明辯及說詩晬話等則以爲各體皆濫觴於詩經案文章緣起以五言、六言、七言底起源歸之於韋孟卻不可。因爲四言之體已完備於三百篇的緣故。文心雕龍云：「筆句無常，而字有條以四言底起源歸之於韋孟卻不可。因爲四言之體已完備於三百篇的緣故。文心雕龍云：「筆句無常，而字有條數。至於詩頌，大體以四言爲正」可謂至當之論。而文四字密而不促六字格而非緩或變之以三五。蓋應機之權節也。」至於詩頌大體以四言爲正」可謂至當之論。而文章流別論文章辯體等以各體底起源卻不可因爲四言以外的諸體，在三百篇中還未成篇，不過是成句而已況文心雕龍云：「二言肇於黃世竹彈之謠是也；三言與於虞時元首之詩是也；四言廣於夏年洛汭之

試把四言五言七言各體從歷史上觀察起來，四言爲周底特色，五言爲漢的特色、七言爲唐底特色。李白嘗論歌是也五言見於周代行露之章是也」尤其不應首肯的。

句法云：「興寄深微五言不如四言，七言又其靡也」。這把四言、五言、七言底特質道破了。然據聲律而論，四言不如五言，五言不如七言蓋四言句法短促而格調不流暢因而有不適於詠歎之憾。五言雖適於詠歎然描寫以七言律用於詠歎以描寫猶不妙至七言詠歎描寫二者無不適合。故周代底詠歎產生騷體漢代底描寫產生賦體至唐以七言律用於詠歎而以七言古詩用於描寫。如盧照鄰底長安古意及駱賓王底帝京篇是把班固底西都賦及張衡底西京賦轉化而以七言古詩代替賦的卽是故王士禎對李白底所謂興寄深微五言不如四言七言又其靡也云：「此獨謂三百篇耳若後來韋、孟等作有何興寄但如嚼蠟耳」胡應麟論四言五言七言底優劣云：「四言簡質句短而調未舒」洵屬至當然至於說：「七言靡浮文繁而聲易雜」則未必然況乎說「折繁簡之衷居文質之要蓋莫尚於五言」其他三言、六言、九言諸體各時代底作家雖偶有所作然不能發揮時代的特色或個人的特色呵！

然論詩底體製以造句的方法不唯蔑視個人的特色抑且蔑視時代的特色因為均是四言詩，但漢之四言與周之四言卻不一揆同是五言詩但齊梁之五言與漢之五言卻不一其趣況乎唐之五言其不同可知矣所以李攀龍稱「唐無五言古詩而有其古詩」王士禎說：「唐五言古固多妙緒較諸十九首陳思陶謝自然區別；七言古若李太白杜子美韓退之三家橫絕萬古後之追風躡景唯蘇長公一人耳」

第四以一篇的構成法卽篇法而分的卽古體近體之別是蓋古體近體之別就歷史的地位參酌時代特色，而其稱呼卻始於唐代。杜甫底詩有「彙工古體詩」之句唐才子傳底沈佺期傳有「遂成近體」的話是沈佺期宋

之間底律詩稱爲近體，而沈宋以前的詩稱爲古體從盛唐時代已然而近體底平仄雖嚴格不可犯然古體卻無平仄；近體的篇法有一定的繩尺，律詩限於八句，絕句限於四句，然古體卻是長短自由的近體底押韻法是一韻到底然古體底韻法卻有一韻到底與轉韻二種這是古體近體性質上的差別又參酌造句法而產生五古、七古、五律、七律、五絕、七絕等底名目。

第五有從書名而分的。如選體、玉臺體、西崑體、香奩體等是。選體是指文選底詩體；玉臺體是指玉臺新詠底詩體；西崑體是指西崑酬唱集底詩體敍述閨女脂粉的情態的。

第六有從地名而分的。如竟陵體公安體江西體即是。竟陵體是明鍾惺一派的詩體公安體是袁中郎兄弟三人底詩體江西體是宋黃庭堅一派的詩體其他還有柏梁體宮體臺閣體回文體雙聲體疊韻體離合體等底稱謂。柏梁體是柏梁臺上漢武帝與羣臣共賦的詩體見於唐皮日休的雜體詩序然當不爲天下一般所公認。宮體是梁簡文帝所鼓吹的輕豔的詩風唐太宗嘗作宮體詩使虞世南應和世南對曰：「聖作誠工然體不雅正不敢奉詔」卽此臺閣體是明楊士奇楊榮楊溥底詩風閑雅雍容有太平詩人底韻度。

回文以下諸體見於唐皮日休的雜體詩序然不爲後世聯句之祖宮體唐

第十一章　詩底體製

（一）建安體　建安、漢獻帝年號，曹氏父子及鄴中七子——孔融陳琳王粲徐幹阮瑀應瑒劉楨——爲建安體之代表作家。

（二）黃初體　黃初魏文帝年號與建安體相接。

七一

（三）正始體　正始魏廢帝年號，嵇康阮籍爲正始體之代表作家。

（四）太康體　太康晉武帝年號，左思潘岳張載張協陸機陸雲等爲太康體之代表作家。

（五）元嘉體　元嘉宋文帝年號，顏延之鮑照等爲元嘉體之代表作家。

（六）永明體　永明齊武帝年號，沈約王融謝朓等爲代表作家。

（七）初唐體　自高祖武德元年至玄宗初年或武后末年爲初唐時代約百年光景——西曆六一八年至七一〇年——王勃、楊炯、盧照隣、駱賓王四傑爲代表作家。

（八）盛唐體　自玄宗開元初年至肅宗末年或代宗初年爲盛唐李白杜甫王維孟浩然高適岑參王昌齡王之渙等爲盛唐體之代表作家。

（九）中唐體　從代宗大曆元年至文宗開成末年共約七十餘年——恰當西曆七六三至八四〇年——是爲中唐時代，白居易柳宗元韓愈劉禹錫元稹等爲中唐體之代表作家。

（一〇）大曆體　大曆唐代宗年號，盧綸吉中孚韓翃錢起司空曙苗發夏侯審崔峒耿湋李端十才子爲大曆體之代表作家。

（一一）元和體　元和唐憲宗年號，元稹白居易爲元和體之代表作家。

（一二）晚唐體　從文宗開成末年至昭宗天祐三年當西曆八四〇年至九〇七年，共八十餘年爲晚唐杜牧、李商隱、溫庭筠、張祐、趙嘏陸龜蒙、司空圖等爲晚唐體之代表作家。

（一三）元祐體　元祐宋哲宗年號，蘇東坡黃庭堅陳師道爲元祐體之代表作家。

（一四）永樂體　永樂明成祖年號，楊榮楊士奇楊溥爲永樂體之代表作家。

（一五）弘治體　弘治明孝宗年號，李夢陽何景明、徐禎卿邊貢康海王九思王廷相七子爲弘治體之代表作家。

（一六）正嘉體　正德明武宗年號，嘉靖世宗年號，李攀龍王世貞謝榛宗臣梁有譽徐中行吳國倫七子爲正嘉體之代表作家。

（一七）隆萬體　隆慶明穆宗年號，萬曆明神宗年號，袁宏道鍾惺爲隆萬體之代表作家。

第十一章 詩底體製

(一八)竹林七賢 晉書嵇康所與神交者,惟陳留阮籍河內山濤向秀沛國劉伶籍兄子咸琅邪王戎遂為竹林之遊,世所謂竹林七賢也。

(一九)竟林八友 即王融謝朓蕭衍任昉沈約陸倕范雲蕭琛等。

(二〇)蘇門六君子 即黃庭堅秦觀張耒晁補之陳師道李薦為蘇門六君子。

(二一)尤楊范陸 即尤袤楊萬里范成大陸游,人稱四大家。

第十二章 詩底法度

詩法底由來　字法　句法　章法及篇法

詩有法度猶文有文法書有書法畫有畫法然三代無詩人，兩漢無詩法，六朝無詩話。蓋兩漢以前無專門的詩人，把詩賦看作小道以文章爲末技他們底詩未必是按法遵格以修辭的。然他們所作所以能千載不朽的完全是因爲發於至誠從眞情而出的。故漢魏之交已產生專門的詩人然當時倘未講詩法詩話更不必說了然至唐以詩取士詩教底溫柔敦厚忽而蕩盡詩學作爲一種的學科而獨立詩道化爲榮達門仕進之階於是前有崔融辯詩格後有皎然論詩式，有齊已論詩格司空圖辯詩品降至於宋議論盛而彌詳去之彌遠然所以口說筆道的，是爲了初學入門者而已。因爲入門之時，如誤一步則愈進而氣韻反索然的語之彌進而愈陷於邪逕了語曰：『君子愼始，差若毫釐繆以千里。』詩有法度古體近體無不有法。律詩固有法，絕句亦有法。不問古體與近體，一篇之內，有篇法，有章法一句之中必有句法，有字法。詩人而不明詩法縱令有才學無異野戰無紀之師若由法以開闢一奇一正，如環之無端則可稱爲節制之師初學者寧可拘於法，而不可流於逸法之弊可濟以神識而逸之敗就不可救

藥了，故先從法入後歸於無法，然後詩人底能事畢。現在就字法、句法、章法、篇法來論述一下吧。

字法

字法要字字響而不過激，飛動而不浮泛，平穩而不靡弱，奇險而不佶屈。嚴滄浪所謂高手字字飛，低手字字砌，卽是論字法的工拙之差的。其在近體有二四不同二六對的法則，有孤平孤仄平三連仄三連底禁忌，皆是從聲律上論字法的。蓋詩因一字底工妙而一句生動，因一字之疵輒爲一篇之累。王士禎嘗答問詩中最不可用的字句若何的人說：「粗字纖字俗字皆不可用。如杜子美詩紅綻雨肥梅一句中便有三字纖俗不可以其大家而概法之。」卽可知字法底不容易了。試就古人底詩句而言，李白底詩『吳姬壓酒喚客嘗』句之妙是在一壓字。杜甫底詩『輕燕受風斜』句之妙在一受字，故蘇軾愛此句云『燕迎風低飛乍前乍卻，非受字不能形容也。』又杜甫底詩：『暝色赴春愁』句之妙在一赴字，故王安石云『下得赴字大好，若下見字起字卽小兒言語』岑參底『愁雨懸空山』之句，范晞文底對床夜語云『懸字不易及』孟浩然底『微雲淡河漢疏雨滴梧桐』句，胡仔云苕溪漁隱叢話云：「上句之工在一淡字下句之工在一滴字若非此兩字亦焉得爲佳句」其他六一詩話稱杜甫用字之妙云：「陳舍人從易偶得杜集舊本文多脫誤其送蔡都尉詩云：「身輕一鳥」其下脫一字，陳公與數客欲用一字補之或云疾或云落或云起或云下其後得善本乃是『身輕一鳥過』陳公歎服以爲雖一字諸君不能到也」詩藪稱杜甫底字法云：「如吳楚東南坼，乾坤日夜浮碧知湖外草紅見海東雲坼浮知見四字皆盛唐所無也然讀者但見其閎大而不覺其新奇又如孤嶂秦碑在荒城魯殿餘古牆猶竹色虛閣自松聲四字意極精深詞極易簡，前人

思慮不及，後學沾溉無窮，眞化不可爲矣。』亦是反證字法之不容易的。故昔人云：『作詩在於煉字，』又云：『煉句不如煉字。』故隨園詩話云：『少陵羣山萬壑赴荆門使改羣字爲千字便不入調字爲終字又不入調字義一也而差之毫釐失以千里』可知詩底字法在意義上外還有聲律上的困難了。唐任翻嘗往台州以『前峰月照一江水僧在翠微開竹房』之句題於寺壁而去有人來改『一』字作『半』字任翻既行數十里忽得半字急還而欲易『一』字則已爲人所改乃歎曰：『台州有人。』這與載於唐子西文錄的釋皎然底逸事是同樣的又如橘直幹遊石山寺詩有『蒼波路遠雲千里白雲山深鳥一聲』句僧齊然入宋改雲爲霞字改鳥字爲蟲字並以己作示宋人宋人一讀云是霞改雲蟲改鳥甚佳這與載於史館茗話的小野篁底逸事是同樣的可知一字底可否影響於一句底工拙了然這等寧是屬於修辭法底範圍的若就詩人底慣用文字而言則詩人底用字法不但殊於文章家底用字法而且不能以訓詁家底訓詁律之的多例如『開』字曰『平津樹色開』則是以開字爲『見』的意思；『簫鼓應聲開畫鷁』則是以開字爲出的意思；『黑山峰外陣雲開』之開爲起的意思；『去矣乘風癉癘開』之開是散的意思；『七字新詩漢體開』及『一代英雄開大業』兩開字是成的意思或始字的意思他悲字思字哀字愁字底用法都因場合不同而見特殊底意味見於詩語解況古來大家各自有慣用的文字意思他各家的不同可知哩周密底浩然齋雅談云：『杜詩喜用懸字然皆絕奇如江鳴夜雨懸侵籬澗水懸山猨樹樹懸空林暮景懸當空淚臉懸獼猴疊疊懸疎籬野蔓懸複道重樓錦繡懸』葛立方底韻語陽秋云：『老杜作詩多用一

自字田父泥飲詩云:「步屧隨春風村村自花柳」,遣懷詩云:「愁眼看霜露寒城菊自花」;憶弟詩云:「故園花自發春日鳥還飛」;日暮詩云:「風月自清夜江山非故園」滕王亭子云:「古牆猶竹色虛閣自松聲」是也。孫奕底示兒篇說杜甫字法所以不凡的是自字受字不肯字底用法之妙前輩已言之至若過字破字一字信字生字覺字亦愈用愈新如一一列舉其用例便可見出詩聖獨得的用法其他鄭谷底詩多用鶴字時人稱爲「仲先筆苑多籠鶴鄭谷詩壇愛惹僧」又韓駒底詩好用擁字蘇軾底詩喜用揭來字魏野底詩多用僧字自有慣用的文字的。駱賓王稱爲算博士楊烱稱爲點鬼簿亦是道破其用字造句底特色的且古體不但不禁在一篇中同樣文字底重用,而且在長篇中往往有再三押同樣的韻的;而近體則不但忌同字韻且不許在一篇中同字重出但字同而意異,則不必爲病犯王維底出塞之作再用空字將字馬字而連空之空是名詞空磧之空是形容詞便不足爲病了又將軍之將是實字而爲名字然將賜之將卻是虛字而爲助動詞,亦不足爲病只馬字前後共用同一的名詞,古人或以爲犯禁惜爲白璧之微瑕然唐詩人犯此禁忌的多如沈佺期遙同杜員外審言過嶺三用何字卽是然宋以後禁忌最嚴遂至以用字異而意同的字也是病例如已用朝字遂不復用曙字,已用夜字則不復用晚字亦可謂太甚了。

　　句法　詩底句法不問古體與近體,自有一定的形式,而由於五言與七言各不同其體裁五言含蓄多七言流動多。五言句則以上二字下三字構成一句爲常則以上一字下四字爲特殊的用法以上三下二爲破格例如:李

第十二章　詩底法度

七七

白底「舉杯邀明月，對影成三人」，王維底「草枯鷹眼疾雪盡馬蹄輕」是上二下三，而杜審言底「露濯清輝苦，風飄素影寒」，杜甫底「星臨萬戶動月傍九霄多」及李白底「山從人面起雲傍馬頭生」則是上一下四，而杜審言底「暫將弓䩭曲翻與扇俱團」又是其變叉七言句以上四字下三字為常則這是漢代流行底七言一句謠與以上四字下三字為兩節而押韻的一揆。故不僅漢武帝底柏梁臺聯句及張衡底四愁詩句句皆用這種形式卽周寧戚底飯牛歌亦然從這點言來七言體底起源不是漢武帝而不得不說是寧戚了，而上二字下五字及上一字下六字是特殊用法例如：杜甫底「少陵野老吞聲哭春日潛行曲江曲江頭宮殿瑣千門細柳新蒲為誰綠」是上四下三。白居易底「黃鳥時兼白鳥飛」王維底「香烟欲傍袞龍浮」岑參底「揚鞭只共鳥爭飛」韓愈底「將軍欲以巧伏人」白居易底「百歲無多時壯健」卻是上二下五。而李白底「影入平羌江水流」杜甫底「顧我老非題柱客」是上一下六。若以上三字下四字成一句卻是破格而稱之為折腰句。白居易底「大屋簷多裝鷹齒小航船亦畫龍頭」歐陽修底「靜愛竹時來野寺獨尋春偶到溪橋」卽是而韓愈亦時用折腰句。張來嘗說：「古人作七言詩其句脈多上四字而下以三字成之，退之乃變以上三下四；如「落以斧引以纆徽雖欲悔舌不可捫」是也。蓋五言以第三字為要樞七言以第五字為要樞這是古今詩人最可注意的處所，古體近體雖有同然的，故王士禎唱古詩平仄論以七言第五字及五言第三字為「關捩」呂氏童蒙訓論近體底字法以第五字第三字為響字。和漢三才圖會卻稱之為眼字三浦梅園稱之為腰字森槐南稱之為護腰。可知七言以上三下四的破格稱為折腰句

同時在五言方面亦以上三下二的破格稱為折腰句。

祇園南海底詩學逢原論字眼以為無論詩文都有字眼，有一篇的字眼，有一句的字眼，一篇中專要之所警策，為關鍵為精神皆是字眼；一句中專要的文字，一字底巧拙關係一句底死活的說是字眼昔蘇東坡底妹特別能詩某日坡老山谷相會於「和風細柳澹月梅花」底腰中嵌一字以見句之工拙兩人沈吟旣久東坡先唱一字云：「和風搖細柳澹月映梅花。」妹云：「未佳」山谷次道「和風舞細柳澹月隱梅花。」妹曰：「稍佳」兩人說：「汝句何如」妹云：「和風扶細柳澹月失梅花，」於是兩人拍掌賞歎右句東坡甚淺山谷稍有意味，至妹句則出人意表奇特殊甚觀此很可知字眼底意味了。

詩底句法與文章底句法不相一致的詩語解云：『山靑每到識春時」山靑當在每到下；「縱可顏容十五餘」顏容當在縱可上；樂天詩「其中綽約多仙子，」多字當在綽約上』卽是其原因有二一是拘束於上二下三及上四下三底形式二是為二四不同及二六對底聲律所制限。

若從修辭上而言詩底句法貴勁鍊貴圓活，說理欲簡明，記事欲詳明，寫景欲精工，敍情欲懇切，淸新要如出水的芙蓉飄逸要如行空的天馬，雄壯要如千軍萬馬華麗要如奇花美女奇峭要如孤崖斷峰高古要如黃鐘大呂或期俊逸或期悲壯或期沈鬱或期森嚴，或期情景兼到，或期趣味無窮或期無俗句死句冗句僻句尤其是古體寧取

樸茂而古澹，近體必要整齊而精巧，故律詩底句法未必可入古詩，古詩底句法亦不可入律詩中可入古詩之句，然古詩中卻斷不可入律詩之句。李白底詩云：『鸚鵡西飛隴山去，芳洲之樹何青青，』崔顥底黃鶴樓詩云：『黃鶴一去不復返白雲千載空悠悠』皆是律詩中插入古意之句的。想像王士禎唱古詩平仄論僅是欲把古詩與律詩底句法從聲律上來區別而已。故徐文硔是憲章士禎底說的。嘗撰詩法度鍼說律詩用古詩底格調可古詩用律詩底格調卻不可猶古文的格調可入時文，而時文底腔調決不可入古文。這不獨是王士禎底創見，徐文硔底卓說明底王世懋已說過律詩之句不必入於古詩而古詩底字不必入於律詩，李東陽亦嘗說：『律猶可間出古意古不可涉律』這都是說古體近體底句法不可混同的。

章法及篇法　立言所以不朽的決不是偶然字句篇章自有矩矱，不是容易作的，不是匆匆成的。這是歷代詩人文章家所以競競業業於文字章句之間灑一生的心血的緣由吧蓋不問詩與文積字而成句，於是就有字法積句而成章，於是就有句法積章而成篇，於是就有章法。一篇底精采因每章有英華一章的英華是每句有其光焰而一句底死活實由一字底當否故造句要使字字生動不可易成章要使句句活躍不可遏字句之法既辨篇章之法略述於茲凡古體有章法篇法而近體有篇法章法因為古體是逐節逐段層次推開敍去敍來，一虛一實或開或闔於縱橫變化之中有首尾照應底祕訣然近體限於八句或四句，常軌以外尺不能進寸不能退試察杜甫底哀江頭，丹青引，首尾照應最縝密而哀江頭底末節『人生有情淚沾臆』二句是照應首段第一句的『黃昏胡騎塵滿城』

二句是照應首段第二句的；「丹青引底末尾「途窮反遭俗眼白，世上未有如公貧」一解，是首段底「丹青不知老將至，富貴於我如浮雲」二句底照應，皆可見古體底篇法。然至近體中卻不能見有如此的變化，如此的節制，惟起承轉合底名目是律絕共用的，亦爲近體底篇法。且律詩有四實四虛、前虛後實、前實後虛之絕句有實接虛接之格亦爲近體章法。要之長篇以體面宏大血脈貫穿爲尚，短篇以氣象渾厚韻度飄逸爲貴，長篇有氣勢情致，於波瀾曲折之中期一理貫通之妙；短篇有力量神韻於聲律格調之外，有引而不發躍如紙上之妙。

又由作者底地位境遇各自異其理想篇章字句之間，自不得不各殊體制。故臺閣之作期其莊麗邊塞之作，期其悲壯山林之作期其清遠送別寄贈之作期其情思纏綿而懇惻憂國慷慨之作期其意氣沈痛而剴切詠史之詩期其着議論而見褒貶於言外咏物之詩期其不着色相而寓興趣於言下。此千古詩人底理想可以神解而不可以口傳的。膠柱而鼓瑟，是迂者底手段，刻舟而求劍乃愚者底態度哩！

第十三章 古體

古體近體底區別　古體底句法　古詩底平仄
轉韻底正格　轉韻底要訣　蛛絲底接法　通韻底範圍　同字韻
一韻到底與轉韻　轉韻底形式

古體一曰古風又名古詩。李太白文集有古風五十九首就是古體底意義。古體古風古詩是對于今體今風今詩而稱呼的，然所謂今這時間固非永久不變的，故所謂古的期限亦決非固定例如從漢代觀察可稱周詩為古詩，然從齊梁時代觀察則漢詩亦化為古詩了。故文章流別論稱周詩為古詩，然從齊梁時代觀察則漢詩亦化為古詩了。故文章流別論稱周詩為古詩，是指三百篇；而文選稱為古詩的，是指漢詩十九首及蘇武詩四首；滄浪詩話所稱為古詩的，是指魏曹植以下至梁任昉止的作品，元陳繹曾底詩譜，稱為古體的，是包含風雅頌以下漢魏六朝底詩；而文體明辯所稱為古體的，是概括隋以前的作品，即曰古體，曰古風曰古詩畢竟是依其人底時代所指各殊的，予茲所稱古詩，蓋詩學上以隋、唐之間劃一鴻溝，隋以前之作稱古詩，而唐以後之作稱近體非我輩一人底私見。明鍾惺底古詩歸、陳祚明底古詩選、清王堯衢底古唐詩合解、張玉穀底古詩賞析、王士禎底古詩箋、沈德潛底古詩源等無不皆然。故鍾惺撰唐詩歸，陸時雍底古詩鏡、陳祚明底古詩選、清王堯衢底古唐詩合解、張玉穀底古詩賞析、王士禎底古詩箋、沈德潛底古詩源等無不皆然。故鍾惺撰唐詩歸，陸時雍編唐詩鏡，王

士禎撰唐賢三昧集、沈德潛撰唐詩別裁集，都是區別隋以前之作與唐以後之作的。這等皆在詩學上於隋、唐之間，看出大相逕庭之點。

古體之所以異於近體的有三。一句法，二篇法，三押韻法。第一句法底異點是近體有平仄而古體無平仄。王世懋云古調不可用於律詩；徐文弼云，律調不可入於古詩可知古體近體底句法迥然不同了。蓋古詩無平仄已爲千古定論齊梁以前無四聲發明已爲歷史上無疑的事實。旣無四聲焉有平仄？然從王士禎始唱古詩平仄論，翁方綱徐文弼及日本底森槐南一派的詩人皆相應和。王士禎爲一代詩宗，他底聲望夙風靡天下故生前褒他底詩的雖多，而死後貶他底作品的也不少。如趙執信、袁枚以一代鉅匠對於士禎猶不慊焉，而排斥士禎之作。尤其對於他底古詩平仄論趙執信首先翻叛旗日本底日尾省亭亦辯士禎之妄。近來江馬聖欽著古詩聲譜四卷云：『古詩作法，勿論五七言，嫌其聲調類近體，凡押平韻者韻腳必三平或平仄平爲法，押仄韻者反之』而選唐陳子昂以下，宋、金、元、明、清名家底古詩百七十二首依黑白圈以發明古詩底聲調底不黏不諧與近體相殊的。然亦覺例外甚多，說是首尾可據此例中間則差戾此亦爲不妨。

試就王士禎底古詩平仄論，而擧其要點第一七言古詩平韻到底的斷不可雜律句。而押韻句底第五字爲平不押韻句底第五字猶如韓愈底謁衡嶽廟遂宿嶽寺題門樓及歐陽修底啼鳥詩倘不押韻句底第五字用平字則第六字爲仄第五字爲仄第二字爲平，如蘇軾底自金山放船至焦山詩第二七言古詩仄韻到底的間用律句也無妨因爲

近體不用仄韻的緣故。然上句第五字用平字，則下句第五字不可用仄字。七言古詩以第五字為關捩，猶如五言古詩以第三字為關捩一樣。第三平韻仄韻互用的，如不類例近體則多雜律句也無妨要之，他是以古詩不宜入律句，古詩在七言以第五字為主眼，五言以第三字為主眼，上下二句底關捩處宜平仄互用而呼號於天下的。

想來，王士禎之說，是一時口頭語，決非他底晚年定論。他所謂古詩又不是指周詩，僅是指成於唐以後的作家古體詩質言之，他並不洞察古詩全豹僅窺知古詩一斑而已。然他所說不適用於唐以後的古詩全體故如他應聲蟲翁方綱亦對他所說，加以間有失實過泥之評且時有非先生定論的辯護特別是五言古詩求平仄底諧合終竟不免牽強附會。齊、梁以前的作者，豈是拘泥於平仄的嗎？唐、殷璠底河岳英靈集序云：

「曹、劉詩多直語少切對或五字竝仄或十字俱平。」故唐以後的古詩也有一句全平，或一句全仄的。杜甫底乾元中寓居同谷縣詩『有客有客字子美』一句皆仄，韓愈底贈劉生詩『青鯨高摩波山浮』一句皆平況全篇皆平聲或全篇皆仄聲的不必說哩可知古詩底要件未必是平仄諧合的。陸龜蒙底夏日閒居全篇皆平，而梅堯臣底論酒與婦飲是全篇皆仄。宜乎趙執信著談龍錄、聲調譜攻擊士禎之說，袁枚譏士禎云：『杞國伯姬。』且他底平仄論從古詩不可雜律句的立腳地說，故意欲違背律詩底平仄法的。因為律詩底平仄是依二四不同，二六對的形式以第二、第四、第六字為主眼反之古詩底平仄卻以第五字、第三字為關捩。然以前古詩未必以第三字或第五字為關捩而諧和平仄反而合二四不同二六對的平仄法的多。這固屬偶然之事而不是從始用意就是這樣。然唐以後

古詩以第五字或第三字爲關捩的亦是偶然的而已即古詩本來無平仄，而偶然產生了有平仄的古詩。

第二篇法相異的點近體雖有起承轉合底篇法構成與散文同樣是逐節發展，逐段推開長短如意或緊縮或振張的。蓋古體篇法是依破題承題轉題提筆歸題結尾等章段而開合頓挫如斷如續，一起一伏乍抑乍揚；首尾勻停前後照應中腹有波瀾曲折猶如長江萬里相盪擊，一波未平一波復起又如將臨戰鐵騎縱橫或進或退一虛一實奇正相生出入變化不可端倪風度超然而音韻鏗鏘此爲上乘。元之范梈於五言古詩底篇法說分段過段回照讚歎於七言古詩底篇法論分段過段突兀字貫讚歎再起歸題送尾分類過繁碎，名目亦欠妥當故王士禎評之云：『此等語皆教初學之法，要令知章法耳神龍行空雲霧滅裂鱗甲隱現豈令人測其首尾哉』又嘗答人問云：『勿論古文、今文、古今體，皆離起承轉合四字不可。』而至起承轉合底難易明王世貞嘗云：『歌行有三難起調一也轉節二也收結三也唯收爲尤難。』然起句之難未必遂於結句之難試舉古來巧於起句的，則不得不推謝朓李白王維高適岑參蘇軾數人滄浪詩話稱李白底發句云：『太白發句謂之開門見山』茗溪漁隱叢話稱蘇軾篇首之妙云：『東坡每題詠景物於長篇中只篇首四句便能寫盡語仍快健他人道不到也』藝圃擷餘稱謝朓王維發端之妙云：『詩稱發端之妙者謝宣城而後王右丞一人而已』漁洋詩話稱謝朓王維杜甫高適起首之工而推獎謝朓工云：『高岑並工起語岑尤奇峭，然擬之宣城格愈下矣；』詩藪稱高適岑參起語之工底大江日夜流客心悲未央杜甫底將軍魏武之子孫，於今爲庶爲清門等要之古體底篇法最是不可不謹布置比

第十三章　古體

八五

喻家屋構造應廳堂、房室、庖廚、門庭各有定處而不可相亂。且最應注意於照應例如五步一回頭，十步一引領。第三就押韻法而言則凡五言第二句始置韻礎，以下隔句押韻七言第一句、第二句押韻以下隔句押韻而不押韻的句尾的文字不用與韻字同聲的，這是古體、近體相同的處所。且韻字務要隱順古體、近體押韻亦皆相同因爲詩底韻腳如宮室底柱礎。如宮室而柱礎不安定，則結構雖壯大，而有傾欹頹破之患然詩用險韻而流於艱澀陷於晦僻，六朝以後的習尙，陳、徐、庾啓之，唐、韓、柳承之，李、杜則未必然。押韻上古體有轉韻近體則不然。第一古體有轉韻近體則不然。第二古體用仄韻，而近體則不然。其他古體有每句押韻的詩惟這在古體亦爲變則。而近體則不然。第四古體間有重押同一文字的，近體則決不然。其他古體有轉韻近體許通韻舜股肱歌皋陶底元首歌魏文帝底燕歌行唐杜甫底飮中八仙歌岑參底燉煌太守後庭歌宋陸游底江月歌等皆是。

古體底韻法大別爲二種。一一韻到底，二轉韻。文心雕龍云：「賈誼、枚乘兩韻輒易」是說賈誼、枚乘底賦轉韻甚急的；「劉桓譚百句不遷」是說，劉桓底詩多是一韻到底的。又說詩啐語云：「歌行不轉韻者，李杜十之一二，韓昌黎十之八九，後歐蘇諸公皆以韓爲宗」可知李、杜二聖與韓、歐、蘇諸賢，是各從其所好的。武元登登萐底古詩韻範分爲十二格不過轉韻中的細別，即他底第一格以下至第九諸格，未必有與第十二格底一韻到底相對峙的資格。

一韻到底的古詩與近體韻法同一轍，然轉韻是古詩底特徵，而為近體所無。而古體底韻法，與其說一韻到底，毋寧說以轉韻為得體的。因為短篇無轉韻底必要長篇如用一韻到底則節奏無變化聲調自流於平板。沈德潛論杜甫底哀王孫云：『一韻到底詩易於平直此獨波瀾變化層出不窮似逐段轉韻者七古能事已極』是把一韻到底的詩易流於平板轉韻的詩多波瀾變化這一點道破了。故唐以後的七言古詩轉韻之作多，隋以前的五言詩卻以一韻到底為正體。夜航詩話云：『五言古詩貴一韻到底篇長不肯轉換以通韻自在也然亦有逐段轉韻之作。不但古詩十九首中行行重行行、冉冉孤生行、生年不滿百等皆轉韻而且如魏文帝底西北有浮雲之詩上八句用泰韻，末二句云：『棄置勿復陳客子常畏人』曹植底轉蓬離本根詩上十句用東韻，末二句云：『去去莫復道沈憂使人老』亦是換韻的故王士禎嘗答門人『五古亦可換韻否如可換韻如古西洲曲之類』唐李太白頗有之』西洲曲是梁武帝所作。鍾惺底古詩歸誤為晉無名氏所作是不可以的。蓋五言古詩不著議論不騁才氣而七言古詩則貴波瀾開闔抑揚頓挫然亦非無轉詩不活』即是蓋五言古詩一韻到底邠不着議論不騁才氣而七言古詩則貴波瀾開闔抑揚頓挫然亦非本色韻不轉詩不活』即飲馬長城窟行，齊武帝西洲曲蓋以音節抑揚為妙也』。又云：『七言古詩一韻到底，邠非本色韻不轉詩不活』即是蔡邕

凡轉意之所韻必轉換韻之所意必換這是古詩韻範所主唱。然古詩則有韻已換而意尚未轉的或意已轉韻尚未換的蓋意未盡而韻中無可使用之字則換韻意已盡而仍有可使用的字則不換韻這是詩格刊誤所主張。

前者從理論上信為必然而後者則從實際上主張不必然。清浦起龍底讀杜心解云：『如轉韻古風自宜依韻分截，

王堯衢底古唐詩合解云:『古風中凡轉韻處,意思必有轉換。』此古詩韻範之說所由發生哩!然漢、魏、六朝底五言詩一韻到底的多,在他們作中可見出意思底幾度轉換故意已轉韻逐換,意倘未轉而韻已換的也是事實然詩底押韻最關節奏換韻之時意雖不轉而節奏變換換韻之時意轉而節奏不變無論何人都肯承認,而詩格刊誤亦承認的故意轉則韻轉換韻時意亦不可不轉而節奏變換,這是理論上的主張雖為詩人底理想,然意雖轉而不換韻韻雖換而轉意卻是實際上的問題為詩人不得已的方針即二者底爭論畢竟不過理論與實際的衝突現在雖是說詩底理法然予以為以實際比較寧遵理論蓋亦予之理想而已。

轉韻底形式不必一定或每四句一轉,或每八句一轉,或六句一轉,或十句一轉,或十二句一轉。就中每四句轉韻稱為逐解轉韻格所謂解猶如所謂章這是音樂上的稱呼從樂底一章終則解其瑟柱之取義而命名的故王僧虔云:『古曰章今曰解。』特以四句為一解的因古來四句一韻的詩最多且四句底詩最適於歌詠的緣故後世絕句流行也是此理想像絕句底稱呼是從二句一聯四句一絕之義而出的以四句為一解,六句八句十句十二句等底通稱然以八句為段底正格是解底二層加層十二句則是一解底三層猶如排律以三解為正格,王勃底滕王閣詩,李白底把酒問月,張若虛底春江花月夜高適底人日寄杜二拾遺皆是逐解轉韻;而杜甫底洗兵馬丹青引,歐陽修底日本刀歌,皆是逐段轉韻的。

逐段轉韻的，爲古詩轉韻底正格。王堯衢稱崔顥代閨人答輕薄少年之詩云：「此篇五韻四轉古風常調也。」

這是四句一轉的詩爲五解五韻之格又論高適底人日寄杜二拾遺詩云：「此篇三解三韻是古風正調也」逐解轉韻爲古體正調轉韻的正格已如此故徵之於詩經不但國風每章四句的最多卽雅頌也四句一韻的甚多又徵之於楚辭離騷一篇中以六句爲轉韻的僅一處以八句而轉有五處以十二句而轉的僅二處餘皆四句一轉韻凡達七十五解之多故賈誼枚乘之賦每兩韻一轉韻的多，陸機陸雲之作每四句轉韻的多，陸雲嘗云「四言轉句以四句爲佳」可知他們底理想在四句一韻。

然古詩中間有二句一轉的這名爲促進法。又時有三句一轉的這名爲單殺法所謂促進法是略四句一解的下半而急促進行每句爲韻蔡邕底飲馬長城窟行及白居易底琵琶行用此法的處所多單殺法是殺去一解中的第一句或第三句殺去第一句的首尾二首押韻殺第三句的每句爲韻李白底飛龍引及陸游底長歌行就是用此法例如飲馬長城窟行：

青青河畔草綿綿思遠道遠道不可思夙昔夢見之夢見在我傍忽覺在他鄕他鄕各異縣展轉不可見。下略

每解用促進法雖每句韻底詩第五解是四句一解隔句押韻又飛龍引：

鼎湖流水清且閒軒轅去時有弓劍古人傳道留其間後宮嬋娟多花顏乘鸞飛烟去不還，騎龍攀天造天關。下

在第一解殺第一句在第二句殺第三句。

轉韻之法以平韻仄韻交互使用爲正式因爲轉韻底目的，在盡波瀾變化之妙故前解爲平聲則後解用仄聲；前段浮聲則後段用切響一揚一抑一清一濁前昂後低或急或緩以諧和節奏這是轉韻底要訣蓋平韻之後用仄韻仄韻之後用平韻所以音節就生出抑揚變化來但仄韻中有上聲去聲入聲前解押上聲之韻後解押去聲之韻前段押入聲之韻後段押上聲之韻所以音節亦生出變化來若從平聲轉平聲決非常法就杜甫底詩集而檢視古詩一百四十一首中轉韻之處一百九十七，然由平聲轉平聲的僅十由仄聲轉仄聲的僅二十九；又就李白底詩集檢視古詩一百六十二首中轉韻處三百六十九而由平韻轉平韻的有七十一，由仄韻轉仄韻的卻甚少又檢蘇軾底詩集古詩三百首中由平聲轉平聲的僅七由仄聲轉仄聲的僅九。蓋押韻上平仄互用理論上固屬正格然唐中世以前尚未嚴格厲行而唐末宋初已爲定格。宋洪邁底容齋續筆云：「唐莊宗時嘗聚試進士翰林學士承旨盧質以『后從諫則聖』爲賦題以堯舜禹湯傾心求過爲韻舊例賦韻四平四仄實所出韻乃五平三仄大爲識者所誚豈非是時卽有定格乎？國朝太平興國三年九月始詔自今廣文館及諸州府禮部試進士律賦並以平仄次用韻其後又有不依次者至今循之。」燕翼貽謀錄云：「國初進士詞賦押韻不拘平仄次序太平興國三年九月始詔進士律賦平仄次第用韻而考官所出官韻必用四平四仄詞賦自此整齊讀之鏗鏘可聽。」則宋初以詔令爲定格了然宋末雖未必厲行，蘇軾底古詩同聲相轉的少亦是爲此。

一韻到底的詩是第一句、第二句押韻之後，就隔句押韻，而轉韻的詩每逐解逐段而轉，首句以押韻為常式。四言、五言則未必然而七言則必定如是。《唐詩選》所載王勃底《滕王閣》宋之問底《至端州驛》岑參底《登古鄴城韋員外家花樹歌》衛萬底《吳宮怨》等皆是轉韻而首句押韻的，這是七古轉韻底常式又四言、五言也間有用這形勢的例如

參差荇菜左右流之窈窕淑女寤寐求之求之不得寤寐思服悠哉悠哉輾轉反側。《詩經周南關雎》

清泉映疏松不知幾千古寒月搖清波流光入牕戶對此空長吟思君意何深無因見安道興盡愁人心。《李白望月有懷》

皆是第二解底首句押韻。

又轉韻之際以前解末尾的文字疊用於後解之首，這是蟬聯法又名蛛絲接法蓋韻之轉是為意轉的緣故意巳轉韻，語氣亦不得不隨之而轉即上下相斷絕使化為既無過渡又無脈絡的斷片的了。這是古詩長篇所以有蛛絲的接法底必要哩。沈德潛論岑參底《與獨孤漸道別詩》云：「此詩硬轉突接不須蛛絲馬跡古詩中別是一格」岑參底《涼州館中與諸判官夜集詩》：

彎彎月出掛城頭城頭月出照涼州涼州七里十萬家胡人半解彈琵琶琵琶一曲腸堪斷風蕭蕭兮夜漫漫。

每二句一轉疊用前解末尾的文字他如曹植底《贈白馬王彪》潘岳底《悼亡詩》何遜底《送韋司馬別》等皆用蛛絲的接法這雖是做蔡邕底《飲馬長城窟行》的，然如毛詩底《邶風靜女》

第十三章 古體

九一

靜女其孌貽我彤管彤管有煒說懌女美。

又如項羽底垓下歌：

力拔山兮氣蓋世，時不利兮騅不逝兮可奈何，虞兮虞兮奈若何？

皆是蛛絲接法底濫觴質言之，蛛絲接法是秦、漢以前所慣用的至唐而流行最甚，故沈德潛底說詩晬語云：「四語一轉蟬聯而下特初唐八一法所謂王、楊、盧、駱當時體也」不僅王、楊、盧、駱四傑爲然卽如李、杜、韓、白亦然其甚者一段中，韻未轉而疊用上句之語

驪駒一骨獨當御春秋二時歸至尊至尊內外馬盈憶伏櫪在坰空大存。杜甫沙苑行

玉兔擣藥與誰餐且與豪客留朱顏朱顏如可留恩重如邱山。馬存邀月亭

皆古詩中的一節韻未轉而用疊語的。而此體亦是濫觴於毛詩底小雅鹿鳴底我有嘉賓鼓瑟吹笙吹笙鼓簧承筐是將及我有嘉賓鼓瑟鼓琴鼓瑟鼓琴和樂且湛這樣每二句或每四句疊語成篇稱爲聯錦體唐底杜荀鶴底雜體聯錦詩卽此類。

古體雖用仄韻然近體則不然。如上文所述古體是平韻仄韻互用的，爲轉韻的常法近體也間有用仄韻的故明邵夢弼嘗撰集杜律以望嶽詩收於卷首云：「此詩似古詩而體裁實律與後遊龍門奉先寺不可以用側韻類爲古詩。」這體裁雖合於律用仄韻亦不害於近體然高廷禮底唐詩正聲以望嶽及遊龍門奉先寺二詩收於古詩豈

九二

非以二詩用仄韻的緣故又古體許通韻而近體則不然今於此論古體通韻不可不先陳韻學底由來蓋現行韻書分四聲為一百六韻清康熙帝時敕翰林諸臣遵從纂修的佩文韻府試溯韻書之源則隋陸法言等九人所擇的切韻二百六韻宋有劉淵底平水韻略一百七韻明有洪武正韻七十六韻而至康熙帝博參典籍深研音韻遂分平聲為三十韻上聲為二十九韻去聲為三十韻入聲為十七韻這是古今韻書底巨擘近世詩人底金科玉律故劉文蔚底詩韻含英顏懋功底韻府一隅等無不率由佩文韻府。

然古體韻法未必從一百六韻底分類。杜甫底北征通用質、物、月、曷、黠、屑六韻，杜甫底彭衙行，韓愈底謝自然及孟郊底失子通用先、真文元寒刪六韻。邵長蘅底古今韻略把平聲、上聲、去聲各分十部，入聲分五部。即：

平聲十部

（一）東、冬江　（二）支微齊佳灰　（三）魚虞　（四）真文元寒刪先　（五）蕭肴豪　（六）歌麻　（七）陽　（八）庚青蒸　（九）尤　（十）侵覃鹽咸

上聲十部

（一）董腫講　（二）紙尾薺蟹賄　（三）語麌　（四）軫吻阮旱潸銑　（五）篠巧皓　（六）哿馬　（七）養　（八）梗迥　（九）有　（十）寢感琰豏

去聲十部

（一）送宋絳（二）寘未霽泰卦隊（三）御遇（四）震問願翰諫霰（五）嘯效號（六）箇禡（七）漾（八）敬徑（九）宥（十）沁勘豔陷

入聲五部

（一）屋沃覺（二）質物月曷黠屑（三）藥（四）陌錫職（五）緝合葉洽

示作古體詩時通韻的範圍，而唐宋詩人底古體通韻的但韓愈白居易蘇軾等時有出此範圍的。如韓愈底此日足可惜篇，東冬江陽庚青六韻混用，元和聖德詩語麋馬有哿五韻混用，白居易底琵琶行語遇有御麋五韻混用，蘇軾底巫山詩紙尾寘未四韻混用，即是其例。況六朝時代及周、秦、漢、魏之作，其混用固不待言哩。於是宋底鄭庠清底顧炎武江永段玉裁等研究詩經三百篇底韻法，鄭庠分為六部，顧炎武分為十部，江永分十三部，段玉裁分十七部，然古韻之研究固非容易之事。四家底意見各殊亦不是容易軒輊的。

又古體間有一篇中重押同一文字的。這叫做重韻複韻或同字韻。蘇武底詩四首中骨肉緣枝葉詩重押人字，結髮為夫妻詩中重押時字，漢無名氏為焦仲卿妻作歸母由語忘重之女等再三重押，曹植底美女篇重押難字，謝靈運底述祖德詩重押人字任昉底哭范僕射詩押二生字，杜甫底牽牛織女詩押二中字，飲中八仙歌押兩個眠，船天字三個前字，李白底高陽歌再押杯字，廬山謠再押長字，韓愈底李花詩再押花字，雙鳥詩再押頭字，示爽詩再押然字，猛虎行再押為字，此日足可惜篇光、城、鳴、傷、更等字再押均是其例。而至

宋忌同字韻蘇軾底送江公著知吉州底詩「忽憶釣臺歸洗耳」次云：「亦念人生行樂耳。」而自注云：「二耳義不同，故得重用。」這是說意義不同，雖是同字也可重用的。滄浪詩話倘以此爲不可。可知宋代忌同字韻甚嚴了。

第十四章 樂府上

詩與音樂　樂府底由來　樂府底種類　樂器　金　石　絲　竹　匏　土　革　木

所謂樂府，就是歌章是樂歌，即以聽官為目的的聲文的詩，而不是以視官為主的形文的詩。荀勖云：『詩者古之歌章。』朱熹云：『詩者，樂之章也。』《詩經》三百篇可說是樂府的詩，故樂府必諧鐘鼓管絃之音，或用之於房中，或用於朝廷宴饗，或用於郊廟祭祀，然鐘鼓管絃本無意義無精神無血脈，僅由詩為節奏故鐘鼓管絃是音樂之體，實詩之影。而詩有鐘鼓管絃底意義的實是音樂底精神血脈。故音樂感人之耳動人之心，雖是由於抑揚、高下、疾徐緩急底技巧，然亦決不可蔑視內容之力。故劉勰嘗論樂府云：『詩為樂心，聲為樂體；樂體在聲，瞽師務調其器；樂心在詩，君子宜正其文。』這話是很得其宜的。試察詩歌音樂底起源，凡人性情每感物觸事，或為歎聲或為哀聲其聲即為詩歌底形，亦即為音樂之體。故情是詩歌之母詩歌是音樂之母同時肉聲是音樂之本金、石、絲、竹、匏、土、革、木八音是肉聲底補翼。朱熹亦嘗論詩樂本末云：『詩之作本言志而已。方其詩也，未有歌也；及其歌也，未有樂也。以聲依永以律和聲則樂乃為詩而作，非詩為樂而作也。詩出乎志者也樂出乎詩者也。詩者其本，而樂者其末也。』即令後世音樂不假肉聲不主詩歌，專以樂器之聲為主而盡抑揚高下之妙，然音樂底歷史決不許詩歌置之

度外的。

樂府本是官府名，是掌音樂的處所。漢書張放傳有『白晝入樂府』的話，霍光傳有『昌邑王大行在前殿發樂府樂器』的話卽是而樂府底設立顏師古說是起於漢武帝之時，然惠帝之時命夏侯寬為樂府令則樂府之名已從惠帝時就被用了。及武帝定郊祀之禮及大鱉革樂府官制增入員擴張職掌不唯習舊聲且博採四方風謠又更起新聲顧高祖之時唐山夫人曾作房中歌十六章而戚夫人亦善鼓瑟擊筑，歌出塞入塞望歸之曲則樂府之雖起於惠帝之時然樂府之實已發生了然房中歌本是為投高祖底嗜好而作的楚聲文帝景帝之間禮官所習的也許是楚聲吧然武帝時樂府所採風謠北從趙代西及於秦則楚調吳聲秦曲趙唱皆與於一時。況使司馬相如等數十八新作詩賦使李延年按律呂以合八音之調的郊祀歌十九章，當時童男童女七十八俱習共歌互相唱和其歌底與盛可想而知哩又況漢之短簫鐃歌二十二曲，魏晉以後歷代作家所取以為模範也許短簫鐃歌二十二曲亦如以下數十八之筆所作的新聲吧？故在官府樂府之名雖起於惠帝之世，然樂府所採的詩名為樂府的實是武帝以後的事哩這是樂府底名義底一變。後漢書馬廖傳云：『哀帝去樂府』，不是廢官府底樂府而是指罷在樂府所習的鄭衞之音。

在詩歌中合金石絲竹匏土革木八音的稱為樂府，雖是武帝以前的詩歌，合於鐘、鼓、管、絃的多。如大風歌高祖嘗使沛中童兒百二十人共習而相歌，惠帝時以沛宮為原廟，歌兒百二十人為定員使相鼓吹唱

和，即是其事實底顯著者。況唐山夫人所作的房中歌十六章，惠帝即位二年命樂府令夏侯寬備簫管更名曰安世樂，這可以說是漢初的樂府。又況溯至周代，詩經三百篇皆是能和聲律合八音用於郊廟，施行於鄉黨也可以說是周代底樂府哩！

樂有武樂與文樂，猶舞有武舞與文舞一樣，樂府也不但有屬於武樂與屬於文樂二種，且有團體的合奏與個人的獨奏二類。所謂武樂是干戚之舞用於軍中的，如漢底短簫鐃歌二十二曲卽是。所謂文樂是羽籥之舞用於燕饗祭祀的，毛詩底二雅三頌及漢底郊祀歌十九章之類是團體的合奏是金聲玉振集大成的。羽籥之舞用於個人的獨奏是一人用一器而單獨地歌奏的鐘鐃磬主用於軍中施於武樂，筑缶琵琶多用於個人的獨奏故樂府有以樂器而命名的，如鐃歌鞞歌琴曲瑟曲箏曲箜篌曲琵琶曲等是。有以聲律而命名的，如宮調、商調、徵調、羽調、清調、平調、側調等是。

試就樂器而言，樂器底材料有金、石、匏、土、絲、竹、革、木，這稱為八音，就中金有錞鐲鐃鐸，這稱為四金，與六鼓相待，所以節聲樂和軍旅。正田役以錞和鼓以鐲節鼓以鐃止鼓以鐸通鼓。宋陳暘底樂書云：「六鼓之有四金猶六律之有六呂未有能偏廢者也錞之聲淳鐲之聲濁鐃之聲高鐸之聲明。」很能把四金底特色辨明了石有特磬編磬絲有琴瑟琵琶箜篌箏筑竹有笛簫篪笳角匏有笙竽土有壎缶甌革有雷鼓靈鼓路鼓晉鼓鼖鼓鼛鼓稱為六鼓雷鼓靈鼓路鼓用於天地宗廟底祭祀晉鼓鼖鼓用於軍事鼛鼓用於役事木有柷敔應雅及拍板。以上三十餘種中或

用於文、武兩方面，或用於個人、團體二途，中有用於文事而不用於武事的，如琴瑟笙竽之類又有用於團體的而不用於個人的，如金石革木之類。

金為樂之首故孟子云：「金聲也者始條理也。」金有鐘鐲鐃鐸，以聲之清濁而命名，有鏞鎛劓棧，以形之大小而命名，總稱為鐘鐲之實貴重的用銅，下的用鐵鐘之聲大的可聞十里亦及里餘。昔者黃帝始鑄十二鐘和五音，唐、虞、三代之世盛行造鐘，故鐘之名，數見於詩書。其形式有大小大的曰鏞小的曰劓曰棧。爾雅云：「大鐘謂之鏞，其中謂之劓，小者謂之棧。」只是鏞或以為大鐘，或以為小鐘。韋昭底國語注及杜預底左傳注皆以鏞為大鐘。孫炎及郭璞均云：「鏞亦名為鏞」周之時大鐘謂之鏞，小鐘謂之鏞。」然鄭玄云：「鏞如鐘而大」陳暘底樂書云：「虞夏之時，小鐘謂之鏞，大鐘謂之鏞；周之時，大鐘謂之鏞，小鐘謂之鏞」只是鏞為大鐘要之鏞是鐘底最大的，鏞次之鏞鐃鐸之用而言鏞一曰鐸于，由聲之淳而命名的，主要用於軍旅。

云：「戰以鐸于，儆其民也。」又云：「吳王親鳴鐘鼓丁寧鐸于振鐸」可知是以鐸和軍旅的鐲亦用於軍中說文云：「鐲鉦也鐃也」鐲鐃也許同一種類吧！然鐲似小鐘鐃似鈴形狀未必相同且所以稱為鐲的由於聲之濁則與鐃之聲高明大不相同。鐃是鉦其形似鈴而有柄秉着而鳴其聲鐃故名為鐃，這亦是用於軍中的漢以後稱軍中的樂府曰鐃歌鐸是金口木舌的大鈴。所以稱為鐸的，劉熙釋名云：「鐸度也號令之限度也」蓋得其旨意了想像鐸、鐲鐃鐸是臨陣對敵之際為欲使衆人底耳目一致坐作進退有定方而用的迨干戈已戢而後歌詠武之成功其形

復取了錞鐲鐃鐸而以之施於音樂猶如武舞操干戚一樣。

、、、、，

石雖不是樂之主然書經底益稷謨云：「予擊石拊石百獸率舞」詩經商頌云：「旣和且平依我磬聲」可知磬之功用之大了。故書經禹貢磬之名產地舉徐州之泗濱與梁州亦可知磬之需用之多了。顧石之音屬於角是諧和最難的。劉熙釋名云：「磬、磬也其聲磬磬然堅緻也」樂記云：「君子聽磬聲則思死封疆之臣」皆是說磬聲底剛介而諧和最難的。然孟子云：「玉振也者，終條理也」於集大成之上說明磬聲底必要的磬有二種即特磬編磬所謂特磬是特懸大磬一個這又叫做笙磬是應笙的磬編磬是以小磬十六個上下兩段竝懸的這叫做頌磬或歌磬，就是應歌的磬。

絲是八音中的君主，琴、瑟是絲中的君主。蓋金石革木皆有一定的聲金發羽聲，石發角聲，革木亦有特聲而無清濁之變然絲底聲五音兼善其變無窮。故琴曲有宮調、商調、徵調羽調嵇康琴賦云：「及其初調則角羽俱起宮徵相證。」故鐘磬笙鼓底單調必與他種樂器相須而大成但琴瑟以五音兼備，不唯與他種樂器相調和，而且能單獨完成。琴調有五十七曲瑟調有四十一曲亦是由於琴瑟底曲調變化自在而已。這是八音中所以絲最多用於樂府的原由故琴瑟爲諸樂器底臣妾這種琴、瑟之用，不唯在清廟鄉飲酒禮鄉射禮燕禮大射儀而君子亦可常御於身側，不離身邊。舜底南風之歌即是琴歌，漢高祖底大風歌，楚項羽底垓下歌亦是琴曲況毛詩二雅、三頌其爲琴曲不待論。可知琴、瑟不但用於團體的合奏，而且可用於個人的獨奏的。班固底白虎通解琴云：

「琴者禁也所以禁止淫邪，正人心也」又解瑟云：「瑟者嗇也閉也所以懲忿也」，把琴、瑟之聲淒切而有廉劌裁割之義道破了。

琴有大中小瑟亦有大、小。爾雅云：『大瑟謂之灑，大琴謂之離』禮記明堂位云：『大琴、大瑟、中琴、小瑟四代之樂器也』即是而琴與瑟底區別諸家紛紛不一定予是依據於絃數底多少與形式底大小長短而判別的。晉郭璞云：『大瑟大琴皆二十七絃』固不可。宋陳暘云：『大琴二十絃中琴十絃小琴五絃大瑟五十絃小瑟五絃』亦為不可。況明朱載堉云『琴瑟度數雖有大、小而其絃數則無增減是故大琴、小琴皆止七絃大瑟、小瑟皆止二十五絃』是有一絃三絃五絃二十七絃四十五絃五十絃種類極其繁多若依絃之多少以區別琴瑟予則以多絃為琴少絃為琴瑟以二十絃為最多以一絃為最少瑟以五十絃為最多五絃為最少若依形之大長短以區別琴、瑟則以八尺一寸六分為瑟之常度三尺六寸六分為琴之常度因為應劭底風俗通云：『必犧作瑟，八尺一寸四十五絃』爾雅注云：『瑟長八尺一寸廣一尺八寸二十七絃』爾雅疏云：『瑟長八尺一寸二十三絃其常用者十九絃其餘四絃謂之番番赢也』郭云二十七絃未見所出』可知瑟以十九絃為常用，四絃已非瑟正式的了。且八尺一寸為瑟之常度但間有七尺二寸的特至應劭之時已變為五尺五寸。這是大瑟、小瑟之名所由起又班固白虎通云：『琴長三尺六寸六分五絃』宋書樂志云：『大琴曰離，二十絃今無其器；琴長三尺六寸六分五絃者常用之琴也』廣雅云『琴長三尺六寸六分五絃』則可知琴以五絃為常用以二十絃為大琴了且長三尺六寸六分是象三百六十六日為琴之常度然桓譚底新論

琵琶是北方民族個人的獨奏的樂品或鼓於馬上或彈於舟中或奏於樓上。後世的樂譜有琵琶曲所以稱之為琵琶的。劉熙底釋名云：「推手前曰批引手卻曰把象其鼓時因以為名。」則琵琶也許本作批把哩而其創作是在前漢之世應劭底風俗通云：「琵琶者近世樂家所作以手把批哩因以為名；長三尺五寸法天地人與五行，四絃象四時」可知其製作創始於漢代了。且琵琶之名是當漢武帝時明妃嫁單于途中馬上奏琵琶以喧傳于天下後世又唐玄宗好新聲使楊貴妃奏琵琶於梨園使諸王貴嬪為琵琶弟子故愈加傳播天下。歐陽修及王安石底明妃曲敍明妃斷腸之淚能傳於琵琶的哀絃，白居易底琵琶行述琵琶底絃聲能把愁人心中無限的事說盡。其他晉阮咸宋范曄齊褚淵唐王維等皆以善琵琶有名。

箜篌作於周代，是鄭衞底樂品本是依琴制為七絃然至唐其形似瑟，用木撥去彈。如張箕探手摘絃出聲」可知其形狀因時代而異了。且所以稱為箜篌的或曰取其空中名之，故號空國之侯。劉熙底釋名云：「箜篌此師延所作靡靡之樂也後出於桑間濮上之地蓋空國之侯所存也」；應劭風俗通云：「空侯又曰坎侯，孝武皇帝始用樂人侯調依琴作坎坎之樂，言其坎坎應節奏也；侯以姓冠章耳或說空侯取其空中琴瑟皆空何獨坎侯耶？」可知箜篌底稱呼古來諸說紛無一定哩！而漢之樂府有箜篌引，魏之曹植唐之

王昌齡等皆作箜篌引。

箏是秦底樂器或傳為蒙恬所造。果然與否雖不得而知然李斯底諫逐客書云：『彈箏搏髀而歌呼嗚嗚者，真秦之聲也』箏是秦底樂器無疑故秦羅敷陌上桑是箏曲其形式說文云：『箏五絃筑身也』風俗通『箏五絃筑身也今并涼二州箏形如瑟不知誰改也』又傅子云：『箏者上圓象天，下平象地，中空准六合，絃柱十二擬十二月。』阮瑀底箏賦云『箏長六尺以應律數絃有十二象四時高三寸象三才』可知箏形或似筑，或似瑟絃有五絃的與十二絃的二種。

筑似箏而細頸圓肩有十三絃以竹鼓之，荊軻底易水之歌，高漸離和之以筑，漢高祖底大風歌，帝自擊筑而歌，即此種東西。

八音中與樂府關係最多的為絲，次於絲的為竹。故樂府有鼓吹曲相和曲，皆是以絲竹為中心的。竹有笛簫篪箛角等笛應卲底風俗通云：『笛，武帝時仲丘之所作也笛者滌也所以蕩滌邪穢納之於雍正也長二尺四寸七孔』然則笛是創始於漢世了然周禮春官云：『笙師掌教䉛』劉熙釋名云：『䉛滌也其聲滌滌然也』也許是漢以前作䉛字而漢以後改為笛字的吧且笛為七孔長二尺七寸為漢制後世未必如是。陳暘底樂書說明長笛與短笛之別云：『魏明帝時令和承受笛聲以作律，歌聲濁者用長笛律，歌聲清者用短笛短律』又云：『長笛四尺二寸今樂府所用短笛長尺有咫此笛長短之辨也』可知笛底長短，古今無一定了。且籤也未必七孔或有六孔的或

第十四章　樂府上

一〇三

有五孔的。唐順之底荊川稗編說明古笛與今笛之別云：「古笛第一孔為宮，第二孔變宮，第三孔羽，第四孔徵，第五孔變徵，此自上而下也；今笛第一孔商，第二孔角，第三孔清角變徵，第四孔徵，第五孔羽，第六孔變宮，此自下而上也」。可見笛之孔很能發洩五音了。而其制法在續文獻通考云：「笛式以竹為之長一尺六寸圍二寸二分上開一大竅名曰吹竅，竅徑三分半吹竅至第一孔，離三寸二分餘孔皆離五分下有穿繩對開二小眼第六孔至穿繩眼離一寸二分」這是短笛底制法。而長笛大概準此。

簫是編竹管而作的管有長短其管之長短參差之狀象鳳翼其音肅肅而清亮象鳳鳴。爾雅云：「大簫謂之言，小者謂之筊。」大簫是二十三管長一尺四寸小簫十六管長一尺二寸管長的聲濁短的聲清樂府軍樂有短簫鐃歌蓋是用小簫的。又用於祭禋樂的簫，特別有二十一管後世或用十三管的或用十七管的漢之安世樂就是簫曲之樂，漢書底禮樂志云：「房中祀樂，高祖唐山夫人所作也」孝惠二年使樂府令夏侯寬備其簫管更名曰安世樂」即此又水經注云：「秦繆公時有簫史者善吹簫能致白鵠，孔雀，穆公女弄玉好之公為作鳳臺以居之」故樂府有簫史曲就是敘此事實的。而齊之張融陳之江總等皆作這種的曲。李白底鳳臺曲亦然。而簫之創造者或云是舜所作或云伏羲所作雖不容易定真偽然尚書云：「簫韶九成鳳凰來儀」舜之樂以簫為主是無疑的了。鄭玄底周禮經籥似笛而短小，有三孔。郭璞底爾雅注云：「簫如笛三孔而短小」可知笛與簫同類而有長、短、大、小之差詩經邶風毛傳云：「籥六孔」又廣雅云：「籥七孔」皆謬因為既是六孔或七孔則與笛無區別之所了。

師及禮記明堂位注云：『籥如笛三孔，』應劭底風俗通云：『籥，樂器竹管三孔，所以和衆聲也。』許是郭璞注之所由出也吧詩經邶風簡兮『左手執籥右手秉翟』則籥已行於周代。然王安石嘗云：『籥三孔律呂於是乎生而其器不行於世久矣』則籥是宋以前已久不流行了。

籟是橫笛之一種，詩經小雅有『伯氏吹壎仲氏吹籟』的話。世本云：『暴辛公作壎，蘇成公作籟，』即是然。周底古史考云：『古有塤籟，尚矣，周幽王時暴辛公善塤，蘇成公善籟，記者因以爲誤矣；』然則籟傳來已久矣這所以名爲籟的釋名云：『籟嘀也聲從孔出，如嬰兒啼聲也。』其制法說文云：『竹爲之長尺四寸有八孔』可知古來形式有大小而不一定了。

笳本是用於北方民族的樂器。魏杜摯底笳賦序云：『籟十孔長尺二寸』但不容易置信然當秋風一至嚴霜已降草木殘落滿目蕭條之際覊旅之士對月而開笳聲則秋思之情轉切況樓蘭征戍之兒於崑崙出頭月斜之時聞胡人向月而吹胡笳其興感當何如此漢之蔡琰所以作胡笳十八拍而唐之詩人所以好歌胡笳曲呀胡笳後世雖有用於鹵簿的而原來卻是用於軍中的其制法似角而無孔且笳是以竹作的然亦有胡兒牧童等卷蘆葉而造的，這就名爲蘆笳。

角一曰觱篥又作畢篥，或悲栗。本是應胡笳之聲而作，能發角音故名爲角其稱爲觱篥畢篥悲栗亦是以其聲悲栗之故。其製法概以竹爲管或以木或以革。這亦是用於鹵簿及軍中的樂府有胡角曲十曲又橫吹曲十五曲是

以角為主的。

匏之屬有笙與竽。顧笙、竽本為竹屬，以竹管列於匏內，特稱為匏以與竹區別，然文獻通考云：「今之笙、竽以木代匏而漆，殊愈於匏，荊、梁之南尚仍古制」則匏在宋世已僅有名而無實了。元之熊朋來底八音缺匏說云：「自隋以降笙工以木代匏，遂缺八音之一」匏音之廢絕，是隋以後的事吧。又因匏內管端有簧，故又名簧。簧就是管中的薄金葉為人之氣息所鼓而出聲的。詩經王風云：「君子陽陽左執簧」就是執笙竽之類的笙竽以外非有別器故毛傳云：「簧，笙也。」朱註：「笙、竽皆謂之簧。」隋書音樂志云：「笙有大、小，大的曰巢，小的曰和。巢十九簧而和為十三簧，竽亦有大、小。大的有三十六簧，小的有十六簧。」詩經小雅云：「我有嘉賓，鼓瑟吹笙，吹笙鼓簧」韓非子解老篇云：「竽也者五聲之長者也，故竽先則鐘瑟皆隨，竽唱則諸樂皆和；」可知笙竽在音樂上的位置不甚輕了。

所創造與否殊不容易置信哩。然詩經小雅云：「伯氏吹壎仲氏吹篪」大雅云：「天之牖民如壎如篪」即是。郭璞底爾雅注云：「壎燒土為之，大如鵝子銳上平底形如秤錘六孔小者如雞子」則壎亦有大、小。大的如鵝卵，小的如雞子。風俗通底所謂圍五寸半長三寸是小壎，而大壎蓋圍七寸半長三寸半。朱載堉底律呂精義曾論及過壎底制式，王圻底續文獻通考說明云：「形如秤錘，銳下平中虛高三寸四分圍七寸五分厚四分上簽徑四分前三孔後二孔皆一分半。」至其聲音釋名云：「壎之為

土有壎缶甌。壎就是燒土而作成的大如雞卵，有六孔外圍五寸半長三寸半與篪相應和，詩經底小雅云：

言喧也謂聲濁喧喧然，」蓋與周語單穆公云：「瓦尙宮」相合。

缶是瓦器西方民族的樂器。史記藺相如傳敍相如進曰：「竊聞秦王善爲秦聲請奏缶以相樂，秦王爲一擊缶，相如顧召御史書曰『秦王爲趙王擊缶』」又李斯諫逐客書云：「擊甕扣缶彈箏搏髀」蓋缶本是西戎底樂器，秦已占領西戎之地後盛流行於秦然詩經底陳風云：「坎其擊缶宛丘之道」郭璞爾雅注云「盎，盆也。」故丹鉛總錄云「缶本盆而歌的故事莊周底盆也許是缶之類。毛傳云：「盎謂之缶」郭璞爾雅注云「盎，盆也。」故丹鉛總錄云「缶本中國之樂外國竊而用之耳」未可遽信而缶底形式中虛善容外圓善應以外就不復知了。

甌是行於唐世的樂器唐段安節底樂府雜錄記着武宗朝有郭道源其人以越甌及邢甌十二個盛水以筯擊之的事實這也許是古代擊甕扣缶的遺習吧然擊甌未必始於武宗之朝詩經陳風宛丘底正義云：「缶是樂器可以節樂，若今擊甌」則擊甌從唐初以來已流行了。

革是鼓底稱呼鼓有大、小日皐曰賁一作鼖、一作鼛又曰鼛、曰應、曰朔曰棟是小鼓。中鼓是八面的鼓鼖鼓是六面的鼓路鼓是四面的鼓鼛鼓鼖鼓晉鼓皆是二面之鼓而鼛鼓長一丈二尺鼖鼓八尺晉鼓六尺六寸皆是與四金相應和以節聲樂和軍旅正田役的。

木有柷、敔一作圉又作圄。書經底益稷云：「合止柷敔」詩經底周頌云：「鞉磬柷圉」禮記月令云：「仲夏之月，命樂師飭鐘磬柷敔」周禮春官云：「小師掌教鼓鼗柷敔」則柷敔從唐虞三代以來已被用的。柷是顏師古

漢書律曆志注所謂「柷與敔同敔始也樂將作，先鼓之故謂之柷，」敔是劉熙釋名所謂「敔、衙也衙止也所以止樂也，」很能把柷、敔底名義與二物在音的特色辨明了。

第十五章 樂府下

樂府底四品　樂府底作者　名實不相合　短簫鐃歌與鞞舞歌　內容底類別　琴曲瑟曲相和曲橫吹曲　命題意義

樂府有屬於武樂的與屬於文樂的二種前章已說過了東漢明帝嘗分樂為四品一曰大予樂二曰雅頌樂三曰黃門鼓吹樂四曰短簫鐃歌樂所謂大予樂是於郊廟之祭時用的雅頌樂是辟雍之享射用的黃門鼓吹樂是天子宴羣臣時用的三者皆文樂而短簫鐃歌樂是在軍中用的是武樂鄭樵底通志論樂云：『古之達禮有三一曰燕，二曰享三曰祀。』大予樂即祀禮之樂雅頌樂即享禮之樂黃門鼓吹樂是燕禮之樂漢世不獨有燕享祭祀的樂府，且有詩經三百篇用於燕享祭祀之時的周代樂府且國之大事在戎與祀而祀已有郊廟之樂對於戎亦有軍中之樂，這是短簫鐃歌樂之所由起短簫鐃歌概是敍戰陣之事的然其目的不必一致。或是為鼓舞軍中士氣的或是戰勝而奏凱歌於社之時所用的，或是為誇視創業之難撥亂之功於天下後世的或是由於居治而不忘亂而作的故三達禮的燕享祭祀底樂府是練辭鍛字極其幽深古雅而鐃歌卻陳事述情極其崢嶸峭拔的但鐃歌底字句難解，意義難釋文字脫誤多且燕享祭祀之樂主用實字而鐃歌則用虛字的處所多而燕享祭祀底樂府雖未必是漢以

後歷代人主底急務然至鐃歌則每當革命必使詩人改作的多。

就漢以後樂府底作者而論特舉其能代表一世的，則漢武帝之世成練時日帝臨、青陽、朱明、西顥、元冥、惟泰元、日出入、天地、天馬、天門、景星、齊房、后皇、華曄曄、五神、朝隴、衆載、瑜、赤蛟十九章的，是司馬相如等底筆，這是郊廟祭祀的樂章，當時使童男童女七十人共習之而相歌的就中練時日、天馬、華曄曄、五神、衆載、瑜、赤蛟六章是三言，而日出入、天門、景星三章是雜言，其他十章皆四言語句雖極古奧而旨趣可掬只是雜言之作有難懂的處所，恐怕有脫誤吧！後來朱鷺、思悲翁、艾如張、上之回、翁離、戰城南、巫山高、上陵、將進酒、君馬黃、芳樹、有所思、雉子斑、聖人出、上邪、臨高臺、遠如期、石流十八曲出爲何人所作不得而確定了後世以此稱爲漢鐃歌十八曲爲魏晉以後的短簫鐃歌底模範。其他有務成玄、雲黃爵、釣竿四篇亦作於漢世合併十八曲稱爲二十二曲皆是敘戰陣之事字句多訛誤意義有難解的。蓋樂人概屬無學不通訓詁唯以音聲相傳受之際不但文字生訛誤而且錄古代樂歌的其辭用大字寫而示其聲以細字爲注後人不察合寫其辭與聲所以發生多少的訛誤又漢有韓舞歌五曲雖可用於燕享然韓本是軍中馬上用的鼓韓舞歌也許是武樂而爲巴渝舞之歌。

至魏而繆襲改作漢鐃歌中的十二曲以稱述魏主功德當時吳亦使韋昭作十二曲。又魏之王粲依漢韓舞歌以作兒舞歌四首至晉而鐃歌韓歌之樂府作於傅玄之手而郊廟祭祀之樂府成於傅玄、荀勗、張華三人之筆，宋之樂府雖成於顏延之、謝莊、王韶之之手然多半是仍晉之舊齊之樂府成於謝超宗、王儉、謝朓、江淹、褚淵之手的多，

亦僅是刪定宋顏謝之作罷了。梁之樂府成於沈約及蕭子雲之筆的多就中沈約底雅樂歌十一首及鏡歌十二曲，永爲後人底儀型其他在梁作家亦多武帝簡文帝庾肩吾吳均劉孝綽劉孝威等皆以個人的資格作樂府至陳而後主徐陵張正見江總等亦是以個人資格作的但燕享祭祀底樂府因襲梁之樂章的多至隋而煬帝及盧思道等亦是個人的地作樂府但郊廟底樂府是牛弘等奉詔作的。

在唐樂府的作者多于志寧劉晏鄭慶餘李義府等之作，概是依樣畫葫蘆的，然初唐作家是擬梅花落關山月等古題的，以五律作成的多這是樂府底一變到了盛唐杜甫底新婚別、無家別、潼關吏、石壕吏、李白底遠別離蜀道難等出別爲風格這是樂府底二變特別是李白底樂府仍舊題而加新意杜甫因時事而立新題不肯蹈前人底陳迹這是唐庚所以稱杜甫爲眞豪傑哩到了中唐白居易元稹張籍王建爲新樂府古意已自成一體這是樂府底三變然是等樂府皆非聲文的詩而爲形文的詩雖有樂府之名而無樂府之實而李白王昌齡底芙蓉樓送辛漸、(一)參李益王之渙等底七言絕句往往謠於梨園弟子之口上旗亭商女所豔稱質言之卽唐之樂府與其說是傳於宮庭的燕王維底送元二使安西之作(二)在樂府方面最爲旗亭商女所豔稱質言之卽唐之樂府與其說是傳於宮庭的燕享祭祀的樂府寧說是平民的絕句非過言哩宜乎沈德潛嘗云：「古樂府聲律唐人已失試看李太白所擬篇幅之短長音節之高下無一與古人合者」

至宋而十二安樂章是竇儼陶穀呂夷簡王隨宋綬等先後相繼創作的。又上帝平河之表淮海清沅之上、皇城

暢、蜀上遂時霑雨望鍾山大哉仁謳歌歸伐功繼帝臨墉維四葉炎精復底鐃歌十四篇是寧宗時姜夔所作的。其他有真宗自製的昭應景靈玉皇配獻等篇然姜夔底鐃歌有矯誣之誹同時真宗所作也有荒唐之誹且在宋詩餘發達猶如在唐絕句隆盛一樣宋底樂府在事實上可說只是詩餘而已。金元在百年間樂府當推蔡伯堅與吳彥高為巨擘。世稱吳蔡體的即是至明在郊廟底樂府有中和肅和凝和壽和豫和寧和雍和安和時和諸篇皆洪武帝所撰。又鐃歌十二曲是洪武中宋濂所作太祖嘗命儒臣撰樂章時諭儒臣云：『古人詩歌樂曲皆寓諷諫之意後世唯聞頌美無復古意矣。不知聞諷諫則惕然而警聞頌美則意怠而驕』可知後世樂府有頌美而無規諷了。章是燕享的樂府，陶凱等所進太祖嘗命儒臣撰樂章時諭儒臣云本太初仰大明民初生品物亨御六龍泰階平君德成聖道成樂清寧九

且漢世始立樂府以區別形文的徒詩與聲文的樂府然至宋齊以後的樂府未必盡合奏於管弦唯擬其辭襲其名實與徒詩無異的多試就樂府命題而言或名目同而內容異或內容同而名目異例如飲馬長城窟行子夜歌諸篇古來作者雖多然形式底長短既不同曲調亦不相同故漢蔡邕底飲馬長城窟行（三）通篇五言二十句，魏陳琳底飲馬長城窟行（四）通篇二十八句五言七言交錯使用而隋煬帝底飲馬長城窟行（五）是五言三十句。又子夜歌是晉女子子夜所作而烏夜啼則宋臨川王義慶所作原作二者俱是五言四句，而至後世或為五言六句或為五言八句，或為七言八句如漢之鐃歌二十二曲中朱鷺雉子斑皆取篇首之字為標題內容是頌揚開王業以成太平的功德的。而後世徒形容二禽之美而題為朱鷺雉子斑的更不必說了。宋唐庚嘗論樂府命題云：『齊梁

以來，文士喜爲樂府辭，然沿襲之久往往失其命題本意。烏將八九子但詠烏雒朝飛但詠雒，鳴高樹巔但詠雒，大抵類此。而甚有併其題失之者，如相府蓮訛爲想夫憐，楊婆兒訛爲楊叛兒之類是也」又云：「古樂府命題，皆有主意，後之人用樂府爲題者直當代其人而措辭，如公無渡河須作妻止其夫之辭，太白輩或失之。」可知樂府底名題雖相同，內容卻全相異哩只是短簫鐃歌及鞞舞歌漢以後魏吳晉梁等名目各殊，而內容殆是相同的。

漢二十二曲	魏十二曲	吳十二曲	晉二十二曲	梁十二曲	北齊二十曲	周十五曲
朱鷺	楚之平	炎精缺	靈之祥	木紀謝	水德謝	元精季
思悲翁	戰滎陽	漢之季	宣受命	賢首山	出山東	征隴西
艾如張	獲呂布	據武帝	征遼東	桐柏山	戰韓陵	迎魏帝
上之回	克官渡	烏林	宣輔政	道亡	砎關隴	平寶泰
雍離	舊邦	秋風	時運多難	忱威	滅山胡	復恆農
戰城南	定武功	克皖城	景龍飛	漢東流	立武定	克沙苑
巫山高	屠柳城	關背德	平玉衡	鶴樓峻	戰芒山	戰河陰
將進酒	平關中	章洪德	因時運	石首局	戰侯景	取巴蜀
君馬黃		金靈運			定汝穎	哲皇山

上陵	平南荊	通荊州	文皇統百揆	昏主恣淫慝	禽蕭明	平漢東
有所思	應帝期	順歷數	惟庸蜀		嗣丕基	拔江陵
雉子班			於穆我皇	期運集	聖道洽	平東夏
聖人出			仲春振旅		受魏禪	禽明徹
芳樹	邕熙	承天命	天序	於穆	克淮南	受魏禪
上邪	太和	元和	大晉承運期	惟大梁	平翰海	宣重光
臨高臺			夏苗田		服江南	
遠如期			順天道		刑罰中	
石流			唐堯		遠夷至	
務成			仲秋獮田		嘉瑞臻	
玄雲			元雲		成禮樂	
黃爵			伯益			
釣竿			釣竿			

這樣，短簫鐃歌底題名，歷代各殊而內容皆是擬漢二十二曲，敍創業之際平亂克暴的武功的。又如<u>鞞舞歌五</u>

曲在漢傅毅、張衡始創作，魏之王粲、晉之傅玄等亦各有所作。

漢

關中有賢女

魏

明明魏皇帝
太和有聖帝
魏歷長
天生蒸民
爲君旣不易
明君篇

晉

洪業篇
天命篇
景皇篇
大晉篇

章和
樂久長
門方皇
殿前生桂樹

思二十五曲宮苑十九曲都邑三十四曲時景二十五曲人生四曲神仙二十三曲山水二十三曲草木二十一曲車馬六曲鳥獸二十一曲

倘樂府依內容而類別的話則可分為征戍十五曲遊俠二十一曲行樂十八曲佳麗四十七曲別離十九曲怨

這樣鞞舞歌元來無一定的題名只是以篇首的文字命名而已。

征戍十五曲是敍萬里遠征的將士底情態的，如：戎行曲、遠征人、南征曲、老將行、將軍行、霍將軍行、司馬將軍歌、長城築城古築城曲、塞上曲、塞下曲、古塞曲、邊思、梭獵曲是遊俠二十一曲是敍視死如歸的遊俠底態度的，如：遊俠篇、俠客行、博陵王宮俠曲、臨江王節士歌、少年子、少年行、刺少年、邯鄲少年行、長安少年行、羽林郎、輕薄篇、劍客、結客

結客少年場、沐浴子、結襪子、結援子、壯士吟、公子行、燉煌子、扶風豪士歌是。行樂十八曲，是寫士女遊宴攜手而相悅媚之風的，如：遊子移、遊子吟、嘉遊、王孫遊、棗下何纂纂、攜手曲、樂未央、永明樂、今樂歌、吾生作宴樂、今日樂相樂、苦樂相倚曲、合歡詩、定情篇、還臺樂、河曲遊、行幸甘泉宮、宮中行樂是。佳麗四十七曲，是頌美女子底才慧貞節的，如：美女篇、美人、織女辭、錦石擣流黃、丹陽孟珠歌、錢塘蘇小小歌、孫綽情人碧玉歌、中山王孺子妾歌、吳王夫差女子玉歌、董嬌嬈、烏孫公主、情人桃葉歌、李夫人、楚妃吟、楚妃歎、楚明妃曲、林秋娘、女秋蘭、木蘭辭、昭君歎、劉勳妻、焦仲卿妻、杞梁妻歌、湘夫人、湘君、未央才人歌、愛妾換馬、胡姬年十五、黃門倡、舞媚娘、五媚娘、妾薄命、妾安所居、皚如山上雪、燕美人、映水曲、蠶絲歌、貞女、孀婦吟、麗人行、上陽白髮人、繚綾、時世粧、王家少婦、委舊命、秦女卷衣、靜女辭是。別離十九曲，是敍母子夫妻及朋友間遠別離的情思的，如：生別離、離歌、長別離、河梁別、春別曲、自君之出矣、送歸曲、思歸篇、送遠曲、母別子、寄衣曲、迎客曲、送客曲、遠別離、久別離、古離別、怨別、離怨、井底引銀瓶是。怨思二十五曲，是述從男女間的愛情而起的一種怨思的，如：傷歌行、怨辭、青樓怨、春女怨、秋閨怨、閨怨、寒夜怨、征婦怨、綵書怨、鳳樓怨、綠墀怨、四愁、七哀、長相思、憂且吟、獨處愁、思公子、思君去時行、洛陽夫七思詩、湘妃怨、娼樓怨、西宮秋怨、西宮春怨、遺所思、獨不見是。宮苑十九曲，是形容宮殿樓閣苑囿之盛的，如：魏宮辭、玉華宮、長信宮、連昌宮、楚宮行、雍臺、凌雲臺、新成長樂宮、登樓曲、青樓曲、建與苑、芳林篇、上林、閶闔篇、駕言出北闕、坐玉堂、內殿賦新詩、西園遊上才、春宮曲是。都邑三十四曲，是描寫都邑底風土人情的，如：名都篇、京兆歌、左馮翊歌、扶風歌、荊州樂、燉煌樂、青陽樂、潯陽樂、壽陽樂、涼州樂、邯鄲歌、長平

行、絳行、西長安行、臨碣石、白銅鞮歌、南郡歌、荊州歌、陳歌、吳歌、鄴都引、蔡歌行、越城曲、越謠、孟門行、燕支行、汾陰行、新昌里、洛陽陌大堤曲、出自薊北門行、江南行、江南思、長干行是時景二十五曲是敍對於四時光景自己所發的感情，如陽春歌、春陽歌、春日行、秋風辭、北風行、苦熱行、秋歌、朝歌、晨風歌、朝來曲、夜夜曲、夜坐吟、遙夜吟、春旦有所思、雲朝雲、霜雷歌、驚雷歌、雩歌、皆臺露、白日歌、明月歌、明月子日出行、日與月是。人生四曲是敍述人生觀的，如：百年歌、人生老年行、老詩是。神仙二十三曲是寫神仙隱逸之情的，如步虛辭、神仙篇、升仙篇升天行、仙人篇遊仙篇、仙八覽六著篇、海漫漫、桃源行、上雲樂、武陵深行、招隱、反招隱、四皓蕭史曲、諸曲、王喬歌、元丹丘歌、紫谿翁歌、漁父歸去來引是山水二十三曲是寫山水登臨之景的，如桐柏山、華陰山、巴東三峽歌、淫豫歌、河中之水歌、曲池之水歌、東海小臨海歌、江上曲、江皋曲、方塘含白水歌、日暮望涇水曲、江登山曲、巫山中流曲、濟黃河、渡易水曲、桂楫泛河中、登名山行、昆明春水滿半路溪、泛水曲、幽潤泉是。草木二十一曲，如：赤白桃李花、秋蘭篇、芙蓉花、採蓮曲、採菱曲、採菊、茱萸篇、蒲生歌、城上麻夾樹夾樹有綠竹、綠竹樹中草冉冉孤生竹、楊花曲、桃花曲、隋堤柳、種葛、江籬生幽渚、浮萍篇、桑條、太史迦葉是。車馬六曲、如車遙遙篇、高軒過、白馬篇、驅車天馬歌、八駿圖是鳥獸二十一曲，如：白虎行、烏棲曲、東飛伯勞歌、擬東飛伯勞、雙燕燕燕于飛澤雉、滄海雀、空城雀、乳空中井、關雞晨雞、高樹鳴鴛鴦、鳴雁行、鴻雁生北塞行、黃鸝飛上苑、飛來雙白鶴、雙翼隻翼鳳凰曲、秦吉了是以上的分類主要據鄭樵通志、但不屬於這分類中的樂府亦不少。且茲所舉樂府底創作時代未必是同一時期的或有作於漢魏之世的或有作於唐代的。而樂府題名之所由起及由

於何人所創作，則詳於唐吳兢底樂府古題要解，劉熙底樂府解題，及宋郭茂倩底樂府詩集底解題，茲從略。

如果樂府依樂器而類別的話，則鐃歌有二十二曲琴曲有五十七曲以外以絲竹爲主的相和曲有三十曲以竹爲主的橫吹曲有十五曲。

琴曲五十七曲爲九引、十二操、三十六雜曲思歸引、走馬引、霹靂引、烈女引、伯妃引行琴引、楚引、貞女引、笙籙引爲九引、將歸操、猗蘭操、龜山操、越裳操、拘幽操、岐山操、履霜操、雉朝飛操、別鶴操、殘形操、水僊操、懷陵操十二操以外還有雙鳳離鸞歸風送遠幽蘭白雪白魚歎廣陵散楚妃歎烏夜啼雙燕離、陽春弄連珠弄婉轉淸等雜曲瑟曲四十一曲是：

一善哉行、二隴西行、三折楊柳行四西門行、五東門行、六東門行、七順東西門行八卻東西門行、九飮馬長城窟行十上留田行十一新成安樂宮十二婦病行十三孤子生行十四放歌行十五大牆上蒿行十六野田黄雀行十七釣竿行十八臨高臺行十九長安城西行二十武舍之中行二十一雁門太守行二十二鹽歌行二十三鹽歌何嘗行二十四鹽歌羅敷行二十五鹽歌福鐘行二十六鹽歌雙鴻行二十七煌煌京洛行二十八帝王所居行二十九門有車馬客行三十牆上難爲趨行三十一日重光行三十二月重輪行、三十三蜀道難行三十四櫂歌行三十五有所思行三十六蒲坂行三十七採藜橘行三十八白楊行三十九何無行、四十青龍行、四十一公無渡河行是。就中以隴西、折楊柳、西門、東門、野田黄雀、鹽歌何嘗、鹽歌羅敷、煌煌京洛歌爲大曲又釣竿臨高臺、有所思三曲爲漢短簫鐃歌曲名，折楊柳一曲爲橫吹曲中的曲名，然其詞卻不相同。鹽歌羅敷行是相和曲中的陌上桑，而公無渡河是相和曲六引中的笙籙引，其調有多少的異同。相和曲三十曲是江歌羅敷行是相和曲中的

第十五章 樂府下

南曲度關山長歌行薤露行蒿里行雞鳴對酒行烏生八九子平陵東陌上桑短歌行燕歌行秋胡行苦寒行董逃行塘上行善哉行東門行西門行煌煌京洛行鹽歌何嘗行步出夏東門行野田黃雀行滿歌行櫂歌行雁門太守行白頭吟氣出唱精列東光是橫吹曲是軍中奏於馬上的，漢世有二十八曲，然魏晉之際僅存十曲名之為胡角曲十曲。卽一黃鵠吟、二隴頭吟、三出關、四入關、五出塞、六入塞、七折楊柳、八黃覃子、九赤之楊、十望行人是後雖發生關山月、洛陽道長安道豪俠行梅花落紫騮馬驄馬雨雪劉生古劍行洛陽公子行十一曲，然亡佚了出關入關出塞入塞黃覃子、赤之楊六曲故橫吹曲為十五曲。

樂府底命題曰歌曰行曰引曰曲曰吟曰辭曰篇又有所謂章唱調詠弄怨歎思愁暢操等名目姜夔底白石道人詩說云：『守法度曰詩載始末曰引體如行書曰行放情曰歌悲如蚩蟆曰吟通乎俚俗曰謠委曲盡情曰曲』魏慶之底詩人玉屑趙與虤底娛書堂詩話吳訥底文章辨體王士禎底帶經堂詩話等皆取之又宋張表臣底珊瑚鉤詩話云：『步驟馳騁斐然成章謂之行品秩先後序而推之謂之引聲音雜比高下長短謂之曲吁嗟慨歎悲憂深思謂之吟』元王構底修辭鑑衡取之。而王士禎底池北偶談載炎輳錄之說云：『歌行引本一曲爾一曲中有此三節，凡始發聲謂之引引者導引也旣引矣其聲稍放故謂之行行者其音節有緩急而文義有終始故不同也』這是從音節上說明的，而比較白石道人底載始末曰引體如行書曰行之說覺着稍優其他曰辭是取立辭之義曰篇曰章是取成篇章之義曰唱是取發

唱之義曰調是取曲調之義曰詠是取永言之義曰弄是取習弄之義曰怨曰歎是取發露哀怨感歎之情之義曰思曰愁是取致幽思憂愁之情之義暢是取其立和暢之辭之義操是取其明操守之義其名目雖各殊，然體制未必相異。

（一）王昌齡芙蓉樓送辛漸詩云：『寒雨連江夜入吳，平明送客楚山孤。洛陽親友如相問，一片冰心在玉壺。』

（二）王維送元二使西安詩云：『渭城朝雨裛輕塵，客舍青青柳色新。勸君更盡一杯酒，西出陽關無故人。』

（三）蔡邕飲馬長城窟詩云：『青青河邊草綿綿思遠道，遠道不可思，夙昔夢見之。夢見在我旁，忽覺在他鄉，他鄉各異縣，輾轉不可見。枯桑知天風海水知天寒，入門各自媚誰肯相為言。客從遠方來遺我雙鯉魚，呼兒烹鯉魚中有尺素書。長跪讀素書，書中竟何如，上有加餐食下有長相憶。』

（四）陳琳飲馬長城窟行：『飲馬長城窟，水寒傷馬骨。往謂長城吏，慎莫稽留太原卒。官作自有程，舉築諧汝聲。男兒寧當格鬥死，何能怫鬱築長城。長城何連連連三千里，邊城多健少內舍多寡婦。作書與內舍便嫁莫留住，善事新姑嫜時時念我故夫子。報書往邊地，君今出語一何鄙，身在禍難中何為稽留他家子。生男慎莫舉生女哺用脯，君獨不見長城下死人骸骨相撑拄。結髮行事君慊慊心意關明知邊地苦，賤妾何能久自全。』

（五）隋煬帝飲馬長城窟行：『蕭蕭秋風起悠悠行萬里，萬里何所行，橫漠築長城，豈台小子智先聖之所營，樹茲萬世策安此億兆生。詎敢憚焦思，高枕於上京，北河秉武節，千里捲戎旌，山川互出沒原野窮超忽。撞金止行陣鳴鼓興士卒，千乘萬騎動飲馬長城窟，秋昏塞外雲霧暗，關山月緣嚴驛馬上乘空烽火發借問長城侯，單于入朝謁濁氣靜天山晨光照高闕，釋兵仍振旅，要荒事方舉，飲至告言旋功歸清廟。』

第十六章 四聲五音

四聲之別　四聲底發明　四聲與梁武帝　韻書與韻學者　五音與四聲　音韻底變遷　詩人底誤用

所謂四聲是說平上去入所謂五音是說宮商角徵羽四聲是齊梁之際周顒、沈約所唱的，宋、齊以前的詩人是依據五音以調聲律諧音韻的。

所謂平聲是說音平而頭音尾韻均無低昂的，上聲是說頭音輕而尾韻高的，去聲是說頭音明而尾韻輕的，入聲是其尾韻完全收藏而頭音短促的，康熙字典載四聲歌訣云：『平聲平道莫低昂，上聲高呼猛烈強去聲分明哀遠道入聲短促急收藏』騷壇八略云：『平聲和而正上聲高而亢去聲舒而長入聲短而促』詞苑叢談引元和韻譜云：『平聲者哀而安上聲者厲而舉去聲者清而遠入聲者直而促。』故以四聲喻四時平聲如春上聲如夏去聲如秋入聲如冬．沈約嘗答甄思伯云：『昔周孔所以不論四聲者正以春爲陽中德澤不偏卽平聲之象夏草木茂盛炎熾如火卽上聲之象秋霜凝木落去根離本卽去聲之象冬天閉藏萬物盡收卽入聲之象以其四時之中合有其義故不標出之耳』又以四聲配四方而以平聲擬東方上聲擬南方去聲擬西方入聲擬北方，文鏡秘府論卽是。

四聲之別，不容易理解這不僅日本人士為然，即中國人亦然。增訂集錄載伍澤梁底四聲指掌圖與圈發四聲圖，且引澤梁之言云：『吾邑初學多不曉平仄為何謂，教以平聲為平、上、去、入三聲為仄；其有未解者，則教以指掌圖法初發聲為平次轉聲為上三轉聲為去四轉聲為入，而猶有未解者，因於諸字中檢得一厭字，四聲分讀音義各備，乃創為此圖於厭字四隅圈發將音義分別注證俾學者順口一氣讀之得淹、掩、黶、壓四聲從此悟入遇字皆知調聲而平仄可識矣。』

```
        去
音鹽 \  |  / 音鑒
      \ | /
   ─── 厭 ───
      / | \
音掩 /  |  \ 音壓
        入
        平
上
```

可知雖是中國人，然初學之徒亦不容易理解。

試以文字示四聲之別吧：如金錦禁急任荏衽入元阮願月陰飲蔭邑皆一音變化而為四聲的。這名為四聲一紐。如文鏡祕府所舉的：

羊養恙藥　　夷以異逸
郎朗浪落　　黎禮麗捩
剛䂕鋼各　　筓妍計結
鄉響向謔　　癹笶罷纈

就是四聲一紐底例證,豎讀則紐,橫讀則爲韻,故橫讀爲郎羊朗養浪恙落藥則成了疊韻,以下句四字配上句四字而豎讀爲郎黎朗禮浪麗落捩則成了雙聲。

齊梁之間始發明十四聲,至陳隋時代音韻之學大興,聲律論盛行,隋世論音韻的實達數十家之多,中如呂靜撰四聲切韻,沈約撰四聲譜,王斌著四聲論,劉善經著四聲指歸,然他們底撰著皆亡失今已不能窺他們在音韻底韻集,夏侯詠底韻略,陽休之底韻略,周思言底音韻,李季節底音譜,杜台卿底韻略最爲顯著,顧齊梁之間周顒始學上的研究底態度與造詣底程度,然而隋陸法言據劉臻顏之推魏淵盧思道李若蕭該辛德源薛道衡八人與呂靜以下六家底韻書注十數年間討論之後所撰定的切韻一書蓋是襲周顒沈約底遺意的哩!

其後初唐沈宋二家啓律詩底法門,而四聲底價值更高,元兢崔融等盛論聲譜爭說病犯。從此宋、元、明、清四朝一千年間或分爲一百七韻,或分爲七十六韻,或分爲一百六韻,然不曾混同四聲之別。而作詩上四聲分類底必要,古體近體共處於同樣的程度,因爲近體在一篇構成上僅辨平仄輒足,然律詩第一句、第三句、第五句、第七句底尾字用仄聲時,而上聲去聲入聲要交互使用。例如第一句用上聲則第三句用去聲,第五句用入聲則第七句用上聲。如前聯用去聲後聯亦用去聲,決非律詩底原則。況至古體已如第十四章所述押韻上如仄韻之後押仄韻時,前解如用上聲則後解用去聲,前段用去聲時,後段要用入聲,沈約撰四聲譜彼自信爲入神之作,千古詞人未悟己獨窮其妙旨,然隋書經籍志晉張諒撰四聲韻林二十八卷,則四聲底分類已始於晉世。果然則沈約底自信自負

第十六章 四聲五音

一二三

終歸於矜誕然予則以為四聲韻林果是晉人所撰否還成疑問哩！

且齊梁之際，四聲之別還未為一般人所承認。南史沈約傳云：『約撰四聲譜，武帝雅不好焉嘗問周捨曰：「何謂四聲？」捨曰：「天子聖哲是也。」』然帝竟不甚遵用也。又文鏡祕府論云：『梁王蕭衍不知四聲嘗從容謂中領軍朱异曰：「何者名為四聲？」异答曰：「天子萬福即是四聲。」』衍謂异天子壽考豈不是四聲也。』梁武帝博學通識，洞達儒道佛嘗以文學稱竟陵八友然察其不辨四聲可知四聲之說尚未普及世間一般或為一部分少數的學者所稱道的周顒之子蓋能承家學凤從事於四聲底研鑽韻學上的造詣不淺文鏡祕府論所稱的朱异疑是周捨底訛傳況陵餘叢考云：『沙門重公謁梁武帝帝問在外有四聲何者為是重公應聲曰天保寺剎出以語劉孝綽孝綽曰何如道天子萬福』也許同一的事實傳聞上生出多少的誤謬吧唯梁武帝非不辨四聲如甄思伯就誹謗沈約底四聲譜說：『不依古典妄自穿鑿』且指摘詰難沈約少年所作中犯的聲律云『若計四聲為紐則天下眾聲無不入紐，萬聲萬紐不可止為四也』；鍾嶸底詩品亦云：『但使清濁同流口吻調和斯為足矣至於平上去入余病未能洇渭』可知當時四聲之說尚未為一世的定論。

在周有詩三百篇，然三代之世不聞有一種韻書在漢有古詩十九首，及蘇武、李陵底五言詩，然兩漢之世不聞有一種韻學者，至魏李登始撰聲韻十卷這就是韻書底權與為韻學者底鼻祖而書中所收的文字凡一萬一千五百二十字分為宮商角徵羽五音但未嘗析平仄至於晉呂靜由李登底聲類作韻集五卷亦未嘗立四聲之別不知

魏、晉以前的詩人作詩賦的是以何書為標準來押韻的，這豈非一大疑問？蓋漢以前的音韻，雖稍淆亂然比較魏晉以後尙正，故三代之世未嘗認為有韻書之必要，兩漢之世未曾認為有韻學者底必要。然魏、晉以後，屢以事端開匈奴蒙古人種底壓迫日甚逐對於漢人種言語及音韻來了一大打擊與錯雜，於是時勢已要求韻書，且歡迎韻學者。故三代、兩漢所以不要求韻書的比較的是由於言語音韻之純正。魏、晉以後所以歡迎韻學者的，一是由於言語韻底錯雜，一由於佛教流行的結果音韻研究底便利。

四聲發明以前的詩人未必按韻書諧聲律作者自己使用同韻字以押韻，然宮、商、角、徵、羽五音，從周代以來在樂律上已經看得重要。故宋、齊以前的詩人依五音以諧和詩賦底聲律猶齊、梁以後的詩人依四聲以協和平仄一樣也許四聲底發明是據五音而變化的亦未可知哩！故不僅李登底聲類以宮、商、角、徵、羽分類，而且宋書謝靈運傳底贊云：『五色相宣，八音協暢玄黃律呂各適物宜；故使宮、商、羽相變低昂叶節前有浮聲則後有切響一簡之內音韻盡殊兩句之中輕重悉異；』南齊書陸厥傳云：『永明末盛為文章，吳興沈約，陳郡謝朓，琅邪王融以氣類相推，汝南周顒善識聲韻為文皆用宮、商以平、上、去、入為四聲以此制韻不可增減世呼為永明體。』南史陸厥傳云：『沈約等文皆用宮、商以平、上、去、入為四聲以此制韻，有平頭、上尾、蜂腰、鶴膝五字之中音韻悉異兩句之中角、徵不同不可增減世呼為永明體』北史崔光傳云：『崔光太和中依商、宮、徵、羽本音而為五韻詩以贈李彪』這樣宋書曰宮、羽，南齊書曰宮、商，南史曰角、徵，北史曰宮、商、角、徵、羽，則知宮、商、角、徵、羽五音與平、上、去、入四聲性質上是相近的又況一

誦陸厥底與沈約論宮商書與沈約答陸厥書,很可知四聲發明以前詩人皆是襲用五音底稱呼的。

宮、商、角、徵、羽與平、上、去、入名雖殊而所歸則一。文鏡祕府論論五音與四聲底關係,舉元兢之說云:「聲有五律,

角、徵、宮、商、羽也分於文字四聲平、上、去、入也;宮、商為平聲,徵、羽為上聲,羽為去聲,角為入聲」宋陳暘底樂書論四聲云:

「五聲之別,宮為上平聲,商為下平聲,角為上聲,徵、羽為去聲,羽角為入聲。倘以此論法則宮、

商二字是平聲徵字是上聲羽字是去聲角是入聲。質言之,以宮、商、角、徵、羽辨明平、上、去、入猶如以天子、聖、哲辨

明平、上、去、入一樣只是五音平聲分為宮、商、角二者於數二者不相合但四聲中平聲是分上平下平的宮是上平底字,

商是下平底字這豈非平上去入四聲全是襲用宮、商、角、徵、羽五音的明證嗎?齊太子舍人李節是知音之士嘗撰音

譜決疑自作序云:「案周禮凡樂岡鐘為宮黃鐘為角大簇為徵沽洗為羽商調謫云『宮、商、角、徵、羽為平、上、去、入之性

位,五音則宮商同律」也許宮商可分而為二亦可合而為一張去病底聲調謫云:『宮、商、角、徵、羽為平、上、去、入之性

情,平、上、去、入為宮、商、角、徵、羽之體用五音發自臟腑四聲即辨自唇舌齒腭凡屬宮、商皆平聲宮聲大

而莊重稍板商聲平活長亮而哀角聲啞而脆徵聲響而慷慨羽聲清高而細雖同屬仄聲之用而仄有響啞之分,平

有板活之辨。」我們看了張去病於李白底請平調及王維底渭城曲裏注入四聲五音遂思過半矣。

雲 宮上平 想 徵上 衣 宮平 裳 商下平 花 商想上 容 徵平 宮春 宮平 風 宮平 拂 入 檻 角羽去 露 羽去 華 平商宮 濃 宮平 若 入 非 平羣 宮 玉 入 山 平 宮頭 商平 見

羽去會。羽去向羽去瑤商平臺宮平月角入下羽去逢宮平。
渭羽去城商平朝商平雨羽去浥角入輕商平塵宮平。客角入舍羽去青商平青商平柳徵上色角入新宮平。勸羽去君宮平更羽去進羽去一角入杯宮平酒徵上西。
宮平出角入陽商平關宮平無宮平故羽去人宮平。

即五音、四聲不但一致，而且樂府有高歌長吟，可知是由五音、四聲以取抑揚、高下、長短之節了。宋張炎底詞源為五音相生之說云：『宮聲濁，商聲次濁，角聲半清半濁，徵聲次清，羽聲最清，』即是由音底清濁以區別五音的。

四聲、五音是名殊而同歸的。然鄭樵通志七音略云：『江左之儒，識四聲而不識七音，則失立韻之源；四聲為經，七音為緯；江左之儒，知縱有平、上、去、入為四聲，而不知衡有宮、商、角、徵、羽、半徵、半商為七音，縱成經，衡成緯，經緯不交，所以失立韻之源。』是五音與四聲以在數方面不相配合，遂不知其異名而同歸強立附會之說而已。安有所謂縱橫、經緯之別哩！

五音、四聲已知其同歸，則可以說宋、齊以前有平、上、去、入之別，齊、梁以後有宮、商、角、徵、羽之別。然字音是依時代而變遷的，且因地方而有異同。故有古為平聲而今為上聲的，或有甲地方讀平聲而乙地方讀仄聲的。顧炎武底音論云：『自梁天監以前，多以去、入二聲同用，以後則若有界限；』又云：『詩三百篇中，往往用入聲之字，其入與入為韻者十之七八，與平、上、去為韻者十之三；』段玉裁底六書音均表云：『周、秦、漢初之文，有平、上、入而無去，洎乎魏、晉，上、入聲多轉而為去聲，平聲多轉為仄聲，於是乎四聲大備，而與古不侔；有古平而今仄者，有古上、入而今去者；』皆

是說音韻底時代的變遷的。然亦決不是主張古無四聲，而是說古之四聲與今韻不同的。又陸法言底切韻序云：「吳楚則時傷輕淺，燕趙則多傷重濁，秦隴則去聲為入，梁益則平聲似去」則是說音韻上地方的異同的。

音韻不但有時代的變遷及地方的異同，而且有個人的差別。蓋人之天性發音有重的有輕的，有疾的有遲的。重的及疾的概是上去入輕的及遲的多為平聲。而就一人之身而言出辭吐氣之際必依場合不同而有疾徐緩急之異特別在高歌長嘯的場合有以上聲去聲化為平聲入聲化為去聲的。因為是虞舜所謂永言的。而平聲音最長，上聲去聲次之入聲最短。故上聲去聲永則近於平聲入聲永則近於去聲故音韻純正的時代無韻書底必要，人任口隨意便能諧韻然而在言語音韻錯雜的時代則不可不準據韻書以致究四聲這是沈約所以贊自撰的四聲譜為入神之作哩。

沈約底四聲譜以後按四聲的書多行於世，然唐之詩人誤用四聲的卻不少。杜甫、王維亦然。況其他的詩人？小草齋詩話云：『作詩人不可不識字如上下之下，乃上聲，而禮賢下士之下，乃去聲也；老杜「廣文到官舍繫馬堂階下」又「朝來少試華軒下，未覺千金滿高價」是以上聲為去聲，王摩詰「公子為嬴停駟馬執轡愈恭意愈下」是以去聲為上聲皆誤用之，讀者習而不察耳。』

詩人四聲效究底必要，近體古體同然但近體造句上特別有辨平、仄底必要。平、仄是什麼呢平聲的文字以發音和平日平上聲去聲入聲的文字以發音欹仄或頭音高或尾音昂曰仄平仄何為而設就是為了詩底聲調節奏

底必要的緣故。王士禎嘗云：「門人郎廷槐問：「字中五音何以分別？古人作詩原爲歌誦其宮、商、角、徵、羽乃其旨要，如有不叶終未合法宜於何書探詩？」答云：「詩但論平仄清濁詩餘亦然唯元人曲則辨五音。」即是辨四聲五音底區別，未必爲作詩底要件詩人單是知平仄就可以了。故騷壇八略云：「詩無聲調、音節以平仄爲總持無平仄是無聲調、音節也故平仄之法不可以不講。」可謂中肯之語。

第十六章　四聲五音

一二九

第十七章 八病

詩病 平頭 上尾 蜂腰 鶴膝 大韻 小韻 旁紐 正紐

詩有法亦因而有病。過於議論是病，過於模擬也是病，過於彫琢亦是病。因為詩是清華之府，最宜以神韻為尚的。然以議論為事，則失神采；以模擬為事，則亡神識；以彫琢為事，則缺神情。故繁縟為病，卑俗為病，淺露為病，散漫為病，迫促為病，輕浮詭怪深僻陳腐怒張誇誕庸弱幽暗皆病。唐皎然之所謂六迷六忌，宋嚴羽之所謂五俗六忌等亦病所謂六迷，就是：以虛誕為高古，以緩漫為沖淡，以錯用意為獨善，以詭怪為新奇，以爛熟為穩約，以氣力弱為容易所謂五俗，就是俗體、俗意、俗句、俗字、俗韻。所謂六忌，就是：語忌直意忌淺脈忌露味忌短音韻忌散緩亦忌迫促。然這等病是可以以文解意的，然沈約底所謂八病，是不可以辭為理解的。故諸家齟齬，妄以意逆志諸說紛紛使人不知所適從。

所謂八病：一平頭、二上尾、三蜂腰、四鶴膝、五大韻、六小韻、七傍紐、八正紐。平頭是說一聯中上句頭二字與下句頭二字同聲。例如古詩十九首中「今日良宴會，歡樂難具陳」今與歡同屬平聲日與樂同是入聲這就是平頭二字同聲。

平頭有三說：一單以第一字為主的忌上句第一字與下句第一字同聲。這是丹鉛總錄及藝苑巵言所說的，王

維底觀獵詩，「風勁角弓鳴，將軍獵渭城」第一字「風」與「將」同聲，就是犯了此病的。大江匡衡嘗與紀齊石論詩病云：「平頭有二等之病，上句第二字與下句第二字同聲者巨病也，必避之；上句第一字下句第一字同上、去、入者，雖爲病之文不避之。」可知第一字說未必是平頭之主。二單以第一字第二字爲主的，是說上句第二字與下句第二字同聲的。這是二中歷所說，大江匡衡底所謂巨病。後世律體詩皆避此病。三是兼主第一字第二字的，李淑底詩苑類格僧空海底文鏡祕府論以及其他詩人玉屑冰川詩式詩法度針作文大體拾芥抄等所說皆是。

上尾有二說：一一聯中上句尾字與下句尾字同聲的爲病，就是忌不押韻之句尾字與押韻句底尾辭同聲。這是文鏡祕府論作文大體二中歷拾芥抄詩人玉屑丹鉛總錄藝苑卮言冰川詩式詩法度針等諸書所主張的，但起句押韻的場合不在此限。漢蔡邕底飲馬長城窟行「青青河畔草綿綿思遠道」及宋鮑照底東武吟「主人且勿諠，賤子歌一言」就是其例。二押韻的上下二句連用同聲的是病，就是忌第一句底尾字與第三句底尾字連用同聲的字。斑婕妤底怨歌行「新裂齊紈素，皎潔如霜雪。裁爲合歡扇，團團似明月」素扇皆去聲，就犯了上尾的病。這是仇兆鰲底杜詩詳註裏所說：而文鏡祕府論詩人玉屑等皆稱之爲鶴膝，則仇註不可從。

蜂腰有三說：一是忌五言句的第二字與第五字同聲。蓋五言句以上二字與下三字構成一句，卽蜂腰之病也

可說是一句中的上尾這所以稱為蜂腰的，兩頭大而中心細的似蜂腰。例如：「青軒明月時」「軒、時」二字皆平聲，「竊獨自雕飾」「獨飾」二字皆入聲「遠與君別者」「與者」二字皆上聲俱犯了蜂腰的病。然平聲底犯觸猶可恕。上聲去聲入聲則必避而不可犯。這是詩苑類格文鏡祕府論詩人玉屑丹鉛總錄藝苑巵言冰川詩式二中歷拾芥抄等所主張。二不問五言與七言均忌第二字與第四字同聲而要求合於近體所謂二四不同的聲律這是作大體、藝苑巵言所唱而文鏡祕府論亦取了這一說三是五言句底首尾皆濁音中一字獨忌清音這是蔡寬夫詩話所說，為詩法度針所採取。但第二、第三之說皆不可從。

大江匡衡嘗與紀齊名論蜂腰病再三辯駁見於本朝文粹。這種辯駁，大江時棟底省試詩有「寰中唯守禮海外都無怨」二句，紀齊名是考官以下句外字與怨字同為去聲，故主張是蜂腰病，使把時棟下第齊名底辯疏依據詩髓腦所主張「蜂腰者，每句第二字與第五字同聲是也。」匡衡底辯駁依據文筆式及詩格說是『蜂腰病者，上句必可避下句不必避』。而文筆式云：『蜂腰者第二字與第五字同聲也。」則匡衡亦是以第二字第五字同聲為蜂腰的，與齊名無異則作文大體藝苑巵言、蔡寬夫詩話及詩法度針所說，蓋皆臆說哩。

鶴膝有四說：一是以第一句底尾字與第三句底尾字同聲為病的，即不押韻的句尾字忌同聲這是文鏡祕府論、中歷拾芥抄詩人玉屑丹鉛總錄藝苑巵言等所主張，而以兩頭細中央粗如鶴膝一樣而命名的例如古詩十九首底『涉江采芙蓉，蘭澤多芳草采之欲遺誰，所思在遠道』底『蓉』、『誰』同是平聲又「明月皎

夜光促織鳴東壁玉衡指孟冬衆星何歷歷」底「光」、「冬」同是平聲是然詩人玉屑、藝苑卮言、冰川詩式皆例舉古詩十九首中的「客從遠方來遺我一書札上言長相思下言久離別」底「來」、「思」同是平聲而他們說明是第五字與第十五字不得同聲文鏡祕府論以下七書是同樣的主張。即他們底第十五字未必是第三句與第五句第七句底關係亦如第一與第三皆是鱗次相避的戴叔倫底除夜宿石頭驛底詩云：「旅館誰相問寒燈獨可親一年將盡夜萬里未歸人寥落悲前事支離笑此身愁顏與衰鬢明日又逢春。」又王維底送楊少府貶柳州詩「明到衡山與洞庭若爲秋月聽猿愁見北渚三湘遶惡說南風五兩輕青草瘴時過夏口白頭浪裏出溢城長沙不久留才子賈誼何須弔屈平」前者「問」、「夜」、「事」、「鬢」四字皆去聲後者「遠」、「口」、「子」三字皆上聲立爲鶴膝病。

然鶴膝病梁陳詩人最注意聲律尚犯而不避的多徐陵底橫吹曲：「隴頭流水急水行難渡半入隴嵒營傍侵酒泉路心交贈寶刀少婦裁紈袴」第三句第五句是犯鶴膝的其他謝朓任昉王融劉孝綽溫子昇邢邵魏收等之作不避此病的多見於文鏡祕府論況唐王維底溫泉寓目「新豐樹裏行人度小苑城邊獵騎回開說甘泉能獻賦，懸知獨有子雲才」不唯同聲且度賦二字爲同韻共屬遇韻是鶴膝底尤甚者二是以第五字與第九字同聲爲病例如古詩十九首中「客自遠方來遺我一書札」「來」、「書」二字同屬平聲即是。這是詩苑類格底所主張三如是五言詩上句第二字與下句第四字不同聲的爲病即後世要求所謂二九對的聲律如是七言詩則以一

句中第二字與第六字不同聲的爲病，即後世要求所謂二六對的。這是作文大體所首唱。四是五言句底首尾皆清音中一字獨忌用濁音。這是蔡寬夫詩話、詩法度針所載的。然第二以下之說終竟不如第一說底最有勢力。

八病中平頭、上尾、蜂腰、鶴膝四病雖是最應避忌的。然梁、陳詩人犯之者多。況如大韻、小韻傍紐、正紐四病，殊不看作爲病犯的。多作文大體云：「凡詩有八病其尤可避者平頭、上尾、蜂腰、鶴膝，此四病也。平頭病者近來不去之，

詩人玉屑云：「八病中唯上尾鶴膝最忌餘病皆通」；藝苑卮言云：「沈休文所載八病，以上尾、鶴膝爲最忌」；又云：

「大韻小韻傍紐正紐之四病尤無謂不足道也。」又元兢底詩髓腦云：「大韻病不足累之，如能避者彌佳若立字要切於文調暢，不可移者，不須避之；小韻病輕如大韻近代咸不以爲累之傍紐病更輕於小韻文人無以爲意者正紐病輕重與傍紐相類近代咸不以爲累但知之而已」以此看來，則唐代已不爲病累了。況皎然底詩式云：「沈休文酷裁八病碎用四聲故風雅殆盡後之才子天機不高爲沈生弊法所媚憒然隨流溺而不返」他底眼中豈不是

蔑視八病嗎？

大韻有二說：一、是一聯中於韻腳以外用同韻的字的是病。詩苑類格、文鏡秘府論二中歷詩人玉屑、冰川詩式等所主張卽此說。例如一聯中倘以新字爲韻則上九字中忌用人、津、身、陳等字古詩十九首『良無盤石固虛名復何益』『石』『益』同是陌韻字既以益字押韻則上九字中不得用石字。果然則一韻到底的詩一篇中韻字以外不得用同韻字了。二、上句第一字忌與下句第五字同韻，蔡寬夫詩話及詩法度針之說卽是。例如阮籍底詠懷詩

「微風吹羅袂明月耀淸暉」「微」、「暉」旣同韻，則上句第一字與下句第五字，是犯大韻之病的。然予可斷言第二說是第一說中的一部分的。因為這就是一聯中韻字以外特別不承認以上句第一字為限的理由。

小韻亦有二說：一詩苑類格詩人玉屑冰川詩式文鏡祕府論二中壓等底說一聯中從第一字至第九字止忌用同韻底字例如陸機底擬古歌「嘉樹生朝陽凝霜封其條」以「陽」、「霜」同韻為犯小韻之病。二是蔡寬夫詩話詩法度針等底說上句第四字與下句第一字忌用同韻的文字例如阮籍底詠懷詩「薄帷鑑明月，清風吹我襟」以「明」、「清」同韻上第四字與下句第一字可說是犯了病累然第二說恐怕是窺第一說中的一斑而立說的。未必限於上句第四字與下句第一字猶如大韻底第二說。

傍紐一曰大韻這種病是一句或一聯中已有月字更忌用魚元阮願等字，卽禁隔字用雙聲文字。蓋不隔字而用雙聲的熟語便不為病例如居佳雙聲殊城雙聲而曹植詩「壯哉帝王居，佳麗殊百城」就犯了傍紐之病。

正紐一曰小紐這病是兩句中忌用一紐的文字。

傍紐一曰小紐例如金錦、禁急是一音的平、上、去、入，可稱為一紐而梁簡文帝底詩「輕霞落暮錦流火散秋金」「金」「錦」是一紐的文字犯了正紐之病文鏡祕府論舉劉氏之說「正紐者凡四聲為一紐如任袵入五言詩一韻中已有任字，卽九字中不得復有袵入等字；很能說明正紐而唐神珙底四聲五音九弄反紐圖序云：「傍紐者是雙聲正在一紐之中，旁出四聲之外旁正之目自此，而分清濁也；」可謂能辨明正紐與傍紐之別了。

第十八章　雙聲疊韻

果是詩病嗎　雙聲疊韻底定義　熟語與雙聲疊韻　雙聲對與疊韻對　雙聲詩與疊韻詩　詩病底

雙聲疊韻

雙聲、疊韻是詩病不是呢？秋圃擷餘云：「蜂腰、鶴膝雙聲、疊韻、休文三尺法也；古今犯者不少，寧盡被汰邪？」詩法度針以雙聲疊韻爲八病以外的二病；騷壇八略則以雙聲疊韻入於八病中而除掉平頭上尾。然如以雙聲疊韻爲詩病，則天下之詩都不能成立了。詩經雙聲多，疊韻也多。故清王筠著毛詩雙聲疊韻說，標出三百篇中的雙聲與疊韻。杜甫底詩亦雙聲疊韻的文字多。故周春撰杜詩雙聲疊韻譜。洪亮吉底北江詩話云：「三百篇無一篇非雙聲、疊韻降及楚辭與淵、雲、枚、馬之作以迄三都、兩京諸賦無不盡然；唐詩人以杜子美爲宗其五七言近體無一非雙聲、疊韻也間有對句雙聲疊韻而出句或否者然亦不過十分之一中唐以後，韓、李、溫諸家亦然，至宋、元、明詩家能知此者漸鮮；」嚴羽滄浪詩話云：「有全篇雙聲、疊韻者，東坡經字韻詩是也。」

欲下雙聲疊韻底定義先有列舉諸家之說的必要。文心雕龍云：「雙聲隔字而每舛，疊韻雜句而必睽。」其說尚未徹底。南史謝莊傳云：「王元謨問莊曰？「何者爲雙聲？何者爲疊韻？」答曰：「元護爲雙聲磝碻爲疊韻。」可知

雙聲、疊韻底稱呼雖起於齊、梁之際，然當時尚未普及世間一般且謝莊所答時人稱其辯捷如此的論法猶周捨之答四聲問云「天子聖哲」一樣，蓋當時慣用的手段尚未說明雙聲疊韻底定義不過指示二者底例題而已詩八玉屑云「雙聲者同音而不同韻也；疊韻者同音而又同韻也」說明上庶幾能得要領這是取了宋王觀國學林新編之說冰川詩式及詩法度針等而二字又同韻故謂之疊韻」說而杜詩雙聲疊韻譜云「兩字同母謂之雙聲若依等韻字母三十有六取同紐者用之絲毫不爽此雙聲正格也兩字同韻謂之疊韻若就廣韻二百六部或獨用或通用如今平水本此爲疊韻正格也」毛詩雙聲疊韻說：「疊韻二字同在一韻雙聲二字同一字母。」這等解說比學林新編詩人玉屑等雖稍緊切然猶有語焉不詳之憾。顧他們底所謂同韻所謂同部所謂同在一韻依佩文韻府底分類，是說連結在一東二冬以下一百六韻部中的二字的。又他們所謂同字母，所謂母謂三十六字母部謂一東二冬之類」又黃叔琳底文心雕龍注云：「母謂三十六字母。」所鼓吹，有見溪郡疑端透定泥知徹澄娘幫滂竝明、非敷奉微精清從心邪照穿床審禪影曉喻匣來日三十六字。

按字母決非泰西之所謂母音流行於唐以後特別爲宋司馬光鄭樵等聲是指二字的熟語同頭音的，他們解釋所謂同韻的疊韻是指二字的熟語同尾音的，例如元護詰曲崎嶇慷慨、陸離流離陸梁猶豫躊躇跼蹐髣髴悽愴蔥蒨青蔥參差玲瓏寥落溟濛之類皆是雙聲而磈礧格磔拮屈望洋逍遙差

池、支離豈弟滅裂崔嵬猖狂委蛇蹉跎曖昧纏綿婉孌爛漫逶巡彷徨窈窕滴瀝徘徊潒瀁殼練之類皆疊韻不唯形容詞副詞有雙聲疊韻，而名詞動詞亦是。如伊尹蟬蝀蒹葭鴛鴦桔槹轆轤干戈蠻貊之類是雙聲名詞，而芎藭蛺蝶、蜻蜓倉庚螳螂翡翠蟋蟀鶺鴒蜉蝣蜥蜴螺蠃蓮蕗侏儒之類是疊韻名詞。又如流連儉僅瀧掃踊躍之類是雙聲動詞，而荒亡鞅掌綢繆浮遊之類是疊韻動詞。其他感歎詞如鳴呼鳴呼噫嘻於戲等亦是疊韻，或入於雙聲的範圍內。故解釋經書底文字有用雙聲疊韻之理，如王筠亦其一人。故他說是前置詞「以」「與」相通轉接詞「而」、「如」相通代名詞「爾」、「汝」相通，副詞「相」、「胥」相通，疑問代名詞及疑問副詞「那」、「何」相通卽疊韻底理法其說之當否姑不論，其雙聲疊韻底性質如何可以推知了。

試就日本五十音而言五十音縱觀則是雙聲橫觀則是疊韻用羅馬字拼起來便思過半矣。例如加行底 ka ki ku ke ko 皆頭音相同阿列底 a ka sa ta na ha ma ya ra wa 皆尾韻相同。故元護詰曲崎嶇慷慨皆行雙聲，陸離流離陸梁皆「ラ」行雙聲猶豫是「ヤ」行雙聲躊躇跼蹐是「タ」行雙聲髣髴是「ハ」行雙聲，悽愴參差是「サ」行雙聲溟濛是「マ」行雙聲，

雙聲疊韻底功用，不唯在言語學上有造語的功用，而且在詩學上有雙聲對、疊韻對及雙聲疊韻對。例如杜甫底陪鄭廣文遊何將軍山林十首中的「卑枝低結子接葉暗巢鶯」是疊韻對。又杜甫底詠懷古跡五首中的「支離東北風塵際漂泊西南天地間」上句用疊韻下句用雙聲卽雙聲疊韻對。誠齋詩話云：「或問何謂雙聲疊韻曰：

「行穿詰曲崎嶇路，又聽鉤輈格磔聲」，上句疊韻，下句雙聲也。」這是唐李羣玉底詩，上句詰曲、崎嶇是雙聲，下句鉤輈、格磔是疊韻。誠齋詩話說是上句疊韻，下句雙聲，蓋是上下二字底顛倒。

雙聲、疊韻不唯詩底一聯用作對語，有時有應用於全篇的這是唐之詩人好弄技巧，而陸龜蒙及皮日休底山中吟皆是疊韻詩，陸龜蒙底溪上思及姚合底葡萄架詩皆是雙聲詩。

瓊英輕明生石脈滴瀝碧玄鉛山偏憐白幘客亦惜。　陸龜蒙山中吟

穿煙泉潺湲觸竹憤觫荒篁香牆匡熟鹿伏屋曲　皮日休山中吟

溪空唯容雲水密不限雨迎漁隱映間妄問謳雅攜。　陸龜蒙溪上思

葡藤洞庭頭引葉漾盈搖皎潔鉤高掛玲瓏影落寮陰煙壓幽屋濃密夢冥苗清秋青且翠冬到凍都凋。　姚合葡萄架

這等皆詩人競新鬪奇的遊戲文字。如此的遊戲文字，不僅陸龜蒙、皮日休底唱和，而且是遠從梁武帝始的陵餘叢考云：『談藪載梁武帝嘗作五字疊韻詩曰後牖有細柳命朝士仿之，劉孝綽曰梁王長康強，沈約曰偏眠船舷邊，庾肩吾曰載戴每礙𡎺，徐摛曰臣昨祭禹廟殘六斛熟鹿肉，何遜用曹瞞故事曰暵蘇姑枯盧，吳均沈思良久，竟無所言，帝不悅俄有詔曰吳均不均，何遜不遜宜付廷尉此疊韻之始也。』這豈不是疊韻底聯句嗎？唐以前已然況唐以後？蘇軾底吃語詩是全篇雙聲高啓底吳宮詞是通篇疊韻。

江干高居堅關扃,耕犍躬駕角掛經孤航繫舸菰菱隔筇鼓過軍雞狗驚解襟顧景各箕踞,擊劍高歌幾舉觥,荊筓供臉愧攬耻乾鍋更夏甘瓜羮|蘇軾吃語詩

筵前憐嬋娟,醉媚睡翠被,精兵驚升城棄避愧墜淚。|高啓吳宮詞

其他明謝肇淛底贈口吃孝廉之作是通篇用雙聲|金王寂底送王平仲詩,是通篇用疊韻。

然詩法度針及騷壇八略以雙聲疊韻爲詩病亦非無故八病中的大韻是一聯中於韻脚以外用同韻的字的爲病,小韻是一聯中從第一字至第九字用同韻的字的爲病,二者俱是以疊韻爲病的的傍紐是一句或一聯之中已用月字則不得再用魚、元、阮、願等字這就是以雙聲爲病的|中井竹山底詩律兆云:「八病中傍紐正紐俱自雙聲而推大韻小韻俱自疊韻而分」這話實在不錯的。蓋二字相連的熟語疊韻可雙聲亦可。然若隔字而用的時候疊韻化爲病,雙聲亦爲累。由此可知文心雕龍所謂雙聲隔字而每舛、疊韻雜句而必睽二句不是雙聲疊韻底定義卻是指定二者病犯的場合而說明的。

一四〇

第十九章 近體上

律詩底稱呼　律詩底流行　律詩底起源　律詩底篇法　起聯頷聯頸聯　尾聯　偷春體蜂腰體

對偶底難易　律詩底句法　平仄排次　五言七言底難易　押韻法　排律

近體有二種一律詩二絕句所謂律詩是詩中有聲律之謂，一句之中平仄排次有法，一聯之中有宮羽相變低昂互節的矩矱的所以名為律詩的是取了尚書堯典底聲依永律和聲吧。然天下底詩豈有無聲律的絕句固有聲律古詩亦有之據齊沈約底宋書梁蕭子顯底齊書及唐李延壽底南史，永明底詩五字之內，音韻盡殊，兩句之中角徵不同，即謝朓沈約詩固儼乎有不可犯的聲律但是這聲律決非始於謝朓沈約，建安諸子之作已發其端至謝靈運、顏延之益大其流故謝榛嘗評云『建安之作率多平仄穩帖；此聲律之漸，而後流於六朝，千變萬化，至盛唐極矣』然世間一般所稱律詩所以決不溯於隋唐以前的，是因為沈佺期，宋之問之作屬對最精密，而聲律最穩順的緣故。王世貞論沈宋二家底詩云：『詩至沈、宋、始可稱律為音律法律，天下無嚴於是者知虛實平仄不得任情而度明矣。』故徐師曾底文體明辨云：『唐與，沈宋之流研練精切穩順聲勢號為律詩』這是特指沈宋二家詩風曰律詩的。而律詩底稱呼，非獨始於徐師曾了。新唐書底杜甫傳贊云：『唐興詩人承陳隋風流浮靡相矜至宋之問，沈佺期

等研揣聲音浮切不差而號律詩競相沿襲」文體明辨所說蓋是取新唐書之文而損益的，新唐書之文亦是從元稹底唐故檢校工部員外郎杜君墓誌銘中所謂：『沈宋之流研練精切穩順聲勢謂之爲律詩』而胚胎的可知稱沈、宋二家底詩風曰律詩，已流行於唐代了。

律詩始於初唐盛於盛唐，但當時律詩底勢力，還不至壓倒古詩。故如杜甫、王維以律詩有名的猶古詩律詩相半。況李白於古詩多而律詩少。然中唐以後的作家，競苦心於對偶底精工，聲律底諧暢，律詩蹊徑至是大爲所開拓，特別劉長卿、李商隱、溫庭筠等最盡力彫琢於五十六字則七言律底勢力遂通貫賤上下而至於風靡天下後世了。

然唐宋之世未必僅以八句的詩爲律詩。因爲李漢編纂韓昌黎集，絕句皆收入於律詩中；元稹編纂白氏長慶集，亦把絕句收入於律詩中。且唐代底律詩有全篇六句的。李白底送羽林陶將軍（一）白居易底縣西郊秋寄馬造，

（二）忠州種桃杏，（三）李白墓（四）等皆爲六句七言律，而如李白底送內尋廬山女道士李騰空（五）李益底塞上，（六）韓愈底謝李員外寄紙筆（七）皆是六句的五言律。又況律詩底長篇有百句以上的作品的。故滄浪詩話云：『有律詩至百五十韻者，少陵有百韻律詩（八）而本朝王黃州有百五十韻五言律』（一○）然則律詩底範圍從短的四句或六句以至於百五十韻的長篇，都包括在內了。只要合律詩底主要的條件屬對精密聲律穩順，則絕句或甚至古詩都可收容。然及元、明之際律詩與絕句分界割然，遂至律詩爲八句所限定了。

試溯律詩底起源從沈約首唱四聲八病之說起，梁之何遜、陳之徐陵、陰鏗、北周之庾信、王褒等皆以爲聲律諧

和則詩人之能事畢矣。故沈約底簷前竹陰鏗底夾池竹庾信底烏夜啼及舟中夜月皆合於聲律底體式可謂沈宋底律詩是胚胎於梁陳時代的。

萌開籜已垂結葉始成枝繁蔭上鬱鬱促節下離離風動露滴瀝月照影參差得生君戶牖不願夾華池。 沈約簷

前竹

夾池一叢翠不驚寒葉釀宣城酒皮裁薛縣冠湘川染別淚衡嶺拂仙壇欲見葳蕤色當來兔苑看。 陰鏗夾

池竹

促柱繁絃非子夜歌聲舞態異前溪御史府中何處宿洛陽城頭那得樓彈琴蜀郡卓家女織錦秦川竇氏妻詎不自驚長淚落到頭啼烏恆夜啼。 庾信烏夜啼

故元之陳繹曾以律詩之源歸於沈約吳均何遜王筠任昉陰鏗徐陵薛道衡江總雖可贊成然明之楊愼舉梁簡文帝底春情隋王勘底北山魏溫子昇底擣衣陳後主底聽箏為七言律之祖卻不敢苟同因為他們底作品中間有雜五言的然進一步而言則不但宋謝靈運底詩用對偶的處所甚多卽晉陸機陸雲之作亦有合於律詩底格的。陸雲嘗至張華處所座有荀隱陸雲舉手云:『雲間陸士龍』荀隱應聲云:『日下荀鳴鶴』這兩人底應對不僅是一聯好對而且一句的平仄亦合於律詩二四不同的原則然律詩底濫觴說是遠在晉宋之世決不是過言故藝苑巵言云:『人知沈宋律家正宗不知其權輿于三謝橐鑰于陳隋也』

第十九章 近體上

一四三

論到律詩底構成法即第一篇法、第二句法、第三押韻法第一律詩底篇法有起承轉合、一樣。而起承轉合四字元是對律詩而言的，決不可施於絕句用起承轉合底稱呼最適切的但律詩有起承轉合，亦未必可否定。山本北山底作詩志彀已辯過了予雖是固信對絕句四字以絕句言之第一句是起第二句是承第三句是轉第四句是合。律詩則第一聯是起第二聯是承第三聯是轉，第四聯是合」明梁橋底冰川詩式云：「律詩有起有承有轉有合」蓋由北山之說而起的。然卻取皎然底詩式論律詩之式云：「起聯頷聯頸聯結句」嚴羽底滄浪詩話云：「發端頷聯頸聯落句。」其他文體明辨以第一二句名為起聯或發句第三四句為頷聯第五六句名為頸聯第七八句名為尾聯或名為落句又日本底作文大體及拾芥抄名為發句胸句腰句落句皆是祖述詩式及滄浪詩話的。

第一句　起──起聯──發句──破題──起首──首聯──開句

第二句　承──頷聯──撼聯──胸句──前聯

第三句　

第四句　

第五句　轉──頸聯──警聯──腰句──腹聯──後聯

第六句

〔第七句〕合——尾聯——結句——落句——結聯——末聯——結尾

〔第八句〕

宋梅堯臣嘗論律詩底篇法云：「第一聯謂之破題，欲如狂風捲浪，勢欲滔天第二聯謂之領聯，欲似驪龍之珠，善抱而不脫也亦謂之撼聯者言其雄贍遒勁，能捭闔天地動搖星辰也；第三聯謂之警聯，欲似疾雷破山觀者駭愕，搜索幽隱哭泣鬼神第四聯謂之落句，欲如高山放石一去不迴。」這是南宋以後的詩人所奉為圭臬的。范梈亦嘗論律詩底篇法云：「起處要平直承處要春容轉處要變化合處要淵永起處戒陡頓承處戒促迫轉處戒落魄合處戒斷送。」

起聯底方法有賦、比與三種。賦是敘情的，比是比喻的，興是半比半賦的。而其着筆工夫，如開門見山要突兀高遠。清之魏際瑞論律詩與絕句的首句云：「絕句本截律詩然讀首句即知是絕是律絕句首句多帶輕利律詩首句每有端疑浩瀚巍峨之意」實先得我心。

王維底觀獵詩『風勁角弓鳴將軍獵渭城』送東川李使君詩『萬壑樹參天，千山響杜鵑』杜甫底秦州雜詩『莽莽萬高山孤城山谷間』送遠詩『帶甲滿天地胡為君遠行』皆突兀高遠古來稱發端之工的。

領聯頸聯底方法有四虛四實前虛後實前實後虛四種。蓋一篇的內容以情為經以景為緯寫景的稱實敘情的稱為虛景以寫實物為目的情則非形祇園南海底詩學逢原詩是從境趣二者而成的境是境界凡人觸目耳聞的稱為虛景

的，從天地日月風雨雪霜以至於山河草木禽獸蟲魚的宇宙萬象，均以此為境。趣向即趣向我心所想的所知的所回憶的所煩惱的所耽樂的一切心之用，均以此為趣實地景實情虛道破了。故頷聯寫景謂為前虛後實頷聯、頸聯俱寫景的稱為四實。前聯後聯的稱為四虛顧律詩底精彩全在頷聯、頸聯去發揮古來詩人均傾注心血於二聯之中竭技巧於此四句之間其着筆工夫如行雲如流水要開合要一虛一實一正一奇有色有香故頷聯頸聯以四虛四實比較寧以前虛後實為正格因為四虛四實僅求變化於內容與形式的詩藪云：『作詩不過情景二端，如五言律體前起後結中四句二言景二言情此通例也』即是故古來詩人多數雖說成功於前虛後實，前實後虛，至於四虛四實大家名手尚多失敗而以李白底送友人入蜀詩為四實底完璧後人所由嘆賞不置的。楊載評云：『頷聯接破題，要如驪龍之珠，抱而不脫；頸聯與頷聯相應相避，要變化如疾雷破山觀者駭愕』亦把緩急轉接之要說破了。沈德潛云：『頷頸二聯以流水對、虛實對為上』王士禎云：『中腹四句須次第開合』亦是說變化之宜尚與澀滯之應忌的。特別至四虛四實作法如前聯用粗豪之筆則後聯不可用精緻之筆倘若頷聯着危峭之筆則頸聯不可着濃豔之筆這是詩家底真訣。

尾聯底方法或顧起首為結或承頷頸聯作收，或按題意為結，或用咏嘆作收。而其著筆工夫則如剡溪之櫂，自去自回餘韻嫋嫋言盡而意無窮。故誠齋詩話云：『金針法云八句律詩落句要如高山轉石，一去無回予以為不然言已盡而意方永乃善之善也。』因舉杜甫底重陽詩『明年此會知誰健醉把茱萸子細看』及夏日李尙書期不赴

詩，「不是伺書期不顧，山陰野雪興難乘」為結句底至善之例。

律詩底起聯、領聯、頸聯、尾聯有特性有特色然如物有正有奇道有經有權一樣，詩道亦有正格有變格的故律詩以破題為對聯以領聯為散句，這謂為偷春體。杜甫底寒食對月李白底送友人詩等就是。不拘對偶，破題巳的對矣謂之偷春體言如梅花偷春色而開也。文體明辯冰川詩式等皆取此說這很能把命名之義說明了又從第一句至第四句為散句，有至頸聯始用對偶的，這名之為蜂腰體。王維底送岐州源長史歸李白底觀胡人吹笛賈島底下第詩等都是詩人玉屑云：「領聯亦無對偶，及頸聯方對偶者，謂之蜂腰體言已斷而復續也。」詩方入門取此說偷春蜂腰俱多用五言律，而用七言律殆希有其他領頸二聯以外有起首用對偶的杜甫底秋興八首中第七首第八首就是其例其通篇不用對偶的如李白底宿巫山下及夜泊牛渚懷古之詩皆屬於破格的。

起領頸尾孰難孰易古來議論紛紛從不一定。然律詩底精彩既在領聯、頸聯，對偶是律詩中重要的質素，不竣論了且對偶之工決不是容易的事好句易得好聯難得。賈島嘗作「獨行潭底影數息樹邊身」一聯他吟道：「兩句三年得，一吟雙淚流知音苦不賞歸臥故山秋」然世無知音後人卻有間然之所不僅對賈島為然昔人已云謝靈運底「園林變鳴禽」不及上句「池塘生春草」謝朓底「餘霞散成綺」不及下句「澄海靜如練」杜甫底「遠鷗浮水靜」不及下句「輕燕受風斜」又「春水船如天上坐」不及下句「老年花似霧中看。」梅堯臣底

「柳塘春水慢」不及下句「花塢夕陽遲」。況兩聯皆要對偶，其難可知哩！若前聯着豪放之筆，則後聯用精細之筆；領聯着絢爛之筆，則頸聯用清新之筆這是律詩底三昧古來詩人底理想故李夢陽云「古人之作其法雖多端，大抵前疏者後必密半闊者半必細一實者一必虛。」即杜甫亦於前聯「浮雲連海岱平野入青徐」敍臨眺大景，於後聯「孤嶂秦碑在荒城魯殿餘。」敍感懷小景；王維於領聯「草枯鷹眼疾雪盡馬蹄輕」用勁俊之句，於後聯「忽過新豐市還歸細柳營」用平淡之句皆是實現這種理想的。故宋、元以後的詩人作律詩的先作兩聯然後附首尾的多這。然而明之謝肇淛評不容易的緣故？對偶底云孟浩然之欲濟無舟楫端居恥聖明杜甫底登岳陽樓詩為五言律底全璧而膾炙人口的。然而明之謝肇淛評云孟浩然「氣蒸雲夢澤波撼岳陽城」杜工部「吳楚東南坼乾坤日夜浮前聯之峻拔稜層覺爲蕭颯然清之雄渾覺爲索寞。杜甫之親朋無一字老病有孤舟之後聯比吳楚東南坼乾坤日夜浮。力量氣魄已無可加而孟則繼之曰欲濟無舟楫端居恥聖明，杜則繼之曰：親朋無一字老病有孤舟。比以索寞幽眇之情攝歸至小兩公所魏際瑞嘗論云：謝肇淛之評雖未必當然作，不謀而合可見文章有法若更求博大高深者以稱之必無可稱而力竭反蹶無完詩矣。亦可知對偶之不容易了。

然嚴羽云：「對句好可得結句好難得發句好尤難得。」揭傒斯云：「起句尤難，先須闊占地步，要高遠不可苟且；中間兩聯須要血脈貫通音韻相應對偶相停上下勻稱尾聯要能開一步別運生意結之然亦有合起意者亦妙。

世之學者，多用意中間兩聯，而不知首尾起結尤為難也。」明之王世貞云：「律不難中二聯難在發端及結句耳。發端盛唐人無不佳者結頗有之。」又文體明辯云：「對句易工結句難工發句尤難工。」蓋宋以後的詩人概先作對句，然後冠發句或屬結句的彼等底精力已竭於前聯後聯四句，不復有渾成起結四句的餘勇了。故彼等之詩是不一氣貫通不首尾照應的，如不陷於牽強附會即歸於支離滅裂。而批評家欲矯此積弊故稱首尾之工難而稱對句易。秋圃擷餘云：「今人作詩多從中對聯起往往得聯多而韻不協勢既不能易韻以就我又不忍以長物棄之因就一題衍為衆律雖然聯旁出意盡聯於是別生枝節而附會或即一意以支吾擎衿露肘浩博之士猶然架屋疊牀貧賤之才彌窘」庶幾把詩人之情弊看透了。

第二律詩底句法與古體異，在平仄排次上。五言有二四不同二九對之名，見於白氏文集蓋五言是上句五字，下句五字凡合十字而為一聯。七言則以上句七字下句七字凡十四字為一聯。「不論五言七言以二字為一句」其稱呼皆不妥當顧。五言底二九對是說上句第二字與下句第四字應同平仄，七言底二六對是說一句中第二字與第四字應異其平仄，這是五言、七言相同的處所。五言底二九對「其稱呼皆不妥當」是說一句中第二字與第四字應同平仄。七言底二六對是說一句中第二字與第四字應異其平仄，這是五言、七言相同的處所。五言底二九對「不論五言七言以二字為一句」這縱橫的觀察雖為句法上的要件然倜儻的地觀察起來，第一、四、五、八句底第二字皆同一平仄，第二、三、六、七句底第二字皆同一平仄。這是篇法上的要件違背句法上的要件的稱為拗句，如陳子昂底次樂鄉縣底「故鄉杳無際」及韋應物繫洛舟行底「寒樹依微遠天外」就是其例。違反篇法上的要件的稱為拗體，或

稱失黏體，如陳子昂底送別崔著作，賈至底早朝大明宮，王維底酌酒與裴迪，李白底鳳凰臺就是其例。

這樣二四六底平仄在近體最是應嚴格地遵守的連同第一字第三字第五字不問而生「一三五不論，二四六分明」之說。清張去病底詩談聲調譜云：「一三五不論，二四六分明者余昔聞諸趙秋谷先生微得其概後余以宮、商按之，自有法也和漢三才圖繪云：『輓近有若陳西文、黃美發乃著書有一三五不論，二四六不同聲二六當同聲勿用下三連』就是然據詩律兆云：

『分明也』則不僅一三五宜論具有孤平孤仄、孤平三連仄三連底制限例如第四字之平爲孤立而成形式即所謂孤平孤仄一曰夾平在第二字第六字亦然倘若第四字爲平字時第三第五若安仄字時第一第三如用平字則第二字之仄爲孤立而成形式即所謂孤仄一曰夾仄在第四字第六字亦然又五言底第四七言底第六字爲仄言底第六字爲平聲時其前後皆爲平聲這就是所謂平三連倘若五言底第四字七言底第六字爲仄聲時其前後皆爲仄聲這就是所謂仄三連就中孤平最應忌然唐代詩人未必拘泥這等的禁忌。例如杜甫底『世人共鹵莽』李白底『碧雲斂海色』孟浩然底『以吾一日長』李益底『綠楊著水草如煙』

第二字均爲孤平底。杜甫底『老去一杯足』孟浩然底『嘗讀遠公傳』高適底『白髮老間事』白居易底『優詔幸分四皓秋』第四字均爲孤平。杜甫底『可憐賓客盡傾蓋』崔顥底『晴川歷歷漢陽樹』劉禹錫底『語餘時舉一杯酒』韋應物底『道心澹泊對流水』第六字均孤平。尤其是如王維底『勸君更盡一杯酒』第二字及第

六字均犯孤平孤平已犯還管甚孤仄還管甚平三連仄三連試就五言律詩而言則李白底「道隱不可見」杜甫底「小雨夜復密」孟浩然底「士有不得志」元稹底「十里撫稚別」起句全句皆仄。載叔倫底「歲月不可問」杜牧底「大暑去酷吏」杜荀鶴底「一句我自得」前聯全句皆仄杜甫底「草木歲月晚」岑參底「馴馬去不見」白居易底「壯歲忽已去」張籍底「入國自獻寶」後聯全句皆仄即可知仄三連亦不是他們所絕對禁忌的試就七言而白底「連營甘泉雲」岑參底「還家飛花時」全句皆平則可知平三連況如崔櫓底「梨花梅花參差論韓偓底「蓬落生涯秋風高」是平五連韓偓底「野雲低迷煙蒼蒼」是平六連。開」釋貫休底「常思東溪瘦眉翁」竟是全句皆平又劉長卿底「憐君此地未得志」白居易底「昔年八月十五年」是仄五連而釋齊己底「六十八去七十歲」竟是全句仄即他們不獨犯平三連仄三連而且把二四不二六對的法格都破壞了至於上句用仄三連下句用平三連唐人已不禁忌是不待說了。如岑參底「邊城細草出客館梨花飛」李白底「亂流若電轉舉棹揚珠輝」李攀龍底「白雲海色斷落日秋陰來」杜甫底「自是秦樓壓鄭谷時聞雜珮聲珊珊」及「客子入門月皎皎誰家搗練風淒淒」等不遑一一枚舉予不敢以破格強初學者只是說明唐賢入神之作是以自然為主以神韻為貴不必拘拘於聲律而欲砭針後世詩人徒競巧於雕蟲篆刻之末的罷了。

五言律雖平仄易諧然格調音響有未暢之所七言律暢達悠揚紆餘委曲能窮其妙猶之五言古詩銜轡有程，

第十九章　近體上

一五一

步驟難展，而七言古詩卻錯綜開闔頓挫抑揚，能極其變。至論到五言與七言之難易，滄浪詩話首唱律詩五言難於七言之說，楊載、揭傒斯、胡應麟、徐師曾等皆應和之。這與古詩七言難於五言恰相反。蓋古詩五言以意象渾融爲旨，非造詣深的則難於完成，七言以體材磊落爲主，材情稍贍者即易於發舒。然在近體五言規範簡古縱非大匠結構易成，而七言律非體裁明密則聲調高華縱是巧匠亦苦於推敲。故詩藪稱七言律之難云：「古詩之難莫難於五言，近體之難莫難於七言。」蓋七言律欲於精切之中渾成之妙於工密之中有古雅之趣，而壯偉之弊失於卑弱深厚之弊流於晦澀濃麗之弊過於繁縟此古來詩人所以說言律爲最難非兼備百練的工夫與千鈞的力量則無論如何不能入於三昧且七言句把上二字切去猶成意味保其格調，則七言句還不能算成功周弼論七言律云：「七字當爲一串不可以五言泛加兩字，」楊載揭傒斯論七言句云：「七言若可截作五言便不成詩」。徐師曾云：「七言視五言爲難，五言不可加七言不可減爲尤難」皆是這主張。然胡應麟卻反對說：「使句意高遠，縱字字可剪何害其工肯體卑陬雖一字莫移何補其拙如老杜風急天高乃唐七言律第一首即八句無不可剪作五言者又如江間波浪兼天湧塞上風雲接地陰五更鼓角聲悲壯三峽星河影動搖等句上二字皆可剪亦皆杜句最高者曷嘗坐此減價又如王維「漠漠水田飛白鷺陰陰夏木囀黃鸝」李嘉祐剪爲「水田飛白鷺夏木囀黃鸝」老杜剪「閶闔開黃道衣冠拜紫宸」何害王句之工即如宋人「爲看竹

「九天閶闔開宮殿萬國衣冠拜冕旒」

因來野寺獨行春偶過溪橋」上下黏帶不可動搖，而醜拙愈甚。」這未免爲矯激之言。因爲杜甫底風急天高一律，就是每句剪爲五言，然在格調上仍不如七言之爲愈且五言律在一篇四十字中七言律在一篇五十六字中不用同樣的字爲近體底特色然唐之詩人往往犯之。如王維底七言律第三句云『暮雲空磧時驅馬』第七句云『玉靶角弓珠勒馬』崔護底七言律先說『去年今日此門中』後云『人面祇今何處去』即是其例。故王世禎評王維之作云『雖不妨白璧能無少損連城』沈括評崔護之作云『唐人工詩大率如此雖兩今字不恤也』然在劉禹錫底詩中旣云『雪裏高山頭白早』又說『于公必有高門慶』而復自注云『高山本高于門使之高二字義殊』即唐人在元和以後一篇中是忌用同樣的字的。金趙秉文嘗述律詩所以最難的云『律詩最難工五十六字皆如聖賢中有一字不經鑪錘便如一屠沽兒廁其閒也』。

第三律詩底押韻法，由五言與七言而有差異五言律第二句始下韻脚以下隔句押韻通篇八句押四韻故有稱律詩爲四韻詩的。元方回底三體詩序云『周伯弜三體法者專爲四韻五七言小律詩設』即是然四韻底稱呼，從唐代起已流行的，韓愈底送楊少尹序云：『爲四韻詩歌其事』。只王勃在滕王閣序中有『一言均賦，四韻俱成』的話在律詩發生以前這是單指八句的詩未必是說律詩且王勃底滕王閣詩爲逐解轉韻的七言古詩八句中凡六次押韻然以自稱四韻看起來唐初對八句詩也許是襲用四韻詩的稱呼的即四韻詩底稱呼在唐以前稱五言八句詩的名目在唐以後至以七言八句詩爲總稱成了律詩底異稱又七言律第一句第二句俱押韻第四句以下

隔句押韻，如五言一樣如七言也有第一句不押韻的，這名為落韻，或蹈落，張說底幽州新歲作崔顥底黃鶴樓，王維底大同殿生玉芝作及奉和聖製從蓬萊向慶閣道春望之作等就是故袁宏道云：「對起則首句腳尾不押韻非對則必照韻起也。」五言間有第一句押韻者，杜審言底早春游望「獨有宦遊人偏驚物候新」孟浩然底臨洞庭「八月湖水平涵虛渾太清」皇甫會底晚至華陰「臘盡促歸心行人及華陰」之類是。明謝榛云：五言律首句用韻宜突然而起要勢不可遏這是不常套的又律詩有上下句互相押韻的即從第一句起第三第五第七句押仄韻從第二句起第四第六第八句押平韻這是唐章喝所創作文體明辯稱為兩韻詩這是詩人底遊戲文字固不足為法且押仄韻的未必為古體縱是絕句也有用仄韻的與岑參底酒泉太守席上醉後作，及送劉判官赴磧西即是。即律詩用仄韻的亦不可一概以古詩去排斥，如高適底九月九日酬顏少府是七言仄韻之律，杜甫屏跡王維底故南陽夫人樊氏挽詞僧靈一底西霞山夜坐，是五言仄韻之律。

律詩底篇法句法及押韻法既敍其梗概茲更進而就排律一言吧！排律就是長篇的律詩從十句以上，十二句、十四句、十六句起有至百句、二百句、三百句之長的，多半是五言除發句落句外皆用對偶其聲律概同律詩滄浪詩話云：「有律詩至百五十韻者，有律詩止三韻者蓋杜甫及白居易均有百韻的律詩，李白及李益均有三韻的律詩律詩既以八句為常形稱三韻六句的為三韻律或六句格稱十句以上的為排律排律是以六韻十二句為正格，短的也有十句的，長則有百韻乃至百五十韻的其句法及押韻法一準律詩字鍊句鍊，最為精工其篇法有三要第

一鋪敍得體，先後次序不亂。第二氣象寬宏從容不迫。第三隊仗嚴肅情景分明。這是四韻的律詩固然而在排律尤其不然。黃庭堅嘗云：「老杜贈韋左丞詩，前輩推為壓卷，蓋其布置最為得體，如官府、甲第廳堂房舍各有定處，不相淆亂也」布置得宜首尾貫通很能得篇法上的三要。

排律底起源在六朝時代與四韻律詩相同故謝靈運、顏延之、謝瞻及陰鏗等底作品屬對精緻文字莊麗，實為唐代排律之祖。然當時未嘗有排律之名及唐興專門的成一體，遂生排律之名，而用於侍從遊宴應制等底場所。然排律修辭上最要苦心與精力，初唐四傑以後染指的人多，沈佺期宋之問俱以精工稱。張說蘇頲亦以秀麗稱。然他們底作品皆沒有過十韻的。至杜甫始縱橫馳驟，如奔馬如飛龍，百韻千言多多益善力雖少而不餒。此所以為古今獨步底詩聖。而為百世所矜式哩！故清李調元底賦話云：「初唐人排律不過六韻八韻，杜陵始有長篇。至元、白而沾沾自喜勸輒百韻矣。」然排律五言多七言少，比較的五言下手易七言則最難。

以六韻十二句為排律底常式。唐應試詩三卷中第一卷詩之篇數凡一百一首其中六韻十二句的詩有九十六首，八句的詩一首，十六句的詩三首，十句的詩僅一首此很可知道了。又第二卷詩八十九首之中十二句的有八十一首，十句的一首，十六句的三首，八句的不過四首。第三卷亦準此。故祖詠嘗試作終南陰嶺秀四句的詩有司問其故。祖詠應之以意盡。這是詩壇底逸話可知四句二韻的詩非常式哩。四句二韻之詩既非常式，況屬四韻或八韻尤其是以注官限四韻或官限八韻的看起來可知六韻底詩屬常式。故帶經堂詩話云：「唐人省試皆用排律，本

只六韻而止至杜始爲長律中唐元、白又蔓延至百韻非古也其方則首尾開闔波瀾頓挫八字一律盡之。』而六韻中的起首二句曰破題結尾二句曰落句中腹四韻八句曰四比稱四比中第一聯爲承題或頷比其次爲頸比其次爲腹比再其次爲後比。明之八股文蓋是胚胎於此。

（一）李白—送羽林陶將軍詩云：『將軍出使擁樓船江上旌旗拂紫煙萬里橫戈探虎穴三杯拔劍舞龍泉莫道詞人無膽氣臨行將贈繞朝鞭』。

（二）白居易—縣西郊秋寄贈馬造詩云：『紫閣峯西清渭東野煙深處夕陽中風荷老葉蕭條綠水蓼殘花寂寞紅我厭宦遊君矢壹可憐思兩心同』。

（三）白居易—忠州種桃李詩云：『無論海角與天涯大抵心安卽是家路遠誰能念鄕曲年深兼欲忘京華。忠州且作三年計種栽桃擬待花。』

（四）白居易—李白墓詩云：『采石江旁李白墳繞田無限草連雲可憐荒壠窮泉骨曾有驚天動地文但是詩人多薄命就中淪落不過君。』

（五）李白—送內尋廬山女道士李騰空二首詩云：『君尋騰空子應到碧山家水春雲母碓風掃石楠花若戀幽居好相邀弄紫霞』其二云：

『多君相門女學道愛神仙素花掬青靄羅衣曳紫煙一往屏風疊乘鸞著玉鞭』。

（六）李益—塞上詩云：『漢家今上郡秦塞古長城。有日雲常慘無風沙自驚當今天子聖不戰四方平。』

（七）韓愈—謝李員外寄紙筆詩云：『題是臨池後分從起草餘兔尖針莫並繭淨雪難如莫怪殷勤謝虞卿正著書。』

（八）杜甫—秋月夔府詠懷奉寄鄭監審李賓客之芳一百韻詩云：『絕塞烏蠻北孤城白帝邊飄零仍百里消渴已三年雄劍鳴開匣羣書滿繫船鳳離心不展衰謝日蕭然筋力妻孥問蓍華歲月遷登臨多物色陶冶賴詩篇峽束滄江起巖排古樹圓拂雲霾楚氣朝海蹴吳天

第十九章　近體上

井為鹽速燒畜度地偏有時驚疊嶂何處覓平川鸂鶒雙雙舞獼猴疊疊懸碧羅長似帶錦石小如錢春草何曾歇寒花亦可憐獵人吹成
火野店引山泉喚起搔頭急扶行幾展穿雨京猶薄產四海絕隨肩幕府初交辟郎官幸備員瓜時猶旅富萍泛苦賓綠藥餌虛猿籍秋風
麗靜便開穢驅瘴癘明目掃雲煙高宴諸侯禮佳人上客前哀箏傷老大華屋豔神仙南內開元曲當時弟子傳法歇壁變轉滿座涕漣漣
弔影夔州僻回腸杜曲煎郎今龍戚水莫帶犬戎羶耿賈扶王室蕭曹拱御筵乘威滅蜂蠆戮力效鷹鸇舊物森猶在凶徒惡未悛國須行
戰伐人憶止戈鋋奴僕何知禮恩榮錯與權胡星一慧首途拘巒哀痛絲綸切煩苛法令繁業成陳始王兆喜出於畋宮禁經綸密臺
階律比崑崙竹音喧償愴當久忘筌置驛常如此登龍豈有焉雖上牢千鄭李光時論文章並我先陰何尚清省沈宋欻綃聯
關翊戴全熊羆載呂望鴻雁美周宣側聽中興主長吟不世賢音徽一柱數道里下牢千鄭李光時論文章並我先陰何尚清省沈宋欻綃聯
皆汗血鶵喙必青田羽翼商山起蓬萊漢閣連管絃愴帳淨江令錦袍鮮東郡時題壁南湖日扣舷遠遊浚絕境佳句染成篝每欲孤飛去
徒為百慮牽生涯已窶國步尚爰池邊金枕成蔣沒池塘作棠捐別離憂悒恨伏臘涕漣漣露菊斑秋蔬影澗濃共誰論昔事幾處有
新阡富貴空回首喧爭懶著鞭兵戈塵漠漠江漢月娟娟局促看秋燕蕭疏聽晚蟬雕蟲蒙記烹鯉豐飆高視收入表虛心味道元馬來
虛把銀釧米盡折首钿甘子陰涼葉齋茅八九椽陣圖沙北岸市暨漢西嶺韁絆心常折摟運病郎痊紫收岷嶺芋白種陸池蓮色好黎勝
頻穰多粟過拳勅廚惟一味飽或三體兒去看魚筍人來坐馬韉縛柴門窄窄通竹溜涓涓蟄抵公畦稌邨依野廟瘦缺離將棘担倒石
賴藤纏借問頻朝謁何如穩醉眠誰云行不逮自覺坐能堅霧雨銀章澀響香粉署妍鷟驚無近黃雀任翩翩困學遵眾明公各勉旃
警華夾宸寰早晚到星躔懇諫儒引服慶不過輪鯁直會是正陶甄膂肝變虞斬元疾苦騈雲臺終日晝清簡為誰編行路難
何有招尋興巴尃出來具飛機暫擬控鳴弦身許雙峰寺門求七祖禪落帆追宿昔衣褐向真詮安石鳴高晉昭王客赴燕途中非阮籍查
上似張騫披拂雲寧在淹留景不延風期終破浪永怪莫飛涎他日辭神女傷春怯杜鵑淡交隨聚散澤國繞迴旋本自依迦葉何曾藉偓佺
佺心極清羸任體曆序任金鎞空刮眼鏡象未離銓
為爐峰生轉畦橘井尚高襄東走窮歸鶴南征盡馬鵾晚間多妙教卒踐塞前愆顧愷丹青列頭陀琬琰鐫眾香深黯黯幾地蕭芊芊勇猛

（九）白居易——有百韻詩三首，一代書詩一百韻寄微之、一渭邨退居寄禮部崔侍郎翰林錢舍人詩一百韻三、東南行一百韻寄通州元九侍御灃州李十一舍人等茲錄代書詩一首於下：『憶在貞元歲初升典校司聲名同日授心事一言知肺腑都無隔形骸兩不羈疏狂屬年少閒散爲官卑分定金蘭契言通藥石規交賢汲汲友每偲偲有月多同賞無盃不共持秋風拂匭匣夜雪書帷高上慈恩塔聯句八面敷宮蔂皇子陂唐昌玉蕊會崇敬牡丹期笑勸迂辛酒閒吟短李詩儒風愛敦實佛理賞元度日無悶通宵靡不爲雙聲聯律句往往遊三省騰騰出九逵寒銷直城路春到曲江池樹煖枝條弱山晴彩翠奇峰攢石綠點柳惹麴塵絲岸草煙鋪地園花雪壓枝早光紅照耀新溶碧透逶迤幅幕侵堤布盤筵占地施徵伶皆絕藝選妓悉名姬鉛黛凝春態金鈿耀水嬉風流誇隨蠻時世鬬眉密坐隨歡促華尊逐勝移香飄歇飲傾卮插紅螺椀炊白玉卮打兼調笑易飲訝殘席波遲殘席喧嘩散歸鞍酩酊顏烏帽醉袖玉鞭垂紫陌傳鐘鼓紅塵塞路歧幾時曾暫別何處不相隨往往星霜換迴迴裘節候推兩衙多請告三考欲成資運啓千年聖天成萬物宜皆當少壯日同惜盛明時光景嗟虛擲雲霄竊窺攻策目穿札砭繁鋒銳若戟堅守釣龍坻並受夔龍薦齊陳晁董詞萬言經濟略三策太平基中第爭無敵專場戰不疲輔車排陣勢掎角犄降名向白廊棲既在高科選還從好爵縻東垣諫諍評西邑我驅馳再喜登鳥府多慙待赤墀官班分內外遊處參差每列鵷鷺序偏瞻獬豸姿威稜既凜例衣彩繡葳蕤正色摧強暴剛腸嫉喧呼常懼持祿位不擬保妻兒養勇期除惡輸忠在滅私下覆翻山藏路嶮邅迴遞塵中遇殷勤馬未爲明主識巳被怨東臺更不欺理冤多定國切諫甚辛毗造次行於是平生志在茲將心共直言與行兼危水暗波翻覆南國人無倖臣疑木秀遭風折蘭芳遇霰萎千鈞勢易壓一柱力雖持騰口因成痏吹毛遂得疵憂來吟貝錦讒去詠江蘺邂逅塵中遇殷勤馬晚上賈生離魏闕王粲向荆夷水過清源寺山經綺里祠心搖漢皋佩淚墮峴亭碑驛路綠雲際城樓水湄思鄉多繞澤望闕獨登陣蕭索江平綠瀰瀰野秋鳴蟋蟀沙冷聚鸕鷀馣官舍黃茅屋人家苦竹籬白膠充夜酌紅粟備晨炊寡鶴摧風翮鰥魚失水鬐閉門無伯樂舌在自張儀貢氣衝星劍傾心向日葵金言自銷鑠玉性肯磷緇伸屈須看蠖窮通莫問龜定知身是患應用道爲醫想子今如彼嗟予獨在斯無慚當歲杪有夢到天涯坐困葉墜相思一點寒燈滅三聲曉角吹藍袍經雨濕誰醒自歎醵耳垂無伯樂舌在自張儀

連袂帶行乖接履蒸潤銷衣上霧香散雪中芝念遠傷遷貶驚時嘆別離素昔三往復明月七盈虧舊里非雖到餘歡不易追樹依與善老，草傍靖安裘前事思如昨中懷寫向誰北村聳古柏南宅訪辛夷此日空搔首何人共解頤病多知夜永年長覺秋悲不飲長如醉加餐亦似飢狂吟一千字因使寄徵之』。

（一〇）王禹偁《謫居感事詩》一百六十韻詩云：『遷謫獨熙熙，襟懷自坦夷孤寒明主信，清直上天知消息還依道，生涯只在詩當論山水詎敢詠江蘺偶嘆勞生事因思志學時讀書方覬奧下筆便搜奇賦格輕鷓鴣儒冠濺鵁鶄耕桑都不事園井未曾規必欲縑緗富寧教杼軸紕光陰常矻矻交友儘偲偲步驟依班馬根源法丘姬收囊秋不倦刻鵠夜忘疲流輩多相許時賢亦見推叨榮偕計吏濫吹謁春司僕瘦途中病驢寒雪裏騎空羣入場屋試目看京師技癢初調箭鋒鋩欲試錐甲科登漢制內試識堯眉敷刻晡矣三場亦勉之先鳴輸俊彥，上第途參差罷舉身何託還家命自奇惟慚親倚戶敢望嫂停炊竭力求甘旨終朝走跂岐貪希仲由米多廢董生帷丹桂何時折孤蓬逐次移知憐無國事志氣自男兒季子貂裘敝狂生刺字瀝廣廈重考覆蹇步載驅馳迥代寧甘退青雲暗有期禮闈冠冕多士御試拜丹墀隱霧寧藏豹摶風肯伏雌重瞳念孤迹一第漾鴻私得告還鄉貴除官佐亦卑折腰稱小吏短步寧多慎初資根棘心何恨松筠操自持及親家有養事長禮無虧銅墨官常改煙霞念晚垂萬家呼父母百里撫警敢起慷慨嘆長憂竊祿喧官業亦孜孜政事還多暇優遊甚不羈村尋魯宅認館娃塞子留香徑吳王有劍池狂歌殊不厭酒興最相宜。樸樕召對立茅芡載筆居三館登朝忝拾遺紫泥天上降朱紱御前披侍從殊為貴圖書頗自怡史才媲班固諫筆從批疑把微軀殺懶草織登山履蒲挽紈綏果檻花好插薔薇震澤柟包火松江繪繼絲三年無異政一篋有新詞多戀南園臥俄從北闕追呈材眞將厚祿安邊上章疏端拱獻箴規精鑒逢英主知憐是首夔歌才不稱掌誥筆難擒制歷多無事詞頭無忤遲繁除謝辛毗疑從溫室樹清辟虎貌宮簾枝青璜霞光透蒼苦露片裝御香飄硯席宮葉落總綾看浴池生鳳開門殿角蝸上林花掩映仙掌露淋漓對近瞻旒冕柄班清吹萬年垂翠御水動漣漪紀號年沿化朝元月建寅攤官捧寶冊祝壽執尊彝表案行抵折宮縣聽蕭祇德音王澤潤謙退遲繁斥溫至樹清辟虎貌宮簾深窺龍鳳姿策勳何烜赫賜紫更葳蕤力山難負鷫梁翼易滋論功慙八柱受服欲三硯祇慮碌將至曾無事可裨趨朝空附驥退食自

第十九章　近體上

迤邐更直當春好，橫行隔宿杳；內朝長得對駕幸每敎隨院觀雲稼金明閟水嬉；賞花臨鳳詔侍釣立魚垞拂面黃金柳酡顏白玉卮；分題宣險韻翻勢得仙萊覓覩天管爭燃荳萁恨無才應副空有表虔祈睿鑒偏稱賞天顏極撫綏中官賜大字院史捧巾篆遭遇誠堪惜功名竊自思，纓自請無壯志視草亦胡爲未獻東封頌空鐫北嶽碑深慚專俎豆長欲議邊顏。但可憐驕子何須斬谷蠡賫中貯兵甲堂上有熊羆成敗觀千古施張在四維兼磨斷佞剱擬補直言旗遇事難緘默吚無樞逐烏雀偽首任狐狸廷尉專刑煞詞臣盍等衰五花儀久廢命猶請刑肯有欺原諫浚近侍內亂嫉妖尼丹筆竟無敎金科了不疑拜章期悟主仆法更防維婁菲終無已雷霆遂赫斯如弦評直投杼覓瑕疵衆鑠金須化蠢排柱不支佞橫迴北斗讒舌鑠南箕闕下羊腸險朝端虎尾危道孤貽衆怒責薄賴宸慈西拔除三字南山佐一釐蒼黃塵滿面揮灑涕交頤目斷九重闕魂銷八逵遠尊親遠扶持兄弟盡流離秦嶺偏嶤絕商于更嶔巇吾廬何處是，我馬忽長辭六里山蒼翠丹河浪渺瀰分封思衞鞅割地憶張儀懶讀三閭傳空尋四皓祠畱煙濃似霧松雪白如黎壞舍床鋪月寒窗硯結澌振書彩作拂解帶竹爲榻呼僕泥茶竈從俗借藥餌鐘上寺起角怨水門吹舊友誰靑眼新秋有白髭煙嵐睛鬱鬱風雨夜颸颸我過徒三省吾生自百罹初來聞旅雁不覺見黃鸝市井攜山榮房廊蓋木皮野花紅爛漫山草碧離褷。冽煙濃似霧松雪白如黎壞舍味醨尾因求食掉角爲觸藩贏有夢思紅藥無心探紫芝瘦妻容慘戚雅子淚漣洏燭怯畱昏憂虎入籠松根燃夜燭鴞悔朝饑豈獨堂中齡還嵾地乏醫；飄萍渤海親老日崦嵫閣下辭巢鳳山中伴野鷖風欺秀林木雲隔向陽葵屈產罵馬丹山困赫鴟夜燭如朝饑白本合混妍媸自此韜餘力終當學鈍錐窮通皆有數得喪又奚悲自顧才何者空憐道在茲宣尼猶削伐大禹亦胼胝運去當如鼠投來且禦魑逢風媿戰鬢。雲禾酒詩章效四螢從典賣貂尾任傾欹兀兀拖腸鼠悠悠曳尾龜北窗尋蛺蝶南岸看鸕鷀山翠樓頻上雲生杖獨搘簟閒畱曉魄檐煖貫冬曦松柏寒仍翠瓊瑤涅不緇窈誰兮曲直祇自仰神祇吾道寧窮矣斯文未已而狂吟何所益孤憤洩黃陂。

第二十章 近體下

絕句底難易　絕句底稱呼　絕句底發生　起承轉合　轉句底功用　平起與仄起　五言與七言　神韻與法式　唐底樂府　陽關三疊

凡學詩有先後作詩有難易近世日本人底學詩的皆先絕句後古詩以近體爲易古體爲難果然卽否耶滄浪詩話論詩之難易說是律詩比古詩難絕句比律詩更難誠齋詩話云：「五七言絕句字最少而最難工雖作者亦難得四句全好者。」這在三體詩中以絕句爲至難的。隨園詩話亦論學詩先後云「初學詩，當先學古風次學近體，其勢易倘先學近體再學古風則其勢難猶學字者先學楷書後學行草亦是一定之法。」不唯隨園爲然，卽日本人如柴野栗山亦是使塾生先學古詩的。其言曰古詩不拘平仄不必對偶故作句易及材力稍有餘然後入於近體底紀律卽可知近世日本詩人學詩作詩的順序顚然而就是中國人也並非沒有以古詩爲最難的張蔚然底西園詩塵云：「四言古難于五言古，五言古難于七言古，七言古難于絕絕難于律然古可以欺人也而律不可以欺人也；絕難于律然古可以欺人也而楷不可以欺人也故人亦難之。」這是只管着目於時世底古今以拒今最遠爲最難這與日本人陷於同一的弊竇。

論到絕句底構成法先論絕句底名稱所由出吧，蓋就絕句二字底意義古來說明無定論第一有解釋絕句之絕為妙絕之絕這不可從第二有說絕句之稱是從句絕而意不絕出的，冰川詩式取此說亦不可從倘若果然則與其說是絕句卻不如謂之不絕句之為愈第三有以絕句為一句一絕，絕為句不聯排的意義的，日本人宇野明霞釋對句，或後半成對句或四句共成對句皆是二句一聯，於局面變化之中一氣貫通不但四句互相扶持或前半成這是元范椁首唱明吳訥徐師曾等皆應和之予亦有共鳴之所。然予是欲以四句一絕之義，說明絕句底稱呼的，蓋大典等皆取是說然亦不可從因為絕句有起承有轉合於局面變化之中一氣貫通不但四句互相扶持或前半成以二句為一聯以四句為一絕曰聯曰絕是相對底稱呼，四句一絕猶言四句一解也許是從音樂聲律上而出的稱呼。然古人未曾一言論及，茲姑從截取四句之說吧。森槐南嘗論絕句云：絕句即截句之說殊易入人耳，故三家村學究先生今倘以此為童蒙講習的不少。然絕句是短詩底名稱在未有五七言八句四韻的律體以前早已有之，非斷截律詩以為名的。然槐南之說亦有未徹底之所，恐怕不能使三家村底學究先生心服首肯。因為絕句元是短詩底名稱不待槐南之辯無論何人也都知道。至於為何稱短詩曰絕句槐南竟無一言論及在沒有五七言八句四韻底律體以前已有五言四句的短詩實是事實然在唐以前果稱五言四句的短詩為絕句與否不得而知了。且絕句不單是把律詩斷截從古詩亦可截取的沒有律體以前雖有絕句到底不能否定絕句即截句之說若從古詩截取的不可律以近體底平仄；從律詩截取的或前對或後對，或為四句全對或為四句皆不對。蓋截

取律詩底前半四句的、後半四句的為前對的格截取中腹四句的為四句全對的格截取首尾二聯的為四句皆不對的格故絕句有半律或小律之稱就是因其從律詩截取的多。

顧從古詩或律詩截取四句所以成絕句的蓋因古來以四句為一解以資歌詠之故即絕句底發生元是基因於官妓商女伶人俳優之輩以歌曲為目的剪裁今古名家之作以之和管絃而歌的試舉從古詩或律詩截取的例證，古文真寶載陶淵明所作：

春水滿四澤夏雲多奇峰秋月揚明輝冬嶺秀孤松。四時

彙載無名氏所作的五言絕句：

聞說黃花戍頻年不解兵可憐閨裏月偏照漢家營。伊州歌

之詩就是詩紀所載顧愷之底神情詩而神情詩本是古體長篇截取其一節的，在詩紀注為摘句。唐詩選及唐詩品之詩，全唐詩云：西涼節度蓋嘉運所進然這篇決不是蓋嘉運所作，而沈佺期底五言律是從雜詩中第三章截取的。

開篋淚霑襦見君前日書夜臺空寂寞猶是紫雲車。涼州歌

又在全唐詩裏載西涼府都督郭知運所進有：

春水滿四澤……

之詩。這亦是從高適底五言古詩涼州歌截取而來的，又聯珠詩格載蘇軾底絕句「峨眉山月半輪秋，影入平羌江水流；謫仙此語誰解道，請君看月時登樓」之作本是把古體從其中截取四句的其他唐之樂府流傳於伶人妓女

之間的絕句，是從名士底律詩截取而別立名目的不少。例如戎渾歌是截取王維底律詩觀獵底前半，睦州歌是截取王維底律詩終南山底後半，崑崙子是從王維底律詩楊子談經處一篇前半截取的，長命女是從岑參底律詩雲送關西雨底前半截取的，冰川詩式載駱賓王底易水送別之作：

此地別燕丹，壯士髮衝冠昔時人已沒，今日水猶寒。

是截律詩底前四句，許敬宗底重陽之作；

心逐南雲逝身隨北雁來。故鄉籬下菊，今日幾花開。

是截律詩底後四句。駱賓王底玩初月之作：

忌滿光恆缺乘昏影暫流自能明似鏡，何用曲如鉤。

是截律詩中二聯的，王績底過酒家之作：

此日長昏飲非關養性靈眼看人盡醉，何忍獨爲醒。

是截律詩首尾四句的。津坂東陽底絕句類選及家田大峯底作詩質以李嶠底汾陰行：

山川滿目淚沾衣富貴榮華能幾時，不見秖今汾水上，唯有年年秋雁飛。

作爲絕句而揭載着。然原作爲七言古詩其全篇載在唐詩別裁集又李白底

長安一片月萬戶擣衣聲秋風吹不盡總是玉關情何日平胡虜良人罷遠征。子夜吳歌

五言古詩載於唐宋詩醇乾隆帝評說是應刪末二句作絕句，柳宗元底

漁翁

漁翁夜傍西巖宿，曉汲清湘燃楚竹，煙消日出不見人欸乃一聲山水綠回看天際下中流，岩上無心雲相逐

的七言古詩，蘇軾把末二句刪去，說是子厚復生必爲心服。胡應麟以之爲然。王士禎亦表贊成漁洋詩話云：「柳子厚漁翁夜傍西巖宿一首如爲絕句以欸乃一聲山水綠結之便成高作。下二句眞蛇足耳而盲者顧稱之何耶！」且士禎嘗從程周量底五言古詩截取四句爲：

朝行青山頭，暮歇青山曲青山不見人，猿聲聽相續。

底絕句說是本是古詩余直刪作絕句以爲有不盡不意。程深服之。又明陳繼儒底絕句朱槐底明詩平論所載：

春江欲入戶，雨勢來不已，小屋如漁舟，濛濛水雲裏。

一絕句元是蘇軾底古詩首四句。蓋陳繼儒嘗從蘇軾古詩中截取此四句而揮毫後人誤爲繼儒之作哩。魏徐幹是建安七子中的一人嘗作雜詩五首其第三章云：

浮雲何洋洋願因通我詞飄飄不可寄徒倚徒相思人離皆復會君獨無返期，自君之出矣明鏡暗不治思君如流水何有窮已時。

而晉宋時代截取「自君之出矣」以下四句而傳誦於世宋之許瑤、顏師伯、陳之賈馮吉，隋之陳叔達，唐之玄宗等

第二十章 近體下

一六五

皆模倣而作『自君之出矣』四句詩卽就旣成的詩裁取情聲兼到的四句合於管絃資於歌詠這不但可知從晉、宋時代以來便流行而且可知已被截取的四句遂成了一種詩體而爲後人所模倣。

絕句底發生有二種：一是從已成的古詩或律詩截取而成四句的，二是從律詩截取的，三是從當初以來就以作近體四句詩的目的而成的。因此絕句系統有三種：一是從古詩截取而成的，二是從當初以來就以作近體四句詩的目的而成的第一種拗體多第二種第三種是恪守一定的繩尺的。

論者或以絕句底發生先於律詩的蓋南史宋之晉熙王昶傳中，趙翼底陔餘叢考中云『按南史曰斷句曰絕則宋梁時已稱絕句也。』然南史底記事直接斷定宋時有絕句之稱。沈約底宋書晉熙王昶傳卻不曾說昶知其不捷乃夜開門北奔作斷句詩數云：『六朝短古槩曰歌行；至唐方曰絕句』實中肯之談。故隋以後的絕句後人漫題古人短古以唐以後的稱呼，槪屬截取古詩中一節的，卽隋以前的古體的絕句與唐以後的近體的絕句完全異其血肉旣知二者底血肉相異同時又知道近體的絕句是從律詩而出是奉律詩底繩尺的，那足知是以律詩爲兄而以絕句爲弟了。

曰：『白雲滿郭來黃塵半天起關山四面絕故鄉幾千里』又南史梁元帝本紀云『帝已降魏求酒飲之製詩四絕』曰『唐李延壽所撰但不可以南史底記事，在道慷慨爲斷句

在庾開府集裏有和侃法師三絕（一）及聽歌一絕（二）因而說絕句之體在六朝時代已經有了。山本北山底作詩志彀就是。然和侃法師三絕一本作和侃法師別詩且庾開府集中五言四句的詩多他皆不題絕字皆以起首

的字為題送周尚書弘正二首，（三）重別周尚書二首，（四）仙山二首，（五）弄琴二首，（六）傷往二首，（七）春日離合二首（八）之類皆五言四句與和侃法師之詩同工質言之，即和侃法師三絕本作和侃法師別詩，而後人訛為三絕的哩。決不可以這一回事為六朝時代絕句之體已經獨立了的左證況聽歌南史齊高帝諸子傳云：「武陵昭王性剛穎雋出與諸王共作短句詩謝靈運體以呈高帝，歌一絕諸本多單作聽諸兒作中最為優者」不曾說絕句則可知齊初未有絕句底名目了。詩藪云：「漢詩載古絕句四首當時規格草創，安得此稱蓋歌謠之類編集者冠以「唐題」這樣則明、清間編輯唐以前的古詩往往題漢代的五言四句詩為古絕句，皆是以後世的稱呼應用於古代的。而非作者之所與知也古詩紀古詩源古詩賞析之類無不皆然。

然唐以後的絕句是從律詩出而恪守律詩聲調，不但李漢編輯昌黎集收絕句入律詩即元氏長慶集及白氏長慶集亦然。特別稱絕句為小律或半律行於元、明之間方回云：「專為四韻五七言小律詩設」胡應麟云：「自少陵絕句對語詩家牽以半律譏之，」由此可知了故絕句底平仄法及押韻法一切與律詩相同至於篇法不可不特為一言。

起、承、轉、合四字是適用於律詩的但予覺着以律詩比較寧說是用於絕句的為最適切因為律詩底第三第四一聯不但沒有承之性質即第五、第六一聯亦沒有轉之性質至於絕句，則第一句為起句要高遠第二句為承句，要穩健第三句為轉句要奇警要有千鈞之力第四句為合句要餘韻嫋嫋。謝榛底詩家直說論作詩之法云：「凡作

如律詩以第三句、第四句、第五句、第六句兩聯為主要一樣絕句則以第三句為主眼。作者或多盡意於起承而窮於轉結則為虎頭狗尾耳。」即是。故從古來以第三句為主眼可以結其意也作者或多盡之用的。蓋起句為一篇的眉目轉句為一篇的關節故周弼云：「絕句之法大抵以第三句為主」而類別絕句為實接、虛接用事前對後對拗體側體七種然拗體側體固為破格前對後對亦屬變則實接虛接俱以第三句為主眼用事亦以轉句合句皆屬絕句正體猶如律詩以領聯頸聯為主眼而生出四實四虛前虛後實前實後虛等名目一樣。所謂實接是第三句敘景的，張繼底楓橋夜泊「姑蘇城外寒山寺」杜牧底江南春「南朝四百八十寺」之類即是所謂虛接是轉句屬於敘情的，杜牧底懷吳中馮秀才「惟有別時今不忘」即是其例所謂用事是於轉合處用故事的，杜牧底赤壁「東風不與周郎便」及李涉底秋日過員太祝林園「玄晏先生滿架書」之類即是

絕句，起句如爆竹，斬然而斷結如撞鐘餘響不輟，此法之正也。」和漢三才圖繪云：「起如開門見山突兀崢嶸承如草蛇灰線不卽不離轉如洪波萬頃必有高源合如風迴氣聚淵泳含蓄」能得其肯綮了。故范梈云：「起承轉合四字施之絕句則可，施之於律則未盡。」楊載論絕句要法云：「起承二句固難然不過平直敘起為佳從容承之為是至如宛轉變化工夫全在第三句，若於此轉變得宜則第四句如順流之舟矣」倘若絕句底正體在於四句各自具備起、承、轉、合底特性則絕句中的前對、後對及四句全對諸格皆屬變則獨以四句皆不對之格為正體。

「五七言絕句則平易起承之句轉句生自轉句且相照於起承可以結其意也如冡田大峯底作詩質云：

詩藪以用事非詩之正體說『詩自摸景述情外則有用事而已,用事非詩正體』這話是不容易贊成的。因為景物有限,格調易窮千篇一律徒增厭飫,實接虛接以外以感懷記於故事的在要求筆力變化上是不可缺的。

在絕句有平起仄起或平入仄入之稱呼,蓋起於明世的名目,既不問絕句與律詩又不論五言與七言,以第一句底第二字稱起或稱為入,如第二字為平聲則稱為平起或平入,如是仄聲則稱為仄起或仄入,明游子六底詩法入門及日本太宰春台底斥非山本北山底作詩志彀等,皆稱平起、仄起、而宋之沈括夢溪筆談及明梁橋底冰川詩式稱為平入仄入因而論者或以五言以平起為變體的,七言則以平起為正體仄體為變體的,沈括云:『詩第二字仄入謂之正格,第二字平入謂之偏格,唐名輩詩多用正格,如杜甫詩用偏格者十無二三。』即是然皆非通論因為七言所以以平起為正體的,是因為五言以仄起為正體的原故,然五言何故以仄起為正體呢?其理由卻從古來不曾論及,且如詩藪云:『仄起高古者故鄉杏無際樓頭廣陵近之類也。』句中的第二字皆平字,而指第五字中間的字及相近的字為仄起,這樣起之位置猶不一定,安能說在七言以平起為正體在五言以仄起為正體呢?

絕句的品格由五言與七言不同而各殊。五言要簡勁,要含蓄,要高古,七言要清新,要流暢,要高華。故五言底特徵在質多而勝文其弊在枯寂,七言底特徵在文多以勝質其弊在宂漫。而二者底難易以七言比較寧說五言為難,王世貞底藝苑卮言云:『絕句固自難,五言尤甚,離首即尾,離尾即首,而要腹亦自不可少,妙在愈小而愈促而

緩，吾嘗讀維摩經得此法。』亦是說五言難的。故在律詩以五言比較要算七言爲難嚴羽及楊載對於絕句也是說以七言比較五言絕句較難的且周弼底三體詩所以取七言律、五言律、七言絕句的就是宋代詩人自覺五言絕句要與唐賢頡頏不可能。不獨宋代詩人對於五言絕望，元明以後的詩人亦無不然。唐代多數的詩人其中如李白、王昌齡、王維、高適、岑參、李益、杜牧等皆以七言絕句絕句有名，至於五言絕句，則以李白、王維、孟浩然之作爲入神故詩藪云：『盛唐長五言絕，不長七言絕，不長五言絕者高達夫也。五七言各極其工者太白五七言俱無所解者少陵也。』小草齋詩話云：『絕句雖短又是一種學問子美才非不廣力非不裕而往往爲絕句所窘反不如一二青衣名妓之作』即滄浪詩話所謂詩有別才又有別趣之言覺着在絕句最爲適切。故唐以後的詩人獨推王士禎底絕句爲擅場。

顧絕句尚神韻於文字以外有一種妙味可掬句雖短而意無窮，語雖淺而情則深者爲絕句底上乘。森槐南嘗論絕句云詩至絕句而一毫的才氣也用不着半點的魂力也不須費唯顧其與象風趣何如語欲淺情欲深調要近意要遠很能得王士禎底意而把神韻派底理想發揮出來了。然所謂神韻是不可以學問之力而得的，不可以困勉之功而能的完全成於自然故神韻底理想作爲自己作詩時的理想則不可，如果以有意無意爲神韻則其弊成爲朦朧，如果以可解不可解爲神韻二字可假以評人之詩不知後世之詩不一意透徹不一氣貫通如非朦朧曖昧的作品就是支離滅裂的多蓋就是爲其沈溺於有意無意可解不可解的空漠而不可捕捉的理想

海中的李攀龍嘗稱王昌齡從軍行三首中的「秦時明月漢時關」為唐人絕句底壓卷，王士禛云「若以有意無意可解不可解間求之，不免此詩第一耳」噫此一言迷惑後進最大，使明清間詩人誤解神韻與朦朧者，就是士禛此言啓之。

絕句亦人間之詩而已，從作者言固是言人之志敍人之情的，而從讀者言，亦是不可以人意領解的，故雖是尚神韻的絕句，其初不可不考究法式，三體詩分絕句為實接虛接用事前對後對拗體側體就是為初學而說明絕句底法式的。聯珠詩格分絕句為四句全對格以下三百二十餘格，亦不必是無用，然聯珠詩格底分類屬於字法句法的多屬於篇法的甚多殊為遺憾。

論到絕句底功用予特為稱揚而斷言道絕句就是唐代底樂府。蓋詩經三百篇皆周之樂府，漢之樂府，元是與金、石、絲、竹合奏的，然魏晉以後的樂府有其名而忘其實的多，況乎唐以後雖襲用樂府舊題，然大多是視官的詩，而不是聽官的歌，及唐絕句與雖元來不是以樂府的目的而作的，然或為梨園伶人所取，而合於鐘鼓或為旗亭妓女所取而和之管絃。開元中詩人王昌齡高適王之渙三人同至旗亭小飲，時有梨園伶官十數人來登樓會讌，三人避席以覘其動靜，已而妙妓三四輩相續而至皆當時名部，昌齡等私相約我輩各擅詩名每不自定其甲乙，今者可以密觀諸伶所謳若詩入歌詞之多者，則為優矣。俄而一伶拊節唱昌齡底「寒雨連江夜入吳，平明送客楚山孤。洛陽親友如相問，一片冰心在玉壺」的絕句。已而一伶謳高適底「開篋淚沾臆，見君前日書。夜臺空寂寞，猶是紫雲

」的絕句，尋又一伶謳昌齡底『奉帚平明金殿開，強將團扇共徘徊，玉顏不及寒鴉色，猶帶昭陽日影來』的絕句。王之渙因而語二子云：『此輩皆潦倒樂官所唱皆巴人下俚之詞耳豈《陽春》、《白雪》之曲哉！』卽指諸妓中的最佳者云：『待此子所唱如非我詩吾卽終身不敢與子爭衡矣，是吾詩子等當列拜床下奉吾爲師。』須臾諸妓中最佳者開口則是之渙底『黃河遠上白雲間，一片孤城萬仞山，羌笛何須怨楊柳，春風不度玉門關』的絕句。三人從之覺日飲醉云。三人處所問不知諸郎何此歡噱昌齡語其顚末諸伶皆拜云：『俗眼不識神仙乞俯就筵席』而大笑諸伶起而至三人處所問不知諸郎何此歡噱昌齡語其顚末諸伶皆拜云：『俗眼不識神仙乞俯就筵席』
從之我們可知當時名士絕句多和於伶官管絃調於歌妓口舌稱爲一代的樂府誠非過言故楊愼底《丹鉛總錄》云：『唐人樂府多唱詩人絕句，王少伯、李太白爲多，杜子美七言絕近百錦城妓女獨唱其贈花卿一首所謂「錦城絲管日紛紛半入江風半入雲，此曲只應天上有人間那得幾回聞」也蓋花卿在蜀頗僭用天子禮樂子美作此諷之而意在言外最得詩人之旨當時妓女獨以此詩入歌，亦有見哉』這是杜甫底詩古體律體皆已入於聖域至於絕句非彼所長贈花卿一絕爲錦城妓女底樂府況王維底送元二使安西一絕句乎？
王維所作入樂府的多其中送元二使安西一絕稱渭城曲或陽關曲爲唐代樂府最爲膾炙人口，歌者何戡一詩云：『舊人惟有何戡在更與慇懃唱渭城』白氏長慶集有『最憶陽關唱眞珠一串歌』其注云：『沈有謳者善唱西出陽關無故人辭』宋謝枋得亦嘗云：『唐人餞別必歌陽關三疊』唐世已盛行唱陽關曲在宋亦然歐陽修底送沈侍制陝西都運詩云『剩聽陽關醉後聲』但所謂陽關三疊之法，蘇軾已經懷疑東坡志林云：『舊

傳陽關三疊，然今世歌者每句再疊而已，若通一首言之又是四疊皆非是也。或每句三唱以應三疊之說，則叢然無復節奏。余在密州，有文勛長官以事至密，自云得古本陽關其聲宛轉淒斷不類向之所聞。每句再唱而第一句不疊，乃知唐本三疊蓋如此。及在黃州偶得樂天對酒詩云「相逢且莫推辭醉聽唱陽關第四聲」注云「第四聲勸君更飲一杯酒是也」以此驗之若一句再疊則此句為第五聲今為第四聲則第一句不疊審矣。即陽關三疊底方法第一句雖不再疊而第二句客舍青青以下三句每句應疊唱。然田藝蘅底陽關三疊圖譜有三種方法茲錄載於左。其一是：

渭城朝雨浥輕塵，渭城朝雨浥輕塵，客舍青青柳色新勸君更盡一杯酒西出陽關無故人第一疊

渭城朝雨浥輕塵客舍青青柳色新，客舍青青柳色新勸君更盡一杯酒西出陽關無故人第二疊

渭城朝雨浥輕塵客舍青青柳色新勸君更盡一杯酒，勸君更盡一杯酒西出陽關無故人第三疊

田藝蘅稱唐人三疊之法必如此然後得其正。其次是：

渭城朝雨浥輕塵客舍青青柳色新勸君更盡一杯酒西出陽關無故人第一疊

渭城朝雨浥輕塵客舍青青柳色新勸君更盡一杯酒西出陽關無故人第二疊

客舍青青柳色新渭城朝雨浥輕塵勸君更盡一杯酒西出陽關無故人第三疊

這稱為陽關連環三疊蓋取終始循環不斷之義第一疊即原作，第二疊承第一疊而以第四句為首第二句為尾首

尾相銜，轆轤相續稱爲連環。僅是第三句轉句底位地依然不動再其次：

渭城朝雨浥輕塵，朝雨浥輕塵客舍青青柳色新勸君更盡一杯酒，西出陽關無故人。第一疊

渭城朝雨浥輕塵，客舍青青柳色新，青青柳色新勸君更盡一杯酒，西出陽關無故人。第二疊

渭城朝雨浥輕塵，客舍青青柳色新，勸君更盡一杯酒，更盡一杯酒，西出陽關無故人。第三疊

渭城朝雨浥輕塵，客舍青青柳色新，勸君更盡一杯酒，西出陽關無故人陽關無故人。第四疊

這稱爲陽關貫珠三疊蓋取纍纍如貫珠之義。

（一）庾信和倪法師三絕詩其一云：『秦關望楚路灞岸想江潭幾人應淚落看君馬向南』其二云：『客遊經歲月羇旅故情多近學衡陽雁秋分俱渡河』其三云：『週首河隄望眷眷嗟離絕誰言舊國人到在他鄉別』

（二）庾信聽歌一絕詩云：『協律新教罷，河陽始學歸；但令聞一曲餘聲三日飛』

（三）庾信送周尙書弘正二首其一云：『交河望合浦元菟想朱鳶共此無期別知應復幾年』其二云：『離期定已促淚轉無從惟愁郭門外，應足數枝松』

（四）庾信重別周尙書二首其一云：『陽關萬里道不見一人歸惟有河邊雁，秋來南向飛』其二云：『河橋兩岸絕，橫歧數路分山川遙不見，懷袖遠相聞』

（五）庾信仙山二首其一云：『人寰新和藥銀臺舊聚神相看俱莫怯，先師應識人』其二云：『石軟如香飯鉛銷似熱銀蓬萊暫近別，海水㡬成塵』。

第二十章 近體下

（六）庾信《弄琴》二首其一云：『雉飛催晚別，烏啼驚夜眠若交新曲變，惟須促一絃。』其二云：『不見石城樂，惟聞烏噪林新擊逐絃轉應得動春心。』

（七）庾信《傷往》二首其一云：『見月常垂淚，花開定歛眉從今一別後，知作幾年悲。』其二云：『鏡塵言苦厚，蟲絲定幾重還是臨窗月，今秋迴照松。』

（八）庾信《春日離合》二首其一云：『秦青初變曲，未有逐琴心明年花樹下，月月來相尋。』其二云：『田家足閒暇，士友暫流連三春竹葉酒，一曲鶤雞弦。』

一七五

第二十一章 對偶法

自然生成之象　對偶底種類　隔句對　當句對　回文對　聯綿對　雙擬對　流水對　重字對
雙聲對　疊韻對　虛字對　色對　數對　正名對　合掌之病　奇對

自然生成之象。蘇軾嘗稱「世間之物未有無對者，皆自然生成之象雖文字之語亦然孔氏之世乃有左丘老聃耳。」即對偶是天地之則，自然之象，在文學上韻文、散文都共通爲千古詩人底慣用手段告王世貞云：「夫天地偶而物無孤美於人亦然。」世貞不悅，瞪目未答攀龍遽云：「吾失言有物無孤美事不孤立對天而有地對陰而有陽對山有川對男有女無不皆有對偶。對偶是天地萬物之則爲自然生成之象。

對偶用於字句要壯麗富贍的時候三百篇中已經用對句的多如「親閱旣多受侮不少」就是其例。況漢、魏、六朝之際最尙修辭特別如晉之陸機、宋之謝靈運後人皆稱爲排偶之祖故他們底文字於麗辭之中存深采於句之間發逸韻。劉勰所謂「魏晉羣才析句彌密聯字合趣剖毫析釐」即此且對偶之要不單是韻文爲然卽散文亦然。如易經底「水流溼火就燥」「雲從龍風從虎」書經底「滿招損謙受益」「罪疑惟輕功疑惟重」均是用對偶的。

古來論詩之對偶的甚多文心雕龍云：『麗辭之體，凡有四對，言對爲易，事對爲難，反對爲優，正對爲劣也。』二中歷云：『八對謂平奇同異字聲正側也。』拾芥抄云『凡詩有八對所謂色對數對聲對等也或云的名對異類對雙擬對聯綿對隔句對當句對互成對謂之七對』文大體云：『凡詩有八對其中常可用者色對數對聲對是也』作連珠對蕭蕭赫赫是也四曰雙聲對黃槐綠柳是也。四曰雙聲對放蕩千般意遷延一介心是也；五日聯綿對殘月若帶，初月如眉是也；六日雙擬對春樹秋池是也；三日雙聲對，風纖池間樹蟲穿草上文是也。五日疊韻對彷徨放曠是也。六日雙擬對春樹秋池是也；
又李淑底詩苑類格引唐上官儀之說云：『詩有六對一曰正名對天地日月是也。二日同類對華葉草芽是也。三日連珠對蕭蕭赫赫是也四曰雙聲對黃槐綠柳是也。五日疊韻對彷徨放曠是也。六日雙擬對春樹秋池是也』又云：『詩有八對一曰的名對送酒東南去迎琴西北來是也。二曰異類對，風纖池間樹蟲穿草上文是也。三日雙聲對，秋露香佳菊春風馥麗蘭是也。四曰疊韻對放蕩千般意遷延一介心是也；五日聯綿對殘月若帶，初月如眉是也；六日雙擬對議月眉欺月，論花頰勝花是也。七日回文對情新因意得意逐情新是也；八日隔句對相思復相憶夜夜淚沾衣空歎復空泣朝朝君未歸是也』詩人玉屑事文類聚等皆取是說而文鏡祕府論所舉的二十九種對是諸家之說網羅的了。

一曰的名對　　二曰隔句對　　三曰雙擬對　　四曰聯綿對
五曰互成對　　六日異類對　　七日賦體對　　八日雙聲對
九日疊韻對　　十日迴文對　　十一日意對

　　右十一種古人同出斯對

第二十一章　對偶法

十二曰平對　十三曰奇對　十四曰同對　十五曰字對

十六曰聲對　十七曰側對

右六種對出元兢髓腦

十八曰鄰近對　十九曰交絡對　二十曰當句對　二十一曰含境對

二十二曰背體對　二十三曰偏對　二十四曰雙虛實對　二十五曰假對

右八種對出皎公詩議

二十六曰切側對　二十七曰雙聲側對　二十八曰疊韻側對

右三種出崔氏唐朝新定詩格

二十九曰總不對

然二十九種之對雖各殊其名未必殊其實例如平對是對於奇對的稱呼尋常一樣對法皆包含其中的名對同對、異類對互成對等屬於平對聲對字對側對等屬於奇對。又賦體對決不是獨立於雙聲對疊韻對之外的，如鄰近對、交絡對含境對背體對偏對雙虛實對雙聲側對疊韻側對亦不可為獨立的名目況乎總不對元不能入於對偶法中哩。

奇對非偶對底正式予於此從正式中參合形式底異同，而為隔句對、當句對、回文對、聯綿對雙擬對、流水對、重

字對、雙聲對、疊韻對、虛字對、色對、數對、正名對十三種，這名叫正對或平對。其他有聲對、側對等類，又名為奇對。

（一）隔句對 一名扇對，以第一句對第三句，以第二句對第四句。滄浪詩話云有扇對又謂之隔句對。如鄭都官「昔年共照松溪影，松折碑荒僧已無；今日還思錦城事，雪消花謝夢如何」是也。例如：

五月南風興思君下巴陵，八月西風起想君發揚子。李白長干行

去歲何時君別妾南國綠草飛蝴蝶，今歲何時妾憶君西山白雪暗秦雲。李白思邊

諸公袞袞登臺省廣文先生官獨冷，甲第紛紛厭梁肉廣文先生飯不足。杜甫醉時歌

樽酒相逢十載前君為壯夫我少年，樽酒相逢十載後我為壯夫君白首。韓愈贈鄭兵曹

我昔見子盧谿南炯如玉雪照晴嵐，子今訪我南谿北凜如綠驥成骨骼。楊萬里送鄒元升歸安福

之類皆是扇對。

隔句對多用於古體，而不用於近體。然杜甫哭臺州司戶蘇少監云：「得罪臺州去，時危棄碩儒；移宮蓬閣後，穀貴歿潛夫」卻是五言絕句底隔句對失題云：「去年花下留連飲，暖日天桃鶯亂啼今日江頭容易別，淡煙衰草馬頻嘶」是七言絕句底隔句對又鄭谷底吊僧云：「幾思聞靜話夜雨對禪床未得重相見秋燈照影堂」是五言律底隔句對但在律詩中的隔句對多用於破題頷聯之間。

隔句對流行於唐代李杜韓白以下的詩人皆好用之，宋詩人亦多襲用而至明李攀龍不好隔句對法，故明代

第二十一章 對偶法

一七九

詩人用隔句對的很少顧隔句對的起源已久遠。《續文章緣起》說是源於班婕妤、孔融然予以為與其說是東漢之世，毋寧說在西周時代。試讀詩經則思過半矣。

誰謂雀無角何以穿我屋誰謂女無家何以速我獄。《召南行露》

誰謂河廣曾不容刀。誰謂宋遠曾不崇朝。《衛風河廣》

誰謂爾無羊三百維羣誰謂爾無牛九十其犉。《小雅無羊》

謂天蓋高不敢不局謂地蓋厚不敢不蹐；《同正月》

維此哲人謂我劬勞維彼愚人謂我宣驕。《同鴻雁》

湛湛露斯匪陽不晞。厭厭夜飲不醉無歸。《同湛露》

匪鶉匪鳶翰飛戾天匪鱣匪鮪潛逃于淵；《同正月》

昔我往矣楊柳依依今我來思雨雪霏霏；《同采薇》

昔我往矣黍稷方華今我來思雨雪載塗；《同出車》

鳳凰鳴矣，于彼高岡梧桐生矣，于彼朝陽；《大雅卷阿》

匪手攜之言示之事匪面命之言提其耳；《同抑》

皆是隔句對底權輿。

（二）當句對一名就句對，或曰自對體，就是一句中疊用二個，或三個對語的例如：

丹鳳朱城白日暮青牛紺憶紅塵度〈駱賓王帝京篇〉

南陌北堂連北里，五劇三條控三市〈盧照鄰長安古意〉

赭圻將赤岸，擊汰復揚舲〈王維途次邢桂州〉

楓林橘樹丹青合，復道重樓錦繡懸〈杜甫夔州歌〉

桃花細逐楊花落，黃鳥時兼白鳥飛〈杜甫曲江對酒〉

落花芳草無尋處，萬壑千峰獨閉門〈劉長卿過鄭山人所居〉

積水長天迷遠客，荒城極浦足寒雲〈皇甫曾送李錄事〉

之類皆是這種的當句對是指一句中的對語而不必是上下兩句底對偶例。如：王維底送邢桂州詩中的赭圻與赤岸是一句中相對而赭圻與擊汰是不相對的；如赤岸與揚舲不相對一樣。然唐詩解頤稱此爲當句對，故侯鯖錄云：「古人作律詩，有當句對者，兩句更不須對。」詩轍亦云：「句中已自成對，故下句不對上句，也能成對。如陸龜蒙詩云：『但說漱流並枕石不辭蟬腹與龜腸』是也」及『桃花細逐楊花落黃鳥時兼白鳥飛』可謂之爲胡越同舟體。這是說當句對一句中的對語或必要而上下二句底對偶卻不必要。滄浪詩話云：「有就句對又曰當句有對，如少陵『小院迴廊春寂寂浴鳧飛鷺晚悠悠』；李嘉祐『孤雲獨鳥川光暮萬里千

山海氣秋」是也，前輩於文亦多此體，如王勃「龍光射牛斗之墟，徐孺下陳蕃之榻，乃就對也」蓋少陵之詩，上句春寂寂對下句晚悠悠，李嘉祐之詩上句川光暮對下句海氣秋這種詩所以成爲當句對的因爲每句上四字之間用對語決不論上下兩句下三字底對與不對。少陵詩底小院與廻廊對浴鳧與飛鷺對，李嘉祐詩底孤雲與獨鳥對，萬里與千山對，小院與浴鳧不相對孤雲與萬里不相對亦可稱爲胡、越同舟體當句對蓋起於楚辭「薫肴蘭藉桂酒椒漿桂櫂蘭枻斲冰積雪」自齊、梁以後的詩人所慣用其起源遠在先秦時代。容齋續筆云：「唐人詩文或於一句自成對偶謂之當句對；蓋起於齊、梁以後的詩人所慣用其起源遠在先秦時代容齋續筆云：「唐人詩文或於一句自成對偶謂之當句對，……自齊、梁以來，江文通庾子山諸人亦如此，如王勃滕王閣序一篇皆然」。固屬至當之論。

（三）回文對是說一聯中的首尾相應，點出同樣的字。例：

君平既棄世世亦棄君平 李白古風

莊周夢蝴蝶蝴蝶爲莊周 同上

今年花似去年好去年人到今年老 岑參軍員外花樹歌

邯鄲倡姬秦國母秦王相國邯鄲賈 王世貞秦女曲

之類皆是。又如張說底幽州新歲作「去歲荆南梅似雪今年荆北雪似梅」就是一種的回文對，是每句下三字用回文對法的。

回文之義有二說：一是說其意轉還以同樣的字點出一聯的首尾，這是予所取之說二是說既順讀而成意，又逆讀而成文文鏡祕府論說明回文對舉『情親由得意得意遂情親』且釋云：第一字與第九字著兩情字第二字與第十字用兩親字又可逆讀而重申文義蓋回文體的詩如蘇軾底題金山寺之詩順讀不待說就是逆讀也能成為詩但回文對不必以能逆讀為條件的。

（四）聯綿對是說一句中把同樣的字反復地用，文鏡祕府論云：『聯綿對者，不相絕也一句之中第二字、第三字是重字，即名為聯綿對，但上句如此下句亦然。』即是其義但在七言詩有第二字與第三字非反復同樣的字而是第四字與第五字疊用的例如：

春朝桂尊尊百味，秋夜蘭燈燈九微，駱賓王帝京篇

龍池躍龍龍已飛龍德先天天不違 沈佺期龍池篇

待月月未出望江江自流 李白挂席江上待月有懷

抽刀斷水水更流舉杯消愁愁更愁 同上宣州謝朓樓餞別校書叔雲

一日日知添老病一年年覺惜重陽 白居易失題

無梅有竹竹無朋，有竹無梅梅獨醒； 楊萬里寄題更好軒

節節生花花點葺葺麗日日遲遲 楊萬里紅綿黃花詩

新柳戀鶯鶯戀柳好花迷蝶蝶迷花，〈舒芳春景〉之類皆是這非獨唐、宋時代流行，即六朝詩人已用此法。陸機底挽歌詩云：『呼子子不聞泣子子不知』又云：『含言言哽咽揮涕涕流離，』蓋聯綿對底權輿。

以聯綿對與回文對比較回文對不但是於上下二句底首尾點出同樣的字而且上句之尾與下句之首是同樣的字底反復然而聯綿對則一句之中同樣的字反復是兩句相對的蓋反復同樣的字用於一句中則為聯綿法，而用於一聯中則為回文法。若是逐解逐段用於轉韻之際，則為古詩底蟬聯法。

（五）雙擬對是說在一句之中第一字與第三字疊用同樣的文字而上句下句相對的。文鏡祕府論云：『雙擬對者一句之中所論假令第一字是秋第三字亦是秋第二字下句亦然如此之類名為雙擬』例舉夏暑夏不衰秋陰秋未歸且釋云：『第一句中兩夏字擬一暑字第二句中兩秋字擬一陰字如此之法名為雙擬對』例如

十門其二十六即為雙擬舉瞑目瞑心坐花開花落時詩例即是這種的對法。文鏡祕府論〈風騷詩格說詩底四

九月九日望鄉臺他席他鄉送客杯〈王勃蜀中九日〉

春去春來若自馳爭名爭利徒爾為〈駱賓王帝京篇〉

故人故情懷故宴相望相思不相見〈同上〉

一叫一迴腸一斷三春三月憶三巴。〈李白宣城見杜鵑花〉

相思相見知何日此時此夜難為情。同三五七言

瀼東瀼西一萬家江南江北春冬花，鳥去鳥來山色裏人歌人哭水聲中。杜牧題宣州開元寺水閣

春風春月競春華春水春山春景佳；舒芳春景

之類，是雙擬對的正格。而時有第一字與第三字不疊用同樣的字且不是兩字擬一字，而是隔二字或三字相擬的，這是雙擬對底變格例如：

欲去不得去薄遊成久遊；李白秋浦吟

奇峰出奇雲秀木含秀氣；同江上望皖公山

戎馬不如歸馬逸千家今有百家存；杜甫白帝

一年又過一年春百歲曾無百歲人崔敏童宴城東莊

即從巴峽穿巫峽便下襄陽向洛陽；杜甫聞官軍收河南河北

船頭放歌船尾和篷上雨鳴篷下坐。揚篾斯夏五月武昌舟中觸目

即是。而其用法亦已流行於六朝時代，梁元帝底折楊柳云：『巫山巫峽長垂楊復垂楊同心且同折，故人懷故鄉』何遜底詠春風云：『可聞不可見能重復能輕』蓋是雙擬對之始。而白居易底題天竺寺詩『東澗水流西澗水南

第二十一章　對偶法

一八五

山雲起北山雲前臺花發後臺見上界鐘清下界聞」過於繁縟，楊萬里底水月寺詩「低低橋入低低寺，小小盆盛小小花」有失於纖佻。

（六）流水對是說雖為二句對偶底形式元非對偶的事物而是以一意貫穿二句的。冰川詩式云：「兩句一意法又謂之流水句太白詩「如何青草裏也有白頭翁」杜牧詩「塵世難逢開口笑菊花須插滿頭歸」」。夜航詩話云：「聯中有兩句一連流走直下者謂之流水對老杜好用此法」。即是故仇兆鼇底杜詩詳註評詠懷古跡底「悵望千秋一灑淚蕭條異化不同時」說二句乃流對又評諸將底正憶往時嚴僕射共迎中使望鄉臺說是逐句遞下此流水格也而文鏡祕府論稱為意對的蓋即此類也。

黃鶴一去不復返白雲千載空悠悠；崔顥黃鶴樓

但將酩酊酬佳節不用登臨怨落暉；杜牧九日齊山登高

玉璽不緣歸日角錦帆應是到天涯；李商隱隋宮

海內存知己天涯若比鄰；王勃杜少府之任蜀州

之類皆是流水對文鏡祕府論於意對之例舉「歲暮望空房涼風起坐隅寢與月已寒，白露生庭蕪」四句且釋之云：「歲暮涼風非是屬對寢與白露罕得相酬事意相因文理無爽故曰意對耳」即可知是所謂意對的流水對。

（七）重字對一種疊字對詩苑類格及詩轍稱為連珠對的即此而文鏡祕府論作為聯綿體底一種舉羃羃

斂夕霧，赫赫吐晨曦以爲例，且引或人之說，而謂朝朝、夜夜灼灼菁菁赫赫輝輝汪汪落落素素蕭蕭穆穆堂堂巍巍訶訶，如此之類名連綿對這是不可的。

重字對是以疊字成一聯的對偶，或用一句中的第一字、第二字或用第三、四字或用第五、六字或用第六、七字。

例如：

樹樹皆秋色，山山唯落暉。　王績野望

千千石楠樹，萬萬女貞林，山山白鷺滿，澗澗白猿吟。　李白秋浦吟

漠漠水田飛白鷺，陰陰夏木囀黃鸝。　王維輞川積雨

無邊落木蕭蕭下，不盡長江滾滾來。　杜甫登高

晴川歷歷漢陽樹，芳草萋萋鸚鵡洲。　崔顥黃鶴樓

年年喜見山長在，日日悲看水獨流。　王昌齡萬歲樓

之類是第一字與第二字用疊字的又如：

信宿漁人還汎汎，清秋燕子故飛飛。　杜甫秋興八首

野廟向江春寂寂，古碑無字草芊芊。　李羣玉黃陵廟

前者第三四字用疊字後者第五六字用疊字而

又苦征夫摧去去更堪飛雨故斜斜。楊萬里考試湖南漕司南歸值雨

之類，是第六、七字用疊字的；又如：

暗暗淡淡紫融融冶冶黃，李商隱菊詩

紅紅白白花臨水碧碧黃黃麥際天，楊萬里過楊村

溪邊短短長長柳波上來來去去船。胡仔苕溪漁隱圖著

之類，連用疊字未免有過猶不及之嫌。如陳師道底詩，「短短長長柳，三三五五星」蓋是胡仔作之俑反之，王維底輞川積雨詩底重字對是古來重字最成功的，爲萬人所頌揚因爲「水田飛白鷺，夏木囀黃鸝」十字是李嘉祐底五言句，而王維加漠漠陰陰四字爲七言二句敍景上化小爲大，是卽所謂化鐵爲金然人或說李嘉祐是剪去王維七言句而爲五言的，果然則是李嘉祐化金爲鐵了。石林詩話云：「唐人記『水田飛白鷺，夏木囀黃鸝』爲李嘉祐詩摩詰切取之非也。此兩句好處正在添漠漠陰陰四字，此乃摩詰爲嘉祐點化以自見其妙。如李光弼將郭子儀軍一號令之精彩數倍不然，嘉祐本句但是詠景耳人皆可到要之當令如老杜『無邊落木蕭蕭下，不盡長江滾滾來』乃爲超絕近世王荆公「新霜浦漵綿綿白，薄晚林巒往往青」與蘇子瞻「江天漠漠鳥飛去，風雨時時龍一吟」等乃可以追配前作也」這是說王維底技倆能化鐵爲金的詩藪云：「世謂摩詰好用化人詩如漠漠水田飛白鷺乃李嘉祐語此極可笑摩詰盛唐、嘉祐中唐安得前人預偸來者，此嘉祐用

摩詰詩：宋人習見摩詰偶讀嘉祐集，得此便為奇貨訛謬相承亡復辨訂千秋之下賴予雪冤。」這是證明李嘉祐底技倆不過是化金為鐵底。其他帶經堂詩話云：「七言律有以疊字益見悲壯者如杜子美「無邊落木蕭蕭下，不盡長江滾滾來」、「江天漠漠鳥雙去風雨時時龍一吟」是也有以疊字益見蕭散者如王摩詰「漠漠水田飛白鷺，陰陰夏木囀黃鸝」徐昌穀「開軒歷歷明星夕隱几蕭蕭古木秋」王敬美「山鳥自呼泥滑滑行人是對馬蕭蕭」是也詩〈小雅〉「蕭蕭馬鳴悠悠旆旌」「楊柳依依雨雪霏霏」此用疊字之始後人千古受用不盡」亦是說明重字對底妙用的。

重字對用於近體詩的場合，不必以一聯為止倘若過則為繁縟為冗漫但在古體詩，則不必然古詩十九首底「青青河畔草」及「迢迢牽牛星」通篇十句中六句用疊字韓愈底南山詩中十四句用疊字皆是太過的。然而重字對底起源遠發於三百篇及楚辭。

河水洋洋北流活活施罛濊濊鱣鮪發發葭菼揭揭庶姜孽孽庶士有朅。詩經衞風碩人

憚涌湍之礚礚兮聽波聲之洶洶紛容容之無經兮罔芒芒之無紀軋洋洋之無從兮馳委移之焉止漂翻翻其上下兮翼遙遙其左右氾濫濫其前後兮伴張弛之信期。楚辭悲回風

延延離又屬夫夫叛還遘喁喁魚闖萍落落月經宿闇闇樹牆垣蠵蠵架庪廄參參削劍戟煥煥銜瑩瑩敷敷托披挐關關犀摧雷悠悠舒而安兀兀狂以狃超超出猶奔蠢蠢駭不懋。韓愈南山

（八）雙聲對是以兩字雙聲熟語而成對的，寥落牢落、磊落漂泊、轆轤迢遞、流連、亂離、陸離、凌亂、蕭索、蕭颯、容易、自在、嶮巇、嶒崒、澹蕩、踴躍、渺瀰、參差、隱約、翻覆、滌盪、掉蕩、玲瓏、蒽蒨、青蔥、淋漓、流麗之類，皆是雙聲。例如：

生涯已寥落國步尙迍邅。 杜甫襲府詠懷

藻鑑流連客江山顧頒人。 同途孟倉曹

流連戲蝶時時舞自在嬌鶯恰恰啼。 同獨步尋花

予見亂離不得已子知出處必須經。 同覃山人隱居

林晚青蕭索江平綠渺瀰。 白居易寄元微之

烟波澹蕩搖空碧樓殿參差倚夕陽。 白居易西湖晚歸回望孤山寺

鳥去鳥來山色裏人歌人哭水聲中。 杜牧題宣州開元寺水閣

釣水誤持生殺柄著棋閑動戰征心。 邵維何事吟

之類皆是雙聲對。而所謂雙聲不必以雙聲的副詞形容詞爲限，而雙聲的名詞動詞也包含在內的。故唐上官儀以黃槐與綠柳之對爲雙聲對，李淑詩苑類格以佳菊與麗蘭之對爲雙聲對，空海底文鏡祕府論以奇琴精酒妍月好花素雪丹燈翻蜂度蝶黃槐綠柳意憶心思對德會賢見君接子之類爲雙聲對。

雙聲對底起源遠濫觴於詩經楚辭而六朝詩人用的甚多例如：

陟彼高岡，我馬玄黃。_{詩經周南卷耳}

帶長鋏之陸離兮冠切雲之崔嵬。_{楚辭涉江}

懷抱觀古今寢食展戲謔。_{謝靈運}

青林結冥濛丹巘被蔥蒨。_{江淹}

金華紛苒若瓊樹鬱青蔥。_{王融}

清淵皎澄澈曾山鬱葱蒨。_{沈約}

螮蝀邊絕候雁駕鴛樓上望天狼。_{溫子昇}

烽微桔橰遠橋峻轆轤難。_{薛道衡}

可知唐以前雙聲對底流行了到了唐不但杜甫用，就是白居易元稹等亦多所用。如白居易代書詩一百韻寄微之底詩裏有『雙聲聯律句』的話亦可卜知他們底風尚了。

（九）疊韻對以兩字同韻的熟語成對。如宛轉徘徊蹉跎展轉爛漫蒼皇飄颻優游放浪從容蕭條崔嵬窈窕、縹緲嬋娟嶙峋崢嶸氤氳困潄灔空濛潺湲慇懃之類皆是疊韻杜甫好用疊韻對例如：

江山城宛轉棟宇客徘徊。_{杜甫上白帝城}

卑枝低結子接葉暗巢鶯。_{同遊何將軍山林}

優游謝康樂，放浪陶彭澤。同石櫃閣

穿花蛺蝶深深見，點水蜻蜓款款飛。同曲江

崔嵬枝幹郊原古，窈窕丹青戶牖空。同古柏行

之類皆是疊韻對，朱鶴齡底杜詩輯注云：「卑枝接葉」一聯，古人所謂「雙聲詩」是誤認疊韻為雙聲的。非僅杜甫一人為然，白居易、元稹、李商隱、陸龜蒙底詩疊韻對之多決不讓杜甫且疊韻對亦濫觴於詩經而流行於六朝時代的。例如：

陟彼崔嵬，我馬虺隤。詩經周南卷耳

石淺水潺湲，日落山照曜。謝靈運

露彩方泛灩，月華始徘徊。江淹

鬱律構丹巘，崚嶒起青障。沈約

俱登嵸龍嶺，並坐逶迤閣。何遜

可以窺知其一斑。

（十）虛字對是以虛字成對的。老學庵筆記云：「張文潛言王中父詩喜用助語，自成一體予按韓少師持國亦喜用之如「酒成豈見甘而壞花在須知色即空」「居仁由義吾之素處順安時理則然」「不盡良哉用空令

識者傷」、「用舍時焉耳窮通命也歟」」誠齋詩話云：「詩句固難用經語，然善用者不勝其韻」李師中云：「夜如何其斗欲落歲云暮矣天無情」又「山如仁者壽風似聖之清」。「詩成白也知無敵花落虞兮可奈何」。可知宋詩人喜用虛字對了蓋宋人喜用虛字不唯詩為然於文章亦然蘇軾嘗論文章云：「或辭多而意寡或虛字多而實字少皆批諭之法也」然用虛字過多則失渾渾之風骨故范梈云：「作詩實字多則健虛字多則弱」這是宋詩所以不及唐詩底渾厚的緣故吧。然而唐詩人亦非絕對不用虛字的故夜航詩話云：「詩用虛字猶構舍之用楄子也若不善用動搖欲頹豈可浪用乎」特別如白居易元稹比較的多用虛字對例如：

暫將弓並曲翻與扇俱團。 杜審言和康五望月有懷

去矣英雄事荒哉割據心。 杜甫峽口

大都秋雁少只是夜猿多。 高適送鄭侍御謫閩中

禪室由來雲外賞香臺豈是世中情。 張說湘湖山寺

何須戀世常愛死亦莫嫌身漫厭生。 白居易放言

自念老夫今耄矣因思稚子更茫然。 白居易談氏小外孫

一嘖一醒然再接再礪乃。 孟郊鬭雞聯句

君臣藥在寧憂病子母錢成豈患貧。 許渾贈王山人

第二十一章　對偶法

一九三

即是。唐詩人已如此況乎宋以後卹更不必說了例如：

衰野令行矣，隆中有待焉 _{梅堯臣寄歐陽永叔}

天之未喪斯文也吾亦何爲不豫哉 _{梅執禮詠懷}

老夫自笑吾衰矣此客何從夢見之 _{楊萬里謝紹興帥邱宗卿惠楊梅}

師友別來眞夢耳江湖相對各潸然 _{楊萬里逢張定叟}

悲哉險阻惟白波往矣英雄幾黃土 _{吳萊風雨渡揚子江}

作客將衰矣懷人正渺兮 _{趙翼舟夜}

逐客天涯憐白也美人帳下泣虞兮 _{趙翼和友人落花詩}

之類即是。

（十一）色對就以是紅白丹青綠紫等文字而成對的，作文大體云：「色對者上句用丹青，下句用黑白之類是也。」就是例如：

丹鳳朱城白日暮非牛紺幰紅塵度 _{駱賓王帝京篇}

白狼河北音書斷丹鳳城南秋夜長 _{沈佺期古意}

白波吹粉壁靑嶂插彫梁 _{杜甫嚴公廳事岷山沱江圖}

樹初黃葉日人欲白頭時。[白居易途中感秋]

白髮更添今日鬢青衫不改去年身。[白居易潯陽春]

曉幕紅襟燕春城白項烏。[丁仙芝餘杭醉歌]

皆是色對而有時以烏字代黑以霜或雪字代白的。

（十二）數對是以數字而成對的作文大體云：「數對者上句用三千，下句用一萬之類是也。」而或有以雙兩字准二字，或以孤准一字的。

數對明代詩人最好用例如：

曉日千山赤寒烟一島青。[劉基望孤山作]

萬樹松杉雙徑合四山風雨一僧寒。[李東陽遊岳麓寺]

萬古乾坤此江水百年風日幾重陽。[李夢陽九日渡江同九日寄何仲默]

孤城落木天邊下萬里浮雲江上來。[李夢陽九日寄何仲默]

三千劍客今誰在十二珠樓空復高。[同漢京篇]

之類，即是而這種風已爲唐人所慣用。特別如駱賓王最好用數對，時人稱之爲算博士。例如：

且論三萬六千是寧知四十九年非。[駱賓王帝京篇]

秦地重關一百二，漢家離宮三十六。同

人分千里外，與在一杯中。李白別宋之悌

萬里悲秋常作客，百年多病獨登臺。杜甫登高

霜皮溜雨四十圍，黛色參天二千尺。同古柏行

鳥道一千里，猿聲十二時。王維送楊長史赴果州

三五夜中新月色，二千里外故人心。白居易八月十五日夜禁中獨直對月憶元九

蝴蝶夢中家萬里，杜鵑枝上月三更。崔塗春夕旅懷

四五百竿竹，二三千卷書。李侗鄠北李生舍

無不皆然。

（十三）正名對　一名的名對又名正對或切對，是以名詞而成對的所謂名詞有普通名詞與固有名詞。固有名詞有人名與地名。唐底楊烱被稱為點鬼簿，就是因為他底作中以人名成對的多的緣故例如：

支遁愛山情謾切，臺塵泛海路空長。宋之問紅樓院應制

匡衡抗疏功名薄，劉向傳經心事違。杜甫秋興八首

周公恐懼流言後，王莽謙恭未篡時。白居易放言五首

三臺位缺嚴陵臥，百戰功高范蠡歸。溫庭筠和友人題壁

程嬰杵臼立孤難，伯夷叔齊食薇瘦。黃庭堅種竹

雍也本犂子，仲由元鄙人。同接花

之類皆是點鬼簿點鬼簿之弊不失於鈍滯則失於膚浮的多。然杜甫作中也多點鬼簿。詩藪舉杜甫底正名對稱

「清新庾開府俊逸鮑參軍」為正用。「聰明過管輅尺牘倒陳遵」為反用。「謝氏登山屐陶公漉酒巾」為明用。

「伏柱開周史乘槎似漢臣」為暗用。「舉天悲富駱近代惜盧王」為並用。「高岑殊緩步沈鮑得同行」為單用。

「汲黯匡君切廉頗出將頻」為分用。「共傳收庾信不比得陳琳」為串用，至如「對棊陪謝傅把劍覓徐君」侍

臣雙宋玉戰策兩穰苴」、「飄零神女雨斷續楚王風」煆煉精奇含蓄深遠迥出前代。後世如清宋琬亦以點鬼簿

有名。如「曾賦國殤哀翟義竟無傭保付王成」、「名姓在秦張祿貴文章入洛陸機多」、「秦地關山留庾信漢家

鹽鐵問桓寬」等句可見一斑又以地名成對的如：

氣蒸雲夢澤，波動岳陽城。孟浩然洞庭

弓抱關西月，旗翻渭北風。岑參送李大保充渭北節度使

水聲巫峽裏，山色夜郎西。李嘉祐送人

第二十一章 對偶法

凡詩以對偶為尚的，是欲其瞻麗的緣故而忌合掌的是因為厭重複的緣故。所謂合掌即是一事兩用的對偶，

江流蟠家雨帆入漢陰山方千金州客舍

之類即是。

一名駢對如對聽字以聞字對返字以歸字對遠字以遙字對朝字以曙字之類，劉琨答盧諶詩「宣尼悲獲麟，西狩泣孔丘」謝朓底秋懷詩「雖好相如達不同長卿慢」謝靈運底詩「揚帆采石華挂席拾海月」孟浩然底詩「竹間殘照入池上夕陽微」等皆是。因為宣尼與孔丘同是一人相如與長卿也同是一人揚帆與挂席同是一事殘照與夕陽同是一物秋圃攟餘云：

「張華詩稱遊雁比翼翔歸鴻知接翮劉琨詩言宣尼悲獲麟西狩泣孔丘」「千憂集日夜萬感盈朝昏」合掌可笑。」文心彫龍論對偶云：論駢對云「選詩駢句甚多如『郎士元詩起句云：「暮蟬不可聽，落葉豈堪聞」合掌可笑。」文心彫龍論對偶云：起伏」、「多士成大業羣賢齊洪績」之類恐不足為後人之法也。」詩藪亦論合掌云：「作詩最忌合掌近體尤忌而齊梁人往往犯之，如以朝對曙，將遠關遙之類，初唐諸子徇襲此風推原厲階實由康樂，沈宋二君始加洗削，至於盛唐盡矣。」這是皆以合掌之病為忌的。然而唐宋詩人並非沒有犯合掌的。這是對偶底失敗。沈約是唱詩底八病的然他底詩「夕行聞夜鶴，晨征聽曉鴻」就是一種合掌為當句底病累詩藪云：「當句自犯，尤為語病」即是。

蔡寬夫詩話云：「晉宋間詩人造語雖秀拔然大抵上下句多出一意，如『魚戲新荷動鳥散餘花落』」「蟬噪林愈

靜。鳥鳴山更幽」之類，非不工矣，終不免此病。」至王安石以「風定花猶落」對「鳥鳴山更幽」，則是上句是靜中有動下句是動中有靜是對句上的最成功的。

好對偶而避合掌的詩人底情，遂成了一種的好奇心，而生出聲對、側對等的奇對這皆非對偶底正格所謂聲對是假字音以成對的文鏡祕府論說明云：「聲對者謂字義俱別以聲作對」舉例引「彤騎初驚路白簡未含霜」及「初蟬韻高柳密蔦挂深松」等句。蓋路是道路之路，而與霜成對，則與鳥同聲哩李白詩有「水春雲母碓風掃石楠花」之句楠與男同聲以對上句「母」字漁與魚同聲以對下句「燕」字，即是此種對法所謂字對是取字義而不取語意的文鏡祕府論說明云：「字對者謂義別字對」例如「原風振平楚蟄雪被長菅」「菅」與「楚」即爲字對所謂側對是取字底偏旁以成對的文鏡祕府論說明云：「一名字側對謂字義俱別，形體半同」且舉元兢之說：「馮翊龍首」即是馮字底半邊有馬以之對龍翊字底半邊有羽以之對首：「泉流赤峯」是泉字上部有白以之對赤這就叫做側對。

第二十二章 聯句集句

聯句 其形式 其韻法 集句 集經詩 和韻 分韻

聯句是二人以上相會而作一句、二句乃至四句以成一篇，如漢武帝嘗於柏梁臺上召梁孝王以下衞靑、倪寬、東方朔等二十五人使作成的詩蓋是聯句底嚆矢哩。故劉總云：「聯句共韻，《柏梁餘製》；」皮日休云：「《柏梁七言聯句與焉》」然王應麟底困學紀聞云：「《列女傳》式微二人之作聯句始此」袁枚亦以毛詩邶風式微之詩爲二人同作爲聯句之始式微之詩果是二人所作與否，不容易置信況何焯說過：「皐陶賡歌，非聯句之始乎」是不察劉總所謂聯句共韻之義的。漢以後，晉有賈充底聯句及陶淵明底聯句。宋有謝晦底聯句及鮑照底聯句。齊有謝朓底聯句。梁有武帝底聯句，元帝底聯句及何遜底聯句。北魏有李文帝底聯句。至唐而韓愈底聯句最著，杜甫及顏眞卿集句。亦有之況宋元以降的詩人於古詩以外律詩絕句底聯句亦盛行。

漢武帝底聯句武帝先作「日月星辰和四時」七言一句，梁孝王以下二十五人或用今四支韻，或用今十灰韻，以相應和的作品而一篇中時字來字材字哉字都再押之字治字凡三押可知聯句底押韻是今昔不同的。賈充底聯句是與妻李氏致綢繆纏綿之意的。

室中是阿誰，歎息聲正悲買充。歎息亦何爲但恐大義虧李氏大義同膠漆匪石心不移買充。人誰不慮終，日月有合離李氏。我心子所達子心我所知買充。若能不食言與君同所宜李氏。

陶淵明底聯句是淵明與愔之儼之二人相唱和的見於陶集謝晦底聯句是與兄子謝世基臨死而作的見於南史謝晦傳。

偉哉橫海鱗，壯天矣垂翼世基。一旦失風水翻爲螻蟻食世基。功遂侔昔人保退無智力，旣涉太行險斯路信難陟晦。

鮑照底聯句題爲月下登樓是鮑照王延秀荀原之荀萬秋等四人相唱和的見於鮑集謝朓底聯句有阻雪邊途臨諸紀功曹中園間坐侍筵西堂落日望鄉往敬亭路中祀敬亭山春雨等七篇就中阻雪一篇是謝朓江革王融王僧儒謝吳劉繪沈約七人所唱和的其他三四人底聯句皆是同一的體製每一人賦四句。梁武帝底聯句是倣漢柏梁體，而在清暑殿上與任昉徐勉劉汎柳憕謝覽張卷陸杲王峻陸倕劉治江革十一人同作的。元帝底聯句是元帝嘗與武陵王紀交兵時慨然賦詩，而紀之子圓正從獄中作詩以致報恩之意的。

回首望荊門驚浪且雷奔四鳥嗟長別三聲悲夜猿元帝。水長二江急雲生三峽香願賫淮南罪思報皐陵恩圓正。

何遜底聯句有擬古往晉陵范廣州宅相送大雷賦詠臨別贈新曲照水折花搖扇正釵諸篇就中擬古一篇是何遜范雲劉孝綽三大詩宗相唱和的賦詠一篇是何遜江革劉孺三人相唱和的增新曲一篇是劉孝勝何澄劉綺何遜

二〇一

四人相唱和的其他皆是二人底唱和然每一人賦四句諸篇皆是一樣的。北魏孝文帝底聯句是帝嘗與薛孝通、元翌三人相唱和的見於北史薛孝通傳

聖主臨萬機享世永無窮 元翌。豈唯被草木方亦及昆蟲 孝通。朝賢旣濟濟野苗又芃芃 元翌。君臣體魚水書軌一華戎 文帝。微臣信慶渥何以答華嵩 孝通

其他梁武帝陳後主等於朝宴之際屢作君臣唱和的聯句。韓愈底聯句在昌黎集中載有城南會合關雞納涼秋雨、征蜀同宿沙柵雨中寄孟幾道遠遊、晚秋郾城夜會十一篇就中會合底聯句是韓愈張籍張徹孟郊四人合作,遠遊底聯句是韓愈孟郊李翺三人合作,晚秋郾城夜會聯句是韓愈李正封二人合作其他八篇皆韓愈孟郊二人唱和的作品。蓋韓愈與孟郊不但意氣相投才學四敵而且其詩體韓之奇險與孟之奇峭有酷相似之所,兩賢相容兩雄相當才華盡辭藻宏麗雄大殆如出一手蓋聯句同心同工詩風相似非筆力四敵則決不能濟緩急均調之妙故歐陽修嘗稱韓孟底聯句云:「韓孟於文詞,兩雄力相當者也」黃庭堅亦嘗云:「或人說東野聯句,恐是退之有所潤色,應之云退之安能潤色東野若東野潤色退之,卻有此理」顧韓孟底聯句所以能成千古之名的,就是因爲韓雄豪之氣能與孟之沈鬱之思相形愈之激昂之態能與郊之危苦之音相應。這豈非是同氣相求同聲相應、杜甫底聯句題爲夏夜李尙書筵送宇文右首赴縣,是杜甫李之芳宇文或三人合作的,顏眞卿底聯句題爲喜皇甫曾侍御見過南樓翫月,是顏眞卿陸羽皇甫曾李崿僧清晝陸士脩六人合作的用通篇三言,前代無其例。

喜嘉客關前軒天月淨水雲昏，顏眞卿雁聲苦蟾影寒聞裒浥滴檀欒，皎羽歡宴處，江湖間皇甫曾。卷翠幕吟嘉句，恨清光留不住。李寧高駕動清角摧惜華重徘徊僧清晝露欲晞，客將醉猶宛轉照深意陸士脩。

其他唐宋詩人聯句雖多但其形式與以上所說的無異。

聯句底形式有四種第一二人作一句每句押韻的如漢武帝柏梁臺聯句，梁武帝淸暑殿聯句就是其例後世名爲柏梁體。而淸康熙帝大和殿的聯句成九十三韻的長篇在柏梁體中可算是前世無比後世無類的了。第二是每人作二句的，晉賈充底聯句，北魏孝文帝底聯句，杜甫底聯句及韓愈聯句十一篇中的涉柵一篇就是其例而唐以後近體的聯句概是一人賦二句的。其方法有二種。一是一人一聯第一句、第二句順次而進二跨句的初賦第一句，次連作第二、第三句的是第三是每人作四句，六朝之際多用此體。陶淵明、謝晦、鮑照、謝朓元帝何遜底聯句無不皆然。而韓愈底聯句中只晚秋鄴城夜會一篇用四句體第四是句數長短不定，或前半每賦二句，後半每賦四句，或最初賦一句以下各賦二句最後又賦一句中段各賦八句後段各賦十句的韓愈底聯句概屬此例。

聯句底韻法，是由第一的韻礎押同韻中的字的，梁武帝嘗於華光殿上，爲聯句，時曹景宗獨後至，詩韻已盡，沈約乃探韻與以競病二字景宗因賦『去時兒女啼歸來笳鼓競借問路傍人何如霍去病？』一坐皆嗟賞，卽梁之聯句方法，先分韻字與使詩人各據韻得以賦的想像顏眞卿底聯句底韻法，或用平聲或用仄聲蓋是分韻之結果然

第二十二章　聯句集句

二〇三

聯句無轉韻之理。北史薛孝通傳云：「普泰二年正月乙酉中書舍人元翹獻酒肴，帝因與元翌及孝通等宴兼奏絃管命翹吹笛帝亦親以和之。因使元翌等嘲以酒爲韻孝通曰「旣逢堯舜君願上萬年壽」；爲萬國首」帝曰「卿所謂壽豈容徒然」便命酌酒賜孝通仍命更嘲不得中絕孝通卽堅忠爲韻帝曰「卿不忘忠臣之心」」這樣看來北魏底聯句雖未必是分韻的然卻是先定韻再使作者自由探字的。

集句是取古人詩句湊合集成的，古來推王安石爲巨擘滄浪詩話云：「集句唯荆公得此三昧」卽是其證試就王臨川集而一讀他底集句詩連古詩律記絕句凡六十有八首古來集句之詩多的無以出其右者顧他是博聞強記一度入於耳目輒終身不忘故作集句之詩亦不必要繙閱古書學獺祭魚之故智而牽合傅會卻是求之胸中搜之方寸而綽綽有餘裕的這就是孟子所謂取之左右逢其原故他底集句志貫通善於融會渾成殆如從一人之口而發試讀胡笳十八拍十八首卽事五首送吳顯道五首等可知他何如地博覽多識同時亦可知他底作品底融會渾成哩！

然集句元是詩人底遊戲詞人底滑稽閑人底閑事業之一端經國之大業，不朽之盛事，決不是指這樣的風流末技故黃庭堅不好集句嘗目集句爲百家衣體所謂百家衣是說嬰兒底襁褓劉放亦不愛集句嘗見晁端彥底集句，云：「君高明之識何至作此等伎倆集古人句譬如蓬蓽之士適有佳客旣無自己庖廚而器皿肴蔌假貸於人意欲強學豪奢而寒酸之氣終是不脫。」蘇軾亦嘗嘲孔毅父底集句云：「羨君戲集他人詩指呼市人如小兒天邊鴻

鵠不易得，便令作對隨家雞。」蓋集句之詩，非自己底心聲，只是襲取古人底口吻的，想來傲岸之安石所以特喜集句決不是立於他人底下風渴仰古人底餘唾，而是老後之餘技誇視自己底強記與多識的。故後山詩話云：「荊公暮年喜為集句。」但是集句未必是從安石開始的，安石以前，石曼卿嘗下第作集句之詩。夢溪筆談云：「集句自王荊公始。」可知其不必為然況晉傅咸作有集經詩的作品呢？集句底濫觴可說已在晉世所謂集經詩是就孝經、論語、毛詩、周易、周官、春秋左氏傳等諸經而取各經中的語句所成詩的。

孝經

立身行道始於事親；上下無怨，不敢惡人，孝無終始不離其身三者備矣以臨其民。

論語　　　　　　　傅咸

守死善道磨而不磷：直哉史魚可謂大臣見危授命能致其身。

毛詩　　　　　　　　同

聿脩厥德令終有俶勉爾遯思我言惟服盜言孔甘其何能淑讒言罔極有靦面目。

周易　　　　　　　　同

卑以自牧謙尊而光進德修業既有典常輝光日新照于四方小人勿用君子道長。

其他就周官左氏傳亦用此形式故篇雖有長短皆爲四言句，以集經中的語句以成篇的稱爲集句詩，亦無不可後世底集句詩特別由陶詩或杜詩取的多蓋是胚胎於集經詩的。文文山集有取自杜詩的集句詩凡二百首亦可卜知時世之潮流了。

唱和的詩始於舜與皋陶。和韻底起源，可謂遠在虞世，但隋、唐以前的唱和概是和詩而不是和韻因爲是和原作之意的而不是和其韻的。如舜之詩以喜起熙爲韻字然皋陶之作以明、良康及胵隋墮爲韻字即其例證。故至唐賈至有早朝大明宮之作王維岑參杜甫三人和之。然皆不用賈至之韻，就是因襲古風的。其他高適贈杜甫云：「草玄今已畢此外更何言」杜和云：「雖無南過雁看取北來魚」皆是和其意而不和其韻的。蓋和韻底流行，在中唐以後。

和韻有三種一依韻二用韻三次韻。依韻一名同韻，是用與原作同韻中的文字而不必拘用原作所用的文字。所謂用韻雖是押原作的韻字然先後之序不必同原作。所謂次韻是押原作底韻字而先後之序必遵照原作。宋劉放嘗云：「唐人賡和詩有次韻依其次用韻有依韻同在一韻中有用韻用彼之韻不必次之。」即是就中次韻爲詩人矜才誇巧之具後世最爲流行。而次韻底流行實是由元稹、白居易興起的。元稹底上令孤相公書云：「稹與同門生白居易友善居易能作詩窮極聲韻或千言或五百言律詩以相投寄。小生自審不能過之往往戲排舊韻別諧新調名爲次韻蓋欲以難相挑耳。」即把此中消息說明了。故嚴羽底滄浪詩話云：「古人酬唱不次韻此風始盛於元

白、陸，本朝諸賢乃以此鬭工，至往復有八九和者。』然續文章緣起云：『和詩，梁武帝同王筠和太子懺悔詩始爲押韻。』則梁時已有和韻了。洛陽伽藍記云：『王肅入魏，舍江南故妻謝氏，而娶魏元帝女，其故妻寄以詩曰：「本爲筐下蠶，今爲機上絲，得路逐騰去，頗憶纏綿時。」其繼室代答亦用絲時二韻。』則可知魏世已有次韻哩。故陳之姚察遊明慶寺詩題下自注云：『仍用蕭祭酒韻述懷。』則唐以前已有用韻亦明白了。

次韻是濫觴於魏世而流行於唐世的。元稹、白居易實是中興之祖。及皮日休、陸龜蒙出其體始完成。然宋以後積弊所及，徒鬭才鬭工而眞詩亡而僞詩興。故宋之世論和韻之弊的已多。嚴羽云：『和韻最害人詩』鄭厚云：『魏、晉以來作詩倡和以文寓意，近世倡和皆次其韻不復有眞詩矣。』金之王若虛云：『次韻實作詩之大病也詩道至宋人已有自衰弊而又專以此相向才識如東坡亦不免波蕩而從之集中次韻者幾三之一雖窮極技巧傾動一時而害於天全多矣。使蘇公而無此其去古人何遠哉！』明李沂亦以限韻步韻爲詩人二大陋習云：『限韻不過欲以險字窘人耳步韻尤今日通病此例宋人作俑前此未有也今一詩成步者紛紛一韻屢見如蔗渣重嚼有何滋味牽扯湊合榾柮八才情導人苟簡詿誤後學莫此爲甚。』王世貞亦說：『和韻聯句，皆易爲詩害而無大益偶一爲之可也。』清王士禎、袁枚等亦惡次韻隨園詩話云：『阮亭尙書自言一生不次韻不集句不聯句不疊韻不和古人之韻此五戒與余天性若有暗合』又云『余作詩雅不喜疊韻和韻及用古人韻以爲詩寫性情惟吾所適一韻中有千百字憑吾所選尙有用定後不愜意而別改者何得以一二韻約束爲之旣約束則不得不湊拍旣奏拍安得有性情哉？莊子

曰忘足履之適也，余亦曰忘韻詩之適也。」可知神韻、性靈兩派皆不喜和韻。在日本津阪東陽底夜航詩話云：「余平生爲詩不喜疊韻爲人次韻尤忌數疊恐傷風雅之道蓋疊和相競是誇能鬪技小人之爭不翅汙翰墨也」蓋爲韻字所制限，不但左右己之意思枉屈己之性情而且有失神韻。

分韻是說二人以上相會合賦詩時從某方法而分與韻字其方法或由古語或取古人詩句，或取寓某種意味的文字，或無意義地抽籤文字卽席作詩以預防其爲宿構旣取分韻則書得某韻如分字時則書得某字如韓愈之徒送鄭尚書祝來期之速，韓愈以來字爲韻蘇軾之徒送蘇穎叔以「今我來思」的詩句爲韻而蘇軾得我字卽是其例。然分韻未必始於唐、宋已如前節所述如梁之曹景宗探韻得競病二字亦爲分韻底濫觴。

第二十三章 賦騷

賦騷底性質　賦騷底功用　賦家底理想　賦家底精力

漢宣帝修武帝故事，講論六藝諸子的時候，召見能治楚辭的九江被公又寵任善辭賦的王襃、張子僑等使數作歌頌其善的，卽賞賜金帛，議者多以爲是淫靡不急之辭而不悅。宣帝因云：「不有博弈者乎爲之猶賢乎已辭賦大者與古詩同義，小者辭辯麗可喜譬如女工有綺縠音樂有鄭衞今世俗猶皆以此娛悅耳目辭賦比之尚有仁義風喻草木多聞之觀賢倡優博弈遠矣。」這實是說明賦騷底性質及功用且很能發揮其特徵的話。

班固底兩都賦序述賦之性質云：「賦者古詩之流也而雅頌之亞也」劉勰文心雕龍詮賦底贊云：「賦自詩出，分歧異派底寫物圖貌蔚似彫畫」這就是從宣帝底所謂辭賦大者與古詩同義而出的故摯虞底文章流別論云：「賦者敷陳之稱古詩之流也。」白居易底賦賦，及吳訥底文章辯體均稱賦爲古詩之流又徐師曾底文體明辯稱楚辭爲詩之變皆是襲宣帝及班固之意的。

又史記屈原傳稱離騷之文體云：「國風好色而不淫，小雅怨誹而不亂若離騷者可謂兼之矣。上稱帝嚳下道齊桓，中述湯武以刺世事明道德之廣崇，治亂之條貫靡不畢見其文約其辭微其稱文小而其旨極大舉類邇而見

義遠。」又司馬相如傳贊成相如底文體云：「相如雖多虛辭濫說，然其要歸引之節儉，此與詩之諷諫何異？」皆是說明賦騷底功用的，宣帝所謂辯麗可喜如女工有綺、縠如音樂有鄭、衞，不單是悅耳目又有仁義諷喩草木多聞之觀之說，蓋是胚胎於史記，更把其功用明覈地說出了。然唐之太宗嘗對監修國史房玄齡說：「比見前後漢史載揚雄甘泉羽獵，司馬相如子虛上林，班固兩都賦，此旣文體浮華無益勸戒何暇書之史策今有上書論事詞理可神于政理者朕或從，或不從皆須備載。」這見於大唐新語是疑賦騷底功用的。

司馬相如嘗答友人盛覽問作賦之法云：「合綦組以成文列錦繡而爲質，一經一緯一宮一商，此賦之迹也賦家之心，包括宇宙總覽人物，斯乃得之於內不可得而傳」盛覽退而作合組歌及列錦賦不復敢言作賦這話見於西京雜記這實在把賦之特色與賦家心事道破了。然規模相如以其半生委於雕蟲篆刻的揚雄晚年自知不可企及，嘗答桓譚之問，而推獎相如賦爲不似從人間而來，乃神化之所至而抑損賦之功用云：「靡麗之賦勸百風一又曰：「詩人之賦麗以則，辭人之賦麗以淫」終至放言欺人自欺，說是「童子雕蟲篆刻壯夫不爲。」這就是藝苑巵言所謂開千古藏拙之端籠然廡麗之辭已不副詩教閎侈鉅衍之篇卻難達諷意故相如欲諷武帝而奏大人賦反使武帝起標縹凌雲之志漢書揚雄傳云：「賦者將以風也」賦之目的未必是達諷意的。文心雕龍云「賦者鋪也鋪采摛文體物寫志也」就是說賦之色彩絢爛恰如錦繡之悅目。特別是藝苑巵言云：「作賦之法，已盡長卿數語。大抵須包蓄千古之材牢籠宇宙之態其變幻之極如滄溟開晦絢爛之至如霞錦照灼然後徐而約之使指有所

在。若汗漫縱橫無首無尾了，不知結束之妙又或瑰偉宏富而神氣不流動，如大海乍涸，萬寶雜廁皆是瑕壁有損連城」最能把賦之作法說明了且藝苑巵言說騷賦之在詩歌裏雖同爲韻語然如竹之在草木魚之在鳥獸別爲一類這就詩賦底性質及形式很能辨其異同了。

論到詩歌底品致或說七德或說十勢或說二十四品或說九品或說八美然詩人底理想在典雅、壯麗、豪放、遒勁、悲壯、沈鬱、飄逸、清新、奇險、俊逸之中而閎大鉅麗瑰偉精深之趣寧讓於賦故古來詩中稱爲第一長篇的漢之爲焦仲卿妻作一篇雖有三百六十六句一千八百三十字然屈原離騷一篇有三百七十三句字數凡達二千四百餘字況杜甫底北征長不及司馬相如底上林賦及揚雄底羽獵賦，韓愈底南山在閎大之點不及班固底西都賦及張衡底西京賦。梁啓超底飲冰室詩話痛論古來詩歌無長篇大作雖很能中其弊竇但他在詩歌方面雄大閎肆之趣知其不足，而在賦騷方面豈不知有長江滔滔千古不止之概故予特表明地說詩歌底缺點在賦騷方面已經補充了的。如果舉騷人作騷的苦心與賦家作賦的精力而使詩人作詩則容易成數萬言的長篇不僅中國詩壇，放一大光明東洋的文學界發偉彩而且不難使梁啓超所欽仰的莎士比亞彌兒敦田尼遜瞠若其後桓譚嘗問作賦於揚雄揚雄答云：『讀千首賦乃能爲之』千首賦固與千首詩無異不容易讀載於文選的賦五十六首近世詩人所不容易讀了的。蓋賦騷家底資格要有牢籠天地包括古今的氣魄故屈原作離騷當艱天之運驚瑰奇之才因牢騷之感發宏麗之辭上陳天道下悉人情中稽物理無不旁引廣譬網羅古今司馬相如作子虛上林意思蕭散且不

與外事相關控引天地錯綜古今忽然如睡煥然如寤，幾百日而成，卽賦騷決不是一時可就的，又不是一氣呵成的。故抱絕世之才無驕傲之心常好淡靜而不好與俗人交接的張衡作二京賦時精思十年始成又如口訥而不好交遊學問文章以外何事也不顧的左思作三都賦時移家於京都構思十年門庭藩溷都置筆紙每得一句卽記之，然倘恐自己底見聞不博求爲祕書郎可見他們底苦心與精力底絕倫哩。宜乎作天臺山賦說試擲地作金石之聲的傲語的孫綽絕重張衡左思底賦云：『三都二京五經之鼓吹也。』然唐太宗嘗稱司馬相如揚雄班固底賦說：『文體浮華無益勸戒。』宋史隱逸傳何羣上書云『三代取士皆先行義後世專以文辭文辭害道者莫甚於賦請罷去』時石介先贊成何羣之說諫官御史亦說以賦取士無益治道然議者皆說進士之科是隋唐以來數百年間所因襲，將相多從之出又祖宗行之久無故不可廢絕何羣聞已之說不行慟哭取平生所作賦八百餘篇自焚棄之又不舉進士。然則賦騷功用之有無爲唐宋以後的宿題爲千載所未解決的。

第二十四章 騷底體式

騷底名義　騷底特徵　騷底文體　辭賦之祖

騷底名義從屈原底離騷而出是指在憂愁怨慕的境遇裏的詩人發洩幽思的一種韻文然所謂離騷卽太史公所謂遭憂的意義本是一篇文章底命名決非是在韻文界一種文體之名可與賦對稱的如果從體製方面論起來騷固屬於賦不可獨立於賦以外的故班固藝文志說屈原賦二十五篇以離騷爲一篇的稱呼以之入於二十五篇中總稱爲賦且藝文志云：「春秋之後周道寖壞聘問歌詠不行於列國學詩之士逸在布衣而賢人失志之賦作矣大儒孫卿及楚臣屈原離讒憂國皆作賦以風咸有惻隱古詩之義」摯虞底文章流別論云：「前世爲賦者有孫卿屈原尚頗有古詩之義至宋玉則多淫浮之病矣楚辭之賦賦之善者也故楊子稱賦莫深於離騷賈誼之作則屈原儔也」皆是把屈原之騷與荀卿之賦同一看待的蓋當時已有賦之名未有騷之名然梁昭明太子編著文選時不以屈原宋玉及劉安之作編入賦底部類而別立一門名之曰騷後人皆沿襲而把騷獨立於賦以外然元之祝堯撰古賦辨體說：「屈子離騷卽古賦也」又云：「自漢以來賦家體製大抵皆祖於是」庶幾能獲班固、摯虞之旨故吳訥底文章辨體論賦騷多取祝堯之說紆迴斷續是騷之體諷諭哀傷是騷之用深遠優柔是騷之格宏肆典麗是

騷之辭顧騷是古詩底流派，性質上雖與賦同，然形式上求其與賦相異之所，第一是在讀尾用「兮」為助語，第二是在句中用以、而、之、於、其等接續的虛字。蓋兮是楚人慣用的語助故見於論語的楚狂接輿之歌及見於孟子的孺子滄浪之歌等已開以「兮」字為讀之端，即可知屈原宋玉等文裏用「兮」字是取楚俗語的故漢世以屈宋之文稱為楚辭，亦是宋黃伯思所謂屈宋諸騷皆書楚語作楚聲紀楚地名楚物故可謂之楚辭的話不待說哩。顧楚辭的稱呼始前漢底劉向，然後漢之世一般已流行漢書朱買臣傳云：「嚴助薦買臣召見說春秋言楚辭帝甚說之」又王襃傳云：「宣帝修武帝故事徵能為楚辭者九江被公等」則楚辭底稱呼從劉向以前可知已流行同時可知騷之特色是書楚語作楚聲了。

且賦底句法是混用三字句、四字句、五字句或六字句殆同散文底句法。而騷之句法間有用五字句、七字句的，概屬六字句。而一句中上三字下二字之間用一個的接續的虛字「日月忽其不淹兮春與秋其代序惟草木之零落兮恐美人之遲暮飲余馬於咸池兮總余轡於扶桑折若木以拂日兮聊逍遙以相羊世混濁而不分兮好蔽美而嫉妒」之類。這是騷底形式上的特徵。張蔚然底西園詩塵論騷之體製云：「騷之為體非詩非賦非文亦詩亦賦亦文自騷經至大招篇章幾許而千百世為詩為賦為文者取給不竭焉」善於辨形式上底特徵了。

然賦家底賦襲用騷之特色的亦不尟。司馬相如底子虛上林為賦之正宗，雖是揚雄、班固、張衡、左思等諸家底規模，然他底長門賦底句法是具備騷之特色二條件。又揚雄底羽獵長楊是用子虛上林底句法，然他底甘泉賦卻

是循騷底形式的其他班彪底北征賦，班昭底東征賦，王粲底登樓賦，向秀底思舊賦，潘岳底秋興賦等皆是騷體。賦家底技倆既是剪裁騷之特色而應用的，則騷之特色已化爲賦底筆彩中的一法了。晁補之說騷賦底關係云：

「詩之流至楚而爲騷，至漢而爲賦，其後賦復變而爲詩」實爲至當之言。

論到騷之文體，淮南王安及司馬遷稱之云：「國風好色而不淫，小雅怨誹而不亂，若離騷者可謂兼之矣。上稱帝嚳，下道齊桓，中述湯武，以刺世事，明道德之廣崇，治亂之條貫，其文約其辭微，其指極大舉類邇而見義遠」故不但漢武愛騷使淮南王作傳，而宣帝亦嘗稱美謂爲合於經術，揚雄亦稱揚之謂爲同於詩雅，至於王逸亦詩人提耳之意也。」劉勰云：「楚辭者體慢于三代，而風雅於戰國，乃雅頌之博徒而詞賦之英傑也。」朱熹亦以爲騷不失古詩底六義云：「其寓情草木託意男女以極遊觀之適者變風之流也敍事陳情感今懷古不忘君臣之義者變雅之類也其語祀神歌舞之盛則幾乎頌矣。」且離騷比喻多以善鳥香草比忠貞，以惡禽臭物比讒佞，以靈修美人比君，宓妃佚女喻賢臣虬龍鸞鳳喻君子，飄風雲霓喻小人，是得詩人比興之義的，故詞既溫而雅義又朗，後世君子無不慕其清高嘉其文釆哀其不遇而閔其情操也。實言之，離騷就是古詩之流彙國風之不淫小雅之正變而離騷所際獨變故有佗傺噫鬱之音，無和平廣大之響。讀其詞，審其音如赤子婉戀於父母側而不忍去。要其

且說是離騷之文依託五經以立義又說：「屈原履忠被譖憂愁思獨依詩人之義而作離騷。上以諷諫下以自慰，故離騷之文依託五經以立義。」

不亂，而屈原亦是詩人而率於敦厚之教享有羣怨之資的。故沈德潛底說詩晬語云：「離騷者，詩之苗裔也第詩分

第二十四章　騷底體式

二一五

顯忠斥佞，愛君憂國，足以持人道之窮矣尊之爲經，烏得爲過！」王世貞亦嘗稱離騷之體云：「騷辭所以總雜重複與寄不一者，大抵忠臣怨夫惻怛深至，不暇致詮亦故亂其敍使同聲者自尋修訞者難摘耳今若明白條易便乖厥體。」然班固會毀爲露才揚己，顏之推亦以屈原爲露己之才暴君之惡。這都是從不好成人之美的偏私的心而出的。

騷不唯承古詩之流，而且下開辭賦之源。宋祁云：「離騷爲辭賦祖，後人爲之，如至方不能加矩，至圓不能過規」這話很爲中肯。司馬相如底長門賦揚雄底甘泉賦不獨規模騷之文體而且相如底子虛賦揚雄底長楊賦班固底兩都賦張衡底二京賦左思底三都賦等是模做屈原底離騷假設漁父日者底問答的體格的且漢以後之文以九字爲文題的多。王襃底九懷劉向底九歎曹植底九愁、九詠陸雲底九愍等皆是。這亦是祖述屈原底九章九歌宋玉底九辯的又相如底大人賦是從屈原底遠遊而出的其他蔡邕底協和賦曹植底靜思賦陳琳底欲賦王粲底閑邪賦應瑒底正情賦張華底永懷賦江淹底麗色賦沈約底麗人賦等無不模做好色賦胡應麟底詩藪謂：「沇有芷兮澧有蘭思公子兮未敢言，恍惚兮遠望觀流水兮潺湲。」云：「唐人絕句千萬不能出此範圍亦不能入此閫域。」亦可以窺騷底價值之大哩明之何喬新亦論騷之價值云：「屈子爲人其志潔其行廉其姱辭逸調若乘驚駕虬而浮游乎埃壒之表。自宋玉景差以至漢唐宋作者繼起皆宗其榘矱而莫能倚之眞風雅之流而詞賦

第二十四章 騷底體式

之祖也。」魏書盧元明傳云：「元明少時嘗從鄉歸洛途遇相州刺史中山王熙，熙博識之士見而歎曰「盧郎有如此風神唯須誦離騷飲美酒以自為佳器」」。離騷底功用果能使人為佳器與否雖不得而知然其鏗鏘底詞調與高古底氣格使讀者恨然徐察騷人底憂愁鬱抑繾綣惻怛之情千載下亦生仰慕尚友之念即可知騷決不是無用的閑文字風流的遊戲文字卻是從忠君愛國之至誠而出的熱血熱淚的好文章。王通嘗稱詩經之德云：「上明三綱，下達五常」程頤亦稱之云：「學者不可以不看詩看詩便使人長一格」。詩已然騷亦無不然故慷慨悲憤痛哭流涕讀之使人潸然沾襟者是九章。和平婉麗閑雅雍容使人一唱三歎者是九歌。況乎離騷其感人之深可知之。騷決不可與揚雄底所謂辭人之賦麗以淫同日而語。

騷對於賦固雖同源然未必一流騷是反復無倫的，而賦是整正一絲不亂的，騷有含蓄而尚深婉，賦是誇張而尚宏麗騷盛於楚衰於漢亡於魏，賦是盛於漢衰於魏而亡於唐的。

第二十五章 賦底體式

賦底形式與內容　楚賦　兩漢底賦　三國六朝底賦　唐賦　宋賦

賦底形式不但有時代的變遷而在內容方面亦有許多的變遷雕蟲篆刻四字是罵其形式底靡麗的，勸百諷一語是罵其以形式比較而內容乏功用少的。揚雄分賦為詩人之賦與騷人之賦二種，摯虞分賦為古詩之賦與今賦二種。祝堯分為詩人之賦騷人之賦詞人之賦三種雖皆把其形式之變遷看破了，然亦是因為前者之賦所以於屈原賈誼司馬相如之賦致傾葵之情，而於宋玉景差唐勒枚乘之賦不表欽仰之意，就是暗示其內容底變遷與其價值底偉大的以文辭為本的，時有違情悖理失事物底真相只管苦心於彫琢之險夷以外認識其光彩之陸離與其賦以情理為主後者之賦以文辭為本的以情理為主的，是於文之繁簡辭之險夷以外認識其光彩之陸離與其價值底偉大的以文辭為本的，時有違情悖理失事物底真相只管苦心於彫琢之末技的。故摯虞亦稱荀卿、屈原之賦為有古詩之義而稱宋玉之賦淫浮之病多且稱賈誼所作為屈原之儔。這可知亦是情理與文辭底結果一是所謂麗以則，一是所謂麗以淫的。祝堯云：「騷人之賦與詩人之賦雖異雖猶有古詩之義者亦以其發於情也其情不自知而形於辭極麗而過於淫蕩矣蓋詩人之賦以其吟詠情性也騷人所賦，雖有古詩之義者亦以其發於情也，其情不自知而形於辭，故麗而可觀辭合於理故則而可法。如尚辭而不尚情則無與起之妙而形於辭其辭不自知而合於理情形於辭，故麗而不自知

則何有尙理而不尙辭，則無詠歌之遺，而於麗何有！』可謂平心之論。且祝堯辨古代底賦體爲一楚辭體，二兩漢體，三三國六朝體，四唐體，五宋體，這是把因時世之推移同時賦之實質愈衰賦家之技工愈下這中間的情形道破了。

然而亦不可不知時代的特色之中有個人的特色。

楚之賦以風諭爲目的以荀卿爲祖以屈原爲宗。這是從江、漢之流域發生的一種南方文學，漢以後之賦無不是其濫觴。然荀卿之賦，（二）專用隱語別成一家，且句法取了散文體篇法用問答體其辭雖不宏麗然着意頗巧妙。只是他底賦五篇皆一律無些少的變化他底心匠還不能說是無所不至然賦之祖是荀卿無論何人應爲首肯至於屈原金相玉質與日月爭光情理並至文質兼備敍事陳情感今懷昔寓情於草木致意於男女其不忘君臣之義之處其憂國憂民之處，總算是古今獨步大手筆了。而至宋玉景差唐勒之倫競爲侈麗閎衍之辭諷諭之義已減。

至兩漢前有賈誼司馬相如後有班固、張衡，因賈誼之才，與境遇有酷似屈原之所，故賈誼之賦其忠憤激昂，直寫胸臆之所最似屈原，情文兼備司馬相如之賦，是揚雄之所謂神化所至人間以上之作蓋相如之賦於屈原、賈誼以外新出機軸，楊雄班固張衡等底賦皆是以相如之篇法及句法爲典型的。然而揚雄以下之賦字句雖極彫琢，然情與理已是泯然。藝苑卮言評屈原以下之賦云：『雜而不亂，複而不厭其所以爲屈乎麗而不俳放而有制所以爲長卿乎子雲雖有剽模尙少谿逕；班、張而後，愈博愈晦愈下。』這話可謂至當至於前漢底枚乘枚皋東方朔王褒張子僑後漢底班彪班昭王延壽禰衡馬融等或用絢爛之筆或見飛動之勢或極鋪張，或極眩曜畢竟是屈上

架屋、而風雅頌之義已蕩然無存了。然而賦之全盛時代，是在兩漢之世。如成帝之世進御之賦，有千有餘首，亦可因其一斑而想見全豹了。文心雕龍討論賦之源流說是與於楚盛於漢，可謂有眼識。

至三國六朝之際，魏有王粲，晉有陸機、潘岳、左思，宋有謝靈運、顏延之、鮑照，齊梁有謝朓、沈約，陳有徐陵、庾信，皆是一代的鉅匠辭愈工而味愈淺文愈繁而體愈下。蓋西漢之賦，在修辭之點比楚賦為工，至於東漢又比西漢愈工。

至於三國六朝每經一代辭愈工情卻反疏而理愈不足了。顧古之詩人以物為賦，是有感於今之事的；凡情之所至竭之愈深天機之所動窮之愈妙故於事也；以古為賦，是有懷於古人的以今為賦，是有感於今之事的。以喜之情而作的作品讀者欣然而樂以怨之情而作的作品讀者憤然而慨所表現的為怒情人皆按劍而起所寫的為哀情人皆掩袂而泣。然後世賦家徒搜奇摘豔抽黃對白迴避聲病唯恐一語之不新一字之不巧惟寫情與理。王粲之賦，猶有古意，然陸機、潘岳之賦，不過寄其情思，而以辭為主的古詩人之辭，已化為俳體。至沈約聲律之論盛俳體又變而為律體及徐陵、庾信到情與理。起隔句成對開四六駢驪之風情薄而少理缺而體失此六朝之賦所以距古愈遠哩。

唐賦概屬律體古體賦殆絕跡故拘於每句對偶泥於每字聲病以投時好以避時忌間有為古賦的率以徐庾為宗其甚者至有有五七言詩句，或四字六字的駢體的只有韓愈、柳宗元之賦。以騷體為宗，可謂卓絕於流俗之外的。至如杜牧底阿房宮賦，最是膾炙人口的作品。然以議論為主為一種變體。這是惡律體之弊到了極端特別

第二十五章 賦底體式

尙理欲以矯其弊的。蓋唐之詩人以全力傾注於近體詩無復作賦之餘裕故六朝底詩人有一篇賦費十年星霜的，而唐之詩人工於四句、八句乃至十二句的詩以博取百年之名譽這是他們所以不復認有作賦的必要的緣故故胡應麟云：『賦盛於漢衰於魏而亡於唐。』況以古文爲生命的宋更不必說哩！

宋底賦有俳體與散文體二種俳辭倘辭不過晉宋以後積年因襲的惰性然而萎靡散漫，不復三國、六朝底閎大綺麗故使讀者無興起的妙趣而散文體是以理爲主的，如蘇軾的前後赤壁賦一篇中隨意隨處押韻蘇轍嘗稱赤壁賦云『子瞻諸文皆有奇氣至赤壁賦髣髴屈原宋玉之作，漢唐諸公皆莫及也』這不免有孟子所謂『子誠齊人也知管仲晏子而已矣』之誚況蘇軾底黃樓賦更不必論焉能髣髴屈宋之作頡頏班、張之賦然他自稱云『余黃樓賦學兩都也晚年來不作此工夫之文』故朱熹亦嘗云『宋朝文明之盛前世莫及。歐陽文忠公南豐曾公與眉山蘇公相繼迭起各以其文擅名一世傑然自爲一代之文獨於楚人之賦有未數數然。』蓋宋旣以古文爲生命故作賦亦用古文之體原不足怪且作詩猶自厭的宋代詩人安得復有作賦的餘勇！

（一）荀卿之賦　荀子有賦五篇見於荀子卷十八賦篇卽禮賦、知賦、雲賦、蠶賦、箴賦。

其禮賦云『爰有大物非絲非帛文理成章非日非月爲天下明生者以壽死者以葬城郭以固三軍以彊粹能王駁而伯一無焉而亡愚不識敢請之王』王曰『此夫文而不采者與簡然易知而致有理者與君子所敬而小人所不者與性不得則若禽獸得之則甚雅似者與匹夫隆之則爲聖人諸侯隆之則一四海者與致明而約甚順而禮請歸之禮』

其〈知賦〉云：『皇天隆物以示下民，或厚或薄，帝不齊均，桀紂以亂，湯武以賢，湣湣淑淑，皇皇穆穆，周流四海，曾不崇日。君子以脩，跖以穿室。大參乎天，精微而無形。行義以正，事業已成，可以禁暴足窮，百姓待之而寗，泰臣愚不識願問其名？』曰：『此夫安寬平而危險隘者耶？脩潔之為親而雜汙之為狄者耶？甚深藏而外勝敵者耶？法禹舜而能弇迹者耶？行為動靜待之而後適者耶？血氣之精也，志意之榮也，百姓待之而後寗也，天下待之而後平也，明達純粹而無疵也，夫是之謂君子之知。』

其〈雲賦〉云：『有物於此，居則周靜致下，動則縈高以鉅者，中規方者中矩，大參天地，德厚堯禹，精微乎毫毛而大盈乎大寓，忽兮其極之遠也，攭兮其相逐而反也，卬卬兮天下之咸蹇也，德厚而不捐，五采備而成文，往來惛憊，通于大神，出入甚極，莫知其門，天下失之則滅，得之則存，弟子不敏，此願陳，君子設辭請測意之？』曰：『此夫大而不塞者與？充盈大宇而不窕者與？入郄穴而不偪者與？行遠疾速而不可託訊者與？往來惛憊而不可為固塞者與？暴至殺傷而不億忌者與？功被天下而不私置者與？託地而游宇，友風而子雨，冬日作寒，夏日作暑，廣大精神請歸之雲。』

其〈蠶賦〉云：『有物於此，㒩㒩兮其狀，屢化如神，功被天下，為萬世文，禮樂以成，貴賤以分，養老長幼，待之而後存，名號不美，與暴為鄰，功立而身廢，事成而家敗，棄其耆老，收其後世，人屬所利，飛鳥所害，臣愚而不識，請占之五泰。』五泰占之曰：『此夫身女好而頭馬首者與？屢化而不壽者與？善壯而拙老者與？有父母而無牝牡者與？冬伏而夏游，食桑而吐絲，前亂而後治，夏生而惡暑，喜溼而惡雨。蛹以為母，蛾以為父，三俯三起，事乃大已，夫是之謂蠶理。』

其〈箴賦〉云：『有物於此，生於山阜，處於室堂，無知無巧，善治衣裳，不盜不竊，穿窬而行，日夜合離以成文章，以能合從，又善連衡，下覆百姓，上飾帝王，功業甚博，不見賢良，時用則存，不用則亡，臣愚不識敢請之王？』王曰：『此夫始生鉅其成功小者耶？長其尾而銳其剟者耶？頭銛達而尾趙繚者耶？一往一來結尾以為事，無羽無翼，反覆甚極，尾生而事起，尾邅而事已，簪以為父，管以為母，旣以縫表又以連裏，夫是之謂箴理。』

第二十六章 連珠

陸機以前的連珠　連珠底篇法句法及押韻法　連珠底目的及性質

連珠底名義體製及其起源已在第一章概說裏述過了。故今茲只就連珠底韻腳稍微說一說。陸機以前雖有揚雄（一）班固（二）賈逵（三）傅毅（四）蔡邕（五）等底連珠，但形式尚未整齊，迨陸機底演連珠（六）五十首出，連珠底體製始完備，遂爲百世儀型。故傅玄評班固底連珠云：『喻美辭壯文章弘麗最得其體。』評賈逵云：『儒而不豔』評傅毅云：『有文而不典』評蔡邕云：『似論言質而辭碎旨篤矣』劉勰評揚雄底連珠云：『碎文瑣話』又評杜篤劉珍潘勗之輩云：『欲穿明珠多貫魚目可謂壽陵匍匐非復邯鄲之步』質言之，陸機以前的連珠家文章弘麗最得體的莫班固若然試以載於文體明辨的班固底連珠三首與陸機所作比較則不但句法篇法有未盡之所，至於押韻之法亦然陸機以後的作者，如宋之謝靈運謝惠連顏延之齊之王儉劉祥梁之武帝簡文帝沈約、吳均劉孝儀周之庾信等，無不循然恪守陸機底儀型。故他們底形式比較陸機以前之作，雖大有可觀的處所，然畢竟不能免屋上架屋之誹奈何！

連珠底篇法，概分前後二節，或前半爲泛論後半爲實說，或前節提起後節論斷。清之方廷珪論連珠之體云：

「大抵前虛後實前伏後應前案後斷法總不外於賓主、反正、開合、淺深用風人比體為多」能中繁繁。而前後過渡之處用「是以」二字或「故」字是在陸機以前魏文帝作俑的。其句法全是用排偶特別四字句、六字句多故從形勢而言則似四六文成隔句押韻的處不少其韻腳雖概是隔句押韻的但造句的方式上不見得是隔句。例如「圖形於影未盡纖麗之容察火於灰不觀洪赫之烈」又如「明哲之君時有蔽壅之累俊義之臣屢抱後時之悲」是四六體而為隔句對但本來只可看作二句。即不看做四字六字四字六字四句只看做每句十字的二句倘若以之為四句的話則押韻上前者是以容字叶烈韻後者是以累字叶悲韻然前者是以烈字為韻腳置於前節末尾質字相和後者是以悲字為韻礎置於後節末尾則與前節末尾輝字相和這就是連珠底特色。其他如「鬱烈之芳出於委灰繁會之音生於絕絃」如「智周通塞不為時窮才經夷險不為世屈」雖皆有似四言四句然亦該看做八言二句。故前者以絃字為韻字與後節年字相諧後者以屈字為韻字與後節日字相諧這樣前節末尾與後節末尾是押韻的。蓋為韻以降的常法。故陸機底演連珠五十首中應用此法的實達四十首之多庾信底擬連珠四十四首中襲用此法的亦上二十三首這皆是使人懷疑連珠底韻腳未必是隔句的所由。

然不用隔句對的形式明是準據隔句押韻之法的。例如庾信底擬連珠「蓋聞經天緯地之才拔山超海之力；戰陣勇於風颷謀謨出乎胸臆；斬長鯨之鱗截飛虎之翼是以一怒而諸侯懼安居而天下息」又如「蓋聞雷驚獸駭電激風驅陵歷關塞枕跨江湖是以城形月偃陣氣雲鋪非綠林之散卒即驪山之叛徒」皆是。即陸機慣用的一

篇二韻底連珠,皆可斷言是前節二句、後節二句的。只有載於文體明辨的揚雄、班固及魏文帝底連珠底韻腳有不相叶的,恐是韻字之訛謬哩;未必是古今音韻底變遷。

且連珠不是以詠歌為目的的,而是日夕誦讀資其反省的。故連珠底性質殆有似箴銘之所,是於藻繪之中寓理論致勸戒的。試讀揚雄、班固以下的連珠主要是論君道旁及臣道,可知連珠底用意安在哩!故連珠底起首必冠以臣聞二字或蓋聞二字亦是欲託古人之訓言以致勸戒獎諭之意而已。

(一)揚雄底連珠二首其一云:『臣聞明君取士貴拔衆之所遺忠臣薦善,不廢格之所排;是以巖穴無隱而側陋章顯也。』其二云:『臣聞天下有三樂,有三憂;為陰陽和調四時不忒年穀豐遂無有夭折災害不生兵戎不作天下之樂也聖明在上祿不遺賢罰不偏罪君子小人各處其位衆臣之樂為更不苟暴役賦不傷安土樂業民之樂也亂則反焉故有三憂。』

(二)班固底擬連珠五首其一云:『臣聞公輸愛其斧故能妙其功明主貴其士故能成其治』其二云:『臣聞良匠度其材而成大廈明主器其士而建功業。』其三云:『臣聞璚瑤之為寶非駔儈之術伊呂之為佐非左右之舊。』其四云:『臣聞鸞鳳養六翮以凌雲帝王乘英雄以濟民易曰鴻漸於陸其羽可用為儀』其五云:『臣聞馬伏皁而不用則駑與良而為羣士齊察而不職則賢與愚而不分』

(三)賈逵底連珠云:『夫君人者不飾不美不足以一民』

(四)傅毅底連珠查全後漢文四十三卷無所見待考。

(五)蔡邕底廣連珠其一云:『臣聞目瞤耳鳴近夫小戒也狐鳴犬嘷家人小妖也猶息慎動作,封鎮書符以防其禍。是故天地示異災變橫起,

則人主恆恐懼而修政。』其二云：『道爲知者設，馬爲御者良賢爲聖者用，辨爲知者通。』

（六）陸機底演連珠見文選卷五十五。

第二十七章 詩餘一

詩餘底名義　詩餘底性質　詞話　詞集　圖譜

詩餘一曰填詞又單曰詞或詩餘底稱呼雖行於宋然填詞底稱呼蓋行於明以後故宋之楊萬里、沈義父、張炎元之陸輔之等皆論詩餘單稱為詞，未嘗稱為填詞，而明之吳訥及徐師曾始用填詞底稱呼以此名為填詞的原由是因其調有定格字有定數韻有定聲而取徐師曾底依聲填詞底意義的。四庫全書總目稱詞人為倚聲者亦是取依聲以填詞之義而詩餘底稱呼起於宋末由草堂詩餘四卷是南宋人所編輯竹齋詩餘一卷是宋末黃機所撰很可知道哩。

詩餘性質上可看做樂府底餘流其目的是在於詠歌和以管絃合於舞蹈故宋曾慥底樂府雅詩三卷，李彌遜底筠溪樂府一卷趙長卿底惜香樂府十卷等皆是集詞的均題曰樂府沈義父底樂府指迷一卷及張炎底樂府指迷一卷，都是論詞的。亦題以樂府之名蓋南北朝以後的樂府不必是和管絃的，大多是有樂府之名而無樂府之實。故至唐而絕句全盛即代樂府以取樂府之實迨宋詩餘全盛又代絕句占了樂府底地位清之尤侗嘗論詩餘云：

「詩何以餘哉？小樓昨夜哀江頭之餘也水殿風來清平調之餘也紅藕香殘古離別之餘也將軍白髮從軍行之餘

也；今宵酒醒子夜懷儂之餘也。大江東去鼓角橫吹之餘也詩以餘亡亦以餘存」很能說明詩餘底名義以明其源委的了。而清汪森底詞綜序及李調元底詞話序論詞底長短句以爲是本於古樂府云：「詞非詩之餘乃詩之源也。周之頌三十一篇長短句居十八；漢郊祀歌十九篇長短句居五至短簫鐃歌十八篇皆長短句也夫詩先有樂府，而後有古體有古體而後有近體乃樂府即長短句長短句即古詞也故曰詞非詩之餘乃詩之源也」皆是奇矯之言。果如汪、李二氏之言，則應稱詞爲詩源，而不應曰詩餘。

宋世詞之勃興，猶如唐代詩底極盛。津阪東陽底夜航詩話云：「宋人塡詞爲一代絕藝猶晉之字，唐之詩也」而詞話流行於明以後猶詩話流行於宋以後一樣。蓋唐詩底作家雖多而詩底批評家卻少在宋詞底作家雖多而詞底批評家卻少故詩話有六一溫公以下達數十百家之多的宋代在詞話方面除楊萬里沈義父、張炎以外殆無所聞。王灼底碧雞漫志論樂府雖有論及於詞的處所，然在詞話上的價值甚少況乎陳師道更不必說哩！清之李調元底詞話云：「陳后山不工詞而詞話實自陳后山始」此雖以詞話之祖稱陳師道，然未嘗推獎其詞話底價值姑就予之一讀而言則楊萬里底作詞五要附刻在張炎底樂府指迷之尾而張炎底樂府指迷卻收在廣百川學海明楊愼底詞品及淸李調元詞話並收在函他底詞源，收在粵雅堂叢書；元陸輔之底詞旨收在郭及廣百川學海，明楊愼底詞品及淸李調元詞話並收在函海裏，然皆無大發明之所況宋沈義父底樂府指迷一卷；四庫全書總目評沈氏底樂府指迷云：「篇頁寥寥不能成帙，故世無單行之本此本附刻陳耀文花草粹編中，凡三十八條。」已把此書底價值何如斷定了又況淸沈雄底古

今詞話六卷及王又華底古今詞論一卷只有明陳霆底諸山堂詩話三卷及清毛奇齡底詞話二卷共爲鐵中錚錚，可資參考然尚不若清徐釚底詞苑叢談十二卷之探擷繁富門類精明。朱彝尊嘗稱徐釚所著云：『古今詞話一書，博訪未得詞人瑣事散見各家詩話及傳記小說中捃拾需時是集未能附綴將仿孟棨本事詩計敏夫唐詩紀事別爲一集以資談柄近吳江徐徵士電發著詞苑叢談一書可謂先獲我心當讓其單行矣。』即是詞苑叢談可稱爲宋、元以後的詞話底大成了。

茲更就詞集及圖譜而一言吧。詞集有二種：一是時代本位底詞選，二是個人本意底詞集。時代的詞選在五代之世所編輯的有花間集十卷這是後蜀底趙崇祚所編纂集唐溫庭筠以下十八人底樂府凡五百首這是陳振孫底書錄解題所稱爲倚聲塡詞之祖的。以外有尊前集一卷亦是集宋以前的聲詩的。只是不能知道編者底名氏在張炎底樂府指迷裏云：『自隋、唐以來聲詩間爲長短句至唐人則有尊前花間集』蓋此書與花間集相前後而出世的哩至宋有曾慥底樂府雅詞三卷，黃昇底花菴詞選二十卷，沈際飛底草堂詩餘四卷周密底絕妙好詞七卷皆時代的詞選或錄唐以來所作或集宋一代之詞。降至明代陳耀文楊慎毛晉底詞選相踵而出然畢竟不如清康熙帝御定歷代詩餘一百二十卷及朱彝尊底詞綜三十四卷最爲精詳而集其大成至於個人的詞集宋以前雖沒有然在宋柳永有樂章集三卷，晏殊有珠玉集一卷，張先有安陸集一卷，歐陽修有六一詞一卷，蘇軾有東坡詞一卷，晏幾道有小山詞一卷，賀鑄有東山寓聲三卷，秦觀有淮海詞三卷，黃庭堅有山谷詞二卷，周邦彥有清眞集二卷，後集

一卷。其他如李清照底漱玉詞一卷，辛棄疾底稼軒詞四卷，姜夔底白石道人歌曲四卷，別集一卷，吳文英底夢窗稿四卷，高觀國底竹屋癡語一卷，史達祖底梅溪詞二卷，王沂孫底碧山樂府二卷，張炎底山中白雲詞八卷，蔣捷底竹山詞一卷，劉克莊底後村別調一卷等不遑一一枚舉

圖譜是明世開始而出，張綎底詩餘圖譜三卷是以黑圈白圈半黑半白圈說明其平仄格式程明善底嘯餘譜十卷，是去圖以明譜的。蓋是圖譜的嚆矢哩。故後人奉之爲金科玉律的多載於明王沂底三才圖會裏的詩餘圖譜三卷，淸之賴以邠底塡詞圖譜六卷續塡詞圖譜三卷及日本田能村竹田底塡詞圖譜二卷皆是依據張綎底圖譜而增損的。淸康熙帝欽定詞譜四十卷萬樹底詞律二十卷及徐本立底詞律拾遺八卷都是以花間尊前的典型爲宗，而討究聲律按嘯餘譜底樣式以糾正其紕繆的故俞樾嘗稱詞律及詞律拾遺云：「萬氏出而規矩先民張皇幽眇，爲詞家功臣。今徐君拾遺補闕繩愆糾繆又爲「萬氏功臣」亦非無故以外淸毛先舒底塡詞名解四卷及汪汲底詞名集解六卷同續編二卷這是祖述宋王灼底碧雞漫志以解說詞之名稱的。

第二十八章 餘詩二

宋詞底起源　宋詞底全盛　北宋底詞傑　南宋底詞傑　二十傑以外的詞人

論宋辭底起源，有二種：一是近因論者，二是遠因論者。

論宋辭底起源，遠因論者說宋詞是從五代底長短句而出的，是近因論者苕溪漁隱叢話云：『唐初歌詞，多是五言詩或七言詩初無長短句自中葉以後至五代漸變成長短句，及本朝則盡爲此體』。即是說宋詞是從六朝底樂府出的，是遠因論者。如王世貞以隋煬帝底望江南爲詞之濫觴徐釚以梁武帝底江南弄、沈約底六憶詩爲詞之嚆矢；毛奇齡以宋鮑照底梅花落爲詞之權輿，皆是其例。

江南弄　　　　　　　武　帝

衆花雜色滿上林，舒芳曜彩垂輕陰連手蹙蹀舞春心臨歲腴中人望獨踟躕。

六憶詩　　　　　　　沈　約

憶眠時人眠獨未眠，解羅不待勸，就枕更須牽復恐旁人見嬌羞在燭前。

梅花落　　　　　　　鮑　照

中庭雜樹多偏爲梅咨嗟問君何獨然念其霜中能作花露中能做實搖蕩春風媚春日念爾零落逐寒風，徒有

霜華無霜實。

凡物之起也必有所由起，宋詞之興，亦必非興於興之日的。故論宋詞底起源，謂爲從五代長短句而發的固然而五代底長短句是從唐之聲詩即菩薩蠻憶秦娥漁歌子等而發源的，則宋詞底作俑者在六朝底樂府未必是過言。

菩薩蠻　　　　　李　白

平林漠漠烟如織寒山一帶傷心碧。瞑色入高樓，有人樓上愁。　玉階空佇立宿鳥歸飛急何處是歸程長亭更短亭。

憶秦娥　　　　　李　白

簫聲咽秦娥夢斷秦樓月，年年柳色灞陵傷別。　樂游原上清秋節咸陽古道音塵絕音塵絕西風殘照，漢家陵闕。

漁歌子　　　　　張志和

西塞山前白鷺飛桃花流水鱖魚肥。青箬笠，綠蓑衣，斜風細雨不須歸。

其他溫庭筠底漁父、酒泉子、南歌子、女冠子、夢江南、皇甫松底天仙子、韓偓底生查子、張曙底浣溪紗等皆是開五代長短句之端的。故五代之際，在人主有後唐莊宗底一葉落蜀後主王衍底醉妝詞後蜀主孟昶底玉樓春南唐中宗底山花子南唐後主李煜底相見歡浪淘沙子夜虞美人臨江仙等。在人臣方面蜀有韋莊牛嶠毛文錫牛希濟薛

昭蘊、顧敻、魏承詠、毛熙震、李珣、歐陽烱、孫光憲、晉有和凝。南唐有張泌、潘佑、馮延巳。就中韋莊底應天長荷葉杯上行盃、薛昭蘊底謁金門、牛嶠底感恩多望江怨、西溪子江城子、毛文錫底紗窗恨醉花間巫山一段雲、歐陽烱底三字令南鄉子賀聖朝鳳樓春和嶠底春光好采桑子何滿子馮延巳底羅敷豔歌芳草渡蝶戀花喜遷鶯等皆是開宋詞隆與之端的。顧五代爲文學底暗黑時代，五十年間凡五次革命名教已墜地經術文章不復振這時際有蜀後主王衍好聲曲爲哀怨之辭，南唐底後主李煜尙文雅作淫豔之曲，皆其甚焉者故宋太祖嘗評李煜云：『李煜若以作辭工夫治國家豈爲吾所俘也』上之所好下必傚乎南唐之臣張泌潘佑馮延巳湯悅成幼文等俱競才名而腐心於亡國之詞。

　　如唐詩分爲初唐盛唐中唐、晚唐四期一樣，宋詞亦別爲北宋、南宋二期。而唐詩自盛唐以後詩格漸次反卑而宋詞則以北宋比較南宋底詞格卻更進步。詞苑叢談引愛園詞話云：『唐詩三變愈下宋詞殊不然南渡以後矯矯陡健卽不得稱中宋、晚宋也』是爲中肯之語。故宋詞人雖多然如北宋底柳永晏殊張先歐陽修蘇軾晏幾道賀鑄秦觀黃庭堅周邦彥皆推爲一世詞傑而在南宋的姜夔辛棄疾李淸照史達祖高觀國吳文英蔣捷王沂孫張炎劉克莊卻足以凌駕北宋之詞傑尤侗嘗論唐詩與宋詞云：『唐詩以李杜爲宗而宋詞蘇陸辛劉有太白之風秦黃周柳得少陵之體此又畫彊而理聯騎而馳者也』很能發揮宋詞底眞價的。然唐詩的全盛至宋而忽微，宋詞底全盛亦至元明而忽衰且唐詩經宋元至明而再興與宋詞經元明至淸而復興爲一揆。

第二十八章　詩餘二

二三三

試探宋詞底源流，自仁宗之世柳永始作新聲以來，晏殊、張先、歐陽修、蘇軾等相踵而出新機軸，尋及晏幾道、賀鑄、秦觀、黃庭堅、周邦彥等出。如晏殊底婉麗，張先底娟潔，歐陽修底秀逸，蘇軾底雄肆，晏幾道底聰俊，賀鑄底壯麗，皆可為終世詞人底矜式。柳永字耆卿景祐元年進士官至屯田員外郞世稱柳屯田。初他為舉子時游狹斜善為歌詞，教坊樂工多待他底詞以成新腔。晏殊同叔景祐二年進士歷任集賢殿學士中書門下平章事樞密使等及卒諡元獻。喜南唐馮延巳底歌詞。故他賦性雖剛俊而詞語特別婉麗。故晁補之嘗評他云：『元獻不蹈襲人語，而風調閑雅如舞。』張先字子野安陸人天聖八年進士他詞集元輯有詞六十八首但在明代佚亡已多題為安陸集子是取他底故鄉以為名的。晏幾道字叔原號小山晏殊之子。黃庭堅底小山集序稱他底詞云：『叔原樂府精壯頓挫能動人心可謂狎邪之大雅豪士之鼓吹其合者高唐洛神之流下者豈滅桐葉團扇哉！』可知他底詞是怎樣地聰俊了。然李清照嘗以他與賀鑄並稱云：『晏苦無鋪敘賀苦少典重。』蓋已看破二子底短所哩賀鑄字方回仕元祐中為泗州通判。晚年退居吳下，自號慶湖遺老張耒嘗評彼底詞云：『方回樂府妙絕一世盛麗如遊金張之堂妖冶如攬嫱施之袪幽索如屈宋悲壯如蘇李。』陸游亦稱之云：『方回狀貌奇醜俗謂之賀鬼頭其詩文皆高不獨工長短句也。』蓋他平生以豪俠雄爽自任當時江淮之間以魁岸奇譎知名的米芾，每與他相遇兩雄互瞋目扼腕論辯鋒起終不能屈。秦觀字少游，高郵人。嘗從蘇軾薦歷任太學博士國史院編修官，然坐黨籍被貶晁補之嘗稱他為近來作者皆不及。明張綖以他與蘇軾比並說：『少游多婉約子瞻多豪放當以婉約為主。』黃庭堅字魯直山

谷元祐初為校書郎，後歷任集賢校理起居舍人，諡文節，陳師道稱之云：「今代詞手，唯秦七、黃九，他人不能及也。」

秦七指秦觀，黃九指黃庭堅。然黃九到底非秦七之敵。李清照嘗評秦七、黃九云：「秦專主情致，而少故實，譬如貧家美女，非不妍麗，而終乏富貴態；黃尚故實，而多疵病，如良玉有瑕，價自減半矣。」很能看穿二家底弊竇哩。周邦彥字美成，號清真，仕哲宗徽宗兩朝，歷官校書郎祕書監徽猷閣待制等，又為大晟府提舉，自作新腔。其詞多用唐人詩話融和成曲，鎔括入律，尤其善於鋪敍，而韻致清蔚。劉克莊評之云：「欺賀晏壓黃、秦。」賀晏即指賀鑄、晏幾道，黃、秦指黃庭堅、秦觀。降而至南宋姜夔、辛棄疾、李清照、史達祖、高觀國、吳文英、蔣捷、王沂孫、張炎、劉克莊等無不極妍盡態。故朱彝尊嘗評宋詞云：「世人言詞，必稱北宋，然詞至南宋始極其工，至宋季而始極其變。」南宋詞人可謂濟濟多士矣。

其中姜夔亦是為范成大所稱為『音節文朵冠絕一時』字堯章號白石道人。他底詩底高秀是為楊萬里所推服，而他底詞底精深華妙亦是為范成大所稱為『朵冠絕一時』字堯章號白石道人。他底詩底高秀是為楊萬里所推服，而他底詞底精深華妙亦是為范成大所稱『白石有裁雲縫月之妙手敲金戛玉之奇聲』的。故張炎亦稱他底詞云：「姜白石如野雲孤飛去留無迹」又云：「白石詞不惟清虛且又騷雅讀之使人神魂飛越。」辛棄疾字幼安號稼軒諡忠敏他底才氣俊邁已有睥睨之概其詞慷慨而激烈能於剪紅刻翠之外屹然特起別成一家故昔人或以他與蘇軾比並以軾之詞為詩他底詞為論蓋他有經世之才見時日非不能自展其才所以滿腔忠憤不能抑遏無發洩之所慷慨淋漓抑鬱無聊發於文字一寄於詞一歸自家陶鑄無不盡其運用之妙這是所謂要有稼軒底心胸纔能為稼軒之詞呀李清照是閨媛詞人底第一人字易安為李格非之女，趙明誠之妻。四庫全書總目卷

一百九十八云清照號易安居士未可遽信當從詞綜『字易安。』她底詞格清婉而流麗，蓋可壓倒北宋詞人李調元底《詞話》稱云：『易安在宋諸媛中自卓然一家不在秦七黃九之下詞無一首不工其鍊處可奪夢窗之席，其麗處眞參清眞之班蓋不徒俯視巾幗直欲壓倒鬚眉』這話很能論定她底眞價哩史達祖字邦卿號梅溪。其詞辭情俱到或有清新閑婉之妙，或有瓌奇警邁之長會無靡曼之失故姜夔推獎他云：『邦卿詞奇秀淸逸融情景于一家會句意于兩得』誠非過言高觀國字賓王，號竹屋，與梅溪旗鼓相應為白石之羽翼故張鎡嘗以白石梅溪竹屋夢窗並稱云：『格調不凡句法挺異俱能特立清新之意刪削靡曼之詞自成一家。』亦非偶然吳文英字君特號夢窗常與姜夔辛棄疾游，互相酬唱深得清眞之妙尹煥評云：『求詞于吾宋前有清眞後有夢窗此非煥之言，四海之公言也。』張炎亦評云：『吳夢窗如七寶樓臺眩人眼目折碎下來不成片段』蓋他底天分不及周邦彥，然研鍊之功卻在邦彥之上蔣捷字勝欲號竹山宋末進士宋亡後晦迹其詞情旨精深音律諧暢，元明以降的塡詞家奉為榘矱的不少王沂孫與張炎俱為宋代詞人底後勁李調元底詞話中並稱為學白石詩底風而佳者宋末有二人卽沂孫與炎王沂孫字聖與號碧山又名中仙，張炎字叔夏號玉田又名樂笑翁二人之詞都意度超玄律呂協洽庶幾能得白石道人底風神特別是張炎在四庫全書總目卷一百九十九云：『炎生於淳祐戊申當宋邦淪覆年已三十有三猶及見臨安全盛之日故所作往往蒼涼激楚卽景抒情備寫其身世盛衰之感非徒以剪紅刻翠為工至其研究聲律尤得神解以之接武姜夔居然後勁宋元之間亦可謂江東獨秀矣』劉克莊字潛夫號後村亦在宋末以詩聞名而

他底詞張炎底樂府指迷譏爲直致近俗,效稼軒而不及,他底才氣縱橫奔放之處,能使懦夫立蓋他底詞底豪宕長宋、元之交能特立於玉田碧山之外隱然爲一敵國,故毛晉稱之云:「其雄力足以排奡」李調元云:「南渡後諸賢皆不及」且他嘗景仰周邦彥之詞,大有自得之所當時有小周郎之稱然一部的後村別調似稼軒的處所多肯淸眞的少蓋亦由於在宋元革命之際不堪滄桑之變邱墟之感所致哩。

北宋詞人有十傑,南宋詩人亦有十傑,已如所述然宋一代的詞人決不是僅僅此二十傑。毛晉已編輯宋六十家詞集宋之詞人固不止數此朱彝尊底宋詞綜雖收載三百四十三家然猶不保無所遺佚可以推知宋詞底全盛了。就中二十傑以外北宋底陳師道、晁補之,南宋底陸游康與之、張輯、盧祖皐、周密七人殆可摩二十傑之壘陳師道字履常又名無已,號後山有詞集二卷嘗自評云:「他文未能及人,獨於詞不減秦七黃九」晁補之字无咎有詞集六卷亦嘗自稱云:「今代詞手唯秦七、黃九,然兩公之詞亦自有不同,若无咎佳者,固未多遜也」陸游字務觀號放翁有詞集二卷。他底詞,不事斧鑿能脫卻纖麗之風殆與辛稼軒一揆康與之字伯可,南渡之初以詞受知遇於高宗。有詞集五卷其詞音律甚協但有時失之鄙褻這是他底辭所以比辛葉疾陸游輸一籌的所以張輯字宗瑞,號東澤有詞集二卷盧祖皐字申之,號蒲江有詞集一卷周密字公謹號弁陽嘯翁又名蕭齋有詞集二卷蓋張輯以下三家,皆得張蘷底詞法故朱彝尊嘗以姜蘷爲詞家底正宗而以史達祖吳文英蔣捷王沂孫張炎張輯盧祖皐周密爲姜蘷底羽翼則可知張輯、盧祖皐、周密三家亦是一代底翹楚能伍於梅溪夢窗竹山碧山玉田之間哩。

宋詞全盛旣這樣,至元忽爲戲曲流行所壓倒,八十餘年間唯一張翥以詞名。其風潮至明而益甚,以王世貞底淵博不敢作詞,因詩人皆不通曉律呂。然至清王士禎、朱彝尊等不但善作詞又大大考究詞學但乾隆以後的作家不足觀也已。

第二十九章 詩餘三

詞底體製　同名異體　異名同體　詞名底緣起

詩有長篇短篇，詞亦有長篇短篇，故草堂詩餘始立小令、中調、長調之目，後人襲用之，遂以五十八字以內的為小令，從五十九字至九十字止為中調，九十一字以上為長調。小令一曰短闋，要言短而意長忌尖弱，尚含蓄中調要骨肉停勻忌平板，尚清雋長調要操縱自在，於豪爽之中着精緻之語，於婉曲之中着激厲之語，忌複雜與粗率，而尚一氣貫通，而體製上一篇分前後二段曰長腔，前段為泛寫後段為專敍是宋詞底常法，這名為雙調，然宋以前的詞，不必分二段的多，這謂為單調。花間集尊前集所載的多是單調，如果以單調比絕句則雙調可比律詩。

詞是詩底餘流，雖是承詩的，然與詩卻不一揆又詞是曲底起源，雖是啓曲的，然與曲又不一揆雖源流相紹，而界域自判。故詞上不比詩下不似曲這是詞人底理想然尊前集所載的紇那曲長相思全是五言絕句花間集所載的柳枝竹枝淸平調陽關曲八拍蠻浪淘沙阿那曲是七言絕句其一片子羅嗊曲是五言絕句怨回紇是五言律採連子、楊柳枝欸乃曲是七言絕句，而瑞鷓鴣是七言律蓋宋以前的詞本是當作樂府而作的，不是當作詩餘而作的。

詞底小令以蒼梧謠十六字巴渝辭十四字為最短長調以戚氏底二百十二字鶯啼序底二百四十字為最長。

其間或有名同而體異的，或有調同而名殊的。詞律所載的詞六百六十調，其體凡一千一百八十餘體。欽定詞譜所載的詞八百二十六調，其體竟達二千三百六十六體之多。因為酒泉子有二十餘體，或用四十字或四十一字或四十二字或四十三字或四十四字或四十五字或四十九字或五十二字，臨江仙有十餘體，或用五十四字或五十六字或五十八字或六十字或六十二字或七十四字或九十三字。其他漁歌子憶江南南鄉子浪淘沙江城子諸調皆各有別體。這是名同而體異的。

至若巴渝辭別名曰竹枝，蒼梧謠別名曰十六字令，憶秦娥一名秦樓月、碧雲深、雙荷葉、玉交枝，憶江南一名夢江南望江南望江梅江南好江南憶夢江口歸塞北春去也謝秋娘長相思一名雙紅豆山漸青憶多嬌吳山青蝶戀花一名一籮金黃金縷明月生南浦鳳棲梧鵲踏枝捲珠簾魚水同觀，點紅唇又名南浦月沙頭雨點櫻桃烏夜啼又名錦堂春上西樓相見歡秋夜月憶眞娘皆是調同而名殊的。故詞調多詞體愈繁詞名益夥。蓋本名以外有取名家之詞語以為篇名的。這是一調而生出數名的原由。如喜遷鶯因韋莊底詞語而名為鶴沖天中興樂因牛希濟底詞語而名為溼羅衣臨江仙因歐陽修底詞語而名為庭院深深賀新郎因蘇軾底詞語而名為乳燕飛或風敲竹卜算子因秦觀底詞語而名為百尺樓之類。然餘譜旣載望江南又更收夢江南旣載蝶戀花又更收一籮金旣載念奴嬌又更收無俗念百字謠大江乘，旣載賀新郎，又更載金縷曲在花間集裏不知陽關曲與小秦王是同調而分載，不知阿那曲與雞叫子為同調而分載，不遑枚舉況賴以邠底填詞圖譜更不待言哩。

詞體既繁詞名益多故收在詞名集解的已達一千一百七十三題之多今尋其詞名之所由起固非容易的事，況又要窮究其調始於何代其體肇自何人更其是難哩試尋詞名底緣起菩薩蠻是唐以後歷代詞人所最多作的。而其解說諸說紛紛不一定。唐蘇鶚底杜陽雜編卷下題菩薩蠻云：「大中初女蠻國貢雙龍犀其國人危髻金冠瓔珞被體故謂之菩薩蠻當時倡優遂製菩薩蠻曲文士亦往往聲其調」宋錢易底南部新書及王灼底碧雞漫志等皆取杜陽雜編底紀事然杜陽雜編底紀事只敍述菩薩蠻之來貢而爲何命名菩薩蠻則未曾說明。至明楊慎底丹鉛總錄解釋菩薩蠻爲取西域底婦髻而名的說：「西域諸國婦女編髮垂髻飾以雜華如中國塑佛像瓔珞之飾曰菩薩蠻曲名取此今蠻作鬘非也。」胡應麟底筆叢駁之云：「古西域女蠻國其人皆危髻金冠瓔珞被體故謂之菩薩蠻非專指婦髻也且浮圖未有婦人爲菩薩者，女蠻國亦未必皆婦人」又應麟底藝林學山云：「女蠻國者，蓋以粧飾類婦人故名女蠻使果皆女子何能萬里入貢唐朝乎」？楊胡二氏之說相異之點，是在是否爲婦女之髻然菩薩蠻底名稱是從西域底民俗危髻金冠瓔珞被體而出的則一盖他們底民俗危髻金冠瓔珞被體的狀恰似佛像菩薩之瓔珞因此故稱爲菩薩蠻的吧！而危髻金冠不必定指婦女應是男女底首飾如應麟之說。然宋朱彧底萍洲可談卷二云：「樂府有菩薩蠻不知何物在廣中見呼蕃婦爲菩薩蠻因識之」。可知楊以前已有蕃婦說了故清毛先舒底填詞名解云：「菩薩蠻一名子夜歌一名重疊金西域婦人首裝也出釋典詞名取此後作鬘」而予則不取此而取彼近來吾友中村久四郎君著菩薩蠻考，而以菩薩蠻爲(Mussulman)漢譯

轉化的。這實在可謂獨具隻眼的新說。然其說之當否尚待研究。且菩薩蠻一詞，世間一般以爲是李白所創作。然如杜陽雜編、南部新書、碧溪漫志等所記載菩薩蠻是大中年間女蠻來貢，則大中是唐宣宗的年號則女蠻來貢則菩薩蠻是適應宣宗底嗜好而爲溫庭筠所新撰的。這也許是有的事故胡應麟底筆叢云：『菩薩蠻、憶秦娥二詞雖工麗而氣亦衰颯，於太白超然之致不啻穹壤蓋晚唐人詞，嫁名太白』清王琦底李太白文集輯註亦疑菩薩蠻非李白之作，徐釚底詞苑叢談則斷言爲溫庭筠創作。然從草堂詩餘作爲李白之作而登載以來詞綜詞律等多作爲李白創製皆與憶秦娥並稱或爲千古絕唱或爲百代詞曲之祖近時吳衡照底詞話云：『唐詞菩薩蠻憶秦娥二闋，花菴以爲出自太白集本不載，至楊齊賢蕭士贇註始附益之。胡應麟筆叢疑其僞托未爲無見謂詳其意調絕類溫方城殊不然。如「暝色入高樓有人樓上愁」、「西風殘照漢家陵闕」等語神理高絕卻非金荃手筆所能』亦是此說。

李白卒後八十餘年的事則李白沒有菩薩蠻底詞，是當然的了。據宋孫光憲底北夢瑣言及王楙底野客叢書，則菩薩蠻是李白所創製雙調四十六字擴秦穆公女弄玉故事以敍其相思之情的。列仙傳云：『蕭史者秦穆公時人，喜吹簫穆公有女字弄玉好之，公遂以妻焉。一旦皆隨鳳凰飛去。』這是憶秦娥詞名之所由起而李白所以借吹簫以登仙的弄玉底故事的，是因爲唐都秦地且唐之貴嬪歸依道教而爲女道士的多。如開元中金仙、玉眞二公主皆然。這是李白借弄玉以寄情思的原由哩！後人名爲秦樓月是取李白詞中的語的。其他有碧雲深、雙荷葉、玉交

第二十九章 詩餘三

枝等別稱，皆是取後人底詞語以命名的。漁家子是張志和所創作，單調二十七字，把漁家底心事寫出來了。他於肅宗時特邀重賞，然因坐事貶南浦尉，自稱煙波釣徒，不復仕而隱居江湖，每日垂釣，說是他志不在漁不曾設餌的。他底漁歌子也許不是他底自道哩！囉嗊曲南歌子都是唐妓劉采春所作。囉嗊曲是單調二十字，元稹底贈劉采春詩云：『更有惱人腸斷處，選詞能唱望夫歌』即指此。南歌子一名南柯子單調二十三字，採淳于棼之事以敘相思之情。後人名蓋是六朝時代底樂府，而采春取之為望夫之歌作斷腸之詞後人又別名為望夫歌。瀟湘曲一名瀟湘神劉禹錫所作單調二十七字是詠舜二妃之事的。花非花是白居易所作，花非花是取詞底起首三字命名的，為單調二十六字。後皇甫松底憶江南是取詞結尾三字而命名且二者之間自有逕庭。白居易所作是同調，然吳文英所作是雙調。瀟湘曲結句作單調二十八字。『欸乃』一作『欵乃』又作『款乃』。宋高似孫底緯略云：『款音襖，乃音靄』，世人皆讀過柳宗元底『欸乃一聲山水綠』解為棹船相應之聲，或湖中節歌之聲。然萬樹底詞律云：『欸乃』應作『欸乃』。欸乃棹船戛軋之聲也，欸字與咳字同，是嘆恨發聲之辭，楚辭『欸秋冬之緒風』，亞父曰：『欸豎子不足與謀。』此欸乃之欸正當作埃為詠霄曲的，是因溫庭筠底南歌子有『憶君腸欲斷恨春宵』之句。江南是取詞語而命名的花非花是白居易所作，花非花是取詞底起首三字命名的，為單調二十七字就中憶江南詞律又名夢江南謝秋娘望江南江南夢之名，是李德裕為亡妓謝秋娘所作的詞語的。李德裕所作是雙調後皇甫松底憶江南是取詞底別名有江南好江南憶夢江口望江梅春去也歸塞北等皆是取詞人底詞語的。名南是單調二十七字與白居易所作是同調然吳文英所作是雙調五十四字，而李德裕所作同體，因而憶江南底

二四三

字上聲讀爲烏蟹切欸船聲如人聲耳劉蛻湖中歌作欵迺劉言史瀟湘詩作曖迺皆欸乃之借字也。」唐熙字典云：「欸本音哀亦作上聲讀，後人因柳子厚集中有註云，一本作禳讔，非謂欸乃當音禳讔也。」可謂能啓道欸乃底訛源的了。唐劉言史瀟湘詩云：「曖迺知從何處生，當時泣舜斷腸聲」是以湖中棹船所發的戛軋之聲爲二妃慕舜慟哭的餘聲故元結底欸乃曲亦多是賦他所作底自序云：「大曆中爲道州刺史，逢春水舟不進，作欸乃曲令舟子唱。」可知他底意思專是爲進舟而未必是以賦二妃爲主的。章臺柳及楊柳枝都是單調二十七字取起句三字而命名。前者是韓翃所作，後者是韓翊底寵姬柳氏所作。韓翃是大曆十才子底巨擘從少有才名，與李某相善某一日爲韓具饌招飲，且以柳姬爲媒，云：「秀才當今名士，柳氏當今名色相配不亦宜乎」韓不能拒許之。及後韓由寒食一詩爲天子所拔擢置柳姬于都下三歲終不能迎因而囊金以贈柳姬。章臺楊柳，而致一遭秋風君來豈堪折之意。楊柳枝卽是故這二篇本來是詩而非詞，就是這時所作的柳姬酬以章臺楊柳，是唐代底樂府蓋是取六朝底折楊柳而轉化的，故白居易劉禹錫溫庭筠等亦作楊柳枝皆單調二十八字全是遵七言絕句底形式的，然後人又採入於詞，柳姬底楊柳枝，就是別體。且楊柳枝蓋是詠楊柳但有時有敍隋宮荒涼之狀的詞，柳姬底楊柳枝卻不必然。竹枝元是起於巴蜀一名巴渝辭。大概是敍蜀中的風景或習俗的平民的樂章吧！白居易、劉禹錫、皇甫松等皆有所作，然後人傚其體，各地爲之，遂生江南竹枝漁家竹枝等稱呼，如單說竹枝，則是指巴蜀底詞。

第二十九章 詩餘三

其體雖間有用十四字的，然概是二十八字的絕句體。執竹枝的先唱七言中上四字羣集的女兒相隨和唱下三字這猶如採蓮子之詞舉棹者與年少隔句相應和一樣。看了詞律所載的皇甫松竹枝註加入『竹枝』與『女兒』就思過半矣。

門前春秋竹枝，白蘋花女兒，岸上無人竹枝，小艇斜女兒。商女經過竹枝，江欲暮女兒，散拋殘食竹枝飼神鴉女兒。

如那十四字的小令，是七言二句半絕句其唱和方法全與二十八字的相同其他有清平調、陽關曲、八拍蠻、浪淘沙、阿那曲、採蓮子等。皆是唐代所作的七言絕句體底樂府又紇那曲念奴嬌、甘州曲、伊州歌、破陣子、謫仙怨、何滿子等亦是唐宮中底樂府而退方怨定西蕃謁金門賀聖朝感皇恩雨淋鈴綠頭鴨萬年歡等是唐教坊底曲名。而後人採入詞譜中與以宋詞爲樂府底餘流而稱爲詩餘的相對以唐底樂府爲宋詞底起源而可謂詞源哩。

降而至於五代之世唐之莊宗作一葉落如夢令陽臺夢韋莊作天仙子蜀主王衍作醉粧詞後蜀底毛文錫作柳舍烟月宮春巫山一段雲歐陽烱作江城子三字令晉之和凝作解紅望梅花長命女，南唐底後主李煜作搗練子、念家山破張泌作胡蝶兒。至宋而柳永作望梅敘小春之景，張先作師師令敘汴京名妓李師師底嬌態歐陽修作越溪春寫越溪春色，蘇軾作洞仙歌無愁可解賀新郎洞仙歌是描後主孟昶夏日與花蕊夫人避暑於摩訶池上的，無愁可解是以自然爲友而述其人樂人愁亦愁的達人底達觀的，賀新郎原名賀新涼後取詞中之語而名爲乳燕飛或風敲竹以敍錢塘名妓秀蘭底粉態的。後世又另外生出金縷曲、金縷歌、金縷衣貂裘換酒等名稱秦觀作

醉鄉春以敍醉鄉底廣大而人間竟如是小的。這是他譏諷嶺南時嘗飲於海棠橋畔，醉臥野老之家，翌朝題一詞於柱而去以其末句有『醉鄉廣大人間小』一句，世人卽名爲醉鄉春云。周邦彥作瑞龍吟以敍春景，姜夔作暗香疏影玉梅令鬲溪梅令惜紅衣翠梅吟秋宵吟長亭怨慢暗香疏影一名紅情疏影一名綠意，都是詠梅的作品。這是因范成大嘗於石湖梅開時徵新聲於姜夔，姜夔應之，所以製暗香疏影二曲。成大卽使二伎肄習音節最諧婉，張炎嘗激賞曲云『暗香疏影二曲前無古人後無來者眞是絕唱。』以此名爲紅情綠意，紅情是詠花的，綠意是詠葉的。然紅情綠意柳永嘗詠荷花謂爲紅情詠荷葉謂爲綠意。姜夔固然不知是柳永詠荷之作僅以爲是取了詠荷的調以之施於梅且因暗香浮動疏影橫斜之詩句而命名的罷了。而世人不察漫以爲是襲用紅情、綠意二曲。玉梅令鬲溪梅令亦都是詠梅的其中玉梅令是詞中有『紅衣半狼藉』之句因以爲名翠樓吟是敍在武昌安遠樓上與范成大贈以紅衣姜夔謝以一詞卽是詞。惜紅衣是旣製暗香疏影二曲之後，姜夔流寓吳面仰望白雲黃鶴俯眺芳草萋萋一面由酒忘憂的熱血詞人底情操的秋宵吟長亭怨慢二篇亦是寫天涯千里底孤愁的。史達祖作雙雙燕以詠燕吳文英作綺雪以敍雪景，蔣捷作翠羽吟白紵歌。翠羽吟是詠交趾底翠羽的，末句有翠羽雙吟，一片曉峯二句，因以爲名。白紵歌是取晉宋以來的舞曲白紵辭是寫裁白紵而縫春衫的深窗女子底心情的。

就多數的詞題其他係宋詞人所創製的尚多，不遑一一枚擧。一名春情詞欲一一尋其創製者實不容易。如欲尋詞名之所由起，亦非容易。故楊愼、胡應麟、都穆、毛先舒等

第二十九章 詩餘三

各殊其說。例如滿庭芳詞名，楊慎底詞品說是從吳融底「滿庭芳草易黃昏」而出，胡應麟底筆叢說是「滿庭芳草易黃昏唐人本形容淒寂詞名滿庭芳豈應出此。」而都穆底南濠詩話說是取柳宗元底「滿庭芳草積」的。蓋詞之命題取古人底詩語的多其中也有取歷史上的故事的或取諸子百家中之語或取西域地方之習俗或取詞中的語。如蝶戀花是取梁元帝底「翻階蛺蝶戀花情」點絳脣是取江淹底「白雲疑瓊貌明珠點絳脣」鷓鴣天是取鄭嵎底「春遊雞鹿塞家在鷓鴣天」青玉案是取張衡底「何以報之青玉案」踏莎行是取韓翃底「踏莎行草過青溪」西江月是取衞青底「只今惟有西江月」玉樓春出自白樂天底「玉樓宴罷醉和春」霜葉飛出自杜甫底「青霜洞庭葉故欲別時飛」清都宴出自沈約「朝上閶闔宮夜宴清都闕」憶王孫出自漢淮南王安底「王孫兮歸來山中不可以久留」後庭花出自陳後主底「玉樹後庭花」散餘霞出自謝朓底「餘霞散成綺」尋芳草出自孟浩然底「欲尋芳草去惜與故人違」陽關引出自王維底「西出陽關無故人」江上梅花引出自李白底「江城五月落梅花」瑤臺月出自李白底「會向瑤臺月下逢」皆是取古人底詩語而命名的。然昭君怨是取漢王昭君故事尉遲杯是取唐尉遲敬德飲酒用大杯的故事蘭陵王是取北齊蘭陵王每入陣必先歌其勇的故事生查子出自張騫乘槎的故事荔枝香出自楊貴妃生日進荔枝的故事解語花出自玄宗嘗稱貴妃為「爭如我解語花」的故事皆是取歷史上的故事的。解連環是出自莊子底「連環如解也」華胥引出自列子底「夢遊華胥之國」一葉落出自淮南子底「一葉落而天下知秋」皆是取諸子中之語句的。又如菩薩蠻是取西域底

婦髻，蘇幕遮是取西域底婦帽，婆羅門引是取婆羅門底民俗，皆是取西域地方底習俗的。

詞題曰引、曰歌、曰行、曰吟、曰辭、曰曲、曰子、曰樂雖與樂府命題底意義同。然曰慢、曰令、曰兒，卻是詞特有之名，而樂府所無。慢為弛緩之義，調弛而聲緩之謂。楊慎云：「五音皆亂迭相陵謂之慢」雖不必然，毛先舒云：「詞以慢名者，拖音裊娜，不欲輒盡。」此說較當。禮記云：「鄭衛之音比於慢」蓋是以慢字用於音曲上的嚆矢。令非命令之令，而是聲律之義。故樂工叫做伶人伶官，就是因令有聲律之義哩。又詞之短篇的稱小令，亦是為此而已。兒與子相近，子是人所專用兒則人物通用。故好女兒、繡帶兒、青歌兒、紅衫兒之類是用於人的，而黃鶯兒、蝴蝶兒、雙雁兒之類，是用於物的。

第三十章 詩餘四

詞底韻致　詞人底理想　詞底章法　詞底句法　詞底字法　平仄及押韻法　通韻底範圍　亡國之音與宋詞底特色

詞體旣不一其韻致亦隨之而有異，大槪可分爲婉約與豪放二種。婉約因於詞調底蘊藉，豪放由於氣象底恢弘。換句話說婉約僅由內容底溫柔不能求得，必待形式底姸麗豪放僅由形式底峻仄也不能求獲，而待內容底凌厲。秦觀所作婉約的多，蘇軾所作豪放的多，可知詞之風骨韻致關係於作者底人格是怎樣地大了。然詞之本色以豪放比較寧在於婉約。故蘇軾嘗稱秦觀爲今之詞手陳師道嘗評蘇軾與秦觀云：『東坡小詞似詩，少游詩似小詞』又特評蘇軾云：『東坡如敎坊雷大使舞雖極天下之工，要非本色。』

詞尙淸空而不貴質實。蓋淸空則得古雅峭拔之趣，質實則陷於凝澁晦昧之弊，故評爲如七寶樓臺眩人耳目的吳文英底詞底質實，不如評爲如野雲孤飛去留無跡的姜夔底詞底淸空所以自然渾脫，不離不卽生新開宕作遠乍近立意貴新着色貴雅，構局貴變紋情貴含蓄用古人之事取其新奇去其陳腐用古人之語取其淸雋去其平實用古人之字取其鮮麗去其淺俗這實是詞人底理想。

詞有三法即章法句法字法詞底章法有小令有中調又有長調又有雙調有單調，已如前章所述。小令要言短而意長固貴含蓄然亦有時作決絕之語而絕妙的至於中調要有開合之妙不卽不離不卽一氣呵成則前味自然深長哩至於長調要語氣貫串不冗不複徘徊宛轉自然成文蕪雜重穴長淺薄最爲所忌。至若雙調則前半要泛寫後半要專敍宋之詞人多用此法蘇軾底賀新郎底後段僅說榴花卜算子底後段僅說鳴雁周邦彥底眞寒食詞底後段僅說邂逅皆是不問篇之長短與調之雙單而以起結爲最難特別結句比起句更難結局之妙或以勁蕩見奇或以迷離見雋若一着實語輒歸失敗。

詞之句法長短不同五言七言以外有二言三言四言六言乃至八言九言就中五言句法有上二字下三字恰如詩句的。例如呂渭老底一絡索『暑氣昏池館』趙令時底錦堂春『腸斷欲棲鴉』之類卽是又有上用一字下領四字的。關注底桂華明『遇廣寒宮女』及石孝友底燕歸梁『記一笑千金』之類卽是七言句法有上四字下三字恰如詩句的。秦觀底鷓鴣天『千里關山勞夢魂』晏殊底玉樓春『綠葉芳草長亭路』之類卽是又有上三字下四字的。陳允平底唐多令『數歸期猶是初冬』柳永底爪茉莉『金風動冷清清池』之類卽是且詞之句法有三忌卽一澀二粗三嫩。澀句因語生硬而平仄不諧，粗句因言無細膩俊美之趣。嫩句因言庸弱而不切當。其他俗語譙語市語方語書生語譏誚語等皆詞人之所忌。

詞之字法與詞不同。若單是實字疊用則節奏難諧。故用虛字以相調節，使伶工底歌板易入雲兒底歌喉。這是

詞底字面所以多用虛字底緣由。試看詞中的虛字不但正但是況之類多，而且二個連用的，有莫是、又還之類，三個連用的，有更能消、最無端之類。這皆是欲避歌調底生硬的蓋詞底字法亦有三忌，一是生硬字，二是太文之字，三是太俗之字。

詞底平仄排次及押韻法果是何人所創定的呢？據張綖底詩餘圖譜程明善底嘯餘譜賴以邠底填詞圖譜萬樹底詞律及康熙帝底欽定詞譜，則詞之平仄排次及押韻法最是森嚴，一步也不可犯所以稱為填詞的，是因其為形式所拘束其聲律使一字一句不苟因圖以填字因譜以成句然詩餘圖譜所收的詞，已達一百五十一題平仄各殊押韻法又不同後世作詞呢？況詞律底詞調達六百六十調之多欽定詞譜底詞調達八百二十六調之多，其形式底複雜更可知哩。不知創作詞的何所準據而制定六百六十題乃至八百二十六題底平仄及押韻法呢？宋代詩人概是不按音律不重格調的及周邦彥入大晟府雖討論古音，然古音已是淪落之後安復有所獲哩他們所傳的八十四調蓋是由詞以製調的而不是由調以製詞的即詞之平仄及押韻法是他們詞人底自由並不拘束於繩尺的他們所作的詞皆假歌妓之口與伶官之手以上管絃故當初八十四調增為一百五十一調，再增為六百六十調更增為八百二十六調不但各異其平仄及押韻法然同一詞題至生出十體乃至二十體的別體。這豈非宋詞本來無一定的平仄及押韻法的反證嗎？然元、明以後詩餘漸衰，始有圖譜底必要由此據圖以按平仄據譜以探韻腳當初的自由一變而為極端的壓制遂生出倚聲填詞底稱呼。

欽定四庫全書總目卷百九十九云：『詞萌於唐，而大盛於宋，然唐、宋二代皆無詞譜，蓋當日之詞，猶今日里巷之歌，人人解其音律能自製腔無須於譜』實先獲我心。

詞之通韻範圍比詩稍寬。從明沈謙始著詞韻一卷，清之毛先舒以謙之書爲旁羅曲證尤極精確遂撰沈氏詞韻括略仲恆亦因謙之書而撰詞韻二卷，毛先舒底詞韻括略收在徐釚底詞苑叢談裏仲恆底詞韻收在查培繼底詞學全書裏今據此二書察詞韻底大體平聲入聲雖各宜特用，然上去二聲應相通押平聲分十四部上聲及去聲共分十四部入聲分爲五部試表示其通韻範圍如左。

平聲通韻

（一）一東二冬
（二）三江七陽
（三）四支五微八齊十灰(半)
（四）六魚七虞
（五）九佳(半)十灰(半)
（六）十一眞十二文

上去通韻

一董二腫一送二宋
三講二十二養三絳二十二漾
四紙五尾八薺十賄(半)四寘五未八霽九泰(半)十隊(半)
六語七麌六御七遇
九蟹(半)十賄(半)九泰(半)十隊(半)
十一軫十二吻十一震

入聲通韻

一屋二沃
三覺十藥
四質十一陌十二錫
十三職十四緝
五物六月七曷八黠九屑十六葉
十五合十七洽

十三元(半)　十二問十三阮(半)　十三願(半)

(七)十三元(半)　十四寒　十三阮(半)　十四旱十五潸

十五刪一先　十六銑十三願(半)　十四翰

(八)二蕭三肴四豪　十五諫十六霰

十七篠十八巧十九皓

十七嘯十八效十九號

(九)五歌　九哿二十箇

(十)九佳(半)六麻　九蟹(半)二十一禡

(十一)八庚九青十蒸　九泰(半)二十一

二十三梗二十四迥

二十五極二十三映

(十二)十一尤　二十四徑二十五證

二十六有二十六宥

(十三)十二侵　二十七寢二十七沁

第三十章　詩餘四

二五三

（十四）十三覃十四鹽十五咸　二十八感二十九琰

三十㻫三十八勘

二十九豏三十陷

雖如這樣的分類但有時平上去三聲有相通押的。如西江月、少年心、換巢鸞鳳皆是平上去相通押的。僅僅至於入聲，則未曾有平上去三聲通押。顧隋唐之世最流行的韻書，是陸法言底切韻孫愐底唐韻但中唐以後的用韻漸雜，而詩人底繩尺已不能盡一況至宋陳彭年邱雍丁度吳棫毛晃劉淵等韻學者各殊所見好議論底宋詩人簡傲而有矜氣的宋詞人安能循循然遵守古人底遺型哩他們多數是欲自我作古的。他們底意氣固不屑拜人下風這是宋詞通韻之範圍極其曖昧，因人而殊因時而不同的所以。

詞可謂在宋代的特種樂府一代學者文人皆靡然追隨作詞的風潮。故詩藪論樂府底變遷云：「樂府之體古今凡三變：漢、魏古詞一變也唐人絕句一變也宋元詞曲一變也。」然詞本是亡國之音淫靡姚冶詠流連之樂敘荒亡之行的。冷齋夜話云：「法雲秀關西人鐵面嚴冷能以理折人魯直名重天下，詩詞一出人爭傳之。師嘗謂魯直曰：『詩多作無害豔歌小詞可罷之。』魯直笑曰：『空中語耳非殺非偷終不至錯此墮惡道。』師曰：『若以邪言蕩人淫心使彼逾禮越禁為罪惡，吾恐非止墮惡道而已。』魯直頷之自是不復作詞曲。」這把詞之輕豔而有害風教道破了試讀五代底長短句，蜀主王衍孟昶及南唐後主李煜是如何的主呀君臣相唱和以徵逐於詩酒之間，日夜沈

洒,不知宗社之將傾故王衍底醉妝詞,(一)孟昶底玉樓春(二)李煜底相見歡(三)臨江仙(四)皆是亡國的文學,可與陳後主底後庭花,隋主底深夜遊並稱。宋詞之源發自五代底長短句已無置疑的但道學全盛的宋一代的學者文人能化亡國之音而為興國之聲。前者有歐陽修、蘇軾之徒能鼓其雄健豪放之筆革新淫靡輕佻之風後者有辛棄疾姜虁之輩能擴其慷慨激烈之辭掃蕩姚冶柔懦之弊。李調元底詞話稱辛棄疾底詞云:「辛稼軒詞肝膽激烈,有奇氣腹有詩書足以運之。故喜用《四書》成語如自己出」不獨看破棄疾底特色,且能把宋詞底傾向如何評盡了。故詞底真面目縱令存於婉約之中然化鐵為金的他們底手腕,應為宋文學永遠謳歌其功德的。

(一)醉妝詞　蜀主王衍作王衍嘗裹小巾其尖如錐宮女多衣道服簪蓮花冠施胭脂夾面號醉妝作此詞其詞云::「者邊走,那邊走只是尋花柳那邊走邊走莫厭金杯酒。」

(二)玉樓春　蜀主孟昶作其詞云:「冰肌玉骨清無汗水殿風來暗香滿滿繡簾一點月窺人,欹枕釵橫雲鬢亂。　起來瓊戶啓無聲時見疏星渡河漢屈指西風幾時來只恐流年暗中換」

(三)相見歡　後主李煜作其詞云:「林花謝了春紅太匆匆,無奈朝來寒雨晚來風。　胭脂淚,相留醉,幾時重自是人生長恨水長東。」

(四)臨江仙　後主李煜作其詞云:「櫻桃落盡春歸去蝶翻輕粉雙飛子規啼月小樓西玉鉤羅幕惆悵暮烟垂。　別巷寂寥人散後望殘煙草低迷爐香閒裊鳳凰兒,空持羅帶回首恨依依!」

第三十一章　結論一

文字文章底方圓曲直　詩歌賦騷底甘苦生熟　文學上的貴族與平民　文學上的男性與女性

凡物有方圓有曲直文字文章亦有方圓有曲直。漢字是方形而平假名是圓形漢字是直線而平假名是曲線。歐陽修、歸有光方苞之文是曲線而蘇洵方孝孺侯方域之文是直線如李韓愈之文是圓形而柳宗元之文是方形。歐陽修、歸有光方苞之文是曲線而蘇洵方孝孺侯方域之文是直線。元陳繹曾亦評柳宗元之文云「取古人之精華中當時之體製酌古準今自是一家比退之徹方耳。」皆是這種說法。

物有甘苦生熟濃淡厚薄輕重淺深詩歌賦騷亦有甘苦生熟濃淡厚薄輕重淺深。陶潛、李白底詩有甘味，稽康、杜甫、韓愈孟郊之詩有苦味。黃庭堅底詩人皆稱生硬而蘇軾之詩人皆稱圓熟詩經三百篇淡泊如水而楚辭及文選卻濃厚如醴其他杜甫底作品厚李商隱底作品似厚而溫庭筠底作品似薄元積底作品輕而近於淫白居易底作品淺而近於俗李攀龍、王世貞底作品雖壯麗而假聲多吳偉業、王士禎底作品風神清秀而有深趣世早已有定論了。如隨園詩話云：「人間杜陵不喜陶詩，歐公不喜杜詩何耶？余曰人各有性情，陶詩甘杜詩苦歐詩多因杜詩多創此其所以不合也。」又云「今人論詩動言貴厚而賤薄此亦耳食之言不知宜厚宜薄惟以妙為

韓愈之文是圓形而柳宗元之文是方形。歐陽修、歸有光方苞之文是曲線而蘇洵方孝孺侯方域之文是直線如李性學嘗評韓愈之文云：「文有圓有方，韓文多圓柳文多方，」

主以兩物論狐貉貴厚鮫鮹貴薄以一物論刀背貴重刀鋒貴薄安見厚者定貴薄者定賤耶！古人之詩「少陵似厚太白似薄義山似厚飛卿似薄俱爲名家」即是說的。

人有老幼貴賤男女剛柔詩歌賦騷亦有老幼貴賤男女剛柔蓋詩歌賦騷是人之精神所發露的而人老則精神衰耗少壯之時則有意氣沖天之概故盛年之作豐潤絢爛而有英氣有霸氣有精采無論何人有同然之所然而晚年之作平淡至極遂罹浮泛之病了圓熟至極反陷頹唐之弊的多如白居易陸游以大家尚不能免其他可知哩。

這是所謂文學上的老幼。

又文學上的貴賤是指成於臺閣搢紳之筆的貴族文學與江湖布衣詩人所作的平民文學但中國文學概是貴族文學不是上自王公下至卿大夫士有位君子致其經世之志就是左遷貶謫之士寄不平於詩酒以求知於百世的其真愛田園樂山水的平民的詩人實寥寥如晨星特別是梁宮體唐之應制體明之臺閣體等皆是純乎其純的貴族文學然試從韻文底體製上言雅頌祝祭箴銘本是行於貴族之間的，然風謠謳諺之類皆是平民文學這就是所謂文學上的貴賤。

又詩歌有男性有女性，有硬性有軟性，漢文學是男性的，而和文學是女性的。漢文學是硬文學而和文學卻是軟文學因爲漢文學適於男性反不適於女性和文學由來就是依據女性而發達的。顧中國底婦人鮮有把自己底情思發表於詩歌的原因其一雖是由於他們平生生長於深閨之中不與社會事物相接觸然其一卻是以豪壯雄

健為目的的漢詩殊不適於陰柔的婦人試讀鍾惺底名媛詩歸吧！就卓文君、王昭君、蔡琰以下的作品有誰相信是女性的作品呢？蘇軾疑為後人底擬作亦非無故蓋漢字是方形而為直線的同時亦是剛性的平假名是圓形而為曲線的同時亦是柔性的。因而排次漢字的漢詩、漢文，漢字是硬文學是楷書文學連續平假名的和歌、和文是軟文學是草書文學漢字底楷書如千鈞勁弩，平假名底草書如春蠶吐絲。故看了紫式部和泉式部清少納言小野小町等底筆蹟讀其作品則使人能想像他們底才色之美然而一讀原在蘋龜井小琴、柳川紅蘭等底漢詩則使人疑心她們底氣象底非女性的畢竟是因為在和漢文學中有男女剛柔底特性而已陰陽相成剛柔相摩為天地之大道則和漢文學之不可偏廢甚明。況欲期和文學底完全發達焉可以漢字漢語漢文漢詩度外置之哩。

第三十二章 結論二

文學與政治　詩人與天地自然　月露風霜　山水草木花鳥

中國詩人槪是用心於人事着眼於功名的，眞正愛自然的殆稀有盛年的詩人攀龍附鳳之志見於詞章的多，老後的詩人以不得志於時君的不平寄於詩賦的多。蓋他們多數皆嘗夢想青雲可知在文學者底裏面必有幾分政治家底資格同時又可知道文學界底大成功者明明是政治界底大失敗者屈原底《騷》成放黜之後賈誼之賦作於貶謫之後阮籍嵇康之詩發有慷慨悲憤之心謝靈運謝惠連之詩出自鬱勃不平之情鮑照謝朓底窮愁能使他們成不朽之名，李白杜甫底落魄能使他們博詩聖之名他們底思想雖常在經國然他們底名譽反而起於政事的失敗。

以一生委之人事，無暇愛自然的中國詩人，亦有以詩材假於天地自然而寄其比興之義的清之黃宗羲嘗論詩人與自然云：『詩人萃天地之淸氣以月露風雲花鳥之在天地間俄頃滅沒惟詩人能結之于不散。』然詩人多數不眞愛自然爲肯以月露風雲花鳥爲自己底性情呢！蓋他們對天地自然的態度是漫以自己底意識說明自然萬象的。故他們看破無情之物爲有情解釋無意識之事爲有意識或說落花有情或說流

水有心，或說雲有愁或說月有情皆是以自己底私情許天地自然的，決不是以天地自然爲自己底性情的。顧他們作爲詩材而慣用的天地自然萬象屬於天的是風雲月露煙雨霜雪屬於地的是山水草木花鳥蟲魚等無不皆然。就中風是詩人所最慣用的，說春風東風則常以和氣爲意義秋風西風則常以哀感爲意義雄風則是以王者爲意味，雌風則是以庶民爲意味。這固是詩人感情底反映決非是風自身底本質。詩經以凱風比慈母楚辭似飄風喻小人詩人之於意味逐化無情而爲有情。雲亦是詩人所最慣用的，以寄比與之義的，以浮雲喻讒者底態度，以青雲比顯貴的位地以白雲象徵山中幽趣，以景雲象徵太平吉祥。張喬底孤雲詩云：「莫言長是無心物，還有隨龍作雨時。」卽是化無心而爲有心的。至於月比較風雲更爲詩人對月之作，或爲思父母妻子的客愁，而致其纏綿之情，或爲思征夫的閨愁而寄於孤寂之恨，或爲懷古之情或爲慨世之念亦決非愛月的，僅是以自己底感情寄於明月而已。如李白底聞王昌齡左遷龍標尉「我寄愁心與明月，隨風直到夜郎西，」白居易底客中月「誰謂月無情千里遠相逐」皆是日比月作爲詩材的甚少特別是旭日最少。而夕陽頗多蓋曰落日皆適於寫人之感興比日作爲詩材的最少。這是因其適於寫出夫婦間底情思的。枚乘底雜詩「迢迢牽牛星皎皎河漢女纖纖擢素手札札弄機杼終日不成章泣涕零如雨，」亦是假託之言。其他雨露霜雪皆多少不等有作爲詩材的但如雷電則古來作爲詩材就希見。

屬於地的山水草木花鳥不但取爲詩賦的材料最多，而且是惹詩人底感興最大的。山從晉孫綽賦天台山慧

遠作廬山詩，庚闡作衡山詩，至唐而李白作泰山底詩，杜甫作望嶽底詩，韓愈作終南山底詩，王昌齡及張喬作華山底詩。詩水自晉木華作海賦，郭璞作江賦以來，唐、宋以後的詩人歌詠江淮河漢的不少然他們亦未必是真樂山水的。如現有山澤詩人之稱的謝靈運就是托於山水以洩其滿腔底不平，由登覽而取一時的慰安的。至於草木花鳥，孔子嘗稱詩之功用爲多識草木花鳥之名。試看詩經舉其草木鳥獸之名目則草木之部有如左的百四十餘種：

荇菜、葛、卷耳、芣苢、蘩、蕨、薇、蘋、藻、葭、白茅、蓬、苞、菲、荼、薺、荑、茨、唐、麥、芃、綠竹、葭、艾、蘭、葦、草、黍、稷、蘿、蕭、艾、麻、荷、游龍、茹藘、間、勺藥、莠、莫、賣、稻、粱、菽、苦、蒹、葭、紵、菅、苕、蓼、蒲、蘀、楚、稂、蓍、蘩、薁、葵、菽、瓜、壺、苴、韭、果、蠃、華、蒿、芩、瓠、臺、萊、莪、芭、蓫、藚、芫、蔚、蕞、女蘿、芹、稌、藍、菫、荏、菽、杻、柜、蘼、芭、筍、朿、牟（以上草九十二種）

桃、楚、甘棠、梅、樸、樕、唐棣、李、柏、棘、榛、栗、椅、桐、梓、漆、桑、檜、松、木瓜、杞、檀、舜、柳、扶蘇、樞、榆、栲、杻、椒、杜、栵、楊、條、檿、柘、檖、枌、女桑、鬱、栗、檮、檿、枸、梗、榖、栜、柞、棫、楛、椐、棆、椐（以上木五十二種）

其鳥獸部有如左的六十餘種：

睢鳩、黃鳥、鵲、鳩、雀、燕、雉、雁、鶉、流離、鳥、鴻、鵻、鳧、鳩、鴞、鳩、鴟、鶹、倉庚、脊令、隼、鶴、鸛、桑扈、鳶、鴛鴦、鷺、鷹、鶌（以上鳥三十八種）

馬、麟、鼠、羔、羊、麛、尨、豝、豵、虎、騶、虞、狐、狸、兔、貉、貆、于、貉、鹿、熊、羆、豺、猱、貓、貙、豹（以上獸二十八種）

其他蟲魚亦準此。這在爾雅所以有《釋草》《釋木》《釋鳥》《釋蟲》《釋獸》《釋魚》的，昔人稱爾雅云：『敘詩人之興詠』亦是說爾

雅底目的為釋詩經而已。詩經已然,楚辭亦然。試讀離騷一篇,舉其草木鳥獸之名目,則在草木之部有:

江離、辟芷、蘭、木蘭、宿莽、椒、桂、蕙、茞、荃、留夷、揭車、菊、杜衡、薜荔、胡繩、芙蓉、菱、荷、茹、扶桑、若木、薋、菉、葹、艾、茅、蕭、樧

二十九種,又鳥獸之部有:

騏驥、鷙鳥、虬龍、蛟、鷺、鸞、鳳凰、馬、鳩、狐、鳩、鵕

十三種。這是在詩經有吳陸璣底毛詩草木鳥獸蟲魚疏二卷,在楚辭所以有宋吳仁傑底離騷草木疏四卷的理由。而詩經與楚辭草木鳥獸底名目所以不同的多是由於地理上有南北底差異所致。況漢魏以後以天地自然為目的的詠物詩人甚多了!此康熙帝所以有御定佩文齋詠物詩選四百八十六卷底著成哩。蓋詠物詩雖始於漢之蔡邕,然集之而成一册的,在唐有李嶠,在元有謝宗可,在明有瞿佑,皆是以詠物有名的。而集之為總集而大成的,莫若佩文齋詠物詩選。顧為佩文齋所選輯的詠物詩,雖達四百八十六類,一萬四千六百九十種之多,然古來詩人最好為詩材的,在草木為桃、李、梅、松、楊、柳、梧桐、牡丹、芍藥、海棠、菊、蘭、荷之類,在鳥獸為鶯、燕、雁、鴛鴦、杜鵑、雞、鷺、鶴、烏、雀、猿、犬、馬之類。其他在蟲有蛙、蟬、蝶、蜂、蠅、蚊、蟋蟀、蜻蜓、蜘蛛之類。然詩人心中卻未必以此等為樂的。若於中國詩人中舉其真樂自然的,則王羲之之於鵝,陶弘景之於松風,陶潛之於菊,王徽之之於竹,林逋之於梅,周敦頤之於蓮,蓋庶幾盡

其能事矣。

第三十三章 餘論

現今詩人底積弊　詩人無血無淚無俠骨

現今所謂漢詩人喲！我今試問汝汝之詩果以一世人為目的呢？抑汝所作是以自道自樂為目的呢？抑是以一世的人為目的的，則何不做為一世的人所歡迎於世道人心多少有裨益的作品呢是以自道自樂為目的的，則何苦要奉古人之陳言雕蟲篆刻為丈夫之所不為呢汝之詩不但不能為閭巷市井庶民所領解而有學殖的經術家亦不曉解造詣深的文章家亦不諒解恐汝自身亦無解說之能吧。況汝之師及汝之友，不知汝之師意思果能貫通氣力精神果能充實汝之詩求工於對句之末而忘了置重於起句結句對句好的得易結句好的尤難已是千古底定論。汝之起句不但為領聯所犧牲汝之結句不但為頸聯之蛇足汝之對句蓋是偶然得一句而勉強配合三句的這就是以三句殉死一句。且汝當初得一句一聯時的思想未必與八句完成後的思想相一致契合。因為了成對而枉意為了押韻而致思汝之師已加添刪汝之詩所以無一氣貫通之妙的原由。況前聯學阮亭後聯取隨園起承模倣太白轉結假裝子美這是汝之詩所以無一意貫通之妙的原由。汝之詩既不是汝意而是古人之意，則汝之詩也非汝之詩而是古人之詩故予不怪汝不能解說汝之詩又不怪汝

師汝之友，不能看破汝之意汝之師汝之友皆不能看破汝之意漫改竄汝之字句，恐汝亦對於其改竄不能首肯吧！這樣汝之詩不是以自樂自道為目的又不以一世的人為目的之所作畢竟不免為無用的長物噫今之所謂漢詩人喲勿以予而攪亂漢詩界吧！豈不聞漢詩改善之風將起自詩壇之一角呀！

今之所謂漢詩人喲我試問汝在汝之社會讀書萬卷，下筆有神的果有幾人語不驚人死不休的果有幾人呢？汝等多數是無學殖的，是無氣骨的，故經術之士恥與詩人為伍文章氣節之士忌博詩人之名現汝等底先輩夙有能詩之稱的大多是隱退，或耽於讀書或逃於風流不敢自進為詩壇底主盟。

曩者明治天皇崩御，普天率土皆慟哭以訴昊天底不弔。若汝有血與淚何不揮其椽大之筆以宣揚曠古大業於宇內萬國，垂示不朽的盛事於子孫萬世呢？蓋明治盛德頌是韓愈底元和聖德詩以上的傑作，決不可以律詩絕句的小品塞責又如乃木大將底殉死是大有裨益於世道人心的好題目若使汝有一片俠骨何不利用這種好題目以鼓吹日本武士底眞面目於一世且發揚於萬邦呢當時新聞雜誌載了多少的哀詞，然而出色的文字卻在專門詩人以外汝等有何面目立於社會呢？、日清之戰是使日本執東洋霸權的一大戰役日俄之戰是使日本位於世界一等國的一大戰役然當時汝等之筆所成的詩僅皆陳陳相因，畢竟不過是屋上架屋而已。蓋汝等之眼常輝耀於富貴功名之中徒希一生的虛榮漫貪四時的行樂故侍貴戚之醺醉權門之酒謳歌主人底功德而卻不寫出在社會下層呻吟的窮民無告之狀麒麟閣上欽仰將軍之威風頌揚金甃之陸離，然不能描寫出一將功成萬骨枯新

第三十三章 餘論

鬼舊鬼望鄉為厲而迷失於絕塞之野的形狀又況江東八千的父兄,不但把暮年送於暗淚幽咽之中,而且孤兒院及養育院既有可憐的孤獨於春花秋霜嗟其薄命,而在廢兵院有負傷兵唧唧於風雨陰寒之夜獨歎其殘廢以終身汝為何不與時事相接觸呢?陶潛有乞食之詠,鮑照有東武吟,杜甫有兵車行,白居易有折臂翁及賣炭翁汝決為莽之大夫仰王氏底鼻息吧!漢詩底題目未必僅是月露風雲花鳥方今流行於學生間的網球野球足球及陸海軍人社會流行的航空機潛水艇豈不亦可取為詩題吧噫今之所謂漢詩人喲勿謂以予放言高論以訐為直哩豈不聞漢詩革命之聲已起於中國詩壇底一隅呀!

国家出版基金项目
NATIONAL PUBLICATION FOUNDATION

中國文學通論 下卷

［日］兒島獻吉郎 ◎ 著
孫俍工 ◎ 譯

山西出版傳媒集團
山西人民出版社

序

本書下卷原定諸子百家，後因發現該書原本已由陳清泉君譯出名諸子百家考，在商務印書館出版，爲避免重複計故以著者之支那文學雜考充之雜考原有十篇但因九十兩篇爲倫理觀與文章觀對於文學似爲次要故節刪不譯通論注釋上中兩卷爲梅痕所作本卷因原著者已有注釋故未再加注云。

民國二十四年七月十日譯者

目次

第一編 毛詩

一 毛詩與魯齊韓詩…………………………一
二 大序小序………………………………三
三 詩底六義………………………………五
四 詩底刪定………………………………九
五 詩底功用………………………………一〇
六 三百篇底修辭法………………………一四
七 三百篇底構成法………………………二一
八 三百篇底押韻法………………………四八

第二編 楚辭考

一 楚辭底眞價……………………………七二
二 屈原底性格……………………………七五

三　離騷一（特質與真價）……………………………七七
四　離騷二（段落與脈絡）……………………………八一
五　離騷三（造句法與押韻法）………………………八九
六　九歌……………………………………………………九四
七　九章…………………………………………………九六

第三編　詩仙李白……………………………………………九八
一　他底鄉里……………………………………………九八
二　他底天才……………………………………………一〇〇
三　他底任俠……………………………………………一〇二
四　他底仙風道骨………………………………………一〇五
五　酒中之仙……………………………………………一一〇
六　詩中之仙……………………………………………一一三
七　他底交友……………………………………………一一七
八　他底家庭……………………………………………一二二

九　他詩底集……………………一二五

第四編　詩聖杜甫……………………一二八
一　李杜之比較………………………一二八
二　杜詩底特長………………………一三二
三　杜甫底性格………………………一三六
四　他底遊歷…………………………一三八
五　他底儒教思想……………………一四一
六　他底非戰主義……………………一四四
七　他底人生觀………………………一四六
八　他底詩集…………………………一四八

第五編　詩佛王維……………………一五一
一　王維底傳記………………………一五一
二　他底詩之特徵……………………一五二
三　他底佛教趣味……………………一五六

第六編 唐宋文學概觀 ……………………… 一五八

一 唐之文化制度 …………………… 一五八
二 初唐文學 ………………………… 一六一
三 弘文館十八學士 ………………… 一六二
四 上官體 …………………………… 一六四
五 初唐四傑 ………………………… 一六五
六 北門學士與珠英學士 …………… 一六七
七 律詩底發生 ……………………… 一六九
八 陳子昂底感遇三十八章 ………… 一七一
九 盛唐文學 ………………………… 一七二
一〇 李白 …………………………… 一七五
一一 杜甫 …………………………… 一七八
一二 中唐文學 ……………………… 一八一
一三 韓愈與白居易 ………………… 一八七

- 一四 韓愈與柳宗元…………一九一
- 一五 緇徒文學…………一九五
- 一六 晚唐文學…………一九七
- 一七 五代文學…………一九九
- 一八 宋底文學政治…………二〇〇
- 一九 宋初底詩體…………二〇四
- 二〇 宋初底文體…………二〇五
- 二一 慶曆文學…………二〇八
- 二二 歐陽修與古文復興…………二一〇
- 二三 熙寧元豐底文學…………二一二
- 二四 王安石與司馬光…………二一四
- 二五 元祐文學與蘇軾…………二一六
- 二六 元祐文學與程頤…………二一九
- 二七 蘇門四學士六君子…………二二一

二八 程門四先生……二二五
二九 江西詩派……二二六
三〇 紹興文學……二二九
三一 詞之發達……二三三
三二 道學底提倡……二三六
三三 朱陸鵝湖之會……二四〇
三四 佛教文學……二四二
三五 遼金文學……二四四
三六 宋末文學……二四七

第七編 樂府中所表見的軍事思想……二四九
一 序說……二四九
二 武德與文學……二五〇
三 征戰文學……二五二
四 非戰主義底宣傳……二五七

第八編 樂府中所表見的戀愛思想……一七三

- 一 文學與戀愛……二七三
- 二 儒教與女性……二七四
- 三 以女性爲詩題的人物……二七五
- 四 以戀愛爲詩底內容的作品……二七九
- 五 戀愛文學……二八三
- 六 失戀文學……二九〇
- 七 閨怨文學……二九二
- 八 追慕文學……二九五

中國文學通論 下卷

第一編 毛詩

一 毛詩與魯齊韓詩

所謂毛詩是對於魯詩齊詩韓詩的稱呼。魯詩是魯申培所傳。齊詩是齊轅固所傳。韓詩是燕韓嬰所傳。毛詩是河間毛亨所傳，毛萇承之，所謂大毛小毛是。

顧秦之火坑爲中國文學之一大災厄，特別是詩書在六經中爲孔子所雅言，是爲秦所嫉視，故如那偶語詩書者則棄市的刑律可知秦之怎樣地敵視詩書了。而詩比書所以早復舊觀的就是因爲書生命是藉竹帛而詩之生命元在諷誦的緣故漢書藝文志云：「三百五篇遭秦而全者以其諷誦不獨在竹帛故也」故書因伏生之諳誦僅傳二十八篇詩則毛亨傳之於六國之際，申培、轅固、韓嬰、毛萇傳之於漢初皆以諳誦物有一利就有一害哩三百篇之所以早復舊觀的固是以諳誦爲主而四家所傳底文字章句有多少異同的也是在於諳誦呀。

其專修申培所傳的魯詩的有孔安國、王臧、趙綰、韋賢、王式等。專修轅固所傳的齊詩的有肯堂之匡衡等。其治韓嬰所傳的韓詩的有王吉。治毛亭、毛萇所傳的毛詩的有鄭衆、賈逵、馬融、鄭玄、王肅等。魯、齊、韓三詩先在漢武帝時已立於學官，但毛詩獨後在平帝之末殆列於學官。而齊詩亡於東漢，魯詩亡於西晉，韓詩從宋元以後至於今尚橫行天下決非偶然。蓋毛詩底真價遙在齊、魯、韓之右哩。陳奐底毛氏傳疏序云：「齊、魯、韓三家詩多採雜說與儀禮論語孟子春秋內外傳論詩往往或不合三家雖自出於七十子之徒然而孔子既沒微言已絕大道多歧異端共作又或借以諷動時君以正詩爲剌詩達詩人之本志故齊、魯、韓可廢毛不可廢」可謂先獲我意。

魯齊韓三詩已亡今日要知四家詩之異同及傳統實不可能然魯齊韓三詩以關雎爲剌康王晏朝的詩卻不如毛詩以關雎爲歌后妃之德敍文王所好逑的太姒的事其他韓詩以漢廣爲悅人的詩芣苢爲傷有惡疾的夫的詩雞鳴爲讒人的詩鼓鐘爲剌昭王的詩賓之初筵爲衞武公飮酒悔過的詩雲漢爲宣王遭亂感歎的詩閟宮爲恤公子奚斯而作，那爲美襄王而作，然而毛詩廣漢則云：「德廣所及也文王之道，被於南國美化行乎江漢之域」芣苢則云：「后妃之美也和平則婦人樂有子矣」雞鳴則曰：「刺幽王」賓之初筵則曰：「衞武公刺時也」雲漢則云：「仍叔美宣王」閟宮則云：「頌僖公」」那則云：「祀成湯亦可知韓毛二詩之序有異同且各異其傳統又劉向是楚元王之孫而傳魯詩的而他底烈女傳以芣苢爲蔡人之妻所作，汝墳爲周南大夫之妻所作，行露爲召南申女所作，邶之柏舟爲衞夫人所作，碩人爲莊姜之傅母所作，燕燕爲安姜送婦而作式微爲黎之

莊夫人及傅母所作載馳為許穆夫人所作，蓋是根據魯詩之序。魏之張揖是習齊詩的他底上林賦註云：「伐檀刺賢者不遇明王也」是據齊詩之序的。而與毛詩之伐檀序「刺貪也，在位貪鄙無功而受祿君子不得進仕爾」殊辭而一歸。

四家底詩各有其傳統各有異同已如所述。而其優劣卻不容易斷定。故蕭宗時使賈逵撰述魯齊韓詩與毛詩之異同，賈逵已撰述其異同，至其優劣終不能論定。及鄭玄作箋取毛傳的處所多，至於毛傳鄭箋合刻毛詩底勢力遂壓倒其他三家了。朱熹雖概不取毛詩之序然經之本文卻都依據毛詩經元明至清初陳啓源戴震段玉裁胡承珙馬瑞辰陳奐等皆主毛詩可知以魯齊韓三詩比較毛詩底生命獨永久不朽而如皮錫瑞不取毛詩反仰慕魯齊韓三詩不知果何意耶噫彼亦所謂強執以為異者歟？

二 大序小序

理解毛詩不可不由其序，是說作詩的事情以明其目的的故不由序則作者底主意在何處不能知悉而誦詩表形於文字章句的卻未必與序所言符合此鄭樵朱熹等所以概不取序的原因。然魯齊韓毛四家皆是傳承孔子及子夏底遺意各自成一家各張門戶師弟相授受傳統的地尊向遺經的故毛詩有序齊詩韓詩亦有序魯詩及齊詩亦有序而四家之序雖未必一致然如毛詩序之傳承孔門遺意韓詩魯詩齊詩底序亦必是繼述孔門遺教的吧倘

若如在序所言有與經文不相一致之觀，反而對於序認爲有傳統的價値了。故把大小序一概去了的，朱熹及作白鹿洞賦旣曰：『廣靑衿之疑問』又序：『樂菁莪之長育』豈不是取了毛詩小序底『菁莪樂育人才也』及『子衿學校廢也』底意義嗎？

毛詩之序分爲大序、小序，爲予所不取。而陸德明底經典釋文（卷五）引舊說從關雎序底起首至『用之邦國焉』止謂爲小序從『風風也』至末句止名爲大序，朱熹作詩序辨說以序中從『詩者志之所之』起至『詩之至也』止爲大序其餘首尾爲關雎小序。這是析一篇之文爲大序、小序。所作可知在蕭統時代未嘗分爲大序小序況尋探序之作者沈重（毛詩義疏）說大序是子夏毛公合作，黃樵（詩解）推廣程頤之說云：『小序國史之舊題大序記夫夫子之言，而非夫子之所作其餘小序則漢儒之說或雜其間。大序之文溫厚純粹有繫辭氣象意者夫子與門人弟子之言而冠於三百篇之首耳。文選以毛詩序看作子夏之作同，這是予所不贊成的。而後漢書儒林傳有衞宏之毛詩序的話，隋書經籍志說是毛詩之序子夏所創，毛公及衞宏更加潤色蘇轍說毛詩之序爲衞宏所作而非孔子之舊，王安石說序乃詩人所自製程頤說小序國史之舊文大序之文似繫辭孔子所作，王質說是村野妄人所作，諸說紛紛無所歸著若使予以一言斷定之則旣稱鄭樵說大序是當時採詩大史之所題王質說是村野妄人所作，諸說紛紛無所歸著若使予以一言斷定之則旣稱爲毛詩其序必是毛亨所作的了。然如果以此爲孔子或子夏所作則齊魯韓詩亦應奉載共冠卷首安得獨爲毛詩

所專有呢？如果以此爲衞宏所作則漢初以來至後漢衞宏時代止可謂沒有詩序了。魯、齊、韓三詩旣各有其序，序又不必與毛詩之序同樣則其序決不是孔子或子夏所作的了。且齊、魯、韓三詩皆有序，毛詩獨無序而謂必俟後漢衞宏始作序最是不可信的若以毛詩之序與他三家同樣從毛萇時代已傳的則必是六國時代依孔子、子夏底遺意爲口碑而傳承的毛亨所創作哩！家語王肅註所謂「子夏所敍詩義今之毛詩序是也」是決不可從而韓愈議子夏之詩所以無序頗爲得當。仁井田南陽底毛詩補傳（舉要）云「小序首一句古詩當時史官所書下文則毛公仍子夏之舊補之衞宏以師授之言更加潤色」。竹添井井底毛詩會箋云「序首二語爲毛萇以前所傳古序，以下續申之詞爲毛萇以後經師所附」皆捕住小序、大序之區別不免有知其一不知其二之誚。

三　詩底六義

毛詩關雎之序云詩有六義：一曰風、二曰賦、三曰比、四曰興、五曰雅、六曰頌。這是祖述周禮春官「大師教六詩，曰風、曰賦、曰比、曰興、曰雅、曰頌」的。孔穎達底正義云：「風雅頌詩之異體賦比興詩之異辭」；風、雅、頌實是詩之體制及性質上的分類賦比與不過作詩的手段方法而已。故六義底排列順次不曰「風、雅、頌、賦、比、興」而曰「風、賦、比、興、雅、頌」這是予多年的疑問若以賦比興底作詩手段單應用於風不能施於雅頌那風賦比興與頌底順次雖無異論而現在雅頌亦有興果何故呢？倘若以風爲諷刺之義以雅爲正說之義以頌爲形容之義三者與賦比興同是

作詩的手段方法則六義的排列順次雖無異論，然與序中所說的風、雅、頌底定義又不一致果何故呢？這是予所以對於六義之分類不勝慊焉之所。

在序裏說明風雅頌底定義云：「一國之事繫一人之本謂之風，言天下之事，形四方之風謂之雅；頌者美盛德之形容以其成功告於神明者也」甚不徹底解釋風字爲風化之義呢？抑是風刺之義呢？殆不分明予以爲與其解作風化風刺之義，寧可解作風俗之風較爲確當因爲十五國風之風非風化風刺之義而爲風俗之風的緣故。漢書藝文志云：「古有采詩之官王者所以觀風俗知得失自考正也。」禮記王制云「天子五年一巡狩命大師陳詩以觀民風」皆是把風解作風俗之風。而朱熹解釋風云「風者民俗歌謠之詩也」是以風爲平民文學更加以說明云：「謂之風者以其被上之化以有言，而其言又足以感人如物因風之動以有聲，而其聲又足以動物也」卻是近於以風化風教底結果成於下的國風民俗爲物語的，至若雅頌者正也頌者容也雅多作爲在讌饗中的朝廷底樂歌頌多做爲在祭祀中的宗廟底樂歌。朱熹底楚辭集註云：「風則閭巷風土男女情思之詞，雅皆燕享朝會公卿大夫之作頌則鬼神宗廟祭祀歌舞之樂」明明是以風爲平民文學以雅頌爲貴族文學的，其他鄭樵底詩辨妄云『風者出於風土大概小夫賤隸婦人女子之言其意雖遠其言淺近重複故謂之風雅出於朝廷士大夫其言純厚典則，其體仰揚頓挫非復小夫賤隸婦人女子能道者故曰雅頌者初無諷誦唯以鋪張勳德而已其辭嚴其聲有節以示

有所脅,故曰頌。」吳徵底校定詩經敍錄云:「鄉樂之歌曰風,其時乃國中男女道其情思之辭人心自然之樂也故先王采以入樂,而被之弦歌朝廷之樂歌曰雅宗廟之樂歌曰頌於燕饗焉用之,於亨祀焉用之;很能說明風雅頌底特質特別是章俊卿底詩論云:「風之詩大率三章四章一章之中大率四句其辭俱重複相類。若夫雅則不然雅有小大小雅之雅固巳典正非復風之體然其語間有重複雅則雅矣尤其小者猶言其時典正未至於渾厚大醇也至於大雅則渾厚大醇矣其篇十有六章章十有二句者比之小雅愈以典正則非深於道者不能言矣風與大小雅皆道人君政事之得失有美有刺頌則無有諷刺唯以鋪張勳德爾」可謂能從形式上發揮三者底特色了故從作者方面區別則風概是閭巷士女所作雅頌是公卿大夫所作從詩體方面區別則優婉溫柔意在言外爲風之特徵明白雅正言其事爲雅之特徵敬虔齊莊稱揚其功德爲頌之特徵。

賦比興底定義序中雖不明言然賦鄭玄底周禮註云:「賦之言鋪直鋪陳今之政教善惡」朱熹集注云:「賦者敷陳其事而直言之者也」比鄭註云:「比見今之失不敢斥言取比類以言之。」朱註云:「比者以彼物比此物也。」興鄭註云:「興見今之美嫌於媚諛取善事以喻勸之。」朱註云:「興者先言他物以引起所詠之詞也。」皆是以賦爲敷陳之義比爲比喻之義與爲興起之義的其他鄭衆底周禮註云:「比者比方於物也;興者託事於物也。」

朱子全書云:「比是以一物比一物而所指之事常在言外;興是借彼一物以引起此事而其事常在下句。但比意蹲切而卻淺與意雖闊而味長」王昭禹周禮訂義註云:「直述其事而陳之謂之賦以其所類而況之謂之比以其所

感發而比之謂之興。」范處義底詩補傳云：「鋪陳其事者賦也；取物為況者比也因感而興者興也。」仁井田南陽底毛詩補傳云：「感物以起情謂之興借物以喻事謂之比興者感發之名比者譬喻之稱」可知賦比興底定義古來無甚異說而實際上以此置於三百篇中古註新註各殊其意見例如葛覃卷耳草蟲行露摽有梅等毛傳以為興而朱註以為是賦、柏舟綠衣谷風北門有狐兔爰揚之水鴇羽有杕之杜等毛傳以為興而朱註以為賦的草蟲行露摽有梅等龜井昭陽竹添井井皆以為興毛朱註共以為是一枚舉甚至毛傳以為興而朱註以為比之類不遑一與的鵲巢殷其雷等而昭陽井井皆以為是興於是予不得不改訂賦與比之定義了。特別在毛傳裏單註為興而註賦比且註為興也的場合單註於首章而第二章以下雖有比賦亦不之顧比興之別遂以混淆而不識別了又毛傳與朱註賦比興意義為不容置疑之雲所掩了予於茲斷言賦為純敍述法比為純比喻法而興則為半比半賦的章法因為興是前半二句用比而後半二句用賦的故前半借所用的物更以之敷敍於後半雖則為比體然後半所敍的事實由前半敍來則為賦實這是興之特徵而與有二種不可不知。仁井田南陽底補傳舉要云：「興有兩例：借物喻事則一也，下文有重言其實者有接續他事者周南詩「南有喬木不可休息，漢有游女不可求思」齊詩「無用甫田維莠驕驕無思遠人勞心忉忉」是下文重言其實者也周南詩「關關雎鳩在河之洲窈窕淑女君子好逑」又「桃之夭夭灼灼其華之子于歸宜其室家」是下文接續他事者也。」即是。

八

南陽所謂重言其實者，是說前半之比與後半之賦用同一之句型，這是與底正體接續他事者是說一面承前半之意其一變句型更轉接他事的，這是與之變體且南陽論到毛傳中脫『與也』二字先舉殷其雷小星二子乘舟相鼠揚之水羔裘斨斧伐柯皇皇者華無將大車有駜泮水十二篇更舉螽斯燕燕鶉之奔奔將仲子碩鼠我行其野六篇庶幾能推廣與之範圍哩只把比與同一看待說：『與即比也比之在首章者謂之爲與取感發也在二章以下者謂之爲比取譬喻也；故比與與義雖有二其實一也。』卻是予所不能左袒的。

四　詩底刪定

孔子刪定以前的古詩凡三千餘篇，然及孔子刪之爲三百篇，常所雅言且以之供與觀羣怨之資司馬遷底史記云：『古者詩三千餘篇及至孔子去其重取可施於禮義三百五篇，孔子皆弦歌之，以求合韶武雅頌之音』這是說刪定以前的古詩底數量多的而論語稱詩三百，墨子亦屢云詩三百可知孔子以後的詩爲三百篇哩若云孔子以前爲詩三百篇則孔子屢稱詩三百爲謬見。因爲孔子自己刪定以前古詩有三千餘篇，然試觀周初列侯是怎樣的多數從武王至敬王之世的年數是如何的悠久，有誰疑三千餘篇底過多呢？荀子儒效篇云：『兼制天下立七十一國姬姓獨居五十三人，而不稱偏焉。』呂氏春秋云：『周之所封四百餘，服國八百餘。』史記云：『武王成康所封數百而同姓五十五。』

敬王四十一年孔子卒下泉詩作於敬王的

可知武王周公時代周之封國有七十一，而成、康以後增加爲四百餘國又從武王至平王的年數大約爲四百年至敬王的年數爲六百四十七年。而天子每五年一巡狩則至平王止有八十回的巡狩至敬王止有百二十九回的巡狩是當然的了。若每有巡狩從一國採詩一篇則至平王止從七十一國採了五千六百八十篇之詩至敬王止採了九千二百三十篇的詩烏得懷疑三千餘篇之過多呢？然自孔穎達不信太史公之言云：『案書傳所引之詩見存者多，亡逸者少，則孔子所錄不容十分去九，遷言未可信也。』宋之鄭樵朱熹王柏吳師道滿若水之徒皆疑刪詩之事。清朱彝尊趙翼崔述李惇等亦疑刪詩之非而歐陽修及邵雍皆贊成太史公之說歐陽修云：『司馬遷謂古詩三千餘篇，孔子刪存三百鄭學之徒以遷爲謬予考之，遷說然也今書傳所載逸詩何可數也以詩譜推之有更十君而取一篇者有二十餘君而取一篇者，由是言之，何啻三千』邵雍云：『仲尼刪詩十去其九，諸侯千有餘君風取十五。西周十有二王雅取其六蓋善惡明著者存焉耳。』這皆得我心之同然。

五　詩底功用

詩之功用不僅爲音樂舞蹈底補助。詩書是孔子之所雅言。尤其是詩爲孔子所最尊重的。『不學詩無以言』這是他訓誨子鯉的話。『興於詩立於禮成於樂』這是他警告門人的話。且論詩之功用說：『誦詩三百授之以政不達，使於四力不能專對雖多亦奚以爲！』這是說有行政的及外交的效果的說『詩可以興可以觀可以羣可

怨邇之事父，遠之事君多識於鳥獸草木之名」這是說其社界的倫理的及博物的效果的。

「詩言志」，虞舜於數千年前已發表了這話了。故詩是流露作者底感情，訴於讀者底感情，而讀者對於作者底人格起了共鳴，對於作者底境遇起了同情同時又自己反省自己慰藉自己發憤興起。這是詩之功用底第一點。

詩人既用詩以敍述自己底情志，發揮自我底性靈皆出於思無邪。故王者欲由詩以觀民風以察國俗巡狩之際，不但大師陳詩而且置採詩之官以收採列國底歌謠蓋審民之情僞明政之得失移風易俗莫善於詩這是文學底政治化爲詩功用底第二點採詩的官所採收的詩歌其後爲司樂手所保管樂官作爲曲譜被於管弦成了音樂，用之於鄉黨更用之於邦國更用之教授於大學周禮云：「大司樂以樂語教國子與道諷刺言語大師教六詩曰風曰賦曰比曰興曰雅曰頌」卽音樂由詩然後產生的故朱子全書云：「詩出乎志者也樂出乎詩者也然則志者詩之本而樂者其末也。」又云：「詩之作，本爲言志而已，方其詩也，未有歌也，及其歌也，未有樂也，以聲依永以律和聲，則樂乃爲詩而作，非詩爲樂而作也。」詩溥云：「人之有詩，非必緣樂以作聖人作樂，非必因詩而合絲竹爲物聲各有相須之妙聖人見之以詩入樂以樂合詩，而樂與詩乃幷之爲一」。又云：「明是因詩而樂非必因詩聲而作詩以興而詩爲八聲金石之作使於四方不能專對的亦詩之功」子游爲武城宰，以絃歌而使民風化。孔子嘗評之云：「割雞焉用牛刀」子游對曰：「偃聞諸夫子君子學道則愛人小人學道則易使也。」孔子乃顧二三子云「偃之言是也前言戲之耳。」這是文學底行政化是詩之功

用底第四點且朝聘會同之際，賦詩以見志，為春秋時代之常習，屢見於左傳。如晉重耳出奔之秦，秦伯享之，重耳賦河水，秦伯賦六月。如魯文公與鄭伯會，鄭伯享之之時使子家賦鴻雁，季文子云寡君未免於此為賦四月，子家更賦載馳之四章，文子復賦采薇之四章。又如鄭六卿餞韓宣子，子產為賦羔裘子大叔賦寒裘子游為賦風雨子旗賦有女同車子柳賦蘀兮，子產賦野有蔓草，宣子喜曰：『鄭其庶乎！二三君子以君命貺起賦不出鄭志，皆昵燕好也。』皆其例。這設文學底外交化為詩之功用底第五點。溫柔敦厚以此修養於內與觀羣怨以此發顯於外邇之事父遠之事君，內正閨門經夫婦外治邦國厚人倫，這是文學底倫理化為詩之功用底第六點。且三百篇中以鳥獸草木魚為詩材的多。這是孔子稱詩底效果稱為多識於鳥獸草木之名的所以。例如鳥之種類有：

雎鳩 黃鳥 鵲鳩 雀 燕 雉 鶉 流離 烏 鴻 雞 鳧 鳲鳩 鳲鳩 鸛 鷗

鷮 倉庚 雛 脊令 隼 鶴 翬 桑扈 鶯 鳶 鴛鴦 鸒 鷺 鷹 鷙 鴛鴦 鳳凰 桃蟲

等獸之種類有：

馬 麟 鼠 羔 羊 鷹 龍 犴 貁 虎 騧 虞 狐 象 牛 兔 狼 貊 于 貉 貍 鹿 熊

羆 豺 兕 貓 豹 貔 貅

等。草之種類有：

荇 荣 葛 卷耳 茉 苢 蔞 蘩 蕨 薇 蘋 藻 茅 葭 蓬 苞 葑 菲 茶 薺 苓 荑

等，木之種類有：

茨唐麥綠竹茭芄蘭葦薐草黍稷藿蕭艾麻荷游龍茹藘藺芎藥
荍蒦薋稻粱蕷苦蕑苕菅蒲葭粮薯蔞蕢葵芨瓜
壼苴韭果蓏苹蒿芩瓠臺萊芺苢莞蔚藚女羅芹藍菫菼
秬秠縻芭筍牟稌蓼茆

等。蟲魚之種類有：

桃楚甘棠梅樸樕唐棣李柏棘榛栗椅桐梓漆桑檜松木瓜杞
檀舜扶蘇柳樞榆栲杻椒杜栩楊條櫟駁樸枌女桑鬱棗樗
枸梗榖棟柞槭梐椐檿柘

等蟲魚之種類有：

螽斯草蟲阜螽蜎蠨蠐蛾蒼蠅蟋蟀蜉蝣蜩螗莎雞蠋伊威蠶蠶蜎熠
燿虺蛇蜴螟蛉螺蠃螟螣蟊賊蠆蜂魴鱧鮪鰷鰋鯉鱒鱨鯊鱧鱨鯊

等，不遑一一枚舉。故雖讀其詩識其名而不能知其實則唐陸璣著毛詩草木蟲魚疏二卷，宋王應麟著詩草木鳥獸蟲魚廣疏六卷，明吳雨著毛詩鳥獸草木疏三十卷把博物學上的智識提供於儒家經生這是文學底博物化爲詩

之功用底第七點。

詩之功用與其說在動天地感鬼神寧可說是在於鈙人情感動人心厚人倫最為適切。子貢論貧富而悟衞淇澳底「切切如磋如琢如磨」之義，孔子稱之曰：「賜也始可與言詩已矣。」子夏問逸詩之「巧笑倩兮美目盼兮，素以為絢兮」而悟到「禮後乎」之義，孔子又稱之曰：「起予者商也，始可與言詩已矣。」曾子解大雅文王「穆穆文王，於緝熙敬止」之義為「為人君止於仁，為人臣止於敬，為人子止於孝，為人父止於慈與國人交止於信。」子思解大雅旱麓「鳶飛戾天魚躍于淵」之義為喻道之昭著曰「言其上下察也。」蓋之皆屬自反省而為倫理地解決的。又如東漢姜肱感凱風底至孝兄弟同被而寢不入自己的房室，遂以化繼母之嚚。北齊底顏歡讀詩至蓼莪「哀哀父母生我劬勞」輒執書而痛泣亦足證明詩之感化能厚人倫的。又如南容底三復大雅抑「白圭之玷，尚可磨也斯言之玷，不可為也」子路終身誦衞風雄雉底「不忮不求，何用不臧」亦是篤信詩的。困學紀聞云：「子擊好晨風黍離而慈父感悟周磐誦汝墳卒章而親從仕；王褒誦蓼莪，而三復流涕裴安祖講鹿鳴，而兄弟同食，可謂興於詩矣。」亦是把詩之感化力道破了的。

六　三百篇底修辭法

詩是以聲律為要件的，由尚書舜典告舜典樂云：「詩言志，歌永言，聲依永，律和聲」可知然虞夏之詩形式素

一四

樸尚不脫原始的狀態。至周而詩道大發達，一句四言之中，用雙聲疊韻及疊字的多。其聲律爲修辭底要件亦可知了。

例如《周南召南》：

關關雎鳩　維葉萋萋　其鳴喈喈　維葉莫莫　桃之夭夭　灼灼其華　其葉蓁蓁　肅肅兔罝

椓之丁丁　赳赳武夫　翹翹錯薪　喓喓草蟲　趯趯阜螽　憂心忡忡

其他如說說振振繩繩揖揖蟄蟄僮僮祁祁懷懷脫脫無不是疊字的熟語。

又如：

窈窕淑女　輾轉反側　陟彼崔嵬　我馬虺隤　陟彼高岡

于彼行潦　南山之陽　蔽芾甘棠　委蛇委蛇　羔羊之皮

皆疊韻的熟語又如：

參差荇菜　不盈頃筐　我馬玄黃　厭浥行露　素絲五紽　求我庶士　唐棣之華

皆雙聲的熟語畢竟熟語不過二字底聯合於一句四字之中如果採用二字熟語則句底構造上，熟語已占領其半了。

例如《衞風碩人之詩底》

河水洋洋　北流活活　施罛濊濊　鱣鮪發發　葭菼揭揭　庶姜孽孽　庶士有朅

除結末一句外每句都用疊字法，即通篇文字總共二十八字中，十二字爲疊字所占領。然不但不以其頻繁爲尤後

世詩人反祖述的多。楚辭底悲迴風連用磕磕洶洶容容芒芒洋洋翻翻遙遙滈滈八個疊字文選古詩十九首底青青河畔草連用青青鬱鬱盈盈皎皎娥娥纖纖六個疊字。古詩十九首底青青牽牛星連用迢迢皎皎纖纖札札盈盈脈脈六個疊字。韓愈底南山詩連用延延夫夫喁喁落落闇闇爉爉參參煥煥敷敷閣閣悠悠兀兀超超蠢蠢十四個疊字皆是胚胎於碩人的。

至於雙聲疊韻則三百篇以後，爲詩人所慣用，楚辭漢賦唐詩等無不皆然。故清之王筠著毛詩雙聲疊韻說以收載三百篇中的雙聲疊韻。不僅毛詩爲然，杜甫之詩雙聲疊韻的熟語亦多，故周春撰杜詩雙聲疊韻譜洪亮吉底北江詩話云：『三百篇無一篇非雙聲疊韻，降及楚辭與淵、雲、枚、馬之作，以迄三都兩京諸賦，無不盡然。唐詩人以杜子美爲宗，其五七言近體無一非雙聲疊韻也。』亦可謂善於發揮雙聲疊韻的價值哩。

雙聲疊韻及疊字熟語是以聲律上同音或同音的文字連結的在修辭上爲最簡短的對偶法。而延長着應用於二句之間的則稱對句對句在修辭上之是加入文之潤色以醫其枯竭的若再使延長更應用於四句之間則稱隔句對。隔句對是對句上最自由最豐潤的。

親閔旣多　　受侮不少〈邶風柏舟〉

深則厲　　淺則揭〈邶風匏有苦葉〉

穀則異室　　死則同穴〈王風大車〉

之類則對句底正對然三百篇中的對句以正對比較寧說是用駢對的處所多,正對為對偶的常式,而駢對可說是對偶的駢枝故正對有無多少等雖借反對的文字以表明一個的意思,然駢對則是在同一的句型裏把二個意思重複的排比起來的。而句之意思散漫而不緊張的多例如:

出自幽谷　遷于喬木〈小雅伐木〉

發彼小豝　殪此大兕〈小雅吉日〉

忘我大德　思我小怨〈小雅谷風〉

喓喓草蟲　趯趯阜螽〈召南草蟲〉

莫赤匪狐　莫黑匪烏〈邶風北風〉

鶉之奔奔　鵲之彊彊〈鄘風鶉之奔奔〉

南山崔崔　雄狐綏綏〈齊風南山〉

無草不死　無木不萎〈小雅谷風〉

如月之恆　如日之升〈小雅天保〉

春日遲遲　卉木萋萋〈小雅出車〉

如竹苞矣　如松茂矣〈小雅斯干〉

之類皆是駢對，故二句俱有比興底意義，但如下句不以正意緊承，則二句裏面所包含的意思不的確。因而比、興之目的及方法不自曖昧，即歸於支離滅裂。

然隔句對在四言詩對偶上是最自由而頗有色彩有情味的，例如：

昔我往矣　楊柳依依　今我來思　雨雪霏霏〈小雅采薇〉

昔我往矣　黍稷方華　今我來思　雨雪載塗〈小雅出車〉

不見復關　泣涕漣漣　既見復關　載笑載言〈衛風氓〉

誰謂河廣　曾不容刀　誰謂宋遠　曾不崇朝〈衛風河廣〉

就其深矣　方之舟之　就其淺矣　泳之游之〈邶風谷風〉

糾糾葛屨　可以履霜　摻摻女手　可以縫裳〈魏風葛屨〉

析薪如之何　匪斧不克　取妻如之何　匪媒不得〈齊風南山〉

謂天蓋高　不敢不局　謂地蓋厚　不敢不蹐〈小雅正月〉

維此哲人　謂我劬勞　維彼愚人　謂我宣驕〈小雅鴻雁〉

湛湛露斯　匪陽不晞　厭厭夜飲　不醉無歸〈小雅湛露〉

之類，即曹植底朔風詩『昔我初遷朱華未希今我旋止素雪云飛』之所由出。其他如：

皆隔對句。

對偶是修辭之一方法，不唯在詩方面為必要而且在文方面亦為必要。故以達意為主的經史及諸子百家之言，亦時着對偶之筆。況尚修辭重聲律的詩不問古體與近體無不用對偶，特別在律詩是以對句為通篇底生命的。

然四言詩所用的對句種類甚少，範圍甚狹。囘文對聯綿對雙擬對虛字對雙聲疊字對疊韻對當句對數字對等對偶雖不能見於正對聯對中，然隔句對中卻精用疊字聯綿對數字對當句對雙聲疊字對。〈小雅賓之初筵〉「其未醉止威儀反反曰旣醉止威儀幡幡」是疊字對。〈小雅無羊〉「誰謂爾無羊三百維羣誰謂爾無牛九十其犉」是數字對。〈小雅正月〉「匪鶉匪鳶翰飛戾天匪鱣匪鮪潛逃於淵」是當句對又〈周南關雎〉「參差荇菜左右流之窈窕淑女寤寐求之」是雙聲疊韻對。

二句底對偶如正對駢對四句底對偶即隔句對亦有正對蹉對二種。正對已敍於前隔句對底蹉對，如：

關關雎鳩　在河之洲　窈窕淑女　君子好逑〈周南關雎〉

卽是因為關關雎鳩與窈窕淑女雖非對偶，而在河之洲與君子好逑卻不成對偶。在河之洲與君子好逑雖明其居所卻不顯匹偶之義，君子好逑其匹偶之義雖明，然卻又不表其居所。這就是所謂互文質言之即蹉對似對偶而非對偶，不似對偶而又爲對偶例如：

南有樛木　葛藟纍之　樂只君子　福履綏之〈周南樛木〉

每章僅二三句,而章中雖無一個對句,然而與次章三章連章而觀察的話,自然地通篇成對句的形式。例如周南麟之趾:

麟之趾　振振公子　于嗟麟兮。
麟之定　振振公姓　于嗟麟兮。
麟之角　振振公族　于嗟麟兮。

就是。其他召南底騶虞王風底采葛齊風底盧令魏風底十畝之間唐風底無衣之類皆不以句對,而是連章成對的,這可知對偶底權道同時又可知對偶是修辭底要件

三百篇底修辭法不單是以應用於二字連合的熟語的雙聲法、疊韻法及疊字法為止又不止應用於二句或四句之間底對偶法的研究。一文一字的用法無不存極大的工夫例如

鴥彼晨風　鬱彼北林　跂彼織女　晥彼牽牛　倬彼甫田　汎彼柏舟　汎彼兩髦

汎彼柏舟　在彼中河　髧彼兩髦　實維我儀　{鄘風柏舟}
無田甫田　維莠驕驕　無思遠人　勞心忉忉　{齊風甫田}
未見君子　憂心炳炳　旣見君子　庶幾有臧　{小雅頍弁}

皆是蹉對。

一個形容詞不直接冠於名詞，而加於代名詞第三人稱即彼字之上是後世文中不見其比類的。然楚辭以副詞形容詞加於代名詞第一人稱即余吾之上如「汨余若將不及兮」「溘吾遊此春宮兮」蓋是胚胎於此又如

魴魚赬尾　　王室如燬　　雖則如燬　　父母孔邇 周南汝墳

芄蘭之支　　童子佩觿　　雖則佩觿　　能不我知 衞風芄蘭

出其東門　　有女如雲　　雖則如雲　　匪我思存 鄭風出其東門

跂彼織女　　終日七襄　　雖則七襄　　不能報章 小雅大東

雖則二字是承上句以轉下句的轉接詞，雖然間見於先秦的古文然漢魏以後的五言詩及七言詩殆不曾見其他有三百篇以外不曾使用的用字法例如以『言』解作吾或解作『爰』是時代的推移今昔的變遷自然而然不遑一一枚舉。

七　三百篇底構成法

凡詩文底構成必先理解用字造句的方法。有字法然後有句法，有句法然後有章法。有章法然後有篇法。這是必然的順序以三百篇爲首楚辭文選等無不因這理法句法四字句、五字句、六字句、七字句的多章法或以四句，或以六句或以八句成一章的多間亦有五句十句七句三句爲一章的試以表顯示三百篇的章法如次：

第一表

	篇名	四名	六句	八句	三句	合句	計
周南	關雎三章	一		二			三
	葛覃三章		三				三
	卷耳四章	四					四
	樛木三章		三				三
	螽斯三章		三				三
	桃夭三章		三				三
	兔罝三章		三				三
	芣苢三章		三				三
	漢廣三章			三			三
	汝墳三章		三				三
	麟之趾三章				三		三
	右十一篇	二三	三	五	三		三四

	篇名	四名	六句	八句	三句	合句	計
召南	鵲巢三章	三					三

	篇名	四句	六句	八句	七句	合計
召南	采蘩三章	三				三
	草蟲三章				三	三
	采蘋三章	三				三
	甘棠三章		二	三		三
	行露三章			一		三
	羔羊三章	三				三
	殷其雷三章		三			三
	摽有梅三章	三			二	三
	小星二章					二
	江有汜三章	二		一	三	三
	野有死麕三章	三				三
	何彼襛矣三章					三
	騶虞二章	二		二		二
	右十四篇	二〇	五	七	五	四〇
	柏舟五章		五			五
	綠衣四章	四				四

	邶											風				
燕燕四章	日月四章	終風四章	擊鼓五章	凱風四章	雄雉四章	匏有苦葉四章	谷風六章	式微二章	旄丘四章	簡兮三章	泉水四章	北門三章	北風三章	靜女三章	新臺三章	二子乘舟二章
｜	四	四	五	四	四	四	｜	二	四	｜	｜	｜	｜	三	三	二
四	四	｜	｜	｜	｜	｜	｜	｜	｜	｜	四	｜	三	｜	｜	｜
｜	｜	｜	｜	｜	｜	｜	六	｜	｜	｜	｜	｜	｜	｜	｜	｜
｜	｜	｜	｜	｜	｜	｜	｜	｜	｜	｜	｜	三	｜	｜	｜	｜
四	四	四	五	四	四	四	六	二	四	三	四	三	三	三	三	二

	篇名	四句	六句	七句	八句	九句	合計
	右十九篇	三九	二三	六	三		七一
鄘	柏舟二章						二
風	牆有茨三章		三				三
	君子偕老三章			一	二		三
	桑中三章				三		三
	鶉之奔奔二章				二		二
	定之方中三章			三			三
	蝃蝀三章	三					三
	相鼠三章		三				三
	干旄三章	三					三
	載馳五章	二	二			一	五
	右十篇	一〇	八	二	九	一	三〇
衛	淇奥三章					三	三
	考槃三章	三					三
	碩人四章			四			四

	篇名	四句	六句	八句	十句	三句	七句	合計
風	氓六章	四	一		六		一	六
	竹竿四章	四						四
	芄蘭二章		二					二
	河廣二章	四						四
	伯兮四章	四						四
	有狐三章	三						三
	木瓜三章	三						三
	右十篇	一九	二	六		四	三	三四
王	黍離三章				三			三
	君子于役二章	二		二				二
	君子陽陽二章							二
	揚之水三章		三					三
	中谷有蓷三章							三
	兔爰三章		三				三	三
	葛藟三章		三					三
風	采葛三章					三		三

篇名	四句	六句	八句	十句	三句	五句	十二句	合計
大車三章	三	—	—	—	—	—	—	三
丘中有麻三章	三	—	—	—	—	—	—	三
右十篇	八	九	二	三	三	三	—	二八

鄭

篇名	四句	六句	八句	十句	三句	五句	十二句	合計
緇衣三章	三	—	—	—	—	—	—	三
將仲子三章	—	三	—	—	—	—	—	三
叔于田三章	—	三	—	—	—	—	—	三
大叔于田三章	—	—	—	三	—	—	—	三
清人三章	—	—	三	—	—	—	—	三
羔裘三章	—	—	三	—	—	—	—	三
遵大路二章	—	二	—	—	—	—	—	二
女曰鷄鳴三章	—	二	三	—	—	—	—	三
有女同車二章	—	二	—	—	—	—	—	二
山有扶蘇二章	二	—	—	—	—	—	—	二
蘀兮二章	二	—	—	—	—	—	—	二
狡童二章	二	—	—	—	—	—	—	二
褰裳二章	—	—	—	—	二	—	—	二

	篇名	四名句	六句	三句	五句	二句	合計
風	丰四章	二				二	四
	東門之墠二章	二			一		二
	風雨三章	三					三
	子衿三章	三					三
	揚之水二章		二			一	三
	出其東門二章		二				二
	野有蔓草二章					二	二
	溱洧二章					二	二
	右二十一篇	二七	一一	三	三	二 / 五 / 二	五三
齊	鷄鳴三章						三
	還三章	三					三
	著三章			三			三
	東方之日二章				二		二
	東方未明三章	三					三
	南山四章		四				四
	甫田三章	三					三

風							
篇名	六句	八句	十句	三句	五句	九句	合計
盧令三章	—	—	—	—	—	三	三
敝笱三章	—	三	—	—	—	—	三
載驅四章	四	—	—	—	—	—	四
猗嗟三章	—	三	三	—	—	—	三
右十一篇	一九	七	三	二	—	三	三四

魏風							
篇名	四句	六句	八句	三句	七句	九句	合計
葛屨二章	一	—	—	—	一	—	二
汾沮洳三章	三	—	—	—	—	—	三
園有桃二章	—	—	二	—	—	—	二
陟岵三章	三	—	—	—	—	—	三
十畝之間二章	—	—	二	—	—	—	二
伐檀三章	—	三	—	—	—	三	三
碩鼠三章	—	三	—	—	—	—	三
右七篇	七	三	二	二	一	三	一八

篇名	四句	六句	八句	三句	七句	九句	合計
蟋蟀三章	—	—	三	—	—	—	三
山有樞三章	—	—	—	三	—	—	三

	篇名	四句	六句	八句	十句	五句	十二句	合計
唐	揚之水三章	一	二					三
	椒聊二章		二					二
	綢繆三章		三					三
	杕杜二章				二			二
	羔裘二章	二						二
	鴇羽三章					三		三
	無衣二章			二				二
	有杕之杜二章		二					二
	葛生五章	五						五
	采苓三章			三				三
風	右十二篇	八	九	九	二	三	二	三三
秦	車鄰三章	一	二					三
	駟驖三章			三				三
	小戎三章				三			三
	蒹葭三章		三					三
	終南二章		二					二

	篇名	四句	六句	合計
風		六	七	
	黃鳥三章			三
	晨風三章		三	三
	無衣三章			三
	渭陽二章	二		二
	權輿二章			二
右十篇				二七
陳	宛丘三章	三		三
	東門之枌三章	三		三
	衡門三章	三		三
	東門之池三章	三		三
	東門之楊二章	二		二
	墓門二章	一	二	二
	防有鵲巢二章	二		二
	月出三章	三		三
	株林二章	二		二
風	澤陂三章		三	三

第一編　毛詩

	篇	名	句						合	計
檜風										
羔裘三章					三					
素冠三章					三					
隰有萇楚三章					三					
匪風三章							三			
右四篇	四		九	三	三		三			一二
曹風										
蜉蝣三章			三							
候人四章			四							
鳲鳩四章				四						
下泉四章			四							
右四篇	四		六							一五
						二				四
豳										
七月八章								八		八
鴟鴞四章					四					四
東山四章									四	四

篇	名	句	六	句	三	句	五	句	十一句	十二句	合	計

篇名	四句	六句	八句	五句	七句	二句	十二句	合計
風								
破斧三章		三						三
伐柯二章	二							二
九罭四章	一		三					四
狼跋二章	二							二
右七篇	五	三	三	四	八	四		二七
小雅（鹿鳴之什）								
鹿鳴三章			三					三
四牡五章				五				五
皇皇者華五章	五							五
常棣八章	八							八
伐木三章							三	三
天保六章		六						六
采薇六章			六					六
出車六章			六					六
杕杜四章					四			四
魚麗六章	三					三		六
右十篇	一六	六	一五	五	四	三	三	五二

小雅							小雅（南有嘉魚之什）								
篇名	四句	六句	八句	五句	七句	九句	合計	篇名	四句	六句	八句	十二句	合計
鴻雁三章	｜	三	｜	三	｜	｜	三	南有嘉魚四章	四	｜	｜	｜	四
庭燎三章	｜	｜	｜	三	三	｜	三	南山有臺五章	｜	五	｜	｜	五
沔水三章	｜	一	二	｜	｜	｜	三	蓼蕭四章	｜	四	｜	｜	四
鶴鳴二章	｜	｜	｜	｜	｜	二	二	湛露四章	四	｜	｜	｜	四
								彤弓三章	｜	三	｜	｜	三
								菁菁者莪四章	四	｜	｜	｜	四
								六月六章	｜	｜	六	｜	六
								采芑四章	｜	｜	｜	四	四
								車攻八章	八	｜	｜	｜	八
								吉日四章	｜	四	｜	｜	四
								右十篇	二〇	一六	六	四	四六

篇名	四句	六句	八句	十句	五句	七句	合計
（鴻雁之什）							
祈父三章	三						三
白駒四章		四					四
黃鳥三章			三				三
我行其野三章		三					三
斯干九章		四		五			九
無羊四章			四				四
右十篇	三	一	六	八	七	一二	三七
小雅（節南山之什）							
節南山十章	四		六				一〇
正月十三章		五	八				一三
十月之交八章			八				八
雨無正七章			二	二		三	七
小旻六章		三	三				六
小宛六章		六					六
小弁八章			八				八
巧言六章		六					六
何人斯八章	八						八

小雅（谷風之什）

篇名	四句	六句	八句	五句	十二句	合計
巷伯七章	四	一	一	—	—	七
右十篇	八	三一	四三	二	三	七九
谷風三章	—	三	—	—	—	三
蓼莪六章	四	—	—	—	—	六
大東七章	—	—	七	—	—	七
四月八章	八	三	—	—	—	八
北山六章	三	三	—	—	—	六
無將大車三章	三	—	—	—	—	三
小明五章	—	二	—	四	三	五
鼓鐘四章	—	—	—	四	—	四
楚茨六章	—	—	—	—	六	六
信南山六章	六	—	九	—	九	六
右十篇	一八	一四				五四
甫田四章	—	—	—	—	四	四
大田四章	—	二	—	二	—	四

	小雅（魚藻之什）						篇	小雅（甫田之什）								
	黍苗五章	采綠四章	都人士五章	菀柳三章	角弓八章	采菽五章	魚藻三章	篇名	賓之初筵五章	青蠅三章	車舝五章	頍弁三章	鴛鴦四章	桑扈四章	裳裳者華四章	瞻彼洛矣三章
四句								名		三			四	四		一
六句	五	四			八		三	句			五				四	三
八句			五	三												
合					五			句				三				
計	五	四	五	三	八	五	三	計	五	三	五	三	四	四	四	三

右十篇　篇名四　句六二　句八四　句合三　計三九

第一編　毛詩

三七

篇名	四句	六句	八句	五句	十二句	合計
（魚藻之什）						
隰桑四章	四					四
白華八章	八					八
綿蠻三章			三			三
瓠葉四章	四					四
漸漸之石三章		三				三
苕之華三章	三					三
何草不黃四章	四					四
右十四篇	四三	二	八			六二
大雅（文王之什）						
文王七章		四	七			七
大明八章		四	四			八
緜九章		九				九
棫樸五章	五					五
旱麓六章	六					六
思齊五章	三	二				五
皇矣八章					八	八
靈臺五章	五					五

第一編　毛詩

篇　名	四句	六句	八句	十句	合計
下武六章	六				六
文王有聲八章			八		八
右十篇	二五	一五	二一	八	六七

大雅（生民之什）

篇　名	四句	六句	八句	十句	合計
生民八章	五	二	四	四	八
行葦七章	八				七
既醉八章			四		八
鳧鷖五章		四			五
假樂六章					六
泂酌三章		四			三
公劉六章				六	六
卷阿十章		四			一〇
民勞五章				五	五
板八章		八			八
右十篇	一三	一五	八	一五	六四

篇　名	六句	八句	十句	十二句	合計
蕩八章		八			八

中國文學通論　下卷

	篇名	八句	十句	十二句	七句	十三句	十四句	十五句	合計
大雅（蕩之什）	抑十二章	—	三	九	—	—	—	—	一二
	桑柔十六章	八	八	八	—	—	—	—	一六
	雲漢八章	—	八	—	—	—	—	—	八
	崧高八章	—	八	八	—	—	—	—	八
	烝民八章	—	八	—	—	—	六	—	八
	韓奕六章	—	—	—	—	—	—	—	六
	江漢六章	—	六	—	—	—	—	—	六
	常武六章	—	六	三	四	—	—	—	六
	瞻卬七章	—	四	—	四	三	—	—	七
	召旻七章	八	五一	二〇	四	三	六	—	七
	右十一篇	八	五一	二〇	四	三	六	—	九二
周頌（清廟）	清廟一章	—	—	—	—	—	—	—	一
	維天之命一章	—	—	一	—	—	—	—	一
	維清一章	—	—	一	—	—	—	—	一
	烈文一章	—	—	—	—	一	—	—	一
	天作一章	—	—	—	一	—	—	—	一

周頌

廟之什

篇名	六句	八句	七句	十二句	十三句	十四句	十五句	十六句	合計
昊天有成命一章	—								一
我將一章		—							一
時邁一章						—			一
執競一章			—						一
思文一章	—								一
右十篇	三	一	一		三	一	一	一	一〇

臣工之什

篇名	六句	八句	七句	十二句	十三句	十四句	十五句	十六句	合計
臣工一章						—			一
噫嘻一章		—							一
振鷺一章		—							一
豐年一章	—								一
有瞽一章					—				一
潛一章	—								一
雝一章。								—	一
載見一章							—		一
有客一章				—					一
武一章			—						一

周頌（閔予小子之什）

篇名	閔予小子一章	訪落一章	敬之一章	小毖一章	載芟一章	良耜一章	絲衣一章	酌一章	桓一章	賚一章	般一章	右十篇
六句	一											一
八句		一		一								二
七句			一									二
十一句												一
十二句					一			一				一
三十一句						一						一
二十三句							一					一
九句合									一	一	一	一
計	一	一	一	一	一	一	一	一	一	一	一	一○

魯頌

篇名	駉四章	有駜三章
名八句	四	
十句		
九句		三
十二句		
十七句		
三十八句合		
計	四	三

第二表　上

篇	那一章	烈祖一章	玄鳥一章	長發七章	殷武六章	右五篇
（那）頌商						

篇名	那一章	烈祖一章	玄鳥一章	長發七章	殷武六章	右五篇	泮水八章	閟宮八章	右四篇
六句	一	一	—	—	三	四	八	二	一四
八句	—	—	—	—	—	—	—	二	二
五句	—	—	—	—	—	—	—	—	—
七句	—	—	—	一	—	一	—	一	三
二十二句	—	—	—	四	二	六	—	一	一
九句	—	—	—	二	一	三	—	二	二
合計	一	一	—	七	六	一六	八	八	二三

（上段右側：駉　泮水八章　閟宮八章　右四篇）

篇數	周南	召南	邶	鄘	衛	王	鄭	齊	魏	唐	秦	陳	檜	曹	豳	合計
章數	一一	一四	一九	一〇	一〇	一〇	二一	一一	七	一二	一〇	一〇	四	四	七	一六〇
一章四句	三四	四〇	七一	三〇	三四	二八	五三	三四	一八	三三	二七	二六	一五	一五	二七	四八五
一章六句	二三	二〇	三九	一〇	一九	八	二七	一九	—	八	六	二一	九	一一	五	二二三
	三	五	三	八	二	九	一一	七	七	九	七	五	—	四	三	一〇三

第二表 下

篇	篇數	章數	一章四句	一章八句	一章十句	一章三句	一章五句	一章七句	一章九句	一章十二句	一章二句	一章十一句
小雅 鹿鳴之什	一〇	五二	一六	五	—	—	—	—	—	—	—	—
南有嘉魚之什	一〇	四六	二〇	六	五	—	—	—	—	—	—	—
鴻雁之什	一〇	三七	三	二	三	—	—	—	—	—	—	—
節南山之什	一〇	七九	八	二	六	—	—	一	九	—	—	—
谷風之什	一〇	五四	八	二	三	—	—	四	—	—	—	—
甫田之什	一〇	三九	一九	三	三	六	—	三	—	—	—	—
魚藻之什	一四	六二	四三	三	三	—	五	二	—	—	—	—
大雅 文王之什	一〇	六七	二五	三	三	—	二	—	二	三	—	—
生民之什	一〇	六四	一三	九	三	—	一	三	二	—	—	—
蕩之什	一一	九二	—	三	九	三	二	三	—	—	—	—
周頌 清廟之什	一〇	一〇	—	三	三	—	五	二	—	三	—	—
臣工之什	一〇	一〇	—	一	—	—	—	—	—	二	—	—
閔予小子之什	一一	一一	—	三	—	—	—	—	三	—	—	—
魯頌	四	二三	—	—	—	—	—	四	三	—	—	—
商頌	五	一六	—	三	三	—	四	三	—	—	八	—
合計	一四五	六六二	一五七	三三	一七	二八	二二	九	九	三	八	八

一章六句	一章八句	一章十句	一章三句	一章五句	一章七句	一章二句	一章十二句	一章九句	一章十四句	一章十三句	一章十五句	一章十六句	一章十一句	一章二十三句	一章十七句
六	一五		四	五		三	三								
一六	六					四									
一二三	六四二		七	八			二								
一四	二二	二	九	一	四										
一二	二八	九四		三	九		五								
一一五	一二	二一		八	八										
一五八	五一	一五二〇		四九	三										
	一三	一		一二	四										
	一四	二		一六	三二										
一	一二	一		一							二				
四	一四			六											
一三七	一七四	五三	二八	四一	三	一	三七	七	二		一	一	一	一	二

第一編　毛詩

四五

總之，現在所傳的毛詩篇數凡三百五篇，章數凡一千一百四十四章。就中一章句數最多的是周頌載芟底一章三十一句及魯頌閟宮底一章三十八句其他一章四句以下從六句八句至三十八句的多少比較起來則有：

一章二十二句	一章三十八句
三	一

（1）一章四句的詩　　三百八十二章

（2）一章六句的詩　　二百四十章

（3）一章八句的詩　　二百十四章

（4）一章五句的詩　　六十三章

（5）一章十句的詩　　五十九章

（6）一章七句的詩　　五十七章

（7）一章十二句的詩　四十六章

（8）一章三句的詩　　二十八章

（9）一章九句的詩　　二十章

(10) 一章十一句的詩　　九章
(11) 一章十四句的詩　　七章
(12) 一章二十句的詩　　六章
(13) 一章二十二句的詩　三章
(14) 一章十三句的詩　　二章
(15) 一章十五句的詩　　二章
(16) 一章十六句的詩　　一章
(17) 一章十七句的詩　　一章
(18) 一章二十三句的詩　一章
(19) 一章三十一句的詩　一章
(20) 一章三十八句的詩　一章

把其多少數目統計起來可知三百篇底章法是以四句爲基本的。六句及八句底數目不過四句底半加或四句底倍加。

八　三百篇底押韻法

三百篇底章法有長短，每章字句的多少不一定已如前章所述就中一章四句的詩最多六句之詩次之八句之詩又次之，五句、十句、七句、十二句之詩順次為其次而其押韻法又各異其形式例如四句詩的押韻法有（1）如五言絕句一樣用隔句押韻法的（2）如七言絕句一樣用三韻法的（3）每句押韻法。（4）交互押韻法。又六句詩的押韻法有（1）四韻法。（2）五韻法。（3）每句押韻法。（4）隔句押韻法。（5）每三句押韻法之別。又如八句詩的押韻法之別有（1）隔句押韻法。（2）六韻法。（3）五韻法。（4）交互押韻法。（5）每句押韻法。（6）交互押韻法。李東陽底懷麓堂詩話云：『詩在六經中別是一教蓋六藝中之樂也』把三百篇看作藝術的作品於格律以外以音韻成為詩底要件的，

（A）四句詩

（1）隔句押韻法（五絕韻法）

一　○○○◎　○○○○　○○○○　○○○◎

采采卷耳　　不盈頃筐　　嗟我懷人　　寘彼周行　　周南卷耳

桃之夭夭　　灼灼其華　　之子于歸　　宜其室家　　同桃夭

肅肅兔罝　椓之丁丁　赳赳武夫　公侯干城。〖同兔罝〗
遵彼汝墳　伐其條枚。　未見君子　惄如調飢。〖同汝墳〗
于以采蘩　於沼於沚　於以用之　公侯之事。〖召南采蘩〗
何彼襛矣　華如桃李　平王之孫　齊侯之子。〖同何彼襛矣〗
雄雉于飛　泄泄其羽　我之懷矣　自貽伊阻。〖邶雄雉〗
瑣兮尾兮　流離之子　叔兮伯兮　褎如充耳。〖同旄丘〗
誰謂河廣　曾不容刀　誰謂宋遠　曾不崇朝。〖衞河廣〗
其雨其雨　杲杲出日・願言思伯・甘心首疾・〖同伯兮〗
蜉蝣在東　莫之敢指・女子有行・遠父母兄弟・〖鄘蝃蝀〗

〖小雅 皇皇者華（一）同常棣（一、三、五、六、七）同菁菁者我〗
〖小雅 蓼莪（一二）同四月（一、二、三、四、五、六）大雅既醉（一、二、六、七）〗

二　○○○○　○○○◎　○○○○　○○○○

維鵲有巢　維鳩方之　之子于歸　百兩將之〖召南鵲巢〗
南有樛木　葛藟纍之　樂只君子　福履綏之〖周南樛木〗

誰謂河廣　一葦杭之　誰謂宋遠　跂予望之。〈衛河廣〉

螽斯羽　詵詵兮　宜爾子孫　振振兮。〈周南螽斯〉

以外雖用長短不一的句法然如左之例，亦是隔句押韻法之變體。

（2）三韻法（七絕韻法）

三　○○○◎　○○○○　○○○◎

關關雎鳩。在河之洲。窈窕淑女。君子好逑。〈周南關雎〉

羔羊之皮。素絲五紽。退食自公。委蛇委蛇。〈召南羔羊〉

終風且霾。惠然肯來。莫往莫來。悠悠我思。〈邶終風〉

擊鼓其鏜。踴躍用兵。土國城漕。我獨南行。〈邶擊鼓〉

雝雝鳴雁。旭日始旦。士如歸妻。迨冰未泮。〈邶匏有苦葉〉

狐裘蒙戎。匪車不東。叔兮伯兮。靡所與同。〈邶旄丘〉

靜女其姝。俟我於城隅。愛而不見。搔首踟躕。〈邶靜女〉

自伯之東。首如飛蓬。豈無膏沐。誰適爲容。〈衛伯兮〉

大車檻檻。毳衣如菼。豈不爾思。畏子不敢。〈王大車〉

四　（3）每句押韻法（一韻到底　轉韻）

　　○○○○○　（一韻）

終風且暴．　顧我則笑．　謔浪笑敖．　中心是悼．　〈邶終風〉

招招舟子　人涉卬否　卬須我友　〈邶匏有苦葉〉

考槃在陸　碩人之軸　獨寐寤宿．　駕言出遊　以寫我憂　永矢弗告　〈衛考槃〉

淇水悠悠　檜楫松舟　〈衛竹竿〉

丘中有麻　彼留子嗟　彼留子嗟　將其來施施　〈王丘中有麻〉

清人在彭　駟介旁旁　二矛重英　河上乎翱翔　〈王清人〉

陟彼崔嵬　我馬虺隤　我姑酌彼金罍　維以不永懷　〈周南卷耳〉

　　○○○○◎　○○○◎　○○○◎　○○○◎　（轉韻）

五

　　○○○○◎　○○○◎　○○○◎　○○○◎

齊雞鳴　小雅 皇皇者華（二）　同黍苗（五）　同何草不黃（一）

小雅 車攻（一、二、三、七）　大雅 棫樸（五）　陳月出同株林（一）

小雅 皇皇者華（三、四、五）　同菁菁者莪（一、四）　同四月（七、八）

大雅 既醉（四）

于以采蘋　南澗之濱。　于以采藻　于彼行潦。〔召南采蘋〕

林有樸樕　野有死鹿　白茅純束　有女如玉〔同野有死麕〕

死生契闊　與子成說」　執子之手　與子偕老〔邶擊鼓〕

凱風自南　吹彼棘心」　棘心夭夭　母氏劬勞〔邶凱風〕

靜女其孌　貽我彤管」　彤管有煒　說懌女美〔同靜女〕

考槃在澗　碩人之寬」　獨寐寤言　永矢弗諼〔衞考槃〕

伯兮朅兮　邦之桀兮」　伯也執殳　為王前驅〔同伯兮〕

匏有苦葉　濟有深涉」　深則厲　淺則揭〔邶匏有苦葉〕

式微式微　胡不歸」　微君之故　胡為乎中露〔邶式微〕

投我以木瓜　報之以瓊琚　匪報也　永以為好也〔衞木瓜〕

緇衣之宜兮　敝予又改為兮　適子之館兮　還予授子之粲兮〔鄭緇衣〕

小雅　常棣（二）　同隰桑（四）　同北山（四、五六）　同卷伯（一二五）

陳　株林（二）　大雅　旣醉（三五）

（4）交互押韻法

六

采采芣苢。○○○○◎ 薄言采之。○○○○◎ 采采芣苢。 薄言有之。○○○○◎ ——周南芣苢——

野有死麕。 白茅包之。 有女懷春。 吉士誘之。 ——召南野有死麕——

何彼襛矣。 唐棣之華。 曷不肅雝。 王姬之車。 ——何彼襛矣——

魚在在藻。 有頒其首。 王在在鎬。 豈樂飲酒。 ——小雅魚藻——

(B) 六句詩

(1) 四韻法

一

汎彼柏舟。 亦汎其流。◎ 耿耿不寐。 如有隱憂。◎ ○○○○ 微我無酒。 ○○○○ 以敖以遊。◎ ——邶柏舟——

（一韻轉韻）

憂心悄悄。 慍于羣小。 覯閔既多。 受侮不少。 寤辟有摽。 靜言思之。 ——邶柏舟——

有女同車。 顏如舜華。 將翱將翔。 佩玉瓊琚。 彼美孟姜。 洵美且都。 ——鄭有女同車——

二

| 弋言加之 | 與子宜之」 | 宜言飲酒 | 與子偕老。 | 琴瑟在御 | 莫不靜好。 |〉鄭女曰雞鳴
| 出宿于濟· | 飲餞于禰· | 女子有行 | 遠父母兄弟· | 問我諸姑 | 遂及伯姊· |〉邶泉水
| 阪有漆· | 隰有栗· | 既見君子 | 並坐鼓瑟· | 今者不樂 | 逝者其耋· |〉秦車鄰

唐綢繆 小雅 天保(六) 小雅 雨無正(六)

○○○
○○○
○○○
○○○ ◎
○○○
○○○ ◎
○○○
○○○ ◎ （轉韻一韻）

| 言告師氏 | 言告言歸。 | 薄汙我私 | 薄澣我衣。」 | 害澣害否 | 歸寧父母 |〉周南葛覃

| 我心匪鑒 | 不可以茹· | 亦有兄弟 | 不可以據· | 薄言往愬· | 逢彼之怒 |〉邶柏舟

| 簡兮簡兮 | 方將萬舞· | 日之方中 | 在前上處· | 碩人俁俁· | 公庭萬舞·

茇彼泉水　亦流于淇。有懷于衞　靡日不思。孌彼諸姬　聊與之謀。──邶簡兮　邶泉水

牆有茨　不可掃也　中講之言　不可道也　所可道也　言之醜也──鄘牆有茨

揚之水　不流束薪。彼其之子　不與我戍申。」懷哉懷哉　曷月予遠歸哉──王揚之水

三　○○○◎○○○◎○○○

邶 燕燕(二)　王 中谷有蓷　王 葛藟　魏 葛屨　唐 椒聊　唐 有杕之杜　秦 終南(二)　邶 北風(二)
陳 墓門　曹 鳲鳩　天保(二)　同 我行其野(二三)　同 小明(四五)

揚之水　白石鑿鑿　素衣朱襮　從子于沃　旣見君子　云何不樂──唐揚之水

四　○○○◎○○○◎○○○◎○○○

（2）五韻法

第一編　毛詩　　　　　五五

出宿于干。飲餞于言。載脂載舝。還車言邁。遄臻于衛。不瑕有害 ——《邶·泉水》

山有苞棣。隰有樹檖。未見君子。憂心如醉。如何如何。忘我實多 ——《秦晨風》

南山崔崔。雄狐綏綏。魯道有蕩。齊子由歸。既曰歸止。曷又懷止 ——《齊南山》

誰謂雀無角。何隰穿我屋。誰謂女無家。何以速我獄。雖速我獄。室家不足 ——《召南行露》

山有榛。隰有苓。云誰之思。西方美人。彼美人兮。西方之人兮 ——《邶簡兮》

○○○○
○○○○ ◎
○○○○
○○○○ ◎
○○○○
○○○○ ◎

——《邶 北風》《鄭 出其東門》《魏 汾沮洳》

五、

子子干旄。在浚之郊。素絲紕之。良馬四之。彼姝者子。何以畀之 ——《鄘干旄》

六

載馳載驅。歸唁衛侯。驅馬悠悠。言至于漕。大夫跋涉　我心則憂

有力如虎・執轡如組」左手執籥　右手秉翟　赫如渥赭　公言錫爵

陟彼岵兮　瞻望父兮　父曰嗟乎子・行役夙夜無已・上慎旃哉　猶來無止

——鄘載馳——
——邶簡兮——
——魏陟岵——

（3）每句押韻法

葛之覃兮　施于中谷・維葉莫莫・是刈是濩・爲絺爲綌　服之無斁

——（一韻轉韻）——
——周南葛覃——

七

○○○◎
○○○◎
○○○◎
○○○◎
○○○◎
○○○◎

有女同行。顏如舜英。將翱將翔。佩玉將將。彼美孟姜。德音不忘。

——（一韻轉韻）——

第一編・毛詩

五七

芄蘭之支。童子佩觿。雖則佩觿。能不我知。容兮遂兮。⎱衞芄蘭

猗嗟昌兮。頎而長兮。抑若揚兮。美目揚兮。巧趨蹌兮。⎱齊猗嗟

出其東門。有女如雲。雖則如雲。匪我思存。縞衣綦巾。聊樂我員。⎱鄭出其東門

知子之來之。雜佩以贈之。知子之順之。雜佩以問之。知子之好之。雜佩以報之。⎱鄭女曰雞鳴

芃蘭之支。⋯⋯ 〔知子之來之⋯⋯〕

乘帶悸兮。⎱鄭有女同車

射則臧兮。

小雅 吉日（一） 同北山（二） 同信南山（二、三、四、五）

大雅 卷阿（九） 商頌 殷武（五）

（4）隔句押韻法

八

○○○○
○○○○
○○○◎
○○○○
○○○◎
○○○○
○○○◎

燕燕于飛 差池其羽・之子于歸 遠送于野・瞻望弗及 泣涕如雨・

日居月諸　照臨下士・　乃如之人　逝不古處・　胡能有定　寧不我顧 ──邶燕燕──

陟彼阿丘　言采其蝱。　女子善懷　亦各有行。　許人尤之　衆穉且狂 ──鄘載馳──

野有蔓草　零露薄兮　有美一人　清揚婉兮　邂逅相遇　適我願兮 ──鄭野有蔓草──

鄭 揚之水　齊 猗嗟（三）　秦終南　陳澤陂　幽 破斧　邶 柏舟（三）
小雅 天保（一三五）　同鴻雁　　　同白駒（一二）　同我行其野（一）
大雅 桑柔（九、十一、十二、二四）

（5）每三句押韻法

九〇〇〇〇

葛之覃兮　施于中谷　維葉萋萋・　黃鳥于飛　集于灌木　共鳴喈喈 ──周南葛覃──

(6) 交互押韻法

誰謂鼠無牙。○○○⊙ 何以穿我墉。○○○○◎ 誰謂女無家。○○○◎ 何以速我訟。○○○⊙ 雖速我訟。○○◎ 亦不女從。○⊙ ——召南行露

瞻彼中林。○○◎ 甡甡其鹿。○○⊙ 朋友已譖。○○◎ 不胥以穀。○○⊙ 人亦有言。○○○ 進退維谷。○○⊙ ——大雅桑柔

皎皎白駒。○○◎ 賁然來思。○○○ 爾公爾侯。○○◎ 逸豫無期。○○○ 慎爾優遊。○○◎ 勉爾遁思。○○○ ——小雅白駒

(C) 八句詩

(1) 隔句押韻法（五絕韻法底二層）

一○○○○ ○○○○◎ 習習谷風。 以陰以雨。 黽勉同心。 不宜有怒。 采葑菲菲。 無以下體。 德音莫違。 及爾同死。○○○○◎ ——邶谷風

蟋蟀在堂。 歲聿其莫。 今我不樂。 日月其除。 無已大康。 職思其居。 好樂無荒。 良士瞿瞿。

瑳兮瑳兮　其之展也。蒙彼縐絺　是紲袢也。子之清揚　揚且之顏也　展如之人兮　邦之媛也。
──君子偕老──
──唐蟋蟀──

二　（2）六韻法（七絕韻底二層）

采苓采苓　首陽之巔　人之爲言　苟亦無信　舍旃舍旃　苟亦無然　人之爲言　胡得焉。
──唐采苓──

○○○○
○◎○○
○○○○
○◎○○
○○○○
○◎○○
○○○○
○◎

三　（3）五韻法

蒹葭蒼蒼　白露爲霜　所謂伊人　在水一方　遡洄從之　道阻且長　遡游從之　宛在水中央。
──秦蒹葭──

○○○◎
○○○◎
○○○○
○○○◎
○○○○
○○○○
○○○○
○○○◎

山有樞　隰有榆　子有衣裳　弗曳弗婁　子有車馬　弗馳弗驅　宛其死矣　他人是愉。
──唐山有樞──

四

○○○◎
○○○◎
○○○○
○○○◎
○○○○
○○○◎
○○○○
○○○◎

（前解五絕、後解七絕底韻法）

參差荇菜　左右流之　窈窕淑女　寤寐求之」求之不得　寤寐思服　悠哉悠哉　輾轉反側‧
——周南關雎——

南有喬木　不可休息　漢有游女　不可求思」漢之廣矣‧不可泳思‧江之永矣　不可方思
——周南漢廣——

五〇〇〇〇〇〇〇◎〇〇〇〇〇〇〇◎（轉韻一韻）

我行其野　芃芃其麥‧控於大邦　誰因誰極」大夫君子　無我有尤‧百爾所思　不如我所之‧
——鄘載馳——

碩鼠碩鼠　無食我黍‧三歲貫女　莫我肯顧‧逝將去女　適彼樂土　樂土樂土　爰得我所
——魏碩鼠——

六〇〇〇〇〇〇◎〇〇〇〇〇〇◎〇〇〇〇〇〇〇〇〇〇〇〇〇◎

將仲子兮　無踰我里‧無折我樹杞‧豈敢愛之　畏我父母‧仲可懷也　父母之言　亦可畏也
——鄭將仲子——

（4）交互押韻法

七 采薇采薇。薇亦作止。曰歸曰歸。歲亦莫止。靡室靡家。玁狁之故。不遑啟居。玁狁之故。
　　———小雅采薇———

　　四牡騤騤。旟旐有翩。亂生不夷。靡國不泯。民靡有黎。具禍以燼。於乎有哀。國步斯頻。
　　———大雅桑柔———

　　大雅 桑柔（一、三、四、五）　小雅 十月之交（四）　大雅 瞻卬（二）

（5）每句押韻法

八 ○○○○○
　　○○○○○
　　○○○○◎
　　○○○○◎
　　○○○○◎
　　○○○○◎
　　（轉韻）
　　○○○○◎
　　○○○○◎
　　○○○○◎
　　○○○○◎

　　駉駉牡馬・在坰之野。薄言駉者」有驕有皇。有驪有黃。以車彭彭。思無疆。思馬斯臧。
　　———魯頌駉———

　　昊天不傭。降此鞠訩」昊天不惠。降此大戾」君子如屆。俾民心闋」君子如夷。惡怒是違。
　　———小雅節南山———

此外十句以上的詩的押韻法大概準此。但一章的構成依奇數組織必具特別的形式。

大雅板（二、五、八） 同江漢（一、二、六） 小雅巧言（三） 商頌長發（一、二）

(D) 三句詩

(1) 每句押韻法

一 ○○○◎
○○○◎
○○○◎

鴻飛遵渚・ 公歸無所・ 於女信處・ 〈豳九罭〉

十畝之間兮・ 桑者閑閑兮・ 行與子還兮・ 〈魏十畝之間〉

庶見素冠兮・ 棘人欒欒兮・ 勞心慱慱兮・ 〈檜素冠〉

子之丰兮・ 俟我乎巷兮・ 悔予不送兮・ 〈鄭丰〉

舒而脫脫兮・ 無感我帨兮・ 無使尨也吠・ 〈召南野有死麕〉

俟我於著乎而 充耳以素乎而 尚之以瓊華乎而 〈齊著〉

(2) 二韻法

二 ○○○ ○○○ ○○○◎
○○○ ○○○ ○○○◎

蔽芾甘棠・ 勿翦勿伐・ 召伯所茇・ 〈召南甘棠〉

三
〇〇〇〇
厭浥行露・　　〇〇〇〇◎
彼采葛兮　　　豈不夙夜・　謂行多露・　召南行露
豈曰無衣七兮　一日不見　　如三月兮　　王采葛
　　　　　　　不如子之衣　安且吉兮　　唐無衣

四
〇〇〇〇
〇〇〇〇◎
彼茁者葭　　　〇〇〇〇
麟之定・　　　壹發五豝・　于嗟乎騶虞　召南騶虞
振振公姓　　　于嗟麟兮　　　　　　　　周南麟之趾
　　　　　　　于嗟乎不承權輿　　　　　秦權輿
於我乎夏屋渠渠。今也每食無餘。

按秦風權輿之詩毛傳做爲每章五句不可從且末一句與麟之趾及騶驪同樣是用咏嘆法的，爲押韻上的踏落。但與餘渠三字如同韻則爲似應每句韻之詩但依權輿第二章則應爲踏落，仁井田南陽底補傳論末着「于嗟乎不承權輿」以乎與二字爲句中押韻亦不可從其他鄭風褰裳之詩末句不押韻而二章着「狂童之狂也且」一句與麟之趾騶驪權輿同又如魯頌有駜底三章每章九句末句「于胥樂兮」四字屬於每章與上句韻字不相關。又如大雅文王有聲一詩爲總共八章每章五句的詩，而於每章末句加「文王烝哉」或「王后烝哉」或「皇王烝哉」四字對於上句韻字無所左右皆同一種類。

（E）五句詩

（1）每句押韻法

一　〇〇〇◎　予羽譙譙・　予尾翛翛・　予室翹翹・　風雨所漂搖・　予維音曉曉・ 〈豳鴟鴞〉

二　〇〇〇◎　〈小雅 鼓鐘（四）〉同斯干（二三四）

（2）交互押韻法

二　〇〇〇◎　豈曰無衣⊙　與子同袍⊙　王子與師⊙　修我戈矛◎　與子同仇⊙ 〈秦無衣〉

（3）四韻法

三　〇〇〇◎　鴟鴞鴟鴞・　既取我子・　無毀我室」　思斯勤斯　鬻子之閔斯 〈豳鴟鴞〉

四　〇〇〇◎　東方之日兮　彼姝者子　在我室兮　在我室兮　履我即兮 〈齊東方之日〉

〇〇〇◎　江有汜・　之子歸　不我以・　不我以・　其後也悔。 〈召南江有汜〉

五　○○○◎

叔于田。巷無居人。豈無居人。不如叔也。洵美且仁。〔鄭叔于田〕

迨天之未陰雨。徹彼桑土。綢繆牖戶。今女下民。或敢侮予。〔豳鴟鴞〕

小雅 鼓鐘（一、二、三）

(4) 三韻法

六　○○○◎　○○○○○◎

嘒彼小星　三五在東。肅肅宵征　夙夜在公。實命不同。〔召南小星〕

四牡騑騑　嘽嘽駱馬。豈不懷歸　王事靡盬　不遑啓處〔小雅四牡〕

(5) 二韻法

七　○○○◎

子惠思我　褰裳涉溱。子不我思　豈無他人。狂童之狂也且〔鄭褰裳〕
（轉韻　韻）

(F) 七句詩

(1) 每句押韻法

一　○◎○◎○◎○◎○◎○◎○◎

出自北門。憂心殷殷。終窶且貧。莫知我艱。已焉哉。天實爲之。謂之何哉。〔邶北門〕

定之方中。作于楚宮。揆之以日。作于楚室。樹之榛栗。椅桐梓漆。爰伐琴瑟。〔鄘定之方中〕

玄王桓撥。受小國是達。受大國是達。率履不越。視旣發。相土烈烈。海外有截。〔商頌長發〕

商頌 長發（四、五、七） 同殷武（六）

（2）六韻法

二 ○○○ ○○○ ○○○ ○○◎ ○○○ ○○○ ○○◎

王事適我。政事一埤益我。我入自外。室人交徧讁我。已焉哉。天實爲之。謂之何哉。〔邶北門〕

手如柔荑。膚如凝脂。領如蝤蠐。齒如瓠犀。螓首蛾眉。巧笑倩兮。美目盼兮。〔衞碩人〕

爰采唐矣。沬之鄉矣。云誰之思。美孟姜矣。期我乎桑中。要我乎上宮。送我乎淇之

三

上矣。

○○○
○○◎

升彼虛矣． 以望楚丘矣。 望楚與堂． 景山與京。 降觀于桑． 卜云其吉． 終然允臧。
——鄘桑中——

○○○
○○○○
○○○
○○○◎
○○○
○○○
○○○◎

碩人敖敖． 說于農郊． 四牡有驕． 朱幩鑣鑣． 翟茀以朝． 大夫夙退． 無使君勞．
——衛碩人——

肅肅鴇羽． 集于苞栩． 王事靡盬． 不能蓺稷黍． 父母何怙． 悠悠蒼天． 曷其有所．
——唐鴇羽——

四

（3）五韻法

汎彼柏舟 在彼中河。 髧彼兩髦 實維我儀． 之死矢靡他」 母也天只 不諒人只
——鄘柏舟——

○○○○
○○○◎
○○○○
○○○◎
○○○○
○○○◎
○○○◎

河水洋洋． 北流活活． 施罛濊濊． 鱣鮪發發． 葭菼揭揭 庶姜孽孽 庶士有朅．
——衛碩人——

第一編 毛詩

六九

五 ○○○○
君子偕老 副笄六珈。委委佗佗。如山如河。象服是宜。子之不淑 云如之何。
　　　　　　　　　　　　　　　　　　　　　　　　└鄘君子偕老┘

六 ○○◎ ○○◎ ○○○ ○○◎ ○○○ ○○◎
碩人其頎。衣錦褧衣。齊侯之子 衛侯之妻・東宮之妹 邢侯之姨・譚公維私・
　　　　　　　　　　　　　　　　　　　　　└衞碩人┘

七 ○○◎ ○○◎ ○○○ ○○◎ ○○○ ○○◎
蕭蕭鴇翼・集于苞棘・王事靡盬 不能藝黍稷・父母何食 悠悠蒼天 曷其有極・
　　　　　　　　　　　　　　　　　　　　　└唐鴇羽┘

八 ○○◎ ○○◎ ○○○ ○○◎ ○○○ ○○◎
（4）四韻法
有兔爰爰・雉離于羅。我生之初 尚無為。我生之後 逢此百罹 尚寐無吪。
　　　　└王兔爰┘

九 ○○◎ ○○○ ○○◎ ○○○ ○○○ ○○◎

> 喓喓草蟲　趯趯阜螽　未見君子　憂心忡忡　亦既見止　亦既覯止　我心則降
> ————召南草蟲————

要之,四句的詩是中國韻文底主要形式,不但後世絕句全盛已足見其證左而且在《詩經》裏章之總數一千一百四十四章中,四句的詩要占三分之一的多數從可知哩。次於四句的詩,六句、八句的詩大都是四句的絕句型底返復。畢竟六句的詩與八句的詩不過把四句的半章或全章反復而已。故合計四句、六句、八句之詩其數達八百三十六章當全章底七折而強。

且由押韻法觀察四句的詩是具備押韻上一切的形式的,而六句詩八句詩及其他諸詩底隔句韻每句韻、交互韻等其典型都是取於四句詩的。

在四句詩底隔句韻的場合,有其首句押韻與不押韻的二種。後世五言首句不押韻的多,七言首句概是押韻的,其源蓋發於《詩經》。每句韻有一韻到底與轉韻二種。二、三句的詩底每句韻雖不得不為一韻然四句、五句、六句、七句、八句、十句、十一句的詩底每句韻則一韻的少而轉韻的多,勢不得已耳交互韻歐美之詩多所用例如第一、三、五句押韻同時第二、四、六句分別押韻即是。在中國唐以後慣用之,《詩經》韻法已發其端呢!

且六句的詩轉韻的多而起聯二句轉韻的是絕句型即四句詩的首冠以每句韻的二句的,這可知四句詩為六句詩底基調了又八句之詩四韻多的是因隔句押絕句型即四句詩之尾附每句韻的二句的末聯二句轉韻是

韻的原故。後世律詩稱為四韻詩的亦是為此。特在詩經其轉韻之詩前解押二韻後解押二韻的,是返復五言的絕句型的。又八句六韻之詩是七言絕句型底返復了。五韻之詩前解是用七絕型後解是用五絕句型的,又八句六韻之詩是七言絕句型底返復了。五韻之詩前解是用七絕型後解是用五絕型後解用七絕型的亦可知四句詩為八句詩底基調哩!

第二編　楚辭考

一　楚辭底真價

所謂楚辭是對周詩三百篇對漢劉向總括屈原及其門人宋玉、景差等所作而命名的以之名為楚辭因為作的人是楚人作的地是楚地假借楚之山川風物草木鳥獸以敘述自己底感懷而開一種獨得之體的顧三百篇雖有周南召南邶鄘衞王鄭齊魏唐陳秦豳十五國風然無楚風蓋楚是南蠻鴃舌之地所謂應膺懲的人周之文化尚未普及到此土然至春秋戰國楚國威忽而發揚楚之領域大為擴張進據中原與齊、秦鼎峙一代的偉人老子實是從楚產生的即可知楚之文化進步發達不復昔日之比中國底文化元從河邊發源其次到江邊而進步屈原及其門人於三百篇以外別開新派創別體為楚國揚萬丈之光焰江邊文學所以煥發出空前的一大光耀哩試徵論語所載楚狂接輿之歌及孟子所載孺子滄浪之歌楚之俚謠與其說是屈原底騷體寧可說是與三百篇調相近的且屈原之作中九歌是因襲流行於沅湘之間的俗歌的形式而將其內容更革的作品而其形式句法短促與離騷及九章不一揆故騷體實是屈原底創作新調了。

古來稱揚楚辭底文章精妙的人甚多如班固云：「宏博麗雅為辭賦宗後世莫不斟酌其英華則象其從容。」王逸云：「自孔丘終滅以來名儒博遠之士著造詞賦莫不擬則其儀表祖述其模範取其要妙竊其華藻所謂金相玉質百歲無匹名垂罔極，永不刊滅者也。」蘇軾云：「吾文終其身企慕而不能及萬一者唯屈子一人耳」宋應麟云：「楚辭皆以寫其憤懣無聊之情幽愁不平之致至今讀者猶為感傷如入虛墓而聞秋蟲之吟莫不咨嗟嘆息泣下沾襟」皆是尤其是皮錫瑞至於說「三百篇後得風雅之旨者唯屈子楚辭」可謂善於發揮楚辭底真價的了。

至若以屈原與古人對比而論彼此的特徵的，陳傅良以之比左氏莊子司馬遷為六經以後的四人說「撫實而有文采者左氏也憑虛而有理致者莊子也屈原變風雅頌而為離騷司馬遷易編年而為紀傳皆前未有比後可為法，非豪傑特立之士其孰能之」何孟春以之比左氏莊生戰國策史記漢書為擅古今文章之奇的說：「左氏之文以范而奇莊生之文以玄而奇屈原之文以幽而奇戰國策之文以雄而奇太史公之文以整而奇。」姜南以之比左氏司馬遷說「文章自六經語孟以外後世言理者宗周言情者宗原，言事者宗左氏，司馬遷，周之言出於易原出於詩左氏司馬遷出於尚書春秋」李孟陽以之與班固司馬遷宋玉對比說：「史稱班馬班實不如馬賦稱屈宋實不如屈原與馬二人皆渾渾噩噩如長江大海探之不俾放而有致其所以為屈乎子雲雖有相如揚雄班固張衡對比說：「雜而不亂複而不厭其所以為長卿乎子雲雖有剽模倘少豁遜班張而下愈博愈晦愈下」陳仁錫以之與左氏相如揚雄莊周宋玉劉向王逸等對比說：「以原比

之左氏相如揚雄莊周可謂寃極以宋玉劉向王逸諸人作合爲楚辭可謂辱極」是很能品評楚辭底價值的了。

然露才揚己之誹一度唱之於前顏之推和之於後這是尙未知道詩人之言發於眞情隘於至誠言之者無罪而不足以與語詩哩。班固孔子刪詩而存小弁底怨親巷伯底刺讒以及其他孤臣孽子底憤懣無聊幽愁不平之作，其所以列之於風雅的，是因爲特別憫其人哀其志取其思之無邪察其言者無罪而聞者足戒吧！夫子之道忠恕而已。然不好成人之名的小人吹毛求疵只管標榜自己。班固、顏之推之於屈原其亦類此哩。

楚辭本來是對於屈原及他底門人宋玉景差等楚人之辭而命名的。然如非楚人的賈誼淮南王安東方朔嚴忌、王褒劉向等祖式屈原模擬楚辭的作家一倂編入稱爲楚辭是劉向底濫稱。至劉向以後的王逸把自作底九思列於楚辭中不是僭越就是愚誣這是陳仁錫所以王逸劉向等諸人所作合稱楚辭而絕叫爲辱極的緣故呀！朱熹亦夙有見於此他底楚辭集註於屈宋以下僅取景差賈誼嚴忌劉安而擯棄東方朔王褒劉向王逸之作差強人意。而林雲銘底楚辭燈僅取離騷九歌九章遠遊卜居漁夫招魂而把賈誼以下漢之作家一概除外此種見解尤爲得當。

二 屈原底性格

屈原底文章無非思君懷國的至誠至忠的發顯。由來中國文學與政治有密接的關係文學的大部分以政治

為背景。故中國文學又可稱政治的文學同時又可稱中國底政治為文學的政治。孔子、孟子、荀卿、李斯、韓非等無不皆然。特別是屈原尤為顯著，屈原是楚之王族，初為懷王所信任為左徒博聞強志明治亂嫺辭令入則與王議國事，出號令出則接遇賓客應對諸侯內治外交皆適機宜豈圖浮雲障日月之明，彼無端被訕而成為放流之人了。這就是因為他底文學政治的色彩太濃厚的緣故的呀！屈原既被訕後懷王為張儀所欺，連為秦所破，不幸身與王同死。這是他所以作離騷於一篇之中三致君與國之意的緣故的呀！他底寵既為上官大夫所奪，不幸身與王同宗又不去國執贄於諸侯與君一休戚與國共存亡，原是他底本懷故放流而行吟澤畔顏色憔悴形容枯槁猶惓惓無一日不懷故都不思宗國。這是他在《九章》中所以反復悲嘆自己底境遇同時又怨慕國君抒其鞠躬盡瘁的懷思的緣故哩，他底忠誠實是淮南王安之所謂與日月爭光的，他在前不為懷王所知在後不為頃襄王所信所以他終於成了汨羅底藻屑直至後百有餘年賈誼始為弔屈原賦而寄一片的同情。

論到他底性格，淮南王首先說：「蟬蛻穢濁之中浮游塵埃之外皭然涅而不緇雖與日月爭光可也。」司馬遷應和之，作屈原傳其論贊云：「余讀離騷天問招魂哀郢悲其志適長沙觀屈原所自沈淵未嘗不垂涕想見其為人。」可知他對於屈原的同情之篤，至他說：「及見賈生弔之又怪屈原以彼其材遊諸侯何國不容而自令若是」此不能不為屈原辯。當紂之惡已極殷之將亡時比干以諫死微子去之箕子佯狂孔子稱之為殷之三仁，屈原底行為豈不是以三仁為龜鑑而自決去就斷死生的吧君有過則諫諫而不聽則去是人臣之義卻無去同姓之義。

曰「屈心而抑志兮忍尤而攘詬」其憔悴之顏枯槁之容臨於江潭行吟於澤畔的態度豈非比干之以諫死自許他而曰「國無人兮莫我知兮又何懷乎故都既莫足與爲美政兮吾將從彭咸之所居」豈非比干之以諫死自許他有一種誠忠之質切恐皇輿之敗績他有一種鬱悒之情遂決懷沙之志彼焉能遊諸侯求容於他國。王逸稱他「屈原膺忠貞之質體清潔之性直若砥矢言若丹青進不隱其謀退不顧其命此誠絕世之行，俊彥之英也」此語可謂得當了。揚雄作反離騷云：「君子得時則大行不得時則龍蛇遇不遇命也何必沈身哉」在爲莽之大夫的寡廉鮮恥之尤焉能了解君子之大節呢朱熹尤其貶揚雄說：「雄乃專爲偸生苟免之計既與原異趣矣」其言可謂痛快哩朱熹又云：「君子之於人也取其大節之純全而略其細行之不能無弊則雖三人同行猶必有可師者」況如屈子乃千載而一人哉孔子曰「人之過也各於其黨觀過斯知仁矣」此觀人之法也屈原之過過於忠者也」很得稱殷有三仁的孔子底微旨。

三　離騷一（特質與眞價）

離騷非經而以離騷稱經的從王逸以前已然。由他底註云：「離、別也，騷、愁也經、徑也言以放逐離別，中心愁思，猶陳直徑以風諫君也」可知然而離騷是敍情詩決非以教訓爲目的的倫理書只是在一篇中忠君愛國可爲人臣軌範的大義之發表不過是屈原人格底表現既存於質內又形之於文外而已然陸時雍云：「風雅既湮離騷繼

作人取而經之騷誠可經也詩以持人道之窮者也愛君憂國顯忠斥佞，騷曷爲不可經哉」金蟠云：「南華、離騷皆古今奇絕之文而後人於六經之後並尊爲經。夫經常也奇而不可越乃常也讀南華使人不敢萌利達之心讀離騷使人不敢忘生民之意」皆不知經子史集之別不足與讀文學哩然清儒李光地方苞如顧成天林仲懿戴震屈復等不僅皆把離騷看作經而且以解經的方法去注解不察其興懷之所寓，徒以理智附會之，拘於文字穿鑿實甚如戴震評屈原之賦二十五篇云：「其心至純其學至純其立言指要歸於至純二十五篇之書蓋經之亞」這種說法還可以，至林仲懿說屈原之賦以執中爲宗派以主敬爲根柢陳學問之本領帝王之心法與四書相表裏解離騷之「名余曰正則兮字余曰靈均」二句謂爲與中庸「天命之謂性率性之謂道」相合卻未免過甚其詞。

孔子嘗評詩云：「詩可以興可以觀可以羣可以怨邇之事父遠之事君，多識於鳥獸草木之名」是把三百篇有社交的倫理的博物的效果說破了。在詩已然在騷亦然。詩有毛詩草木蟲魚疏及毛詩名物圖解而騷亦有梁劉杏底離騷草木疏，宋吳仁傑及明屠本畯底離騷草木史，可知詩騷都是多取草、木、鳥、獸以爲材料的故說明詩騷之關係葉盛云：「離騷源流於六義與遠而情愈親意切而詞不迫」宋瑛與左傳對稱云：「左氏羽翼春秋屈氏羽翼風雅」陳深云：「離騷變風之遺也與比賦錯出成章驟讀似未易瞭細玩井然有理」然詩騷在形式上既不相同在聲調上亦不一律詩之句法短而騷之句法長詩之章法一也是宜以離騷作詩傳」

簡，而騷之章法繁。故從內容言詩騷性質雖可說是相同，然而從形式言，詩騷底源流是極有分別的。

司馬遷底史記屈原傳採淮南王安之說云：「國風好色而不淫，小雅怨悱而不亂，若離騷者可謂兼之矣。」小雅底怨誹而不亂實是事實國風底好色而不淫亦是事實因爲離騷雖有小雅底怨悱而不如國風底好色若那「惟草木之零落兮恐美人之遲暮」「忽反顧以流涕兮哀高丘之無女」「及榮華之未落兮相下女之可詒」「衆女嫉余之蛾眉兮謠諑謂余以善淫」「望瑤臺之偃蹇兮見有娀之佚女」「及少康之未家留有虞之二姚」「思九州之博大兮豈唯是其有女」「吾令豐隆乘雲兮求虙妃之所在」「和調度以自娛兮聊浮游而求女」等句皆是比喻之語非真好色而追求美人不得於君而熱中的屈原安得復爲色欲所驅而追戀着美人呢！

劉勰底文心雕龍辯騷云：「雅頌之博徒而詞賦之英傑也。」豈不是把離騷雖可爲詞賦底開祖，而非雅、頌底純系道破了嗎？蓋劉勰對於離騷雖承認其有典誥之體規諷之旨比興之義忠怨之辭然卻否定其有詭異之談狷狹之志荒淫之意，一面稱爲博徒，一面稱爲英傑明胡應麟云：「離騷風雅之衍詞賦之祖也」亦即此意。

論到離騷底名義司馬遷云：「離騷猶離憂也。」是把騷解作憂。而離是何如地解釋卻不甚明白毛詩底王風云：「雉離于羅」莊子底盜跖篇云：「服其殃離其患」韓非底說難云：「曠日離久」屈原底九歌云：「思公子兮徒離憂」又懷沙云：「離慜而長鞠」皆以離與罹字同解。故班固云：「離猶遭也」應邵解云：「離遭也」顏師古

亦解爲遭字之義獨王逸注云：「離別也。」戴震底音義云：「離猶隔也。」這是錯了的，又如顏師古以騷解爲擾動，戴震解云：「騷者動擾有聲之謂。」岡松甕谷把騷解作騷擾是錯了的。離騷一篇實由怨而生由憂愁而作豈得以騷擾爲意想！

至論離騷底文體，陳繼儒以之對比莊子云：「古今文章無首尾者獨莊騷二家，蓋屈原、莊周，皆哀樂過人者也。哀者毗於陰，故離騷孤沈而深往；樂者毗於陽，故南華奔放而飄飛。哀樂之極笑啼無端，笑啼之極言語無端」言頗奇拔，畢竟不過是以凡人之丈尺非議非凡人底繩墨罷了。離騷南華底文章豈得無首尾嗎？既有起承轉合亦有段落及脈絡。僅是人力加工的痕跡少而已。蘇軾嘗教人作詩云：「熟讀毛詩國風與離騷曲折盡在是矣。」是很能發揮離騷底眞價的。故王邦采底離騷彙訂云：「予少時嘗讀屈子離騷矣，字多奇聲多楚義多奥，如聽古樂然讀未數行輒昏昏欲睡稍長卒讀之，漸覺有味，如啜佳茗焉，因反覆讀之，又如飲醇醪令人醉心也。」這實是體驗之言特別如說「所貴乎能讀者，非徒誦習其詞章聲調已也，必審其結構焉必尋其脈絡焉必考其性情焉結構足而後段落，脈絡通而後詞義貫，性情得而後心氣平。」很能闡陳繼儒之說又如說「如怨如慕，如泣如訴，屈子之情生於文也；忽起忽伏忽斷忽續，屈子之文生於情也。」很能發揮離騷之情文可謂無復遺憾了。況陳本禮底精義云：「烹詞吐屬之妙，天籟生成其淒其處，如哀猿夜叫；醲郁處，如旃檀香焚鮮艷處，如琪花綻蕊蒼勁處，如古柏參天其繪聲繪色處，如吳道子畫無美不備其經營慘澹處，如神斧鬼工巧妙入微。」把離騷之至文形容盡致其他如黄文焕蔣驥、

林雲銘底娓娓論文法，雖未臻上乘，不得三昧，然亦可資參考。

四 離騷二（段落與脈絡）

離騷之文似無法而有法。不僅字有字法，句有句法，而章有章法，篇有篇法，不僅篇章之間首尾相應而且中腹之處亦有波瀾有曲折有起伏有斷續這是予所以分段落尋脈絡而審查一篇的結構的緣由哩。

王逸底章句說明離騷底字義然他尚未分其章節。至朱熹底集註始每四句分為一節把全篇分為九十三節，錢杲之底集傳分為十四節，陳本禮底精義分為十節然錢之一節少的以八句為止多的達於七十六句；陳之一節短的不下六解長的及於十三解，他們底所謂十節及十四節猶如後人十段乃至十四段其他王邦采底離騷彙訂分為三大段戴震底離騷注分為十段屈復底新註分五段方廷珪底集成分為六段故予亦傚顰而分為五段。

朱註本	錢杲之	王邦采	戴震	陳本禮	方廷珪	愚考
第一節	第一節（廿四句）	第一大段	第一段	第一節	第一段	第一段（小序）
第二節						
第三節						第二段
第四節						
第五節						

第六節
第七節
第八節
第九節
第一〇節
第一一節
第一二節
第一三節
第一四節
第一五節
第一六節
第一七節
第一八節
第一九節
第二〇節
第二一節
第二二節
第二三節

第二節（廿四句）
第三節（八句）
第四節（廿八句）
第五節

（三十二節二百一十八句）

十節（四十句）
第二段（九節三十六句）
第三段

（十一解）
第二節（七解）
第三節

十九節（七十六句）
第二段

（三十三節三百一十二句）

第二四節	（十二句）		
第二五節	第六節（三十二句）	第八節	
第二六節			
第二七節			
第二八節		第二大段	
第二九編			
第三〇節	（二十七節八句）		
第三一節	第四段（六節廿四句）	第五段（十三節）	
第三二節			
第三三節			
第三四節	（八解）	第四節（六解）	第五節（十三解）
第三五節			
第三六節			
第三七節	（二十七節八句）	第三段（六節二十四句）	第四段
第三八節			
第三九節			
第四〇節	是一篇主意發揮之處		第三段
第四一節			

第四二節
第四三節
第四四節
第四五節
第四六節
第四七節
第四八節
第四九節
第五〇節
第五一節
第五二節
第五三節
第五四節
第五五節
第五六節
第五七節
第五八節
第五九節

第 九 節 （七 十 六 句）

（四 十 句）

（三 十 二 節 百 二 十 八 句）

第 六 段（八 節 三 十 二 句）　第 七 段（十 節）

（五 十 二 句）

第 六 節 （八 解）　第 七 節

（三 十 二 節 百 二 十 八 句）

（二 十 九 節 百 十 六 句）是 一 篇 神 韻 流 露 之 處

第六〇節
第六一節
第六二節
第六三節
第六四節
第六五節
第六六節
第六七節
第六八節
第六九節
第七〇節
第七一節
第七二節
第七三節
第七四節
第七五節
第七六節
第七七節

	第十節（二十句）	第十一節（三十六句）
	第三大段（二十九節）	
第八段（六節二十四句）	第九段（十三節）	
（十一解）	第八節（十二解）	
	第五段（十九節七十六句）	
	第四段（二十八節百十二句）是一篇餘	

第七八節 第七九節 第八〇節 第八一節 第八二節 第八三節 第八四節 第八五節 第八六節 第八七節 第八八節 第八九節 第九〇節 第九一節 第九二節 第九三節	第十三節（三十六句）	第十二節（二十句）
第十四節（亂）	百　十　六　句	
（亂）	第十段（十節四十句）	五十二句
（亂）	第十節（九解）	第九節（七解）
	第六段 （十節四十句）	
（亂）第五段總結	音鬩鬩之處	

如陳繼儒評離騷底文章說無首尾，固然不可。王邦采論審離騷文底結構以尋其脈絡，考其性情的必要先獲我意。不獨王邦采，即方廷珪也說：「讀離騷當細分其前後段落自前至後，由淺入深中有虛有實有虛中實實中虛，

併無一句重複，無一字沒意義沒着落又當知其前後用意所在。」試尋離騷底脈絡以考察屈原底微旨底起伏斷續之跡足知廷珪之言不吾欺。

朱註第九節　　豈余身之憚殃兮　　恐皇輿之敗績

朱註第一二節　　余既不難夫離別兮　　傷靈修之數化

朱註第一四節　　雖萎絕其亦何傷兮　　哀衆芳之蕪穢

朱註第一七節　　苟余情其信姱以練要兮　　長頷頷亦何傷

朱註第一九節　　雖不周於今之人兮　　願依彭咸之遺則

朱註第二〇節　　長太息以掩涕兮　　哀民生之多艱

朱註第二一節　　亦余心之所善兮　　雖九死其猶未悔。

朱註第二二節　　怨靈修之浩蕩兮　　終不察夫民心

朱註第二四節　　寧溘死以流亡兮　　余不忍爲此態也

朱註第二六節　　伏清白以死直兮　　固前聖之所厚

朱註第三一節　　忽反顧以游目兮　　將往觀乎四荒

朱註第三二節　　雖體解吾猶未變兮　　豈余心之可懲。

朱註第四四節　貼余身而危死兮

朱註第四八節　路曼曼其修遠兮

朱註第六四節　懷朕情而不發兮

朱註第六七節　何處獨無芳草兮

朱註第七二節　曰勉陞降以上下兮

朱註第八三節　及余飾之方壯兮

朱註第八五節　何離心之可同兮

朱註第九二節　僕夫悲余馬懷兮

朱註第九三節　國無人莫我知兮

　　覽余初其猶未悔。

　　吾將上下而求索

　　余焉能忍而與此終古

　　爾何懷乎故宇

　　求矩矱之所同

　　周流觀乎上下

　　吾將遠逝以自疏

　　蜷局顧而不行

　　又何懷乎故鄉　既莫足與爲美政兮　吾將從彭咸之所居

這樣地尋屈原主意底反復起伏的痕跡，恰如看草蛇灰線底隱見出沒同時一篇離騷三個字眼不可不知卽一怨字二死字三去字第一字眼「怨」，卽司馬遷所說「屈原之作離騷蓋自怨生」之「怨」一篇中多數的傷字哀字恐字懷字悲字悔字及長太息三字皆不過怨字底化身至結尾『僕夫悲余馬懷』一句卽其總收第二字眼「死」如曰九死曰溘死曰死直曰危死曰雖萎絶曰雖體解何懷乎故都曰將遠逝以自疏何懷乎故都曰將從彭咸之所居皆是。而結末『又何懷乎故都』一句回顧第六十七節『爾何懷乎故宇』結尾『吾將從彭咸之所居』一句照應

第十九節「願依彭咸之遺則」最有情致。第三字眼「去」不是去同姓之義，卻是欲去而不能去，他底苦心之所在第三十一節「將往觀乎四荒」第四十八節「吾將上下而求索」第六十七節「爾何懷乎故宇」第七十二節「勉陞降以上下」第八十三節「周流觀乎上下」皆是前後反復底所謂五步一反顧十步復徘徊，爲微子呢？爲箕子呢抑或爲比干呢甚覺躊躇而欲去不能去捨生而取死的彼底正義底大決心從起首「名余曰正則兮，字余曰靈均」二句出發而歸着於結尾「既莫足與爲美政兮吾將從彭咸之所居」二句，誰謂離騷之文無首尾呢？

五 離騷三（造句法與押韻法）

離騷底造句法與虞、夏、商、周底詩底句法有異。概屬六字句，句之中間用「而」「以」「與」轉接詞「之」接尾詞或「乎」「於」「于」前置詞以構成一種句法。不押韻的句之尾加入「兮」接尾詞這形式以離騷爲首九章（除懷沙橘頌）及遠游均是用此種形式宋玉底九辯東方朔底七諫嚴忌底哀時命劉向底九歎等所謂騷底正系皆取此種句法。而第一人稱卽以「余」『吾』主語置於副詞或形容詞之下，這是離騷底特徵例如「汨余若將不及兮」「耿吾既得此中正」「邅吾道天崑崙兮」「朝吾將濟于白水兮」『忳鬱邑余侘傺兮』『溢吾遊此春宮兮』「曾歔欷余鬱邑兮」之類卽是又於用字法稱楚王曰莖曰炎靈曰溢以人之德性比芳草，如江離、辟芷蘭蕙留夷揭車杜衡芙蓉菱荷木蘭宿莽荃薛荔苴申椒菌桂胡繩等是比瓊玉如玉虹瓊枝瑤象瑤瓊佩瓊靡

玉鸞、玉軑等是這是離騷的特色且於滿足義用憑字於吃難義用屖字於披被之義用屝字於繩索之義用紐字，手取之義用搴轉之義用邅歔息之詞用羌，皆取楚之方言，在字法方面是離騷底特徵。

離騷底押韻法概是隔句押韻的，以四句二韻為定則。例如詩經章之總數一千一百四十四章之詩，達三百八十二章之多占總數三分之一。可知古來詩人是慣用一章四句的詩的後世古詩長篇四句一轉的多。如五、七言絕句以四句為一章皆此意。明之陳云：「按離騷以六句為韻者一段，八句為韻者五段，十二句為韻者二段，餘皆四句為韻」也是以四句二韻為離騷底常式的。且其所謂六句為韻的焉知非二句之衍文或二句之脫文呢如「日黃昏以為期兮羌中道而改路」二句洪興祖已說是衍文。朱熹也在其下有『脫文』的辯疏而王邦采不取朱註而從洪註云：「少此二句，于文氣未嘗不貫」故予效朱熹把離騷底章節作為四句一節全篇分九十三節之例以離騷底押韻法為四句一解，全篇分九十三解，可以窺屈原時代底通韻範圍了。

第一解　　　　　第二解

庸　　降　　　　名　　均

第三解　　　　　第四解

能　　佩　　　　與　　莽

第五解　　　　　第六解

序　　暮　　　　度　　路

第七解　　　　　第八解

在　　茝　　　　路　　步

第九解　陰績　　　　　　　　第一〇解　武怒
第一一解　含故　　　　　　　第一二解　他化
第一三解　晦芷　　　　　　　第一四解　刈穢
第一五解　索妬　　　　　　　第一六解　急立
第一七解　英傷　　　　　　　第一八解　藁纑
第一九解　服則　　　　　　　第二〇解　艱替
第二一解　芷悔　　　　　　　第二二解　心淫
第二三解　錯度　　　　　　　第二四解　時態
第二五解　然安　　　　　　　第二六解　詢厚
第二七解　反遠　　　　　　　第二八解　息服
第二九解　裳芳　　　　　　　第三〇解　離虧
第三一解　荒章　　　　　　　第三二解　常懲
第三三解　予野　　　　　　　第三四解　節服
第三五解　情聽　　　　　　　第三六解　茲辭

第二編　楚辭考

第三七解 縱巷	第三八解 狐家
第三九解 忍隕	第四〇解 殃長
第四一解 差頠	第四二解 輔士
第四三解 極服	第四四解 悔醢
第四五解 當浪	第四六解 正征
第四七解 圖暮	第四八解 追索
第四九解 桑羊	第五〇解 屬具
第五一解 夜御	第五二解 下予
第五三解 佇妠	第五四解 馬女
第五五解 佩詁	第五六解 在理
第五七解 遷盤	第五八解 遊求
第五九解 下女	第六〇解 好巧
第六一解 可我	第六二解 遙姚
第六三解 固惡	第六四解 寤古

第六五解 之 第六六解 女汝
第六七解 宇惡 第六八解 疑異之佩
第六九解 當芳 第七〇解 疑異
第七一解 迎故 第七二解 同調
第七三解 媒疑 第七四解 擧
第七五解 央芳 第七六解 之輔
第七七解 留茅 第七八解 害
第七九解 長離芳 第八〇解 幃艾沬祇
第八一解 化下 第八二解 茲粮
第八三解 女疏 第八四解 行啾
第八五解 車翼 第八六解 流沫
第八七解 極期 第八八解 輿蛇
第八九解 待樂 第九〇解 馳蛇行
第九一解 邀 第九二解 鄉行

第二編 楚辭考

九三

第九三解 都居

當屈原之時還無韻書四聲之別始於沈約二百六韻之別始於陸法言離騷底押韻或如鄭庠分為六部呢？或如顧炎武分為十部呢？或如江永分為十三部呢？抑或如段玉裁分為十七部呢雖不得而詳但楚之發音與齊秦底發音不同樣不待智者而後知哩而且屈原底發音元是準據於楚之方音則離騷底押韻是四聲混用亦不足怪不但皋陶底元首歌平仄混用即詩經三百篇中亦多此例。秦漢以前無韻學者，因而天下無標準音安得獨詰屈原排斥楚辭呢？

六 九歌

九歌是屈原放浪於沅、湘之野時所作，為楚巫覡祀神時一種歌舞唱和的樂曲。楚之風俗從古信鬼神重祭祀，故懷王隆祭祀事鬼神欲以邀福助卻秦軍此事谷永言之尤其是沅、湘之邊最信鬼好祀其祀必使巫覡作歌舞音樂以樂神這是王逸、朱熹所共稱說的而其歌詞鄙俚往往流於褻慢淫荒，屈原依其俗調更定其歌詞而作九歌猶荀卿底成相篇依俚謠之調而革新其內容一樣。

九歌不必為九篇實有東皇太一雲中君、湘君、湘夫人、大司命、少司命、東君、河伯、山鬼、國殤禮魂十一篇，所以諸說紛紛莫衷一是。離騷及天問敘禹之子啓時有九辯及九歌。不知這九歌及九辯果是九篇與否。九夷九達九衢九

皐、旻、九原、九合、九折之九,未必限定數之九個。那末九歌之九意卽多數,可以說並不限九篇了。此說亦非無理。然宋玉底九辯以下九懷、九歎、九思等凡以九為題名的皆是九篇豈獨屈原底九歌為十一篇底總稱於是又有為使契合九歌之數起見,或把九歌之說是可以附屬於九歌之後或以山鬼、國殤、禮魂三篇合為一篇,王邦采駁擊之,故蔣驥底楚辭餘論云:「九歌本十一章,其言九者,蓋以神之類有九而名,兩司命類也,湘君與夫人亦類也,神之同類者所祭之時與地亦同,故其歌合言之。」可謂先獲我意,王邦采底九歌箋略云:「九章是九篇,九辯是九篇,何獨於九歌而異之,當是湘君、湘夫人只作一歌,大司命少司命只作一歌,則九歌仍是九篇耳。」見解亦與蔣氏同。

九歌底內容有表裏二面,表面敍事神的敬,裏面藏思君懷國的精忠。故王逸云:「上陳事神之敬,下以見己之冤結,託之以風諫。」朱熹云:「此卷諸篇皆以事神不答,而不能忘其敬比事君不合而不能忘其忠。」蔣驥云:「九歌之託意君臣在隱約卽離之際,若欲句櫛字比以求合之,則刋方為圓矣。」戴震亦很知屈原底心事,察九歌底微旨,故他曾說是昭誠敬而作東皇太一,懷幽思而作雲中君,蓋況事君之精忠致怨慕而作湘君、湘夫人,已為君所棄,猶如巫不為神所顧,正天而作大司命,言神之正直,惓惓欲與之親。懷王入秦不反而作東君,以見於秦有報復之心,欲從河伯而游作河伯;欲與魑魅為羣而作山鬼,閔戰爭之不已而作國殤,恐常祀之或絕而作禮魂。至於字句底解釋,王逸朱熹已殊其說,明清諸家亦各異所見,屈原底本旨果何所在苦難諒解哩。蓋本是俚謠更改之作,其

目的在使民庶理解故不能不斟酌避高雅而就卑俗然宋之馮夢楨受九歌之情韻說：「誠楚材之最珍逸聖之天籟」乃過褒之言。

九歌底句法比離騷比句短，而句之中間插入語助「兮」字這是與離騷不同的處所例「日月忽其不淹兮，春與秋其代序」「惟草木之零落兮恐美人之遲暮」是離騷底句法而「吉日兮辰良穆將愉兮上皇」「撫長劍兮玉珥璆鏘鳴兮琳琅」九歌底句法卻是如此。

七 九章

九章亦是屈原成於憂愁幽思之中的作品為惜誦、抽思、思美人、哀郢、涉江、懷沙、橘頌、悲回風、惜往日九篇。而予竊把橘頌一篇除外把遠遊一篇加入九章之中信為正當因為橘頌為後世詠物之祖其性質其句法與其他八篇特殊陳本禮所謂「橘頌乃三閭早年詠物之什以橘自喻且體涉於頌與九章之文不類」大獲我意。

九章不必是一時作，或作於頃襄王之時又其所作的地方不同，或在江南或在漢北惜誦作於懷王始疏屈屈原之際之作可謂在離騷以前抽思、思美人二篇亦是作於懷王之世其立言與哀郢以下六篇殊趣然王逸底離騷序云：「懷王客死於秦其子襄王復用讒言遷屈原於江南而屈原放在山野復作九章。」又九章之序亦云：「屈原放於江南之野思君念國憂心罔極故復作九章。」及註九章皆指懷王可謂粗漏以王逸底粗

滴，比較林雲銘惜誦一篇雖已爲懷王所疏然亦作於未放之時，抽思思美人二篇卻作於已被懷王所放在漢北的時候哀郢涉江等六篇是作於頃襄王時放於江南之後。蔣驥云：「余謂九章雜作於懷、襄之世，其遷逐固不皆在江南，卽頃襄王遷之江南而往來行吟亦非一處諸篇詞意皎然非好爲異也」頗得肯綮。

九章底格調除橘頌懷沙外皆與離騷同轍爲屈原獨得的句法。朱熹稱九章之詞云：「大抵多直致而無潤色，而惜往日悲回風又其臨絕之音以故顚倒重複倔強疎鹵尤憤懣而極悲哀讀之使人太息流涕而不能已。」陳本禮以九章之豁逐比離騷九歌更幽云：「離騷九歌，體若比興，然九章則直賦其事而凄音苦節動天地而泣鬼神」亦算是很能把九章底價值論定的了。

第三編 詩仙李白

一 他底鄉里

李白是一世底大才子，千古底大詩人，前少比擬，後少匹敵。而新舊二唐書撰他的傳過於粗略，僅李陽冰底草堂集序魏顥底李翰林集序范傳正底唐左拾遺翰林學士李公新墓碑劉全白底唐故翰林學士李君碣記及裴敬底翰林學士李公墓碑可窺知一斑。由來中國正史以政事為本位，如文學殆是看作末技的，故政事家底閱歷無不詳細地敍述，然如詩人學者概為合傳或入於文苑傳中或入於儒林傳中可憐如李白的大詩人他是何處人尚不能確定，諸說紛紛或以他為山東人，或以為金陵人，或以為西域人，或以為隴西人，或以為廣漢人，或以為蜀人，或以為綿州人，綿州在成都東北三百五十里，在三國時代雖歸蜀之版圖，然在漢卻屬於廣漢郡，在唐隸屬於劍南道稱為巴西郡，新唐書底本傳說：神龍初自西域遁還客寓巴西，劉全白云：「君名白廣漢人」魏顥云：「白本隴西乃放形因家於綿」皆以為蜀人這是一致的只曰山東曰金陵曰西域曰隴西等說不得不略為辯明。

（一）山東說　唐才子傳南部新書及舊唐書並以李白為山東人顧他在山東前後二回前回是天寶初他從稽會入長安以前游於齊魯後回是他一度入宮中不合而去復入齊魯在徂徠山中的竹溪與孔巢父、韓準、裴政、

張叔明、陶沔相遊，爲所謂竹溪六逸之交。故杜甫所作的蘇端薛復筵簡薛華醉歌云：「近來海內爲長句，汝與山東李白好」元穨底杜工部墓誌銘序云：「是時山東人李白亦以奇文取稱」皆僅是舉他底流寓中的地名。白東西南北之人也，今更無追求他底鄉貫的必要，即因流寓之地而言的。

（二）金陵說　李白上安州裴長史書云：「白本家金陵，世爲右姓遭沮渠蒙遜難奔流咸秦因官寓家少長江漢，」這是金陵說之所由出。然沮渠蒙遜是西北塞外的豪酋累世家金陵爲右姓的其遭難流入於秦決不能承認按白之九世祖李暠字玄盛隴西成紀人，在北魏之世爲秦涼二州牧及其子李歆嗣之爲沮渠蒙遜所滅歆之子重耳脫身奔江左仕宋後歸魏爲弘農太守所謂本家金陵世爲右姓二語及少長江漢一語皆不可通因爲遭沮渠蒙遜之難出奔的居於隴西卻不在金陵，故胡應麟續筆叢云：「李玄盛之世南北瓜分已久，卽云先世金陵後遷隴蜀亦萬萬不通」於是王琦以爲從本家金陵至少長江漢的二十餘字必有缺文訛字不然就是「金陵」二字是「金城」之謬這也許是的且江漢二字亦或者亦廣漢之訛。

（三）西域說　新唐書本傳云：「其先隋末以罪徙西域」這是西域說之所由出而王琦底李太白年譜云：「當隋之末其先世以事徙西域隱易姓名故唐興以來漏於屬籍」這是因襲新唐書的記事的然白先世在西域決不始於隋末從漢魏時代已然。

（四）隴西說　李白與韓荆州書云：「白隴西布衣，」李陽冰草堂集序云：「李白字太白，隴西成紀人。」然

而李白非生長於隴西的魏顥底李翰林集序云：「白本隴西，乃放形因家於綿」他實是蜀人然他自稱為隴西布衣則是本先世之望族而言的已如所敍他底九世祖李暠，不僅在隴西成紀而且他底二十五世祖漢前將軍李廣在漢書本傳云：「李廣隴西成紀人」則他底先世居於隴西實是西漢以後之事然他底父逃隴西流寓於蜀，卜居於綿州綿州有縣曰彰明彰明有鄉曰青蓮這是李白底生地為青蓮居士之號所自出青蓮有大小康山大康山是李白讀書之處杜甫底贈李白詩「康山讀書處頭白好歸來」解者不察或以為是匡山或以為是廬山皆非要之他是蜀人生於蜀故他上安州裴長史書稱司馬相如為鄉人相如以相如為蜀成都人耳開元八年禮部尚書蘇頲出為益州長史時他甫二十歲好擊劍事任俠蘇頲一見他說：「是子天才英特少益以學可比相如」可知與其說是文學寧說偏於武俠的他雖空抱四方之志然至年二十止還是蟄居於蜀之邊陬的

二 他底天才

李白底天才豪放不為物所羈束不屈從於人能超脫於富貴功名之外有似古之莊周然周之矯激時見圭角，不如他底圓通自在李白底歌詩俊逸筆端開花紙上點綴金玉有似司馬相如的處所然相如底遲巧含筆腐毫不如他底斗酒百篇故文至莊周賦至相如詩至李白皆是天才之極致而可謂神化之妙技哩徐增底說唐詩云：李白底蜀道難與莊周底逍遙遊同予亦做甓說：莊周底逍遙遊與相如底子虛上林一致；相如底子虛上林與李白底蜀

道難梁甫吟夢遊天姥吟同工。徐增又說「作古詩長篇須讀莊子、史記」，杜甫底歌行純學史記，李白底歌行純學莊子，這是中肯之談他底大鵬賦實是擬莊子底逍遙遊的，又他在鄉之日愛讀鄉人相如底子虛賦奢戀齊楚底風物，一度辭親遠遊駐足於楚凡三年南窮蒼梧遊雲夢去入齊魯上泰山臨東海從而可知了他底上安州裴長史書「仗劍去國辭親遠遊南窮蒼梧東涉溟海見鄉人相如大誇雲夢之事云楚有七澤遂來觀焉」又他底送從姪耑遊廬山序「余少時大人令誦子虛賦，私心慕之及長南遊雲夢覽七澤之壯觀」即此，故他底大獵賦是擬相如子虛上林的即李白之於莊周相如蓋夙是所私淑的哩。

推獎李白天才非凡的，前有蘇頲後有賀知章蘇頲始見他說：「是子天才英特少益以學可比相如」，蘇頲底眼識把他比擬相如使他從遊俠生活轉入詩人生活實是由此種忠告賀知章一見他於逆旅奇其風骨云：「公非人世之人太白之精也」及見他所作的蜀道難又稱揚他為天上謫仙人及誦烏棲曲而又賞歎為此簡直可以泣鬼神顧當時稱他為太白星之精他自名為白字太白許是取了詩壇明星的意義吧而新唐書及唐才子傳云「白字太白母夢長庚星而誕因以命之」這是擬老子生時其母感大流星而娠的傳說的。李陽冰底草堂集序云「復指李樹而生伯陽驚姜之夕長庚入夢故生而名白以太白字之」唐底宗室以李為氏以老子為祖先故欲以李白為唐室支族的，輒把李白底誕生與老子底誕生同一化此豈詩仙之所與知耶又天寶遺事及唐才子傳云：「白十歲通五經自夢筆頭生花」他日其詞華筆彩烜赫天下照耀百世的事實因而遂把他底幼時預言的識化了且當

時李白有粲花之評亦不過稱揚他底天才粲然如春花而已。故徐增（說唐詩）把他比杜甫王維以他為天才，地才，維為人才；論者或以他比白居易李賀以白為天才之絕居易為人才之絕賀為鬼才之絕（海錄碎事）皆以他底詩以飄逸勝甫底詩以沈鬱勝維底詩以閑雅勝居易底詩以坦夷勝賀的詩以詰屈勝楊慎又把他比陳子昂說他是矖風雅之絕麟陳子昂是懸文宗之正鵠（四川總志序）嘗以他為古今之詩聖陳子昂為海內之文宗（周受菴詩選序）以外楊慎底升菴外集云：「莊周李白神于文者也非工于文者所及也文非至工則不可為神然神非工之所可至也」顧璘底息園存稿云『文至莊詩至太白草書至懷素皆兵法所謂奇也正有法可循奇則非神解不能及。」

三　他底任俠

論到他底性格他在擬恨賦裏說：「僕本壯夫慷慨不歇」劉全白說：「倜儻好縱橫術」范傳正說：「瓌奇宏廊，拔俗無類」又說：「慷慨自負不拘常調」劉昫說在舊唐書底本傳說：「志氣宏放」故他自幼好任俠有四方之志，年十五而修劍術二十而懷縱橫之策欲徧干諸候仗劍去國辭親遠遊雖身長不滿七尺而心雄萬夫所至倚意氣重然諾輕財好施常為人急而不敢自為嘗遊揚州時不逾一年散金三十餘萬落魄公子悉皆濟之又遊楚時，友人吳指南死於洞庭之上他伏屍慟哭泣盡而繼之以血逐權葬指南於湖側後數年又營葬於鄂城之東行路見

者聞者悉皆傷心又嘗遊幷州時郭子儀在行伍犯法他見之於哥舒翰坐中云：「此壯士目光如火照人不十年當擁節旄」脫其刑署爲牙門將故異日他坐永王璘之事繫潯陽之獄，郭子儀欲報其恩請以官爵贖白之罪，白因而免死流於夜郎。

李白非智人非情人意氣軒昂不受千金不慕爵祿出門萬里不懷鄉許國，一心不顧家然諾，輕身命白晝殺人不爲不義曉挾彈逐飛鳥暮入花柳臥紅樓這是青年時代的他底理想故他平生攜妓遊東山不但欽仰謝安底一度爲蒼生出而於談笑之中靖國難云：「嘗聞謝安石，攜妓東山門楚舞醉碧雲吳歌斷清猿暫因蒼生起談笑安黎元余亦愛此人丹霄冀飛翻。」而且對於生來一字不識只以遊獵誇趫捷的邊兒亦愛慕其猛風與英風說：「儒生不及遊俠人白首下帷復何益」（行行且遊獵篇）況對魯仲連而云

齊有倜儻生魯連特高妙明月出海底，一朝開光曜卻秦振英聲後世仰末照；意輕千金贈，顧向平原笑吾亦澹蕩人拂衣可同調〈古風〉

對張良云：

子房未虎嘯破產不爲家，滄海得壯士椎秦博浪沙。報韓雖不成，天地皆振動潛匿遊下邳豈曰非智勇我來圯橋上懷古欽英風唯見碧流水曾無黃石公歎息此人去蕭條徐泗空。〈經下邳圯橋懷張子房〉

對酈食其云：

君不見高陽酒徒起草中長揖山東隆準公入門不拜騁雄辯兩女輟洗來趨風東下齊城七十二，指揮楚漢如旋蓬狂客落魄尚如此何況壯士當羣雄。 梁甫吟

對荊軻云：

荊卿入秦，直度易水長虹貫日寒風颯起，遠讎始皇擬報太子奇謀不成憤惋而死。 擬恨賦

對侯嬴朱亥云：

閑過信陵飲，脫劍膝前橫，將炙啖朱亥，持觴勸侯嬴。三杯吐然諾，五岳倒為輕眼花耳熱後，意氣素霓生，救趙揮金搥邯鄲先震驚千秋二壯士烜赫大梁城縱死俠骨香不慙世上英誰能書閣下白首大玄經。 使客行

對高漸離云：

燕南壯士吳門豪筑中置鉛魚隱刀，感君恩重許君命，太山一擲輕鴻毛。 結襪子

其他對於豫讓郭槐鄒衍劇辛樂毅項精韓信諸葛亮等均有同情因為諸人皆起自布衣，能馳騁英名於一世的緣故。如他底詩中將進酒云：『天生我材必有用千金散盡還復來烹羊宰牛且為樂會須一飲三百杯』少年行云：『府縣盡為門下客，主侯皆是平交人男兒百年且樂命何須狗書受貧病男兒百年且榮身何須狗節甘風塵衣冠半是征戰士窮儒浪作林泉民」皆可謂他底心畫。

昔者韓非論儒俠云：「儒以文亂法而以武犯禁。」李白既以俠自任，故對於儒不但常以揚雄為迂闊，而且嘲

魯儒云：「魯叟談五經，白髮死章句；問以經濟策，茫如墜煙霧。」天寶初他被召於金鑾殿上，見玄宗論當世之務辯如懸河應命草書一篇不曾起稿援筆立成玄宗嘉之，親和羹賜食將大用這是因爲他有俠骨而非儒風夙好縱橫之術能建經濟之策呢！

四　他底仙風道骨

身生長於蜀，在山看慣了峨眉、劍閣、玉壘天門底連峰疊嶂，在水飽覽了錦江平羌江巴峽巫峽底奔湍走壑的，有四方之志，一面以縱橫之策徧干諸侯同時一面爲自然愛所驅，熱戀着山水之美他底詩「心愛名山遊身隨名山遠」（金陵江上遇蓬池隱者）全是流露這種的心境的。故他出鄉登臨洞庭廬山彭蠡九疑雲夢會稽天台泰山徂徠山龍門，太白欲神遊於八極之表英雄回首卽神仙這是他底思想所以由任俠一變而離俗界絕俗人訪神仙於深山窮谷耗壯心排霸氣飄飄遊於無窮哩。故范傳正底翰林學士李公新墓碑云：「公好神仙非慕其輕舉欲耗壯心遺餘年也。」

他底私淑老莊雖是養成他的出世間的思想的緣因然他所師事的有東嚴子持盈法師高夫師，他所交友的有道士司馬承禎吳筠元丹邱賀知章等，也是使他歸依於道家底神仙思想的所以。一東嚴子本名趙蕤字太賓梓州人。自幼有氣節，不就徵辟隱於岷山之陽號東嚴子爲人任俠善爲縱橫之學嘗著書十卷曰長短經李白從之學，

歲餘足不入城市養奇禽以千數呼之皆集掌而食不稍驚疑郡守聞而異之親詣廬視二人舉有道並不應。白之上安州裴長史書云：「昔與逸人東嚴子隱於岷山之陽白巢居數年不跡城市養奇禽千計呼皆就掌取食了無驚猜。廣漢太守聞而異之詣廬親觀因舉二人以有道並不起」即指此事後白雖去而遊成都然他的感染道家神仙思想，蓋以此爲嚆矢。故他嘗在淮南時臥病寄懷趙蕤淮南臥病書懷寄蜀中趙徵君蕤之作卽是以此亦可見他們師弟底情誼了。新唐書本傳云：「白晚好黃老」實是錯的。二、持盈法師玉眞仙人詞又有玉眞公主別館苦雨的詩皆極元年出家爲道士，築觀於京師居之。而天寳三年更賜法號曰持盈法師，白亦因之入翰林名動京師。顧白因玉眞於天寳的魏顥底李翰林集序云：「白久居峨眉與丹邱相識亦在是時他嘗作玉眞仙人詞，白與元丹邱都是睿宗之女玄宗之妹太初入京師之際，許是吳筠底紹介吧！他與丹邱因持盈法師達，持盈法師法號曰持盈法師本名曰玉眞爲睿宗之女玄宗之妹太稱玉眞不稱持盈，則他底爲玉眞所知是在天寳三年賜持盈法號以前可知了。新唐書以持盈爲字是錯了的。三、高夫師他由讒辭宮中去之後往就他底從祖陳留採訪大使彥允，請北海高夫師受道籙於齊，詳見李陽冰底草堂序。魏顥底李翰林集序也說「曾受道籙於齊。」蓋李白將東歸蓬萊，仍羽人駕丹邱而新舊二唐書不載此事可謂疏漏。四、司馬承禎承禎字子微河內人遍遊名山廬於天臺不出睿宗召而問道固辭還山時朝士送以詩有百餘八宋之問底送司馬道士還天臺的詩載在唐詩選李白嘗遊江陵見子微時子微評白稱白詩有仙風道骨底大鵬序云：「余昔於江陵見天臺司馬子微，謂余有仙風道骨可與神遊八極之表。」卽此。五、吳筠天寳之初，李白遊

會稽於剡中一見吳筠，即如舊識及筠被徵，赴長安以白薦於玄宗；故白被召入京師，為翰林待詔，筠之力居多。筠字貞節華陰人性鯁直嘗舉進士不登第隱居南陽為道士及其被召而至京師，獻玄網三篇玄宗問以道對云：「深於道者唯老子五千言其餘徒費紙札耳」復問以神仙冶鍊之術對云：「此野人之事非人主所宜留意」帝悅而不大重視筠知天下將亂切請還嵩山詔為筠立道觀大歷中卒有詩集十卷權德輿為作序六元丹邱漢東紫陽先生底弟子李白始見丹邱於持盈觀中意氣投合二人情誼之厚不止天倫而已而丹邱最愛丘壑之美或往來於華山、嵩山於松風中清其衣襟、或卜居於潁陽淮陽於石潭中洗其心耳白常作詩遙為寄懷故白之集中寄丹邱之作有西岳雲台歌送丹邱子元丹邱歌開丹邱子營石門幽居潁陽別元丹邱以詩代書答元丹邱酬岑勛尋元丹邱對酒相待以見招與元丹邱方城寺談玄尋石門山中元丹邱觀元丹邱坐巫山屏風題元丹邱潁陽山居題元丹邱潁陽山居題嵩山元丹邱山居等十餘首其中如聞丹邱子營石門幽居之作云：「自矜林湍好不羨市朝樂偶與真意並頓覺世情薄爾能折芳桂吾亦採蘭若拙妻好乘鸞嬌女愛飛鶴提攜訪神仙從此鍊金藥」是敍其舉家以成初志與妻女提攜欲訪神仙鍊仙家之金丹的他的真情的他日他底妻許氏尋女道士李騰空於廬山以學仙術，不魂雖飛來會面不可得疇昔在嵩陽同衾臥義皇綠蘿笑罄紈丹壑賤嚴廊」是敍其兩身一心以軒冕為泥土眷戀丘壑的態度的又如「久欲入名山婚娶殊未畢人生信多故世事豈惟一念此愛如焚然若有失」是為了子女底嫁娶未畢而憾己之棲遁之宿志不能實現的又題嵩山元丹邱山居之作云：「自矜林湍好不羨市朝樂偶與真

第三編 詩仙李白

一○七

過此種詩意底實現而已七、賀知章字季眞會稽人性曠放而善談說陸象仙嘗語人云：『季眞清談風流吾一日不見則鄙吝生矣』證聖之初擢進士累遷太常博士禮部侍郎太子右庶子太子賓客祕書監天寶三年因疾辭官請還鄉爲道士玄宗許之親作詩送他底行詔供帳東門外使百僚祖餞於長樂城李白底送賀監歸四明應制之作，就是這時所作的玄宗御製的詩序云：『天寶三年太子賓客賀知章鑒止足之分抗歸老之疏解組辭榮志期入道朕以其鳳有微向年在遲暮用循挂冠之事俾遂赤松之遊正月五日將歸會稽遂餞東路乃命六卿庶尹太夫供帳青門寵行邁也豈惟崇德尙齒抑亦勵俗勸人無令二疏獨光漢册』可謂把當時事情敍述盡致了然知章的風流，神仙味未必是天寶三年他解綬挂冠之時爲始前所敍的陸象先底季眞清談風流一語蓋把開元以前的季眞描出了李白底送賀監歸四明應制云：『久辭榮祿遂初衣曾向長安說息機』亦是敍過去的賀監的這樣生來有神仙味的知章與鳳有仙風道骨的李白一見而意氣相投呼白爲謫仙人解金龜換酒亦是當然的了故李白之詩有送賀監歸四明應制送賀賓客歸越對酒憶賀監二首及重憶等作可以卜知二人底情好了其他如楊山人、蔡山人、范山人高山人岑徵君盧徵君皆有仙骨是鳳與李白結交的。

李白旣受師友底感化養成一種神仙氣度然他少時巳愛讀老、莊、使他逍遙地起了一種超脫俗界的意志尤其是彼以老子爲己之祖先由其古風五十九首中第二十九云：『仲尼欲浮海吾祖之流沙』很可知道旣已以老子爲其祖先則他愛讀五千言僅是從祖先崇拜底意志欲遵奉其祖先底遺著遺訓而已這是使他與那宗仰深於

道者唯老子五千言的吳筠意氣投合的所由故他底集中鼓吹神仙思想的多。古風五十九首中第四、五、七、十一、十二、二三、二七、二九、三二、三五、二八、三〇、三一、三三、四十、四一、四二、四三、四五、四九首飛龍引二首懷仙歌贈參寥子贈饒陽張司戶燧贈郭季鷹贈盧徵君昆弟贈嵩山焦鍊師贈張公洲革處士登敬亭山南望懷古送韓準裴政孔巢父還山送蔡山人送楊山人歸嵩山送范山人歸泰山送岑徵君歸鳴皋山白雲歌送友人至陵陽山登天柱石訓韓侍御見招隱黃山送內尋廬山女道士李騰空二首及遊泰山六首等諸作皆是發露他底仙風道骨的作品其他如悲清秋賦『歸去來兮人間不可以託些吾將採藥於蓬邱』金陵歌送別范宣『送爾長江萬里心他年來訪南山皓』早秋贈裴十七仲堪『時命若不會歸應鍊丹砂』贈崔郎中宗之『願隨夫子天壇上閒與仙人掃落花』魯郡堯祠送竇明府薄華還西京『時哉苟不會草木為我儔希君同攜手長往南山幽』寄王屋山人孟大融『朝遊明光宮暮入閶闔關;清論既抵掌玄談又絕倒。』亦可以見他底仙才了。故崔宗之贈李白的詩云:『李侯忽來儀把袂苦不早』贈崔郎中宗之『爾向西秦我東越暫向瀛洲訪金闕』訓崔五郎中『李白放還之後,嘗乘舟與崔宗之從采石至金陵。著錦袍於舟中,顧瞻笑傲旁若無人的他底態度真是天上謫仙人,有似羽化而登仙了。而崔宗之亦是頗有神仙味的。故李白的詩云:『祇應風骨峨眉姤不作天仙作水仙』,就是傷謫仙之仙去而不復返的。邱滿船』,就是寫他底諷仙人的情景的。又『錦袍日進酒一斗采石江空月薩天錫底采石懷太白詩云:『此翁自是太白精星月自合相隨行,當時落水非失腳,直駕長鯨歸紫清至人雖死神不濟底過采石弔李白詩云:

滅，終古長庚伴月明。』否定李白醉捉水中之月而溺水死的俗間傳說，而直謂其騎長鯨以歸於上天的。

五 酒中之仙

李白有仙骨仙才無論何人無異論然評他為仙風道骨可謂為謫仙人亦可其稱曰酒中之仙是最適切能道盡他底性行的了。蓋以飲酒為仙的因當時飲中八仙之語為李白、賀知章、崔宗之等八人底以飲酒忘禮法同時放浪形骸的形容詞。杜甫飲中八仙歌評李白云：『李白一斗詩百篇長安市上酒家眠天子呼來不上船自稱臣是酒中仙』可知酒中仙一語本來是李白底自稱了。崔成甫贈李十二云：『天外常來太白老，金陵捉得酒仙人』亦是以李白為酒中之仙的。

李白贈內詩云：『三百六十日日日醉如泥』把酒仙底態度赤裸裸地說出了故他集中月下獨酌云：『天若不愛酒酒星不在天地若不愛酒地應無酒泉；天地既愛酒愛酒不愧天』。這是敍他對於酒的主張的又云：『三盃通大道一斗合自然但得醉中趣勿為醒者傳』這是描醉聖底心事的。將進酒云：『鐘鼓饌玉不足貴但願長醉不願醒古來聖賢皆寂寞唯有飲者留其名』這是寫他底不羨富貴不希聖賢只願長醉不願醒的素懷的。襄陽歌云：『百年三萬六千日一日須傾三百杯』將進酒云：『烹羊宰牛且為樂會須一飲三百杯』這是寫他底飲酒之量三百杯的。故他以死後千載之名比較更樂生前一杯酒詩賦萬言不值清酒一杯於送別時欲縱酒以盡歡於留

別時欲舉杯而消愁，於行旅時，於閒適時，於待詔翰林時，於放浪江湖時無論日夜無論寢覺只是要傾金罍酌美酒，蓋有酒則在客中也不知客愁這是酒仙底特徵「但使主人能醉客，不知何處是他鄉。」(客中行)二句就是這個意思試翻他底集子在詩方面一誦其將進酒、襄陽歌、江上吟月下獨酌四首春日醉起言志對酒客中行等篇在文方面一讀其春夜宴桃李園序則他底兼備詩仙與酒仙怎樣地發揮醉狂美可知哩！

李白耽溺於酒雖是他底天性然亦是在他底任俠時代，基因於縱橫計不就的不平。他由任俠一變而為神仙，他是為了這種不平他由劍客一變而為詩人亦是由於這種不平。故他底親麴蘗逃於昏迷未必是在徂徠山為竹溪六逸之交時開始飲中八仙之遊不是在長安翰林待詔的時候嗎？他底縱酒耽於酕醄未必是因為畏罪禍恐其顛踣他底寵任時代呀！就是他登庸的最初呀故李陽冰的草堂集云：「同列害能成謗格言不入帝用疏之公乃浪跡縱酒以自昏」又云：「與賀知章崔宗之等自為八仙之遊公謫仙人朝列賦謫仙之歌凡數百首多言公之不得意。」又沈光底李白酒樓記云：「太白既峭訐矯時不得大用流斥齊魯眼明耳聰，恐貽顛踣，故狎弄杯觴沈溺麴蘗耳，」皆是不知太白底心事的。

他嘗在任城縣構酒樓日與同志親眤杯觴。故作李白酒樓記及太白酒樓詩的唐沈光底李白酒樓記以下在元有趙孟頫底太白酒樓詩陳儼底重修太白酒樓記，在明有劉基、王世貞底太白酒樓詩在清有汪琬底李太白酒

樓歌，濟寧太白樓詩王士禎底雨中登太白樓詩及趙執信底太白酒樓歌。其他元、明時代劉楚、趙弼、陳中孚、宋槃、周權、趙文輝、陸深、居應峻、莫如忠、鄺堯齡等，皆作過太白酒樓底文詩，很能寫出醉李白底狂態宜乎醉李白之圖與李白看瀑之圖夙爲無聲的詩家的畫題哩。天寶遺事云：『李白嗜酒不拘小節，然沈酣中所撰文章未嘗錯誤，而與不醉之人相對議事，皆不出太白所見，時人號爲醉聖』即稱爲酒中之仙，同時又稱他爲詩中之仙。

六　詩中之仙

李白不但有仙骨、仙才、仙風，他又有一管仙筆，故有酒仙之稱的他，一方又有詩仙之稱。所謂詩仙不是說他底詩發表神仙思想的多，乃是說他底筆致飄逸，無一篇不出人之意表，而有一種清新輕妙羽化登仙之趣，故不但嚴羽底滄浪詩話以他比李賀，稱他爲天仙之詞，賀爲鬼仙之詞，而且宋祁稱他爲仙才，賀爲鬼才(文獻通考)明之余紹祉以他比王維，稱他爲詞府之飛仙，維爲騷壇之古佛。(晚聞集堂)論者又或以他比王維孟浩然杜甫李賀，以他爲飛仙語，王維爲佛語，孟浩然爲菩薩語，杜甫爲聖語，李賀爲鬼語。(居易錄)而王士禎以他比杜甫王維，至稱爲詩仙，甫爲詩聖，維爲詩佛，天下論遂定了。

以他底詩與杜甫所作比較，白之飄逸能樂自然超脫俗界，而甫之沈鬱常原人情以敘人事。白是愛山川草木而從側面以觀察事物的理想派、傳神派，甫是思慕君國與妻子從正面以觀察事物的現實派、寫實派。比方白之詩

如南畫,甫之詩如北畫。而二者俱包藏着不得志的不平與隱憂則一只白之悲觀雖一變為享樂主義,然甫之悲觀卻徹頭徹尾以血與淚斐然成章試以白之月下獨酌與甫之獨酌成詩比較以白之遊泰山與甫之望嶽對照白之送韓準裴政孔巢父與甫之送孔巢父謝遊江東兼呈李白比較白之將進酒及襄陽歌與甫之醉時歌及醉歌行對照白之與夏十二登岳陽樓甫之登岳陽樓比較白之蜀道難與甫之北征對照白之魯郡東石門送杜二甫及沙邱城下寄杜甫與甫之春日憶李白及天末懷李白比較則可知詩仙與詩聖底着意着筆甚有徑庭哩。

特別在敍景方法上李杜二人描寫泰山底風光云

敍景一 ｛ 李白 ｛ 平明登日觀舉手開雲關精神四飛揚,如出天地間。《遊泰山》
　　　　　　　長松入霄漢遠望不盈尺山花異人間,五月雪中白。《遊泰山》

　　　　杜甫 ｛ 造化鐘神秀陰陽割昏曉盪胸生層雲決眥入歸鳥會當凌絕頂,一覽衆山小。《望嶽》

前者見天才之絕後者見地才之絕前者是出世間的觀察後者是世間的觀察又二人同描蜀之山水云:

敍景二 ｛ 李白 ｛ 山從人面起雲傍馬頭生。《送友人入蜀》
　　　　　　　蜀道之難難於上青天。《蜀道難》
　　　　　　　黃鶴之飛尚不得過猿猱欲度愁攀緣。《蜀道難》
　　　　　　　連峰去天不盈尺枯松倒掛倚絕壁。《蜀道難》

第三編　詩仙李白

一一三

前者是傳神派，是側面觀察後者是寫實派，是正面觀察又如敍情詩二人同有獨酌的詩：

杜甫──｛
  連山抱西南石角皆北向，兩崖崇墉倚刻畫城郭狀｝劍門
  錦江春色來天地玉壘浮雲變古今｝登樓
  江天漠漠鳥雙去風雨時時龍一吟｝灩澦
  江間波浪兼天湧塞上風雲接地陰｝秋興八首

李白──｛三月咸陽城千花晝如錦誰能春獨愁對此徑須飲窮通與修短造化夙所稟一樽齊死生，萬事固難審醉後失天地兀然就孤枕不知有吾身此樂最爲堪。｝月下獨酌

杜甫──｛燈花何太喜酒綠正相親醉裏從爲客詩成覺有神兵戈猶在眼儒術豈謀身苦被微官縛，低頭愧野人｝獨酌成詩

前者是樂觀，一死生放擲萬事醉後忘天地且忘吾身，而後者則屬悲觀，醉中尚憂國事，論及儒術。二人同有贈人的詩。

敍情二

李白──｛李白乘舟將欲行，忽聞岸上踏歌聲，桃花潭水深千尺，不及汪倫送我情。｝贈汪倫

杜甫──｛錦城絲管日紛紛半入江風半入雲，此曲祇應天上有，人間那得幾回聞。｝贈花卿

前者以氣韻勝神韻縹渺；而後者以議論作成，特別巧於諷刺，而風神索如。焦竑激賞甫贈花卿之作云：「公之

絕句百餘首此爲之冠。」仇兆鰲更稱之「雖太白少伯無以過之」予卻不能首肯況李白底早發白帝城、黃鶴樓送孟浩然望廬山瀑布望天門山峨眉山月歌秋浦歌蘇台覽古越中懷古諸絕句是詩仙獨得之妙技到底非詩聖所能企及的若使予無忌憚的批評則

朝辭白帝彩雲間千里江陵一日還兩岸猿聲啼不住輕舟已過萬重山。_{早發白帝城}

一首可謂絕句底神品通篇僅表示峽流之急如矢的快感不拘泥事實而把天下的絕勝理想化豈非詩仙的妙技嗎？

故人西辭黃鶴樓煙花三月下揚州孤帆遠影碧山盡唯見長江天際流，_{黃鶴樓送孟浩然}

一首情中有景景中有情送煙花三月下揚州的故人固是情而煙花三月四字正時景底表現長江湯湯流於天際是實景而載故人的一片孤帆遠遠地沒影於碧山之間蕭然獨立而注目友情之濃厚可以想見了。

日照香爐生紫煙遙看瀑布掛長川飛流直下三千尺疑是銀河落九天。_{望廬山瀑布}

一首是後世李白看瀑圖之所由出飛流直下三千尺固僅是望中想像之言疑是銀河落九天之一句奇想寶從天外飛來非天上謫仙入到底不能說出的。

峨眉山月半輪秋影入平羌江水流夜發清溪向三峽思君不見下渝州。_{峨眉山月歌}

一首題爲峨眉山月歌然形狀山月僅用半輪二字其月爲半月抑爲滿月其時刻爲初更或三更卻不曾明言且敍

月光不言天上的明月星稀，不狀峽間的山高月小，纖而紋水中之流影然不點出金波瀲瀲的光景，而述其發清溪向三峽下渝州止徒然思月而不得見的情景其辭在月其意在這兩岸底斷崖絕壁不復見月峽愈蹙而湍愈奔溢的眞有鏡花水月的妙趣其他如秋浦歌底白髮三千丈緣愁似個長徒執着丈尺的俗輩皆驚異身長不滿七尺的李白自無三千丈的白髮之理這不唯不知詩仙且不足與言詩哩杜甫亦於古栢行云：「霜皮溜雨四十圍，黛色參天二千尺」四十圍卽七尺以七尺之幹有二千尺之高未免太細長了吧！沈存中以此譏之，而遯齋閒覽及王直方詩話俱嘲存中評爲不足與語詩哩。

世人或對酒仙看詩仙不以仙眼而以俗眼，不以神識而以俗識，一是王安石在太白集中譏其寫酒與婦人的多，一是蘇軾在李太白碑陰記毀太白失節於永王璘。前者以倫理眼對酒仙後者以大義名分論律詩仙然古來詩人飲酒的多，不獨李白爲然，陶淵明亦然阮藉亦然故飲酒未必傷詩人底人格儒家底元祖孔子也飲酒而不及於亂。顏子平生亦樂一瓢之飲。好色亦是國風詩人以下的常習攜妓遊東山管之謝安就是太白理想中的人物孟子亦有食色性也的話禮記亦云：「飲食男女人之大欲存焉」可知好色亦並非詩人之恥哩。以多寫酒與婦人疑李白之人格，不但不知李白而且不知詩人又詩人輕薄而反中庸的多，魏文帝底典論及顏之推底顏氏家訓已例舉出來了，顧李白之屈從永王璘固是因永王底脅迫，然亦可說是他在青年時代自善自任的遊俠的餘熱底再燃蘇軾以沈毀詩仙亦是不知詩人之甚者。蔡寬夫詩話云：「太白豈從人爲之亂者哉！蓋其學本出縱橫以氣俠自任，當

中原擾攘時，欲藉之以立奇功耳』此說可謂先得我心。功成不受賞心中輕千金之贈；此他所以欽仰魯仲連底高風哩。

七 他底交友

他底交友中有飲中八仙，卽賀知章、李適之、汝陽王璡、崔宗之、蘇晉、張旭、焦遂有竹溪六逸卽孔巢父、韓準、裴政、張叔明、陶沔以外有道士司馬承禎、吳筠、元丹邱等又有詩人杜甫、孟浩然、王昌齡、賈至等無不是他底酒敵詩友。就中司馬承禎、吳筠、元丹邱、賀知章底性行已在前第四節敍過了。故予先於八仙中除開賀知章及李白而敍其他六仙。八仙底傳記雖載在新舊唐書，然皆有疏漏之憾。一李適之嗜酒常集賓友飲一斗而不致於亂夜耽燕樂裁決公務。天寶元年代牛仙客爲左丞相善文章能制誥當時以他底文比王維底詩說：『朝廷左相筆天下右丞詩』而李林甫爭權。天寶五年罷相爲太子少保益與親知歡會賦詩云：『避賢初罷相樂聖且啣杯爲問門前客今朝幾個來』。這是杜甫之歌所以有『左丞日興費萬錢，飲如長鯨吸百川啣杯樂聖稱避賢』之句哩其年七月被貶爲宜春太守仰藥而卒。二汝陽王璡是寧王憲之長子睿宗底皇孫封爲汝陽郡王開元之末遊齊、趙數年流連忘返天寶三年終父喪特進襲寧王天寶九年卒杜甫底贈特進汝陽王二十韻及贈太子太師汝陽王璡二首把王之才華辭藻好客豪飲的態度如實寫出來了。王嘗入朝拜謁帝醉不能下殿帝命掖出璡謝云『臣以三斗壯膽不覺至此』這是

杜甫之歌所以有『汝陽三斗始朝天』之句哩。三、崔宗之，齊國公崔日用之子，學博詞高才氣聲華，一時冠絕。開元中仕爲起居郎，後從尚書禮部員外郎遷本司郎中以右司郎中卒。李白贈崔郎中宗之之月夜江行寄崔員外宗之詩中憶崔郎中以卜知宗之底風神與他們二人底情好了。四、蘇晉是蘇珦之子夙有穎才以後來的王粲見稱先天中舉進士爲中書舍人玄宗底國之後所下制命多晉之筆信任頗厚歷戶吏二部侍郎開元二十二年以太子庶子卒傳言晉學浮屠之術得胡僧所繡彌勒佛像說是此佛好米汁與吾性合吾願事之而不愛他佛云嘗於市中好酒食豬頭這是杜甫之歌所以有『蘇晉長齋繡佛前醉中往往愛逃禪』之句哩。逃禪是逃禪之宗旨之義卽破戒之謂五、張旭吳郡人善草書好酒每醉叫呼狂走索筆揮灑縱橫自在變化無窮眞有神助人呼曰草聖。常熟尉，至右率府長史。韓愈底送高閑上人序詳敍旭對於草書的工夫宜乎太和之初文宗嘗稱李翰林之詩，張長史之草書與裴將軍旻之劍舞爲天下三絕。焦遂爲人口吃對客不能出一言醉則輒酬酢如注射這是杜甫之歌所以有『焦遂五斗方卓然高談雄辯驚四筵』之句哩。

次探六逸的事跡孔巢父字弱翁冀州人幼好文史天寶中與韓準裴政李白等六人隱徂徠山及永王璘起兵於江淮聞巢父賢辟以從事巢父知其必敗晦跡潛遁人皆稱其明哲李白底送韓準裴政孔巢父還山云：『韓生信英彥裴子含清眞孔侯復秀出俱與雲霞親峻節凌遠松同袞臥磐石斧冰漱寒泉三子同二屐時時或乘興往往雲無心；出山揖牧伯長嘯輕衣簪』把他們底淸節高風寫出來了。杜甫底送孔巢父謝病歸遊江東兼呈李白之作『巢

父掉頭不肯住東將入海隨煙霧詩卷長留天地間，釣筆欲拂珊瑚樹，」又云：「自是君身有仙骨，世人那得知其故，惜君只欲苦死留富貴何如草頭露」亦是寫巢父的仙骨與蔑視富貴的，其他如韓準、裴政、張叔明、陶沔四逸皆學游仙能晦蹤跡他們底峻節藉史氏之筆而不足以矯民俗振厲士風亦是可惜的。

杜甫之於白俱為一代雙璧為盛唐文學之兩雄若使二人互有競名爭利的野心，則將兩雄不並立，兩虎俱生然白之曠放安能嫉視甫兩賢不相厄，甫之傲岸亦善容白無相傾相軋的私情。而舊唐書底杜甫傳云：「天寶末詩人杜甫與李白齊名而白自負文格放達譏甫齷齪而有飯顆山之嘲誚」豈非小人俗見中傷詩人底雅交耶！

飯顆山之詩「為問因何太瘦生只為從來作詩苦」（戲贈杜甫）一斗百篇的天才詩人挪揄苦心慘澹的努力派的一時戲謔之談決非是從軋轢心以相嘲誚的。猶如杜甫底春日憶李白云：「何時一樽酒重與細論文」亦決非譏刺李白之率作而邐齋閑覽云：「二人名既相逼不能無相忌」又韻語陽秋及鶴林玉露亦以為是二公互競名而相嘲誚的這是與舊唐書陷於同一的繁寶滄浪詩話辯之云：「是以庸俗之見，而度賢哲之心。」可謂先獲我心試察杜甫寄懷李白之作，有贈李白二首與李十二白同尋范十隱居、冬日有懷李白、春日憶李白送孔巢父謝病歸游江東兼呈李白寄李十二白二十韻天末懷李白夢李白二首、飲中八仙歌、不見昔遊遣懷十四首而李白底寄贈杜甫不過沙邱城下寄杜甫魯郡東石門送杜二甫、堯祠贈杜甫闕、戲贈杜甫四首然白無輕侮心甫無猜忌心是同一的。在詩中的李白底自尊自重眼中無人蔑視古今只對於司馬相如與謝朓再三致其傾葵之情然杜甫不把他底

詩比相如、謝朓，而擬陰鏗庾信、鮑照，故王安石亦嘗云：『少陵於太白，僅比於庾、鮑、陰鏗。』然杜甫決非輕侮李白的。

因為陰鏗庾信鮑照皆杜甫所尊重的人物呢！

李侯有佳句，往往似陰鏗。〈與李十二白同尋范十隱居〉

陰鏗陳詩人與何遜並稱，世稱其詩風為陰、何體。陰鏗字子鏗，幼能誦詩，日賦千言及長博涉史傳，尤喜五言詩為當時所重，即杜甫以陰鏗比李白決不是卑視李白。因為杜甫並不曾貶陰鏗、反而是他所欽仰的人哩！甫之夔州詠懷寄鄭監李賓客之詩云：『鄭李光時論，文章並我先；陰何尚清省，沈宋歘連翩。』就是稱揚陰鏗、何遜、沈佺期、宋之問底技工的又甫之解悶絕句云：『陶冶性靈存底物，新詩改罷自長吟，熟知二謝將能事，頗學陰、何苦用心。』甫蓋學陰鏗的自學而未至不因李白底佳句往往似陰鏗，這是甫以李白為詩宗而稱揚之緣由。

白也詩無敵飄然思不羣清新庾開府逸鮑參軍。（春日憶李白）

唐人稱友朋不必稱字往往呼其名。如甫春日憶李白詩『白也詩無敵』即是。蓋忘年之友為爾汝交。徐子能之詩說以杜甫稱『白也』謂為李白天才甫雖稱其敏捷，而於法律上有所未安其視白如老先生見少年門生，謬誤李白生於武后聖曆二年己亥，杜甫生於睿宗先天元年壬子李白之於杜甫，實為長十三年的先輩。杜甫安能以老先生自任，而把李白看作少年門生呢又以庾信、鮑照比李白決非鄙視李白，庾信與徐陵並稱以綺艷勝世稱徐庾體鮑照雖與謝靈運顏延之並稱然照之俊逸到底非顏謝二子之所及。故白之樂府髣髴鮑照之作，而白詩

之清新，如芙蓉出水亦非庾信之所能及，而杜甫以清新許庾信，是對照徐陵之綺豔的，猶之對於顏延之底彫琢，稱謝靈運之作爲清新一樣故朱鶴齡杜註云：『公與太白之詩皆學六朝前詩以李侯佳句比之陰鏗此又比之庾鮑，蓋舉生平所最慕者以相方也。』是很能得杜甫底本意的，一代詩聖豈以區區軋轢心而故意中傷詩仙耶溫柔敦厚是詩之教尤其是杜甫之《與李十二白同尋范十隱居》云：『余亦東蒙客憐君如弟兄醉眠秋共被攜手日同行。』夢李白二首云：『江南瘴癘地逐客無消息故人入我夢明我常相憶。』又云：『浮雲終日行遊子久不至三夜頻夢君，情親見君意。』寄李十二白二十韻云：『筆落驚風雨詩成泣鬼神』不見云：『敏捷詩千首飄零酒一盃』遣懷云：『憶與高李輩論交入酒壚兩公壯藻思得我色敷腴』皆是從杜之眞情而發露的，可知李杜情親如兄弟常魂交於夢寐之間同時杜甫是心底深處贊美白之天才秀逸詩思絕羣的也可想察了。

孟浩然襄州襄陽人少尚節義好拯人之患難隱於鹿門山中年四十而遊京師嘗在太學賦詩一座歎服，莫敢對抗。王維張九齡最稱道之。李白亦深與他締交，前所述的黃鶴樓送孟浩然一詩可知其友誼之濃厚了且白之贈孟浩然『吾愛孟夫子風流天下聞，紅顏棄軒冕白首臥松雲醉月頻中聖迷花不事君高山安可仰徒此揖清芬。』可謂善於寫他底風神的了。而李白之於他實近於同氣相求同明相照哩。

買至字幼鄰以明經登第解褐爲單父尉從玄宗幸蜀拜起居舍人知制誥後遷中書舍人，至德中坐事貶岳州司馬，寶應初被召復故官他與李白泛舟洞庭又與望澄湖皆屬岳州司馬時代。故不但他有初至巴陵與李十二白

同泛洞庭湖三首而李白亦有與中書賈舍人至遊洞庭五首巴陵送賈舍人留別賈舍人至二首與賈舍人望邈湖諸作蓋李白始與他相識不是天寶初在京師時而是至德中在巴陵一見之時故賈至底早朝大明宮之作有王維、杜甫岑參底和韻獨無李白底酬和只是在巴陵洞庭之間有送別留別及登臨遊覽諸作可知是白晚年流夜郎後，遊洞庭的時候一見而締交的。

王昌齡字少伯江寧人進士及第後爲校書郎又登宏辭科爲汜水尉，不顧細謹貶龍標尉。李白底聞王昌齡左遷龍標遙有此寄這就是這時作的。昌齡善詩特工七言絕句與李白並稱有詩天子之稱而以不顧細謹左遷龍標，這是李白對他同情最熾烈的所以。

其他崔成甫魏萬等皆與白有親交。故崔成甫有贈李十二之作，李白亦有贈崔侍御二首，寄崔侍郎醉後寄崔侍御二首遊敬亭寄崔侍御留別金陵崔侍御訓崔侍御往石頭訪崔四侍御諸作又魏萬後更名顥上元初登第由嵩經兗遊梁入吳而訪李白不遇因遊台越經永嘉觀謝公之石門後在廣陵始與李白相見李白愛其文羨其好而逍遙於方外述其心跡而作送王屋山人魏萬還王屋五古長篇臨別云『爾後必著大名於天下無忘老夫與明月奴』因盡出其文命萬集之這事載在魏顥底李翰林集序。

八　他底家庭

李白仗劍去國，辭親遠遊他年已三十，而他底流夜郎之後，被釋，復之潯陽遂於族叔當塗縣令李陽冰底處所以壽六十四（一說六十二）於寶應元年十一月病歿他年三十以後三十四年間的生活，實無一錢俸給而所到日夜豪飲輕財好施當在揚州一年散金三十餘萬漫遊四方遍歷名山大川過三峽泛洞庭東至金陵更入楚遊雲夢覽七澤之壯觀留安陸十年去還吳往來蘇州、杭州之間更轉入於越耽賞會稽山水被召至長安不合而去北抵燕趙、韓魏，西跋涉岐邠，歷商於至洛陽復經梁赴齊魯登泰山嶗山徂徠山爲竹溪六逸之遊南涉江淮再入吳轉金陵溯秋浦潯陽探廬山之勝坐永王璘之事下潯陽獄被流夜郎，被赦再泛洞庭，復赴潯陽其間凡三十餘年這是他底繼續放浪生活日日泥醉忘懷家鄉而不知客愁的時代顧他亦有妻有妾有子女不識他底妻妾子女底飲食衣服等，日常生計是何人所供給的？牧州郡守縣令或地方右姓望族等凤聞他底名愛誦他底詩歡迎他醼饗他且供給其山水登臨之資不待說然而攜美妓飲美酒一飲三百杯日日醉如泥的漫遊之資蓋是因祖先底餘蔭承襲遺產而來的？

李白世系出自西漢李將軍廣累世居隴西成紀，發揚威武於西域後。至李暠爲羣雄所推爲燉煌太守，遂啓霸圖。坐據河西五郡國號曰涼，自稱爲公。在位十八年薨，諡爲武昭王寶白之九世祖玄宗天寶二年追尊爲興聖皇帝。暠之子曰歆歆之子曰重耳重耳之子曰熙，熙之子曰天賜，天賜以後至白之父霸圖已歇王業不振及神龍之初白之父亡命寄寓蜀之綿州，祖先累世居於隴西幷合四鄰底李氏財產貨業皆舉而由隴輸入於蜀白自幼伺任俠喜

第三編　詩仙李白

一二三

縱橫，輕財好施就是因為他生於望族資產裕如的緣故。

范傳正底李公新墓碑序敍李白底家系云：「隋末多難，一房被竄于碎葉流離散落隱易姓名，故自國朝以來漏于屬籍，神龍初潛還廣漢，因僑為郡人父客逋其邑遂以客為名高臥雲林不求祿仕」他底父本名不明舊唐書本傳云：「父為任城蔚因家焉」這是錯的因既為任城蔚則無復漏屬籍之理范傳正所謂高臥雲林不求祿仕，蓋是求之於事實哩。且李白集中稱從弟有李昭李列李延陵稱從兄的有李皓李延年。從叔有李陽冰，從姪有李良、李耑族弟有李凝李況李襄李綰李錞李濟族叔有李曄，然皆無由知其父祖之名，亦可想像他們底怎樣為一代右姓了。

李白有仙風道骨然他生非神仙他底半面為任俠重意氣就縱橫之策，而為廓清天下的英雄時代英雄好色，故他憧憬於相如底子虛賦，一度遊雲夢許師歎稱其才妻以孫女所謂明月奴與明月奴」即是明月奴是一男一女男名伯禽貞元八年卒女及笄出嫁於人白題嵩山元丹邱山居云「拙妻好乘鸞嬌女愛飛鶴提攜訪神仙從此鍊金藥。」可知他底妻許氏及他底女當時已為神仙趣味所感化了白之別內赴徵三首及送內尋廬山女學道士李騰空二首皆是贈妻許氏的。許氏是高宗朝宰相許圉師底孫女故送內尋廬山女道士李騰空之詩有多君相門女學道愛神仙之句。然許氏一女已嫁而後卒魏顥李翰林集序云：「白始娶於許，生一男一女曰明月奴女既嫁而卒又合於劉劉訣次合於魯一婦人生女曰頗黎終娶於宋」是白於許氏以外曾

娶三氏王錡注云娶於宋蓋是宗訛是指宗楚客之女。白南流夜郎寄內詩爲寄妻宗氏予不能決其然否若宋非地名而爲氏姓宗楚客以外還有宗璟是不可不知的。白竄夜郎於烏江留別宗十六璟一詩可參證又伯禽有一男二女男某出遊十二年不能立身長女出嫁陳雲次女嫁劉勸皆編戶之氓這見於范傳正底翰林學士李公新墓碑。

九 他底詩集

魏顥是清初的大文章家。而他因多病無子即以自己底著作當作兒子看待說左傳經世長子也日錄次子也文集季子也肉系的子孫恆有不肖乃父乃祖的然學系的子孫實是乃父乃祖底傳神父祖底面目風采永久活躍於紙表然李白對於肉系的子女不稍愛着對於學系的子孫的詩歌文章亦無甚執着心得之不足貴重失之不必顧惜偶然而成的天也倏忽而亡逸的命也既委之於天命途不復加人意人力於其間了猶之不介意於子女底貧富窮理不動心于吉凶禍福這是李白底詩集所以逸亡多而且僞作誤文不尠的緣由。

李陽冰纂輯草堂集十卷實在詩仙之卒年寶應元年十一月乙酉而李陽冰云「自中原有事公避地八年當時著述十喪其九今所存者僅得之他人」可知當時亡逸的已達十之九。魏顥亦由詩仙直接依囑纂李翰林集二卷而其內容不過二卷四十四篇而顯說是在絳州得之沈吟累年一字不下去這比李陽冰底草堂集十卷可知其亡佚更多。韓愈元和間人而惜白詩散逸的多,其調張籍詩云:「流落人間者泰山一毫芒」。劉全白貞元間人。而故

翰林學士李君碣記云：『李君文集家有之，而無定卷。』至宋，李集家家有藏，人人傳誦而篇數愈多，而愈益玉石混淆了。咸平中樂史纂輯李翰林集二十卷其草堂集十卷之外別收白之詩歌十卷。樂史更題為李翰林別集收錄李白底賦序表讚書頌等十卷。於是更未免魚目混珠砥亂玉之恨。蓋杜甫之沈鬱與韓愈之奇險不容易許他人追隨然李白底放逸，一般天才姑為模擬是當然的。故不但蘇軾、黃庭堅等皆起而辯其真贗，而宋敏求、曾鞏、晏知止、毛漸等皆熱心從事校勘考定遂擇其完善的版刻於世蓋以李詩鏤刻木版以傳以天下後世詩人永久欽仰他底才愛誦他底詩貴重而且顧惜他底集子使對於本為嚆矢。降至道光之際龔自珍鑑別李詩底真偽定李白底真詩一百二十二篇與其說是鑑識之高寧說是選擇過嚴正為可惜然龔評李白之詩『莊屈實二不可以幷幷之以為氣又自白始。』實可謂獨具隻眼顧李白對肉系之子伯禽及伯禽之子某如無着心而對於學系之子的他底詩文集他亦無執着心這是不容置疑的然而詩人對他底詩文集亦愛誦他底詩貴重而且顧惜他底集子使對於詩聖詩佛兩集不稍遜色可謂認識了詩仙底偉大了

註李詩的宋楊齊賢為首齊賢字子見永州寧遠人，慶元五年進士次之為肖士贇士贇字粹可，號粹齋寧都人。淳祐進士到元朝而後隱居不復出楊註固有疏雜處所肖註亦有泛濫處所至明季胡震亨著李詩通二十一卷頗有所發明。震亨號遯叟浙江人，萬曆丁酉舉人，能正舊註底紕繆最稱精確然清初以王琦底輯註三十六卷為大成博引詳證綜核本末無所遺漏大有日月一出而爝火之光盡失的程度宜乎齊召南稱王琦底輯註為太白底功臣。

王琦字琢崖號載菴錢塘人。乾隆二十四年齊召南、杭世駿等各爲序其書。顧李白有王註猶之杜甫有仇註。王維有趙註。世推稱三者謂爲三功臣三大成不亦宜乎！

第四編 詩聖杜甫

一 李杜之比較

唐三百年是詩全盛之天下。特別是盛唐為詩人底淵叢羣秀如林，才藻如花，到底非初中晚唐所企及此際李白與杜甫俱為詩壇明星，如果以其一比作宵之明星，則其他應比作曉之明星，故韓愈、白居易為中唐作家上接踵李、杜下為蘇軾、黃庭堅着着先鞭，而當時已把李、杜二家從盛唐諸作者中選拔出來，題為李杜詩集，而公之於世我們看了白居易讀李杜詩集因題卷後之詩云：「翰林江左日員外劍南時不得高官職，仍逢苦亂暮年遙客恨浮世謫仙悲吟詠留千古聲名動四夷」可知二家底境遇有酷似的處所，特別是韓愈集中屢以李杜對稱如調張籍云：「李杜文章在光燄萬丈長」薦士云：「國朝盛文章子昂始高蹈勃興得李杜，萬類困凌暴」醉留東野云：「昔年因讀李白杜甫詩長恨二人不相從」酬盧雲夫云：「高揭羣公謝名譽遠追甫白感至誠」石鼓歌云：「少陵無人謫仙死才薄將奈石鼓何。」均是即把李杜從盛唐多數詩人中選拔出來作為詩壇兩雄在距李杜之死不甚遠的韓白時代已然了今把李杜底特長比較於下

李白

（1）清水出芙蓉，天然去雕飾。（漁隱叢話王安石評）

（2）太白詩法如李廣。（滄浪詩話）

（3）子美不能為太白之飄逸，太白不能為子美之沈鬱，子美之夢遊天姥吟、遠別離等子美不能道。（滄浪詩話）

（4）李詩思疾而語豪。（韻語陽秋）

（5）太白一斗百篇援筆立成。（鶴林玉露）

（6）白之詩多在於風月草木之間神仙虛無之說，亦何補於教化哉！（趙次公杜工部草堂記）

（7）李謫仙詩中龍也矯矯焉不受約束。（藝圃折中）

（8）太白天才放逸，故其詩自為一體。（傅若金清江集）

（9）五言選體及七言歌行，太白以氣為主以自然

杜甫

（1）或看翡翠蘭苕上未掣鯨鯢碧海中。（漁隱叢話王安石評）

（2）少陵詩法如孫吳。（滄浪詩話）

（3）太白不能為子美之沈鬱，子美之北征兵車行、垂老別等太白不能作。（滄浪詩話）

（4）杜詩思苦而語奇（韻語陽秋）

（5）子美改罷長吟一字不苟。（鶴林玉露）

（6）杜陵野老負王佐之才有意當世而骯髒不偶胸中所蘊一切寫之於詩。（趙次公杜工部草堂記）

（7）杜則麟遊靈囿鳳鳴朝陽自是人間瑞物。（藝圃折中）

（8）子美學優才大，故其詩兼備眾體。（傅若金清江集）

（9）（五言選體及七言歌行）子美以意為主以獨

（10）其歌行之妙詠之使人飄飄欲仙者太白也選體太白多露語率語五七言絕太白神矣七言歌行聖矣七言律變體也。（藝苑巵言）

（11）太白筆力變化極於歌行李變化在調與辭。（藝苑巵言）

（12）才超一代者李也。李如星懸日揭，照耀太虛。（詩藪）

（13）李才高氣逸而調雄。（詩藪）

（14）青蓮興會標舉非學可至（詩藪）

（15）太白之詩如列子之御風也。東坡似太白。（楊升菴外集）

（16）太白詩仙翁劍客之語。比之文，太白是史記。（楊升菴外集）

為宗以俊逸高暢為貴（藝苑巵言）

（10）（歌行之妙）詠之使人慷慨激烈欷歔欲絕者子美也選體子美多稱語累語五言律七言歌行子美神矣七言律聖矣七言絕變體也。（藝苑巵言）

（11）少陵筆力變化極於近體，杜變化在意與格。（藝苑巵言）

（12）體兼一代者杜也。杜如地負海涵，包羅萬彙。（詩藪）

（13）杜體大思精而格渾。（詩藪）

（14）工部體裁明密有法可尋（詩藪）

（15）少陵之詩如靈均之乘桂舟駕玉車也。山谷似少陵。（楊升菴外集）

（16）少陵詩雅士騷人之詞。比之文，少陵則漢書也。

造為宗，以奇拔沈雄為貴。（藝苑巵言）

（17）歌行李飄逸而失之輕率。（詩辨坻）

（18）以天分勝者近李。（陶開虞說杜）

（19）太白歌行純學莊子。（徐而菴說唐詩）

（20）太白如神童時有累句為才所使。（小草齋詩話）

（21）學杜者比學李者多因李放縱。（小草齋詩話）

（楊升菴外集）

（17）（歌行）杜沈雄而失之粗硬。（詩辨坻）

（18）以學力勝者近杜。（陶開虞說杜）

（19）子美歌行純學史記。（徐而菴說唐詩）

（20）少陵如老吏時無逸句為律所縛。（小草齋詩話）

（21）排杜者比排李者多因杜纏累。（小草齋詩話）

二人之詩各有別趣有特長如此然而二人共入聖域達神技不但韓白二賢仰宗之而且韻語陽秋云：『李太白杜子美詩皆掣鯨手也』趙次公底杜工部草堂記云：『論詩以李杜為準猶挾天子以令諸侯也』而元稹為了杜甫譔故檢校工部員外郎杜君墓碑，故抑李白說杜之藩翰況堂奥耶？韓愈嘲之比蚍蜉之撼大樹然韓愈决不是貶杜甫的僅說李白不可貶而已至宋楊億及歐陽修並不悅杜甫之詩王安石不取李白之詩劉敞亦不慊於杜甫惟蘇軾激賞杜甫底詩說是古今詩人衆矣而子美獨為首蓋人之性情追求已性所近的而排斥與己之趣致不合的故飄逸性的歸向李白而沈鬱性的歡迎杜甫。這是李杜底優劣論所以千古未決的緣由嚴羽提昌『李杜二公正不當優劣』二人底氣象不同其與其格調是完全相背馳的猶如元白底優劣與韓孟底軒輊是到底不能論定的且李之思想傾於道家之神仙虛無而杜之思想則為儒家底忠孝仁

第四編　詩聖杜甫

一三一

義所涵養。白之歌詩一斗百篇援筆立成，而甫之歌詩讀書萬卷竭精盡力然後成。故「詩成笑傲凌滄洲」是寫太白最得意之秋，「語不驚人死不休」是寫子美最苦心之態的。藝苑巵言云：「十首以前少陵較難入，百首以後青蓮較易厭。」白詩飄逸而易讀，甫詩沈鬱而難曉，決非漫以優劣加於雙璧。

二　杜詩底特長

人各殊其面目鬚眉氣象趣味，在詩在文亦各異其體而人之詩成一體長於一技的，至杜詩一人能具諸體，兼衆技通古今包括經史。故宋以後特推尊子美的多，秦觀推擬於孔子之集大成，鄭伯明推比爲周公之制作，黃庭堅推爲詩中之史，羅景綸推爲詩中之經，楊萬里推爲詩中之聖，王世貞推爲詩中之神。故元積稱子美能兼古今之體裁。云：「上薄風雅，下該沈宋，言奪蘇李，氣呑曹劉，掩顏謝之孤高，雜徐庾之流麗，盡得古今之體式，而兼人人之所獨專。」且云：「詩人以來未有如子美者。」與秦觀讚子美之詩之集大成說是子美能窮蘇李高妙之格極曹劉豪邁之氣包陶阮沖澹之趣兼謝鮑峻潔之姿備徐庾藻麗之態一揆即以杜甫爲詩人之集大成者不必始於秦觀，在唐之世已有元稹況蘇軾贊杜甫云：「古今詩人衆矣而子美獨爲首。」孫僅亦稱子美云：「風騷而下唐而上一人而已」皆可謂胚胎於元積之詩人以來未有如子美者然元積之子美禮讚之聲畢竟不免爲諛墓之文。明王世懋論古今詩體變遷云：「古詩兩漢以來曹子建出而始爲宏肆多生情態此一變也自此作者多入史語然不能入經

語。謝靈運出，而易辭莊語無所不爲用矣剪裁之妙千古爲宗又一變也中間何庚加工、沈宋增麗而變態未極七言猶以閒雅爲致杜子美出而百家稗官都作雅音馬浮牛溲咸成鬱致於是詩之變極矣』（秋圃摭餘）可謂在元積以外善於發揮子美底特徵與眞價的了故世懋對於杜詩又辨別其有深句、有雄句、有老句、有秀句、有麗句、有險句、有拙句、有累句，就是說他底作品並不是千篇一律的這與王安石嘗論杜詩所謂有平淡簡易者有綿麗精確者有嚴重威武如三軍之帥者有奮迅馳驟如振騏驥之鷙者有淡泊閒靜如山谷隱士有風流蘊藉如貴介公子者蓋緒密而思深能凌駕前人後世無繼也這話相同他底詩變態多正可證明他爲古今大家而有餘胡應麟亦以他比曹植說：『六代則公幹（劉楨）之峭嗣宗（阮籍）之遠元亮（陶淵明）之沖太冲（左思）之逸士衡（陸機）之禮靈運之淸明遠（鮑照）之俊玄暉（謝朓）之麗皆其至也兼之者陳思也唐人則王楊（勃烱）之繁富陳杜（子昂審言）之孤高沈宋（佺期之問）之精工儲孟（光羲浩然）之閒曠高岑（適參）之渾厚王李（維白）之風華昌齡之神秀常建之幽玄省所專也兼之者杜也』這也是稱二人之不固執一體的其他王安石談經而以杜詩比經爲優這是羅景綸推爲詩中之經之所以又宋祁贊子美之詩云『善陳時事千言不少衰世號詩史。』（新唐書杜甫傳）這是黃庭堅推爲詩中之史的所以。

顧杜甫所以稱爲集大成的有二義。一是他底詩體上兼蘇李曹劉顏謝徐庾之體，下該王楊陳杜沈宋、王李高岑之美。二是他底詩材由國風雅頌離騷九歌上泝六經諸子下至稗官小說無不博綜貫通咀其英華。蓋他底詩體

第四編　詩聖杜甫

所採雖甚衆然他運用之一歸沈鬱頓挫之旨。他底詩材所取雖最博然他剪裁之，一歸微茫窈渺之思。故他底聲彩有絢爛的、有平淡的、有雄壯的、有超曠的、有奔放的、有謹嚴的。他底格律有偸春格有一進一退韻有轆轤韻有雙聲對有疊韻對有流水對有倒裝對有扇對有蹉對有聲對非僅王世懋底所謂深句雄句老句秀句麗句險句拙句累句而已。

然宋楊億不喜杜甫之詩，嘗詆爲村夫子，歐陽脩亦甚不喜杜詩，卻以韓退之爲絕倫。如明之王愼中、鄭繼之、郭子章，皆嚴酷地駁擊杜詩殆身無完膚蓋他們只偏窺子美底險句拙句累句，而不察子美亦有深句雄句老句秀句麗句的。

試讀他底詩集玩其篇什他底詩古體近體合共一千有餘首在數方面決不算尠而每章每句無一不成於他底苦心發於他底眞情然亦時有古人格言成語或採方言俗語而剪裁之陶鑄之。故他底詩人底位地純乎已進於聖域他底技工斐然能發揮其神采這是他所以嶄然入於大家大數與尋常修辭家不同的緣由而同時又是他底文章所以經國不朽揚其萬丈光焰的緣由哩蓋經子史集無一不是他底詩料猶如牛溲馬浡有時亦採收之而投入於他底藥籠中一樣杜甫底詩韓愈底文並爲詩文之至古人已有杜詩韓文無一字無來歷的話然韓愈臨文務去陳言，杜甫卻利用陳言而加入新味決非陳陳相因使腐臭醞釀其中的。例如他底冬日有懷李白詩云：「更尋嘉樹傳不忘角弓詩」這是採取左傳晉韓宣子來聘於魯魯公享之宣子賦角弓旣及季氏享燕季氏有嘉樹宣

子譽之，季武子對曰：『敢不封殖此樹以無忘角弓』的故事的。今夕行云：『今夕何夕歲云徂』這是採取毛詩唐風底『今夕何夕』及韋孟底詩『歲月共徂』的；兵車行云：『車轔轔，馬蕭蕭』這是取毛詩秦風底『有車鄰鄰』小雅車攻底『蕭蕭馬鳴』的，『信知生男惡』『反是生女好』是從陳琳底飲馬長城窟行底『生男愼莫舉生女哺用脯』而脫化的。『新鬼煩冤舊鬼哭』是胚胎於左傳夏父弗忌底新鬼大而故鬼的話——醉時歌『儒術於我何有哉』是取莊子所載擊壤歌『帝力於我何有哉』是胚胎於左傳夏父弗忌底新鬼大而故鬼的話——醉時歌『儒術於我何有哉』是取莊子所載擊壤歌『帝力於我何有哉』的句法，『孔丘盜跖俱塵埃』亦是根據莊子把孔子盜跖對舉的事實漢坡行『少壯幾時奈老何』是取漢武帝底秋風辭示從孫濟『劉葵莫放手傷葵根』是取古詩『採葵莫傷根傷葵不生』醉歌行『衆賓皆醉我獨醒』是取楚辭漁夫辭底『衆人皆醉我獨醒』說『河廣傳聞一葦過』是從毛詩『誰謂河廣，一葦杭之』而出『東走無復憶鱸魚』是取世說張翰底故事佳八『但見新人笑那聞舊人哭』是取五僧孺底詩『新人含笑近故人含淚隱』前出塞『挽弓當挽用強箭當用長射人先射馬擒賊先擒王』蓋取古謠諺調玄宗皇帝廟『古來材大難爲用』是胚胎於莊子底逍遙遊題張氏隱居二首『伐木丁丁山更幽』二句俱取論語。如浮雲』並取毛詩小雅底伐木丁丁，出王藉詩『鳥鳴山更幽』『濟潭鱣潑潑春草鹿呦呦』皆是取毛詩衛風碩人底鱣鮪發發及小雅鹿鳴底呦呦鹿鳴的夢李白『孰云網恢恢』是取老子底『天網恢恢』『千秋萬歲名寂寞身後事』是取晉張翰底故事前出塞『丈夫四方志安可辭固窮』是取禮記底『桑弧蓬矢射四方』與論語

第四編 詩聖杜甫

一三五

底君子固窮」酬高使君「草玄吾豈敢」是取論語底「若聖與仁則吾豈敢，」過津口「惻隱仁者心」是取孟子「惻隱之心仁之端也」皆是採集經史百家之言以發揮其大成之美的。黃徹底碧溪詩話云：「杜集多用經書語，如車轔轔馬蕭蕭未嘗外入一字，如天屬堯尊典神功協禹謨卿月升金掌王春度玉墀霽潭鱣發發春草鹿呦呦皆渾然嚴重」又云「數物以個謂爲吃甚近鄙俗獨杜屢用峽口驚猿聞一個，兩個黃鸝鳴翠柳卻遶井欄添個個，又臨歧意頗切對酒不能吃，樓頭喫酒樓下臥，使殘年飽吃飯是也，蓋篇中大概奇特可以映帶者也」老杜經書語以外又能用俗語，不但能用俗語，而且楚人謂虎爲於菟蜀人呼釜爲錡南楚江湘之邊船之大者爲舸荊峽之間謂竹纜爲百丈皆是方言而杜詩或云「於菟侵客恨」或云「土銼冷疎煙」或「富豪有錢駕大舸」或云「百丈誰家上水船」都是利用方言的。

三　杜甫底性格

杜甫底性格舊唐書本傳云：「甫性褊躁無器度，」又云：「傲誕。」新唐書本傳云：「性褊躁傲誕」又云「放曠不自檢」王洙杜工部集序云：「甫少不羈」曰傲誕曰不羈曰傲岸曰矜誕曰不自檢束皆古今詩人底常習。如甫之祖杜審言尤有這種的弊風況敏於感情常趨於感激的杜甫故杜審言恃才傲世嘗語人云「吾文章屈原宋玉亦可臣事吾筆王義之亦可北面，杜甫奉贈韋左丞文二十二韻云：「賦料揚雄敵詩看子建親李邕求識面，王翰願

卜鄰。」又進雕賦表云：「臣之述作雖不能鼓吹六經，先鳴數子，至於沈鬱頓挫隨時敏捷，揚雄、枚皋之徒庶可企及也。」與乃祖同出一轍。其他壯遊詩云：「氣劇屈、賈壘，目短曹、劉牆」又酬高使君詩云：「草玄吾豈敢賦或似相如」皆詩人底於傲底自白。然褊躁二字在人格上最宜忌諱。甫之天性果褊躁與否，不得而知。據新舊唐書杜甫為劍南節度使嚴武所知為參謀檢校工部員外郎。而嚴武以世舊待甫甚厚躬親詣甫家。甫見之冠不巾嘗醉登嚴武之牀，瞪視云：「嚴挺之乃有此兒」武亦橫暴猛戾外雖不忤中實銜之遂欲殺甫。因其母而得救護。這事就是新舊唐書稱他為褊躁的所以然。不為橫暴所威服，不為猛戾所屈從是孟子之所謂大丈夫威武不能屈謂為倨傲而鮮腆可，謂之為偃蹇而不羈可。唯謂之褊躁則不可。況杜甫詩中有嚴中丞枉駕見過奉送嚴公入朝十首重送嚴公四韻寄嚴鄭公五首、奉和嚴鄭公軍城早秋嚴鄭公宅同詠竹得香字及敝廬遭興奉寄嚴公等作品甫安有侮蔑嚴公之意耶？醉中偶然一度有這樣的事亦是醉人當恕。

杜甫在成都建浣花草堂於萬里橋之西，百花亭之北種竹植樹日從酒賦詩與田夫野老相狎戲，一點也沒拘檢之所他的狂夫之詩「萬里橋西一草堂，百花潭水卽滄浪」卽是又他在長安日買太倉米五升時訪鄭虔互披胸襟，得錢卽相覓沽酒，不復置疑忘形爾汝只以痛飲為我事這非傲睨天上謫仙就是私淑於擲五斗米而歸去田園的陶彭澤的他底詩可惜云：「寬心應是酒遣興莫過詩此意陶潛解吾生後汝期」就是詠這種心事的且他底客至之作，「肯與憐翁相對飲隔離呼取盡餘杯」可察知其超脫他底憶昔詩「宮中聖人奏雲門天下朋友皆膠

漆」，可以卜知其醇誼。「丈夫垂名動萬年記憶細故非高賢」可以察知其高識。他底莫相疑行「寄謝悠悠世上兒，不爭好惡莫相疑」可以諒其坦懷他底寫懷「無貴賤不悲無富貴亦足」可以知他底達觀了安可目他爲褊躁而無器度呢？

只是他生來多病具嘗貧之苦，而又自己體驗老之苦萬感迫胸，意氣不能不激昂他底登高之作：「萬里悲秋常作客百年多病獨登臺」又返照之詩云：「衰年病肺惟高枕絕塞愁時早閉門」其心事如見了況下筆有神詩成驚人病已入膏肓之間安得不胸懷不平鬱勃而怨尤悲憤罵詈哭泣耶他底言行有時偏極端反乎中行實有可憫其事情底潛伏他底進封西岳賦表云：「少小多病貧窮好學至於仕進非敢望也日夜憂迫復未知何以上答聖慈明臣子之效況臣常有肺氣文疾恐忽復先草露塗糞土而所懷冥寞孤負皇恩。」把他底苦衷完全描出來了。

四　他底遊歷

他是京兆人。他底十三世祖杜預，京兆杜陵人，他底父閑曾爲京兆奉天縣令，他底祖審言也歷任修文館學士，尚書膳部員外郎，常在長安，他在進封西岳賦表裏自稱杜陵諸生又云長安一匹夫，在祭外祖祖母文及祭故相國清河房公文裏自稱京兆杜甫，在醉時歌裏自稱杜陵野客，在哀江頭裏自稱少陵野老，在投簡咸華兩縣諸子裏云：「長安苦寒誰獨悲，杜陵野老骨欲折，」又在他底文裏有唐故萬年縣君京兆杜氏墓誌則杜氏由來是京兆人可

知了。他生於睿宗先天元年,卒於代宗大曆五年,其間凡五十九年,他底實於坎軻不遇之中,周遊天下,遍歷名勝消其一生涯。古來詩人文章家無不跋涉天下之名山大川,前有司馬遷後有李白,蓋詩人底思想從灞橋風雪之中而出,文章家之文筆得助於江山的獨多,故杜甫亦於玄宗開元十九年即他年二十止在京兆,而開元十九年以後彼底足跡遂遍及天下了。

杜甫年齡	帝王年號	他底足跡
二〇歲	玄宗開元十九年辛未	遊吳越即下姑蘇渡浙江遊剡溪。
二四歲	同開元二十三年乙亥	從吳越歸京兆貢舉不及第。
二六歲	同開元二十五年丁丑	遊齊趙
三〇歲	同開元二十九年辛巳	滯在東都凡四年。
三四歲	同天寶四年乙酉	在齊州
三五歲	同天寶五年丙戌	歸居長安三年。
三八歲	同天寶八年己丑	歸居長安五年。
三九歲	同天寶九年庚寅	至東都。
四四歲	同天寶十四年乙未	任河西尉不拜,改任右衞率府胄曹參軍。
四五歲	肅宗至德元年丙申	聞肅宗即位自鄜州羸服奔行在陷賊中。
四六歲	同至德二年丁酉	脫圍出謁帝於鳳翔拜左拾遺扈從帝還西京。

年齡	年號	事跡
四七歲	同乾元元年戊戌	出為華州司功潛至東都。
四八歲	同乾元二年己亥	自東都歸華州，七月棄官西去度隴客秦州，十月往同谷，十二月入蜀至成都。
五〇歲	同上元二年辛丑	自成都至蜀之青城。
五一歲	代宗寶應元年壬寅	歸成都居浣花草堂迎家往返梓州之間。
五二歲	同廣德元年癸卯	往返梓州漢州閬州之間。
五三歲	同廣德二年甲辰	復從梓州往閬州，及嚴武再鎮蜀，復還成都居草堂武登用為節度參謀檢校工部員外郎賜緋魚袋。
五四歲	同永泰元年乙巳	嚴武卒後離蜀至戎州渝州忠州雲安。
五五歲	同大曆元年丙午	自雲安至夔州。
五六歲	同大曆二年丁未	自夔州遷赤甲瀼西東屯復歸瀼西
五七歲	同大曆三年戊申	移轉江陵公安岳州
五八歲	同大曆四年己酉	自岳州入潭州衡州，畏暑熱復還潭州。
五九歲	同大曆五年庚戌	自潭州避亂入衡州，欲如郴州至耒陽遍舟下荊楚竟卒。

這樣他底一生最極困踣苦楚只是因肅宗為左拾遺僅歲餘，與因嚴武為工部員外郎僅數月，可說是他底得意之秋，尤其是他底晚年，卽代宗廣德以後最為流離顚沛所累，於八年間遷居二十餘回殆有孔席不暇暖墨突不得黔之態。

五　他底儒教思想

時代方靡於老佛之風然而杜甫能鼓吹儒風闡明經術雖是由他底中心底篤信抑是欲繼承祖先底緒業故他底常憂經術之不修恐祖業之失墜的衷情在進封西岳賦表所說：「臣本杜陵諸生年過四十經術淺陋進無補於明時退嘗困於衣食蓋長安一匹夫耳。」在進鵰賦表所說「自先君恕預以降奉儒守官未墜素業矣亡祖故尚書膳部員外郎先臣審言修文於中宗之朝高視於藏書之府故天下學士到於今而師之臣幸賴先臣緒業自七歲所綴詩筆向四十載矣約千有餘篇今賈馬之徒得排金門上玉堂者甚衆矣惟臣衣不蓋體嘗寄食於人奔走不暇，祇恐轉死溝壑安敢望仕進乎伏惟明主哀憐之倘使執先祖之故事扱泥塗之久辱則臣之逑作，雖不能鼓吹六經，先鳴數子至於沈鬱頓挫隨時敏捷揚雄枚皐之徒庶可企及也」的話可知且他底十三世祖杜預生於魏晉之際，老、莊最盛的時代獨以左傳癖爲經傳底羽翼與杜甫在道佛二教全盛的唐代獨鼓吹儒風一樣。

儒敎底二大目的在忠君與孝親二方面忠君卽所以愛國孝親卽所以忠君由來忠孝是一致的是殊途而同歸的故眷眷君國心在魏闕的，一方面嘗戀戀於父母妻子雲山萬里一日也不忘家鄕。杜甫底北征及自京赴奉先縣詠懷五百字所以爲千古傑作，永爲後人矜式的，就是他能發揮儒家底本領明君臣的大義完父子之大倫一篇之中以忠君愛國爲經思家懷鄕爲緯其兼盡情與理兼備血與淚的，實不有負於詩中之經的名稱哩且他平生不但

仰宗孔子而且屢次祖述堯、舜、知道文章以外有可尊的儒道。他底醉時歌『儒術於我何有哉，孔丘盜跖俱塵埃』固非是醉時之言矯激之聲不過是不平之鳴而已。故其言雖誹儒術罵孔子，然其意卻未必然他底奉贈韋左丞文云：『致君堯舜上再使風俗淳』自京赴奉先縣詠懷五百字云：『生逢堯舜君，不忍便永訣』皆是繼承祖述堯舜的孔子的微旨的。他底宿鑿石浦底詩云『斯文憂患餘聖哲垂象繫』以他底詩章擬於憂患之餘作的先聖底象象繫辭可知他底抱負底偉大了。而他底貽華陽柳少府詩云『文章一小技於道未爲尊』詩人底雕蟲篆刻以經國大業比起來實是小技卽他底道是儒家之道雖始於修身齊家然他底最後目的在於治國平天下惟他底理想終不能實行他底不平鬱勃而成千有餘首的悲觀文學官纔止於拾遺在職僅有半歲竭盡一生餘力僅在文字推敲之間求知己於百世之後雖命數使然亦大可悲憫哩！

他在青年時代欲以儒立身以經世自任以稷契自許奉贈韋左丞丈二十二韻云：『紈袴不餓死儒冠多誤身，丈人試靜聽賤子請具陳甫昔少年日早充觀國賓讀書破萬卷下筆如有神賦料揚雄敵詩看子建親李邕求識面，王翰願卜鄰。自謂頗挺出立登要路津致君堯舜上再使風俗淳』又自京赴奉先縣詠懷五百字云：『杜陵有布衣老大意轉拙許身一何愚竊比稷與契居然成護落白首甘契闊蓋棺事則已此志常覬豁窮年憂黎元歎息腸內熱取笑同學翁浩歌彌激烈非無江海志蕭灑送日月生逢堯舜君，不忍便永訣』可以知其抱負了。故沈德潛評杜之詠懷五百字云：『身際困窮心憂天下自是希稷契人語也』他如杜之述沽詩：『舜舉十六相身尊道更高秦時任

商鞅法令如牛毛」是純乎的儒家之言嚴格地排斥法家的。故蘇軾亦舉此詩而贊其爲自是稷、契輩人中口語其他酌成詩云「兵戈猶在眼儒術豈謀身」江漢之詩云「江漢思歸客乾坤一腐儒」可知他本來就是以儒立身的。又他底壯遊之詩云「備員竊補袞憂憤心飛揚上感九廟焚下憫萬民瘡斯時伏靑蒲廷諍守御牀君辱敢愛死，赫怒幸無傷聖哲體仁恕守縣復小康哭廟灰爐中鼻酸朝未央」把遭遇天寶亂離君辱臣死的至誠流露出來了。況他底送嚴武詩「公若登台輔臨危莫愛身」寄裴道州蘇侍御詩「致君堯舜付公等早據要路思捐軀」是聖詩未來的理想彼未曾自施設故樂以之告人耳。

一面欲列吾君於堯舜之上置吾國於泰山之安的他在另一面又爲着室家之安否而傷心爲着妻子之饑寒而流涕。特別是遭遇天寶之亂離麻鞋見天子涕淚受拾遺以來只恐爲君所遺失宿於左省而曰：「明朝有封事數問夜如何？」蓋孟子之所謂「幸而得之坐以待旦」之意。晚出左掖云：「避人焚諫草騎馬欲鷄棲」是尚書之所謂嘉謀嘉猷入告爾后於內乃順之於外曰斯謀斯猷惟我后之德的態度前者爲諫臣之心後者是大臣之體且忠君念國而曰「獨使至尊憂社稷諸君何以答升平」又云『炎風朔雪天王地只在忠良翊聖朝」又在春望詩裏懷家思慕妻子至於花俱濺淚鳥亦驚心痛哭爲烽火連三年家書抵萬金亦可謂爲儒家底忠孝主義所敎養的結果試就北征及自京赴奉先縣詠懷五百字而尋他底意嚮其敍君臣底大義於北征云『君誠中興火三月欲於蒼茫之中爲室家之間空顧一行過鴈獨無帛書可唧春晨秋宵臨風對月未嘗不嘆彼此消息俱無也。故在諸將詩裏思君念國而曰「獨使至尊憂社稷諸君何以答升平」

第四編 詩聖杜甫

一四三

主，經緯固密勿；東胡反未已臣甫憤所切揮涕戀行在道途猶恍惚乾坤含瘡痍憂虞何時畢』詠懷云：『非無江海志，蕭灑送日月生逢堯舜君不忍便永訣當今廊廟具構廈豈缺葵藿傾太陽物性固莫奪』其敍妻子底情愛於北征云：『況我墮胡塵及歸盡華髮經年至茅屋妻子衣百結慟哭松聲迴悲泉共幽咽平生所嬌兒顏色白勝雪見耶背面啼垢膩腳不襪牀前兩小女補綻方過膝』於詠懷云：『老妻寄異縣十口隔風雪誰能久不顧庶往共飢渴入門聞號咷幼子飢巳卒吾寧舍一哀里巷亦嗚咽所愧為人父無食致夭折豈知秋禾登貧窶有倉卒』其論時事敍亂階於北征云：『夜深經戰場寒月照白骨潼關百萬師往者散何卒遂令半秦民殘害為異物』於詠懷云：『君臣留歡娛樂動殷膠葛賜浴皆長纓與宴非短褐形庭所分帛本自寒女出鞭撻其夫家聚斂貢城闕』他底詩沈鬱頓挫能度越千古上與國風雅頌為表裏下凌駕漢魏六朝之樂府可以認識他底一生的學問本領了。

六　他底非戰主義

玄宗之朝，文武兩方面很進步發達然盛極衰來治極兆亂前歌頌為開元之英主，後指斥為天寶之暗君，猶漢武帝脫創業底氣習雖能立守成的功業然而尚文而啓文人輕薄之風窮武而陷天下於罷弊的形勢故玄宗之朝有李白杜甫王維裝飾一代詩壇好比武帝朝中的枚乘蘇武司馬相如。玄宗宮中有楊貴妃三千寵愛集於一身猶武帝宮中之有李夫人玄宗時有楊國忠恃貴妃權勢傾內外終招潼關之敗而武帝時有李廣利恃李夫人於閫

開戰端屢戰不利，終降於匈奴。玄宗晚年仰宗老莊底虛無神仙，武帝也迷信方士李少君底神仙鍊丹，詩聖杜甫鼓吹非戰主義是因為目擊玄宗窮極武事而國民皆厭征戍苦於徵發的，猶之武帝屢征匈奴傷其委壯丁於鋒鏑，使老幼填溝壑校乘詩中已有閨怨之作發抒之。

非戰文學古來有二種：一是從經濟政策說征戰不利，二是從人道問題方面說，草菅人民的不義是詩人底非戰主義，與其說是前者寧說是屬於後者多故如杜甫底非戰主義是從人道上或人情上對於生別死別最悲慘的情境而發揮其痛哭流涕的感傷的詩人之懷的。

開邊啟疆之意一度動於英主胸中，天下勞於征戰苦於行役，朝喪長男，暮送次男，內無把犁鋤而從事隴畝的人，外有澄血鋒鏑曝骨原野之士，鰥寡孤獨之徒號泣旻天，塡死壑溝，天下慘事實無有過此於者，於是懷怨其勞於王事而不得養父母的人多，或陟岵而瞻望父，或陟屺而瞻望母，或於月下思妻子徹宵不能寐，或於戍樓聞胡笳而遙望故山，這是出征者底常情，從人道上說是大可哀憐的。於是世間不但不好生男好生女甚至說嫁女與征夫不如棄路旁故幼兒孫叫飢寒老翁老媼不勝誅求苦於辭疏而少婦空在春閨做着征夫歸家之夢。這在人情方面是亦大可為寒心酸鼻的。杜甫底兵車行云：『君不聞漢家山東二百州，千村萬落生荊杞，縱有健婦把鋤犂，禾生隴畝無東西況復秦兵耐苦戰被驅不異犬與雞長者雖有問役夫敢伸恨』又云：『信知生男惡，反是生女好，生女猶得嫁比鄰，生男埋沒隨百草』又在他底石壕吏云：『暮投石壕村，有吏夜捉人，老翁踰牆走，老婦出門看，吏呼一何

怨，婦呼一何苦聽婦前致詞：三男鄴城戍。一男附書至，二男新戰死，存者且偸生死者長巳矣室中更無人惟有乳下孫，有孫母未去出入無完裙』很能道盡當時的悲劇而把從人道上或人情上的戰爭底悲慘敍出來了其他垂老別云『萬國盡征戍烽火被岡巒積屍草木腥流血川原丹何鄉爲樂土安敢尙盤桓』悲陳陶云『孟冬十郡良家子，血作陳陶澤中水野曠天淸無戰聲四萬義軍同日死』前出塞云『君巳富土境開邊一何多棄絕父母恩吞聲行負戈』後出塞云『中夜間道歸故里但空村惡名幸脫免窮老無兒孫』遺興云：『老弱哭道路願聞甲兵休鄰中事反覆死人積如丘』夏日歎云：『浩蕩想幽薊王師安在哉』夏夜歎云：『念我荷戈士窮年守邊疆』皆是發表他底非戰主義從憂國恤民的仁人君子底至情而出的其他在他底詩中如云：『愼勿呑靑海無勞問趙裳』『願戒兵猶火先息戰歸馬華山陽』『安得壯士挽天河淨洗甲兵長不用安得務農息戰鬪普天無吏橫索錢』『安得壯士挽天河淨洗甲兵長不用』恩加四海深不眠憂戰伐無力正乾坤』亦都是以人主與蒼生爲念的孟子以善言戰陳爲大罪以戰必克爲民賊，亦是此意昔人欲以孫武沈於五湖欲以白起斬於長平的亦非無故哩。

七　他底人生觀

人生有生老病死四苦是自然的理數，貧富貴賤所共同不能免的，貧富窮達雖有天命，然無論何人沒有不悲貧窮樂富貴希顯達的況父母妻子兄姊弟妹底會離集散無常，有誰不一喜一憂或悲傷或歡樂或笑語或啼泣呢？

杜甫底人生觀概不出此等範圍而他底一生與其說是樂觀謳歌順應寧說是悲觀的沈吟逆境的多。他底詩云：「人生七十古來稀」（曲江）就是他底人生觀傷人壽的短促的他的一生果不上七十就算完事然他卻不說以生爲苦又不說生寄死歸寧說是好生惡死的儒敎底人情主義所涵養的在他雖有經世之志而無厭世之念拮据經營終始不渝夙夜不懈然至於老病二苦常繫於他底心頭屢見於他底筆端有歲月如流功名不成的歎息他底詩中或云：「柴門老病身」（贈別鄭鍊赴襄陽）或云：「唯將遲暮供多病」（野望）或云：「老病已成翁」（客亭）或云：「百年多病獨登臺」（登高）或云：「形容老病催」（送舍弟穎赴齊州）或云：「南菊再逢人臥病」（夜中）或云：「衰年病肺惟高枕」（返照）或云：「抱病起登江上臺」（九日）或云：「老病有孤舟」（登岳陽樓）或云：「身老不禁愁」（暮秋將歸秦）或云：「多病所須唯藥物」（江村）或云：「官應老病休」（旅夜書懷）或云：「老與病爲悲觀的。至死之苦則自覺死生有命人力無可奈何老病以外不須復悲死哩!

「男兒生不成名身已老」一語，就是於富貴功名無緣底杜甫的自道，他底命與仇謀他底窮苦徹骨殺肉，他底幼孩死於飢寒他底老妻不飽於糟糠以一代詩聖他底身短衣不掩脛蓬髮不櫛手足凍皴歲拾橡栗而隨狙公如此的辛酸是太白摩詰所未曾體念過的。「途窮那免哭」（暮秋將歸秦）一語實把這中的消息洩漏出了他爲欲免窮苦親酒杯以忘憂愁故耽於翰墨卽他底詩如「寬心應是酒，遣興莫過詩」（可惜）「濁醪誰造汝，一酌散千愁」（落日）「酒債尋常行處有」（曲江）「老去詩篇渾漫與」（江上值水）皆是寫這種心事的。況他底妻子

離散消息杳然，弟妹隔絕音信全無半夜懷家對明月，萬里憶弟望白雲，這就是溫柔敦厚的人情美。他底詩如「海內風塵諸弟隔天涯涕淚一身遙」（野望）「諸姑今海畔，兩弟亦山東」（送舍弟穎赴齊州）「有弟皆分散無家問死生」（月夜憶舍弟）「干戈猶未定弟妹各何之」（遣興）「思家步月清宵立憶弟看雲白日眠」（恨別）等句他底兄弟在遠方三人各瘦何人強」（乾元中寓居同谷縣作歌）「有妹有妹在鍾離良人早歿諸孤癡」（同上）「有弟有弟友愛之至情可以想見了同時他底一生萬事皆非經綸之志不成徒奔走衣食席不暇暖突不得黔終始鬱鬱處於逆境其以人生爲悲觀可知又嘗自比一沙鷗然非取沙鷗之無心又嘗自比一浮萍然不過悲浮萍之無定住而已。要之，他是看破人生底半面踏破社會底黑暗面在他底眼中是有苦而無樂有憂而無喜有凶而無禍而無福的他雖是以沈鬱詩人而成名而發其和平之音。

八　他底詩集

世所以稱爲詩之大家的，雖是因爲其平生多金玉之作，然其死後遺篇散佚十七八九，不復可收拾的多。李白已然。杜甫亦然，這是可痛悶的。舊唐書云：甫有集六十卷但其集是何人所編輯的呢？又其六十卷中篇數有幾許亦無由知了。而其內容眞僞玉石不免混淆魯魚烏焉難保無轉訛詩聖底眞面目也不容易識別了。故唐底樊晃欲編輯杜詩，熱心求遺文僅獲二百九十篇分爲六卷至宋而祖尙杜詩的頗多，孫光憲，鄭文寶，蘇舜欽等各自

搜異本求別集，雖成杜詩二十卷，然三家內容不必同一，於是世間久苦於無杜詩全書，而寶元（仁宗年號）中翰林學士王洙所編纂的杜工部集二十卷有古體三百九十九首近體一千有六首合計一千四百有五首外有賦筆雜著二十九篇殆為全璧了。故嘉祐（仁宗年號）中姑蘇郡主王琪鏤板印萬本每本值千錢士人爭買之。後元祐中鄧忠臣由王洙以註杜詩世以鄧註為王洙自註是錯了的然註杜詩的蓋以鄧忠臣為鼻祖。

王洙的杜詩一千四百有五首似為集大成的集子然杜甫底進鵰賦表云：『臣幸賴先臣緒業自七歲所綴詩筆向四十載矣約千有餘篇』則他的詩七歲以後至四十歲止已有千有餘篇而四十歲以後是他底詩最圓熟而最多作的時代則至他底歿年五十九歲止至少要再加數百千首即可知王洙亦有多少遺篇哩！然宋詩人喜觀杜詩概由王洙之餘蔭晁公武讀書志云：『本朝自王原叔（王洙字）以後學者喜觀杜詩世有為之註者數家犖鄙淺可笑有託原叔名者其實非也』。後黃伯思杜集二十卷收一千四百四十七首聊可補充王洙本底遺脫。紹興中吳若及李綱等各自校定杜工部集魯訔編次杜詩嘉泰（寧宗年號）中蔡夢弼因魯氏定本於魯註以外補箋註題為杜工部草堂詩箋共二十二卷發行於世杜詩聖之面目至是一新其他郭知達底九家集注杜詩三十六卷黃希底補註杜詩三十六卷徐居仁底千家注分類杜工部詩通十六卷邵寶底杜詩分類集註二十三卷邵傳底杜律集解六卷清錢謙益底杜詩箋註二十卷明張綖底杜工部集輯註二十卷黃生底杜詩說十二卷盧元昌底杜詩闡三十二卷仇兆鰲底杜詩詳註二十五卷吳見思底杜工部集箋註二十卷朱鶴齡底杜

詩論文五十六卷，楊倫底杜詩鏡銓二十卷，浦起龍底讀杜心解六卷，張繽底讀書堂杜工部詩集註解二十卷，強遠底杜詩會粹二十四卷，沈德潛底杜詩偶評四卷，范廷謀底杜詩直解三卷，邊連寶底杜律啓蒙十二卷，齊翀底杜詩本義二卷，許寶善底杜詩註釋十二卷，及日本津坂東陽底杜律詳解三卷，釋顯常底杜律發揮三卷等不遑一一枚舉。這比李白底詩集在唐編輯白詩的有李陽冰、魏顥二人，實勝於甫詩僅樊晃一人編纂然在宋以後註李詩的楊齊賢蕭士贇以外寥寥如晨星但註杜詩魯訔以後達數十百家之多註者底多少未必可判定作者底優劣高下，然以詩仙底飄逸比較祖尙詩聖底沈鬱的人多這是不可爭的事實哩！

第五編 詩佛王維

一 王維底傳記

　　唐詩人雖多，然求可與李白、杜甫對峙的大家於開元、天寶之際，則不過王維一人而已。王維，太原人，篤信佛教，故他名維字摩詰，卽取維摩詰三字的。開元九年進士及第爲大樂丞。張九齡執政後歷任右拾遺監察御史左補闕庫部郞中丁母喪哀毀骨立殆不勝服。喪闋拜吏部郞中，天寶中爲給事中，安祿山陷兩都，玄宗出幸蜀，維不能扈從，爲賊所捕，因飲藥取痢，稱瘖疾，祿山憐之，遣人送至洛陽，拘於普施寺迫爲給事中，一日張宴凝碧宮，其時集的樂伶皆梨園弟子，教坊工人，王維聞之悲惻潛思君變而作『萬戶傷心生野煙，百官何日再朝天，秋槐花落空宮裏，凝碧池頭奏管絃』一詩誦其辭原其志應深爲他寄其同情的。賊平後有以此詩上聞行在的，肅宗嘉之，維罪時，維弟王縉亦請以削官贖兄罪，肅宗因遷維爲太子中允次累遷中庶子尚書右丞，而論者或以他受祿山僞署爲失臣節，遂譏議他底詩謂爲萎弱而少骨氣是錯了的。不但趙殿成底王右丞集自序大辯其非，而且李紱說：

　　『右丞晚節頗有警訕之者然其詩在盛唐名出少陵右佗文亦娟麗況其服藥取痢佯瘖賦凝碧池詩心未嘗忘君，

唯未能引決耳。」杭世駿又云：「右丞閨門友悌見推多士尾從不及受祿山僞署，世遂以爲白圭之玷，迹其服藥取痢稱瘖取免舊吏已力爲湔雪而凝碧一詩秋槐野煙傷心掩泣是卽惓惓不忘君父之左證固不可與張均、張垍諸人比倫矣。」全祖望云：「右丞以遺世之高致而見污於祿山至今遺議未已松谷爲之洗其沈屈足比于眉山之雪太白予謂是時天子入蜀東宮起朔方右丞不死殆亦思乘間自脫向行在耳。」皆是爲趙殿成大作聲援的。

爲蜀州刺史維有五短縉有五長使得還縉京師而已歸田里上元二年六十一卒性孝友而善詩畫工草隸他底名夙聞於開元、天寶之間故不但當時要路者虛左迎他的人甚多而且寧、薛諸王亦待他以師友代宗好文嘗在諸王座聞維之樂章寶應中語王縉云：「卿之伯氏天寶中詩名冠代今有多少文章卿可進來。」縉對『臣兄開元中詩百千餘篇天寶事後十不一存，比於中外親故間相與編綴都得四百餘篇」翌日具表上進可知他底詩集也與李白杜甫同樣逸亡的多哩且王維奉佛最篤平生不食葷不衣文綵於輞川別墅與友人裴迪日日優遊賦詩相唱酬以爲娛喪妻而後不復娶三十年間孤居一室屛絕塵累遂以輞川之第爲寺這是明之余紹祉以他比李白「李供奉詞府飛仙王右丞騷壇古佛」清王士禎把他比李白杜甫稱白爲詩仙稱甫爲詩聖稱維爲詩佛的所以。

二　他底詩之特徵

詩仙底詩以飄逸爲特徵詩聖底詩以沈鬱爲特徵詩佛底詩則以清秀澹雅爲特徵。故在唐代宗稱爲「抗行

周雅長揖楚辭」商璠說是「詞秀調雅，意新理愜」司空圖以與韋應物對稱，在與李生論詩書云：「澄澹精緻格在其中」又在與王駕評詩書云：「趣味澄敻若清流之貫達」在宋魏慶之詩人玉屑云：「王右丞如秋水芙蕖倚風自笑」；馬端臨底文獻通考云：「維詩清逸追逼陶謝」陳師道底後山詩話與韋應物合稱云：「右丞蘇州皆學於陶王得其自在」在明胡應麟底詩叢云：「右丞五言工澹間麗自有二派風勁角弓鳴楊子談經處等篇綺麗精工，沈宋合調者也寒山轉蒼翠寂寞掩柴扉等篇幽閒古澹儲孟同聲者也。」至清趙殿成底王右丞集自序云：「右丞才華炳煥籠罩一時而又天機清妙與物無競舉人事之升沈得失不以膠滯其中故其為詩真趣洋溢脫棄凡近，麗而不失之浮樂而不流於蕩」符曾底王右丞集序云：「右丞之詩天機清越辭旨元微」故在詩人方面王維底地位雖淩駕李杜，然使孟浩然儲光義韋應物柳宗元高適岑參瞠若其後有餘許彥周詩話云：「孟浩然王摩詰詩自李杜而下當為第一。」歲寒堂詩話云：「韋蘇州詩韻高而氣清，王右丞詩格老而味長皆五言之宗匠。」籠堂詩話云：「唐詩李杜以外孟浩然、王摩詰足稱大家王詩豐縟而不華靡孟詩卻專心古淡而悠遠深原自無寒儉枯瘠之病儲光羲有孟之古而深遠不及岑參有王之縟而又以華靡掩之。」趙殿最底王右丞集序云：「唐之詩家稱正宗者，必推王右丞同時比肩接武如孟襄陽韋蘇州柳連州未能或之先也孟格清而薄韋體澹而平柳致幽而激唯右丞通於禪理故語無背觸甜徹中邊空外之音也水中之影也。」可以窺對王維的世評底一斑。

詩禪一致之說是嚴羽所首唱詩畫一致之說是王士禎所主張禪道尚妙悟詩道之極致亦在妙悟故嚴羽以

孟浩然與韓愈比較云：『孟襄陽學力下韓退之遠甚，而其詩獨出退之之上者，一味妙悟而已』詩道尚神韻畫道底與技亦在神韻。王維嘗畫雪中的芭蕉這是他在畫家方面不是寫實派的證左。故王士禎謂王維底詩有神韻而王維在詩人方面是對於雪中芭蕉取了構思的。蘇軾嘗論詩畫云：『論畫以形似，是與兒童鄰作詩必此詩定知非詩人。』畫貴神詩貴韻的意氣還不免不徹底之憾晁以道和蘇詩云：『畫寫物外形要物形不改詩傳畫外意貴有畫中態。』很能發揮詩畫一致之意了即可知王士禎以前也有詩畫一致底論者。

詩禪是一致的詩畫亦是一致的。若徵之於古今詩人則不如王維之能妙悟而有神韻。故李夢陽稱王維之詩云：『王維詩高者似禪卑者似僧奉佛之應哉！』（空同子）晁補之云：『右丞妙于詩故畫意有餘』，劉士鏻云：『右丞精於畫故詩態轉工』。（文致）王維嘗自題云：『當世謬詞客，前身應畫師』宜乎他底詩有畫中之態他的畫有詩中之韻尤其是他底輞川集二十首實是有聲的畫窮幽入玄能使人恍惚自得林泉風月底高趣又他自畫的輞川圖筆墨極微入妙亦不背無聲的詩故朱熹愛輞川集說：『摩詰輞川集余深愛之每以語人輒無解余意者』（朱子語錄）秦觀在汝南得疾時有人攜輞川圖來云：『閱此可以愈疾』秦觀仍使二兒從旁張圖於枕上閱之惚然與摩詰入了輞川幅巾杖屨棋奕著飲或賦詩自娛而忘其身之飽繫江南數日而疾果愈可知他底詩畫俱達於神化之域了其他底詩中有畫的列舉出來：

（1）行到水窮處坐看雲起時（終南別業）

右句黃庭堅嘗激賞云：『此老胸次定有泉石膏肓之疾』見於苕溪漁隱叢話。又詩人玉屑云：『此詩造意之妙，與造物相表裏豈直詩中有畫哉！』瀛奎律髓亦稱右丞終南別業詩有一唱三歎不可窮之妙。

（2）漠漠水田飛白鷺陰陰夏木囀黃鸝（輞川積雨）

右句詩人玉屑云：『極盡寫物之工。』鐵網珊瑚云：『朱叔重嘗曰王右丞水田飛白鷺陰陰夏木囀黃鸝卽李嘉祐句者也。』大有傷詩佛底名譽晁公武底讀書志始辯其誣妄『今嘉祐集無之豈肇原誣乎』後人贊同公武之說的多清全祖望云：『李嘉祐絕無白鷺黃鸝之句而或妄訴右丞以踏襲向徵晁子止辯之彼燕說之謬其有窮耶！』

肇國史補云：『王維有詩名，然好竊取人文章佳句，如漠漠水田飛白鷺陰陰夏木囀黃鸝卽竊李嘉祐句者也。』而李

（3）江流天地外山色有無中。

這是王世貞弇州山人藁中所謂『是詩家極俊語，卻入畫三昧』的句子。

（4）遠樹帶行客孤城當落暉。（送綦毋潛落第還鄉）

這是青軒詩緝中所謂『帶字當字極佳非得畫中三昧者，不能下此二字』的句子。

（5）桃紅復含宿雨柳絲更帶朝煙花落家童未掃鳥啼山客猶眠。（田園樂）

這是苕溪漁隱叢話中所謂『每哦此句令人坐想輞川春日之勝此老傲睨閒適於間也』的句子。

（6）渭城朝雨挹輕塵客舍青青柳色新勸君更盡一杯酒西出陽關無故人。（送元二使安西）

這是復齋漫錄中所謂『李伯時取以為畫謂之陽關圖予嘗以為失按漢書陽關去長安二千五百里，唐人送客西出都門三十里特是渭城耳今有渭城館在焉乃謂之渭城圖可也。』

(7) 白雲迴望合青靄入看無。（終南山）

(8) 落花寂寂啼山鳥楊柳青青渡水人。（寒食汜上作）

(9) 終年無客長閉關終日無心長自閒（答張五弟）

皆是詩中有畫的。

外如濟上四賢詠三首及偶然作六首皆可為四賢六逸底肖像。又如田園樂七首亦可謂田園詩人底心畫只是應制應教諸篇彼是循天子及諸王之意的以他底得意諸作比起來人工美底技巧，雖或可承認自然天籟底味卻索如這是予主張古來應制之詩無佳作的所以。

三　他底佛教趣味

詩人元來是對於感情純潔而且敏銳的每觸於物接於事比較常人感激性要強。如李白凤雖蔑視富貴功名，他底一飲三百杯但願長醉不願醒實是心底一大憂愁。杜甫底思君懷家哀貧嘆老患病畏死更不必說哩。獨王維超然物外不希富貴不厭貧窮以人生為樂觀而忘卻了生老死病底苦患這實在是信奉佛教修養佛學的結果他

底詩所以能發揮清秀澹雅之趣哩。

他對佛教信仰頗篤，他對佛學造詣頗深而他底詩中宣傳佛教趣味，卻尠他只是對於禪師上人居士等專門有佛學素養的有時用佛典上的術語而對於他底會心之友以裴迪崔興宗儲光義孟浩然爲首至於杜甫岑參賈至王昌齡錢起祖詠等決不誇視佛學底造詣深試於他底詩中而一誦胡居士臥病遺米因贈與胡居士皆病寄此詩集示學人二首謁璿上人燕子龕禪師夏日過青龍寺謁操禪師過乘如禪師蕭居士嵩邱蘭若和宋中丞夏日遊福賢觀天長寺之作投道一師蘭若宿盧員外宅看飯僧共題青龍寺曇壁上人兄院集並序遊感化寺曇興上人山院與蘇盧二員外期遊方丈寺而蘇不至因有此作等作又如他底文集中一讀其讚佛文爲幹和尚進註仁王經表爲舜闍黎謝御題大通大照和尚塔額表爲僧等請上佛殿梁表薦福寺光師房花藥詩序西方變畫讚並序繡如意輪像讚並序大唐大安國寺故大德淨覺師碑銘能禪師碑大薦福寺大德道光禪師塔銘等即可知他底怎樣精通佛典了然他平生與儒家贈答能應用儒教典故與道家贈答能利用道教典故這是他底變通自在而體念過古之溫柔敦厚的只是他如其他詩人一樣不作戀愛詩又不多作征戰義俠之詩也是多年爲佛教所涵養的結果。

今所傳的少年行從軍行之類，概是他二十歲前後之作其他詩作品如戀愛之作亦不是他所作的多。例如他的集中閨人贈遠五首是王涯之作，閨人春思及贈遠二首或亦爲王涯之作，或爲張仲素之作。從軍行二首塞上曲二首隴上行從軍辭塞下曲二首皆是王涯所作。平戎辭二首或爲王涯之作，或爲張仲素所作。即是其證。

第六編 唐宋文學概觀

一 唐之文化制度

唐之文化是承隋之後而大成的。故唐之官制是折衷隋之制度，而分爲尚書、中書門下殿中祕書內侍六省，田制是應用後魏以來的均田法，兵制是參酌後周底府兵至於學制欲更張南北朝以來的衰頹在京師設國子學太學、四門學、律學、書學、算學六學在地方置府學州學縣學國子學收納文武官三品以上的子孫，四門學收容七品以上的子孫，及庶人之子而俊異(二)的其他於門下省設弘文館掌文史底著撰。在東宮置崇文館任經籍底保管又人材登庸之制有生徒鄉貢制舉三種從學館進的曰生徒由州縣選舉的曰鄉貢由天子策問拔擢天下非常之才的曰制舉而鄉貢的科目有秀才明經俊士進士明法明字明算又至開元有所謂道舉，是以老莊應試的。就中進士考試爲學者最有名譽的考試，所影響於唐文學底隆盛最大。

唐之學術是以文學爲本位經學次之史學又次之子學更其次的之子學的考試，故唐之書生雖或有不究六經的，然不學文選的幾希詩人之數比學者要多詩集底發行比經解要夥從曹憲始專門教授文選諸生數百人常集門下於是稱憲

所居曰文選巷。又李善撰文選注六十卷，顯慶中，上之天子賞賚甚厚名聲大揚遂生出文選學底稱呼。與李善同時有許淹有公孫羅，皆是曹憲門人以文選為專門之業的。後呂延濟劉良張銑呂問李周翰五人各自注文選所謂五臣注即是於是文選學底流行與是等注釋相竢研究愈進步勢力範圍愈擴張其價值逐高出六經以上杜甫囑望其子宗武云：「詩是吾家事人傳世上情熟精文選理體覓綵衣輕」亦可知當時的風潮是怎樣傾注於文選了。然至經學以禮記左傳稱為大經毛詩周禮儀禮稱為中經周易尚書公羊傳穀梁傳稱為小經於學館置博士助教及直講分經教授大經各限三年毛詩周禮儀禮及周易各限二年尚書公羊穀梁各限一歲又使兼修孝經論語共限一歲卒業三百年底經學孔穎達底正義賈公彥底義疏以外一步也不能進了。如陸德明底經典釋文三十卷顏師古底匡謬正俗八卷亦不過文字訓詁之學且當時雖以明經取士然因不能以道義率下朝多讒諂面諛之風野少忠勇義烈之俗實是一代通弊至史學底研究諸史中獨偏重漢書，在前忘了史記，在後不知有後漢書三國志故不但顏師古底漢書註為斑孟堅底忠臣大秦君底兄弟，(二)姚思廉父子(三)皆以專攻漢書聞猶之文選之流行的凌駕六經。然當時有文史之材的甚多晉書成於房玄齡等，梁書陳書作於姚思廉，北齊書作於李百樂周書成於令狐德棻等隋書成於魏徵等，南史北史為李延壽所撰是皆是列於二十四史中的。然這等書作於初唐盛唐以後就無史筆了。在子學底研究高宗時殆以老子列於上經使貢舉之士兼修，玄宗之時立崇玄學且以老子與孝經、論語同等待遇諸子百家遂不能哲學的地去研究了。

第六編　唐宋文學概觀

一五九

儒道佛三教調和在齊梁之際是某一種學者底理想然實行這種理想，而轉變一代的風潮的，始於唐之高祖及太宗。高祖嘗於親臨釋奠時使徐文遠講孝經使沙門惠乘講般若經使道士劉進喜講老子猶如齊之張融於臨終時左手執孝經老子右手把法華經梁之傅大士頭被道冠身着僧衣足穿儒履一樣故儒教本非宗教但唐之思潮有三教合流之觀太宗嘗幸弘福寺為穆太后追薦自稱菩薩戒弟子告寺主道懿說是朕所以以老子居於釋氏之上的因是朕底祖先而已實在老子姓李氏與唐為同姓云太宗旣推崇老子高宗又追尊老子為太上玄元皇帝玄宗對貢舉之士減尚書論語策而加試老子。由是道家威勢始張道家根柢固於諸州築道觀造道務使與佛教對峙唐之佛敎自玄奘義淨從天竺還從事譯經天竺之僧善無畏金剛智不空飛錫而宣傳大乘以來很扶植一大勢力博得朝野貴賤底信仰。蓋天子如太宗高宗玄宗肅宗代宗德宗憲宗文宗宣宗懿宗等皆歸依三寶在宰相方面如張說宋璟杜鴻漸孟簡裴休等皆入佛教。故代宗之時，京畿田園多歸寺院，文宗之時僧尼之數達七十餘萬獨武宗奉道敎，大排斥佛教宣宗以後佛教復得勢壓倒道教遂至支配天下思想界其他景教從波斯入摩尼敎從回紇入回教從大食入亦可見太宗襟度底恢弘有淸濁並飮之槪。

翻而察儒教底勢力高祖已欲藉儒教正君臣明貴賤美教化移風俗創業之際，先以周公孔子之廟立國子學，舉行釋奠太宗卽位之後假仁義取禮樂為治平常道嘗自云：「魏徵勸我行仁義今旣效矣。」又云『功成設樂治定制禮禮樂之興以儒為本。」彼所著的帝範十二篇為唐三百年底國是彼嘗以之賜太子云：「修身治國盡在其

中，一旦不諱更無言矣」由此可知了。故稱孔子爲先聖稱顏子爲先師，大徵天下名儒爲學官，是出於太宗底方寸的顏師古考定五經底訛謬孔穎達撰述五經正義皆由太宗底詔命然唐之經學爲太宗底統一主義所限制無復自由研究之餘地三百年經學者皆立於漢儒下風漢儒底訓詁以外一步也不能出特別儒教底精神至高宗朝大義名分已不明及武后稱制上下一般成佞媚之俗他所撰臣軌十篇畢竟不過無用的空文而已其至於玄宗朝野雖幸有顏眞卿能盡忠節然大廈將傾及漁陽鼙鼓一度撼天地四十年的醉夢始覺歎惜二十四郡無一義士亦已晚矣。驤虞居治忘亂禮義廉恥不復行及憲宗時有韓愈沿秦漢以後久絕的先聖之道統慨然欲挽狂瀾於旣倒務觝排異端爲儒家大揚氣焰然亦是大木之顚非一繩所能維繫故顏眞卿底忠節空斃於賦手韓愈底意氣亦不能奈天下之大勢何即唐之佛教終始隆盛，而儒教則在高宗以前盛，在高宗以後就衰微了。

二 初唐文學

（一）唐書選舉制凡學六皆隸于國子監國子學生三百人以文武三品以上子孫爲之太學生五百人以五品以上子孫爲之四門學生一千三百人以文武七品以上子及庶人俊異者爲之律學生五十人書學生三十人算學生三十人以八品以下及庶人通其學者爲之凡館二門下省有弘文館生三十人著撰文史詳正圖籍東宮有崇文館生二十人掌經籍圖書敎經書生。

（二）大秦君兄弟曰秦景通謂大秦君弟曰秦暐謂小秦君。

（三）姚思廉父子父名姚察，仕於陳子名姚思廉，弘文館十八學士之一。

第六編 唐宋文學概觀

一六一

創業的英主雖是撥亂反正能成大業，一掃舊弊然文學底革新還不得不待守成的明君故初唐文學以弘文館十八學士為首。太宗朝有上官儀高宗之世有初唐四傑武后之時有北門學士，珠英學士皆承梁、陳餘風無不流於輕豔趨於浮靡。太宗嘗作宮體詩使虞世南應和。世南對云：聖作誠工，然體不正臣詩一傳天下之詩恐為此風靡，不敢奉詔欲於開國創業之初把此種亡國文學底輕豔浮靡革新而已。太宗大悅說：『羣臣皆如世南，天下有何不治』即賜帛五十四後。太宗作詩一篇紋古今之興亡時世南已卒太宗歎曰：鍾子期死伯牙不復鼓琴，遂使褚遂良詣世南之家於靈前讀其詩讀訖焚之。即唐詩底革新雖實現於盛唐，然其勤機可說是早發自世南。其因宋之問、沈佺期始開律詩底法門因陳子昂而漢魏古風復見於世初唐文學的價值亦決不可輕率看過了。崔融撰唐朝新定詩體承認初唐之詩於六朝特色以外發揮一種新詩體。胡應麟底詩藪云：『初唐之間，五言古以陳子昂為冠，七言短古以王勃為冠七言長歌以駱賓王為冠五言律以杜審言為冠七言律以沈佺期為冠排律以宋之問為冠是善於認識初唐作家底特長的。

三　弘文館十八學士

弘文館十八學士是佐開國英主以成經世大業的為房玄齡、杜如晦、許敬宗、虞世南、褚亮、孔穎達、陸德明、姚思廉、李守素薛收薛元敬顏相時蔡允恭于志寧蘇世長蓋文達蘇勖李玄道十八人太宗初為秦王時開文學館收聘

彼等十八人為學士薛收卒後召劉孝孫選充這是啓他日文學全盛之端的及後即位罷文學館立弘文館日夕引學士供顧問於聽政之暇討論墳籍推獎文學命閻立本畫像使褚亮作贊題名守爵里號為十八學士藏之書府天下皆仰慕謂為登瀛州云。

十八學士皆風雲際會能成功名而他們底學術文章亦優為一世冠冕特別是孔穎達底五經正義二百二十七卷，陸德明底經典釋文三十卷，姚思廉底梁書五十六卷，陳書三十六卷皆永足裨補後人。其他虞世南、褚亮、許敬宗等無不為一世翹楚。

孔穎達夙以該通五經有名，隋世已為博士。及唐與文學館學士遷國子博士敍子爵嘗為祭酒嘗奉詔與顏師古、司馬才章、王恭、王琰共撰五經正義。後太宗親行釋奠使穎達講孝經講畢上釋奠頌太宗大嘉賞賚甚厚云。

陸德明嘗受學於周弘正陳末已有令名。隋時為國子助教後為秦王所辟伍於十八學士，貞觀初為國子博士，敍男爵所著書有經典釋文三十卷老子疏十五卷易疏二十卷。

姚思廉為人寡欲常專心學問不顧家人生計蓋他是一個文行忠信繼述志篤的人哩故他底父姚察曾欲修梁陳二史未就而死他克承父志卒父業遂完成梁書五十六卷陳書三十六卷。

虞世南人倫準的常膺拾遺補闕之任能舉君臣一體之實太宗稱世南有五絕即一德行、二忠直、三博學、四文詞、五書翰幼與兄世基同受學於顧野王精思十年不懈累句不盥櫛世基辭章清勁過於世南惟瞻博不及世南甚

第六編　唐宋文學概觀

一六三

遠。世南底文章綺豔而婉麗使徐陵說：世南之文章類己卽世南底特色在於文辭底綺豔可知了。褚亮性警敏一曾經目終身不忘博覽多識善作文陳後主一日召見賦詩詩成江總及同席諸詩人大驚隋唐革命之後爲太宗所召爲學士常侍帷幄參與籌略其他如房玄齡以國器稱從幼能屬文該通墳典兼巧草隸如杜如晦有王佐才好讀書以風流自許許敬宗聰警而有文藻常掌詔命兼修國史李守素通氏姓之學稱爲肉譜或人物志如薛收薛元敬於干戈之間草書檄掌文翰捷敏精鍊有古陳琳阮瑀之風顏相時蓋文達入於儒學傳蔡允恭入文藝傳濟濟多士皆是文學上造詣甚深的。

四　上官體

初唐專門詩人有上官儀及上官婉兒。上官儀以詩爲帝王師常潤色太宗之詩當時傚做他詩的綺婉的多世稱上官體。婉兒爲武后所寵任不但通天以後的詔書及奏議爲她所代作而且在公讌之際的后妃及公主所作概成於她底手筆顧太宗爲曠古英主然太宗底詩往往藻豔而豪放之氣象所以遜於漢武英雄面目所以輸於魏武的雖是時代風俗使然然上官儀亦不能免其責中宗是庸主而中宗所作比較的可觀的是婉兒的才藻使然。

上官儀少通墳典工文詞貞觀初登進士第由弘文館直學遷祕書郎高宗時爲祕書少監麟德元年坐事被誅。

其詩綺婉一時貴顯傚倣的多所謂上官體有集三十卷今已佚亡蓋沈約以後四聲八病論盛他凡論聲律研鍊對

偶而立正名同類連珠、雙聲疊韻雙擬六種的名目發他曰沈宋律詩之源。

上官儀既卒後，儀女孫上官婉兒資性韶警善文章年十四爲武后所召受寵任，不但通天以後的詔誥出於她的手筆的多，而且當時羣臣底奏議亦多成於她的手筆中宗卽位之後勸帝弘大書館增加學士引大臣名儒選充。帝賜宴賦詩君臣相唱和婉兒常代天子、皇后及公主賦詩多多益辨彩麗益新婉兒又品第羣臣之詩其優秀的賞金賜爵故朝野靡然趨於綺豔驚求華藻婉兒以一婦女之力亦可謂偉大了。

五 初唐四傑

弘文館十八學士非純詩人上官儀及上官婉兒僅是任才草文賣文買寵而已故於初唐詩人中求其能代表一世的作家無如王、楊、盧、駱四人王、楊、盧、駱所謂初唐四傑杜甫詩云：『王、楊、盧、駱當時體輕薄爲文哂未已爾曹身與名俱滅，不廢江河萬古流。』以四傑比江河萬古之流把其他的輕薄才子罵倒謂汝曹身與名俱滅。(一)

初唐四傑皆天才詩人特別王勃是天才中之天才其作思初不精思於酣飲後援筆咄嗟之間成篇一字不改易。時人謂爲腹藁勃字子安嘗對策爲朝散郎作鬪雞之檄觸高宗怒斥赴劍南。時都督閻伯璵新修滕王閣大會賓客，出紙筆徧請賓客作滕王閣序客莫敢當勃年少在末座抗然起而應之都督怒其不遜起人內竊使吏伺勃文輒報，一再報語益奇都督歎賞曰：『天才也』更請成文一座驚歎其才華後渡海至交阯溺水卒年二十九。

與王勃競文名自稱恥居王後的楊烱幼聰敏善屬文舉神童旣長爲校書郎又爲崇文館學士終爲盈川令以嚴酷爲人之怨府嘗作盂蘭盆賦獻武后其詞甚雅麗由是以文章與王勃盧照鄰駱賓王齊名天下稱爲四傑烱聞之心不平語人云吾愧在盧前恥居王後可以想見他底矜氣好勝哩他有文集三十卷足以窺他底詞藻。

博學善文嘗使鄧王嘆爲「斯人吾家相如也」的卽是盧照鄰照鄰字昇之事鄧王拜新都尉因疾去官於具茨山下買園數十畝豫爲墓偃臥其中自謂高宗時尙吏已獨爲儒武后尙法已獨爲黃老后封嵩山屢聘爲賢士己已爲廢人因作五悲文以自傷病旣久手足攣廢不堪其苦遂與親屬訣別自投潁水而死年四十有文集二十卷。

其爲人淸猖而厭世之意切所著詩文皆有騷人之風特別悲痛苦楚之韻多滿目的山花野草皆是他底厭世的詩料而他嘗作長安古意鋪陳帝都底繁華壯麗描寫王侯貴戚底白馬金鞍交結遊俠酣飲娼家的意氣這是班固西都賦張衡底西京賦底轉他是以詩代賦的故其辭雖極華麗然其意卻出於慨世傷時之餘這是他與輕薄才子柔媚詩人不同的所以亦是他底價值百世之後爲人所推重的所以。

「一坏之土未乾六尺之孤安在」這是駱賓王爲徐敬業作檄以討武后之罪武后讀檄文至此矍然曰：「誰爲之？」或以賓王對曰宰相安得失斯人這豈非賓王唯一的知己及敬業敗賓王亡命之杭州爲浮屠彼嘗作帝京篇描寫長安底豪華與王侯底游醼其辭雖極浮靡然綴錦貫珠自是典型這與照鄰底長安古意比起來他通篇用七言此則五言七言相錯綜以成章然異曲同工俱可稱一代絕藝。

論到四傑底優劣，崔融嘗與張說評品說，崔融推王勃底文章宏放為第一，張說推楊炯為四傑底冠冕，蓋天才秀逸雖應推王勃，然節操之高潔不得不舉盧照鄰。（二）而詞藻秀麗四傑都一樣，只楊炯所作好連用古人姓名，駱賓王底詩好以數為對時人稱炯為點鬼簿謂賓王為算博士云。

（一）王世貞藝苑巵言云：『盧、駱、王、楊稱四傑詞旨華靡固沿陳隋之遺翩翩意象老境超然勝之五言遂為律家正始內子安稍近樂府楊、盧尚宗漢魏賓王長歌雖極浮靡亦有微瑕而綴錦貫珠滔滔洪遠故是千秋絕藝蕩子從軍吉改為歌行遂成雅什子安諸賦皆歌行也。為歌行則佳為賦則醜。

（二）陸時雍詩鏡總論云：『王勃高華，楊炯雄厚，照鄰清藻，賓王坦夷，子安其最傑乎調入初唐時帶六朝錦色。

六　北門學士與珠英學士

則天武后是曠世之女傑臨朝稱制遂顛覆唐室改國號為周所謂牝雞之晨惟家之索也故受先帝之遺詔負托孤之重任的長孫無忌褚遂良為了不迎合她底意思不旋踵而被貶竄然她底天資明敏涉獵文史廣收文學之士當收撰之事且她有權數善籠絡人將相以下皆畏服，魏元忠、婁師德、狄仁傑、姚元之、宋璟等皆為所用。內有崔融、元萬頃及上官婉兒常代她染翰如崔融之撰則天實錄，元萬頃與左史范履冰笛神客右史周思茂、胡楚賓共撰臣軌列女傳百寮新誡皆是迎合她底意思的於是朝廷文筆多出自融手筆百僚表疏多出自萬頃手筆是即所謂北

門學士。(1)

當這時大義名分巳壞，禮義廉恥不復行。輕薄的文士柔媚的詩人，渴仰利祿，覬幸名爵阿諛逢迎，不知人間有羞恥事後及張易之兄弟獲寵於武后，引用文學之士李嶠、蘇味道、杜審言、宋之問、沈佺期、閻朝隱、富嘉謨、徐堅、劉知幾、李適、王無競、尹元凱、劉允濟等二十六人撰三教珠英一千三百卷，是卽所謂珠英學士哩！

北門學士與珠英學士俱是官僚詩人與上官體是當代貴族文學。上有簒奪之人主使詩人謳歌己之功德，下有名利之人臣迎合君主之意以提高己之位地猶之王莽之世上多虛偽下少節義內有莽大夫揚雄之徒外有頌莽之德的四十八萬人一樣故武后之詩崔融元萬頃底代作多易之兄弟底詩宋之問閻朝隱底代作多且崔融底寶圖頌李嶠底皇符陳子昂底受命頌等無非是諂諛文學而已。

易之一敗崔融、李嶠、蘇味道、杜審言、宋之問、沈佺期閻朝隱王無競等數十八皆坐被貶竄。詩人輩出實推是時爲最。中崔融底華婉與李嶠、蘇味道、杜審言稱爲文章四友宋之問底閎麗與沈佺期爲律詩底開祖富嘉謨底典雅與吳少微俱稱富吳體此皆上承上官體底流風下開開元天寶底全盛的人物開元中張說與徐堅論文章以李嶠、崔融、宋之問的文比良金美玉以富嘉謨之文比壁立萬仞的孤峯絕岸以閻朝隱之文比麗服靚粧而歌舞的燕趙美人亦可謂獨具隻眼。

及武后殂中宗復位擴張修文館增大學士四人學士八人直學士十二人召還曾被貶竄的詩人，以李嶠、宗楚

客、趙彥昭韋嗣立為大學士以李適、李乂盧藏用宋之問、沈佺期、閻朝隱、杜審言、徐堅劉允濟等補直學士宮中有讌讌學士必陪食天子每行幸學士必扈從（二）春幸黎園夏宴葡萄園秋登慈恩寺浮圖冬幸新豐上驪山賜浴溫泉大率以為常而他們底多數巧佞卑猥忘記君臣禮法徒以文辭緻幸一時故當時詩人所作應制的多（三）中宗嘗幸昆明池賦詩有羣臣應制一百餘首盛則盛矣然其文士底浮誇奔競的情態怎樣可以知了然命題既同體製亦一雕繪有餘而氣韻索如不過徒於錦上添錦而已蓋亦是不得已的通弊。

（一）唐書百官志云文書詔令則中書舍人掌之。自太宗時名儒學士時時召以草制然猶未有名號，乾封以後始號北門學士。

（二）又云學士之職本以文學言語被顧問出入待從因得參謀議納諫評其禮尤寵。

（三）丹鉛總錄云：『唐自貞觀至景龍詩人之作靡是應制命題既同體製復一其綺繪有餘而微乏韻度。』

七　律詩底發生

沈佺期、宋之問始開律詩底法門宋、元以後的詩人皆格守其繩墨千有餘年間寸不能進尺不能退皆是依樣畫葫蘆。於是說詩之變遷於隋唐之間劃一鴻溝而立古體近體之別然律詩底起源遠濫觴於齊梁間顧自沈約一唱四聲八病之說，徐陵、庾信等皆以聲律諧和為作詩要諦。故如沈約底八詠庾信底烏夜啼省副律詩之格唐之律詩可謂已在此時胚胎了。然沈宋以前之作起初不是以律詩底目的而作的而是偶然作成八句詩的故他們集中

雖用聲律底格調然或止六句或有至十句，至於沈宋以後的律纔以四韻的目的成八句的形式前者之作不期而成八句後者之律是有意作成四韻這是沈宋之名聲在文學史上所可特筆的所以。（一）而後世詩人可惜耗盡天才於八句之中以畢生技能盡於四聲底排置遂以不能產生極縱橫變化之妙可以動天地泣鬼神的雄篇傑作這原是後世作者之罪而非沈宋之所與知的。

沈佺期是翩翩的輕薄才子字雲卿進士及第後從協律郎除考功員外郎以受賕流驩州中宗復位後召歸京師為起居郎兼修文館直學士侍宴賦詩數賜賞開元初卒他所作佳的雖多然七言律中古意是明何景明所評為唐人七言律第一的龍池篇是清沈德潛所稱為擅古今之奇的時有宋之問以才藻與佺期齊名時人號曰沈、宋。

問字延清上元二年進士嘗從武后遊龍門武后使從臣賦詩左史東方虬之詩先成武后以錦袍賜之已而之問作成武后覽之嗟賞把錦袍從虬手奪回以賜之問後求為北門學士不得因作明河篇性辯給而訶諛武后媚從張易之諂事太平公主諧結安樂公主後世君子不直其所為後左遷越州窮歷剡溪山水日以詩酒為事其詩流傳京師，一時相傳誦而膾炙人口然睿宗惡其猶險流於欽州，賜死於桂州。

沈宋二家在文學上的功績雖頗大然他們性行輕薄而狎邪殆不知人間有羞恥事，然他們於詩有別才屬對精麗能實行沈約以後的理想只是他們所作媚態多，而無高遠雄大之意象，在輕薄詩人底性格方面固是當然的結果。

（一）唐書文藝傳云魏建安後迄江左詩律屢變至沈約庾信以音韻相婉附屬對精密及之問徐期又加靡麗回忌聲病約句準篇如錦繡成文學者宗之號爲沈宋。

（二）（a）李維楨（字本寧嘉靖二十六年生天啟六年卒）曰詩至唐而盛亦至唐而衰以其風雅頌之古音盪失也（b）俞樾曰詩至唐而盛亦至唐而衰以其風雅頌之古音盪失也（c）王世貞藝苑卮言云獨孤及曰漢魏之間雖已朴散爲器，作者猶貿有餘而文不足沈詹事宋考功始裁成六律彰施五彩使言之而中倫歌之而成聲緣情綺靡之功至是始備雖去雅寖遠其利有過於古。

八　陳子昂底感遇三十八章

初唐之詩還是承梁、陳之餘風未能脫腳綺豔的積弊的時候，陳子昂出作感遇三十八章，開唐詩革新之端而張九齡底感遇十二首李白底古風五十九首皆是胚胎於子昂底三十八章的蓋沈宋底律詩襲徐庾底故態雖發揮一代底特色確立百世底典型然陳子昂底三十八章卻變齊梁底偶儷直逼漢魏底高古故韓愈稱曰『國朝文章盛子昂始高蹈』陳振孫云『子昂首起八代之衰』王士禎亦嘗云：『變魏晉之風骨變陳梁之俳優者陳子昂之力最大張九齡繼之李白又其次也』

陳子昂字伯玉蜀人幼豪俠常與博徒遊名馳鄉曲曾不知讀書之樂年十八入鄉校大自悔悟謝絕門客專竭力於經史百家尤善詩文有相如子雲底風骨嘗作感遇三十八章王適見之嘆美之云：『此子必爲海內文宗。』年

二十一入京師遊太學登進士以文爲武后所知爲麟臺正字其時遠近傳寫他的文章至於在市肆中相貿鬻後數上書言政事議論甚剴切而意氣頗激昂昔日豪俠之風尚存然勸武后與明堂太學是唐書之所謂以圭璧薦房融、以脂澤爲汙漫的況爲武后作受命頌其受君子百世之譏亦有由也然他輕財好施篤於朋友特與陸餘慶、王無競、房融崔泰之盧藏用趙元有親交他嘗慨然曰：「文章道弊五百年矣漢魏風骨晉宋莫傳然而文獻有可徵者僕嘗暇時觀齊梁間詩彩麗競繁而興寄都絕每以永歎竊思古人常恐逶迤頹靡風雅不作」這就是他底抱負李白底古風五十九首嘆大雅不作正聲微茫罵建安以來的綺麗亦是襲子昂底風神的後受縲絏之辱死於囹圄之中未必是他底罪哩他底死盧藏用編次子昂遺文爲十卷且爲序云：「……至於徐庾天之將喪斯文也後進之士若上官儀者繼踵而生於是風雅之道掃地盡矣易曰物不可以終否故收之以泰道喪五百歲而得陳君……嶷起江漢虎視函夏卓立千古橫制頹波天下翕然文質一變」可謂知言。

九　盛唐文學

唐三百年的天下是詩全盛的天下。而開元、天寶的詩又是全盛中的全盛，爲唐代文學一吐萬丈光焰。顧開元底天下玄宗之治已極陽雖有四海驥虞之風，而陰則已萌崇極而圯的動機。日中則傾月盈則虧，歷史於此中藏一大轉變的氣運。天下將現出一大活動的舞臺。而玄宗與貴妃俱化爲劇中人物，由殿上享樂的序幕終於演出馬嵬

驛前底悲慘。

玄宗是如何的人主呢？因好文藝寵遇優伶，於宮中設左右教坊，不但使子弟習舞樂而且以梨園為梨園，親持樂器披舞衣教子弟號曰皇帝梨園弟子，不但杜甫底哀江頭、白居易底長恨歌、陳鴻底長恨歌傳以玄宗與貴妃底情事為詩為文，而且元白仁甫底梧桐雨明屠長卿底綵毫記吳世美底驚鴻記清洪昉思底長生殿等雜劇無不皆然。故前由姚崇宋璟、張九齡底啓沃成為開元英主的他後因李林甫安祿山楊貴妃底壅蔽卻成了天寶的庸主了。

於是忠臣泣思報國義士怒起嵩萊詩人學者痛哭流涕以經世之志見於文字詞章當時天下活動人心活躍故當時之士雖或有擲筆提劍的，或有賣劍買書的，或有釋褐而升於青雲的，或有挂綬而放浪於山水的，然其呈現一種活氣則一。當時的詩雖或有飄逸的或有悲壯的或有素樸的，然其有光焰則一。

盛唐之詩所以壓倒全唐為百世詩人所矜式的，在於能革新前朝底積弊古體近體唐詩均新開一生面發揮精彩。特別七言絕句代替了漢魏以後八百餘年傳來的樂府或為梨園伶人所謳或為狹斜歌妓所唱亦可知詩人未必是風流韻士無用閑人，而對於現實社會怎樣地被歡迎了！

唐詩人多尤其是在開元、天寶之際最多李白杜甫俱一代巨擘使開元、天寶底詩成為全唐文學底中心的。韓愈所謂：「李杜文章在光焰萬丈長」能表彰李杜底真價了。鼎峙杜李而另處發揮雅趣的是王維。王維字摩詰善詩畫草隸嘗一度喪妻不復娶居三十年不食葷不衣文綵於輞川別墅樂山水彈琴飲酒終日嘯詠以為事，維之輞

川別墅及渭城曲是最膾炙人口的作品。王士禎論李杜與王維之作以仙聖佛相比。蓋因李白有仙骨杜甫好儒，王維奉佛哩。其他有號爲燕許大手筆的張說與蘇頲並掌詔誥，在開元間揮其彩筆（一）又有稱爲文場元帥而又與燕許二公頡頏詩則追隨陳子昂的張九齡有兄弟俱工文章而有李氏花萼集之著的李乂兄弟有兼善詩書畫而才名四十年夙以三絕聞的鄭虔。而又有涼州詞與昌齡底從軍行並稱的王翰及王之渙又有好節義隱鹿門山年四十始遊京師大揚詩絕句第一而名的孟浩然。（二）有往來戎馬烽煙之間十餘年最長於邊塞之作的岑參有與岑參齊名悲歌慷慨以功名自許的高適。（三）有作黃鶴樓詩而評者詩人以來罕有此作的崔顥有聞崔顥之名邀之與見而吒小兒無禮的李邕有作江南憶之詩而博得唐人七言律中第一名的王灣其他如賈至、常建、儲光羲、李頎無不是一世詩傑玄宗嘗言前世有李嶠蘇味道今朕得蘇頲李乂何愧前人蓋羣賢如林才藻如花是盛唐底偉觀然此濟濟多士皆不過一時詩宗究竟不如李杜二聖之能儀型百世哩！

（一）藝苑卮言開元彩筆無過燕許制冊碑頌春容大章然比之六朝明易差勝而淵藻遠卻許之應制七言宏麗有色而他篇不及李嶠燕岳陽以後感槩多工，而實際不如始興。

（二）麓堂詩話云唐詩李杜之外孟浩然王摩詰足稱大家王詩豐縟而不華靡孟卻專心古淡而悠遠深厚自無寒儉枯瘠之病由此言之則孟爲尤勝。

（三）詩鏡總論云七言古盛於開元以後高適當屬名手。

一〇 李白

李白元是隴西一布衣十歲通詩書妳擊劍有四方之志及長雖長不滿七尺而心雄萬夫蘇頲爲益州長史時一見云：「此子天才英特倘益以學可比相如。」然他喜縱橫之術以任俠自許輕財重施所交的非悲歌慷慨之士，卽隱逸放浪之人所樂的；非麴蘗昏冥之醉卽山水登臨之遊嘗從岷山出居襄漢之間更南遊江淮至楚留於雲夢凡三年去之齊魯居徂徠山與孔巢文韓準裴政張叔明陶沔日事酣醉所謂竹溪六逸卽是天寶初入吳遊會稽與道士吳筠共居剡中旣而吳筠被召赴長安並以李白薦於玄宗玄宗下詔徵白李白至京師見太子賓客賀知章於紫極宮知章一見云：「子誠謫仙人也。」已而玄宗召見他於金鑾殿於論當世之事彼乃奏頌一篇帝悅賜食親調羹詔爲翰林供奉而他日與飲徒沈醉於長安市上的酒家帝一日與楊貴妃賞牡丹於沈香亭說是賞名花對貴妃焉用舊詞乃使白作新樂章召入宮中時他大醉如泥左右以水潑面扶起使執筆他立作清平調三章。杜甫所謂李白一斗詩百篇長安市上酒家眠實把酒仙底眞相道破了帝愛其才數宴見將大用而他嘗醉使高力士脫鞾力士嗛而譖之彼自知不容愈益騖放與賀知章崔宗之張旭蘇晉焦遂等七八日沈湎酒所謂飲中八仙卽是已而去京，放浪四方北抵燕西到岐邠東至洛陽游梁之齊魯南浮淮泗入吳轉至金陵上秋浦抵潯陽後永王璘辟爲僚佐坐事下潯陽獄流夜郎遂卒於歷陽宣城之間時寶應元年年六十四。

李白是天才詩人而他底青年時代一片俠骨稜稜常急人之急不自貴重顧藉不拘小節不顧細謹才氣豪邁蓋一世故談兵則以先登為榮語游俠則白晝殺人不為非功名之念勃勃對於魯仲連侯嬴酈食其張良韓信等欽慕異常然及俠骨化而為仙風神識超邁逃於酒而為酒仙發於詩而為詩仙天子呼來不上船一斗百篇舉杯則生春援筆則開花千載獨步駕御屈宋鞭打楊馬一掃梁陳宮掖之風。

他底詩七百七十六篇皆是以才發以神運詩仙之面目躍如而縱橫變化發揮才人之妙的蓋天才之所發飄然而來神化所至忽然而往猶如天馬行空殆不可覊勒故他底詩底長所不在近體而在古體然他底絕句實唐三百年第一人能把眼前之景託於神化之筆餘韻縹渺使人有飄飄欲仙之妙。

他底歌詩中古風五十九首雖非一時之作然他底心事本領卻存於其中其第一首開口輒慨大雅久不作嘆正聲之微茫嘲建安以後的綺麗而顯明地說己之志在於删述他底欲接踵風雅的意氣流露無遺了憶舊遊寄譙郡元參軍能發揮謫仙獨得之妙神氣暢情文高所謂大江無風波浪自湧其他襄陽歌將進酒月下獨酌把酒問月夢遊天姥吟等皆可見他底奇想逸趣他是酒中之仙同時又是詩中之仙呵！

月下獨酌

花間一壺酒獨酌無相親舉盃邀明月對影成三人；月旣不解飲影徒隨我身暫伴月將影行樂須及春我歌月徘徊我舞影凌亂醒時同交歡醉後各分散永結無情遊相期邈雲漢。

把酒問月

青天有月來幾時我今停盃一問之。人攀明月不可得月行卻與人相隨。皎如飛鏡臨丹闕綠煙滅盡清暉發；但見宵從海上來寧知曉向雲間沒。白兔擣藥秋復春姮娥孤棲與誰鄰今人不見古時月今月曾經照古人。今人若流水共看明月皆如此唯願當歌對酒時月光長照金罇裏。

他底集子三十卷中律詩少古詩多而古詩中樂府最多樂府是他底得意之所所謂天授殆非人力所及。顧他底樂府是借舊題以煥發自己底才華的其筆勢底奇矯詩想底飄逸誠是一代詩仙前無敵對後無繼承蜀道難、別離、梁甫吟、烏夜啼、烏棲曲等諸篇很能描出他底真面目律詩雖非他底所長然一種英爽之氣自橫溢於楮墨之外。蓋他底對偶不雕飾而自有精彩不研鍊而自工麗如登金陵鳳凰臺之作最爲完璧膾炙人口又絕句是他底神籟，如黃鶴樓送孟浩然之廣陵早發白帝城越中懷古蘇臺覽古望天門山峨眉山月歌等皆是發揮天才詩人底絕妙的。

黃鶴樓送孟浩然之廣陵

故人西辭黃鶴樓煙花三月下揚州。孤帆遠影碧空盡惟見長江天際流。

早發白帝城

朝辭白帝彩雲間千里江陵一日還兩岸猿聲啼不住輕舟已過萬重山。

越中懷古

越王句踐破吳歸義士還家盡錦衣宮女如花滿春殿，只今惟有鷓鴣飛。

二 杜甫

當李白以天才爲詩壇底太白星時，而以語不驚人死不休的苦心與精力與太白對照燦然放其異彩稱爲詩壇雙星的是杜甫。李以才勝，杜篤於情彼奇想逸興以神運之，此則苦心經營由研鍊而成彼如一斗百篇發其飄逸之趣；此則讀書萬卷，盡其沈鬱之致；彼天空海闊悅樂自然此則一飯不忘君國悲懷時事彼如芙蓉之出水此則如鯨魚之躍海二人底軒輊誠不容易也。元稹嘗論李、杜底優劣云李不能窺杜之藩籬況堂奧耶？韓愈斥之云：「不知羣兒愚那用故謗傷。」蓋千古詩壇底雙星到底不許羣兒置喙。

李、杜之性行雖不相同然二人底交契最親密雙星光芒曾不相犯。故李白流夜郎，杜甫即有夢李白及天末懷李白之作，而李白亦嘗懷杜甫作贈杜補闕沙丘城下寄杜甫魯郡東石門送杜二甫的詩即可知杜甫底傲岸能容李白，李白底放逸不能忘杜甫。

杜甫字子美號少陵，少時貧而寄食於人客遊吳、越、齊、趙之間，年二十四舉進士不第。天寶中奏賦三篇。玄宗奇之，使爲集賢院侍制後屢上賦頌高自稱道云：「臣之述作雖不足鼓吹六經而揚雄枚皋可企及也。」已而安祿山

叛陷京師彼避亂走三川及肅宗卽位靈武他羸服奔行在爲賊所捕徒然念君懷家感感迫胸淚眼濺花在賊中一年亡走鳳翔謁帝於行在拜右拾遺時至德二年後貶爲華州司功參軍時他家在鄜州妻子極窮苦幼弱有餓死的。他因棄官而去爲客秦州可憐一代詩聖短衣不掩脛手足凍皴日負薪採橡栗以自給他底秦州雜詩就是這時作的後流落劍南數年具嘗艱苦去出瞿塘下江陵泝沅湘登衡山寄寓耒陽遂於大曆五年以五十九歲卒於一生坎軻沈淪之中。

他是情感的人是多淚的詩人故與李白底仙風道骨相反而他是涵詠儒術慷慨淋漓常熱中時事好論天下形勢或痛哭或悲憤仰爲忠君之情俯爲懷鄉之念春花秋霜無不是傷懷種子況其坎軻拓落飄零於江湖不平鬱勃假酒而爲曠放之行不自檢束然其詩苦心經營不忘君國傷心時事千言萬語皆是表現當時的社會狀態的稱爲詩史亦非過言。

他所作皆是黃金白璧今傳的詩有古體三百九十首近體一千六首就中北征一篇與自京赴奉先縣詠懷五百字俱是他的心血文字他底集中底長篇北征通篇以敍事爲主雜以議論詠懷全篇以議論爲主而雜以敍事皆以排天幹地之力一氣莽蒼橫絕大空有一種網羅萬象之概其他兵車行麗人行哀江頭哀王孫是傷懷時事的乾元中寓居同谷縣作歌贈韋左丞去矣行彭衙行醉時歌是敍述自己底心事境遇的又他底近體中如秋興八首詠懷古跡五首諸將五首皆雄渾沈痛材大而氣厚格高而詞麗這是他稱爲詩聖永遠虎視詞壇雄飛百世的所以。

兵車行

車轔轔馬蕭蕭行人弓箭各在腰耶孃妻子走相送塵埃不見咸陽橋。牽衣頓足攔道哭哭聲直上干雲霄。過者問行人行人但云點行頻或從十五北防河便至四十西營田去時里正與裹頭歸來頭白還戍邊邊亭流血成海水武皇開邊意未已君不聞漢家山東二百州千村萬落生荊杞縱有健婦把鋤犁禾生隴畝無東西況復秦兵耐苦戰被驅不異犬與雞長者雖有問役夫敢申恨且如今年冬未休關西卒縣官急索租租稅從何出。信知生男惡反是生女好生女猶得嫁比鄰生男埋沒隨百草君不見青海頭古來白骨無人收新鬼煩冤舊鬼哭，天陰雨濕聲啾啾。

哀江頭

少陵野老吞聲哭，春日潛行曲江曲。江頭宮殿鎖千門，細柳新蒲爲誰綠憶昔霓旌下南苑，苑中萬物生顏色；昭陽殿裏第一人同輦隨君侍君側。輦前才人帶弓箭，白馬嚼齧黃金勒，翻身向天仰射雲一箭正墜雙飛翼明眸皓齒今何在血污遊魂歸不得清渭東流劍閣深，去住彼此無消息人生有情淚沾臆江水江花豈終極黃昏胡騎塵滿城欲往城南忘城北。

登岳陽樓

昔聞洞庭水今上岳陽樓。吳楚東南坼，乾坤日夜浮，親朋無一字，老病有孤舟戎馬關山北，憑軒涕泗流。

春望

國破山河在城春草木深感時花濺淚恨別鳥驚心烽火連三月家書抵萬金白頭搔更短渾欲不勝簪。

故李白底絕句是神韻非杜甫所能企及同樣杜甫底律詩入了聖域亦非李白所能企及哩而於古詩李杜俱攜手同達了神域即可以說古體李杜雖殊塗而同歸然近體卻是二家相互分擔律絕的。

二 中唐文學

承盛唐之後的中唐文學是說代宗以後八十八十餘年的文學然代宗之世是姑息偸安的時代天子想望太平，士大夫厭苦兵革冀幸無事內而宰相不得其人宦官已參樞機外而回紀吐蕃屢次入寇躁躪中國藩鎭互爲黨援抗拒朝命於是天子之威信墜地而苟且因循無復興國底氣象了這時際詩人韓翃盧綸錢起李端吉中孚司空曙苗發崔峒耿湋夏候審等皆以善五言詩締交一時相唱和名馳都下卽所謂大曆十才子是至德宗之世從陸贄之勸下罪己以謝天下之詔奉天底驕將悍卒雖有感激揮涕的然諸鎭橫暴之弊終不絕根。憲宗卽位之後欲振張紀綱雖內舉賢相外用良將一掃藩鎭跋扈之積弊然淮西旣平之後流於驕侈無復昔日底意氣了且憲宗大信奉佛教迎佛骨於禁中王公士民皆歸依三寶以求福利事捨施時雖有韓愈慨然狂瀾於旣倒然柳宗元、白居易之徒已信仰佛教這實是天下大勢使然爲思想界一大變亂。元和長慶之際，韓愈、白居易二賢出猶如開元、天寶之

際，杜甫李白出一樣中唐文學底價值實全在於韓、白二賢底手腕技工。

中唐文學前有大曆體——即大曆十才子底詩風後有元和體——即白居易、元稹一派底詩風。(一) 別有韓愈、孟郊一派的詩體是反對元和體底坦夷與輕淺的試察大曆體底詩風韓翃字君平南陽人少有才名天寶末雖登進士第但不得志家甚貧室無一物而所與交遊的皆當世名士晚年恛恛殊不得意而章臺柳之詞是他思情人柳氏之作他又嘗作寒食的詩為德宗所知為駕部郎中知制誥建中末卒(三) 其詩與致繁富每出一篇一詠朝野無不珍重之。盧綸字允言河中人大曆初數舉進士不第奉親客遊鄱陽與郡人吉中孚為林泉之交後為德宗所知和御製之詩為戶部郎中貞元中卒錢起字仲文吳興人天寶十年進士及第為祕書省校書郎後為尚書考功郎中卒有集三十卷詩格新奇而理致清贍李端字正已趙郡人大曆五年進士嘗在郭曖門下每宴集賦詩屢驚座客遂任校書郎後移江南為杭州司馬卒初郭曖大會客使賦詩詩先成者賞百縑端先賦一詩錢起曰：李校書誠有才但此篇為宿構願更賦一詩請以起之姓為韻端立成一章且比前更工一座感歎然在送王緒底詩裏錢起能占壓卷之譽而舊唐書稱盧綸之作云：「大曆中詩人李端錢起韓翃輩能為五言詩而辭情捷麗綸作尤工」則足知四子之技能皆在伯仲之間了。

韓翃

奉送王相公縉赴幽州巡邊

黃閣開帷幄丹墀侍冕旒位高湯左相權總漢諸侯不改周南化仍分趙北憂雙旌過易水千騎入幽州塞草連

天暮邊風動地秋；無因隨遠道結束佩吳鉤。

寒食 韓翃

春城無處不飛華寒食東風御柳斜；日暮漢宮傳蠟燭青煙散入五侯家。

奉送劉相公江淮摧轉運 錢起

國用資戎事臣勞為主憂將徵任土貢更發濟川舟擁傳星還去過池風不留唯高飲水節稍淺別家愁落葉淮邊雨孤山海上秋遙知謝公興微月上江樓

贈郭駙馬 李端

青春都尉最風流，二十功成便拜侯金距鬬雞過上苑，玉鞭騎馬出長楸薰香荀令偏憐少傅粉何郎不解愁日暮吹簫楊柳陌路人遙指鳳凰樓。

方塘似鏡草芊芊初月如鉤未上弦新開金埒看調馬舊賜銅山許鑄錢楊柳入樓吹玉笛芙蓉出水妬花鈿今朝都尉如相顧願脫長裾學少年。

其他如司空曙、崔峒、吉中孚、耿韋苗發夏侯審輩碌碌其作可觀的少。

次考元和體底詩風白居易之友有元稹劉禹錫元稹字微之為人輕浮而猜忌他之於白居易不啻骨肉的交誼。蓋二人才力相匹敵其詩風亦同曲調，俱倘佯夷唱和之作之多古來無踰此二人者故當時言詩的稱元白又稱

二人底詩體爲元和體。唐書云：『元稹尤長於詩與白居易名相埒，天下傳諷，號元和體』即是故元才子之名早喧傳宮中。他所作連昌宮詞與白居易底長恨歌並稱有聯璧之評云。而蘇軾嘗毀元、白曰：『元輕白俗』就是嘲他們底坦夷的。（三）但元氏長慶集之名與白氏長慶集共爲不朽，爲後世詩人所愛讀。白居易一日戲元稹云：『僕與足下二十年來爲文友詩敵，幸也亦不幸也。吟詠情性播揚名聲其適遺形其樂忘老幸也；然江南士女語才子者多，居易以詩豪目之且稱他底詩云「其鋒森然不敢當」他底爲人倔強而自無所屈撓故前後二十四年間雖被貶謫終無悔悵之色其由朗州始徵還的時候作「玄都觀裏桃千樹盡是劉郎去後栽」之詩以諷執政再左遷連州太和三年復召還又作「種桃道士歸何處前度劉郎今獨來」之詩亦是刺當塗之作而已。然他底才藻冠絕一時當時與白居易並稱爲劉白云。

次考韓愈孟郊一派詩體韓愈之友有孟郊、李賀、盧仝。韓愈之門下有李翺、張籍、王建、賈島等皆受韓愈底輓誘掖不但他們底境遇有酷似韓愈的處所，而且他們底才性氣味深有與韓愈契合之所其詩風更不必說了。孟郊字東野以詩鳴世有孟詩韓筆之稱。（四）性狷介與人不諧合嘗隱嵩山韓愈一見而爲忘形之交常徵逐詩酒之間他底詩瑰詭而可讀的雖多然韓愈常稱他所作高出魏晉不懈則及於古而蘇軾獨不滿他底詩云：『東野之詩初如食小魚所得不償勞。』明陸時雍亦於詩鏡總論云：『讀孟郊詩如嚼木瓜齒缺舌敝不知味之所在』而歐陽

修則於韓孟之文詩說是兩雄之力相當，黃庭堅亦論韓孟聯句，對於或人所謂，「恐是退之有所潤色」說：「退之安能潤色東野，若東野潤色退之，卻有此理。」李賀字長吉七歲為辭章，韓愈皇甫湜聞其名俱往其家使賦詩，賀援筆立成，高軒過一篇，二人大驚奇才，他雖以享年二十七早世，然其以千古鬼才永博詩名於後世，却非偶然。盧仝號玉川子性清高而無志仕進，破屋數間，上奉慈親，下養妻子，空抱大才獨究遺經，屢仰鄰僧底給米，嘗作月蝕詩以譏元和逆黨，時韓愈為河南令，深愛其詩厚禮之，作寄盧仝古詩一篇。李翺字習之，性峭鯁而不能容與人議論無所屈撓，無所忌避，常以剛直稱於世，但執政大臣惡其激訐，故他仕不顯，官遺佚厄窮，如不堪怵鬱之情。歐陽修為窮苦憤世而讚他底文為韓愈以上自恨不生於翺時。張籍字文昌性狷直而善詩，嘗欲改易己之肝腸取杜甫詩一峽焚之，取灰爐和膏蜜而吞之，這是韓愈底所謂盲目不盲心，當時名士無不與之遊就中韓愈最推薦為國子司業，其詩長於樂府警句多。白居易贈張籍詩云：「張君何為者業文三十卷尤工樂府詞舉代少其倫」可謂能得其實了。王建字仲初以宮詞百首有名，嘗遊韓愈之門，與張籍以樂府齊名（五）賈島字浪仙，初為僧號無本善詩推敲以有名。後因故去浮屠於韓愈學文章舉進士不中，第遂以詩成名，後世然他底詩常作於苦心研鍊之餘，故他作詩方苦唫時，雖路遇公卿貴人亦不自覺這是他底特色（六）

其他中唐作家與錢起齊名的有郎士元，世稱之為錢郎，又與評為五言之長城的劉長卿爭名的，有李嘉祐，世稱為劉李，又有與李賀競詩名的劉言史，有與張籍遊詩名最高，世稱武功體的姚合，有短小精悍而有短李之稱的

李紳有與李紳元稹同時而有三俊之號的李德裕有以七言絕句與李白、王昌齡頡頏的李益（七）有酌陶淵明底餘流而襲其遺韻的韋應物、柳宗元。應物性高潔其詩閑澹簡遠能以神思寓於和易之中故世以他比陶淵明而稱陶韋宗元為人精敏而其詩溫麗清深能寄至味於淡泊之中故蘇軾嘗在嶺外時最愛讀陶淵明、柳宗元二集謂之為南遷二友然宗元底真價不在韻文寧說是在散文歲寒堂詩話云：「柳州詩字字如珠玉精則精矣，然不若退之變態百出也使退之收斂而為子厚則易使子厚開拓而為退之則難矣。」可謂允當

（一）元和體底稱呼有廣義狹義二義李肇底國史補云：「元和以後文則學奇詭於韓愈學矯激於孟郊學淺切於白居易學淫靡於元稹俱名為元和體」即廣義的而唐書云：「元稹尤長於詩與白居易名相埒天下傳諷號元和體」又元稹對幸相令狐楚獻文之書云：「稹自御史府謫官於十餘年矣閑誕無事遂專力於詩章以自吟暢日益月滋有詩千餘首然自以為律體卑庳格力不揚江湖間新進後生不知天下文有宗主妄相倣效而又從而失之遂至於支離褊淺之辭皆目為元和詩體」皆狹義的予以為廣義地解釋元和體寧可狹義地解釋為適當因為元、白與韓、孟到底不能融和而成為一體的

（二）孟棨本事詩云：「韓翃少貧才名天寶末舉進士孤貞靜默所與遊者當時名士然而藝門圭竇，室唯四壁鄰有李將妓柳氏李每至邀韓同飲韓以李豁落大丈夫故不久逆既久愈狎柳每以暇日隙壁窺韓所居即蕭然煨艾聞客人因乘間與李曰：『秀才當今名士柳氏當今名色以名色配名士不亦可乎』遂命柳從坐接韓韓殊不意懇辭不敢當李曰：『大丈夫相遇杯酒間一言道合尚相許以死況一婦人何足辭也』卒授之不可拒又謂韓曰：『夫子居貧無以自振柳資數百萬可以取濟柳淑人也宜事夫子能盡其操』即長揖而去。（下略）

（三）（a）蘇軾祭柳子玉文云：『郊寒島瘦元輕白俗』（b）楊慎升菴詩話云：『杜牧嘗譏元白云：「淫詞媟語入人肌膚吾恨不在位不得以法治之。」而牧之詩淫媟者與元白等耳豈所謂睫在目前猶不見乎』

（四）因話錄云：「韓文公與孟東野友善韓公文至高孟長於五言時號孟詩韓筆。」

（五）賓退錄云：「王建以宮詞著名，然好事者以他人之詩雜之今世所傳百篇不皆建作也。」

（六）（a）賈島以歲除取一年所得詩以酒酹之。（b）韓退之詩曰：『孟郊死葬北邙山，日月星辰頓覺間，天恐文章中斷絕，再生賈島在人間。』

（七）詩藪云：『七言絕開元之下便當以李益為第一如夜上西城從軍北征受降春夜聞笛諸篇皆可與太白、龍標競爽，非中唐所得有也。」

一三　韓愈與白居易

中唐詩人雖有大曆十才子，然比較盛唐全盛時代有如日月沒而發燈火之光一樣及韓愈、白居易出風雅遺韻，發於元和長慶之際始能振興大曆以後的詩運而接踵開元天寶之盛蓋韓、白二賢之在中唐猶如李、杜二聖之在盛唐二賢一出中唐作家皆失顏色獅子一吼百獸不敢出聲而二賢各異其詩趣猶如李、杜各異其詩風一樣。

韓底詩尙奇險白底詩尙坦夷，韓務言人所不言白務言人所欲言韓底奇險能奪人之膽眩人之目白底坦夷，能泌人之心脾耐人咀嚼前者底詩如山之巍巍時不免佶屈之嫌後者底詩如水之湯湯時不免平淺之嫌這是二賢底詩趣相背馳的處所然於李杜底特色以外別開生面的二賢底功績在文字上可為特筆大書的。

韓愈是文章家而善詩其才氣的英偉與學問底該博非尋常詩人所及而其思想卻是醇乎的儒教主義故他底詩無李白底才思無杜甫底情致於奇險之中具博厚之趣，於雄驚之中含工巧之妙縱橫馳驟展千里驥足而運

之以氣濟之以學雖有時陷晦澀之弊而風骨稜稜奇氣襲人不負李杜以後的第一人蓋李以才勝杜篤於情而彼以學制勝於李杜之軌轍以外闢山開道自成一家的。

他的集中古詩多而律詩最少關山開道自成一家的。

在古詩方面恣其馳騁倘一為格律聲病所局促則難於展其驥足了這是他平生不多作律詩的所以然他底律詩中詠月詠雪諸作最能極體物之工措詩之雅比之古詩底奇崛斷然如出兩手又他底古詩中元和聖德詩是四言中的名篇通篇一千二百二十四字辭嚴如烈日又南山詩古今推為傑作筆勢雄健殆可與杜甫底北征頡頏宋之孫覺嘗云：『老杜之北征勝退之之南山』時王安國聞之卻主張南山勝北征兩兩辯難終不能相服時黃庭堅年少而在座末自進云：『若論工巧則北征不及南山若書一代之事以與國風雅頌相為表裏則北征不可無而南山雖不作未害也。』一鸞之肉可辨全鼎之味他底才學如何雄大而深厚據此二篇而可知了。

雉帶箭 　　　　　韓愈

原頭火燒淨兀兀，野雉畏鷹出復沒，將軍欲以巧伏人，盤馬彎弓惜不發。地形漸狹觀者多雉驚弓滿勁箭加衝人決起百餘尺紅翎白鏃相傾斜將軍仰笑軍吏賀五色離披馬前墮。

短檠歌 　　　　　韓愈

長檠八足空自長短檠二尺便且光黃簾綠幕朱戶閉風露氣入秋堂涼裁衣寄遠淚眼暗搔頭頻挑移近床大

學儒生東魯客二十辭家來射策夜書細字綴語言，兩目眵昏頭雪白此時提挈當案前，看書到曉那能眠。一朝富貴還自恣長槃高張照珠翠吁嗟世事無不然牆角君看短檠棄。

白居易是詩人而巧於文章。顧況嘗迎居易於門云：「吾謂斯文遂絕今復得子。」其志雖在兼濟然思想卻因參禪悟道而如自得。故他於出處進退之際，有悠揚不迫之所是由於他底性情底溫柔而敦厚故蘇軾平生最愛他底爲人作詩云：「我甚似樂天」又云：「我似樂天君記取」又云：「定似香山老居士世緣終淺道根深」這就是二人情趣相契合之所。惠洪冷齋夜話云：「白樂天每作一詩令一老嫗解之解錄之不解則又復易之。」這是他底作品坦夷而易入俗耳的所以。祇南海底詩學逢原駁冷齋夜話云：「此化雅爲俗者也宜矣白俗也」亦非無一理而他底詩當時上從王公下至士庶僧道嬬婦處女無不傳誦，且外而傳播朝鮮流行日本一部長慶集不但使洛陽紙貴，而且海外文士珍重不啻拱璧。顧當李白以飄逸杜甫以沈鬱韓愈以奇險互相鼎峙而他卻以流麗伍於三家之間遂能爲百代儀型亦可謂有稀有的大手腕哩！

他底詩今存的有三千八百餘首若以數言則爲全唐詩人第一。而他底特色見於古詩長篇，如長恨歌八百四十字琵琶行六百十六字遊悟眞寺詩一千三百字是古來罕見的長篇且當時詩人或擬雅頌或尙綺美他獨尙坦夷，而以易入俗耳的爲主他底慧眼越絕一世可以知了。(一)

琵琶行

白居易

潯陽江頭夜送客，楓葉荻花秋瑟瑟。主人下馬客在船，舉酒欲飲無管絃。醉不成歡慘將別，別時茫茫江浸月。忽聞水上琵琶聲，主人忘歸客不發。尋聲暗問彈者誰，琵琶聲停欲語遲。移船相近邀相見，添酒回燈重開宴。千呼萬喚始出來，猶抱琵琶半遮面。轉軸撥絃兩三聲，未成曲調先有情。絃絃掩抑聲聲思，似訴平生不得意。低眉信手續續彈，說盡心中無限事。輕攏慢撚抹復挑，初爲霓裳後六么。大絃嘈嘈如急雨，小絃切切如私語。嘈嘈切切錯雜彈，大珠小珠落玉盤。間關鶯語花底滑，幽咽泉流水下灘。水泉冷澀絃凝絕，凝絕不通聲暫歇。別有幽愁暗恨生，此時無聲勝有聲。銀瓶乍破水漿迸，鐵騎突出刀鎗鳴。曲終收撥當心畫，四絃一聲如裂帛。東船西舫悄無言，唯見江心秋月白。沈吟放撥插絃中，整頓衣裳起斂容。自言本是京城女，家在蝦蟆陵下住。十三學得琵琶成，名屬教坊第一部。曲罷曾教善才服，妝成每被秋娘妒。五陵年少爭纏頭，一曲紅綃不知數。鈿頭銀篦擊節碎，血色羅裙翻酒污。今年歡笑復明年，秋月春風等閒度。弟走從軍阿姨死，暮去朝來顏色故。門前冷落鞍馬稀，老大嫁作商人婦。商人重利輕別離，前月浮梁買茶去。去來江口守空船，遶船明月江水寒。夜深忽夢少年事，夢啼粧淚紅闌干。我聞琵琶已歎息，又聞此語重唧唧。同是天涯淪落人，相逢何必曾相識。我從去年辭帝京，謫居臥病潯陽城。潯陽地僻無音樂，終歲不聞絲竹聲。住近湓江地低濕，黃蘆苦竹繞宅生。其間旦暮聞何物，杜鵑啼血猿哀鳴。春江花朝秋月夜，往往取酒還獨傾。豈無山歌與村笛，嘔啞嘲哳難爲聽。今夜聞君琵琶語，如聽仙樂耳暫

明。莫辭更坐彈一曲，爲君翻作琵琶行感我此言良久立卻坐促絃絃轉急凄淒不似向前聲滿座重聞皆掩泣。就中泣下誰最多，江州司馬青衫溼。

韓愈字退之，諡曰文白居易字樂天號香山居士俱是規模杜甫以振興中唐文學的。而韓在少陵以上更欲其高，白於少陵以外更欲其平退之則於子美以上求攀躋的餘地自踏嶮路樂天則於子美以外求開拓餘地自步坦途。

（一）（a）杜牧譏白俗曰纖豔淫媟非莊人雅士所爲。（b）唐宋詩醇云居易之莊雅，孰與牧詩乃纖豔淫媟之尤者也。而反脣以誚居易乎？宋祁援以立論抑亦惑之甚者。

一四　韓愈與柳宗元

漢以後在隋末八百餘年的文章，是卽蘇軾所謂八代之衰故唐創業之後八世百六十年的文章，尙承江左流風，陷於雕章繪句之弊然及貞元元和之際，韓愈柳宗元出唱先秦古文李翶孫樵等相應和遂以起八代之衰上接鍾、孟、莊、荀，下使歐、蘇、王、曾聞風而與蓋唐以後古文復與之動機由於韓柳二家發端的。

韓、柳以前如後周宇文泰底患六朝之文綺麗而浮華欲更章其宿弊使蘇綽擬周書大誥以作詔又如陳姚察父子底撰梁書不取駢儷體專用單行法皆可謂爲古文底先驅者。至唐元結底文簡淡高古絕無六朝氣習亦是韓、

柳底先導故宋晁公武底讀書志云：『元結之文如古鐘磬不諧俗耳』。高似孫底子略云：『元結文章奇古而不蹈襲』。(1)

韓愈爲人明敏果銳，發言無畏避，(2) 慨然以與起名教弘獎節義爲己任，操守堅正與人交不以死生窮達易其節，常利導後進誘掖推援最是懇切後生小子受他底指綏的皆推彼爲文章鉅公一時名士與他緝文在詩酒間相徵逐的亦自稱爲韓門弟子云。

彼自幼好學，常焚膏油繼晷矻矻日記數百千言及長通六經百家之學然他底成功與其說是學者寧可說是詩人他的價値與其說是詩人寧可說是文章家『始者非三代兩漢之書不敢觀非聖人之志不敢存處若忘行若遺儼乎其若思茫乎其若迷當其取於心而注於手也惟陳言之務去戞戞乎其難哉』（答李翊書）這很可以見他學文章之苦心了。

他又常言『沉浸醲郁，含英咀華作爲文章其書滿家上規姚姒渾渾無涯周誥殷盤佶屈聱牙春秋謹嚴，左氏浮誇易奇而法詩正而葩下建莊太史所錄子雲相如同工異曲先生之於文可謂閎其中而肆其外矣』（進學解）特別於行文之間用長短錯綜的句法欲打破四六駢儷之宿弊其意氣稜稜如見其人故他不但在古文方面爲唐三百年第一人而且宋元以後的文章家無不宗仰他爲泰斗。

柳宗元字厚少聰慧能通經史尤精漢詩楚騷爲童子時已有成人之風及長儁傑廉悍議論證古證今踔厲

風發常屈一座，名聲大振，一時名士皆慕之而求交於他諸公要人爭使出己門下交口薦譽，而晚年得罪放浪於山水之間不平鬱勃，一發於文章而汎濫停蓄極精緻奇峭壯麗之至。

他少時所作雖有帶六朝餘習的，然貶謫以後之作篇篇如金玉有鏗鏘之音。他作文章的態度詳見於答韋中立書。其言云：

「故吾每為文章，未嘗敢以輕心掉之，懼其剽而不留也；未嘗敢以怠心易之，懼其弛而不嚴也；未嘗敢以昏氣出之，懼其昧沒而雜也；未嘗敢以矜氣作之，懼其偃蹇而驕也。抑之欲其奧，揚之欲其明，疏之欲其通，廉之欲其節，激而發之欲其清，固而存之欲其重，此吾所以羽翼夫道也。本之書以求其質，本之詩以求其恆，本之禮以求其宜，本之春秋以求其斷，本之易以求其動，此吾所以取道之原也。參之穀梁氏以厲其氣，參之孟荀以暢其支，參之老莊以肆其端，參之國語以博其趣，參之離騷以致其幽，參之太史以著其潔，此吾所以旁推交通而以為之文也。」

可知他底理想亦酷似挽回八代之衰的意氣。

試以韓、柳二家比較，韓愈、柳宗元二家俱生於同一時代交誼雖最親密，然其人物性格主義本領卻完全相反。韓畢生極力排斥佛反之柳卻嗜浮圖之言以為與易論語合；韓自信得周孔孟軻之道統而不顧流俗抗顏為人師收召後學反之，柳卻不欲扶翼聖人之道不強為人師。韓雖連被貶謫然如百鍊鋼鐵毫不挫折晚年氣焰益高反之柳則一經坐

貶永州，深自藏鋒文學辭章以外無復可觀的了。而以二家文章比較起來，韓如高山底雄峙，柳如幽嚴底奇峭，如絕澗底磅激；韓如在平原曠野以正而合之師，柳如在間道斜谷以奇而接之兵，韓如天成美玉，柳如人工彫金前者之文從經中出後者之文從史中來前者以局面宏肆與氣魄雄大勝後者以敘述縝密與筆致雋潔勝。

（三）故歐陽修論文雖並稱韓李而未嘗並稱韓柳方苞以韓為宗而不喜柳反之焦循卻激賞柳說是唐宋以來第一人。蓋因三家着眼各殊所好不一哩。

韓、柳以外的古文家有李翺張籍李觀皇甫湜孫樵等。李翺張籍皇甫湜皆韓門弟子，李觀是韓愈之友，孫樵是酌皇甫湜之流的人。（四）儲欣底唐宋十家文八家以外加入李翺孫樵又唐書評李觀之文說是不旁沿前人時上下韓愈，可知在古文家方面，他們有相當的技倆資格了。

（一）（a）吳氏林下偶談云：『唐之古詩未有杜子美先有陳子昂唐之古文未有韓退之，先有元次山陳蓋杜、韓之先驅也。』（b）王鏊震澤長語云：『吾讀柳子厚集尤愛山水諸記，而在永州為多子厚之文至永益工其得山水之助耶！及讀元次山集記道州諸山水亦曲極好妙子厚豐縟精絕次山簡淡高古二子之文吾未知所先後也。唐文至韓柳始變然次山在韓柳前文已高古絕無六朝一點氣習其人品不可及歟』

（二）黃徹碧溪詩話云：『張籍嘗移書賞退之與人商論，不能下氣。愈亦云：我昔實愚惷，不能降色辭余謂此乃書生常態

（三）（a）陳繹曾古文枘式云：『韓退之議論辭令，無不善者出入百家變化古今，無不備矣文中之聖者也柳子厚事議論，無不善者取古今之精華中當時之體製酌古準今自是一家比退之徵方耳』（b）李性學古今文章精義云：『文有圓有方韓文多圓柳文多方韓如海柳如泉退之雖時有譏諷然大體醇正子厚發之以憤激又云：退之文學孟子不及學左傳有過真處子厚文學國語國語全子厚

（四）韓愈與馮宿論文云：近李翱從僕學文頗有所得然家貧多事未能卒其業有張籍者年長於翱而亦學於僕其文與翱相上下一二年業之庶幾乎至也然閱其粜俗尙而從於寂寞之道以爭名於時也。

碎句法相似

一五 緇徒文學

韓愈是大儒他底畢生心事在於明孔、孟之道而他晚年底奮鬭是爲排佛而自斃柳宗元亦通儒而他不僅不斥浮圖反而嗜浮圖之言儒道佛三敎調和到底不過某一部人士底空想道佛反目途爲佛敎勢力所壓倒儒敎底軋轢，亦終歸佛敎勝利。

唐一代非儒家得意時代乃緇徒得意時代李氏三百年非學問極盛時代而是詩歌極盛時代。故李唐緇徒之勢力強而儒家之地位甚卑詩人底名譽雖高而學者底境遇可憫的多。而緇徒與詩人竊有握手而徵逐於詩酒之間的。這是唐之文學與佛敎相混融相和同的所以。如果從唐詩人中除去佛敎趣味之士如駱賓王、張說、王維、王縉、李端、柳宗元、白居易等名家，則一代英華半凋萎了。如果從唐之文學中除去緇徒之作如皎然、貫休、齊己、無本、無可、法震、法照、護國、靈一、淸江、廣宣、處默、惰睦、寒山等詩集則全唐詩壇應有寂寞之觀且如駱賓王亡命杭州爲浮屠無本還俗爲韓門弟子，亦是彼此的一好對照。

第六編　唐宋文學槪觀

中國佛教最純熟而大成的時期莫如唐代。善導之在淨土宗，慧能之在禪宗，道宣之在律宗，法藏之在華嚴宗，皆是集唐以前的宗教思想而大成的人物他如窺基之在法相宗，金剛智及不空之在眞言宗卻是新啓宗門的當時上自天子宰相下至士庶無不因這等高僧碩德而被風化故當道教已衰儒教亦不振之時佛教獨勃興遂至支配天下思想界。

且佛教底流行，同時不但經典翻譯極盛而且對於贊銘偈頌論疏等佛教文學創作極多。光智譯寶星經等五部，玄奘譯因明論以下經論七十四部，法朗譯大雲經法藏譯大寶積經法琳作破邪論惠乘著辯正論，杜順撰華嚴法界觀、五教止觀。其他道宣底寄歸傳道世底法苑珠林智昇底開元釋教錄等皆是文學上的素養的這稱之爲緇徒文學。

儒教底精神與佛教底主義不一致學者底主張與詩人底理想不融和而佛家底氣韻與詩人底風神相接近。然韓愈極力斥佛是拿着儒者底眼孔的。柳宗元所以嗜浮屠之言與浮屠遊是拿着詩人底資格的。故韓愈雖惡佛而送文暢，送高閑與大顚相往來，一則因他們能外形骸以理自勝還有如柳宗元之取僧浩初泊焉而無求。這是余所以說緇徒與詩人握手相契合的緣由哩。

且唐詩僧多故唐詩品彙所取的詩僧之數凡達三十一人之多就中靈一、護國、清江、法震無本無可齊己皎然、貫休爲翹楚。劉禹錫嘗評中唐之詩僧云：「詩僧多出江右，靈一導其源，護國襲之，清江揚其波法震沿之」宋之嚴

羽亦以皎然之詩在唐諸僧之上說：「唐詩僧有法震法照無可護國靈一清江無本齊己貫休也。」皎然所著有集十卷及抒山詩式齊己所著有白蓮集十卷，貫休所著有禪月集三十卷，貫休每詩成先呈佛足見詩僧底面目。

一六　晚唐文學

大廈將傾非一木可支大木將顛非一繩可繫。晚唐底形勢天祿已絕民心已離已陷於無可奈何的命數了。故以宣宗之聰明猶不能殺宦官底權勢徒懷畏拱手以昭宗底英氣猶不能把前烈恢復徒吞恨閉目而已。於是八十餘年間宦官跋扈萬乘之廢立任其所爲根柢已固疾入膏肓遂至有定策國老天子門生之稱此故宣懿、僖、昭四宗皆由宦官所擁立哩令狐綯爲晚唐名相而嘗告人說：「吾十年秉政最承恩遇每延英奏事未嘗不汗沾衣也。」蓋是畏宦官之跋扈也故宣宗嘗與令狐綯謀欲盡誅宦官然恐禍及無辜綯密奏僅說只有罪則不捨有缺則不補自然可消耗至盡就是諷其不容易下手的形勢已如此外而羣盜蜂起朝廷威令不復行於四方英雄唾手期功名豪傑彈冠相慶內而賦斂益急奢侈日甚亡徵已形不復可救藥了。

文學底盛衰關於氣運底興廢國事多端國勢日非的晚唐無怪其有亡國之音而時代的風潮好傳誦玉樹後庭花哩在這期間希有發壯言豪語的然晚唐文學底特色在哀傷而不在歡樂在纖巧而不在雄渾在卽興偶成短篇而不在光焰萬丈的長篇概承中唐流風不過修飾形式而已故朱慶餘陳標任蕃章孝標司空圖項斯學張籍李

頻、方干、周賀學姚合，李洞唐求喻鳧學賈島。

晚唐詩人雖有追隨李杜，徵逐韓白而杜牧李商隱溫庭筠三人，庶幾是鐵中錚錚者。杜牧字牧之，號樊川，性剛直而有奇節，常不顧細謹。好論天下大事，辨古今成敗，然晚年困躓之極，居常怏怏不樂，空博青樓薄幸之名，年五十七卒。臨卒取平生作文盡焚棄之。其詩豪放而多麗情，論者比之杜甫名為小杜。又與李商隱並稱為李杜。李商隱字義山，博學強記，每著作時多檢閱書冊，左右鱗次，自嘲為獺祭魚。云然他所作感時詠懷的多，其辭雖或隱僻然亦能得風人之旨。故王安石評之云：「唐人能學老杜而得其藩籬者唯商隱一人。」宋初楊劉一派所主唱的西崑體，是模倣他的。溫庭筠字飛卿，少聰悟而工辭章，然他底行為輕薄而玷缺多。故當時士君子不屑與他為伍。天子亦嘗諷刺他說：「孔門以德行為先文章為末，既德行無取文章何以稱為」但他所作最綺麗與商隱之隱僻異曲同工。當時並稱曰溫李。溫李以外加入段成式稱三十六體因為這三人之排行皆為十六。以外有李羣玉、許渾、皮日休、陸龜蒙、韓偓、唐彥謙等皆溫李底羽翼皆不免淺陋之誚。況羅隱李山甫杜荀鶴之輩模倣白居易底平淺與杜牧底粗豪格調卑俗所謂畫虎不成反類狗也。(二)

(一)升菴詩話云唐詩至許渾淺陋極矣，而俗喜傳之至今不廢。高棅編唐詩品彙取至百餘首甚矣棅之無目也，棅不足言而楊仲弘選唐音自謂詳於盛唐而略於晚唐，乃晚唐之尤下者而取之極多仲弘之賞鑒亦羊質而虎皮乎陳后山云：「近世無高學舉俗愛許渾」斯卓識矣孫光憲云：「許渾詩李遠賦不如不作」當時已有公論惜乎伯謙輩之懵於此又云：許渾蓮塘詩「為憶蓮塘秉燭遊葉殘花敗尙維舟煙開翠扇清風曉水泛紅衣白露秋神女暫來雲易散仙娥終去月難留空懷遠道難持贈醉倚西欄盡日愁」此為許丁卯

集中第一詩而選者不之取也。他如韋莊昔年曾問五陵遊一首羅隱梅花吳王醉處十餘里一首李郢上裴晉公，四朝憂國鬢成絲一首，皆晚唐之絕唱可與盛唐崢嶸，唯具眼者知之。

一七 五代文學

自唐亡至五代五十餘年的天下，篡奪相踵，君臣數易位，統一之業未成革命之風已起，名教墮地，名分不明，上下貴賤徒事偷安可憐的蒼生永爲篡夫所犧牲日泣於干戈殘賊之苦塗有餓莩野無禾穀天下滔滔不復聞絃歌之聲，徒見劍戟之光而已。這可以說是中國文學底黑暗時代了。

在這暗黑時代印刷術已發明已開經籍傳播之端然五代詩文概爲晚唐餘音遺響淺露猥猻殆不足觀。只蜀韋莊底秦婦吟爲七言長篇通篇二百三十八句琅琅可誦降至南唐雖有孫魴沈彬李建勳等立詩社欲大發展終不能挽回大勢了只在詞爲當時君臣安於小康於杯酒之間發其亡國之音的作品他日宋詞底隆盛實發端於此。

故五代人主中如唐之莊宗蜀之後主王衍後蜀之主孟昶南唐之後主李煜皆以詞聞就中王衍好聲曲作哀怨之辭，李煜尚文雅作淫豔之詞，皆是其錚錚者而在人臣方面蜀有韋莊牛嶠毛文錫牛希濟薛昭蘊顧瓊魏承詠毛熙震李珣歐陽烱孫光憲。在南唐有張泌潘佑馮延己湯悅蜀之詞多傳於花間集南唐之詞多傳於尊前集。

尋詞之起源詞是樂府底末流近發源於唐遠則濫觴於六朝。如宋鮑照底梅花落梁武帝底江南弄沈約底六

憶詩，隋煬帝底望江南當時雖未有詞之名稱然為樂府之末流詞之鼻祖無論何人也無異端的。降至於唐，如李白底菩薩蠻憶秦娥，張志和底漁歌子亦部分的具備詞底形式况溫庭筠底更漏子酒泉子南歌子女冠子夢江南詞之形式可說是完備了。王士禛嘗評李商隱溫庭筠之作說是溫李雖齊名而溫實不及李李不作詞溫為花間之鼻祖決非偶然的。

一八 宋底文學政治

宋以文建國文學實是宋底生命故宋之政治文則成功武則失敗比唐之以文為經以武為緯內收九功外發揚七德不能不說是輸卻一籌顧唐之政治能使一代文學振作宋之文學常為三百年政治底根本唐之文學政治化的文學多而唐之詩人長於從軍征戌及閨怨之作宋之政治是文學化之政治而宋之政治家概是經學本位以經綸天下的。我們看宋三百年底國是從趙普以論語半部佐定太祖天下以半部佐太宗致太平發端至陸秀夫於流離顛沛之際擁護末帝於舟中講大學章句終其間歷代天子皆以經學為取人的準繩施政的根本士大夫皆以文章為立身的階梯三百年天下亦是文章家底得意時代。

宋之太祖嘗學於辛文悅晚年最好讀書嘗說：『宰相應用讀書人。』尚文偃武專用儒臣罷節鎮確立了百年施政方針。故不但太宗真宗皆能繼其志述其事而且宰相李沆常愛讀論語曾云：『為宰相如論語中節用而愛人使

民以時兩句，尚不能行，聖人之言終身誦之可也。』後至神宗朝王安石為相，就是因為他是讀書人。哲宗朝司馬光為相亦是因為他底學德並秀。徽宗雖是浪子，然長於文藝。欽宗雖是庸主，尚除元祐黨籍而追贈范仲淹司馬光等以官。其南宋諸帝無不仰宗經術文章不待說了。故北宋有歐陽修、蘇軾、蘇轍、程頤、楊時等前後相踵立於顯要之地，在南宋不但李綱、張浚、岳飛經術文章造詣俱深而且朱熹、張栻、呂祖謙、陸九淵等皆學界泰斗矜式一世。

以經學標榜為施政方針的宋之文學，一方使性命理氣底哲學思想興起，一方使經國之大業，不朽之盛事的文章發達，這是宋代文學之特色。世人一般唐宋並稱是把二代底詩歌文章及學術皆看作在同一的體型而其進步亦在同一的程度的，這是大的謬見。唐之學者雖有顏師古、孔穎達、賈公彥等，然他們一生的事業注疏以外不復有可觀的。然而在宋邵雍、周敦頤、程顥、程頤、張載、楊時、朱熹、張栻、陸九淵等輩出提倡一種的哲學倫理學。這是學術上的大進步，其功績到底非唐代學者所能企及的。質言之，即宋學之進步遙覺凌駕於唐。然至詩歌文章底技工，不但詩人蘇、陸之作比起李、杜、韓、白來，要退避三舍而且文章家方面歐、蘇之作也不能壓倒韓、柳。僅可說在古文極天下之點，歐、蘇底功績寧在韓、柳之右。況欲排斥四六復興古文的韓愈底理想不實現於唐代卻精歐陽修之力而實現於宋代，即宋詩對唐雖有遜色，而宋文比唐有得色。且唐之文章家能摩韓愈之壘的殆不可見。然宋之文章家與歐、蘇、曾、王並肩而立的多，亦可知宋代古文之進步發達及普及的程度非唐之比了。

試以唐宋二代文學來比較，唐人底氣象概屬渾厚而宋人底氣象卻褊狹。唐底學者雖有尊重前輩推獎後進

第六編　唐宋文學概觀

二〇一

的美風然宋之學者卻求先輩之疵傷後進之名譽的多。如朱子云：『學者着一尊畏先輩不敢違異之心，便覺左右顧瞻動皆窒礙』把宋人底心胸道破無餘了。故唐詩溫潤而含蓄的多，宋詩生硬而刻露的多。倘若以唐世作爲情的時代，則宋世可謂智的時代。蓋唐人以詩爲達性情的工具，而宋人則以詩供議論罵詈爲用。（一）唐詩溫潤如春水滿四澤於文字之中有一種溫和的風致，而宋詩生硬如冬嶺秀孤松於文字之中有一種冷刻的態度，滄浪詩話評宋詩如米元章之字雖筆力勁健而其氣象如子路初見孔子時評唐詩如顏魯公之書筆力雄壯而氣象亦渾厚。是很中肯的。然唐之詩人不遇而泣於飢寒而宋之文學者概爲得意而顯於廟堂的，這是唐、宋文學底逕庭。

在標榜經術，獎勵儒教的時代議論多是東漢以後歷史所證明的，而有宋一代風潮亦實不出此例。顧宋之文化，以議論相始終其與也以議論其亡也亦以議論。蓋議論異則門戶分門戶分則朋黨立朋黨立則恩怨生及恩怨之政治界不但姦黨正黨不得志則以詩文復仇，這是宋之文學所以生輕佻之風乏溫柔敦厚之旨的緣由。我們看宋一生得志排擠於朝廷不得志則以詩文復仇，這是宋之文學所以生輕佻之風乏溫柔敦厚之旨的緣由。我們看宋之政治界不但姦黨正黨之爭八十餘年不能解決而且學術界亦永久立爲學正學底名目而紛爭不止。然目爲姦黨的卻未必姦反而是君子之眞朋，而目爲僞學的亦未必僞反而是正義的團體。如以司馬光稱爲姦黨底首領，朱熹爲僞學的首領朋黨之弊太甚很可以看出來了。且大黨派之中又有幾多小黨派相軋轢相攻擊，互相發怒藏怨。洛黨蜀黨川黨朔黨等無不皆然這不能不說是宋人好議論的餘弊哩。

好議論是宋人底通弊然一弊所生亦並非無一利。由來詩人輕險之行雖多，然宋之詩人文士概是尙名節重

行義的蓋稍有反名教的，就不免爲世間所攻擊。一違德行，則不能免爲社會之制裁，故他們夙標榜儒學，涵養道義之心，務排斥輕險之行，同時注意到不受他人底指摘，這是他們底行爲缺陷少，而宋詩人在道德上優於唐詩人的所以，且宋世一種批評文學流行生出多少的詩話，然亦是宋詩人好議論的結果，如歐陽修底六一詩話、陳師道底後山詩話、胡仔底苕溪漁隱叢話、楊萬里底誠齋詩話、嚴羽底滄浪詩話、洪邁底容齋詩話皆是。

然以文建國的弊必歸於弱是自然之數，故宋之武威不發揚於四裔，初爲遼所壓迫，次爲金所侵略，終爲元所滅，這間列朝天子徒安於小康貪於偸安，公卿大臣皆一時姑息的講和論者，不會樹國家百年之長計，僅是真宗之朝有寇準，欽宗之朝有李綱，高宗之朝有岳飛，孝宗之朝有張浚，肝膽忠義許國的心比金鐵還要堅然和戰之議起，天子常以和議爲主，如寇準嘗進百年無事之策，說是否則數十歲之後彼復生心，然真宗云：『數十歲後當有能禦之者，吾不忍生靈重困姑聽其和』即是。然宋之士大夫道義之心堅，故宋之末路，陸秀夫張世傑文天祥謝枋得成敗任天，而爲最後的撐扎，所謂寧爲玉碎實可爲千秋龜鑑，這是宋三百年間尚名節獎勵忠孝的結果，大有裨益於世道人心也。故胡銓底上高宗封事是朱熹底所謂與日月爭光的，而文天祥底正氣歌謝枋得底卻聘書可謂爲末宋發揚萬丈光焰於百世之後了。

（一）盛如梓庶齋老學叢談云楊慈湖道學先生有詩云：：『莫字唐人李杜擬作詩須作古人詩世傳李、杜文章伯間著關雎怨不知。』李、杜讀書破萬卷豈不知關雎之義好議論而失言矣。

一九 宋初底詩體

宋初文學承五代黑暗時代之後詩偏重典故文專事倂儷不曾喝出一代新聲蓋宋之文學在歐陽修以後始能發揮一代特色而歐陽修以前的詩壇由楊億劉筠錢惟演三人不過把一種的芳潤開一時的妍華而已這就名為西崑體。

西崑體是宋詩底新紀元楊劉錢三人以外有李宗諤陳越李維劉隲丁謂刁衎元闕張詠錢惟濟任隨舒雅晁迥崔遵度辭映劉秉十五人互相唱和共相切磋其詩五七言律凡二百五十首輯為二卷名為西崑酬唱集是取玉山策府之義的顧他們亦皆是天才優秀之士特別是楊億太宗嘗推獎云神助之筆生知之才有一日千里之能他凡希慕李商隱底詩與劉筠錢惟演鼓吹其格調三人同聲務糾合同志指導後進遂至風化一世當時優伶有義山撏撦之戲。(一)而宋史云：「宋一海內文治日起楊億首以辭章擅天下為時所宗」必非溢美他底詩取材博贍鍊句精苦每篇多用典故故訐他的有用衲被二字的猶之稱李商隱為獺祭魚云而商隱底獺祭魚頗有苦心的形跡然億之衲被為文敏捷殆似不經意。(二) 故不慊於西崑體的歐陽修亦稱他底文藻云『楊億作文揮翰如飛文不加點眞一代之文豪也」可謂公平之言能成人之美然他們底末輩濫用故事或流於浮豔或陷於隱僻故石介雖作怪說而排斥其浮艷，歐陽修以為他們底語僻難曉是學者之弊而非楊億之罪(三)

楊億字大年，劉筠字子儀，錢惟演字希聖，皆自幼好讀書及老而不辭翰墨，三人才性有相同的處所。其中楊億底地位與齒德已贏得天下之三達尊，他底清忠鯁亮能徇名節的性格賞識拔後進劉筠而為忘年之交，又誘掖因貪而敗官的錢惟演他底交際不失行儀足知他底雅量了。而他底西崑酬唱集序云：「紫微錢君希聖祕閣劉君子儀，並負懿文尤精雅道，彫章麗句膾炙人口予得以遊其牆藩而咨其模楷二君成人之美不我遐棄博約誘掖賁之同聲。」盆可見他底謙讓之美。

楊億底官途經歷太宗時始為祕書省正字，眞宗時為翰林學士兼史館修撰，天禧四年年五十七卒。劉筠眞宗時為祕閣校理累進翰林學士再知廬州錢惟演從直祕閣知制誥至翰林學士仁宗朝拜樞密史。

二〇　宋初底文體

(一) 古今詩話云楊億錢惟演等為詩皆宗李義山後進效之多竊取義山詩句嘗內宴優人有為義山者衣服敗裂曰吾為諸館職撏撮至此。

(二) 四天叢話引西軒客談云唐李商隱凡作文必書於左右檢視終日人謂之獺祭魚。宋楊億為文用故事案使子姪檢討出處用片紙錄之，文成而後綴拾人謂之䣛䣛。

(三) 六一詩話云楊大年與錢劉數公唱和，自西崑集出，時人爭效之詩體一變而先生老輩患其多用故事至於語僻難曉殊不知自是學者之弊。

聞者大噱。

駢體之文遠興於六朝，在初唐盛唐而全盛，四六之稱呼，始於中唐以後，延及宋代。邵博聞見後錄云：「本朝四六，以劉筠楊大年為體，必謹四字六字律令，故曰四六，其弊類俳語可鄙。」宋初文壇與詩壇同是楊劉一派執牛耳。同知可知楊、劉一派底文體是作四六對句以模倣李商隱的，李商隱底文集有樊南四六集四十卷，四六底稱呼蓋自晚唐時代以來便流行的。

宋初文體與詩體同發源於李商隱，恪守四字六字底律令，太宗以後五十餘年底文壇，即是四六底擅場，故歐陽修為古文復興第一人。然他少時卻是專門練習四六的。司馬光亦是古文派的文豪。而他亦是以四六應進士取高第的。如歐陽修嘗自稱云：「今世所謂四六者非修所好少為進士時不免作自及第遂棄不顧」可知宋初四六底勢力是怎樣地擴張了。在這時代熱心鼓吹古文的，在歐陽修以前要算柳開穆修在歐陽修時代要算尹洙柳河東集十五卷穆參軍集三卷尹河南集二十七卷後人合刻為三宋八集可以卜知他們在古文方面的技工怎樣了。

柳開是開寶六年進士夙慕韓愈柳宗元之文欲矯正五代底文格淺弱，改名肖愈字紹元，已而又自欲開古聖賢之塗改名開字仲塗資性偶儻有俠氣不拘小節所交之士皆一代豪雋故他半生奔走於兵馬劍槊之中自進入西北幽薊之地，然而終不能大有為然其欲復興韓愈以後二百年間常為四六所壓倒的古文的動機不能不說是因在於他了。王祐即太宗所謂文章清節之士而得他底文便說：「不意子之文出於今世眞古之文章也。」楊昭儉亦嘗稱他底文云：「子之文章世無如者已二百年餘矣。」（一）時有范杲其人好古學愛誦開文為開所推獎稱之

曰柳范。

穆修字伯長咸平中進士嘗為泰州司法參軍然負才不下人以讒貶池州後補潁州文學參軍終不得志明道中以窮死性剛介而嚴急常詆違俗的人以自快故前輩憚他後輩畏他故一經黜廢他窮苦殆徹於骨然他底讀書熱至夜半猶危坐張燈學而不厭他底文章景仰韓柳二家道無不原於聖賢言無不假於仁義他家元藏着一部柳文集他丐人得金募工刻板印刷數百部攜入京師於相國寺設肆鬻之售者甚少踰年僅得百緡而已蓋當時是楊劉一派的文體風靡一世的天下然他熱心景仰韓柳二家由他所作的舊本柳文後序云：「嗚呼天厚予嗜多矣始而壓我以韓旣而餒我以柳」又云「苟志於古求踐立言之域捨二先生而不由雖曰能之非予所敢知也」便可知了他死後十年門人祖無擇輯他底遺文為三卷題為河南穆公集今之穆參軍集三卷即是尹洙及蘇舜欽曾師事他以學古文李之才及邵雍底易學亦實是從他而出。

尹洙字師魯天聖二年進士少有高識不為俗尙所靡他底一生一面為世所重然一面最為人所嫉而他底節能處窮達臨禍剛決果敢誠不愧於歐陽修之所謂古之君子他底學深於春秋他底文簡而有法錢惟演嘗為西都留守時新築雙桂樓使他與歐陽修作記修之文先成達千餘言而他底文僅五百字修大服他底簡古故歐陽修嘗稱尹洙說：「宋之古文始自尹洙」邵伯溫亦云宋之古文雖以歐陽修為巨擘然尹洙實開其先其他蘇舜欽兄弟亦善古文終竟不如尹洙之有功。

(一) 張景者作柳公行狀云天水趙生老儒也持韓愈文數十篇授公曰：『質而不麗，意若難曉，子詳之何如？』公一覽不能捨歎曰：『唐有斯文哉其餘不足觀也。』因爲文章直以韓爲宗尙時韓之道獨行於公途名肖愈字紹元又有意於子厚矣韓之道大行於今自公始也。

二 慶曆文學

宋三百年中作爲文化中心脫出創業氣習成其守成功業的時代，在仁宗朝四十餘年間。初太祖創業欲革五代宿弊立一代之制推重讀書文學獎勵名節忠孝故至太宗眞宗之朝制度文物漸次就緒天下士民漸知義方惟國家永遠之基礎當時猶未確立然仁宗卽位內除秕政外靖國難務登用人才拔擢羣賢故滿朝君子皆期以太平天下士民皆慶朝廷得人蓋仁宗之恭儉仁恕實出自天性發於至誠君臣上下能爲仁慈之風忠厚之俗遂至把慶曆新政作了三百年的文化中心。

慶曆之際忠良臣多韓琦是古之所謂社稷之臣有顧命定策之勳業的。范仲淹是負海內重望先憂後樂以天下爲己任的。富弼是范仲淹嘗一見而評爲王佐之才其忠義性老而彌篤的。文彥博是忠亮而爲將相五十年能作國家之柱石的。而他們出膺折衝禦侮之任入奏獻替啓沃之功皆是一樣況歐陽修余靖尹洙蔡襄之徒輔翼之，尙名節排斥羣小還有誰不謳歌聖德呢？蔡襄底四賢一不肖之詩以范仲淹歐陽修尹洙余靖爲四賢而以高若訥爲一不肖。石介底慶曆聖德詩實作於此時大姦夏竦之徒惡之目爲黨人欲一網打出歐陽修底朋黨論作於

此時奈何浮雲蔽白日君子之眞朋永不能當要路,而小人之僞朋,亦焉能久踞要津呢天定勝人及文彥博、富弼取而代之士大夫復以得人相慶後王安石出爲知制誥司馬光被用爲知諫院讀書之士滿朝大大地鼓吹文學故當時政治宛然今日底政黨化國礎未安定宋之文化以唐比起來,發揮一代特色的是在讀書文學與名教氣節相調和了故韓琦范仲淹富弼文彥博皆以個人能具備其特色不但文章德器優爲一世所矜式而且如歐陽修、余靖、蔡襄及司馬光亦無不皆然。

楊劉一派的文體風靡宋初天下,而柳開、穆修等爲首欲復與古文,遂不能貫徹他們底目的故石介嘗作怪說,以排斥楊劉底文體。王士禎底池北偶談稱介之文爲倔强勁質有唐人之風勝於柳、穆二家但終不脫草昧之氣而至歐陽修能實現韓柳以後的理想,復開造古今的天地況王安石、曾鞏、蘇洵、蘇軾、蘇轍前後輩出這是慶曆文學底特色。

在詩的方面以西崑一體極其全盛遂生積弊至慶曆之際,蘇舜欽梅堯臣出乃去浮靡之習,存古淡之道顧蘇、梅二家之於宋詩猶如陳子昂、張九齡之於唐詩能出新意,除宿弊而宋詩底氣運一轉。蘇舜欽字子美梅堯臣字聖俞俱以詩齊名世稱爲蘇、梅而二家各出機杼蘇詩尙豪放梅詩以閒雅爲旨蘇之筆力勁雋而梅之思想精微這是歐陽修之所謂雖善論者不能優劣也。

二一 歐陽修與古文復興

歐陽修是宋代古文復興的第一人蓋宋代古文派在歐陽修以前雖有柳開穆修等然古文復興之功可歸於歐陽修一人之力非柳穆二人之所與知顧歐陽修在四六全盛的宋代復興古文猶如唐韓愈出而倡道古文一樣。古文派韓愈底位地雖在歐陽修之右然韓愈底勢力終不能廓清唐之文壇屏息四六猶如歐陽修獨力不能挽回一代的風潮一樣。歐陽修底學問文章未必勝於韓愈。歐陽修底材幹識見未必在韓愈之右。他底果斷見義無不爲，有似韓愈的處所。而他底不撓不屈自信厚自任大殆欲凌駕韓愈而上之。歐陽修實是宋之韓愈而韓愈實是唐之歐陽修呀！故韓琦以他着於仁宗云：「修今之韓愈也。」蘇軾序他底文集亦云歐陽子今之韓愈也。而他底古文復興的成功，所以反出韓愈之上的因爲他底境遇便於收其成功的緣故他少時嘗獲韓愈文集六卷一讀再讀，心甚景仰殆忘寢食。（一）他歸向古文的第一動機實在於此。但他以四六應進士登第之後與尹洙爲錢惟演所任用他深服尹洙文之簡古彼歸向古文的第二動機實在於此。

他底文元從韓愈出然他底文才情多迂餘曲折不見鋒鋩雖韓愈不能不輸一籌然他底上范司諫書有似韓之諍臣論他底本論有似韓之原道他底送徐倚歸衡山序有似韓之送李愿歸盤谷序他底書梅聖俞詩稿有似韓之送孟東野序實有私淑韓愈的處所。然他底文之特色於婉曲之中發揮無限的神韻呂氏童蒙訓稱他底文章

云：『文章紆餘委曲，說盡事理，唯歐陽公得之。』蘇洵底上歐陽內翰書云：『歐公之文紆餘委備往復百折而條達疏暢無艱難勞苦之態。』皆把他底特色道出了。顧文章與其人的年齒相關盛年之作有英氣有霸氣，而晚年之作具老成之趣。入圓熟之域是自然之數。然歐陽修之文卻篇篇老成字字圓熟這是他底三多主義重商量平生自加推敲改竄，晚年猶怕後世所笑不吝自改舊稿所致。(二) 他底集中在序文方面如蘇氏文集序、梅聖俞詩集序釋秘演詩集序，在記文方面，如吉州學記、豐樂亭記、峴山亭記、醉翁亭記等皆是精金美玉最膾炙人口的。且他底文最長於敍事，故一部五代史記在二十四史中發其偉彩與龍門底神筆對抗遂以壓倒舊五代史至於薛居正失了面目。(三)

歐陽修字永叔，自號醉翁，更自稱六一居士。(藏書一萬卷集錄三代以來金石遺文一千卷琴一張棋一局酒一壺及吾一翁) 實宋代文學者之巨擘蓋他在文學上的功績不唯在文壇爲盟首而在詩壇亦執牛耳。王安石嘗編李杜韓歐之詩名四家詩集，而曰歐公之詩居太白之上這固非公平之見然操縱蘇舜欽梅堯臣二家，一掃楊劉一派所倡的西崑底餘弊以開宋詩革新之端，不得不爲歐陽修之見。歐陽修之詩以韓愈爲宗參之以李白、杜甫，而七言古詩實是他底長成就中廬山高及明妃曲爲他底得意之作，嘗自稱廬山高云：『今人莫能爲，唯李太白能之。』稱明妃曲後篇云：『太白不能爲，唯杜子美能之。』又稱明妃曲前篇云：『子美亦不能爲，唯吾能之。』這雖是酒中的傲語，然亦可知他在詩方面的抱負之大了。

受歐陽修底推輓的文章家有曾鞏、王安石、蘇洵、蘇軾、蘇轍等無不是一代文豪。曾鞏字子固，號南豐。嘉祐二年進士，然他底志終不得伸於政事界厥有行義以孝友聞呂公著嘗告神宗云：鞏之行義不如政事事不如文章很能道破其爲人了。蘇洵字明允號老泉蘇轍字子由號潁濱皆是以蘇軾爲中心與歐陽修、王安石俱入唐宋八大家之選。

(一) a. 歐陽修書韓文後云：予少家漢東有大姓李氏者其子堯輔頗好學予遊其家，見其弊篋貯故書在壁間發而視之得唐昌黎先生集六卷，脫落顚倒無次序因乞以歸讀之，是時天下未有道韓文者予亦方舉進士以禮部詩賦爲事後官於洛陽而尹師魯之徒皆在遂相與作爲古文因出所藏昌黎集而補綴之，其後天下學者亦漸趨於古韓文遂行於世。

b. 漁村文話云歐公得昌黎文集六卷一讀再讀至於其景仰之曰學者當至於是而止耳苟得祿矣，當盡力於斯文以償其素志。

(二) a. 呂氏家塾記云歐公每爲文既成必自竄易至有不留本初一字者其爲文章則書而傳之屋壁出入觀省之至於尺牘單簡亦必立稿，其精深如此每一篇出士大夫皆看多諷誦唯觀其渾然天成莫究斧鑿之痕也。

b. 后山詩話云：永叔謂文有三多：看多做多商量多也。

(三) 舊五代史文體仿三國志，新五代史文體仿史記，宋開寶中薛居正受詔修梁唐晉漢周書是爲舊五代史凡百五十卷目錄二卷爲紀六十一志十二傳七十七多據累朝實錄及范質五代通錄故諸臣列傳或云事見某書或云某書有傳蓋梁唐晉漢周各爲一帙而合爲一編如三國志之例是也。而歐陽修別撰五代史記上擬龍門皆刊削舊史之文意主斷制其創例特識非薛史所及也故金章宗廢薛史專用歐史元人因之明人析薛史於永樂大典中，乾隆時復輯而出之列於正史焉。

二三　熙寧元豐底文學

熙寧元豐底文學承慶曆盛德之後，濟濟多士，或立於朝，而致王臣蹇蹇之節，或介於朝野之間，而畫縱橫之策，其所執不一，所踏也不同，甲論乙駁，正姦真偽不容易解決，當時學者好辯之弊至於此極，此決非君子之爭。

熙寧之初王安石一度行新法，司馬光一派非難之，罵倒之，僅激發好議論的宋人底性僻，徒然好辯而忘了國家百年底長計，司馬光負天下底重望，他底一言風靡天下，他底一舉一勳是天下耳目集中之所，而王安石單身孤立，與他對抗，而揚言天變不足畏，人言不足恤，祖宗不足法，唐介發疽而卒，富弼稱病而罷，趙抃徒稱「苦苦」，呂公著，蘇軾，蘇轍，孔文仲，范純仁，孫覺等皆以議新法被黜罰，故及元祐之初，司馬光爲左僕射，安石之黨呂惠卿，鄧綰等被貶竄，然而紹聖初章惇爲右僕射時，又復熙豐之舊把司馬光以下已死的人底官爵褫奪，並貶竄蘇軾，蘇轍，程頤，張耒，晁補之，黃庭堅，秦觀，孫覺，范祖禹，劉安世，鄭俠等，後徽宗時韓忠彥爲右僕射，又追復司馬光以下三十三人之官，而貶安石之黨蔡京，蔡卞等，及蔡京爲相，蔡卞執政，再貶竄元祐黨人立姦黨牌，而欽宗時又除元祐黨籍，追贈司馬光等官，卽黨人正姦之論，實是慶曆以後宿題，經八十餘年間，竟不能解決，而熙寧以後的政界宛然今日之政黨化，不過安石派與司馬光派底政權爭奪而已，只是在政治家以學問與道德爲標指這點，不見有如今日的政治家那樣墮落而已。

熙寧元豐底學者有光風霽月素有高趣的周敦頤，字茂叔，推明陰陽五行之理，著太極圖說通書，世稱曰濂溪，

先生有高明英悟精通天地底運化與陰陽底消長的邵雍字堯夫其著作有皇極經世書觀物外篇、漁樵對問及伊川擊壤集世稱曰康節先生。有篤學力行仰爲關中宗師的張載字子厚立理一而分殊之說世稱曰橫渠先生所著正蒙十七篇是他底哲學觀,西銘東銘是他底倫理觀有孟子以後的眞儒使聖人之道明於一千四百年後的程顥字伯淳文彥博表其墓曰明道先生程頤爲之序曰孟子以後第一人未必是阿其所好這都是宋代哲學底起源,而周敦頤、邵雍爲道學底二祖,張載程顥程頤爲道學底三宗其他如晁說之游酢謝良佐亦以經學文章聞於世皆元豐進士。

二四　王安石與司馬光

如歐陽修是慶曆以後三十年間政事文學之中心一樣,王安石是神宗熙寧以後二十餘年間政事界底重鎭,文學界底巨擘蓋熙寧之初歐陽修已卒立於王安石之前,而隱然爲一敵國的是司馬光之麾下有蘇軾蘇轍程頤等皆盛攻擊安石故安石孤軍奮鬭常陷重圍之中且司馬光底德望天下所共欽仰然黨人之爭至延長安石死後數十年正姦之論猶不決亦可知安石爲非常之士超士之傑了。

王安石臨川人字介甫號半山慶曆二年進士。自幼好讀書善詩文,一誦則終身不忘援筆如飛初不加經意及成而才華藻麗見者無不服其精妙。(一)故他在文學者方面不但優其接踵歐陽修,而且在政事家方面寧說足以

凌駕司馬光只是他底性格過於強忮他底行動過於傲岸當時痛刻地受士君子之彈刻他底新法底害毒不必如司馬光一派所疾聲大呼的慘酷，程明道所謂吾輩激成新法一語未必有語病殊覺別饒深味。（二）

剛愎不遜的他底態度反面亦樸野而可愛。他淡於財利不好華腴而友愛之心甚厚故他受俸祿歸家諸弟爭浪費之他卻不介意簞瓢屢空曾無詰責自奉菲薄衣汚面垢不洗寬是他底眞性且他不解飲不知食味平生每對膳必先把近前的食物啖盡而止他知制誥時侍御宴誤食釣餌亦不自覺卽他底性格未必如呂誨所劾曰大詐，蘇洵所辨曰大姦。

熙寧之初他更科舉之法罷詩賦明經諸科以經義策試進士這是變學究為秀才為官吏登用法之革新而他撰詩書周禮三經新義頒於學官使天下秀才皆準據新義這就是把先儒底注疏來適應於他底學者的事業所謂訓詁注疏底革新晚年居金陵著字說其說雖穿鑿傅會的多然亦把他底攻擊舊說的意氣面目躍如地表現出來了。在文學者方面他底眞價未必是發揮三經新義與字說的寧說是在詩歌與文章故他在詩人方面的長所不僅是詩律精嚴而該通古近諸體兼工詞而且善集句詩（三）他在文章家方面的長所常以體制為主以修辭為後峻深精悍是能於歐蘇以外發異彩的故後人或惡他底為人而並廢其言然終不能把他排除於八家之外呀！

王安石之姦未必如呂誨蘇洵所稱道而司馬光底為人亦決不如蒲宗孟章惇底非難安石底革新自剛強而出，司馬光底更張自至誠而出這是安石歉多而司馬光聲望多的所以。

司馬光字君實，諡文正，追贈太師溫國公。性不喜華靡，篤學而善文章。神宗嘗以他兼董仲舒、揚雄之學與文，擢爲翰林學士。其時他患歷代史乘之繁，人主不能遍覽，欲成就一大史業，先撰通志八卷獻帝。神宗深重之，以爲賢於荀悅底漢紀，親自製序，且屢促終篇。賜潁邸舊書二千四百卷。於是他退居洛陽十五年，遂大成資治通鑑二百九十四卷。元豐七年爲資政殿學士。當時他底德望已壓天下，眞宰相之名傳播中外。兒童走卒沒有不知君實底，皆號曰司馬相公。及其薨，京師人有罷市往弔，鬻衣致奠的。及後再貶爲元祐黨人，樹姦黨牌，而長安石工拒刻姦黨二字，又不欲以自己之名刻之於石。可知他底至誠底德化大了。所惜昊天不祐，趙氏哲人被奪，終使邦國殄瘁。使天下後世之士爲之掩卷三嘆也。

二五　元祐文學與蘇軾

（一）漫叟詩話云：荆公嘗在歐公坐上賦虎圖，衆客未落筆，而荆公章已就，歐公亟取讀之，爲之擊節稱歎，坐客閣筆不敢作。

（二）羽倉簡堂作詠程明道詩，其小序云：先生擔當斯道，憂世之切，有吾輩激成新法之語，而後人或以爲有語病，未得窺先生抱負之重也。其詩云：熙寧新法行，吾輩激成之。此語有深味，孰知君子悲。b. 長野豐山松陰快談云：誹謗激坑焚之禍，清議激黨錮之禍，清流激白馬之禍，召諫激新法之禍，明道先生嘗曰：新法之行，乃吾黨激成之。當時自愧不能以誠感上心，遂致今日之禍，豈可獨罪安石也。余謂當時諸公爭攻安石，不遺餘力。先生獨反之已。嗚呼，是所以爲先生也。

（三）a. 避齋閑覽云：荆公晚年詩律尤嚴，造語用字，間不容髮。然意與言會，言隨意遣，渾然天成，殆不見有率排比處。b. 石林詩話云：荆公集句詩雖累數十韻，皆頃刻而就，詞意相屬，如出諸己，他人極力效之，終不及也。b. 石林詩話云：荆公晚年詩律尤嚴

元祐之政雖係太皇太后垂簾然承神宗厭兵之後戰干戈櫜弓矢使民休息以至公御天下誠不負稱為女中之堯舜一世賢者多集於朝廷後世論治皆以元祐與慶曆並稱然元豐之末程顥卒元祐元年王安石司馬光相尋卒元祐文學底中心人物不能不歸於蘇軾與程頤了。

蘇軾與程頤嘗俱為司馬光底羽翼光死後頤與軾之間無端起了釁隙特別是兩家門下各承師風互相凌駕，遂生出了洛黨蜀黨之稱所謂洛黨以程頤是河南人而名的所謂蜀黨以蘇軾是四川人而名的。

蘇軾是天才詩人好諧謔程頤是謹飭君子尚禮法前者肆意放言自無忌憚後者一言一行克己復禮蜀黨之士以軾之天才為理想鼓吹文學洛黨之士以頤之道心為理想標榜經學。

蘇軾字子瞻，號東坡諡文忠嘉祐二年與弟轍共應禮部之試使考官歐陽修驚嘆云:老夫避此人出一頭地。他惡禮法排虛偽天真爛漫不自矯飾嘗嘲程頤為狂死市的权孫通故登禁林侍經筵卻不會謹言行作韻語而謗時政恃高才而狎侮公卿大臣屢遭羣小之慍以招奇禍且他汎愛天下之士不問貴賤與賢愚常歡如披其胸襟輸瀉肝膽他嘗說眼前天下沒有一個不好的人這是他底雅量故無論貴賤賢愚一經入他眼皆莫逆於心他底心底安有好不好之辨罵詈諧謔一發於他口無不成章他底念頭安顧禮與非禮街談巷語一上他底筆無不成金石之聲老、莊仙釋一入他底藥籠無不成一種清涼劑。(二) 這是執拗的安石目他為人中之龍，而嚴峻之頤惡他如仇讐的所以。想像他底一生由才以成名亦由才以得禍。故蘇轍嘗稱兄之高才曰:『自有文章未有如子瞻者』齋藤拙堂

評他為千古第一才子決非溢美之言。(二)

宋詩人文章家雖多兼善詩文的，然無有出蘇軾之右者，故宋詩雖由蘇舜欽、梅堯臣而革新，然在詩壇上的歐陽修決不能大成。宋之古文雖由柳開修穆尹洙而開拓然歐陽修之後蘇軾不出亦決不能大成。此唐詩底全盛雖能凌駕宋詩然唐之文章卻不如宋之全盛的所以故蘇軾底詩文他底生前已盛傳誦，貶謫之後他底作品每出卽流布天下震爆一時所至珍重徽宗之時嚴禁莊他底集子而當時文人說是有莊之衣褐間道出京遂為選人所獲的。

宋初文選熱甚盛當一時文人皆爛熟文選之際有文選爛秀才半之諺，而建炎以來，東坡熱甚盛學者翕然從之，當時又有蘇文熟喫羊肉蘇文生喫菜羹之語亦可知他在宋代文學界勢力底偉大了。

他底文比之父洵則渾厚而淵深比之弟轍則俊辯而痛快嘗自述作文之法云文章如行雲流水又云文本無定質只是行乎所不得不行止乎所不得不止這是他所以被仰為古今文章家中天才派的泰斗緣由故他以作文為人生快事嘗告人云：臨作文時意到筆從波瀾曲折自不踰距世間樂事無踰此者。

他底詩為宋三百年詩人底冠冕精深華妙自成一家能雄視百代，特至貶謫以後之作，於李、杜、韓、白以外別開生面成偉觀這是黃庭堅評他說是讀東坡嶺外之文字如清風從外而來使人心神爽涼的所以蓋東坡是樂天詩

人，既忘其老又不患病所至順應其境安心立命把寵辱度外置之，一生無怨尤之心，復無愁恨之意。（三）

（一）漁北詩話云：坡公熟於莊列諸子及漢、魏晉唐諸史，故隨所遇輒有典故以供其援引此非臨時檢書者所能辨也又云：東坡旁通佛老詩中有彷黃庭經者。

（二）拙堂文話云天下第一等才子秦漢之際有一司馬長卿；魏晉之際有一曹子建皆華而少實唐、宋之際，有一蘇子瞻，其言皆切世用，然則謂之千古第一才子可也。

（三）甖佰歸田詩話云東坡詩云寂寂東坡一病翁，白頭蕭散滿霜風，兒童誤喜朱顏在，一笑那知是酒紅又云：公退清閒如致仕酒歡餘適似還鄉不妨更有安心法臥對榮簾一炷香皆言閒退而無愁恨之思。至黃山谷則云老色日上面歡悰日去心今既不如昔後當不如今讀之令人慘然不樂。

二六 元祐文學與程頤

有宋一代文學的特徵以詩歌文章之發達比較寧在道學之隆盛因為宋之詩歌到底不及唐詩之全盛。文章在普及之點或有勝唐之所然其進步底程度到底不足凌駕韓、柳——然至道學之隆盛卻是宋之特徵而在唐所無故唐之顏師古孔穎達賈公彥等之學殖元不如宋之邵雍周敦頤張載程顥等底高才達識哩。

所謂道學是從傳承周公孔子曾子子思孟子底道統的意義而命名的為宋代一種的哲學及倫理學。宋史儒林傳以外立道學傳儒林傳載六十六人道學傳載二十三人在二十四史中他無此類這可知道學是宋之特產，同

時並可知道學者有維繫一代底世道人心的功績。

道學者以邵雍周敦頤為祖張載程顥程頤為宗降及南宋底朱熹、張栻等但在熙寧中周敦頤、邵雍、張載、程顥三人相踵卒元豐之末程顥亦卒元祐底道學者不得不以程頤為巨擘。程頤字正叔號伊川諡正公追封伊陽伯。程頤之弟，年十四與兄顥同入周敦頤之門，尋孔顏之所樂十八歲上書闕下，勸以黜俗論歸於正道念民生然不為用因遊太學見胡瑗時課諸生以『顏子所好何學』之題。頤應之而作一篇論文，以為顏子之志在為聖人，而揭破當時學者徒尚博聞強記以巧文麗辭為工之弊。瑗得其文大驚立刻延見，處於學職。頤博覽，於書無所不讀，他底學以大學、中庸、論語、孟子為標指他底志在乎聖人。故熙寧、元豐之間大臣屢推薦他，他卻不肯起安貧守節言期忠信，行遵禮法年踰五十猶不求仕進。故司馬光、呂公著二人共稱他底行義以為是儒者之高蹈聖世之逸民卒因不次之拔躍以他為西京國子監教授祕書省校書郎，又擢為崇政殿說書他侍君側，選拔名儒使日夕膺薰陶之任以養成聖德自進講時務莊厲其色繼以諷諫不稍假借這是論者所以比他為春風而以他喻為秋霜，以明道比顏子，而以他比孟子的緣故哩。(一) 獨蘇軾一派罵彼為虛偽，然他底一言一行盡從至誠而發決非虛偽。門人如楊時謝良佐、游酢呂太臨稱為程門四先生大受一世的尊敬他底感化底偉大可知。蓋他篤信好古，不甘為天地間之一蠹而綴輯聖人之遺書使裨補天下百世為一生目的。易傳四卷，經說八卷是彼自著可以卜知他底學殖又有二程遺書二十五卷二程外書十二卷是他底門人所記錄的，亦可見他底議論底深遠了。

二七 蘇門四學士六君子

（一）鶴林玉露云：濂溪、明道似顏子，伊川、橫渠似孟子，南軒似顏子，晦庵似孟子。

在元祐以後的文學界蘇軾底勢力偉大已在前章敍述過了，又他底父親又是意氣崢嶸的蘇洵，他的弟又是洗靜而簡淨的蘇轍。不但父子兄弟互相切磋而且他底門下濟濟多士皆一世才俊在軾之麾下旗鼓相應大大地宣傳師風這是軾之勢力偉大能風靡一世永爲百代泰斗的所以。

軾之門下才人多就中稱黃庭堅張耒晁補之秦觀爲蘇門四學士又如四學士中加入陳師道李廌稱蘇門六君子皆是受軾之誘掖蒙軾之推輓的軾嘗見庭堅底詩文云「超軼絕塵獨立萬物之表世久無此作」欲舉庭堅代已激賞其文行說是瓌偉之文妙絕當世孝友之行追配古人稱張耒之文說是汪洋沖澹有一倡三歎之聲稱晁補之文是博辯雋偉絕人遠甚必顯於世稱秦觀底黃樓賦爲有屈宋之才勸舉進士又薦以賢良方正推薦陳師道爲徐州教授後更爲潁州教授稱贊李廌說是子之才萬人敵也抗之以高節莫之能禦矣諸如此類皆是利導後進能成其高才固眼中無人焉鞠躬於門下的小子後生而有所畏服呢？僅是他底雅懷欲誘掖後進而已。故彼底門人皆由他所指導受他底薰化常尚節義而不重財利安心立命不以死生易節不以窮達介意。

黃庭堅字魯直號山谷又號涪翁以其嘗爲涪州別駕的緣故性篤孝而好學能文讀書再三輒能成誦他幼時

巳有一日千里之稱舉進士後爲國子監教授元祐中歷任校書郎著作佐郎起居舍人丁母喪罷官歸家三年哀毀，遂得疾此蘇軾所以稱他底德行說是孝友行追配古人哩除服之後爲祕書丞紹聖初出爲宣州知縣及蔡京卞執政權他被貶竄流寓於涪州黔州戎州之間不怨天不尤人淡然有君子之風他在詩人方面實是蘇陸之亞爲江西詩社之宗祖論者或以他比蘇軾稱蘇黃然他底詩生硬究不若蘇作之圓熟故乾隆選唐宋詩醇於宋取蘇陸二家，而不及於他。沈德潛評他底詩說是太生實是的中之言然他底門人每以他與蘇軾置於對抗之地遂有文首東坡詩右山谷之語畢竟是阿其所好而已他底新品清新其弊偏於生硬他底詩奇巧其弊陷於奇僻他在詩人方面實輸蘇軾一籌。

張耒字文潛，自幼穎異，十三歲能爲文十七作函關賦，傳誦一世後遊學於陳，爲學官蘇轍所愛，因得從蘇遊。弱冠進士及第，爲地方官數年被召入中央政府累進祕書丞著作郎史館檢討其間他自守泊如常伺節義然再坐黨籍遷謫於宣州、復州、潁州、汝州、房州等年六十一卒他底爲人威儀堂堂而有雄才他底筆力絕健尤長於騷詞故及二蘇旣卒黃庭堅晁補之相繼而沒，一時學者翕然集於他底門下他作文以理爲主嘗論云：「六經以下至於諸子百氏騷人辯士論述大抵皆將以爲寓理之具也。」又云：「江河淮海之水理達之文也不求奇而奇至矣」又他底作詩晚年特尙平淡模倣白居易、張籍的多。

晁補之字無咎聰敏強記自幼善屬文十七歲時，隨父至杭州，著七述以敍錢塘底山川風物之美時蘇軾亦在

杭州，欲作錢塘賦及讀補之七述自嘆曰：『吾可以閣筆矣。』他的名聲由此宣傳一世後舉進士選第一等時神宗閱其文說是經術深可以革時弊之浮薄後及仕官或被召而在朝廷或出而在郡縣晚年致仕歸家自號歸來子絕情仕進慕陶淵明之為人於大觀之末以年五十八卒他才氣飄逸嗜學不倦其文章溫潤而典縟尤精楚辭嘗自論集屈宋以來的賦詠以撰變離騷。

秦觀字少游自幼豪雋慷慨之氣常橫溢於文詞而一度舉進士不中第強志盛氣的他發憤而讀兵家之書然他嘗見蘇軾於徐州作黃樓賦之時軾稱他為有屈宋之才又以他的詩紹介於王安石安石亦推獎云：『清新似鮑謝。』旣而蘇軾勸應進士考試登第元祐初為蘇軾所薦歷任太學博士祕書省正字國史院編輯官頗受寵信屢有硯墨器幣之賜紹聖之初坐黨籍遷謫於杭州彬州雷州等處遂以年五十三卒於藤州。於卒之先他自作挽詞其詞甚哀痛讀之者無不悲傷他有文集四十卷尤長於議論文麗而思深臨死蘇軾歎惜之云：『少游不幸死道路哀哉世豈復有斯人乎！』

陳師道字履常又名無己少好學年十六以文謁曾鞏鞏一見奇之謂是兒他日必以文著遂締師弟之交。熙寧中王安石更科舉之法自著三經新義師道心中悲之遂絕意於仕進家素貧至連日不炊妻子慍而訴窮餓他晏如不恤常以節義自任安貧樂道故他以年四十九卒友人鄒浩他買棺歛之他學通諸經尤邃詩禮其文精深而雅奧其詩彼自稱學黃庭堅然其高過極堅故庭堅嘗稱他云：『履常天下之士也其詩得老杜之句法今之詩人皆不能

當。』然他底詩苦心慘澹極其推敲以改竄爲事不愜意輒焚棄之。故庭堅嘗以他與秦觀比較云：『閉門覓句陳無己，對客揮毫秦少游』把二人底才思遲速道破了他平生所爲詩歌雖甚多但今存在甚少初他游京師未嘗一至貴人之門，傅堯俞聞其名欲識其人先問秦觀云：『吾將見之懼其不吾見也子能介於陳君乎』知其貧懷金而至，及聽他底議論敬畏而不敢出章惇亦欲薦之於朝先囑秦觀延見他，而他高自標榜終不屈節後章惇爲相復欲招致他他仍不肯往他又嘗居潁州時蘇軾欲把他羅致門下他賦詩云：『鬝來一瓣香敬爲曾南豐』蓋這不忍背南豐也然他底送東坡詩云：『一代不數八百年能幾見風帆目力盡江空歲年晚』可知他亦是深深地向慕東坡的。

李廌字方叔六歲而孤但能自樹立及長以學問稱於鄉里遂謁蘇軾於黃州贄文求知蘇軾稱他底文筆墨瀾翻，有飛沙走石之勢家素貧無葬親之能已三世他一夜撫枕流涕云吾所學者忠孝，而未能葬親何用學爲翌日以別告軾歸鄉不數年出三十餘柩盡累世之葬後閉門讀書又數年再見蘇軾閱他所著曰張耒秦觀之流也後應禮部試不及第，軾與范祖禹謀云：『廌雖在山林其文有錦衣玉食氣棄奇寶於路隅昔人所歎我曾得無意哉』將薦之於朝，未果而軾歿。廌哭且作文祭軾：『皇天后土鑒一生忠義之心名山大川還萬古英靈之氣』其師弟之情誼眞摯可知了他平生好論古今治亂條暢曲折辯析中理當喧湧倉卒之間亦如稍不經意然一援筆則如飛。元祐中屢上忠諫之書，幷獻兵鑒二萬言蘇軾以他比張耒秦觀非偶然也。

蘇門六君子中，黃庭堅最年長比軾少九歲，秦觀比庭堅少三歲，張耒比觀少三歲陳師道晁補之比耒少一歲。

他們底年齡大概在伯仲之間可知軾之門下相切磋相唱和宣傳師風之盛哩，故他們底學問文章不但契合師風，而且他們底人格氣味亦有酷似其師的處所。黃庭堅底詩稱晁補之與張耒云：「晁子智囊可以括四海，張子筆端可以回萬年」張耒之詩評黃秦陳晁四子云：「黃郎蕭蕭日下鶴，陳子峭峭霜中竹，秦文倩麗舒桃李，晁論崢嶸走珠玉。」亦可以窺見他們底文章與性行底一斑了。

二八 程門四先生

宋之所謂道學者以格物致知爲先務以窮天地陰陽之理爲目的，一以明善誠身爲學者底要諦。故他們底材雖有大小，他們底道在修齊治平是一樣的。他們底理想決不是厭世而在濟世在安民。他們底學說是在推究天道闡明人道提倡性命理氣宣傳仁義道德。程頤兄弟講孔孟底絕學欲使明於天下傳於無窮，特別表章大學中庸能與論語孟子並行可謂能順應其目的而選取其手段的了。宋史道學傳敍云：「詩書六藝之文與孔孟之遺言，顛錯於秦火支離於漢儒幽沈於魏晉六朝者，至是皆煥然而大明秩然而各得其所，此宋儒之學所以度越諸子而上接孟氏者歟！」亦可謂通曉當時學界的消息的了。而如程門四先生實是程氏底正宗道學者底中堅，他日南宋朱熹、張栻底哲學實是由此發興的。

所謂程門四先生卽楊時字中立游酢字定夫謝良佐字顯道呂大臨字與叔四子。楊時熙寧九年進士，皇祐五

年生,紹興五年以八十三卒游酢元豐六年進士,慶曆五年生於政和五年以壽七十一卒謝良佐元豐八年進士皇祐二年生於崇寧二年以五十四卒獨呂大臨底生卒年月無由知然與楊時游酢謝良佐相先後在程門他底年齒蓋在與其他三先生伯仲之間程頤嘗瞑坐時楊時游酢並侍立師之左右門外雪深達一尺尚不肯去頗有禪味其時楊時底年齡為四十歲游酢四十八歲謝良佐四十三歲即可知他們底入程門非他們少壯時代,而是四十歲前後即學問上已有相當的造詣的時代了。

四先生皆親炙程頤,頗多自得之所,他們對於政事及文學的意見,不但得程氏底正系,而且他們底性格態度亦酷似其師。楊時自幼穎異常潛心經史,程頤嘗稱『我道南矣』游酢文行忠信程頤一見而云:『其資可以進道』謝良佐記問該博,程頤悅之,云:『是子力學切問而近思者也,』呂大臨通六經尤遂於禮范祖禹薦之云『好學修身如古人。』而學問上關王氏底新義政事上排斥熙寧底新法,四先生有同然之所就中楊時最為巨擘宋史本傳云:『暨渡江東南學者推時為程氏正宗。』又云『紹興初崇尚元祐學術而朱熹張栻之學得程氏之正其源委脈絡,皆出於時。』

二九 江西詩派

江西詩派以蘇門六君子黃庭堅為宗派之祖,為陳師道以下,潘大臨謝逸洪芻饒節祖可徐俯洪朋林敏修洪

炎、汪革、李錞、韓駒、李彭、晁冲之、江端本、楊符、謝邁、夏倪、林敏功、潘大觀、何覬、王直方、善權、高荷等二十五人底詩風之名稱。李東陽麓堂詩話云：『唐人不言詩話詩法多出宋，而宋人於詩無所得所謂法者，不過一字一句對偶雕琢之工，而天真與致則未可與道其高者失之捕風捉影而卑者坐於黏皮帶骨，至於江西詩派極矣。』江西詩派是陷於宋詩底弊實的然呂本中始作江西詩派宗社圖江西詩派之名，始為南宋詩人所承認，楊萬里作江西宗派詩序，胡仔於苕溪漁隱叢話列舉江西詩社二十五人之名而辯其選擇之不精議論之不公嚴羽滄浪詩話論宋之詩體，於元祐體以外舉江西詩體，劉克莊作江西詩派小序故何覬川入呂本中山堂肆考除高荷加入呂本中皆是不對的。本中之詩得庭堅師道底句法但他元是從游楊時游酢的哲學者其自作宗派圖已覺其奇安得以附己之名，紺珠及彭大翼底山堂肆考皆揭二十五人之名而紺珠除何覬州入呂本中山堂肆考除高荷加入呂本中皆是不對的。本中之詩得庭堅師道底句法但他元是從游楊時游酢的哲學者其自作宗派圖已覺其奇安得以附己之名，於詩人黃、陳之驥尾」

陳師道以下二十五人不必盡是江西人。而所以稱為江西詩派的，是因為其宗祖黃庭堅是江西人的緣故況謝逸、謝邁、洪朋、洪芻、洪炎、饒節、徐俯、汪革、江端木皆江西人，特別是三洪及徐俯且為庭堅之甥。然陳師道是徐人，韓駒是蜀人潘大臨潘大觀是黃州人夏倪林敏功林敏脩是蘄人晁仲之是開封人李彭是南康人祖可是丹陽人高荷是荊南人，皆非江西人。（譯者按南康屬江西地）楊萬里底序云：『江西宗派詩者詩江西也人非皆江西，而詩曰江西者何繫之也』很說明此中的意義了。其他善權、王直方、李錞、楊符、何覬之鄉閭爵里不明學歷也

不詳，皆立於庭堅底下風壎篪相和戰鼓吹其師風。

江西詩派底詩人以黃庭堅為祖陳師道為宗其他二十四人在作為一代詩人的資格究不能追配四學士六君子，故二十五人中載於呂祖謙底皇朝文鑑的，陳師道以外不過潘大臨謝逸洪朋林敏修李錞李彭謝薖林敏功高荷九人而五古有謝逸二首林敏功林敏修各一首七古有謝逸二首潘大臨李彭李錞各一首五律有洪朋潘大臨各二首李彭林敏功高荷各一首七律有洪朋潘大臨李彭各一首七絕只有謝薖二首。

陳師道未必是蘇軾底門人，然蘇軾評他作門人以他伍於六君子之中他嘗自稱『文師南豐詩師豫章，二師皆極天下之本色，故後山詩文高妙一世』又朱熹對人問云『後山雅健似勝山谷然氣力不及山谷較大此其所以推服弗置也』皆可知在詩方面的師道與庭堅底關係殆在師友之間其技倆殊在伯仲間也。沈德潛評庭堅曰太生評師道曰太直據此亦可知在詩方面的黃、陳底理想在何處而二家之短所是如何了。潘大臨字邠老潘觀字仲達，俱以詞翰夙負盛名故庭堅誦其五言句云：『覺翰墨之氣如虹猶足貫日』屢命諸甥從遊兩謝謝逸無逸謝薖字幼槃，俱好古樂道以布衣而名重搢紳呂本中稱二謝云：『謝康樂詩規模宏大為一世冠元暉詩清新獨出，又自有過人者』無逸似康樂，幼槃似元暉，真足追配古人。』黃庭堅讀他底與老仲元詩大驚云：『使在館閣張流也；恨未識之耳』洪朋字龜父，洪芻字駒父，洪炎字玉父皆庭堅之甥庭堅贊明之詩句甚壯云：『龜父筆力可扛鼎』又稱芻之才氣筆力尤超邁云：『不意江南澤中產此千里駒也』炎於元祐之末登第陸進為祕書少監徐

俯字師川，亦庭堅之甥英才煥發常負磊落不羣之氣不肯居人下嘗上作藍莊詩託洪朋寄庭堅讀之數過稱其詞氣甚壯不類少年書生之作說是喜而不寐後蘇軾秦觀陳師道等先後相踵而歿庭堅心憂斯文之將墜獨屬望徐俯目師川爲頹波砥柱韓駒字子蒼蜀人蘇軾（譯者案疑是蘇轍之誤）初見子蒼之詩時自怳然比唐之儲光羲。

（1）宜乎呂本中把他入於江西宗派圖，他中心並不喜悅哩，然汪革饒節林敏功夏倪晁仲之王直方韓駒等互相唱和，載在呂本中底紫微詩話要之，他們竟不免爲小家數。

靖康以後詩人多凋零文章宿老歸然獨存的只陳與義。與義字去非號簡齋其生在江西詩人之後呂本中生不以他列於宗派圖中然他底詩風格遒逸思力沈摯能自闢一徑足與黃庭堅陳師道相角逐簡齋集十六卷可以窺知他底詩底風格了故方回底瀛奎律髓提倡一祖三宗之說。一祖指杜甫三宗指黃庭堅陳師道陳與義。

（2）苕溪漁隱叢話云全閩經城集有題韓駒秀才詩卷一絕云唐朝文士例能詩李杜高深到者稀我讀君詩笑無話怳然再見儲光羲。

三〇 紹興文學

紹興文學爲南宋文學底第一期，高宗中興以後三十六年間的文學當時金之勢力愈加猖獗，汴京已陷，王跡已熄高宗再造繼止於江南底經略終不能從神州一掃胡氛蓋天子雖銳意圖恢復宰相偷安漫持南自南北自北之說屈膝於不共戴天之仇，徒充犲狼無厭之慾而已，於是忠臣義士扼腕而欲克復中原志士仁人不得不飲泣

第六編 唐宋文學概觀

而歎舉目有江河之異胡銓底上高宗封事實是他底忠肝義膽底寫真，岳飛底題青泥市蕭寺壁間詩，慨然欲報君仇雪國辱可謂他底雄氣直節底自畫像。（一）即南宋詩人學者說正心誠意論大義名分之多亦是時代底映畫

紹興間的詩人有楊萬里陸游范成大尤袤肖德藻皆是江西詩派底餘流而近發源於曾幾曾幾字吉父號茶山，諡文清江西人常與徐俯韓駒呂本中等遊及徐俯等相繼歿惟茶山歸然獨存為儒者底正宗詩人底學術德行云：「公天下於乾道二年以壽八十三卒著有文集三十卷易釋象五卷陸游底曾文靖公墓誌銘稱他底學術德行云：「公貫通六經尤長於易論語鳳與正衣冠讀論語一卷迨老不廢孝悌忠信剛毅質直篤於為義勇於疾惡是是非非詩尤工以杜甫黃庭堅為宗」又敍身不假人以色詞」又稱其詩文云：「公治經學道之餘發於文章雅正純粹而詩尤工以杜甫黃庭堅為宗」又敍他自己與曾幾底關係云：「某從公十餘年公稱其文辭有古作者餘風及疾革之日猶作書遺某若永訣者投筆而逝。」

不獨陸游不親炙曾幾，而且尤袤、楊萬里、范成大蕭德藻亦曾受詩法於茶山。尤袤字延之號梁溪紹興十八年進士，靖康二年生紹興五年以年六十八卒楊萬里字廷秀號誠齋諡文節紹興二十四年進士宣和六年生開禧二年以年八十三卒范成大字致能號石湖紹興二十四年進士靖康元年生紹熙四年以年六十八卒陸游字務觀號放翁宣和七年生嘉定二年以壽八十五卒蕭德藻字東夫紹興進士為烏程令後罷居屏山自號千巖老人皆江西詩派之餘流其技倆雖在伯仲之間然各自有其特徵有其別趣楊萬里底千巖摘稿序云：「余嘗論近世之詩人若

范石湖之清新，尤梁溪之平淡，陸放翁之敷腴，蕭千巖之工致皆余之所畏者：」姜夔底白石道人詩集自敍云：「尤延之先生爲余言近世人士喜宗江西溫潤有如范致能者乎高古如蕭東夫俊逸如陸務觀，是皆自出機杼豈有可觀者又奚以江西爲?」皆可見一班但他們常致意於君國心中湧其慷慨之血眼底張其悲憤之淚，皆是同一的特別在楊萬里陸游尤覺其然蓋岳飛憤慨說欲踏破賀蘭山斬樓蘭的時候是楊萬里四歲之時宗澤憂憤發疽臨死一語不及家事而三呼過河是陸游四歲之時胡銓上書斬倫檜近三人之頭竿於槀街是楊萬里十五歲之時。張浚遺命如不能復中原雪國恥則不可祔葬吾之遺骸於先人之墓是陸游四十歲之時國亂而知忠臣他們底誠忠既泣時事之日非慟國運之傾況耳聞先哲餘烈他們底眼不得不流其憂國之淚他們底胸不得不湧其忠君之血故楊萬里臨死書：「韓侂冑姦臣專權無上動兵殘民謀危社稷吾頭顱如許報國無路惟有孤憤」投筆而逝陸游臨死亦作示兒詩云：「死去元知萬事空但悲不見九州同王師北定中原日家祭勿忘告乃翁。」可知他們底心事了只是陸游晚年再出爲韓侂冑爲撰南園記比楊萬里爲侂冑強要之時說是官可棄記不可作，不肯奉命聊似有汚晚節而已楊萬里嘗三次訪張浚於永州始見。浚勉以正心誠意之學萬里終身奉其教乃自名讀書之室曰誠齋宋之詩人槪尙節義於斯可見萬里之誠忠固出自他天性然張浚之一言所與的亦多云。

紹興底文學不必陸游一人擅場故選拔紹興間的詩宗雖楊萬里舉尤蕭范陸尤袤舉楊蕭范陸然陸游底文學價値，非尤楊范蕭之匹儔他實蘇軾以後第一人而接踵於唐之李杜韓白的故劉克莊云：「南渡而下放翁故爲

一大宗」，朱熹於答徐載叔賡書云：『放翁之詩，讀之爽然近代唯見此人爲有詩人風致』乾隆帝選唐宋詩醇亦云：『宋自南渡以後必以陸游爲冠』又云：『若捐疵纇存英華略纖巧可喜之詞而發其閎深微妙之指何嘗不與李、杜、韓、白諸家異曲同工』可以配東坡而無愧者哉！」皆可謂陸游底知音。

陸游底詩前後凡三變初以藻繢爲事中年自悟而期宏大晚年益自出機杼爲清新絢爛之極歸平淡故他底特色，不在奇語詰屈驚人耳目的當中而存於自然老潔言簡意深的當中。

他底學不及韓愈而他底才遜於李白蘇軾但他感激於時事酷似杜甫他底篇什之多，凌駕白居易乾隆底詩醇稱游之性行云：『觀游之生平有與杜甫類者少歷兵間晚棲農畝中間浮沈中外在蜀之日頗多其感激悲憤忠君愛國之誠一寓於詩酒酣耳熱跌蕩淋漓至於漁舟樵徑茶椀爐熏或雨或晴，一草一木莫不著爲歌詠以寄其意，此與杜之詩何以異哉？」趙翼底甌北詩話稱他底詩近體不事塗澤不落纖巧名章俊句層見疊出使讀者不遑應接又稱其古體之工力比近體更深意在筆先力透紙背有麗語而無險語有豔詞而無淫詞似華藻而實似雅潔似奔放而實曰謹嚴亦可以窺見他底詩人底位地與資格了。

（一）岳飛題青泥市蕭寺壁間詩云：『雄氣堂堂貫斗牛誓將直節報君仇斬除頑惡還車駕，不問登壇萬戶侯。』

（二）摩島松南嬡語云：陸放翁詩詞慷慨激烈紛華豪奢快者如決水俊者如飛隼以此推之其非曲謹拘束之士可知也偶得其家訓者讀之，

語意惇惇一毫不帶快俊之氣胡其相異也蓋翁亦才銳自負者也其初年氣雄骨傲將駕御一世而壓蹟官途飽經世故知往日之浮氣徒爲虛欷而深自省悟其戒子弟實發中心吾輩亦須謹而誦之。

三一 詞之發達

詞是宋底新樂府，津阪東陽底所謂一代之絕藝一曰詩餘，或曰塡詞，又曰倚聲，與漢史晉字、唐詩元曲對稱所以名爲詩餘的是取詩之餘流的意義所以名爲塡詞的是因爲準一定的格式以塡充文字的意義所以名爲倚聲的是取其倚平仄按聲律以成格式的意義徐師曾底所謂倚聲塡詞是由塡詞及倚聲的稱呼而出的即因此故詞及詩餘之稱宋世雖已流行而塡詞及倚聲之稱卻明以後始產生楊萬里、沈義父、張炎皆是宋人而論詞的而他們皆單稱詞未曾稱塡詞。又草堂詩餘四卷皆宋人所作而編輯詞的人而此等皆用詩餘底稱呼，而不稱倚聲至明吳訥底文章辨體及徐師曾底文體明辨始用塡詞之稱而明徐師曾底文體明辨及徐師曾底文體明辨始用塡詞之稱四庫全書總目目詞人曰倚聲底稱呼況詞是宋之新樂府宋曾憷底樂府雅詞三卷李彌底樂府一卷及趙長卿底惜香樂府十卷皆是集詞而題爲樂府沈義父底樂府指迷一卷及張炎底樂府指迷一卷可知都是論詞而題爲樂府的。

詞雖興於北宋至南宋而極盛然詞之起源固在五代五代是文學底暗黑時代五十年間經五次的革命五代之詞實是亡國文學呀宋之太祖嘗評南唐後主李煜云：「李煜若以作詞工夫治國家豈爲吾所俘也」豈不是說

作詞的工夫與治國之道是相矛盾的嗎？然如五代之際後唐莊宗之一葉落蜀後主王衍之醉妝詞後蜀主孟昶之玉樓春，南唐中宗之山花子，南唐後主李煜之相見歡浪淘沙子夜虞美人臨江仙等皆是開宋詞隆盛之端的有宋轉化這種亡國文學發揮興國的氣象我們可以認識宋詞的價值了。

詞本來是以歌詠為目的，不是所謂目的文學而是耳的文學是古樂府底流亞。而元之戲曲即濫觴於此，宋詞亦可謂實一代的歌劇但這可以說是文學上的進步與否，是不能不考慮的問題倘若以此作為詩學的進步所以又叫作詩餘呢？而餘流則是以末勢底委靡為意義的，倘若作為詩道底退步則宋之詩人為何用功於作詞呢？予以為宋詩之隆盛是宋詩人對唐詩而翻叛旗重新開拓自由底天地的野心的成功因為詩經三百篇為周之新樂府是四言詩之至精者。漢、魏底古樂府是五言詩底新樂府是唐三百年底新樂府是五七言詩之至醇者。宋之詩人一般好勝欲抗衡唐人。而自覺欲以絕句出唐詩之右為至難，乃於詩學上新開拓別一天地遂以長短句而成一種的新體詩這是他們底野心的成功啊！詩經周頌三十一篇長短句居十之九漢郊祀歌十九篇長短句居十之五詞底長短句雖胚胎於斯也許是從欲超脫積年因襲來的五七言成格為他們野心之所在哩！只是詞之平仄法與押韻法甚複雜無一定的原則每篇每句異其法度未必是他們好煩使然宋人概疏於音律想像他們底詞本不拘泥平仄自由地取之胸臆合之管絃卽當初的詞法度最自由不為形式所拘束而後世為作圖譜每題立一章程而因圖以填詞依譜以諧聲卽當初的詞法度最自由不為形式所拘束而後世之詞，

矩矱最窮屈句句櫛字比徒究心於末技於是詞無向上進步之餘地，明以後氣息喘喘，纔於戲曲中留其殘影而已。

試尋宋詞發達之跡，自仁宗之世，柳永始出新聲遍後晏殊、張先、歐陽修、蘇軾等相踵發揮新趣，繼而晏幾道、賀鑄、秦觀、黃庭堅、周邦彥等輩出，宋詞底形式完備，遂呈一代的盛觀，所謂北派之詞即是。降至南宋，如姜夔辛棄疾李清照、劉克莊皆一世詞傑，能凝精盡妙，所謂南派之詞即是。故論詞之全盛時代，不屬於北宋反而歸於南宋的，是姜夔、辛棄疾、李清照之力居多。其中姜夔爲南派大宗，曰白石道人之名後世詞人永所景仰。

顧寧中建大晟府，登用詞人及音律家，猶如漢立樂府以李延年爲協律都尉舉司馬相如等數十八以作詩歌一樣。而稱在大晟府的詩曰大晟詞，猶之在樂府作的詩稱樂府一樣。

如詩有長篇短篇，詞亦有長篇短篇，故草堂詩餘始立小令中調長調之目，後人襲用的多，遂以五十八字以內爲小令，從五十九字至九十字止爲中調，以九十一字爲長調。巴渝辭十四字爲小令底最短的，以鶯啼序底二百四十字爲長調之最長的。

詩餘底體裁一篇槪分前後二段，但宋以前的詞未必然。其分前後二段的名爲雙調，否則名爲單調。若以單調比絕句，則雙調與律詩相當。

調底句法，如篇有長篇短篇一樣，句亦有長句、短句。短句從二言三言至於四言止，長句至八言、九言。就中五言句上二字下三字恰近於詩句，或有以上一字領下四字的，七言句亦是上四字下三字恰如詩句，或有作上三字下

四字的，這是詩句所無又詞底字法與詩不同之點，在用虛字的多。這是因為依虛字以諧和歌調，易入伶工底歌板，雪兒底歌喉的緣故。故詞中虛字不是正但是況等文字多而且旣有莫是又邊等二個連用的，又有更能消最無端等三個連用的，皆是避歌調底生硬的。

在宋詞之勃興猶如在唐詩之極盛。而詞話不起於宋，而流行於明以後。恰於詩話不興於唐，而流行於宋以後。換言之，卽在詩之作家極多的唐而詩之批評家卻少，與在詞之作家最多的宋而詞之批評家卻少是同一理由。作家未必是批評家。批評家未必是作家。批評盛行的時候好似是在其作品已衰的時代故詩話出六一溫公以下數十百家之多的宋而詞話則楊萬里沈義父張炎以外殆無聞。

論唐詩以分初唐盛唐中唐晚唐四期為最便宜宋詞亦以區分北宋、南宋二期為適當，而唐詩在盛唐以後次第詩格卑宋詞卻以北宋比較南宋底格律反而進步即詞底隆盛的絕頂不得不歸於南宋百四十餘年間了。

三二 道學底提倡

周敦頤邵雍是道學者。張載程顥程頤楊時游酢謝良佐亦是道學者。然道學底稱呼始發生於南宋，而稱周邵、張、程等為道學者的是溯朱熹一派的學術底淵源而命名的。以朱熹一派的學稱道學的雖是他們一派自相表異，自為標榜然不必是朱熹自己命名的。而反對派卻以之為口實或以為好名而立異或以為植黨而排他。淳熙中鄭

丙上疏詆程氏之學且沮朱熹陳賈指熹云：『近日搢紳有所謂道學者大率假名以濟僞』林栗劾熹云：『熹本無學術徒竊張載程頤諸餘謂之道學所至輒攜門生數十人妄希孔孟歷聘之風邀索高價不肯供職其僞不可掩』於是葉適上書諍之云：『栗劾熹皋無一實者特發其私意而遂忘其欺矣至於其中謂之道學一語利害所係不獨熹蓋自昔小人殘害忠良或以爲好名或以爲立異或以爲植黨近創爲道學之目鄭丙倡之陳賈和之居要津者密相付授見士大夫有稍慕潔修者輒以道學之名歸之以爲善爲玷闕以好學爲己惩相與指目使不得進』朱熹亦上封事云：『一有剛毅正直守道循理文士出乎其間則羣議衆排指爲道學而加以矯激之皋十數年來以此二字禁錮天下之賢人君子復如昔時所謂元祐學術者排擯詆辱必使無所容其身而後已此豈治世之事哉』由是兩派軋轢日甚遂目道學者或曰僞學或曰僞黨甚至罵爲逆黨死黨可知朱熹一派在當時如何爲反對派所脅威壓迫了。

朱熹是道學者中的巨擘嘗受學於李侗李侗之學從羅從修出羅從修之學從楊時出然則朱熹之學可謂得程頤底正系的了。故其學以格物致知爲先務以正心誠意爲要諦。

他是紹興十八年進士當時宰相雖都欲推薦他當啓沃之任但不敢就天子亦欲登用他使舉經綸之實然他本來非政治家而是純乎的學者爲州縣官吏其設施事業主要的皆在教育方面不過把修己治人的聖賢之道實踐力行罷了又他屢次上奏以諫天子的言必是正心誠意之論故淳熙中因周必大之薦他將入奏事時有人要之

於路，說是正心誠意主上之所厭聞，而他則對以『吾平生所學唯此四字豈可隱滅以欺吾君乎！』這把他底學問與本領統統表露出來了。然他底性格既非溫良之君子，又非寬厚之長者所思必達所信必貫的他底剛毅之氣象，無非招敵激仇之表徵他嘗論易及西銘以痛攻林栗。故林栗劾他說是熹本無學術徒竊張載程頤之緒餘謂爲道學，卽是對其攻擊而復仇的他底著作有文集一百卷，通鑑綱目朱名臣言行錄家禮近思錄程子遺書伊洛淵源錄及其他易詩大學中庸論語孟子楚辭太極圖說通書西銘等底註解皆傳於世故他生前雖僞學僞黨盛被誹謗而死後卻與周、張、二程從祀孔廟。

張栻亦以正心誠意之學與朱熹有交誼的，嘗受學於胡宏胡宏之學從程頤出則栻之學亦係自程門而出的。尤其是栻是張浚之子。張浚是誠忠之臣臨死遺命二子，說是不能復中原雪國恥不得祔葬先人之墓浚又是嘗勸楊萬里以正心誠意之學的，萬里奉其教自名讀書之室曰誠齋質言之栻之學術與其說是師之感化寧說是家庭底薰陶居多故栻克繼父志欲報不共戴天之仇數次進奏明復仇之大義論立政之要道。嘗語人云：『有所爲而爲者利也無所爲而爲者義也。』可謂善於義利之別學者誦爲名言稱栻爲南軒先生云。

其他黃幹李燔張洽陳淳李方子黃灝等亦是道學傳中之人皆爲朱熹門人就中黃幹字直卿，篤信好學從始見朱子起夜不設榻寢不解帶朱子一日語人云：直卿志堅思苦與之處則甚有益及張栻死朱子以書與幹云：『吾道孤矣所望於賢者不輕』遂以其女妻幹李燔朱子嘗稱之云：『燔進學可畏且直諒樸實處事不苟他日任斯道

者，必燔也。」朱子歿後爲白鹿洞書院院長，故時人以他與黃幹並稱曰黃李、

按道學光復世道於將壞，挽回人心於旣危，其功績頗偉大。方宋之末路君臣俱流離崖山，文武將相能濟其玉碎之美，實是二百年來以道學養成士風的效果。故道學底生命經元至明而風靡朱氏三百年的學界，然世疑道學之功罪，妄以陸秀夫爲幼帝於舟中講大學而笑其迂且歸罪於道學，這是錯了的。（一）當此時天下大勢日非，天曆數不復在爾躬，雖有憂國之志的人，已無施其經世之術的餘地了。語云：「朝聞道，夕死可矣！」秀夫之智雖固然自覺夕死的運命，論道學之有罪無功，不如摩島松南底娛語主張道學有功無罪之爲穩而恕。（二）

岳底詩學新論論道學之有罪無功，不如摩島松南底娛語主張道學有功無罪之爲穩而恕。（二）

（一）詩學新論云汴京不守神州盡沒於金宋氏遂南戀羹吹韰權輿一種理學南人脫套嗟乎二帝北狩趙氏不絕如帶（中略）豈止令人酸鼻哉當是之時宋人不衰玩歲愒月舉一世安於君父之仇不復懲議乃誅岳武穆父子竟至使二帝爲重昏侯金主賜服也噫是不之痛執可痛雖有道學先生何裨之有爾後崖山流離猶至讀大學章句陸張揖醜不曉事物故國家土崩其咎不必繫實似道淳熙中周必大薦朱熹將入奏事或要于路曰：『正心誠意上所厭聞』熹曰：『吾平生學問只在于此爲豈可隱默欺君乎』吳與弼兩召不起，曰：『宜官釋氏不除而欲天下治雖矣必除吾可入』人笑其迂夫窮理之學興而人才差池正心之說降而氣象抑厭。（按詩學新論三卷安政元年刻版原州直字溫夫號東岳所著東岳仕日出藩學詩於服部南郭天明三年歿）

（二）摩島松南娛語云陸秀夫在流離中勸講大學章句後世議者多笑其迂迂則誠迂矣然秀夫立危朝如治朝外禦軍旅內調工役一念愛君其志亦可憫已且當此時國勢全傾士心解體雖有志之士不能復振而秀夫獨能儼然不撓知其必不可爲而爲之其持操無以尙焉而議者又以此罪道學余則以爲其迂則道學之弊也其忠則道學之力也蓋秀夫之忠自誠心出誠心又自迂性出則迂亦不可廢矣若

三三　朱陸鵝湖之會

二程歿後數十年振興宋哲學的為朱熹及陸九淵二子是一代的碩儒而是同時異說的。今二子於一處相會，各闢意見辨是非學界偉觀無過於此鵝湖之會即是為鵝湖會見之因的是呂祖謙。祖謙字伯恭號東萊嘗見朱陸之學各殊欲使二子會於一處以討論是非遂於淳熙二年開鵝湖之會與會的人朱陸二子以外有呂祖謙及陸九齡江浙底學士來列席的甚多會期凡十日時熹年四十六，九齡四十四，祖謙三十九，九淵三十七。

於鵝湖之會論教人之力，陸子欲先使人發明本心取學問思辨之工夫朱子欲先使人博學審問而後歸約，陸則以朱子之方為支離朱則以陸子之道為太簡各執意見不為所屈旬日之會終不能見歸一之效而能後六年陸子再訪朱子於南康朱子迎之於白鹿洞書院為諸生乞講陸子講君子喻于義小人喻于利章聽者有感動而泣下的人。朱子大喜以為切中學者深痼之病刻之於石以為懲訓又與之泛舟云自有宇宙有此溪山唯無此佳客云質言之二子之心機將相接近相契合了。而議論漸熟再商鵝湖未了的宿題陸子一概揮斥朱子講學之弊朱子反覆

辯之不止。於是白鹿洞之會合，亦以彼我意見不一致而分袂，

朱子之學由學問爲主以格物窮理爲入聖的段梯故他以陸子頓悟底工夫爲師心自用以陸子之學以尊德性爲宗簡易直截謂六經爲我註腳宇宙內事乃已分內事故他以朱子窮理的工夫爲徒勞外索朱熹字元晦又字仲晦號晦菴晦翁又曰遯翁陸九淵字子靜號象山俱天分高朱子生三歲便問父天上更有何物陸子四歲問父天地之所以無窮可知皆自幼時已有向上的氣象有他日爲宋代哲學泰斗的資格哩至於因講學之方便朱子取窮外反內的工夫陸子則取明內以應外的工夫然其欲矯正人欲橫流的時病的理想則同一而奉朱子之學的詆陸爲狂禪主陸子之學的罵朱子爲散儒這亦可說是宋人好議論之弊所致哩。

鵝湖會前示子靜　　　　　　　　　　陸九齡

孩提知愛長知欽古聖相傳只此心；大抵有基方築室，未聞無址忽成岑。
留情傳註飜榛塞著意精微轉陸沈珍重友朋相切琢須知至樂在于今。

鵝湖會送上次子壽韻　　　　　　　　陸九齡

墟墓興哀宗廟欽斯人千古不磨心涓流積至滄溟水拳石崇成泰華岑易簡工夫終久大支離事業竟浮沈欲知目下昇高處眞僞先須辨古今。

鵝湖會和陸子壽　　　　　　　　　　朱　熹

德業流風夙所欽別離三載更關心偶扶藜杖出寒谷又枉藍輿度遠岑舊學商量加邃密新知培養轉深沈只愁說到無言處不信人間有古今。

朱陸之學雖一長一短不容易軒輊其文學陸詩底生硬不如朱詩底圓熟陸文底枯渴不如朱文底光采陸離。

蓋朱熹為一代大哲學者同時又是絕世的大文學者故他底詩意趣風骨自然表現有德之言(一)他底文是堂堂之陣正正之旗能發其縱橫奔放之氣擒其雄偉壯麗之辭的這是他為南宋文章家第一人呂祖謙為刮目陳亮常為之瞠若之所以。

(一)文章精義云晦庵詩音節從陶韋柳中來而理趣過之所以不可及。蘇門文字到底脫不得縱橫習氣程門文字到底脫不得訓詁家風。

三四　佛教文學

宋儒概是排斥佛教之說的。歐陽修底本論、石介底怪說胡寅底崇正辨李覯底潛書無不皆然宋儒頗富於研究心故他們攻擊佛教以前或竊與緇徒交際或陰涉獵佛書的多這與唐韓愈不曾閱過佛書而一概攻擊佛家的有別。周敦頤之於僧壽涯張載之於常聰程頤之於靈源朱熹之於妙喜皆是以他山之石故不但朱熹底體用理氣、道器復性等諸說從佛經而出卽周敦頤底無極而大極之語是從唐杜順底華嚴法界觀而出的。且如周子底胸中灑落如光風霽月也是他底參禪佛門悟道徹底的結果其他程子底易傳序云：「體用一源顯微無間」張子底

正蒙云：『知死之不亡者可與言性，』皆是取佛家之說的。程門底謝良佐嘗論邵雍之學云：『邵先生皇極經世之學發源於廬山之一老僧』亦非無故况歐陽修之於契嵩林逋之於智圓蘇洵之於祖印蘇軾之於了元一見如舊識交遊最親密哩又况程門之楊時謝良佐游酢呂大臨等皆歸向佛老，見於伊洛淵源錄朱子語類等滔滔天下學士大夫無不修禪學帶禪味故諸老先生多以佛老底見解說明孔孟之道這是當代思潮之大勢。

不但宋之儒家有佛學底修養，而且宋之佛家亦有儒學底修養的故不但譯經院有經術家文章家及詩人，而且在翰林院裏亦有緇徒如楊億爲譯經使贊寧爲翰林院編修即是特別在文學方面宋初有九僧，希晝保暹文兆行肇簡長惟鳳惠崇宇昭齱古。皆是詩僧能鼓吹中庸的聲響。(一) 故他們得意之作往往凌駕錢劉其他如智圓遵式契嵩道潛祕演清順惠洪善權元肇善珍自南亦多佳句載在方回底瀛奎律髓且詩禪一致之說雖在嚴羽底滄浪詩話始提倡然而以佛語入詩中卻是唐王維以後的積習至宋蘇軾王安石等底高雅之作禪脫之語多亦可卜知時代之風尙了。(二) 故當時佛家底著作頗多如延壽之宗鏡錄贊寧之宋高僧傳道原之傳燈錄道誠之釋氏要覽契嵩之輔教編繼忠之義成記圓悟之碧巖集法雲之翻譯名義集志磐之佛祖統記等不遑一一枚舉就中契嵩爲沙門第一的能文者所著輔教編使嘗著潛書以排斥佛家的李覯太息吾輩之議論不及一卷般若心經又使歐陽修浩歎無意的僧中有此郎。

且不但佛門博學能文的多寶英材雄略之人亦多。王安石嘗問張方平云：孔子逝後百年生孟子，孟子以後不

復有及者，何吾道之寥寥耶？方平對云豈得無人！如馬祖雪峯巖頭雲門皆有驥千里之材孔孟之教不能勒住此輩，故去而歸釋氏安石以爲然，張商英亦歎爲至論宜乎宋之佛教表面受儒家底排擠受道學者底反抗然其裏面則爲天子、宰相所信奉哩就中王安石蘇軾蘇轍王旦文彥博張商英黃庭堅陳師道蘇易簡等諸名士皆是陰修淨業的。故蘇轍一日對韓駒問作文之法云：「熟讀楞圓圓覺等經，自然詞詣理達」。這是在宋道學時代佛教流行不遜李唐的緣由。

（一）六一詩話云國朝浮圖以詩名於世者九人故時有集號九僧詩，今不復傳矣，余少時聞人多稱其一日惠崇餘八人者忘其名宗也。

（二）飲冰室詩話云：自唐人喜以佛語入詩至於蘇東坡王半山其高雅之作大半爲禪脫語。然如溪聲便是廣長舌山色豈非清淨身之類，不過弄口頭禪無當於理也。

三五 遼金文學

遼初稱契丹金元稱女眞俱是胡之種族從塞外一部落而起遂以兵馬蹂躪中原的。北宋於創業之後無幾時便銷磨興國的氣象徒以姑息偸安爲事的是遼又使南宋偏安江南終不能克復中原的是金亡遼的是金亡金的是元遼之國祚九世二百餘年其建國在宋創業前四十餘年金之國祚十世百二十餘年其滅亡在宋頃覆前四十餘年。

然彼等皆所謂北方之強者暴虎馮河，死而無悔歲時所事僅是蒐獼賫性所好僅為殺伐剛勁之氣猛戾之俗，進而不知退利之所在犯白刃以突盜攘奪而不顧藉塗把文弱國的王朝偏安於江南然自佔領中原不能重新興文化徒甘心馬牛襟裾貌襲中國文物故他們底武力雖足以雄飛中原然他們底文物可謂是雌伏趙氏的遼文獻可徵的少非景宗以下聖宗與宗三世九十餘年是遼全盛時代文教漸發端風氣漸革然遼史文學傳所載的僅蕭罕嘉奴李澣王鼎等七人況遼世所成的述作只王鼎底焚椒錄，僧行均底龍龕手鑑等寥寥二三書而已金既亡遼伐宋而占有長江以北襲遼之遺制採宋之文物金文學之系統一承遼之餘流一承宋之支派而世宗、章宗二朝五十餘年為金文學底發達時代，董解元底西廂記傳奇就是作於章宗之世的。

金之詩人中州集所載的有二百五十家之多然一代作家終為一個元好問所壓倒，元好問字裕之，號遺山為金代詩人巨擘蘇陸以後的大詩人年十四學於郝晉卿通經傳百家卒業後下太行渡河，作箕山、琴台二詩時趙秉文在禮部最有重名見好問之作曰：少陵以後無此作自作詩以招好問，好問之名，於是喧傳京師，仕為尚書省左司員外郎金亡後以著作自任欲撰著一代國史新於邸中構亭名野史亭，著有金源君臣言行錄、壬辰雜編、中州集及唐詩鼓吹等。

他底材甚雄大他底學甚博厚他底氣象豪放邁往能驅跌宕之筆；悲歌慷慨，自帶幽、并之風。故他底才學雖不及蘇、陸然他底廉悍而沈摰反勝於蘇陸蓋他生長朔北關河之間天資豪健英傑之氣多而正值國家陸沈宗社覆

滅之秋，邱墟之感發而為悲涼滄桑之新聲，凝而為怨思之綺語。且蘇、陸底古體於行墨之間用俳偶的處所多，然而他底古體則專用單行，清鍊頓挫化俗而為雅，變故而為新，十步九折愈折愈妙這是蘇、陸所不及的地方況他底近體沈摯悲涼，自成別趣。詩歌之能使人喜的唐以後雖不勘然能使人泣的，少陵以後絕無嗣響而遺山之觸事感時諸作往往使人聲淚俱下。趙秉文稱為少陵以後的作家亦其宜矣。

岐陽

百二關河草不橫十年戎馬暗秦京岐陽西望無來信，隴水東流聞哭聲野蔓有情縈戰骨殘陽何意照空城從誰細向蒼蒼問爭遣蚩尤作王兵。

橫波亭為青口帥賦

孤亭突兀插飛流氣壓元龍百尺樓萬里風濤接瀛海千年豪傑壯山丘疎星澹月魚龍夜老木清霜鴻雁秋倚劍長歌一杯酒浮雲西北是神州。

元好問以外振興金文學的有韓昉、吳激、蔡松年、蔡珪、黨懷英、王庭筠、趙秉文、楊雲翼、王若虛等就中趙秉文為好問以前的第一人，對於金文學之開發有其偉蹟，蔡珪父子能文稱金代文章底正宗，王若虛底滹南遺老集評論文學，其學殖之博洽與識見之卓越很有足觀者。

三六 宋末文學

中原久為胡馬之鐵蹄所蹂躪，趙氏之塊肉空葬於崖山魚腹，當其時忠肝義膽貫天日正氣溢而為詩為文維持千載之世道感泣百世之人心的就是文天祥謝枋得文天祥號文山有文集二十卷他雖不是以文學為己任然他底熱血忠淚卻是化而為經國之大業不朽之盛事發萬丈的光焰於革命之際的尤其是他底衣帶中的贊氣壯而理正能得孔孟之眞髓又他底正氣歌正氣凜凜能使讀者想望忠臣烈士之風采有千載猶生之感顧趙氏以文學採人以道義養士三百年於斯生斯人作斯文把道義與文學打成一團為文學上掉尾之一振永足為宋朝之誇耀哩。謝枋得字君直號疊山有文集二卷外撰文章軌範七卷為人豪爽而好直言以忠義自任讀書五行俱下一見則終身不忘國家陸沈之際而能全臣節扶植綱常的他底聘書為宋史稱其與採薇歌共垂不朽意氣稜稜能使貪夫廉懦夫有立志又他底將死詩別妻子良友良朋一篇吐露他底心事可與天祥底衣帶中贊並比的。

正氣歌　文天祥

天地有正氣雜然賦流形，下則為河嶽，上則為日星於人曰浩然沛乎塞蒼溟。皇路當清夷含和吐朝廷時窮節乃見，一一垂丹青。在齊太史簡，在晉董狐筆，在秦張良椎，在漢蘇武節；為嚴將軍頭，為嵇侍中血，為張睢陽齒，為顏常山舌或為遼東帽清操厲冰雪或為出師表鬼神泣壯烈或為渡江楫慷慨吞胡羯或為擊賊笏逆豎頭破

裂。是氣所磅礡凜烈萬古存當其貫日月生死安足論地維賴以立天柱賴以尊三綱實繫命道義為之根嗟予遘陽九隸也實不力楚囚纓其冠傳車送窮北鼎鑊甘如飴求之不可得陰房闃鬼火春院閟天黑牛驥同一皁，難栖鳳凰食。一朝蒙霧露分作溝中瘠如此再暑寒百沴自辟易哀哉沮洳場為我安樂國豈有佗繆巧，陰陽不能賊顧此耿耿在仰視浮雲白悠悠我心憂蒼天曷有極哲人日已遠典型在宿昔風簷展書讀古道照顏色。

將死詩別妻子良友良朋　　　　謝枋得

雪中松柏愈青青扶植綱常在此行天下久無龔勝潔人間何獨伯夷清義高便覺生堪捨禮重方知死甚輕南八男兒終不屈皇天上帝眼分明。

第七編　樂府中所表見的軍事思想

一　序說

中國詩人以人情為軍以天才為馬以學問為鞭策既突破百年的人生接觸無限的人事問題又每當時移物換，感慨悲憤或流熱淚或灑熱血皆純是感情的流露感情實是詩人底生命最富於感激性的人就是詩人就是最有價值最有光焰的人。杜甫所以稱為一代詩聖的也是因為他敏於感情他底作品一為君國二為妻子以血與淚而發露其滿腔赤誠的緣故。李白以仙才超脫俗界，王維奉佛教謝人事絕物欲這詩仙這詩佛豈不是為情之一字所支配嗎？李白本有俠氣，王維亦有義氣。李白身長不滿七尺而心雄萬夫。王維孝友嘗上書以身代弟之罪質言之詩仙詩佛皆非是生來的仙佛而本是感情的熱血熱淚的人蓋可知哩試一讀李白底白馬篇結客少年場行行行且遊獵篇及王維底夷門歌塞上曲少年行等則思過半矣。況在其他詩人皆是本人情以抒寫人事的更其不必說了特別是兵是凶器戰是危道人之死生所關國之存亡所係而非戰文學發於詩人之筆以喚起天下底輿論亦決不是偶然的。

二 武德與文德

樂有文武二種,舞亦有文舞與武舞文武古人或以之比鳥之兩翼,或以之比車之兩輪。孔子嘗云:「有文事者必有武備」就是說文武之不可偏廢的。蓋文有經緯天地之功德;武有撥亂反正之功用文之功德是守成的是恆久的;武之功用是創業的是一時的有創業然後有守成武是一時的掃蕩羣雄文是恆久的經綸天下畢竟文武是與王業之終始相成的武開王業之始文成王業之終。

魏徵嘗侍御宴與太宗觀七德之舞時俛首無視他及見九功之舞卻謠觀之這是什麼意思呢?七德是武舞,九功是文舞他底意欲使太宗偃武修文很明顯的。孔子是天縱之聖然對衛靈公之問云俎豆之事則嘗聞之矣軍旅之事則未之學也翌日即去衛溫良恭儉讓的孔子所慎是齊戰疾所雅言是詩書執禮可知至聖之微旨是俎豆而忌避軍旅了。舜亦是濬哲的大聖人嘗征有苗三旬不能服乃使禹班師大敷文德闌文教舞干羽於兩階七旬而有苗歸順賓言之文武假令一其歸然亦殊其塗而古聖先賢之理想在文而不在武可知哩。

武之七德見於左傳宣公十二年,卽禁暴戢兵保大定功安民和衆豐財。文之九功見於尚書大禹謨及左傳文公七年卽養民善政以完成六府三事的九功。六府是水火金木土穀三事是正德利用厚生然對於民衆本位施善政以舉萬邦協和黎民時雍之實的,不僅文德而已武德之極致亦實存在於斯止戈曰武。七德以禁暴戢兵爲第一

義，亦是宣揚止戈之武的況保大定功安民和衆豐財五德與九功之目的正德利用厚生是同樣的，換言之文武假令殊途然其功德卻爲一故妄動凶器履詭道屠人之城亡人之國非道之善者，不用一兵不殺一卒能屈敵制勝的才是至善那流血漂杵積屍成山的悲慘是王者仁義之師所不會見的。孫武是武人十三篇是兵書然他所言「百戰百勝非善之善者也；不戰而屈人之兵善之善者也」則專門兵法家亦洞悉兵爲凶器與戰爭爲慘事啊

古之王者用兵是爲民而不是自爲而後世王者卻是自爲不是爲民這是征戰底濫用古之王者誅元凶大憝把百姓於九死之中救出是征戰不過對於元凶大憝的一種刑罰而已而後世王者犧牲百姓以成自己的功名，擴張自己底領土前者是不得已而用兵的仁義之師，後者是得已而不已的不仁不義之兵

君主專制之世軍國主義盛行君主爲功名心所驅妄動凶器履詭道期圖個人的富國强兵特別列國對立競爭決雌雄於干戈攻因兵守因兵興亡安危無一不因兵這是春秋戰國軍國主義流行的原因然其源甚遠其流甚長尚書之甘誓湯誓牧誓費誓秦誓實是三代的主戰文學軍國主義旣發生則勢必重賦斂事誅求舉天下壯丁驅之於戰場，壯丁旣盡更驅老弱以就死地於是天下無復把鋤犂的良民塞外爲望鄉之鬼夜陰不斷地揚其啾啾之聲。這是漢魏以後非軍國主義發生的原因哩。後漢蕭宗詔云：『父戰於前子死於後弱女乘於亭障孤兒號於道路；老母寡妻設虛祭飲泣淚想望歸魂於沙漠之表豈不哀哉』把戰事之弊害影響於人道上的悲劇說明了。想像漢代詩人早懷厭世思想的是軍國主義之反動與非戰文學同一動機的。

三 征戰文學

樂府歌曲中屬於文的有郊廟歌、燕射歌等皆堂上之樂室內之樂管絃之樂屬於武的有鼓吹曲、橫吹曲等，皆軍中之樂野外之樂簫鐃笳角之樂就中鼓吹曲是征戍之際奏於陣中以振厲三軍之士氣，橫吹曲是在馬上歌唱以使將士自慰安的其目的既同，然其名稱異的是因為所用的樂器有異同的緣故鼓吹曲一曰短簫鐃歌。鼓之字義為鼓瑟鼓琴之鼓激而發其聲的易繫辭云：『鼓之以雷霆』即是彈瑟鳴琴可說是鼓打鐃鳴鉦亦可說是鼓吹元是說吹簫笳之類唐樂有鐃吹部、亦可看作鼓鐃以代替鼓吹曲底意義而橫吹曲本是鼓吹曲之一部個人在馬上吹奏着笳或角即與鼓吹曲共同的合奏短簫及鐃之類的不一樣故隋以前屬之鼓吹曲隋以後卻使獨立為大橫吹部、小橫吹部而與棡鼓部鐃鼓部對立使占四部之二更用之於天子底鹵簿這是把軍樂儀仗化警備化了的。

鼓吹曲之辭與橫吹曲之辭元是用於征戍之際的軍樂的歌辭而為中國詩人底征戰文學這濫觴於漢魏波及於晉宋汎濫於齊梁其內容有主戰與非戰二種若就二者底發生而論其先後則主戰先生非戰後起畢竟非戰的動機是主戰的反動是在以劍戟底弊害最慘刻為鑒戒的而唐之征戰文學大革其面目新選其題名不但不因襲漢之舊題而其內容亦加入新的氣味非戰的勢力究至於壓倒主戰脅威軍閥顧中國底主戰文學是軍國主義的餘習而為貴族本位的文學非戰文學是平和主義的平民本位的文學蓋主戰文學是欲統一天下開擴領土

以鞏固帝國底基礎的君主或逢迎君主之意的幕僚詩人的官僚文學然非戰文學是民衆或同情民衆的詩人諷刺君主無厭的慾望的平民文學故主戰文學雖是欲以兵誅暴禁尊主安國然非戰文學是以兵爲凶器爲不祥之器君子不得已而用之的主戰文學是信以征伐爲聖主底天職賢君底使命的一種理智文學而隋唐以前主戰文學多因爲三代以後大學教育施行於貴族社會而文學全權歸於貴族的緣故而隋唐以後非戰文學所以流行的是因爲教育普及的結果文學底權威歸於士庶人之手的緣故。

鼓吹曲在漢有短簫鐃歌十八首晉書樂志云：「漢時有短簫鐃歌之樂其曲有朱鷺思悲翁釣竿等曲列於鼓吹，多序戰陣之事」魏繆襲底鼓吹曲十二首吳韋昭底鼓吹曲十二首晉傅玄底鼓吹曲二十二首宋何承天底鼓吹曲十五首齊謝朓底鼓吹曲十首梁沈約底鼓吹曲十二首唐柳宗元底鼓吹曲十二首皆胚胎於此以外在晉有張華底凱歌二首隋有凱樂歌三首唐有凱樂歌四首及岑參底凱歌六首皆是奏於振旅凱旋之際的樂歌或敍命將出師，或敍洗兵還師，或敍破陣鏖敵或敍取天下致太平。

漢之短簫鐃歌十八首一朱鷺二思悲翁三艾如張四上之回五擁離六戰城南七巫山高八上陵九將進酒十君馬黃十一芳樹十二有所思十三雉子班十四聖人出十五上邪十六臨高臺十七遠如期十八石留以外有孫成、玄雲黃爵釣竿四首其辭已亡要之朱鷺以下十八首皆訛字脫文及錯簡多後人苦於了解其意義。古今樂錄云：

「漢鼓吹鐃歌十八曲字多訛誤」故晉書、樂志云：「朱鷺思悲翁釣竿等皆鼓吹曲多序戰陳之事」吾人對於鼓吹曲果爲軍樂與否十八首果爲征戰文學與否是不能不置疑的。只是魏晉以後的詩人襲用漢之舊題由時代事實所賦的來觀察十八首中僅戰城南一首無疑地是描寫劍戟悲劇的其他槪是抒寫離鄕之悲懷鄕思之愛的。然其所以稱爲軍樂的是因爲所用的樂器是選擇了萬里遠征便於攜帶的東西八音中用金而不用石取竹而不取絲遂生出軍樂與樂的區別，然其歌之內容未必與文樂有大差從而可知。
然至魏晉以後的鼓吹曲不唯不襲用漢之舊題而且章句底長短也未必一樣特別其內容不限於頌讚武之七德，其中也有說明文之九功的。然據晉書底樂志及古今樂錄，則魏、吳、晉、宋、梁之鼓吹曲，皆是準據於漢的質言之，章句底意義殆不可領解的漢底十八首或者亦具純粹的征戰文學哩。

漢（二十二首）	魏（十二首）	吳（十二首）	晉（二十二首）	宋（十五首）	梁（十二首）
戰城南	楚之平	炎精缺	靈之祥	朱路	木紀謝
上之回	戰滎陽	漢之季	宣受命	思悲公	賢首山
擁離	獲呂布	攄武師	征遼東		桐柏山
艾如張	克官渡	伐烏林	宣輔政		道亡
思悲翁	舊邦	秋風	時運多	難雍	
朱鷺					
戰城南	定武功	古皖城	景龍飛	戰城南	漢東流

第七屆　樂府中所表見的軍事思想

巫山高	上陵	將進酒	君馬黃	芳樹	有所思	雉子班	聖人出	上邪	臨高臺	遠如期	石留	務成	玄雲	黃爵	釣竿
屠柳城關背德平玉衡巫山高鶴樓峻	平南荊通荊門文皇統上陵者昏主恣	平關中章洪德因時運將進酒石首局	金靈運君馬黃	邕熙承天命天序芳樹於穆	應帝期從歷數惟庸蜀有所思期運集	於穆我王雄子遊	仲春振旅	太和玄化大晉承上邪惟大梁	夏苗田臨高臺	仲秋獮田遠期	順天道石流	唐堯	玄雲	伯益	釣竿

二五五

以上諸曲中在魏十二曲中楚之平戰榮陽獲呂布克官渡定武功屠柳城平南荆平關中八首是頌揚征戰的功德振厲殺伐的威風的舊邦應帝期邕熙太和四首卻不必然在吳十二曲中炎精缺漢之季攄武師伐烏林秋風克皖城關背德通荆門八首是誇張武威的發揚的然章洪德從歷數承天命玄化四首卻不必然況晉宋以後的革命，不藉放伐，不用軍旅坐遷九鼎於私家無倒戈漂杵之慘皆與其說是重武德寧可說是重文德的故晉之鼓吹二十二首宋之鼓吹十五首等皆以王者有征而無戰自任而宣揚以武止戈戢兵以文經天緯地為大義的然六朝底君主概屬庸材而非天子之器僅是創業的太祖比較的有雄偉之材然他們皆不過成功底纂奪而非受命之聖天子。不唯將無文德卽相亦無文略故晉宋以後的鼓吹曲皆非眞的敍事敍情畢竟不過詩人迎合君主之意的諛諜文學決不可卜知當年底時代思潮。

試溯上古以尋中國底征戰文學，尚書底甘誓以下五誓皆是臨戰而誓衆大旨不外敵有罪，必加天誅，致天罰，我非好舉亂有不用命的，則孥戮這是散文征戰文學之始祖爲三代底主戰文學然甘誓以下五誓皆王者以兵行外則誅暴內則禁邪的道，我之間無積屍成山流血為池的慘狀民衆不但簞食壺漿歡迎王者之師而且征戰期間一時誅其君而弔其民如時雨之降民大悅而為蘇生之思可知上下一般以兵為天下凶器勇為天下凶德了然春秋無義戰，老子首倡兵者不祥之器又云師之所處，荆棘生焉大軍之後必有凶年降及戰國齊愍王以技擊強，魏惠王以武卒奮，秦昭王以銳士勝，七雄互相削鎬搏擊四百餘州全成了弱肉強食的修羅場於是

墨翟宋牼起而唱非戰論，孟軻荀卿起而主張仁義極論不嗜殺之弊蓋非戰主義有二派，一是從經濟上說戰爭底不利一從人道上說戰爭之非義的墨翟宋牼一派屬前者孟軻荀卿一派屬後者故中國底征戰文學中主戰派雖起於三代之昔然非戰思潮至春秋戰國之際始產生而春秋戰國孟子所謂王者之跡熄而詩亡詩亡而後春秋作的時代非戰的主張時雖已發於學者之口而形於文但還未上詩人之筆哩。

四　非戰主義底宣傳

非戰主義底樂府起於東漢以後至唐宋時代而全盛試徵之於詩經三百篇中不但有征戰文學之端亦實發於斯例邶風底擊鼓就是怨州吁底暴亂而用兵的征戰文學惟其怨在州吁其人而非在戰爭本身，不可謂為非戰文學況秦風底小戎豳風底破斧小雅底六月采芑大雅底江漢常武皆是征戰文學而小戎是美秦襄公的破斧是美周公，六月采芑江漢常武是美周宣王的皆是樂觀的歡迎征戰更不能待說了只是王風底君子于役揚之水魏風底陟岵唐風底鴇羽葛生秦風底無衣小雅底采薇出車杕杜大東北山對於征戍敍其室家怨曠之情，後世閨怨文學即胚胎於此。

漢魏以後的征戰文學以隋唐之間為鴻溝隋以前主的多唐以後非戰的多這是時代底推移變遷自然而然的。於此舉漢魏以後的樂府敍征戰行役之事的，一戰城南二隴頭三出塞入塞四折楊柳五關山月六紫騮馬及驄

唐詩人新樂府裏詠征戍之事的多。就中杜甫底兵車行、白居易底新豐折臂翁孟郊及張籍底征婦怨王建底遼東行及渡遼水等皆是大大地宣傳非戰主義的。

一、戰城南是漢鐃歌十八首第六敍戰死之悲哀的。後吳均、張正見、盧照隣、李白、劉駕、貫休等皆有是作。就中吳均底「名憎武安將血汙秦王衣爲君意氣重無功終不歸」描出征之榮耀與軍人之意氣，而如李白底「萬里長征戰三軍盡衰老匈奴以殺戮爲耕作古來唯見白骨黃沙田」「士卒塗草莽將軍空爾爲乃知兵者是凶器聖人不得已而用之」劉駕底「城南征戰多城北無飢鴉」「莫爭城外地城裏有間土」貫休底「將軍貌憔悴撫劍悲年長」「十載不封侯茫茫向誰說」皆是描寫兵是凶器多年的征戰將士空老終爲不歸之客而曝白骨於沙上的悲哀的。

二、隴頭一名隴頭水爲漢之橫吹曲二十八曲中之一李延年因胡曲而更作的，其辭已亡，無由復知聲朵，梁之元帝劉孝威車歆陳之徐陵顧野王謝燮張正見江總楊師道唐之盧照隣王維張籍王建于濆皎然翁綬鮑溶羅隱等皆記隴山以敍征戰之情就中劉孝威底「頓取樓蘭頸就解郅支裘」車歆底「只爲識君恩甘心從苦節」王維底「身經大小百餘戰麾下徧裨萬戶侯」張籍底誰能更使李輕車收取涼州屬漢家；翁綬底「橫行俱足封侯者誰斬樓蘭獻未央」皆是積極的解釋征戰的主戰文學而陳後主底「隴頭征戍客寒多不識春」謝

熒底「試聽鏡歌曲唯吟君馬黃」，張正見底「欲知別家久戎衣今已故」盧照鄰底「從來共嗚咽，皆是爲勤王」；羅隱底「借問隴頭水年年恨何事全疑嗚咽聲中有征人淚」皎然底「隴頭心欲絕隴水不堪聞」及「如何幽咽水併欲斷君腸」俱是悲觀的詠征戰的非戰文學。

三、出塞入塞是李延年所作見於晉書底樂志然西京雜記云：「戚夫人善歌出塞入塞之曲」則高帝時已有此曲可知並非李延年底創作唐之塞上塞下出關入關諸曲皆是從此出的這是西京雜記所謂望歸之曲非戰之意自覺躍如。出塞有劉孝標、王褒、楊素、薛道衡、虞世基、竇威、陳子昂、張易之、沈佺期、王維、王昌齡、馬戴、杜甫、皇甫冉、王之渙、耿緯、張籍、劉駕、劉濟于鵠、貫休之作。入塞有王褒、何妥、劉希夷、耿緯、貫休、沈佺彬之作。塞上曲有李白、王維、王昌齡、高適、耿緯、張籍、司空曙、李端、貫休、戎昱、周朴、張祜、歐陽詹、鮑溶、李昌符、曹松、鄭渥、譚用之、姚合、張喬、秦韜玉、戴師顏、江爲、杜荀鶴等之作。塞下曲有李白王維郭元振王昌齡馬戴張籍于濆陶翰李益貫休盧綸皎然李賀劉駕令狐楚、張仲素戎昱丁稜郎士元許渾周朴張祜李宣遠沈彬胡曾等底作品。出關有魏徵底作品入關有吳均賈馳張祜底作品。楊素底「北風嘶朔馬，胡霜切塞鴻，」虞世基底「雪暗天山道冰塞交河源霧烽黯無色霜旗凍不翻」劉駕底「胡風不開花四氣多作雪」很能把索莫的朔北野景寫出來了。在這種索莫的朔北之野聽笳聲於塞夜聞雁鳴於霜天欲酬主恩以致臣節的勇士有誰不兩眼浮着思鄉之淚呢！於是或顧父母之恩或牽妻子之愛或悲自己底餘命無幾或怨君主開邊的慾望無止時皇甫冉底「吹

角出塞門前瞻卽胡地三軍盡回首皆灑望鄉淚』與岑參酒泉太守席上醉後作的『胡笳一曲斷人腸坐客相看淚如雨』同樣定敍勇士懷鄉的事情的杜甫底『君已富土境開邊一何多』及劉駕底『胡笳一曲斷人腸坐客相看淚如雨』同樣定敍勇士懷鄉的事情的杜甫底『君已富土境開邊一何多』及劉駕底『戰城南』『莫爭城外地城裏有閒土』同是怨君主底領土熱底無厭；杜甫底『九土耕不盡武皇猶征伐』與劉駕底『戰城南』『莫爭城外地城裏有閒土』同是怨君主底領土熱底無厭；杜甫底『棄絕父母恩吞聲行負戈』『骨肉恩豈斷男兒死無時』『路逢相識人附書與六親哀哉兩決絕不復同苦辛』把那一面恐成爲辜負明主之恩的人一面又有爲父母兄弟妻子之恩愛所牽的人情美描寫出來了。況劉濟底『死是征人功是將軍功』是一將成萬骨枯之意，張籍底『征人皆白首誰見滅胡時』劉駕底『古來征戰幾人回』之意更不必說又況貫休底掃盡狂胡跡故里空村惡名幸脫免窮老無兒孫』無不是寫人生底悲劇爲非戰主義底宣傳。

中骨』杜甫底『中夜閒道歸相逢唯死關豈易得生還』劉駕底『中天有高閣圖畫何時歇坐恐塞上山低於砂就塞上曲及塞下曲以攷察唐人之思潮，李白底『五月天山雪無花祇有寒』王昌齡底『飮馬渡秋水水寒風似刀』周朴底『黃河九曲冰先合紫塞三春不見花』張喬底『絕塞寒無樹平沙勢蓋天』貫休底『日向平沙出還向平沙沒』皆是寫絕塞蕭條平沙落莫的。而王維底『定是酬恩日今朝覺命輕』『平生多志氣箭底覓封侯』李白底『願將腰下劍直爲斬樓蘭』『橫戈從百戰直爲銜恩甚』張仲素底『功名恥計擒生數直斬樓蘭報國恩』雖是爲酬君恩以報國恩把身命比鴻毛還輕的主戰派然如周朴底『世世征人往年年戰骨深遼天望鄉者迴首肅霜襟』王昌齡底『昔日長城戰咸言意氣高黃塵是今古白骨亂蓬蒿』張籍底『年年征戰不得閒邊

人殺盡唯空山」陶翰底「射殺左賢王歸奏未央殿，欲言塞下事，天子不召見東出咸陽門，哀哀淚如霰。」李益底「古來征戰虜不盡今日還復天兵來，黃河東流流九折沙場埋恨何時絕」貫休底「只應寒夜夢時見故園花」「因思無戰日天子是陶唐」「戰骨踐成塵飛入征人目黃雲忽變黑戰鬼作陣哭」「豈知塞上望鄉人日日雙睇滴清血」令狐楚底「雪滿衣裳冰滿鬢曉隨飛將伐單于平生志氣今何在把得家書淚似珠」「邊草蕭條塞雁征人南望盡霑衣黃塵滿面長須戰白髮生頭未得歸」張仲素底「隴水潺湲隴樹秋此去唯應把得家書淚似珠」「邊草蕭條塞雁征人到此淚雙流鄉關萬里無因見西戍河源早晚休」戎昱底「城上畫角哀則知兵辛苦試問左右人無言淚如雨何意休明時終年事鼙鼓丁稜底「諸將年皆老何時罷鼓鼙」沈彬底「隴月盡牽鄉思動戰衣誰寄淚痕深金釵謾作封侯別璧破佳人萬里心」皆是克盡臣節期死而不圖生的壯士回首望鄉而嘆其征戰無已時的非戰派，特別是貫休底「幽幷兒百萬，百戰未曾輸蕃界已深入將軍仍遠圖」秦韜玉底「鳳林關外皆唐土猶尙蒐兵數似毛」與杜甫底出塞「君已富士境開邊一何多」劉駕底戰城南「莫爭城外地城裏有閒土」及出塞「九土耕不盡武皇獨征伐」同樣是攻擊軍閥主義之非諷刺君主無厭的私欲的。

四、折楊柳元屬於漢橫吹曲二十八曲中，魏晉以後所傳的十曲中的第七。但其辭亦巳亡，宋書五行志云：

「晉太康末京洛爲折楊柳之歌其曲有兵革苦辛之辭」折楊柳爲何而有兵革苦辛之辭？劉禹錫詩「長安陌上無窮樹唯有垂楊縮別離」在別離之際矯曲楊柳之枝爲輪形寓還元之意以贈於行客許是唐以前的風習故夫

二六一

壻首途絕柳條以爲贈的少婦，到了翌年之春，而尚不歸時時不圖見陌上的楊柳而戀慕其夫，由王昌齡底閨怨「閨中少婦不知愁春日凝妝上翠樓，忽見陌頭楊柳色悔教夫壻覓封侯」就很可知道了哩。「覓封侯」則其別離非通例旅行，而必是指出征從軍而言的甚明。這是在折楊柳詩裏有兵革苦辛之辭的由來。然唐書底樂志云：「梁樂府有胡吹歌云，『上馬不捉鞭反拗楊柳枝下馬吹橫笛愁殺行客兒』此歌辭元出北國卽鼓角橫吹曲折楊柳是也。」是錯了的。「上馬不捉鞭反拗楊柳枝」蓋是遊俠的態度而非有惜別之意的。折楊柳是敍相思依依之情的別離曲，不必限於征戰，故梁元帝、劉邈、張正見等底折楊柳是敍在家的婦戀遠征之夫的而光景，然柳惲之作「城高短簫發林空畫角悲」所謂短簫所謂畫角皆軍樂之器是陣中或馬上所吹奏的可知作品是征戍中事了。況陳後主底「還將出塞曲仍共胡笳鳴」盧照鄰底「攀折聊將寄軍中書信稀」崔湜底「二月風光半三邊戍不還」歐陽瑾底「朝朝倦攀折征戍幾時回」張九齡底「更愁征戍客鬢老邊城塵」余延壽底「莫吹胡塞曲愁殺隴頭人」孟郊底「誰堪別離此征戍在交河」皆是折楊柳爲征戰文學的左證。

五、關山月樂府解題云：「傷離別也」。然與折楊柳相異之點，折楊柳是在家的婦戀遠征之夫的而關山月却是遠征之夫思在家的婦的樂府詩集云：「相和曲有度關山亦類此」是錯的。因爲度關山是征人自度關山而敍其行進之情景，不曾有懷家鄉的意志卽度關山謂是一種征戰文學亦決不可看做與關山月同類。

關山月六朝詩人有梁元帝陳後主陸瓊張正見徐陵賀力牧王褒江總底作品唐詩人有盧照鄰沈佺期李白、

長孫左輔、耿緯、崔融、張籍、翁綬底作品就中陳後主底『復教征戍客長怨久連翩』『戍邊歲月久恆悲望舒耀』,徐陵底『戰氣今如此從軍復幾年』『戍邊歲月久恆悲望舒耀』耿緯底『蒼蒼萬里道戚戚十年悲』張籍底『流落今如此長戍受降城』耿緯底『可憐萬國關山道年年戰骨多秋草』長孫左輔底『幾時征戍罷還向月中歸』耿緯底『可憐萬國關山道年年戰骨多秋草』皆是敍征人疲於征戰倦於征戍的情思之切的而陸瓊底『鄉園誰共此愁人屢盆愁』賀力牧底『此處離鄉客遙心萬里懸』盧照隣底『寄書謝中婦時看鴻雁天』長孫左輔底『去歲照同行比翼復連形今宵照獨立顧影自熒熒』耿緯底『今夜青樓上,還應照所思』崔融底『夜夜聞悲笳征人起南望』翁綬底『況是故園搖落夜那堪少婦獨登樓』鮑氏君徽底『征人望鄉思戰馬聞鞞驚』皆是敍戀戀懷鄉顧家為情緒底纏綿的。況李白底──

『明月出天山蒼茫雲海間長風幾萬里吹度玉門關漢下白登道胡窺青海灣。由來征戰地不見有人還戍客望邊色思歸多苦顏高樓當此夜歎息未應閒。』

可謂於王翰所謂古來征戰幾人回之意外加入室家別離悲劇的一種非戰文學哩!

六、紫騮馬及驄馬並言關塞征役之事樂府詩集以紫騮馬為從軍久戍懷歸而作,梁、陳以後的紫騮馬致懷鄉之情的少反而誇示橫行絕漠馳騁萬里的餘勇的多如陳後主底『直去黃龍外斜趨玄菟端』李爕底『三邊追點虜一鼓定疆胡安用珂為玉自有汗成珠』陳喧底『橫行意未已羞往敵車中』祖孫登底『抽鞭玉關路誰念客衣單』即是況盧照隣底『不辭橫絕漠流血幾時乾』李白底『白雪關山遠黃雲海樹迷揮鞭萬里去安得念

春閨』秦韜玉底『若遇丈夫皆調御任從騎取覓封侯』其橫行絕漠之意態如見「驄馬一曰驄馬驅是敍驄馬金鞍馳突塞外誓掃清胡虜的意志的。如梁元帝底：朔方寒氣重胡關饒苦霧白雪晝凝山黃雲宿埋樹連翩行役子終朝征馬驅試上金微山還著玉關路。翩翩驄馬驅橫行復斜趨先救遼城危後拂燕山霧風傷易水湄日入隴西樹未得報君恩聯翩終不住。

及劉孝威皆是。

七、雨雪曲是在邊塞之外賢勞王事的人，嘆深雪中戎馬不進嚴風中旌旗吹裂空思家鄉而無還期的一種征戍文學 陳之後主江暉張正見江總陳暄謝燮唐之李端翁綬等皆有是作。就中江暉所作最壯烈另外還有鮑照、李白底北風行是女子感傷其夫遠征於北風雨雪之中，永久不歸以毛詩衛風底北風之詩『北風其涼，雨雪其雱』爲起因與雨雪之曲殆是同類。如舉其異點則雨雪之曲是征夫自敍其苦節的，而北風行是寫思婦底哀情的。

八、度關山是敍述邢驅馬遠度關山送其半生歲月於邊疆之外倘意氣重豪俠北伐西征或上隴坂，或入薊門，或出榆關身經大小百餘戰尙不受封侯之賞晚年始悔悟餘命無幾何徒溯過去空望家鄉的壯士之情的。梁之簡文帝戴暠柳惲劉遵王訓陳之張正見唐之李端馬戴皆有是作。就中戴暠王訓之作尤有偉采獨魏武帝底度關山是敍聖賢牧民總邦黜陟幽明建五爵省刑獄的結末說及墨子之兼愛尙同這是異例。這猶如他底薤露蒿里不

說人命底奄忽而葅露說漢之政策不良，蒿里敍關東義士與兵討羣凶的一般可見英雄詩人不泥於古反而自我作古，他底霸氣底橫溢了。

九、從軍行

從軍行一曰苦哉行，是敍軍旅苦辛之辭的非戰文學。魏之左延年有苦哉一篇寫「苦哉邊地人，一歲三從軍三子到燉煌二子詣隴西五子遠鬪去五婦皆懷身」之意這是從軍行之濫觴苦哉行之名稱之所由出今其全篇雖不傳然其與漢古詩「十五從軍征」同工，是敍遠征之苦辛與悲哀的甚明。故陸機及顏延之底從軍行以「苦哉遠征人」一句爲起首王褒以遠征人爲詩題鮑照以「苦哉遠征人」爲詩題李益以「從軍有苦樂行」爲篇名。而敍遠征之苦的有二種一是敍肉體上的勞苦的二是敍精神上的酸苦的如陸機底從軍行敍南陟五嶺北戍長城隆暑越嚴寒谿朝餐不免胃夜寢必負戈顏延之底從軍行敍南指荊吳略越北出幽燕爭陰山臥聞金柝響起候亭燧煙皆是寫肉體上的勞苦的其他如王褒底「西征度疏勒東驅出井陘牧馬濱長渭營車毒上涇」盧思道底「平明偃月屯右地薄暮魚麗逐左賢朝見馬嶺黃沙合夕望龍城陣雲起」亦無不皆然。而如駱賓王底從軍行「不求生入塞唯當死報君」李頎底從軍行「年年戰骨埋荒外空見蒲萄入漢家」李約底從軍行「路長須算日書遠每題年無復生還望翻思未別前」又「邊城多老將年年添塞塵」王昌齡底「黃沙百戰穿金甲不破樓蘭終不還」劉長卿底「一身事征戰匹馬歸人點盡三河卒年年添塞塵」王昌齡底「黃沙百戰穿金甲不破樓蘭終不還」劉長卿底「一身事征戰匹馬同卒勤末路成白首功歸天下人」杜頠底「夜聞漢使歸獨向刀環泣」皆是寫精神上的酸苦的苦戰多年身已

老頭髮已化爲霜白徒撫報國之劍翻結還家之夢，雖說以死報君國，然心裏卻生欲再見父母妻子表面雖作不破樓蘭終不還的壯語然裏面卻作古來征戰幾人回的悲觀可憐一將功成萬骨已枯年年多數戰骨曝於塞外其所得不過僅是見君王一人食葡萄而已。這不唯在人道問題上是重大的事件，而且在社會問題上亦是不可輕忽的。

從軍行非戰主義之作雖多但也間有主張征戰的。如王粲底從軍行就是。粲是鄴下七子第一人鳳以詩爲曹操父子所知故他底於曹操不曾以篡奪之臣目之卻以爲操之文武材幹有帝王之器既爲心服又於詩中稱操曰聖君稱操軍爲神武之師，如『相公征關右赫怒震天威一舉滅獯虜再舉服羌夷西收邊地賊忽若俯拾遺』『拓地三千里往返一如飛』『身服干戈事豈得念所私卽戎有授命茲理不可違』蓋是主張征戰的議論哩

一〇、苦寒行是敍於積雪凝冰之中度深谿蹟長蠻的危險與艱苦的一曰北上行是取魏武苦寒行底起句『北上太行山』的。苦熱行是敍火山炎海焦草木涸川澤熔金石以致人畜爛死的三伏的炎熱的這二體皆一樣爲征戰文學但魏明帝及杜甫底苦寒行無軍旅之意，王維王穀皎然旣已之苦熱行無征戍的意見然如魏武底苦寒行『行行日已遠人馬同時飢悲彼東山詩悠悠令我哀』陸機底苦寒行『離思固已矣寤寐莫與言劇哉行役人慊慊恆苦寒』鮑照底苦熱行『生軀蹈死地昌志登禍機戈船榮旣薄伏波賞亦微爵輕君尚惜土重安可希』李白底北上行『歎此北上苦停驂爲之傷何日王道平開顏覩天光』皆明明是征戰文學而是表現非戰主義的。

一一、飲馬長城窟行是取飲馬長城之下的泉窟之義而命題本來不是敍逃對於北胡出戰入守的遠征軍

底苦的體驗與哀的情緒就是寫忠烈義俠爲君致身的壯士底意氣態度。然蔡邕底飲馬長城窟行卻化爲思遊蕩不歸的夫的婦人底閨怨傅玄底飲馬長城窟行亦做此況取蔡邕底飲馬長城窟行起句以爲題的王融、沈約、何遜、梁武帝、荀昶之於靑靑河畔草皆不稍言軍旅之事不敍征戰之狀是不副飲馬長城窟五字底意義的也許是蔡邕以前的古樂府有敍長城之苦役的飲馬長城窟行蔡邕更發新意遂化爲一種閨怨文學哩故及陳琳底飲馬長城窟行假秦築城之卒搞夫婦相思之辭以長城苦役諷刺時君始得古樂府之本旨魏文帝底飲馬長城窟行固是征戰文學但不用之於北伐而用於南征如云泛舟橫大江是很不合飲馬長城窟之名的故梁簡文帝陳張正見底泛舟橫大江並取魏文起句以爲題的寫懷念南遊故人之情這亦可謂飲馬長城窟行底旁系。

陳琳以後的詩人陸機、沈約、陳之後主張正見王褒、尙法師、隋之煬帝、唐之太宗、虞世南、袁朗、王瀚、王建、僧子蘭等皆作飲馬長城窟行以敍北征的情景。就中除隋之煬帝、唐之太宗及王瀚外槪是寫巖石之險與風雪之苦的，還不足以發揮眞正的從軍之艱苦與悲痛只是煬帝與太宗之作，恰好表見其帝王底襟度積極的地敍出出師之樂，而不知有從軍苦。王瀚底飲馬長城窟行不但把長安少遠圖麒麟前殿一拜天子走馬擊胡揮戈刺敵意氣昂然只知爲君，不知爲身的俠勇面目活躍地表現而且把長城下死人骸骨相撐拄的是秦築城之卒無罪被誅有功不賞的歷史的千古悲劇記述了出來在非戰文學方面實是陳琳以後的傑作。

二、出自薊北門行是敍薊北擊胡的壯士之情的一曰薊門行薊在遼西本屬燕之邦域。燕、趙古多悲歌之

士勇俠之俗極盛，故出自薊北門行敍燕薊風物，兼寫突騎勇悍之狀。如鮑照所作「疾風衝塞起，沙礫自飄揚馬毛縮如蝟，角弓不可張；時危見臣節，世亂識忠良，投軀報明主，身死爲國殤」李白所作「揮刃斬樓蘭，彎弓射賢王單于一平蕩落自奔亡；收功報天子，行歌歸咸陽」。皆是善於發揮燕、趙底士風民俗的。然如高適所作「羌胡無盡日征戰幾時歸」又「一身既零丁頭鬢白紛紛」李希仲所作「漢家愛征戰宿將今已老」又「當須狗忠義身死報國恩」卻是對於天子好征戰使宿將暮年空歎老，使良民徒曝骨塞外的感傷的非戰文學其他如徐陵庾信之作雖有彩藻而無氣力殆不足吟誦。

要之兵是凶器戰是危道然王者底所以賭百萬生靈大膽斷行的是因其別有野心啊！野心是什麼？就是王者以四海爲家以億兆爲子普天之下率土之濱無不是王土王臣這就是先王底理想後王底野心先王有這種理想故有以干羽之舞能歸順有苗之舜後王有這種野心故臥榻之側不許他人鼾睡起勳凶器履危道秦漢以後的英主無不皆然。

非戰論者宣傳非戰的理由材料頗豐富而有力。一是塞外風雪底寒苦，二是家庭妻子底窮苦，三是勇士懷鄉之情，四是傷不能酬父母底恩愛的不孝，五是征戍期長使將士徒暮年嘆老六、怨曝屍戰場七、以多數的犧牲爭無用的土地不遑一一枚舉例如敍塞外風雪底寒苦的如：

疾風衝塞起沙礫自飄揚。 鮑照出自薊北門行

隴頭征戍客，寒多不識春。　陳後主隴頭

五月天山雪，無花祇有寒。　李白塞下曲

飲馬渡秋水，水寒風似刀。　王昌齡塞下曲

胡風不開花，四氣多作雪。　劉駕出塞

絕塞寒無樹，平沙勢蓋天。　張喬塞上

黃河九曲冰先合，紫塞三春不見花。　周朴塞上曲．

皆是又敍家庭妻子窮苦的，如：

生男慎莫舉，生女哺用脯。　陳琳飲馬長城窟行

信知生男惡，反是生女好，生女猶得嫁比鄰，生男埋沒隨百草。　杜甫兵車行

君不聞漢家山東二百州，千村萬落生荊杞，縱有健婦把鋤犁，禾生隴畝無東西。　杜甫兵車行

夫死戰場子在腹，妾身雖存如畫燭。　張籍征婦怨

皆是敍勇士懷鄉之情的，如：

三軍盡回首皆灑望鄉淚。　皇甫冉出塞

遼天望鄉者回首盡霑襟。　周朴塞上曲

平生志氣今何在，把得家書淚似珠。

豈知塞上望鄉人日日雙眸滴淸血。——令狐楚塞下曲

歛不能酬父母底愛的不孝的如：——貫休塞下曲

棄絕父母恩吞聲行負戈。——杜甫出塞

來時父母知隔生重著衣裳如送死。——王建渡遼水

敍征戍期長使將士暮年徒嘆老的如：

十五從軍征八十始得歸。——漢古樂府

少壯辭家去窮老還入門；昔如鞲上鷹今似檻中猿。——鮑照東武吟

欲知別家久戎衣今已故。——張正見隴頭

萬里長征戰三軍盡衰老。——李白戰城南

羌胡無盡日征戰幾時歸。——高適薊門行

一身既零丁頭鬢白紛紛。——高適薊門行

征人皆白首誰見滅胡時。——張籍出塞

漢家愛征戰宿將今已老。——李希仲薊門作

將軍貌憔悴撫劍悲年長。 貫休戰城南

或從十五北防河便至四十西營田。

黃塵滿面長須戰白髮生頭未得歸。 令狐楚塞下曲

等即是又怨曝死於戰場的，如：

君獨見長城下死人骸骨相撐拄。

君不見青海頭，古來白骨無人收。新鬼煩冤舊鬼哭，天陰雨溼聲啾啾。 杜甫兵車行

村南村北哭聲哀兒別爺孃夫別妻皆云前後征蠻者千萬人行無一回。 陳琳飲馬長城窟行

不然當時瀘水頭，身死魂飛骨不收。應作雲南望鄉鬼萬人塚上哭呦呦。 白居易新豐折臂翁

年年征戰不得閒邊人殺盡唯空山。

可憐萬國關山道年年戰骨多秋草。 張籍塞下曲

萬里無人收白骨家家城下招魂葬； 張籍關山月

年年郡縣送征人將與遼東作丘坂寧為草木鄉中生有身不向遼東行。 張籍征婦怨

城南征戰多城北無飢鴉。 劉駕戰城南

坐恐塞上山低於砂中骨。 劉駕出塞

相逢唯死鬪,豈易得生還。 貫休出塞

戰骨踐成塵飛入征人目黃雲忽變黑戰鬼作陣哭。 貫休塞下曲

等即是。又寫以多數的犧牲爭無用的土地的,如:

君已富土境,開邊一何多。 杜甫前出塞

邊亭流血成海水,武皇開邊意未已。 杜甫兵車行

莫爭城外地,城裏有閒土。 劉駕戰城南

九土耕不盡,武皇猶征伐。 劉駕出塞

年年戰骨埋荒外,空見蒲萄入漢家。 李頎從軍行

等皆是。

第八編　樂府中所表見的戀愛思想

一　文學與戀愛

如以發於情止於禮義一語爲中國文學底特色，則中國文學是於感情本位裏面不否定理智底潛在的，而男女相思之情是情之至純從自然的性欲而出在人間是不容易絕滅的愛實是人生之花戀是人生底純美化不過要節其淫浪止於禮義而已。孟子云「食色性也。」禮記云「飲食男女人之大欲存焉」論語孔子評關雎云「樂而不淫。」史記太史公稱國風好色而不淫皆是承認色欲爲人之性情而要求不淫其色，能止於禮義的。況孟子云「人少則慕父母知好色則慕少艾有妻子則慕妻子」荀子也云「妻子具而孝衰於親」是男女夫婦底戀愛以父母君臣兄弟朋友之愛比較要稱是最熾烈的了。故戀愛以倫理的眼光看，雖則必要克己復禮的禁欲主義然以文學的眼光看則是人生之花或者可以絕叫文學底精粹是自由解放主義這不過理智與感情底衝突能了。

以夫婦有別列於五倫五教以男女授受不親爲禮，男居外女居內，七歲不同席不共食的儒教國與他種民族一樣無非是爲戀愛犧牲爲色欲底奴隸。易云「一陰一陽之謂道」孟子以男女居室爲人之大倫。一陰一陽是天地

之道。一男一女居室同歡是人之性欲發於自然的故曰君子之道造端於夫婦是理智的見解又曰遠而近是男女之際為感情的見解。孟子雖為亞聖七篇雖是理智之書然他底書中旣曰鑽穴隙相窺踰牆相從又有踰東家牆而摟其處子的話非破倫誨淫可知男女相愛是自然的了。而在文學書中以女性為詩題以戀愛為題材以寫其窈窕的態度與纏綿的情緒的不少蓋亦認識了戀愛是人生之花的了。

二 儒教與女性

惟女子與小人為難養，孔子這一言未必是否定婦人底貞操蔑視內助底功德的。大概是發於慷慨悲憤之餘吧！尚書曰牝雞司晨惟家之索季桓子嘗多齊女樂三日不聽政，孔子輒歌云：『彼婦之口可以出走彼婦之謁可以死敗』而去魯這是孔子不滿於女子的所以然齊之女樂非牝雞之晨可比。而所謂近之則不遜遠之則怨的事實又未可徵。故孔子之所謂難養的女子求之當時天下，是衛南子之類哩！南子才色兼備不但在司晨的牝雞底位地而且其左右如宋朝都是巧言令色阿諛靈公媚從南子的，無不是難養的小人，孔子之衛見南子子路不悅，孔子誓之然則以女子擬小人而評為難養此一言是孔子見南子之後而發的關雎冠三百篇之首是其理解且決不是指斥一般婦人的。因為孔子刪詩而以稱贊窈窕的淑女為君子之好逑的，關雎冠三百篇之首是其理解丈夫曾重婦德甚深很可知道了。故說孔子對女子不理解固不可，說儒教否定婦人底貞操蔑視其內助之功德亦

不可。前漢劉向作列女傳，劉向底列女傳決不是單純地以文學爲目的的傳記，而是爲漢室正紀綱明得失作人主底鑑戒爲目的的。當時外戚跋扈甚，劉氏與王氏不並立的徵兆已見，蓋漢之后妃呂后之於高祖寶后之於文帝衛后及李夫人之於武帝，皆以才色受寵於人主肆權內外因此開外戚橫暴之端，其勢馴致逮成帝以後牝雞底威勢遂至撼動劉氏柱礎，這是劉向著列女傳取例於古今列女以爲后妃夫人龜鑑的所以，質言之，卽理解女子尊重婦德的豈獨孔子一人而已，凡懷抱儒教主義的無不皆然。

然在古昔教育之途尚未普及之時，學問限於士大夫庶民不得與其恩惠況在女子既不得與男子同席共學，男女底智育德育之差，寧在體育以上故夫唱婦和男尊女卑男居外女主內這是男女同權夫婦平等之說不興於古代的所以。

三　以女性爲詩題的人物

先秦學者及思想家以女性爲問題而專門論婦德的人雖沒有，但漢以後的詩人以女性爲詩題以戀愛爲題材的人卻多，這雖是古今推移時勢變遷自然之勢然經學與文學底分別固在於此，學者與詩人底分別亦在於此。中國詩人以女性作爲詩題而寫美人底心事及態度的。

（1）湘君湘夫人　湘君是堯之長女娥皇舜之正妃，湘夫人是堯之次女女英舜之次妃。舜南巡崩於蒼梧

之野時二妃怨慕哭泣逐戀死於湘水之濱，楚俗自古好神尚鬼楚人因廟祀二妃爲湘水之神稱即是傳說二妃之淚痕化爲楚山斑竹二妃蓋爲古今戀愛者之祖哩而屈原底九歌把湘君湘夫人神化竭巫之忠誠以自況後世詩人遊洞庭的雖有詠二妃的然皆把她們作爲神而作爲人間二妃底戀愛事實叙述的少如李白詩『日落長沙秋色遠不知何處弔湘君』，賈至詩『乘輿輕舟無近遠白雲明月弔湘娥』亦是把二妃當作神的只在樂府中孟郊底湘妃怨郎士元底湘夫人等是敍人底情事的

（2）楚妃　一名楚姬。指楚莊王夫人樊姬。莊王好田獵以虞丘子爲賢，樊姬諫之以孫叔敖代虞丘子。而莊王霸陸機底吳趨行『楚妃且勿嘆』即是指樊姬的樂府底楚妃歎楚妃吟楚妃曲楚妃怨皆是詠這賢夫人的理智文學

（3）羅敷　趙邯鄲女子，性秦名羅敷王仁之妻。陌上桑及日出東南隅底戀愛文學皆是詠羅敷的。

（4）秋胡妻　秋胡是魯人娶妻三月遊宦於陳，三年而歸路見採桑婦遺黃金一鎰挑之婦卻之不受秋胡慙而歸家見妻從外歸來則是向所挑之婦婦忿其輕薄遂自投河而死

（5）杞梁妻　杞梁齊人名殖字梁齊莊公襲莒時殖戰死妻就其屍哭之十日旣葬後自投淄水而死其妹傷之而作歌曰杞梁妻古詩十九首『誰能爲此曲無乃杞梁妻』就是。

（6）秦女休　秦姓名女休燕王之婦年十四五以報讎被囚後被赦免故左延年秦女休行及李白秦女休

行皆是激揚女性底壯烈的。

（7）戚夫人　漢高祖寵姬趙王如意底生母及惠帝立，呂后爲皇太后囚戚夫人衣髡鉗赭衣爲舂，遂以人彘慘刑被殺害「子爲王母爲虜」底舂歌就是戚夫人此時作的。

（8）陳皇后　漢武帝底皇后武帝嘗云若得阿嬌爲婦則作金屋貯之。擅寵十餘年無子遂被廢而居長門宮。司馬相如因作長門賦李白底妾薄命詩「漢帝重阿嬌貯之黃金屋咳唾落九天隨風生珠玉」就是寫陳皇后底薄命而先敍其得意之狀的樂府底長門怨阿嬌怨皆是詠陳皇后底失戀的。

（9）衞皇后　大將衞靑之姊所謂衞子夫的，子夫初爲平陽主底謳者然武帝嘗過平陽主一見子夫大悅之遂使入宮中爲皇后當時謠云：「生男無喜生女無怒獨不見衞子夫霸天下。」

（10）李夫人　這亦是漢武帝底寵姬李延年之妹當其卒武帝思念不已遂作李夫人歌爲帝王自道自敍的戀愛文學。

（11）烏孫公主　漢書西域傳「武帝元封中遣江都王建女細君爲公主以妻烏孫王昆莫公主至其國自治宮室居歲時一再與昆莫會置酒飲食昆莫年老言語不通公主悲乃自作歌」「吾家嫁我兮天一方之歌即是。

（12）王昭君　名嬙字昭君年十七入元帝後宮一日明君又曰明妃因避晉文帝諱昭的緣故樂府底王明君、王昭君、明君詞、昭君歎、昭君怨、明君怨皆是對於昭君底命薄而遠嫁單于同情的。

（13）班婕妤　班況之女，班彪之姑，少有才學為成帝所寵，為婕妤後為趙飛燕奪寵，自請居長信宮作怨歌行，以秋扇自比樂府底怨歌行、班婕妤怨長信怨皆是對於婕妤底失戀寄與同情的。

（14）焦仲卿妻　焦仲卿後漢建安頃人為廬江小吏妻劉氏名蘭芝嫁仲卿夫婦相愛，仲卿之母虐待之逐至夫婦企圖情死當時詩人敍其顛末即所謂廬江小吏行在中國詩中為希見的長篇。

（15）盧姬　一稱盧女魏武帝宮人七歲入漢宮闌善鼓琴明帝崩後出為尹更生之妻梁簡文帝底妾薄命，『盧姬嫁日晚非復少年時』是空傷其失嫁期的唐崔顥底盧姬篇及盧女曲皆是對盧姬之薄命同情。

（16）甄皇后　魏文帝底皇后後為郭皇后所譖賜死後宮臨終作塘上行之詩樂府塘上行是對於甄皇后底失戀起共鳴的。

（17）子夜　晉女子名子夜。樂府稱子夜歌為吳歌，是因為子夜底生地元屬吳之領域然子夜所生的時代，是晉世。

（18）桃葉　晉王獻之底妾，桃葉歌是獻之所作。

（19）碧玉　宋汝南王底妾，碧玉歌是汝南王所作。

（20）蘇小小　南齊時代底女子，錢塘名娼唐以前有蘇小小歌，至唐李賀溫庭筠、張祜等皆有是作。

（21）莫愁　洛陽女子善歌謠後為盧家婦蘭室挂梁最極富貴之樂然恨不早嫁東家王，梁武帝底河中之

水歌「洛陽女兒名莫愁，莫愁十三能織綺十四採桑南陌頭十五嫁爲盧家婦」即是沈佺期底古意「盧家小婦鬱金堂海燕雙栖玳瑁梁」亦是詠她的。然張祜底莫愁樂李賀底莫愁曲所詠的莫愁是石城女子與梁武所謂莫愁別是一人。

就中楚妃、秦女休、戚夫人雖不觸於戀愛問題，然其他概是關係男女底愛欲的。以外如處女吟、貞女引列女操、美女篇春女行遊女曲麗人行是以一般女性爲詩題而寫出美人底面貌態度及情操的。

四 以戀愛爲詩底內容的作品

孟子云：「食色性也。」禮記云：「飲食男女人之大欲存焉」則戀愛文學之發生是從自然的性欲而出已如前述特別詩人心中藏著懷不平的隱憂欲因酒以忘隱憂由美人以助酒興故李白底詩酒與美人之多王安石已經揭發過其選四家詩集故貶李白而置於歐陽修之下推杜甫爲第一位即可知哩然酒與美人之多不獨李白爲然。陶淵明亦飲酒之詩多杜甫之詩亦稱述紅裙翠黛的女性美的處所的多彼底城西陂泛舟云「青蛾皓齒在樓船橫笛短簫悲遠天」丈八溝納涼云「越女紅裙溼燕姬翠黛愁」卽事云「笑時花近眼舞罷錦纏頭」陪李梓州泛江云「使君自有婦莫學野鴛鴦」戲題惱郝使君云「願攜王趙兩紅顏再騁肌膚如素練」蓋唐之習俗學士大夫之遊醮招致聲妓是常例哩。

樂府中以戀愛為詩材客觀的敍男女相思之情的：

（1）陌上桑採桑羅敷行豔歌行日出東南隅行日出行。
（2）羽林郎羽林行胡姬年十五當壚曲。
（3）秋胡行。
（4）為焦仲卿妻作廬江小吏行。
（5）子夜歌子夜四時歌。
（6）莫愁樂、莫愁曲。
（7）李夫人歌。
（8）司馬相如琴歌。
（9）桃葉歌。
（10）碧玉歌。
（11）蘇小小歌。
（12）同聲歌。
（13）定情詩定情篇定情樂。

(14) 合歡詩。
(15) 攜手曲、
(16) 長干曲長干行、
(17) 烏棲曲棲烏曲。
(18) 歡好曲。
(19) 採蓮曲採蓮女採蓮婦。
(20) 採菱歌採蓮曲採菱行。
(21) 江南曲。
(22) 懊儂歌、
(23) 長門怨阿嬌怨。
(24) 白頭吟。
(25) 怨歌行班婕妤婕妤怨長信怨峨眉怨玉階怨。
(26) 塘上行蒲生行江蘺生幽渚。
(27) 妾薄命。

第八編 樂府中所表見的戀愛思想

(28）自君之出矣。

(29）古別離生別離遠別離久別離新別離今別離暗別離別離曲。

(30）思公子王孫遊。

(31）起夜來起夜半獨不見。

(32）夜夜曲秋夜長秋夜曲夜坐吟遙夜吟寒夜怨寒夜吟。

(33）思遠人憶遠曲望遠曲夫遠征寄遠曲征婦怨織婦詞織錦曲織錦詞當窗織擣衣曲送衣曲寄衣曲。

(34）湘君湘夫人。

(35）杞梁妻。

(36）公無渡河箜篌引。

(37）銅雀臺銅雀妓雀臺怨。

等不遑一一枚舉若以之從詩之本質上類別起來概可分為四種卽一戀愛文學二失戀文學三閨怨文學四追慕文學卽陌上桑羽林郎秋胡行為焦仲卿妻作子夜歌莫愁樂同聲歌定情詩合歡詩攜手曲長干行烏棲曲之類皆戀愛文學或主觀的自述或客觀的代他人作的中陌上桑以下六篇雖是個人的戀愛底事實然同聲歌以下六篇是寫一般的男女底戀愛事實的又長門怨白頭吟怨歌行塘上行妾薄命等是失戀文學戀愛文學純是從愛慕之

心而出，然失戀文學是從怨慕之情而出，是半顧過去的寵榮半怨現在的沈淪的。自君之出矣、古別離、思公子、起夜來、夜夜曲、思遠人等是閨怨文學，是對於遠別之夫寄其愛慕之情的。湘君、湘夫人、杞梁妻、公無渡河、銅雀妓等是追慕文學，是追懷過去的人的。

五 戀愛文學

（1）陌上桑採桑羅敷行艷歌行月出東南隅行日出行

陌上桑敍趙邯鄲底女子秦氏羅敷底事的。然羅敷是何時代人雖無可徵的文獻，然大概是先秦人吧？不然也許是漢詩人寫漢代事實而託名趙王的。猶如杜甫白居易之徒寫唐代底事實假名漢皇一樣也未可知。今所傳的陌上桑一篇是漢代所作而非先秦筆致不待說。晉傅玄題為豔歌行而敍形容美人底容儀題為日出東南隅行是取了陌上桑的起句而命名的，雖不點出羅敷底名字亦是羅敷行底變體。又陸機謝靈運沈約張率蕭子顯陳之後主王褒盧思道之徒形容美人底容儀題為日出東南隅行是取一篇冐頭。

陌上桑一篇分為三段第一段誇張的敍述羅敷之美第二段是敍初見羅敷的趙王底橫戀慕第三段是取絕趙王的羅敷其戀慕夫壻的故事即一篇中敍述二重戀愛關係而羅敷底貞操是從貞女不見二夫的儒教倫理而出的。如羽林郎亦然。

(2) 羽林郎 羽林行 胡姬年十五、當壚曲。

羽林郎後漢辛延年所作，着意着筆與陌上桑一揆。這亦是寫二重戀愛敍金吾馮子都雖愛戀當壚胡姬，然胡姬愛其夫不失其貞節的。顧後漢二百年是儒教專制經術全盛的時代都是臣以忠義子以孝順婦以貞節爲理想的。故陌上桑羽林郎雖是戀愛文學然結局保持貞操而不使破失爲儒教倫理底發露時代思潮之所致哩。

羽林郎是宿衛之官今侍衛武官之流名爲羽林是取顏師古底所謂如羽之疾如林之多的。一曰執金吾故篇中再曰金吾子是敬重對者底名譽的試以陌上桑比形容胡姬之美云：「長裾連理帶廣袖合歡襦頭上藍田玉耳後大秦珠」實與陌上桑中「頭上倭墮髻耳中明月珠緗綺爲下裙紫綺爲上襦」同其筆彩又羽林郎「男兒愛後婦女子重前夫」與陌上桑「使君自有婦羅敷自有夫」同其筆致唯敍愛戀夫壻的情意，自有詳略之差罷了。要之二者底詩的價值在伯仲之間二者底詩的技倆殆可謂異曲同工哩其題曰胡姬年十五或當壚曲是取篇中的字句而命名的可看作羽林郎底別名。

(3) 秋胡行

秋胡魯人娶妻三日出遊宦三年及還途見一採桑婦人，悅其美遺黃金一鎰挑之婦峻拒之云只是採桑力作紡績織紝供衣食奉二親養夫子而已不願受人之金秋胡慙而歸家奉金遺母遺人迎妻至則即向所挑的婦人於是妻以其行爲汚遂投沂水而死見於西京雜記及列女傳這樣秋胡行與陌上桑相似然亦有不同之所提筐的美

婦採桑郊外，羅敷秋胡之妻是同樣的僅是陌上初見而戀慕的有使君與夫之差異而已故羅敷誇稱其夫之美秋胡之妻卻怨其夫之多情以爲淸濁必異源梟鳳不並翔自投水而死晉傅玄底秋胡行敍秋胡之妻底事實終斷語云：『彼夫既不淑此婦亦太剛』然此婦底貞節自潔是很得後人同情的故秋胡行從秋胡之妻而言是失戀文學。

傅玄反抗魏晉之放誕蔑視節義的時代思潮鼓吹嚴格的儒教主義。故他把陌上桑底字句多少加以改竄題爲豔歌行而結之以『儂君自有婦賤妾有鄙夫天地正厥位願君改其圖』四句．『天地正厥』一句何等的嚴峻呀，這是把文學倫理化不似詩人之言，故他在秋胡行裏云：『彼夫既不淑此婦亦太剛』亦是把感情文學化爲理智文學的然他底秋胡行雖就秋胡之妻底事實而敍述然魏武帝父子底秋胡行卻不稍觸此種事實反而述他們底政治的意見。這是把文學政治化的猶如武帝底薤露行蒿里行皆是把感情文學理智化一樣然在魏武以前已有秋胡行之古辭是不容疑的因爲惟其漢代有秋胡行所以魏武父子假這題目改爲政治的理智文學來發表。

（４）爲焦仲卿妻作、廬江小吏行

漢建安中廬江小吏有焦仲卿其人娶妻劉氏夫婦相愛琴瑟和合，然不堪仲卿之母底虐待驅使，遂歸家誓不復嫁。家有母有兄頻逼再嫁，乃投水而死。仲卿聞之亦自縊死庭樹。漢魏之交詩人敍其事爲夫婦情死的鼻祖。

爲焦仲卿妻作古詩通篇十段三百五十七句二千七百八十五字在中國韻文中實古今第一長篇善於描寫

夫婦情愛底濃厚宛然如睹,不但有一種盡亦不及劇亦不如的妙味,而且把夫母強欲非道的態度,婦兄底橫暴而不辨恩義的性質郡守縣令利用官權強制逼婚的舉動委曲反復敍去敍來極精入微各種人物風采面目一一彷彿眼前,實是中國戀愛文學中最有精彩的。

（5）子夜歌、子夜四時歌

子夜是東晉底這又稱吳歌,因為東晉之地本是吳之領域的緣故。吳有里謠猶如楚有俗歌,子夜蓋是對情人而依其地方所流行的里謠以作五言四句的短章晉、宋以來的詩人皆模倣之題曰子夜歌,即子夜歌元為民間徒歌。宋以後及於梁、陳以之被於管絃始得樂府底資格樂府詩集所收載的子夜歌四十二首及子夜四時歌七十五首皆是成於晉宋齊詩人之手的戀愛文學後梁之武帝作子夜四時歌七首,王金珠作子夜四時歌八首至唐而王翰崔國輔郭元振李白陸龜蒙等皆有是作。

通覽晉宋齊底子夜歌四十二首子夜四時歌七十五首其作品未必是一人之筆一時之作,其內容亦甚複雜,或敍男女邂逅的歡樂或寫夫婦別離的憂愁,或託春花以形容郎底面貌姚冶或寓秋月以寫儂底情緒纏綿特別是春歌多假春風梅花楊柳等夏歌多假芙蓉蓮子荷花菊花等以敍歡樂之情。秋歌多以明月白露砧杵鴻雁等為材料冬歌多以白雪嚴霜寒風凝冰等為材料以敍哀傷之情。

（6）莫愁樂莫愁曲

莫愁是石城遊女浮艇操槳求客為十里夜遊的，莫愁樂古辭云：「莫愁在何處？莫愁石城西，」張祜底莫愁樂云：「儂居石城下，郎到石城遊」李賀底莫愁曲云「白魚駕蓮船夜作十里遊歸來無人識暗上沈香舟」皆敍遊女底淫靡姚冶之態不但其辭過於簡短而且其格調亦殊卑俗。

其他漢武底李夫人歌，司馬相如底琴歌，王獻之底桃葉歌，汝南王底碧玉歌、失名氏底蘇小小歌之類皆敍個人的戀愛的事實的，其格調鄙俗殆與里謠相近。

（7）同聲歌

同聲歌是後漢張衡所作，因同聲相應之理以明夫婦比翼連理分身一體之義的一種戀愛文學論者或以此歌不看做敍男女情好的，卻以為喻君臣底大義的。這是以感情文學理智化以戀愛文學倫理化的完全誤解文學之本質了仔細察詩意之所在一篇全是賦而非比婦人自進而接近君子幸而得入閨房遂其情好勉供婦職冬蒸秋嘗日夕灑掃以清枕席繾綣不離君子之側。「思為莞蒻席在下蔽筐牀願為羅衾幬在上衛風霜」於金局之華鐙之下解衣襟披圖卷以素女為我師，盡其儀態終至「衆夫所稀見天老教軒皇樂莫斯夜樂沒齒焉不忘」這是中國戀愛文學中最濃厚而最露骨的。

（8）定情詩、定情篇、定情樂

定情詩是後漢繁欽所創作婦人之愛雖發於中情然不以禮節之徒欲懷春通戀致物固契解臂環以致拳拳，

贈指環而致殷勤以珠珥而致叩叩，以雙釧而結恩情以珮玉而結中心，以金搔頭而結相於以瑇瑁釵而慰別，離以紈素裙而答歡悅以絹中衣而結愁悲，然意中人期而不至使我心愁恐容華之將落，歎歲月之不我待。這亦是戀愛文學之精華。唐之喬知之底定情篇及施肩吾底定情樂皆是以樂觀比較而力說悲觀以愛慕比較而主敍怨慕的。蓋怨慕之甚刻正以愛慕之強度爲比準愛愈切則怨亦愈深。

（9）合歡詩

合歡詩是晉楊方所作，夫自擬秦嘉妻自擬徐淑，虎嘯風起龍躍雲從同聲相應同氣相求。夫之於妻譬如追驅之影，食則共同根之穗飲則共連理之杯衣則共雙絲之絹寢則共無縫之襗坐則接膝行則攜手同心比目情斷金石交如膠漆兩身一體一合而不復離。這是夫之至情磁石引鍼陽燧取火宮商相和同心相親妻之於夫亦如追身之影寢則同牀共被坐則同席共膳夏搖比翼之扇冬御併肩之氍君笑則妾亦咍君感則妾亦慇來時與君共去時與君同塵兩身一體一合而永不別離，生有同室之好死全同穴之義這是妻之至情題曰合歡詩洵有故哉！

（10）攜手曲

攜手曲梁沈約所作男女攜手於芳時行樂女子容色易衰男子之恩愛不可不長保持。沈約詩「所畏紅顏促，君恩不可長」唐田娥底攜手曲「攜手共情芳菲節，鸚啼錦花滿城闕行樂遶迤念容色色衰秖恐君恩歇」皆是此意。

(11) 長干曲、長干行

長干是邑里之名，或曰在秦淮之南，或曰在九江之邊在江東以山岡之間叫做干，長干卽山間的邑里。然長干曲或云泛菱舟邀逆浪或云停蓮舟訪沽客則長干似是江上之地為遊女往來的處所。古辭如「逆浪故相邀菱舟不怕搖姿家揚子住便弄廣陵潮」崔顥底長干曲「君家定何處妾住在橫塘停舟暫借問或恐是同鄉」又如「家臨九江水去來九江側同是長干人生小不相識」皆是述遊女底生活狀態的。然李白底長干行「妾髮初覆額折花門前劇郞騎竹馬來遶牀弄青梅同居長干里兩小無嫌猜十四為君婦羞顏尚不開十五始展眉願同塵與灰」不是寫江邊遊女而是寫與純潔的處女底結婚與戀愛的。張潮底長干曲亦是敍本為富家女嫁貧賤之夫典賣嫁時帶來的繡衣裳以供夫之費用的貞婦底愛情的。

(12) 烏棲曲棲烏曲

烏棲曲是敍男女享樂之情的戀愛文學，梁之簡文帝元帝蕭子顯陳之徐陵唐之王建及張籍底烏棲曲陳之後主江總及唐之劉方平底棲烏曲等皆用七言四句的絕句體只陳之岑之敬底烏棲曲用七言六句李白底烏棲曲用七言七句這是異例。其他歡好曲採蓮曲採菱歌江南曲懊儂歌之類寫一般的男女相思的態度，概屬五言四句的短章近於從匹夫匹婦之口而出的俗歌里謠。

六 失戀文學

（1）長門怨、阿嬌怨

長門怨一曰阿嬌怨是同情於漢之陳皇后由讒失寵的。陳皇后爲長公主嫖之女爲武帝底皇后，擅寵十餘年而無子爲衞子夫奪寵欲死者數數，元光五年遂被廢居長門宮，愁悶之餘聞司馬相如工爲文章奉黃金百斤使作解愁之辭相如乃成長門賦武帝見而傷之，復得親幸後人因其賦而作長門怨或阿嬌怨如梁之柳惲云『何由鳴曉佩，復得抱宵衾無復金屋念豈照長門心』唐之沈佺期云『玉階聞墜葉羅幌見飛螢』吳少微云『君王春愛歇，枕席涼風生』劉早云『珊瑚枕上千行淚不是思君是恨君』李白云『月光欲到長門殿別作深宮一段愁』劉禹錫云『望見葳蕤舉翠華試開金屋掃庭花須臾宮女傳來信云幸平陽公主家』皆是寄同情於阿嬌底失戀的。

（2）白頭吟

西京雜記司馬相如將聘茂陵人女爲妾。卓文君乃作白頭吟以爲決絕相如逐止若信此言則白頭吟是從文君底嫉妬心而出的怨歌篇中『聞君有兩意，故來相決絕』是詰相如有兩意的『願得一心人，白頭不相離，』是顧應起首底君有兩意而希得一心的人末尾『男兒重意氣何用錢刀爲』是詩人歎無意氣且賤茂陵人迷於錢刀

多不圖生兩意翻初心的。蓋富而易交貴而換妻輕薄才子假文君筆誅使男女之大倫大明是卽白頭吟亦可謂爲一種的失戀文學。

（3）怨歌行、班婕妤婕妤怨長信怨娥眉怨玉階怨

怨歌行是班婕妤失戀之作顧昔年底舊寵傷今日之新愁的後世詩人同情於她而敍婕妤底心事或題爲班婕妤或曰婕妤怨或曰長信怨或曰娥眉怨或曰玉階怨皆是取這種怨歌行底詞意的。故晉之傅玄梁之簡文帝及庾信底怨歌行未必是班婕妤卻是敍一般男女底關係的，然陸機之元帝劉孝綽陰鏗王維等底班婕妤國輔劉方平皇甫冉翁綬等底婕妤長信怨等皆是同情婕妤原作文字並敍新寵與舊寵底情緒的，其他如王翰底娥眉怨謝朓李白底玉階怨等亦是敍婕妤之意而描寫宮女底戀情的。

（4）塘上行、蒲生行汜薤生幽渚

塘上行是魏甄皇后所作。甄皇后是中山人本袁紹子袁熙之妻及袁紹亡曹操奪熙之妻爲文帝娶爲皇后然異日爲郭皇后所譖文帝賜死後宮臨終甄后爲塘上行。妾能行仁義衆口鑠黃金遂致與君生別離之憂蓋是傷其新知不如舊寵不可以魚肉棄捐蔥與薤不可以麻枲捐菅與蒯出亦復苦愁入亦復苦愁一離而不可復合的人生底慘事的。然樂府詩集以塘上行爲魏武帝之作稱以爲不可。玉臺新詠以爲甄皇后之作似可從曹植底蒲生行，

『茱萸自有芳不若桂與蘭新人雖可愛無若故所歡』陸機底塘上行『男歡智傾愚女愛衰避妍不惜微軀退恆

懼蒼蠅前」劉孝威底塘上行「黃金坐銷鑠，白玉逐淄磷裂衣工毀嫡掩袖切讒新」皆是對於因讒失寵的甄后寄與同情的。

(5) 妾薄命。

妾薄命是嘆美人底薄命的故梁之簡文帝底妾薄命舉王昭君與盧姬云：「王嬙貌本絕跟蹌入氈帷盧姬嫁日晚，非復少年時」唐之武平一李百藥杜審言底妾薄命舉陳皇后與班婕妤武平一云：「常矜絕代色復怡傾城姿子夫前入待飛燕復當時」李百藥云：「團扇秋風起長門夜月明羞聞栩背入恨說舞腰輕」杜審言云：「草綠長門閉菁苔永巷幽自憐春色能團扇復迎秋」李白胡曾底妾薄命舉陳皇后李白云：「漢帝重阿嬌貯之黃金屋咳唾落九天隨風生珠玉寵極愛還歇妒深情却疎」胡曾云：「阿嬌初失漢皇恩舊賜羅衣亦罷薰欹枕夜悲金屋閉朝泣玉樓雲」而劉元淑孟郊張籍李端底妾薄命是一般的敍以新代故的怨慕之情的失戀文學其他如才色雙絕而伉儷不得其人的烏孫公主，不但爲薄命美人而且是官吏之妻商人婦或者軍人之妻抱孤衾守空閨常怨見夫的機會稀徒羨鴛鴦之不相離亦是嘆薄命的悲失戀的。

七　閨怨文學

(1) 自君之出矣

閨怨文學為別離的歌曲，思久不歸家的夫以寄其戀愛之情的，如自君之出矣即是宋之孝武帝劉義恭、顏師伯、齊之王融、梁之范雲、陳之後主、隋之陳叔達、唐之李康成、辛弘智、雍裕之底自君之出矣皆是同一型式以五言四句而成篇。這是從漢徐幹底室思詩中截取「自君之出矣明鏡暗不治思君如流水無有窮已時」四句為絕句體後人倣之只更改其第二句與第四句而已屋上架屋固是一種遊戲文學無復新意例如徐幹底「思君如流水」孝武帝改為「如日月」劉義恭改為如清風，顏師伯改為如回雪，王融一改為如形影二改如明燭，范雲改為如臺草，陳後主一改若風影二改如晝燭三改如塞草四改如落日五改如夜燭六改如蘗條，買馮吉改如明燭，陳叔達改如夜燭，李康成改如滿月，辛弘智改如百草，雍裕之改如隴水，不過如是而已，只宋之鮑令暉、齊之虞義、唐之盧仝底自君之出矣，多少一新其面目。

（2）古別離生別離長別離遠別離久別離新別離今別離暗別離潛別離別離曲

古別離以下十題皆同樣是敍別離之情的間有如陸龜蒙底別離曲非閨怨之辭雖送者被送者都是丈夫，尚意氣重功名然夫婦別離之愁思與愛情統流露於紙上了別離雖遠且久然倘能保持貞心希求偕老這是儒教倫理的面目梁之江淹唐之孟雲卿于濆王縉品夷中施肩吾王適趙嘏明等底古別離孟雲卿底生別離宋吳邁遠底長別離唐劉氏瑤底暗別離張籍底別離曲等皆是於婦人本位致愛慕之意的作品其他如李白底遠別離久別離亦是觸於戀愛問題的。

（8）思公子王孫遊

右二題都取自楚辭，前者是從楚辭招隱士底「王孫遊兮不歸春草生兮萋萋」而出，齊之謝朓，王融，唐之崔國輔均有是作，後者是從楚辭九歌底「風颯颯兮木蕭蕭，思公子兮徒離憂」而出，齊之王融、梁之費昶、北齊之邢邵均有是作。二者同是敍思慕之情的，思公子是以秋風落木爲背景，王孫遊是以春風春草爲背景，這是二者不同的處所。

（4）起夜來起夜半獨不見

樂府解題云：起夜來，辭意猶念疇昔思君之來也獨不見，傷思而不得見也。梁之柳惲、唐之施肩吾作起夜來、柳惲、沈佺期、王訓、楊巨源、李白均作有獨不見。唐崔夷中起夜半是從起夜來出如柳惲底起夜來云「洞房且莫掩，應門或復開颯颯秋桂響非君起夜來」李白底獨不見云「憶與君別年種桃齊蛾眉桃今百餘尺花落成枯枝終然獨不見流淚空自知」皆是表傷思之切的。

（5）夜夜曲夜長怨夜坐吟寒夜怨獨處愁寒夜吟

夜夜曲梁沈約作樂府解題傷獨處也。秋夜長齊王融作以魏文帝「漫漫秋夜長，烈烈北風吟展轉不能寐，披衣起彷徨」之詩意，敍思婦之展轉不能寐之情的夜坐吟宋鮑照所作遙夜吟梁宗夫所作共是獨坐沈吟憶征夫而寄長愁的。寒夜怨梁陶弘景所作自陸機底獨寒夜吟而出是敍相思之意的簡文帝底獨處愁從之而出其他如王維、王建底秋夜曲鮑溶底寒夜吟等皆是類。

(6) 思遠人、憶遠曲、望遠曲、夫遠征、寄遠曲、征婦怨、織婦詞、織錦曲、織錦詞、當窗織、擣衣曲、送衣曲、寄衣曲

右十三題為唐以後的新樂府王建孟郊張籍元稹等底命題其詩底内容與六朝時代底思公子王孫遊起夜來獨不見夜夜曲秋夜長夜坐吟遙夜吟寒夜怨等同樣是對於遠征之夫致愛戀之情的。

八　追慕文學

追慕文學是說男女戀愛從生前繼續於死後而追慕亡人的。

（1）湘君、湘夫人、湘妃

湘君、湘夫人之追慕舜，遠至蒼梧之野，遂神化於湘水之濱。蓋可謂古今戀愛之祖。湘君是謂堯之長女舜之正妃娥皇、湘夫人是謂堯之次女舜之次妃女英別稱湘妃為二妃共通的稱呼。劉向列女傳說娥皇為后、女英為妃是不對的。湘中記舜二妃死為湘水神故曰湘妃。即是故李賀孟郊陳羽鮑溶等稱之為二妃的，決非女英底單稱。

娥皇女英為湘水之神，百世廟祀屈原以前已然。而歲時祀祭其歌辭太鄙俗，故屈原更革之。楚辭九歌底湘君、湘夫人即是後世詩人皆共鳴二妃底心情而作湘妃湘夫人之歌。或云「帝子不可見秋風來暮思」或云「篁竹千年老不死長伴秦娥蓋湘水」或云「南巡竟不返帝子怨逾積萬里喪娥眉瀟湘水空碧」或云「二妃怨處雲沈沈二妃哭處湘水深商人酒滴廟前草蕭颯風生斑竹林」或云「萬乘既已歿孤舟誰忍還至今楚山上猶有淚

痕斑，」皆是詠二妃怨慕之切的。

（2）杞梁妻

杞梁妻卽杞梁之妻妹朝月所作杞梁名殖梁是其字齊莊公襲莒時殖戰死殖妻歸無所就其夫之尸而哭十日乃抗聲云：上無父中無夫下無子人生之苦至矣遂投淄水而死其妹悲之作歌而述姊之貞名曰杞梁妻後世朱之吳邁遠唐之僧貫休等皆以杞梁妻爲題而作詩稱述烈女底貞操。

（3）公無渡河、箜篌引

公無渡河一曰箜篌引朝鮮之津卒有霍里子高的晨起掉船一白首狂夫被髮提壺亂流而渡其妻止之不及遂墮河而死於是援箜篌而歌公無渡河其聲甚悽慘曲終身亦投河而死子高還語妻麗玉麗玉傷之引箜篌而寫其聲聞者無不墮淚後麗玉以其曲傳於鄰家之女麗容曰箜篌引劉孝威張正見李白王建溫庭筠底公無渡河及李賀底箜篌引皆是敍其事的。

（4）銅雀臺銅雀妓銅雀臺怨

銅雀臺一曰銅雀妓又云雀臺怨敍魏武帝臨終繼縗妓妾妓妾於武帝死後空追慕君恩的鄴郡故事武帝遺命諸子吾死葬於鄴之西崗上不藏金玉珠寶使分之於夫人吾之妾與伎人皆置於銅雀臺上置六尺之牀下繐帷，朝晡供酒脯粮糒每月朔望使向帳前作伎汝等時登臺以望吾之西陵墓云云按銅雀臺在鄴城建安十五年築。

臺上有樓高聳雲漢鑄大銅雀置之於樓頭舒翼奮尾勢如飛動因名爲銅雀臺樂府解題云：「後人悲其意而爲之詠也。」張正見荀仲舉王無競鄭愔劉長卿賈至羅隱薛能等題爲銅雀臺謝朓何遜劉孝綽江淹王勃沈佺期喬知之王適歐陽詹袁暉劉商李賀吳燭朱光弼朱放僧皓然題爲銅雀妓馬戴程長文題爲雀臺怨皆是敍魏武之風流與美人之紅淚的作品。